btb

Aus Freude am Lesen

btb

Buch

Venedig und Prag, Kunst und Musik – in den letzten Jahren des Ancien Régime. In seinem Roman »Im Licht der Lagune« erzählt Hanns-Josef Ortheil von einem schönen, geheimnisvollen Unbekannten, der in der venezianischen Lagune aufgefunden wird und sich später als einer der großen Maler seiner Zeit entpuppt. Und in »Die Nacht des Don Juan« begegnen wir Wolfgang Amadeus Mozart, Giacomo Casanova und Lorenzo da Ponte bei der Arbeit an einem hoch erotischen und alle Drei hinreißenden Meisterwerk: Mozarts Oper »Don Giovanni«.
Zwei von der Kritik gefeierte Künstlerromane, in denen die französische Revolution heraufdämmert und sich die neuen, modernen Zeiten zu zeigen beginnen.

Autor

Hanns-Josef Ortheil wurde 1951 in Köln geboren, er lebt als Schriftsteller in Stuttgart und Wissen an der Sieg und lehrt als Professor für Kreatives Schreiben und Kulturjournalismus an der Universität Hildesheim. Seit vielen Jahren gehört er zu den bedeutendsten deutschen Autoren der Gegenwart, sein Werk ist mit vielen Preisen ausgezeichnet worden, zuletzt mit dem Brandenburger Literaturpreis, dem Thomas-Mann-Preis, dem Georg-K.-Glaser und dem Nicolas-Born-Preis. Sein Werk erscheint im Luchterhand Verlag.

Hans-Josef Ortheil bei btb

Abschied von den Kriegsteilnehmern. Roman (73409)
Faustinas Küsse. Roman (72476)
Die große Liebe. Roman (72799)
Lo und Lu. Roman eines Vaters (72798)
Die geheimen Stunden der Nacht (73639)
Fermer (73698)

Hanns-Josef Ortheil

Im Licht der Lagune

Die Nacht des Don Juan

Zwei Romane in einem Band

btb

FSC
Mix
Produktgruppe aus vorbildlich
bewirtschafteten Wäldern und
anderen kontrollierten Herkünften

Zert.-Nr. GFA-COC-1223
www.fsc.org
© 1996 Forest Stewardship Council

Verlagsgruppe Random House FSC-DEU-0100
Das FSC-zertifizierte Papier *Munken Print* für Taschenbücher aus
dem btb Verlag liefert Arctic Paper Munkedals AB, Schweden.

1. Auflage
Einmalige Sonderausgabe Januar 2008, btb Verlag in der
Verlagsgruppe Random House GmbH, München

Umschlaggestaltung: Design Team München
unter Verwendung eines Motivs von
Satz: IBV Satz- und Datentechnik, Berlin
Druck und Einband: Clausen & Bosse, Leck
KS · Herstellung: BB
Printed in Germany
ISBN 978-3-442-73698-0

www.btb-verlag.de

Im Licht der Lagune

Erster Teil

1

An einem klaren, windstillen Abend des Jahres 1786 erkannte der Conte Paolo di Barbaro, der mit einer kleinen Schar von Jägern in einem entlegenen Teil der Lagune auf Entenjagd war, in den fernen Schilfmatten die Umrisse eines Bootes. Im ersten Augenblick glaubte er noch, sich zu täuschen, doch als er auch bei längerem Hinsehen die dunklen, im Abendsonnenlicht zitternden Formen wahrnahm, machte er seine Begleiter auf die seltsame Erscheinung aufmerksam.

Alle Blicke richteten sich kurz auf das anscheinend herrenlos im Schilf treibende Boot, es war ein einfaches, altes, in diesen Gegenden kaum mehr gebräuchliches Fischerboot, das sich im morastigen Sumpf verfangen hatte. Di Barbaro erteilte den leisen Befehl hinzurudern, die Männer schwiegen, manche auf ihre Gewehre gestützt; so näherte man sich langsam dem geisterhaft fremden Schwarz, das die dunkelgrünen Linien der Schilfhalme wie ein kräftiger, breiter Pinselstrich grundierte.

Drei- oder viermal im Jahr erschien der Conte zur Jagd, nahm in seinem weiten, pelzgefütterten Mantel auf der Ruderbank Platz und verfolgte unbeweglich das Geschehen, die ruhige, gespannte Vorbereitung der Männer, die ihre Flinten putzten, das plötzliche, meist unerwartete Aufschwirren eines kleinen Schwarms von Vögeln, die krachenden, wie ein Feuerwerk ins Blau zischenden Gewehrsalven und den kräftigen Sprung des Hundes, der die erlegten Tiere in unermüdlicher Folge, kaum zu beruhigen, aus dem Wasser fischte. Früher hatte di Barbaro noch selbst an der Jagd teilgenommen, doch seit einigen Jahren beschränkte er sich auf das Zuschauen, weil er erkannt hatte, daß es ihm einen viel größeren Genuß bereitete.

Wenn er zuschaute, bekam er jede Einzelheit mit, es war, als spielten die Männer nur für ihn diese Szenen, die etwas Einfaches, Endgültiges hatten, etwas von jenem Leben, von dem seine venezianischen Freunde nichts ahnten. Die meisten von ihnen waren munter, ruhelos und verschwatzt, sie hätten es auf dieser harten Bank nicht lange ausgehalten, und erst recht hätten sie die schweigsame, nach innen gewandte Art der Jäger nicht zu schätzen gewußt. Er aber, Paolo di Barbaro, mochte diese ruhigen Menschen, die im Herbst Tag für Tag unterwegs waren und in einem der kleinen Fischerorte der Lagune lebten, fern von der Stadt. Er begleitete sie einige Stunden, bezahlte sie gut und saß mit ihnen bis in die Nacht zusammen, bei einer einfachen Mahlzeit, die sie an einem großen Kaminblock in der Mitte einer geräumigen Jagdhütte einnahmen. Sie kannten die Kanäle und Sümpfe der Lagune genau, und sie liebten ihre unendliche Weite, in der Menschen sich noch völlig verloren. Nachts fanden sie sicher zurück, sie achteten nur auf die Sterne und folgten den Gerüchen, als seien sie längst selbst zu einem Teil dieser in sich verschlossenen Natur geworden.

Di Barbaro schaute zur Seite. Jetzt hatten sie das fremde Boot erreicht, einige der Männer schrien kurz auf, so unerwartet und heftig, daß er sich unwillkürlich von seinem Sitz erhob, um einen Blick hinüber zu werfen. Da erkannte er den nackten Leichnam eines ungewöhnlich großen, jungen, schwarzhaarigen Mannes. Dessen Augen waren entzündet, gerötete, aufgequollene Flecke, von Salzinseln verkrustet, der Körper war stark gebräunt, ganz gleichmäßig, als habe er sich lange Zeit in der Sonne befunden. Der Tote lag auf dem

Rücken, mit ausgebreiteten Armen, als wolle er dem weiten Himmel huldigen, doch wirkte seine Nacktheit verstörend, als habe man ihn gewaltsam all seiner Kleider beraubt.

Der Conte ließ zwei seiner Jäger hinübersteigen, man drehte den schweren Leichnam herum, doch es waren keine Spuren einer Gewalttat zu erkennen. Sonst war in dem dunklen Boot weiter nichts zu entdecken, keinen einzigen Gegenstand führte der Einsame bei sich, nichts, das dazu hätte dienen können, seine Herkunft oder sein Schicksal genauer zu bestimmen. Di Barbaro starrte den Toten an, während die Männer, durch den erstaunlichen Fund erregt, miteinander flüsterten und Vermutungen austauschten, was dem jungen Mann zugestoßen sein mochte.

Niemand kannte ihn, niemand hatte ihn je gesehen. Auch di Barbaro war ihm noch nicht begegnet; irgend etwas war ungewöhnlich an diesem etwa zwanzigjährigen Menschen, irgend etwas an seiner Erscheinung paßte nicht zu diesem vielleicht gewaltsamen Tod. Ohne sich lange zu besinnen, zog der Conte seinen weiten Mantel aus und befahl, ihn dem Toten unterzulegen. Als das samtene Dunkelgrün den reglosen Körper grundierte, erkannte di Barbaro plötzlich, was ihn verwirrt hatte. Es war die ungewöhnliche Schönheit des Jungen; der Leichnam lag auf dem dunklen Mantel wie ein Modell zu einer anatomischen Skizze. Die Sehnen und Muskeln waren die eines an harte Arbeit gewöhnten Menschen, die Gesichtszüge aber waren von solcher Feinheit, daß sie an die einiger Patriziersöhne der Stadt erinnerten. Doch diese Burschen, denen di Barbaro auf Bällen und Festen begegnete, wenn sie ihre gelangweilten Blicke durch die kerzenbeleuchteten Säle streifen ließen, hatten nicht einen so kräftigen, geschulten Körper. Für einen Mann aus dem Volk waren dagegen die schwarzen, langen Haare viel zu gepflegt, seidig schimmernde Strähnen, die, da hätte di Barbaro wetten können, beinahe täglich gekämmt worden waren.

Die Männer wurden unruhig, er mußte jetzt etwas sagen und rasch entscheiden, was mit dem Toten zu geschehen hatte. Er dachte sich, daß es besser sei, die Sache geheimzuhalten, solange sie nicht aufgeklärt war. Wenn man in Venedig anlegte, würde man großes Aufsehen erregen; besser wäre ein abgelegener, unauffälliger Ort, der den Leichnam den Blicken der Gaffer zunächst entzog. Di Barbaro dachte sofort an das Kloster von San Giorgio Maggiore, mit dem Abt war er seit vielen Jahren befreundet. Man könnte sich zunächst gemeinsam beraten, man könnte in aller Vorsicht weitere Leute des Vertrauens in die Geschichte einweihen, vielleicht ließen sich Erkundigungen einziehen, die das Rätsel Stück für Stück ein wenig erhellten.

Der Conte sprach langsam und ruhig. Er verlangte von den Männern absolute Verschwiegenheit, sonst werde er sie hart bestrafen, doch noch während er sprach, wußte er, daß er sich auf sie verlassen konnte. Ihnen konnte selbst nicht daran gelegen sein, die Sache öffentlich zu machen; man hätte sie mit dem Ereignis in Verbindung gebracht, man hätte Nachforschungen angestellt, die Untersuchungsmethoden der venezianischen Behörden waren gefürchtet. Sie nickten auch gleich, als seien sie ganz mit ihm einig, stumm machten sie sich daran, das fremde Boot am Heck der Barke zu vertauen. Der Conte hatte die richtigen, klugen Worte gesprochen, genau die Worte, die man von ihm erwartet hatte.

Paolo di Barbaro nahm wieder auf der Ruderbank Platz. Die Jagd war abgebrochen, langsam trieben die beiden Boote durch die plötzlich wieder auffälligere Stille der Lagunenlandschaft. Es war, als habe diese Stille für einen kurzen Moment eine geheimnisvolle Gestalt erzeugt und als stellte sie den Findern die Aufgabe, dieses Geheimnis zu ergründen. Manchmal schaute der Conte zu dem Boot zurück, das sich im Schlepptau befand. Der pelzgefütterte Mantel hatte sich geöffnet und gab den nackten Leichnam frei. Di Barbaro ließ ihn wieder einhüllen und ordnete an, den starren Körper mit den erlegten Tieren zu bedecken. Am liebsten wäre ihm gewesen, er hätte diesen Toten in den Untiefen der Kanäle versenken können, etwas Bedrohliches, Unheimliches ging von ihm aus.

Einer der Jäger begann plötzlich, leise zu singen. Der Conte schaute auf das regungslose, glatte Wasser der Lagune, in dem hier und da violette und ockergelbe Inseln wuchernden Krauts trieben. Die in sich erstarrte Wasserfläche lauerte über Abgründen von Schlick und spiegelte den Himmel doch in beinahe übertriebener Klarheit. Irgendwo in der Ferne lag Venedig, dieses große, mühsam immer wieder zusammengestückelte Floß.

2

Der Conte wartete im Kreuzgang des Klosters San Giorgio, bis der Abt alles Nötige veranlaßt hatte. Er behandelte die Sache mit erstaunlicher Sachlichkeit, so, als sei er an solche Fälle gewöhnt. Di Barbaro aber spürte noch immer die innere Unruhe; seine Finger waren erkaltet, und er bemerkte ein leichtes Zittern der Hände, das ihn verärgerte. Im Grunde ging ihn dieser Tote nichts an, und doch hatte sein Anblick eine wunde Stelle seines Inneren berührt. Er ging langsam auf und ab, unwillig mit dem Kopf schüttelnd, als könnte er alles mit einigen Gesten abtun. Dann sah er den Abt, der schnellen Schrittes auf ihn zukam. Sie umarmten sich. Obwohl sie gut miteinander befreundet waren, hatten sie einander seit Monaten nicht mehr gesehen.

»Was denkst Du darüber?« fragte der Conte.

»Daß er aussieht wie einer unserer gemalten Heiligen, wie die Figur eines Altarbilds ...«, antwortete der Abt.

»Daran dachte ich auch«, sagte der Conte. »Und was machen wir nun mit soviel erkalteter Schönheit?«

»Wir begraben sie feierlich und schweigen.«

»Glaubst Du, daß er eines natürlichen Todes gestorben ist? Ich glaube es nicht. Und müssen wir nicht wenigstens herausbekommen, wer er ist?«

»O nein, lieber Paolo. Diesen Fragen werden wir nicht weiter nachgehen. Wir werden ihn bestatten und für seine Seele beten.«

»Vielleicht wollte man ihn sogar loswerden. Ich vermute, er trieb tagelang so auf dem Wasser.«

»Mag sein, was geht es uns an? Er ist tot.«

»Hast Du seine Haare gesehen? Ich habe noch selten so gepflegte Haare gesehen, beinahe wie die einer Frau ...«

»Ja, die Haare ... Aber wir sollten uns nicht in solche Betrachtungen vertiefen. Wir sollten ihn beerdigen und vergessen, mehr können wir nicht für ihn tun. Sobald wir Fragen stellen, werden sich die Behörden einschalten und das Fragen übernehmen. Sie werden sich hier einnisten und wochenlang schwadronieren. Sie werden Karten spielen und die unsinnigsten Theorien aufstellen, und wir werden sie verpflegen müssen. Ich sehe sie schon vor mir, wie sie hier einfallen und sich mittags und abends über unsere Polenta hermachen.«

»So oft fütterst Du Deine Lieben mit diesem Zeug?« fragte der Conte.

»Damit sie nicht in Versuchung kommen. Polenta und Risotto, das reicht. Abwechslungen im Essen machen nur lüstern und auf die Dauer doch unzufrieden. Das zufriedene Leben ist ein einfaches Leben, das jede Veränderung scheut.«

»Was Du nicht sagst! Dann müßte ich ja ein glücklicher Mensch sein«, lachte der Conte. »Ich hause in meinem Palazzo wie einer Deiner Mönchsbrüder in seiner Zelle. Ich gebe mich keinen Ausschweifungen hin, ich besuche wöchentlich einmal die Messe, ich arbeite dann und wann für unsere Republik, und ich ernähre mich wie eine Maus, die manchmal an einem Stück Käse knabbert.«

»Aber Du bist nicht glücklich, Paolo. Das bist Du nicht.«

»Ah, Du mußt es wissen! Und warum bin ich nicht glücklich?«

»Weil Du nicht verheiratet bist, Paolo! In Deinem monströsen Palazzo fehlt die Frau und fehlen vor allem die Kinder. Was Ihr Euch einbildet, Ihr vornehmen Herren! Eine Familie nach der andern stirbt aus, weil Ihr es nicht fertigbringt, wenigstens einen der Söhne zur Heirat zu zwingen! Deine Mutter hat mich beschworen, Dir ins Gewissen zu reden. Jetzt ist sie schon über zwei Jahre tot, und zehn Jahre sind seit dem Tod Deines Vaters vergangen! Ein sechsundvierzigjähriger Mann wie Du sollte geheiratet haben! Oder wird Dein Bruder Dich darin übertreffen?«

»Antonio ist noch immer in England, als Sekretär unserer Gesandtschaft. In einem Jahr wird er den Gesandten ablösen.«

»Er fehlt Dir. Ich sehe Dir an, daß er Dir fehlt«, sagte der Abt und legte den rechten Arm um di Barbaros Schultern. Der Conte blieb stehen. Jetzt wußte er, warum ihn die Entdeckung des Toten so unangenehm berührt hatte. Seit dem Tod seiner Mutter hatte er keinen Leichnam mehr gesehen; Beerdigungen war er ferngeblieben, er hatte den Tod von sich fernzuhalten versucht, so gut es ging.

»Du solltest mich häufiger besuchen«, sagte der Abt. »Du solltest nicht nur an Deine Kunstsammlungen denken, nicht nur an tote Bilder ...«

»Die Bilder sind nicht tot«, unterbrach ihn di Barbaro, »sag so was nicht. Was verstehst Du von Bildern?!«

»Du hast recht«, sagte der Abt. »Ich wollte Dich nicht verletzen. Aber ich stelle mir vor, wie Du allein mit all Deinen Dienern in Deinem Palazzo sitzt und Bilder betrachtest. Kaum ein Sonnenstrahl stiehlt sich hinein ...«

»Wenn ich die Bilder betrachte, werden die Räume verdunkelt«, sagte di Barbaro knapp. Der Abt nahm den Arm von seinen Schultern. »Bleibst Du zum Abendessen?« fragte er.

»Polenta oder Risotto?« fragte der Conte.

»Risotto mit Fisch«, antwortete der Abt.

»Einverstanden«, sagte di Barbaro. »Aber vorher möchte ich unseren Heiligen noch ein letztes Mal sehen. Wo habt ihr ihn hingeschafft?«

»Er liegt in einer der Krankenstuben. Bruder Ennio wäscht ihn, am Ende wäscht man uns alle wie Kinder, komm mit!«

Sie durchquerten den Kreuzgang, gingen eine schmale Treppe hinauf, liefen einen langen Flur entlang und betraten durch eine enge, niedrige Tür die Krankenstube. Der Raum wurde nur durch eine einzige, dicke, dicht neben dem Totenlager brennende Kerze erleuchtet. Die Wände waren mit dunkelrotem Stoff drapiert, auf einem kleinen, runden Holztisch standen eine Karaffe mit Wasser und ein kleines Glas, sonst war der Raum kahl, ähnlich jenen Räumen, in denen man nichts anderes tat als warten. ›Darauf verstehen sie sich‹, dachte di Barbaro, ›für jedes Ereignis haben sie ihr Dekorum ...‹

Bruder Ennio hielt kurz inne, als er die beiden Männer bemerkte. Der Abt gab ihm jedoch ein Zeichen, und sofort setzte er die Waschung fort. Der Conte beobachtete, wie der Leichnam sorgfältig mit einem Schwamm gereinigt wurde. Die Augen waren von den Salzspuren befreit, die Haut war überall aufgesprungen, als hätten die Sonnenstrahlen wie feine Nadeln lauter Einstiche verursacht. Di Barbaro wagte nicht, näher heranzutreten. Der Bruder tat seine Arbeit so selbstverständlich und doch vorsichtig, als säuberte er einen wertvollen Kunstgegenstand von einer leichten, mit geübten Handgriffen zu entfernenden Patina. ›Warum wollte ich ihn noch einmal sehen?‹ dachte di Barbaro. ›Weil ich versuche, mich an diesen Anblick zu gewöhnen ...‹

Der Abt faltete die Hände, als wollte er zu beten anheben, der Conte spürte, wie er bei dem Gedanken an ein Totengebet starr wurde, und Bruder Ennio hob den rechten Arm des

Toten, als hätte er ein einzelnes, schweres Teil zu stemmen. In diesem Augenblick hörte jeder der Drei ein deutliches, tiefes, mehrmals einsetzendes Stöhnen. Es klang wie ein Röcheln, als versuchte jemand, nach langem Schlaf die richtige Stimmlage zu finden. Bruder Ennio hatte den aufgerichteten Arm sofort fallen gelassen und war an die Wand zurückgewichen. Der Abt hatte versucht, nach di Barbaro zu greifen, doch der hatte sich als einziger nicht entfernt, sondern war näher zu dem sich schwach regenden Körper hingetreten.

»Er lebt«, sagte der Conte leise. Er hatte jetzt einen trockenen, beinahe erstickten Mund. Er wunderte sich, daß er die Worte so sicher hatte herausbringen können, denn seine Aufregung war so groß, daß er ein starkes Herzklopfen spürte. Gleichzeitig bemerkte er, wie die innere Freude diese Aufregung langsam verdrängte, ja, es war, als stiege eine Freudenwelle in ihm auf, so heftig, daß er sich für einen Moment nach vorn beugte, um die Beherrschung nicht zu verlieren. Es kam ihm beinahe so vor, als habe er, der Conte Paolo di Barbaro, Teil an dem unerwarteten Wunder.

Die Drei sahen, wie der Erwachte seine Augen zu öffnen versuchte, diese Anstrengung aber sofort einen derartigen Schmerz hervorzurufen schien, daß er den Kopf zur Seite fallen ließ.

»Holen Sie den Arzt, Bruder Ennio!« flüsterte der Abt.

Di Barbaro war instinktiv zu dem Tisch mit der Wasserkaraffe hinübergegangen. Er schenkte das kleine Glas voll und setzte es dem jetzt wieder unbeweglich daliegenden Mann an den Mund. Da sah er, wie die aufgeplatzten, schründigen Lippen, die wie zwei schwere Wulste aufeinanderlagen, langsam, kaum merklich zuckten. Es war nur eine sehr kurze, immer wieder ansetzende Bewegung, eine Art Flackern, wie ein Insektenrucken, doch es ließ in di Barbaro noch einmal jenes Glücksgefühl aufleben, das er seit langem nicht mehr empfunden hatte. Das Wasser lief in kleinen Perlen, aufgefädelt wie an einer Schnur, durch eine kaum wahrzunehmende Öffnung zwischen den Lippen. Di Barbaro goß etwas stärker nach, doch das Wasser schoß nun wie ein kleiner Schwall zu beiden Seiten des Halses hinunter zum Kinn. Die Brust des Erwachten hob sich für einen Moment, dann hörte man noch einmal das Röcheln, darauf aber gleichmäßige Atemzüge, als habe er endlich den ersehnten Schlaf gefunden.

Bruder Ennio kam mit dem Arzt zurück, der sich gleich daran machte, den Mann zu untersuchen. Der Abt nahm di Barbaro am Arm, und sie gingen zusammen hinaus.

»Was meinst Du?« flüsterte der Conte.

»Er ist von den Toten auferstanden ...«, sagte der Abt.

»Es würde mich nicht wundern, wenn er auch noch in den Himmel auffährt«, erwiderte di Barbaro, »Du wirst die Glocken läuten lassen, und Venedig hat endlich einen neuen Heiligen, der den alten San Marco bald in den Schatten stellen wird.«

»Jetzt wird uns die Sache beschäftigen«, sagte der Abt. »Ich ahne, daß uns das Ganze nicht loslassen wird.«

»Dir wäre wohl lieber gewesen, er hätte sich schnell ins Grab legen lassen?«

»Das habe ich nicht gesagt«, lächelte der Abt. »Ich weiß nur, daß solche Auferstandenen manchmal zu predigen anfangen.«

»Das wäre das Schlimmste, was er uns antun könnte«, sagte di Barbaro.

Der Arzt trat aus der Krankenstube und schüttelte den Kopf so demonstrativ, als spielte er eine Szene. »Die Atmung ist normal, auch das Herz schlägt wieder regelmäßig.«

»Und wie erklären Sie uns das, dottore?« fragte der Conte.

»Erklären?! Wie kann man so etwas erklären?«

»Sagen Sie nicht, es sei ein Wunder. Für Wunder ist unser ehrwürdiger Freund hier zuständig.«

»Es gibt solche Fälle«, sagte der Arzt ausweichend und betont langsam, als müßte er sich an ein längst vergessenes Wissen erinnern, »es gibt sie, sehr selten, äußerst selten, besser gesagt! Es handelt sich um eine Art Scheintod. Die Atmung ist so schwach, daß man sie nicht bemerkt, auch die Herztätigkeit ist eingeschränkt. Der Lebende ähnelt einem Toten.«

»Und wie erreicht man diesen angenehm unaufwendigen Zustand?«

»Darüber weiß man beinahe nichts, Conte di Barbaro. Unser Freund könnte etwas Giftiges zu sich genommen haben, auch eine Verletzung am Kopf könnte die Ursache sein. Ich werde das in den nächsten Tagen genauer erforschen. Jetzt braucht der Kranke jedenfalls Ruhe. Ich werde mich um ihn bemühen, ich werde nicht von seiner Seite weichen, bis er uns selbst erklären kann, was ihm zugestoßen ist.«

»Wie lange wird das dauern?« fragte der Abt.

»Einige Tage«, antwortete der Arzt, »wenn man meinen Anweisungen folgt und jede Störung vermeidet.«

»Sagen Sie Bruder Ennio, was Sie brauchen«, sagte der Abt und nahm den Conte am Arm. Sie gingen langsam den Flur entlang, nachdenklich und versonnen, als müßten sie sich anstrengen, eine Lösung des Rätsels zu finden.

»Er ist ein Prinz aus Mantua«, sagte di Barbaro leise. »Sie haben ihn in der Lagune ausgesetzt, weil er seine Mutter geschwängert hat.«

»Paolo, ich bitte Dich! Er ist ein Meeresjünger, ein Heiliger, auf den die Fische hören!«

»Oh, auch gut! Aber warum haben die Fische ihn dann nicht an Land getragen?«

»Weil der heilige Petrus dagegen war! Der heilige Petrus ist eifersüchtig in diesen Dingen!«

Sie erreichten wieder den Kreuzgang. Der Conte blickte kurz hinauf zu den Sternen. »Ich kann jetzt nichts essen«, sagte er. »Keine Polenta, keinen Risotto, vor allem aber keinen Risotto mit Fisch! Du verstehst das, mein Lieber?«

»Ich verstehe«, sagte der Abt, »aber versprich mir, daß Du mich bald wieder besuchst.«

»Wenn man mit unserem Auferstandenen reden kann, werde ich kommen«, lächelte der Conte. »Dann essen wir etwas Passendes, Petersfisch zum Beispiel.«

»Ich erwarte Dich«, sagte der Abt und begleitete seinen Freund zu der Stelle, wo die Gondolieri des Klosters warteten. Sie umarmten sich wieder, dann stieg Paolo di Barbaro in eine der schwarzen Gondeln und ließ sich zu seinem Palazzo bringen.

3

Am nächsten Morgen erwachte er sehr früh. Seit einigen Monaten gelang es ihm nicht mehr, länger als bis zum Sonnenaufgang zu schlafen. Obwohl die Fenster des Schlafzimmers mit dicken Vorhängen verdunkelt und die Holzläden geschlossen waren, schienen die ersten Sonnenstrahlen einen geheimen Weg in sein Hirn zu finden. Selbst im tiefen Dunkel seines Gemachs glaubte er die frühe Helligkeit wahrzunehmen, so unvermittelt und stark, als griffe ihm das Licht unter den Kopf, um ihn aufzurichten.

Di Barbaro erhob sich. Sobald ihn das verborgene Strahlen geweckt hatte, ging er zu den Fenstern, um die Läden einen Spalt zu öffnen und die Morgenluft hineinziehen zu lassen. Dann legte er sich für einige Minuten noch einmal hin, schwerfällig und zitternd, wenn der Wind hereinfuhr. In dieser Lage spürte er die Kühle des großen Baus. Jeden Morgen mußte er sich langsam gegen diese Kühle anstemmen, als sollte er den gewaltigen Bau beleben und den Tag über auf seinen Schultern tragen, bevor er in den Nachtstunden wieder im Wasser versackte.

Jetzt hörte er die ersten Geräusche, das feine, in den Morgenstunden noch hohe Schlacken des Wassers, die Stimmen der Verkäufer vom nahen Markt, den stechenden Schrei einer Möwe, der in den Kanälen nachhallte. Unten wurde gerade das große Tor zur Eingangshalle geöffnet; undeutlich hörte er die Begrüßungsrufe der Männer, die mit einem Lastboot wenige Ruderschläge ins Innere des Palazzos vorstießen, wo die Waren entladen und in den Lagerräumen verstaut wurden.

Eine Handvoll Sonnenstrahlen hatte sich in das Zimmer geschmiegt und legte sich wie eine klebrige Spur auf die dunkelblauen Tapeten. Das kleine Handkreuz auf dem Tisch neben seinem Bett leuchtete. Di Barbaro regte sich nicht; in diesen ersten Minuten konnte er noch an allem teilhaben, ohne sich um etwas kümmern zu müssen. Daher liebte er diese Stunden, von denen keiner seiner Diener etwas ahnte. Er brauchte ihnen keine Aufträge zu erteilen, das Leben geriet allmählich von selbst in Bewegung.

Nach einigen Minuten stand er auf, kleidete sich in einen leichten seidenen Mantel und setzte sich an den schmalen Schreibtisch, der vor Jahren im Zimmer seiner Mutter gestanden hatte. In der meist klemmenden Schublade pflegte er nur ein einziges Buch aufzubewahren, in dem er an jedem Morgen eine Zeitlang las, wenige Zeilen nur, immer wieder, als wollte er seine Gedanken mit diesen herbeizitierten Worten füttern. Er blätterte und wartete, bis ihn einige Verse lockten: »Allein und sinnend durch die ödsten Lande/ geh' ich mit langsam abgemessnem Schritte,/ die Augen halt ich fluchtbereit, wo Tritte/von Menschen sind zu sehn, geprägt im Sande . . .«

Aus einer gewissen Anhänglichkeit las er gern in den Versen des alten Petrarca. Vor über vierhundert Jahren hatte er hier in Venedig gelebt, in einer Vergangenheit, die er, Paolo di Barbaro, sich vorstellen konnte, als handelte es sich um seine Jugendtage. Nichts war vergangen, in Venedig gab es nur eine einzige Gegenwart, die Gegenwart des Alters, die begonnen hatte, als man den Leichnam San Marcos aus dem Orient hierher geschafft hatte. Von da an hatte die Stadt sich vollgesogen mit seinen Aromen, bitteren, weichen Altersaromen, die alle Jugend und alles Neue vertrieben.

Di Barbaro legte das Buch zur Seite. Wie schön und gelassen das doch gesagt war – »allein und sinnend«; so allein, so sinnend war er in der gestrigen Nacht nach Hause zurückgekehrt und hatte sich, nach der kurzen Begrüßung durch seinen Kammerdiener, in seine Zimmer zurückgezogen. Er hatte unruhig geschlafen, noch am heutigen Morgen beschäftigten ihn die Ereignisse der Nacht. Er hätte gerne mit jemandem darüber gesprochen oder sie jemandem erzählt, doch mit wem hätte er sprechen können?

Er ließ das Buch in der Schublade verschwinden und nahm einige Blätter hervor. Er holte sich Feder und Tintenfaß, gürtete den seidenen Mantel enger und begann zu schreiben: »Lieber Antonio, ich muß Dir berichten, was gestern geschah. Ich war auf der Jagd, mit den Jägern aus Pellestrina, die Dir bekannt sind. Die Jagd in der Lagune wird mit den Jahren zu einer immer größeren Freude, warum das so ist, werde ich Dir vertraulich erzählen, wenn wir uns wiedersehen. Gestern überraschte uns, kurz bevor die Sonne ins Meer sank, ein Boot ...«

Di Barbaro wußte, daß sein Bruder auch die Andeutungen verstand. Sie waren zusammen aufgewachsen, nur durch zwei Jahre voneinander getrennt. Und doch war Antonio immer der um vieles Jüngere gewesen, ein schneller, eifriger, in Gesellschaft aufblühender Mann, den es schon früh in die fernen Länder gezogen hatte. Meist sahen sie sich zwei- oder dreimal im Jahr, und immer waren diese Treffen von einer seltsamen Übereinstimmung getragen, als reichte diese wenige Zeit, um sie daran zu erinnern, wie gut sie sich im Grunde verstanden. Für einen längeren Zeitraum hätte diese Harmonie vielleicht nicht gereicht, jedenfalls vermieden sie es, die Probe auf ein dauerhafteres Zusammenleben zu machen. Antonio verschwand nach einigen Wochen so unerwartet und überraschend, wie er gekommen war, nachdem sie die Familienangelegenheiten wie zwei erfahrene Geschäftsleute miteinander besprochen hatten, die an übergeordnete Ziele zu denken hatten. Es war ihnen gelungen, den Reichtum der Familie zu mehren, doch über die Zukunft sprachen sie kaum miteinander, sie wußten beide, daß sie sich diesen ungewissen Zeiten nicht stellten, aus der geheimen Furcht, alles könnte sich von Grund auf ändern.

Der Conte spürte, wie es ihn erleichterte, die Ereignisse des gestrigen Tages aufzuzeichnen. Satz für Satz trennte man sich von ihrem Nachempfinden und schob sie in eine immer größere Ferne, die Ferne des Angeschriebenen. Als er fertig war, überflog er seine Zeilen noch einmal, versiegelte den Brief und legte ihn befriedigt in die Schublade. Er öffnete eines der Fenster weit, horchte kurz auf die lebhafter werdenden Geräusche des Tages und bestellte den Kammerdiener zu sich, der ihm eine Schokolade zu bringen hatte. Er kleidete sich an und wartete, immer gieriger werdend, auf das süße, mit frischem Rahm angedickte Getränk, das er löffelweise zu sich nahm wie eine feste Speise. Er wußte, daß man jetzt auf ihn wartete, alle Winkel des großen Baus warteten jetzt auf sein Erscheinen, er mußte sich zeigen; so verließ er das Schlafzimmer.

Unbewußt zog er den Kopf etwas ein, als er das abgedunkelte Umkleidezimmer betrat. Er blickte durch eine geöffnete Tür in die weite Flucht der Räume, in denen noch die Morgenstille nistete. Er erreichte den kleinen Salon mit den Deckenfresken der Vier Jahreszeiten, dreist und prall grinsenden Faunen und tanzenden Mädchen in Blumengewändern, deren Heiterkeit er nicht ausstehen konnte. Dann der große Speisesaal, mit den gewaltigen Leuchtern aus Murano und den aufdringlich hohen Spiegeln an jeder Seite, an der Decke das Allerheiligste, eine Apotheose der Familie di Barbaro, tapfere Feldherren, Engel, die sie direkt in den Himmel führten, eine einzige Gloriole des Ruhms seines Geschlechts, das zu den ältesten der Stadt gehörte und seine Wurzeln bis zu den Römern zurückdatierte. Weiter, in den grünen Salon, auch er an den Wänden voller Gemälde mit den Heldentaten der Ahnen, einer siegreichen Seeschlacht vor Zypern, dem Einzug eines Gesandten in Konstantinopel oder der feierlichen Ankunft eines di Barbaro auf der römischen Piazza del Popolo.

Solch ein Morgengang trug ihn zurück in die unendliche Weite des Vergangenen, Raum für Raum fühlte man sich aufgerufen, vor dem Tribunal dieser Dynastie bestehen zu müssen. Endlich der große Portego, der Festsaal, der die ganze Tiefe des Palazzo durchmaß, mit seinen Balkonen zur Wasser- und zur Landseite, mit den schweren, bemalten Kassettendecken, den hellen, wie in sirrender Luft erscheinenden Allegorien der Weisheit, Treue und Beständigkeit, die oberhalb der Türen nach den Eintretenden griffen, und dem breiten, sich labyrinthisch auf der Schauseite verankernden Stammbaum der Familie, einem Himmelskoloß von einem Baum, mit unzählbaren Ästen und Zweigen, der in der Krone immer mehr ausdünnte, bis hin zu seinem, Paolo di Barbaros, Namen und dem Namen seines Bruders Antonio, die wie hilf- und blattlose Andeutungen darauf warteten, sich mit anderen Linien und Zweigen zu verbinden.

Der Conte ging die breite Treppe hinunter zur ebenerdigen Empfangshalle, deren großes, schmiedeeisernes Tor sich so zum Wasser hin öffnete, daß Lastboote und Gondeln ins Haus einfahren konnten. Hier lauerte das hellgrüne, sonnenbekränzte Leuchten der Flut, die die schmalen Treppenstufen mit Tang einschlierte, Stufen, auf denen man ins Wasser hätte eintauchen können, wie ein Fisch, der das Weite suchte. Auf halber Höhe standen zur Rechten und Linken die Marmorbüsten der männlichen Ahnen auf muschelförmig geschwungenen Konsolen, als sollten sie die Festgäste mit empfangen, die hier abstiegen, in der zu diesen Gelegenheiten mit Hunderten von Fackeln erleuchteten Halle, die nach der anderen Seite einen Zugang zum großen Garten hatte, den di Barbaro an jedem Morgen kurz aufsuchte.

Unmittelbar an den Palazzo schlossen sich noch gepflasterte, kleine Wege an, die sich dann aber nach allen Seiten verzweigten, zu Schlupfwinkeln führten, zu dichten Laubendurchgängen oder zu kleinen Wäldchen von Granatapfelbäumen, zu einzeln stehenden Zypressen, zu Piniendächern, Oleanderhainen und mit Lorbeerbäumen gesäumten Pfaden, zwischen denen unvermutet kleine Statuen erschienen, eine lächelnde Nymphe oder ein Amor mit Kinderhut. Im hinteren Terrain dann stieß man auf das große Wasserbecken mit den Seerosen und einer Poseidon-Figur, einem sich quer über den Rand räkelnden, bärtigen Gesellen, bevor man im dunkelsten, geheimsten und stillsten Bezirk des Gartens auf ein kleines, gläsernes Türmchen traf, zu dem von zwei Seiten jeweils vier Stufen hinaufführten. Im Innern gab es nichts als einen runden Tisch und zwei halbkreisförmige Bänke, die Glasfenster waren von Glyzinien überwuchert, die sich längst bis hinauf zur Spitze des Türmchens ausgebreitet hatten, wo sie wie ein Wasserschwall überlappten und ziellos ins Blau schossen.

So weit ging der Conte am Morgen nie. In seiner Kindheit war er einige Male bis zu dem zugewachsenen Glasbau vorgedrungen, es war der Raum intimer, geheimer Gespräche gewesen, Gespräche von der Art, wie sie sein Vater manchmal mit einem Freund oder Bekannten geführt hatte, Gespräche zu zweit, die niemand hatte belauschen dürfen. Jetzt aber hatte lange schon niemand mehr diesen Raum betreten, auch er gehörte in die alten, vergangenen Tage, wie die meisten Pflanzen; die Ahnen hatten die seltsamen Züchtungen von ihren weiten Fahrten mitgebracht, Züchtungen, deren exakte Namen man mit der Zeit vergessen hatte und um die sich nun ein Gärtner kümmerte, das ganze Jahr lang.

Wie alle großen Familien der Stadt waren die di Barbaros durch den Handel reich geworden, durch ihre Schiffe im östlichen Mittelmeer, eine eigene Flotte, die unablässig unterwegs gewesen war, zwischen Alexandria, Konstantinopel, Kreta und Zypern, doch diese reichen Zeiten des Handels waren längst vorbei, das Geld hatte man allmählich in Landbesitz verwandelt, in große Güter, Weinberge und Ländereien, für die jetzt ein Verwalter zuständig war, der bald erscheinen würde, oben, in den kühlen Räumen der Bibliothek, wo der Conte seine Geschäfte zu erledigen pflegte.

Mehr als den alten Palazzo liebte er den großen Garten, am frühen Morgen war er oft geradezu süchtig nach dem Geruch von Erde und Pflanzen, nach feuchtem Gras und dem Urin der zahllosen, herumstreifenden Katzen. Es war, als wollte er sich vergewissern, daß es auch noch das Land gab, das blühende, schwere, sichere und beständige Land, das man dieser Wasserstadt abringen mußte wie einen kostbaren Schatz. Sein Vater hatte den Garten erneuern lassen, tonnenweise war die lehmige, rostbraune Erde Venetiens herbeigeschafft worden, dazu Steine aus Istrien, runde Tische mit schweren Sockeln und granitene Tischplatten aus dem Gebirge. Er, Paolo di Barbaro, hatte dafür gesorgt, daß diese versteckte, für Fremde nicht zugängliche Pracht erhalten blieb, jede Erdkrume bedeutete eine Art Luxus, etwas, das man in Venedig teuer bezahlen mußte, weil alles in dieser Stadt dem Wasser entzogen oder mit Gewalt ins Wasser gerammt werden mußte.

Die hohen Mauern und Hecken ließen keinen Einblick von irgendeiner Seite zu, nur von einem einzigen Ort aus konnte man den Garten etwas überblicken, von einem Altan, einem hochgelegenen, wie ein rechteckiges Storchennest auf vier hölzernen, schmalen Beinen schwebenden Balkon des Nachbargebäudes, das die Familie Nardi besaß. Die Nardis gehörten nicht zum alten Adel Venedigs, sie hatten sich erst vor vierhundert Jahren, nach einem Krieg gegen Genua, als die Republik Geld gebraucht und gegen hohe Summen Adelstitel vergeben hatte, in das Patriziat eingekauft. Jeder wußte, daß die Nardis gegenüber den di Barbaros nicht bestehen konnten, mochten sie sich noch so sehr mühen, auch die Räume ihres Palazzo mit Bildern gewonnener Seeschlachten und trompetenden Allegorien zu schmücken, die den Ruhm der Familie in den Himmel schmetterten.

Der Conte hielt daher zu ihnen Distanz, obwohl er nicht zögerte, ihre ebenfalls spärlichen Überbleibsel zu seinen Festen einzuladen. Das Haupt der Familie war der beinahe achtzigjährige Giovanni Nardi, ein Mann, den di Barbaro schon deshalb haßte, weil er seinen Vater bereits um zehn Jahre überlebt hatte. Es war nicht zu verstehen, wie dieser nörglerische, griesgrämige Mensch so alt werden konnte, ein Mann, der immer wieder als schwerkrank galt, nahe am Tode, und es doch jedesmal wieder geschafft hatte, sich ins Leben zu retten.

Di Barbaro blickte kurz zu dem Altan hinauf, als wollte er sich vergewissern, daß er nicht beobachtet wurde. Anders als erwartet sah er jedoch dort eine Dienerin, die das Stangengerüst des Balkons abwischte. Er trat hinter eine Zypresse, um nicht gesehen zu werden. Anscheinend sollte der Altan hergerichtet werden. Eine kurze Weile verfolgte der Conte die Anstrengungen der Frau, das Auslegen eines Teppichs auf dem Boden, das Herbeiholen von Tisch und Stühlen, das Ausbreiten von Decken, die über das Geländer gehängt wurden und wie bunte Fahnen sacht im Wind flatterten.

Als jedoch nach Beendigung dieser Arbeiten niemand erschien, trat di Barbaro aus seinem Versteck, kehrte in die Empfangshalle zurück, blickte noch einmal kurz zurück in den Garten und ging eilig die Treppe wieder hinauf. Auf den letzten, oberen Stufen erkannte er Carlo, seinen Diener, der ihn bereits zu suchen schien.

»Guten Morgen, Signor Paolo!«

»Guten Morgen, Carlo! Was gibt es Neues?«

»Signore, man erzählt sich in der Stadt von einem Wunder. Im Kloster von San Giorgio ist einer von den Toten auferstanden!«

»Carlo! Glaubst Du an solche Märchen?«

»Man hat ihn tot im Wasser gefunden und ...«

»Wer hat ihn gefunden, Carlo?«

»Ich weiß es nicht, Signore. Irgendwelche Menschen, vielleicht einige Mönche, haben ihn tot im Wasser gefunden. Sie wollten ihn zur letzten Ruhe betten, da stand der Tote auf und wandelte durch die Stube wie unser Herr Jesus.«

»Er stand auf und wandelte?«

»So sagt man. Niemand weiß, woher der Heilige kommt. Er ist so schön, daß die Frauen erröten und den Blick abwenden, wenn sie ihn sehen.«

»Die Frauen erröten? Welche Frauen sollten erröten?«

»Seit Sonnenaufgang pilgern sie in Gondeln hinüber zur Insel, Signore. Sie wollen den Fremden berühren. Sie haben Kinder und Kranke dabei, damit er sie segnet.«

Der Conte starrte Carlo an und versuchte zu lächeln. Das Wunder hatte ihn also übereilt und sich noch in der Nacht in Venedig verbreitet. Er schüttelte den Kopf, als wunderte er sich über die kuriosen Nachrichten, und durchquerte den Portego. Auf der anderen Seite drehte er sich noch einmal um.

»Ach, Carlo, und was denkst Du? Ist der Fremde tatsächlich ein Heiliger oder ein Scharlatan?«

»Er ist ein Heiliger, Conte!«

»Und warum bist Du so sicher?«

»Weil Venedig einen Heiligen braucht, mehr denn je!«

Di Barbaro verschwand, als wollte er diese Mitteilungen loswerden, mit raschen Schritten in der Bibliothek. Er hatte zu tun; zwei, drei Stunden lang hatte er nun mit seinen Geschäften zu tun.

4

Als die junge Caterina Nardi am späten Morgen den Altan betrat, sah sie zuerst die kaum unterbrochene Kette der Gondeln, die sich von San Marco hinüber zum Kloster San Giorgio hinzog. Wie ein Magnet schien das Kloster die Gondeln anzuziehen, sie stauten sich bereits vor der Anlegestelle wie eine dunkle, langsam hin und her wandernde Traube.

Caterina schaute eine Zeitlang dem Schauspiel zu, dann nahm sie Platz. Giulia, die alte Amme, hatte den Altan für sie geschmückt, der festlich hergerichtete Platz sollte die ins Elternhaus heimgekehrte Tochter begrüßen. Denn schon wenige Monate nach ihrer Geburt war Caterina, wie die meisten adligen Töchter, in ein Kloster auf der Giudecca gegeben worden. Dort hatte sie über zwanzig Jahre verbracht, aufgezogen von einer Schar älterer, längst müde gewordener Nonnen, die sich den Aufenthalt gut hatten bezahlen lassen. Sie hatte singen, lesen, rechnen und nähen gelernt, und die Jahre waren so langsam vergangen, daß sie manchmal geglaubt hatte, die Bäume des Klostergartens wachsen zu sehen.

An hohen Festtagen hatte sie ihre Eltern besuchen dürfen, für zwei, drei Tage hatte sie ihr sonst unbewohntes Zimmer in dem alten Palazzo bezogen, so wie ihre zwei Schwestern, die ebenfalls in Klöstern aufwuchsen, weitab vom Elternhaus. Giovanni Nardi hatte seine erste Frau früh verloren und im hohen Alter eine viel jüngere geheiratet, die ihm drei Töchter geschenkt hatte, in so rascher Folge und so auf den ersehnten männlichen Erben aus, daß auch sie nach der dritten Geburt bald gestorben war. Mit der Zeit hatte Giovanni Nardi sich mit seinem Mißgeschick abgefunden, Spötter hatten schon behauptet, er habe seine beiden Frauen und die drei Töchter längst vergessen, bis er plötzlich den Wunsch geäußert hatte, Caterina, die Älteste, um sich zu haben.

Die meisten brachten diesen Wunsch mit einer Lähmung zusammen, die ihn an den Stuhl fesselte. Den ganzen Tag lang mußte er umhergeschoben oder umhergetragen werden, von einem Fenster des Palazzo zum andern, unaufhörlich den Platz wechselnd, als könnte nichts seine noch immer lodernde Unruhe besänftigen. Wie aus einer Laune heraus hatte er sich mit einem Mal an Caterina erinnert, tagelang hatte er plötzlich von nichts andrem gesprochen als von seiner »schönsten, ältesten Tochter«, es hatte sich angehört, als spräche er vom Liebsten, das ihm geblieben sei, und so hatte man auf Anraten des Arztes, der diese Stimmungen bereits mit dem nun doch nahenden Ende des alten Mannes in Verbindung gebracht hatte, nach Caterina schicken lassen.

Ihr aber war der Wunsch des Vaters, sie zu sehen, mehr als ein Befehl gewesen. Sie hatte ihm das Versprechen abgetrotzt, nie wieder ins Kloster zurückkehren zu müssen, schwarz auf weiß hatte er es ihr geben müssen, und erst als sie seine Unterschrift unter dem von ihr aufgesetzten Kontrakt gesehen hatte, hatte sie sich bereit erklärt, ihm in seinen letzten Tagen zur Seite zu stehen.

Innerlich aber jubilierte sie. Nichts hatte sie sich sehnlicher gewünscht als das Ende der Klostertage, das Ende einer eintönigen und schlimmen Leidenszeit, in der sie niemand andren zu Gesicht bekommen hatte als die übrigen Zöglinge und die mißmutigen, überforderten Nonnen, die sich längst keine Mühe mehr gegeben hatten, den Mädchen etwas beizubringen. Seit gestern aber war diese Zeit vorbei, Caterina Nardi hatte heimgefunden in ein Reich, das sie von nun an mitzugestalten gedachte. Zum Glück war Giulia all die Jahre geblieben, neben dem Vater und ihren Schwestern war sie der einzige Mensch, der seit ihrer Geburt zu diesem Hause gehörte, ein Ersatz für die früh verstorbenen Frauen, von denen niemand mehr sprach.

Caterina lehnte sich gegen die Brüstung. Der hohe, heitere

Platz mit der weiten, bis zum Horizont reichenden Aussicht war genau der richtige Ort für diesen ersten Morgen zu Haus. Am liebsten wäre sie hinabgesprungen in das Getümmel, um sich unter die Menschen zu mischen! Den Nächstbesten hätte sie ausgefragt, nach den neusten Geschichten, und ohne Umschweife wäre sie zur Piazza San Marco gelaufen, zu den Kaffeehäusern und Läden, wo sich die meisten Fremden herumtrieben, von denen sie gerade die hätte kennenlernen wollen, die am weitesten gereist waren und die phantastischsten Gewänder trugen!

Doch sie wußte, daß es unmöglich war, den Palazzo allein zu verlassen. Keine junge, unverheiratete Frau ihres Standes durfte sich so in der Stadt sehen lassen. Wäre sie verheiratet gewesen, so hätte sie wie alle anderen verheirateten Frauen auch einen Cicisbeo gehabt, einen Kavalier ihrer Wahl, der sie den ganzen Tag begleitet hätte und zuständig gewesen wäre für ihre Vergnügungen. Ihren Mann aber, ihren Mann hätte sie nur selten zu Gesicht bekommen, die verheirateten Männer lebten ihr eigenes Leben und überließen ihre Frauen den Kavalieren oder übernahmen selbst diese Rolle bei einer anderen Schönen. Niemals tauchten Mann und Frau daher zusammen auf, im Gegenteil, sie gingen sich aus dem Wege. Dieses getrennte Leben aber hätte sie, Caterina, nicht weiter gestört, eher war es ja der Beginn eines freieren, von niemandem eingeschränkten Daseins, das die meisten Frauen genossen.

Ohne verheiratet zu sein aber durfte sie höchstens in den frühsten Morgenstunden in Begleitung zweier Diener zur Kirche eilen. Sie hatte den Blick auf den Boden zu richten, als ginge sie die ganze Umgebung nichts an, während sie sich in Wahrheit noch nach dem einfachsten Leben sehnte, nach einem Gang über den Fischmarkt, nach einem Gespräch mit einer Blumenverkäuferin, nach dem Eintauchen in die Menschenmengen, trunken von all den neuen Eindrücken. Da ihr das alles aber untersagt war, kam es ihr so vor, als hätte sie bisher nicht gelebt; sie kannte die Stadt nur durch Gerüchte, weitergegeben im nächtlichen Flüstern ihrer Klosterfreundinnen, nie hatte sie bisher einen einzigen Laden betreten, selbst die Schneider und Schuster waren ins Kloster oder in den Palazzo bestellt worden, damit nicht gegen die guten Sitten verstoßen wurde. Ein solches Frauenleben, hatten die Freundinnen sich erzählt, gab es nur in Venedig. Nur hier waren die unverheirateten Mädchen des Adels dauerhaft Gefangene und vom Treiben der Welt ausgeschlossen, nur hier konnten die verheirateten andererseits tun und lassen, was ihnen beliebte. So war denn die Heirat auch die Sehnsucht aller gewesen, von nichts war im Kloster häufiger die Rede gewesen als von der Heirat: jemanden heiraten, um frei zu sein, irgendwen, und wäre es der lächerlichste Kerl gewesen, schließlich hätte man das Leben nicht mit ihm zu teilen brauchen!

Von diesem Altan aus aber konnte sie zumindest wie aus einem Versteck teilhaben an ihrer Umgebung. Sie konnte die Augen schließen und den Geruch der nahen Häuser einatmen, den Duft des wuchernden Grüns aus dem benachbarten Garten, den salzigen Dunst von Wasser und Tang, ja selbst den Gestank des Abfalls, der manchmal tagelang in den Gassen faulte! All diese Gerüche wirkten auf ihre Sinne so maßlos wie die Düfte des Paradieses, sie gehörten zu dem lebendigen Dasein, nach dem sie sich sehnte und das ihr noch verwehrt war, solange ihr Vater sich nicht entschieden hatte, einen Mann für sie zu finden. Es gehörte sich nicht, den Schwerkranken darauf anzusprechen, niemand wußte, ob er überhaupt noch an eine solche Heirat dachte, jedenfalls sprach er nicht davon, sondern zog sich zurück auf seine letzten, späten Passionen, das gierige Naschen von Gebäck, nach dem er die Diener durch die ganze Stadt ausschickte, oder das Wiederkäuen einiger Zeilen aus einem verstaubten Buch, aus dem sie ihm vorlesen mußte.

Jetzt kam Giulia endlich. Sie hatte den Vater mit Melissengeist eingerieben, von Kopf bis Fuß, so erfrischt hielt er es eine Zeitlang an einem Platz aus. Am frühen Morgen aber war sie für fast zwei Stunden in der Stadt gewesen, Caterina hätte gerne mit ihr getauscht, wie herrlich wäre es gewesen, in Begleitung eines einzigen Dieners, der die gekauften Waren zu tragen hatte, durch die Gassen zu gehen!

»Dort, schau!« rief sie und deutete in die Ferne, wo der dunkle Zug der Gondeln jetzt schon paarweise nach San Giorgio aufbrach, »siehst Du die Prozession?! Alle wollen ihn sehen!«

Giulia hielt die rechte Hand über die Augen und schaute hinüber. Dann setzte sie sich mit einer Stickerei neben Caterina. »Man spricht von nichts anderem«, sagte sie, »er soll so schön sein, daß es einen heiß durchfährt, wenn man ihn anschaut.«

»Wer ist er? Was meinst Du?«

»Niemand kennt ihn. Man hat ihn nach seinem Namen gefragt, und er hat ihnen geantwortet, daß er Andrea heißt.«

»Nur Andrea? Nichts weiter?«

»Nichts weiter. Man sagt, er redet kaum ein Wort. Nach wenigen wachen Minuten schläft er sofort wieder ein. Er ißt nichts, aber er trinkt viel, sie sagen, er habe schon Unmengen Karaffen mit Wasser getrunken.«

»Und wo kommt er her?«

»Er antwortet nicht auf solche Fragen. Er schüttelt den Kopf und fällt zurück auf sein Lager.«

»Der Arme! Sicher hat man ihn überfallen und ihm seine Kleider geraubt!«

»Man sagt, er sieht aus wie ein Jünger unseres Herrn Jesus!«

»Ach Unsinn, so etwas sagen nur die alten, frömmelnden Frauen, die seine Schönheit nicht mehr wahrhaben wollen!«

»Alte, frömmelnde Frauen, soso, Frauen wie Deine Amme Giulia, solche Frauen?«

»Aber nein, Giulia, Du bist doch keine von denen! Sie haben mich zwanzig Jahre verfolgt, Tag und Nacht, ich hasse sie! Aber nichts mehr davon! Was erzählt man sich sonst, sag doch, was hast Du am Morgen gehört?«

»Der Perückenmacher bei San Giacomo hat mir zugeflüstert, ganz in der Nähe hätten sich ein Hund und eine Katze gepaart. Und, stell Dir vor, die Katze hat sechs Junge zur Welt gebracht, drei mit einem Hundekopf und einem Katzenleib!«

»Nicht so etwas, Giulia, nicht so etwas Häßliches!«

»Auf dem Markt ist mir Roberto begegnet. Er ist der Sohn des Buchhändlers vom Campo Santa Maria. Er sagt, er hat zu Hause zwanzig Frösche, und er hat ihnen beigebracht, wie im Chor gemeinsam zu quaken. Ist das nicht komisch?«

»Nein, Giulia, das ist es nicht. Du erzählst genau dieselben Geschichten wie meine albernen Freundinnen drüben im Kloster! Jetzt sitzen sie draußen im Garten, am kleinen Springbrunnen, und spielen Karten!«

»Aber was willst Du hören, Caterina? Nichts ist Dir gut genug!«

»Eine heimliche Geschichte, etwas, das sich ganz im Verborgenen zugetragen hat!«

»Etwas Heimliches? Ach, ich verstehe, Du meinst Geschichten wie die vom jungen Francesco, der sich kein Gesicht merken konnte.«

»Kein Gesicht? Was ist das nun wieder?«

»Der junge Francesco hat sich in eine der fünf Töchter des Advokaten Bomboni verliebt. Jedes Mal, wenn er kommt, sie zu besuchen, sitzt sie da mit ihren vier Schwestern, und alle fünf schauen ihn an, und er muß sich zu ihnen setzen. Doch da sie sich sehr ähnlich sehen und sich, um ihn zu ärgern, auch ähnlich kleiden, verliebt er sich immer neu. Einmal lächelt er Chiara an, dann Bianca, dann ist es wieder Carlotta! Er weiß schon nicht mehr, wo ihm der Kopf steht!«

»Oh, das ist gut, liebe Giulia, das gefällt mir, das ist ja beinahe wie ein Stück im Theater! Er kniet hin und reicht Bianca einen Strauß Blumen, und kaum hat er sich umgedreht, steht Chiara vor ihm und spielt dann die Bianca, und so verwandelt sich die eine immerfort in die andere, und unser Francesco kommt schließlich mit fünf Blumensträußen und übernimmt sich mit seiner Liebe. Aber dann wird ihm alles zuviel, und er liebt sie eben alle, heimlich, jede für sich, denn wenn sie nackt sind, kann er sie gut unterscheiden, an vielen Einzelheiten ...«

»Caterina! An so etwas denkt eine junge Frau Deines Standes nicht!«

»An so etwas denke ich die halbe Zeit, liebe Giulia! Wie schön wäre es, einen Verehrer zu haben, wie schön wäre es, ins Theater gehen zu dürfen, am späten Abend, in einer Loge eine Mahlzeit zu sich zu nehmen und die Nacht zu verplaudern, nur zu verplaudern!«

»Wenn Du verheiratet bist, kannst Du tun, was Du willst! Jetzt aber ist Dein Platz hier, an der Seite Deines Vaters!«

»Ach, Giulia, er hört doch auf Dich. Kannst Du ihm nicht etwas einflüstern, mit leisen, unaufdringlichen Worten? Am Ende läßt er mich noch unverheiratet zurück!«

Giulia wandte den Kopf zur Seite und unterbrach die Stickerei. »Er ruft«, sagte sie, »Du sollst zu ihm kommen! Aber hüte Dich, von so etwas zu sprechen! Überlaß es mir, ich weiß schon, wie ich seinen Zorn umgehen kann.«

Caterina streifte den weißen Schleier, mit dem sie wegen des Sonnenlichts den Kopf bedeckt hatte, ab. Nun hörte auch sie das krächzende Rufen ihres Vaters, das aus einem weit geöffneten Fenster drang. Sie legte Giulia den Schleier in den Schoß und stieg langsam die kleine Treppe herunter. Unten saß der Vater in seinem mächtigen, breiten Stuhl, zur Seite gerutscht, als könnte er gleich ganz herausfallen. Er winkte sie zu sich heran, setzte sich mühsam auf und gab ihr ein Buch, aus dem sie ihm vorlesen sollte. Caterina schaute hinein. Es waren Verse von Petrarca, alte, klapprige Verse, die sie langweilig fand, aber er wollte diese Verse hören, die er längst auswendig kannte, und wenn er sie hörte, begann er zu nicken, unaufhörlich, als müßte er jedem Vers zustimmen. Doch nach einiger Zeit hatte er sich so in den Schlaf genickt, sie mußte noch ein Stück weiterlesen, fünf, sechs Minuten, dann hatten die vertrauten Worte ihn einschlafen lassen.

»Wieder Petrarca, Vater? Ach, laß uns doch einmal etwas anderes lesen, etwas Neues, etwas von heute! Wir könnten ein Theaterstück lesen, mit verteilten Rollen, wir könnten eines der neuen, komischen Stücke lesen, die man jetzt im Theater San Angelo spielt!«

Giovanni Nardi antwortete nicht einmal. Er hob nur langsam die Rechte und deutete auf das Buch. Caterina zögerte noch einen Moment, doch als er ein zweites Mal, jetzt drohender, den Zeigefinger streckte, nahm sie einen Stuhl, setzte sich neben ihn und schlug die abgegriffenen Seiten auf. Was verstand Petrarca, dieser alte, einsame Mann, schon von der Liebe? Er bedichtete sie viel zu vernünftig, wie einer, der sie doch nur aus Büchern kannte: »Allein und sinnend durch die ödsten Lande/ geh' ich mit langsam abgemessnem Schritte,/ die Augen halt ich fluchtbereit, wo Tritte/ von Menschen sind zu sehn, geprägt im Sande . . .«

Caterina las langsam und feierlich. Doch während sie die schweren, schleppenden Worte sprach, wanderten ihre Gedanken unmerklich hinüber zum Bild des jungen, aus dem Wasser geborgenen Mannes, des Mannes mit dem schwarzen, glänzenden Haar, der erwachte, nur um zu trinken, und der vielleicht von Reichen und Gegenden träumte, die niemand sonst kannte . . .

5

Andrea lag still in der schwach beleuchteten Krankenstube. Sie hatten ihm ein weiches, niedriges Bett hergerichtet, mit feinen, weißen Leintüchern, die die Haut kühlten. Die Augen schmerzten am meisten. Wenn er sie nur einen kleinen Spalt öffnete, schoß das schwache Kerzenlicht in seinen Kopf wie eine Garbe von gleißendem Sonnenlicht.

Er lag mit geschlossenen Augen und horchte. Vor dem roten Vorhang, der an Stelle der Tür den Raum verschloß, brodelte das dunkle Gemurmel. Schon vor Stunden hatte es begonnen, ein zunächst verhaltenes, scheues, vorsichtiges Flüstern, das mit der Zeit angeschwollen war zu einem mächtigen Raunen und lauter werdenden Reden. Scharen von Menschen schienen vor diesem Vorhang vorbeizuziehen; ab und zu glaubte er sich durch ein Augenpaar beobachtet, aufleuchtend in dem kleinen Spalt, den der Vorhang frei ließ. Dazu der üble Gestank, ein dichter, immer schärfer werdender Geruch von Schweiß oder Verbranntem, von klebrigem Schmutz oder Unrat, so miteinander vermengt, daß nichts mehr zu unterscheiden war!

Er preßte die Lippen zusammen und versuchte, einen Moment nicht zu atmen. Schon wurde das Geräusch des Wassers wieder lauter, ein ununterbrochener, leichter Wellenschlag, ein Auf und Ab, das ihm Übelkeit bereitete und ihn nicht freigab. Seit er erwacht war, hatte er dieses Geräusch hören müssen, manchmal auch heftiger, als wollte es das Gemurmel verdrängen oder sich aufbäumen gegen die Stimmen. Am liebsten hätte er sich einmal aufgerichtet, doch wenn er den Kopf nur ein wenig bewegte, trat der kleine, zierliche Mönch, der neben seinem Bett saß und unaufhörlich Gebete aus einem schwarz eingeschlagenen Buch flüsterte, an sein Bett und preßte das Wasserglas dicht an seine Lippen. Dann trank er, ohne sich noch zu besinnen. Das lauwarme Wasser sickerte in seine Kehle wie in einen dunklen Kanal, er brauchte nicht einmal zu schlucken. Schließlich fiel sein schwerer, hinten stark schmerzender Schädel gegen das Kissen, ein überhelles Flimmern setzte ein, und er sah wandernde Schilfregionen und winzige Grasflächen, die sich vom Grund lösten und den sich im Wasser spiegelnden Wolken in langsamem Zug folgten.

Schwärme von hellen Vögeln flogen schnee- und silberweiß über seinem Kopf oder fielen ins Wasser wie Steine, die aus dem Himmelsblau ins Blau der glatten Flächen geschleudert worden waren. Dann sah er die stehenden Fischschwärme, Schwärme von kleinen Sardinen, dicht gedrängt, wie von einem Netz gezogen, und Schwärme von Brassen und Barschen, die ihre Flossen kaum bewegten, schwerelos an den klaren, versandeten Stellen, blitzartig den Ruheplatz wechselnd ...

Die großen Fischaugen aber, die ihn aus diesen Tiefen umkreisten, verwandelten sich manchmal in die wandernden, ruhelosen Augen eines älteren Mannes, der ihn, sobald er erwachte, befragte. Er hatte eine tiefe, schwebende Stimme, oft hörte es sich beinahe an wie ein Gesang, doch traf diese Stimme nur einen einzigen Ton, unablässig. Die Fragen kamen schnell hintereinander, er verstand sie kaum, sie verklangen im Raum und wurden begleitet von den kurzen, hastigen Antworten, die der ältere Mann sich selber gab: »er versteht uns nicht«, »er antwortet nicht«, »er zuckt mit den Augenbrauen«, »er schläft«. Wenn er sie mehrmals gehört hatte, entfernten sich diese Sätze in den hellen, offenen Raum der Lagune, wo sie dann langsam verhallten.

Am liebsten hätte er das taumelnde, unablässig schwankende Boot endlich verlassen, um über Bord zu gleiten. Manche Fische konnte er mit bloßen Händen greifen, so schnell war er; vor allem aber durchdrangen seine Augen selbst die morastigen Untiefen, so leicht, daß er in diesem braunen Wirrwarr selbst die sich gut verborgenen Muränen erkannte, die in diesen Schlammgründen hausten, oder die weichen, geschmeidigen Aale, die im Schilf schimmerten, als seien sie zu Pflanzen erstarrt ...

Manchmal erwachte er dadurch, daß sie ihn abtasteten. Zwei feuchte, leicht zitternde Finger zogen seine Augenlider auseinander, trommelten sanft auf seine Brust, beklopften den Bauch und streiften durch seine Haare. Dann wurde er mit einer eiskalten, brennenden Flüssigkeit eingerieben, sein Mund trocknete aus, die Mundhöhle schrumpfte langsam zusammen wie ein Pilz, die Zunge wurde dick und pelzig, bis die Lippen zu zucken begannen, und der kleine, zierliche Mensch wieder aufstand und seinen brennenden Rachen mit Wasser füllte.

Daß dieses Gemurmel kein Ende nahm! Es hörte sich jetzt an wie ein lautes Flehen, Litaneien tönten darin, Gebete, manche flüsterten ihm auch seinen Namen zu, doch er hätte sich am liebsten von ihnen abgewandt und wäre in der Stille des Wassers verschwunden, das er so gut kannte ...

Doch ihm fehlten die Ruder. Die Sonne brannte, es gab keine Nacht mehr; selbst wenn es etwas kühler wurde, hielten sich doch die helleren Farben, schlierige Ockertöne, Goldkaskaden und ein immer wieder zerfließendes, ölig schweres Orange.

Er versuchte, sich zu erinnern, es mußte doch möglich sein, diese lange, nicht endende Fahrt zurückzuverfolgen bis zu ihrem Anfang, doch er fand diesen Anfang nicht, so sehr er sich auch bemühte. Es war, als zerrte er wie ein gefangener Fisch an einer Angel, sich immer mehr die Kiemen aufreißend. Irgendwann mußte ihm wieder einfallen, was geschehen war, vielleicht dann, wenn die Sonne ins Wasser tauchte und das Boot endlich am Ufer vertaut war, vielleicht dann, wenn das Gemurmel in der Stille der See endlich verlosch ...

6

Wenige Tage später erschien der Conte gegen Mittag in seinem Garten, um einige Worte mit dem Gärtner zu wechseln. Er hatte ihm kleinere Arbeiten aufgetragen, der Gärtner zeigte ihm, wie er sie erledigt hatte und verbeugte sich schließlich, um di Barbaro allein zu lassen. Der Conte ging noch ein wenig umher, es war angenehm kühl hier, vielleicht sollte er viel häufiger seinen Garten aufsuchen. Sein Vater hatte seine Freunde noch eingeladen, mit ihm zwischen diesen Hecken und schmalen Alleen zu sitzen, einmal hatte man sogar ein großes Gartenfest hier gefeiert, doch ihn, Paolo di Barbaro, drängte es nicht zu solcher Verschwendung.

Er schaute kurz hinauf zu dem hölzernen Altan, der seit Tagen an jedem Morgen geschmückt wurde. Diesmal war eine junge, hell gekleidete Frau dort zu sehen. Ein weißer Schleier rahmte ihren Kopf ein, ließ aber das dunkle Gesicht frei, die langen Wimpern, den beinahe purpurnen Mund. Er starrte hinauf, als müßten ihm zu diesem Anblick Worte einfallen oder als sollte er etwas zu ihr hinaufrufen, ja, als verlangte dieses Bild irgendeinen Ausdruck von Bewunderung, doch sie blickte unbeweglich in die Ferne, ohne auf ihn aufmerksam zu werden. Er machte einige Schritte rückwärts, langsam und tastend, um nicht zu straucheln. Nein, er wollte nicht gesehen werden, daher war es am besten, in den hinteren, verborgenen Teil des Gartens auszuweichen. So erreichte er das kleine Glashaus, öffnete die Tür und duckte sich eilig hinein.

Von hier aus war sie ganz deutlich zu erkennen. Wahrscheinlich war sie eine Tochter des alten Giovanni, wie viele Töchter hatte er noch gleich, drei oder vier. Aber es war ungewöhnlich, daß sie sich im Elternhaus aufhielt, das hatte etwas zu bedeuten, vielleicht war Giovanni etwas zugestoßen. Jetzt kam Giulia hinzu, die kannte er seit ewiger Zeit;

sie brachte eine kleine Silberschale mit Gebäck, und sie tat so vertraulich mit der Jungen, daß kein Zweifel mehr bestehen konnte, daß sie eine Tochter des Hauses sein mußte.

Worüber sie wohl sprachen? Der Conte spürte, daß ihm heiß geworden war. Eine gewisse Aufregung hatte ihn gepackt, als habe man ihn bei einer verbotenen Tat ertappt. Er versuchte, längere Zeit nur auf den Boden des Glashauses zu schauen. Die winzigen bunten Steine waren hier und da aus dem Mörtel gesprungen, der Boden mußte erneuert werden, er würde auch das mit dem Gärtner besprechen. Langsam schaute er wieder auf; ja, die beiden Frauen saßen nun nebeneinander auf dem Altan, Giulia nähte an einer Decke, dieses Bild, er hätte es sich in seiner Sammlung gewünscht, oder besser noch: das Bild dieses jungen Frauenkopfes, der etwas Griechisches hatte. Er hätte es gern aus der Nähe betrachtet, oben, in seinen Räumen, ja, er wäre gern allein mit diesem Bild gewesen, ohne sich in acht nehmen zu müssen und ohne so stillzuhalten wie jetzt.

Plötzlich hatte er das Empfinden, als habe er sich selbst eingesperrt. Er schaute noch einmal kurz hinauf, dann huschte er mit eingezogenem Kopf, als flüchtete er sich vor einem heftigen Regen, in den Palazzo. In der Eingangshalle stand Carlo, der Diener, inmitten einer wohl gerade eingetroffenen Ladung von Körben mit Gemüse und Obst. »Wer ist die junge Person auf dem Altan nebenan?« fragte der Conte.

»Es ist Caterina, die älteste Tochter der Nardis«, sagte der Diener.

»Warum ist sie hier?«

»Der alte Nardi ist krank, eine Lähmung hat seinen Körper befallen.«

»Wird er sterben?«

»Eh, wie wir ihn kennen, wird er nicht sterben. Er wird uns alle überleben, mit seinen tausend Krankheiten.«

Der Conte lächelte; es war also genau so, wie er vermutet

hatte. Caterina kümmerte sich um ihren schwerkranken Vater, das konnte noch eine ganze Zeit dauern.

»Soll ich die Köchin anweisen, das Essen zu richten?« fragte Carlo.

»Nein«, antwortete di Barbaro, »ich werde über Mittag nicht zu Hause sein, sag ihr das.«

Er ließ sich seinen roten, seidenen Mantel bringen und ging hinaus. Seit Monaten hatte er zu dieser Zeit nicht das Haus verlassen, es war seltsam, wie schnell er sich dazu entschlossen hatte. Und warum verließ er das Haus? Was hatte er denn zu tun in der Stadt? Nichts, die sengende Mittagsglut war ihm sogar verhaßt. Und doch machte er sich also auf zu einem Spaziergang. Zu einem Spaziergang wohin?

Er kam an der Kirche Santo Stefano vorbei. Dort drinnen würde es kühl sein. Er ging hinein, zögerte aber sofort. Neben einem Beichtstuhl standen einige Frauen im Gespräch, die bei seinem Anblick plötzlich schwiegen. Es war nicht angenehm, beobachtet zu werden. Und doch hatte er selbst an diesem Morgen die junge Caterina so beobachtet, schamlos, minutenlang. Er ging einige Schritte umher. Die Frauen schauten ihm weiter nach, als wollten sie erkunden, was er vorhabe. Und was hatte er vor? Eine Messe wurde hier nicht gelesen, und zur Beichte war er seit Jahren nicht mehr gegangen. Lächerlich war das; er war in eine Kirche eingetreten, ohne zu wissen, was er in dieser Kirche zu suchen habe. Am besten, man fand schnell wieder hinaus. Aber wie? Er konnte sich nicht einfach auf der Stelle umdrehen, als habe er sich in der Adresse geirrt.

Er schlug ein Kreuzzeichen und ging hinüber zu einem Altar, vor dem einige Lichter brannten. Ein Licht entzünden, das war die Lösung. Er nahm eine Kerze aus einer Lade und steckte sie an. Dann verließ er eilig die Kirche.

Er konnte jetzt nicht in den Palazzo zurückkehren, schließlich hatte er den Eindruck dringender Geschäfte erweckt. Andererseits wollte er auch nicht länger so herumlaufen, ziellos und verwirrt, als führte er sich selbst an der Nase herum. Dort drüben war ein Kaffeehaus, dort würde er sich eine Weile niederlassen.

Er setzte sich an einen kleinen Tisch und ließ sich einen Café und einen Anis kommen. Er schlug die Beine übereinander und ließ den rechten Fuß wippen. Immer schneller wippte er mit dem Fuß, das machte ihn ja selbst nervös! Was war nur in ihn gefahren? Auch das noch, da kamen Bekannte, Alberto und Marco und Federico, die hatten ihm jetzt noch gefehlt. Noch nie waren sie sich um diese Zeit begegnet, die drei mochten sich mittags in Kaffeehäusern herumtreiben, ihn, Paolo di Barbaro, aber hatte man noch niemals vor dem frühen Abend in einem Kaffeehaus gesehen.

Schon hatten sie ihn entdeckt. »Paolo, Du hier?« rief Alberto so laut, daß sich die Tischnachbarn nach dem Schreihals umdrehten. »Was für eine Überraschung!«

»In der Tat!« machte nun auch Federico viel Aufhebens. »Die Überraschung ist Dir geglückt!«

Ganz selbstverständlich nahmen sie an seinem Tisch Platz, klopften ihm auf die Schulter und bestellten Caffè.

»Erzähl schon«, drängte Marco, »was führt Dich hierher?«

Der Conte schaute sie an. Sein Fuß wippte noch immer, es gelang ihm nicht, diesen verdammten Fuß ruhig zu halten. »Nichts Besonderes!« antwortete er. »Ich war auf dem Weg nach ..., na, wie heißt es doch gleich, ich war unterwegs, und ich fand nichts dabei ..., jedenfalls lag dies hier gleich auf dem Weg ...«

Sie starrten ihn an, dann lachte Alberto los, so schallend, daß di Barbaro das unangenehme Gefühl hatte, plötzlich aus tiefem Schlaf aufgeschreckt zu werden.

»Habt Ihr das gehört?« rief Alberto. »Unterwegs war ich nach ..., und wußte nicht hott ..., und dachte mal hü ..., und fand nichts dabei ..., habt Ihr so etwas von unserem klugen Paolo schon einmal gehört?«

»Noch nie«, lachte nun auch Marco, »noch nie! Was hast Du, Paolo, hast Du die Nacht in der Komödie verbracht?«

»Und sag mal«, packte ihn Federico am Knie, »was wippst Du so mit dem Fuß! War es vielleicht Dein Fuß, der so richtungslos unterwegs war, hü und hott, jedenfalls dann hier, gleich auf dem Weg?«

Sie schlugen sich auf die Schenkel, um sich blickend, als böten sie der Umgebung eine gelungene Szene. Der Conte trank seinen Caffè aus, am liebsten wäre er sofort aufgesprungen, aber dadurch machte er nur noch mehr auf sich aufmerksam. Schon wieder fühlte er sich beobachtet, zum zweiten Mal in wenigen Minuten! War das die Strafe dafür, daß er die junge Caterina aus seinem Versteck angeschaut hatte? »Ich dachte wahrhaftig daran, morgen abend in die Komödie zu gehen«, sagte er ruhig, um die Freunde abzulenken. »Was gibt es denn? Sicher wißt Ihr, welches Stück ich mir anschauen sollte.«

Ja, dieser Köder würde ihm helfen, er sah es gleich. In wenigen Minuten würden sie sich den Inhalt von mindestens fünf Stücken erzählt haben, einer den andern überbietend, mit jener Dreistigkeit, wie sie nur Männer kannten, die in den Tag hinein lebten.

Er versuchte, ihren Debatten zu folgen, irritiert bemerkend, daß sein Fuß wieder zu wippen begann. Es war, als schlüge er den Takt zu einem versteckten, nicht laut werdenden Rhythmus drinnen in seinem Kopf. Das war wie eine geheime Musik, eine Drehorgelmusik, ein leises Tanzlied, ganz unbeholfen, das sich in seinem Schädel von selbst summte. Jetzt fehlte nicht viel, und er würde aufspringen und einige Tanzschritte auf diesem weiten Platz machen, nur für sich, ganz allein tanzend! Die Freunde würden ihn für verrückt erklären, ja er selbst, der Conte Paolo di Barbaro, würde die lächerliche Figur, die hier aus ihm hervorkroch, für verrückt erklären!

Die Freunde schwiegen plötzlich. Er schaute von einem

zum andern. Hatten sie ihn etwas gefragt? Er hatte nichts von dem mitbekommen, was sie gesagt hatten. Wie war das möglich? Daß man an einem Tisch mit seinen Freunden saß und kein Wort mehr verstand?

»Eh, Paolo«, sagte Alberto, »nun sag schon!«

»Was soll ich sagen?« fragte der Conte.

»Welches Stück? In welches Stück wirst Du gehen?«

»In das ..., in das mit diesem Jungen ..., wie hieß es noch?«

»Du meinst ... in das vom jungen Odysseus?« half Alberto nach.

»Ja«, sagte der Conte, »in dieses Odysseusstück.«

»Aber das ist ein Trauerspiel, keine Komödie«, sagte Marco ruhig und schaute di Barbaro an.

»Und außerdem haben wir dieses Stück überhaupt nicht erwähnt«, sagte Federico und schaute nun ebenfalls stumm.

»Kommt, Freunde«, sagte Alberto, »er hat nichts anderes als einen handfesten Rausch, ihr seht es doch! Quälen wir ihn nicht länger, lassen wir ihn allein! Paolo, wir verlassen Dich, aber Du zahlst die Zeche! Wer unsere Vorschläge so überhört, der zahlt die Zeche! Oder stören wir Dich, wartest Du auf jemand anderen?«

»Ja«, entfuhr es di Barbaro, »ich warte noch.«

»Und auf wen wartest Du?«

Der Conte zuckte nur leicht mit den Schultern. Da standen sie endgültig auf, grüßten noch einmal mitleidig und machten sich davon. In der Ferne drehten sie sich alle drei um und winkten ihm, als wünschten sie ihm wahrhaftig gute Besserung.

Er saß eine Weile allein an seinem Tisch. Er bestellte noch einen Caffè und später einen dritten. Das Bild war wieder da, das Bild des dunklen Gesichts mit dem weißen Schleier; es war, als überfiele ihn plötzlich die Sehnsucht, neben oder vor diesem Bild Platz zu nehmen, sehr gespannt, ganz Blick ...

7

Die alte Giulia saß neben Giovanni Nardi und fütterte ihn mit etwas Gebäck. Da er schon lange keine schweren Speisen mehr vertrug, hatte er eine wahre Leidenschaft für Süßspeisen und andere Desserts entwickelt, die mit einer besonderen Vorliebe für alles Flüssige und Passierte einherging. Er schloß die kleinen, von dunklen Rändern umfurchten Augen und streckte Giulia seine zitternde, lederne Zunge entgegen. Sie beugte sich vor und legte ein winziges, abgebrochenes Stück darauf, langsam zog die vordere Zungenpartie es in den Gaumen.

»Ich höre«, sagte Giulia.

»Warte noch, warte!« sagte Nardi und begann, das Bröckchen einzuspeicheln. »Etwas Anis ist darin und eine Spur bitterer Mandeln ...«

»Sehr gut, Signore!« bestätigte Giulia. »Und jetzt das!«

Wieder schloß er gehorsam wie ein Kind die Augen, um sich überraschen zu lassen. Sie wußte, daß sie ihn lange so beschäftigen konnte, er bettelte manchmal sogar, daß sie nicht aufhören sollte.

»Oh, das ist herrlich«, sagte er, »darin ist etwas Zimt, Schokolade und vielleicht einige Tropfen ..., oh ist das herrlich ..., Kirschlikör! Geh, geh rasch in die Küche und hole mir ein Gläschen Eidotter, zwei, nein, besser drei Eidotter! Ich möchte diese Herrlichkeit in Eidotter tunken!«

Sie stand auf und gehorchte. Während sie sich entfernte, saß er regungslos und schloß wieder die Augen. Jede Berührung, jedes Rufen, ja jedes laute Wort hätten ihn jetzt sehr verärgert. Sein Gaumen mußte sich einstimmen auf diese Köstlichkeiten, nichts durfte ihn ablenken. Schon spürte er dieses angenehme Gefühl einer Verführung, die süßen Fermente des weichen Gebäcks schienen in seinem Mund aufzugehen und einen schwachen Gaumenkitzel zu hinterlassen. Er leckte sich langsam die Lippen, als er Giulia zurückkommen hörte.

»Rasch, rasch! Tunk es hinein!«

Sie zog die Gebäckbrocken durch den zähen Eidotter und steckte sie ihm in den Mund. Jetzt mußte sie langsam und unmerklich versuchen, ihm seine Geheimnisse zu entlocken. Sie durfte ihn nicht direkt darauf ansprechen, sie mußte diese Gedanken seinem Wohlgefühl abtrotzen, ganz unauffällig.

Er brummte leise in sich hinein. Jetzt würde sie ein loderndes Scheit in diesen züngelnden Mund legen, etwas, woran er zu knabbern hatte. Er zuckte kurz zusammen, dann öffnete er die Augen und schaute sie an.

»Oh, das ist nicht möglich«, sagte er, »das ist ja kandierter Kürbis mit einem unvergleichlichen Zitronat, und etwas Anissamen dürfte dabei sein ...«

»Erraten, Signore«, sagte Giulia und tunkte auch dieses Stück in Eidotter. »Ihr habt recht, es ist etwas ganz Rares.«

»Niemand weiß in Venedig so viel von diesen Dingen wie Du«, antwortete der Conte.

»Ich hüte meine Geheimnisse gut«, versuchte es Giulia. »Manchmal tut es mir in der Seele weh, daß sie nur noch Euch zugute kommen. Versteht mich recht, ich bereite niemandem lieber diese Köstlichkeiten als Euch, aber es würde mich doch freuen, wenn es noch einige Nascher mehr gäbe.«

»Und wer sollte das sein?« fragte Nardi.

»Ihr habt Caterina wieder zu Euch geholt, das war ein Anfang«, sagte Giulia, »aber wie soll es weitergehen? Wollt Ihr, daß eine so schöne, junge Frau allein bleibt?«

»Du solltest es einmal mit Quitten versuchen«, antwortete der Conte. »Früher verachtete man diese Früchte noch nicht. Man kochte sie musig und säuerte sie mit Champagner, gab Sultaninen hinzu und krönte das Ganze, Du wirst es nicht glauben ...«

»Mit Salbei!« sagte Giulia knapp.

Giovanni Nardi öffnete wieder die Augen und schaute sie an. Mit dem Kopf gab er ihr ein Zeichen, nicht nachzulassen.

»Richtig, mit Salbei«, sagte er etwas leiser. Er streckte sich in seinem Stuhl und ließ die Hände plötzlich schlaff herunterhängen. »Was meinst Du?«

»Ich sagte, Signore, daß es mich freuen würde, wenn Ihr noch die Geburt eines Enkels erlebtet.«

Nardi saß plötzlich still, seine Lippen bewegten sich so vorsichtig, als versuchten sie sich probeweise an einigen Silben. »Du weißt, Giulia«, sagte er leise, so leise, daß sie ihren Kopf zu ihm beugte, »Du weißt, daß ich keine größere Hoffnung und Sehnsucht hegte als die nach einem Sohn. Ein Erbe, einer, der den Ruhm unseres Geschlechts gemehrt hätte! Der Herr gewährte mir dieses Glück nicht.«

»Er gewährte Euch drei Töchter, Signore«, sagte Giulia, »das werdet Ihr wohl nicht vergessen.«

»Drei Töchter, vier, fünf ... Töchter sind nichts. Wenn es um das Erbe geht, sind Töchter nichts, das weißt Du.«

»Das Erbe! Was redet Ihr Euch fest an dem Erbe?«

»Das Erbe ist alles, auch das weißt Du, Giulia. Von meinen Töchtern wird die eine oder andere heiraten, wenn der Herr es denn will. Wir werden sie aus den Augen verlieren, und mein Erbe wird an die Republik fallen, nach meinem Tod.«

»So wird es nicht kommen, Signore.«

»Nein«, sagte Nardi und griff unerwartet in die silberne, gut gefüllte Schale, die Giulia auf ihren Knien hielt, »so wird es nicht kommen.«

Er rieb jetzt an einigen Makronen und strich mit den Fingerspitzen über die kleinen Baisers, die er zwischen Daumen und Zeigefinger preßte.

»Soll ich gehen?« fragte Giulia. »Habt Ihr genug?«

»Nein, bleib«, sagte Nardi. »Ich will mit Dir darüber sprechen, wem soll ich sonst davon erzählen? Aber ich verlange, daß Du niemandem etwas sagst, auch Caterina nicht.«

»Nehmt«, sagte Giulia nickend, »laßt doch diese Baisers, nehmt von diesen hier, es ist Maisgebäck, mit Pinienkernen und getrockneten Feigen, die lange in Grappa lagen.« Sie nahm ihm die Baisers aus der Hand, säuberte seine Finger mit einem Tuch und hielt ihm das Gebäck vor den Mund. Er schloß wieder die Augen und kostete. Oben, auf dem Altan, saß Caterina. Sie ahnte nicht, wovon sie sprachen. Sie hatte den Vormittag damit verbracht, drei Kleider anzuprobieren, die sie lange nicht mehr getragen hatte.

»Ich möchte, daß Caterina alles bekommt«, sagte Nardi. »Ich möchte, daß sie in diesem Palazzo, der unserer Familie seit zweihundert Jahren gehört, wohnt. Ich werde sie verheiraten, mit einem Mann, der von den Söhnen eines rechtschaffenen Mannes unsres adligen Standes der Zweitälteste oder Drittälteste ist, verstehst Du?«

»Nein, Signore«, sagte Giulia und legte noch etwas Maisgebäck nach.

»Der Mann, der sie heiraten wird, darf nicht der älteste Sohn seiner Familie sein. Der Älteste erbt, nur der Älteste. Die anderen heiraten nicht, damit das Erbe nicht geteilt wird. Also werde ich einen Zweitältesten oder Drittältesten finden, der zur Hochzeit einen Großteil von Caterinas Erbe als Mitgift erhält. Er wird sich verpflichten müssen, mit ihr in diesem Palazzo zu wohnen. Wir werden jemanden finden, auf den diese Bedingungen zutreffen.«

»Das wird schwer sein, Signore«, sagte Giulia.

»Caterina wird ein großes Erbe erhalten«, sprach Nardi weiter, als müßte er sich davon überzeugen, daß seine Überlegungen keine bloßen Hirngespinste waren, »ich werde dafür Sorge tragen, daß dieses Erbe seinen Glanz behält, ja daß es noch mehr leuchtet als jetzt.«

»Aber Signore«, erwiderte ihm Giulia. »Noch mehr? Wie sollte der Ruhm Eurer Familie noch mehr glänzen als in Euren Tagen?«

Nardi lächelte, als hielte er die Pointe noch zurück. »Sie wird jemanden heiraten, der aus einem alten Geschlecht stammt, aus einem der ältesten, ehrwürdigsten unserer Stadt. Die Nardis wird diese Ehe bereichern und erhöhen, meine Enkel werden zu den wenigen gehören, in deren Adern Römerblut fließt.«

»Woran Ihr denkt!« sagte Giulia unwillig. »An das Erbe, an den Palazzo, an Römerblut! Was sind das für Geschichten? Ich will Euch sagen, worauf es ankommt: Caterinas Mann darf nicht zu alt sein, er muß munter sein, munter und geistreich, damit sie ihn eine Weile erträgt, und er muß, in Gottes Namen, reich sein! Das Römerblut schenke ich ihm!«

»Du sprichst von einem Menschen, den es nicht gibt«, sagte Nardi.

»Und Ihr malt Euch einen Menschen, indem Ihr Stammbücher kreuzt!« entgegnete Giulia.

Eine Zeitlang saßen sie sich stumm gegenüber. Die Unterhaltung hatte sie beide angestrengt, jeder schien darüber nachzudenken, was der andere gesagt hatte. Dann begannen sie wieder von vorn. Langsam tunkte Giulia die Makronen in Eidotter, fütterte Giovanni Nardi und hörte sich zum zweiten Mal an, was ihm zur Heirat seiner ältesten Tochter eingefallen war.

›Wir unterhalten uns‹, dachte Nardi, ›als wären wir ein Paar. Wir flüstern, streiten und wiederholen uns unablässig, wie das ein altes Paar tut. Ich sage es ihr nicht, nein, das nicht, es gehört sich nicht, so etwas zu sagen. Am Ende meines Lebens unterhalte ich mich mit unserer alten Amme, als wäre Caterina unsere gemeinsame Tochter.‹

Er setzte sich auf, diese Gedanken hatten ihn für einen Moment erschreckt. Giulia saß zusammengesunken da, der gekrümmte Oberkörper wölbte sich nun über der silbernen Schale. Aber sie hielt das kostbare Ding fest und waagrecht, sie würde es stundenlang halten. »Geh«, sagte Nardi, »hol einen Vino Santo, geh, hol die Karaffe, und bring auch zwei Gläser!«

Giulia erhob sich und stellte die Schale beiseite. »Zwei?« fragte sie und runzelte die Stirn.

»Seit wann hörst Du schlecht?« sagte Nardi und scheuchte sie mit ein paar Flatterbewegungen der Finger fort. Bald würde er seine Tochter verheiraten. Sie würde die Stelle des Sohnes einnehmen, den ihm seine beiden verstorbenen Frauen nicht geboren hatten. Er, Giovanni Nardi, würde das aushandeln, zum Ruhme seines Geschlechts.

8

Mit den Tagen war es für den Conte zu einer Sucht geworden, das Glashaus im Garten aufzusuchen, um einen geheimen Blick hinauf zum Altan zu werfen. Er hatte begonnen, Caterinas Gesicht in allen Einzelheiten zu studieren, um die besondere Wirkung, die es auf ihn machte, zu begreifen. Früh am Morgen hatte es noch etwas Weiches, beinahe Wächsernes; das Rosa der Lippen war um eine Spur kräftiger als das Rosa der Lider, während die Wangen von Stunde zu Stunde mehr von diesen Blaßtönen aufnahmen, bis sie gegen Mittag beinahe rötlich schimmerten …

Wann hätte man sie malen sollen? Und wie? Von vorn? Von vorn wirkte sie streng und entschieden. Im Profil? Im Profil hatte sie etwas Duldsames, Ruhiges. Und wie hätte sie sich kleiden sollen? Am meisten mochte er es, wenn sie den weißen, hier und da durchsichtigen Schleier trug, der den Kopf leichter machte und ihm etwas Blütenhaftes verlieh. Er konnte sich nicht satt sehen daran, wie das Ohr sich gegen eine Falte des Schleiers preßte, wie das kräftige Weiß mit dem Schwarz der Haare kontrastierte. Auf ihrem Porträt hätte sie den Betrachter um keinen Preis anschauen dürfen; wenn sie sich abwendete und ganz selbstvergessen wirkte, hatte ihre Schönheit etwas Zufälliges, Launiges. Schmuck wäre nicht nötig gewesen, auch sonst hätte man keiner Utensilien bedurft, vielmehr hätte der Schleier ausgereicht, um ihre Natürlichkeit wie durch einen unauffälligen Spiegel zu betonen.

Manchmal glaubte der Conte, dieses Bild so genau im Kopf zu haben, daß er es selbst hätte malen können. Nichts schmerzte ihn dann so wie das Wissen, daß ihm jedes Talent dazu fehlte, nein, es machte nicht einmal Sinn, es zu versuchen, seine Finger verweigerten ihm jede Unterstützung. Aus dieser Not heraus hatte er ja vor vielen Jahren begonnen, Gemälde zu sammeln. Er hatte sich von keiner Mode leiten lassen, sondern war nur seinem eigenen Geschmack gefolgt, der alles Prunkende oder Gelehrt-Fabulierende ausschied, die ermüdenden Historiengeschichten von Alexander dem Großen ebenso wie die religiösen Szenen der Bibel, die Familienapotheosen wie die Staatslegenden von der Geschichte Venedigs.

Statt dessen hatte er sich an das Nächste gehalten, an das, was man mit eigenen Augen sehen konnte. Am liebsten waren ihm Ansichten der Stadt, eine Partie des Canal Grande, ein Blick auf Santa Maria Salute oder einige Gondeln vor der Rialto-Brücke, so wie Meister Canaletto sie vor vielen Jahren gemalt hatte. Er hatte sich in die Bilder dieses Malers vertieft, mehr noch als in ihre realen Objekte; schließlich konnte man nicht unbefragt stundenlang vor der Rialto-Brücke verweilen, um sie in allen Einzelheiten zu betrachten. Hingen diese Veduten aber in seiner Sammlung, konnte er sie immer wieder studieren, und dann erschienen ihm diese Abbilder, als wären sie, wie sollte man sagen, in gewisser Weise vollendeter, vernünftiger und vor allem gesitteter als das Wirkliche. Allein mit solch einem Bild überfiel ihn mit der Zeit sogar so etwas wie Rührung; all die menschlichen Handlungen, die Canaletto abbildete, waren dann von einer gewissen Feierlichkeit und

Sorgfalt, als lohnte es sich wirklich, einigen Dachdeckern bei ihrer Arbeit zuzuschauen, oder als habe man nie etwas Schöneres gesehen als einen Müßiggänger, den es drängte, in einen Hauswinkel zu urinieren.

Außer diesen Stadtansichten sammelte er noch Szenen des städtischen Lebens, Kuriosa wie das Bild von den weiße Tonpfeifen rauchenden Männern an einem Spieltisch, oder wie das von der Frau, der man einen Zahn zog, oder wie das von einem Rhinozeros, das ein Bündel Heu kaute und zur Schau gestellt wurde, als wäre es ein halbes Wunder. Auch diese Bilder meist kleinen Formats betrachtete er ungewöhnlich lange, nur daß sie ihn weder beruhigten noch rührten, sondern eher überredeten, alles Wirkliche nicht allzu ernst zu nehmen. Das Wirkliche war auf diesen Szenen nämlich eine Art Bühne, und Menschen und Tieren war es ganz recht, auf dieser Bühne zu spielen.

Den Hauptanteil seiner Sammlung aber bildeten Porträts. Seit er vor vielen Jahren die schönen venezianischen Frauen der Malerin Rosalba gesehen hatte, hatten ihn diese Gemälde beschäftigt. Wie konnte es sein, daß die Abgebildeten auf solchen Bildern erst so erschienen, wie sie wohl von Gott gedacht waren, gleichsam endgültig, gereift? Die Malerin hatte es verstanden, ihre vorläufige, irdische Erscheinung zu übertreffen, so als träten einem diese Lebewesen im Jenseits, nach ihrem Tod, nachdem sie mit dem Leben abgeschlossen hatten, entgegen.

Manchmal hatte er, Paolo di Barbaro, daran gedacht, sich von einer der Schülerinnen Rosalbas, die längst gestorben war, malen zu lassen; zu gern hätte er seinen Kopf auf einer Leinwand gesehen, ›verewigt‹, ja, im wahren Sinn des Wortes ›verewigt‹. Doch dann hatte eine Scheu ihn davon abgehalten, einen solchen Blick schon jetzt zu wagen. Insgeheim hatte er sich nämlich vor seinem Porträt gefürchtet; jedes Porträt, hatte er sich gesagt, brachte den Abgebildeten auf irgendeine

Art mit dem Tod in Verbindung, jedes Porträt streifte diese jenseitige Zone, als treibe es den Menschen dazu, um eines Spiels oder eines Effekts willen diese Grenze zu übertreten. In seinem Fall kam diese Übertretung, wie er dachte, noch zu früh, aber irgendwann würde er sich hinreißen lassen, in letzter Zeit mußte er immer häufiger an solch ein Porträt denken, wenn er sich nach den geheimen Minuten im Glashaus hinauf in seine Sammlung stahl, um dann einige Zeit inmitten der Bilder zu verbringen. Manchmal kam es ihm auch so vor, als versuchte er, Caterinas flüchtiges, in seinem Kopf gespeichertes Abbild hinauf in die dunklen Räume des zweiten Stockwerks zu retten, in denen die Sammlung untergebracht war. In mehreren Räumen hingen die Zeichnungen und Gemälde dicht neben- und übereinander, streng getrennt von den Bildern und Büsten, die seine Vorfahren ihm hinterlassen hatten. All das Vergangene und Gelehrt-Überladene hatte seinen Platz nur in den unteren Räumen des Palazzo, dort, wo er früher noch mit seinen Freunden und geladenen Gästen verkehrt hatte. In dieser Umgebung war Raum für das Alte, Bewährte, und je mehr eine Familie davon vorweisen konnte, um so angesehener war sie.

Hier oben aber, in diesen meist verdunkelten Kammern, in denen es nach altem Holz und einer Spur Weihrauch roch, waren die Bilder gehortet, die er liebte. Manche starben mit der Zeit unter seinen Blicken oder sie welkten langsam dahin, bis er sie nicht mehr ertragen konnte. Dann ließ er sie von den Wänden nehmen und im Depot lagern. Irgendwann interessierte sich Antonio für diese ausgesonderten Exemplare, regelmäßig erhielt er Listen über diesen Bestand, und nicht selten bestellte er eine größere Sendung, um sie in London für viel Geld zu verkaufen.

Kaum einer wußte von dem geheimen Handel, den sie seit Jahren betrieben. Mit den Porträts der Malerin Rosalba hatte es angefangen; Antonio hatte sie mit großem Gewinn an englische Händler und Sammler verkauft, geradezu närrisch waren vor allem die englischen Landadligen auf diese Bilder gewesen, so närrisch, daß sie manchmal sogar die weite Reise nach Venedig angetreten waren, um die Malerin persönlich zu sehen. Er, Paolo di Barbaro, hatte ihre Bilder über jeweils wechselnde Mittelsmänner kaufen lassen, niemand hatte davon erfahren, daß er sie sammelte und nach London schicken ließ, wo sie viel mehr Geld brachten als hier in Venedig.

Nachdem dieser Handel Erfolg gehabt hatte, hatten Antonio und er sich auf die Stadtansichten Canalettos verlagert und später auf venezianische Genreszenen kleinen Formats, und immer war es ihnen gelungen, viele dieser Bilder abzusetzen, zu Preisen, von denen kein Venezianer etwas ahnte. Allmählich hatte er gelernt, die Meisterwerke von den schwächeren Produkten zu unterscheiden, viele Besuche in den Ateliers der Maler hatten ihm erst diese Kenntnisse ermöglicht, Stunden, die er mit scharfem Blick umhergegangen war zwischen den Staffeleien, um zu beobachten, wie sorgfältig eine Leinwand grundiert wurde oder wie fein der Auftrag der Ölfarben mit dem Pinsel war.

Jede Werkstatt hatte ihre Geheimnisse, sie betrafen vor allem die Farben und Bindemittel, doch auch von solchen meist argwöhnisch gehüteten Rezepten und Techniken hatte er viel erfahren. Erst durch dieses Umherstreifen hatte er sich eine gewisse Kennerschaft erworben, einen genauen und, wie er sich einbildete, unbestechlichen Blick, von dem er jedoch niemandem erzählte, um weiter als der freundliche, den Künsten zugeneigte Sammler zu gelten, der für einige Münzen ein paar Bilder erwarb …

In diesen Tagen saß Paolo di Barbaro in den dunklen Kabinetten, in denen er seine Schätze hütete, aber nicht mehr, um das Altern der Bilder zu beobachten, sondern um Caterinas Bild, das er begonnen hatte, in seinem Kopf zu entwerfen, im stillen neben sein eigenes Porträt zu halten, so wie Rosalba es gemalt hätte. In den kühlen Schattenräumen träumte er zwei Phantasien und paßte sie ein in vergoldete Rahmen. Er vertiefte sich derart in dieses innere Malen, daß er auf nichts mehr achtete. Mit geöffnetem Mund saß er in seiner Galerie, schloß die Augen und atmete schwer, als kostete es ihn Kraft, an diesen Visionen zu arbeiten. Manchmal spürte er noch seine Finger, deren Spitzen taub wurden vor Anstrengung. Fern von allem Leben draußen suchte er nach geheimen Zeichen der Übereinstimmung, als käme es darauf an, diese Bilder zusammenzufügen.

So saß er, als er an einem Mittag die Stimme seines Dieners überhörte, der schon mehrmals geklopft hatte. Er rührte sich erst, als Carlo es wagte, die Tür einen Spaltbreit zu öffnen. Das Sonnenlicht schoß plötzlich hinein, so zudringlich, daß di Barbaro zusammenzuckte.

»Ich habe zu tun«, rief er laut.

»Signore«, flüsterte Carlo durch die geöffnete Tür, »ein Mönch von San Giorgio ist da, Euch hinüber zur Insel zu bringen. Der ehrwürdige Abt läßt Euch mitteilen, der gerettete Jüngling habe den dringenden Wunsch geäußert, Euch, seinem Retter, zu danken.«

»Danken? Er will mir danken?«

»Ja, Signore. Er möchte nicht länger warten damit.«

Paolo di Barbaro überlegte. Anscheinend war der Fremde also genesen, und die Sache hatte ein gutes Ende gefunden. Da konnte er sich nicht entziehen. Außerdem konnte es nur von Vorteil sein, wenn sich in Venedig herumsprach, daß er diesem Menschen das Leben gerettet hatte.

»Gut«, sagte er, »ich komme. Wenn er mir danken will, werde ich ihn nicht länger warten lassen.«

Er stand auf, strich sich zweimal durch das Gesicht, fuhr mit der Rechten über sein Haar und räusperte sich, als müsse er erst zurückfinden in das hellere Leben.

9

Der Abt von San Giorgio erwartete den Conte im Kreuzgang, genau an der Stelle, wo sie vor einiger Zeit voneinander Abschied genommen hatten. Sie umarmten sich, doch diesmal vermied der Abt jede Vorrede, als habe er mit di Barbaro etwas Dringliches zu besprechen. Sie umrundeten den großen Innenhof, in dem ein kleiner Brunnen plätscherte. Di Barbaro ging etwas langsamer als sein Freund, der manchmal einen Moment zögerte, um ihn aufschließen zu lassen.

»Andrea geht es besser«, begann der Abt, »das ist das Wichtigste. Aber wir sind mit der Sache noch lange nicht am Ende. Noch immer wissen wir nämlich nicht, wo er herkommt, ja wir wissen nicht einmal, wer er ist.«

»Der Reihe nach«, sagte der Conte. »Er heißt also Andrea, er ißt, trinkt und läuft umher wie ein Gesunder?«

»Einige Stunden am Tag darf er sich im Freien bewegen. Er ißt wenig, das meiste erbricht er wieder. Nur unsere Polenta scheint ihm zu bekommen.«

»Ich werde doch von dem Zeug kosten müssen. Mengt Ihr etwas hinein?«

»Sie ist nicht so trocken wie üblich. Bruder Giacomo tränkt sie mit Fischsud.«

»Mit Fischsud? Ich werde meiner Köchin davon erzählen ... Aber weiter!«

»Er trinkt viel mehr als einer von uns. Täglich leert er so viele Karaffen Wasser, daß wir es ihm schon eimerweise hingestellt haben. Der Arzt behauptet, es könne nicht schaden, aber ich habe noch keinen Menschen gesehen, der Wasser, einfaches Wasser, mit einer derartigen Hingabe trinkt.«

»Er trinkt gar nichts anderes? Keinen Wein, nichts sonst?«

»Wein spuckt er aus, ein paar Tropfen Vino Santo hat er gekostet, ihm wurde schwindlig danach.«

»Er scheint einen empfindlichen Magen zu haben.«

»Das dachten wir auch. Aber er ißt, Du wirst es nicht glauben, mit wahrer Leidenschaft Fisch. Bruder Giacomo nahm ihn mit in die Küche, damit er sich die Speisen auswählen konnte, die ihm zusagten. Er sah einige gebratene Fische und begann sofort, sie zu entgräten.«

»Ja und? Er hat eben einen guten Geschmack. Euer Fleisch würde ich auch stehenlassen.«

»Andrea entgrätet den Fisch so meisterhaft und vollendet, wie es kein anderer kann«, sagte der Abt langsam und bedeutungsvoll, als deutete er die Lösung eines Rätsels an.

»Gut, das ist erstaunlich«, sagte der Conte, »und es ist vielleicht nicht alltäglich. Aber Du tust so, als steckte etwas dahinter.«

»Er versteht uns nicht«, sagte der Abt, »die meisten Fragen, die wir ihm stellen, scheint er nicht zu verstehen. Er scheint aus dem Nichts zu kommen, er spricht kaum ein Wort, er hat wohl kein Handwerk gelernt, aber er entgrätet gebratene Fische so, wie kein Mensch sie entgrätet.«

»Was heißt das?«

»Er entgrätet sie nicht mit Hilfe eines Messers oder einer Gabel«, sagte der Abt und wartete noch einen Moment. »Er entgrätet sie mit Hilfe eines Fingernagels.«

Der Abt blieb stehen und schaute di Barbaro an. Der Conte war etwas verwirrt, all diese seltsamen Nachrichten prasselten in zu rascher Folge auf ihn ein, und außerdem störte ihn, daß der Abt seine Nachrichten wie Denkaufgaben präsentierte. Er hatte keine Lust, die Absonderlichkeiten dieses Fremden zu erraten oder ihnen sonstwie auf den Grund zu gehen. Am liebsten wäre er rasch mit der Sache zu Ende gekommen. Hatte es nicht lediglich geheißen, der Fremde wolle sich bei ihm bedanken?

»Mein Gott«, sagte di Barbaro, »übertreibst Du nicht etwas? Vielleicht ist unser Heiliger nicht gewohnt, mit Messer und Gabel umzugehen, oder vielleicht hat er eine besondere Kunstfertigkeit gerade im Entgräten entwickelt. Und überhaupt! Was zerbrechen wir uns den Kopf? Mir ist es gleichgültig, wie er gebratene Fische entgrätet, manche Männer aus dem Volk können eben Dinge, die uns nicht einmal im Traum einfallen würden.«

Der Abt legte ihm beruhigend eine Hand auf die Schulter, dann gingen sie weiter.

»Wir sind mit ihm durch das Kloster gegangen«, sagte der Abt. »Er betrachtet vieles, als würde er es zum ersten Mal sehen. Und als wir ihn nach draußen führten, damit er einen Blick auf die Schönheit Venedigs werfen konnte, auf San Marco, auf den Dogenpalast, da teilte er uns mit, daß er nicht wisse, um welche Stadt es sich handle.«

»Das weiß er nicht?«

»Nein, er scheint es wahrhaftig nicht zu wissen.«

»Und Du sagst, er weiß nicht einmal, wo er herkommt, und nicht, wer er ist?«

»Er sagt, er heiße Andrea, immer wieder. Wenn wir ihn fragen, wo seine Eltern und Brüder sind, antwortet er, daß er nicht wisse, wo seine Eltern seien, und daß er keine Brüder habe. Er gibt diese Antworten aber nur nach langem Zögern. Er steht da wie ertappt, oder manchmal auch als strengte er sich an, eine Antwort zu finden. Aber es will ihm nicht einfallen.«

»Aber er kann doch nicht nur Wasser trinken, Fische entgräten und den Ahnungslosen spielen!«

»Er sitzt oft am Wasser, überall sucht er das Wasser. Führt man ihn in diesen Hof, setzt er sich an den Brunnen. Führt man ihn nach draußen, setzt er sich an den Kai und schaut in die Flut.«

»Und was gibt es da zu schauen?«

»Er sagt, er warte auf die Fische.«

»So ein Unsinn! Was will er mit Fischen? Sie entgräten? Mit

dem Fingernagel? Sie in die Polenta verarbeiten? Entschuldige, mein Lieber, aber diese vielen Rätsel verführen einen zum Spott. Hast Du etwa erwartet, daß ausgerechnet ich Dir diese Mysterien erklären kann?«

Der Abt blieb wieder stehen. Es schien ihm nicht recht zu sein, daß der Conte so scherzte.

»Andrea ist wie ein Kind«, sagte er, »unschuldig, naiv und einfach. Man sollte sich nicht darüber erheben.«

»Ich mag naive Kinder nicht«, antwortete der Conte. »Ein bißchen Klugheit und Witz hat noch keinem Kind geschadet. Aber lassen wir das! Was sagen die Behörden?«

»Sie waren zu dritt hier, schon viermal. Sie haben ihn verhört, immer wieder. Sie trauen ihm nicht und behaupten, daß er etwas verbirgt. Und genau das glaube ich auch!«

»Daß er etwas verbirgt?«

»Ja. Aber wohlgemerkt, ich glaube nicht, daß er lügt, das nicht. Er ist nicht der Rohling, den Du gerne aus ihm machen würdest, weil das bequemer ist. Er scheint vielmehr über besondere Gaben zu verfügen.«

Der Conte stöhnte kurz auf. Er spürte, daß er zu weit gegangen war. Man erwartete von ihm Interesse und Anteilnahme, und er benahm sich wie einer, den dies alles nichts anging. Es kam wohl daher, daß man ihn so eilig hierhergeholt hatte. Er war nicht auf einen solchen Disput vorbereitet. Gut, er mußte es langsamer angehen, geduldiger, er durfte seinen Freund nicht enttäuschen.

»Ich bin Dir keine große Hilfe, was?« fragte er.

»Nein«, sagte der Abt, »Du willst es hinter Dich bringen, mehr nicht.«

»Laß ihn kommen«, sagte der Conte. »Ich werde ihn mir anschauen, ich möchte ihm einige Fragen stellen, dann sehen wir weiter.«

Der Abt nickte und winkte einen Mönch herbei, der Andrea in den Kreuzgang führen sollte.

»Und der Arzt?« fragte di Barbaro. »Hat der Arzt etwas festgestellt?«

»Andrea hat eine starke Schwellung am Hinterkopf, wie von einem Schlag oder einem Aufprall. Sie ist aber schon so weit zurückgegangen, daß sie mit bloßem Auge nicht mehr zu erkennen ist.«

»Sonst nichts?«

»Nein, aber diese Schwellung könnte die Ursache dafür sein, daß er so vieles vergessen hat.«

Der Conte wollte noch weiter fragen, als er Andrea durch ein Tor in den Kreuzgang eintreten sah. Als er den Abt erkannte, kam er langsam auf ihn zu. Er trug das schwarze Gewand eines Priesters, und er wirkte in dieser Kleidung so streng und beinahe vornehm, daß der Conte unwillkürlich daran dachte, es könnte sich wahrhaftig um einen hohen Geistlichen handeln.

»Andrea«, sagte der Abt, »das ist mein Freund, der Conte Paolo di Barbaro. Er und seine Jäger haben Dich gefunden.«

Di Barbaro erschrak, als Andrea sich hinkniete und versuchte, seine Beine zu umklammern. Die Bewegung war von peinlicher Heftigkeit, wie die eines Knechts, der vor seinem Herrn in den Staub sinkt.

»Steh auf, schnell!« sagte der Conte. »Ich habe getan, was jeder Christ an meiner Stelle getan hätte.«

»Ich danke Euch, Conte«, sagte Andrea leise und blickte weiter auf den Boden.

»Du weißt, daß wir Dich unbekleidet gefunden haben?«

»Ja, Conte.«

»Wo sind Deine Kleider? Bist Du beraubt worden?«

»Ich weiß es nicht, Conte.«

»Und das Boot? War es Dein Boot, gehört es Dir?«

»Ja, Conte, das Boot gehört mir.«

»Von wo bist Du losgerudert?«

»Wohl von zu Haus, Conte.«

»Und wo ist Dein Zuhause?«
»Ich weiß es nicht, Conte.«
»Hast Du noch Schmerzen, Andrea?«
»Sie werden von Tag zu Tag weniger, Conte.«

Di Barbaro war erschöpft. Dieser Mensch trat so bescheiden und ehrerbietig auf, daß man ihm keine Lüge zutrauen konnte. Offensichtlich hatte er sich verletzt, oder er war wirklich beraubt worden, von herumstreunenden Gesellen, von denen es in der Lagune viele gab. Irgendwann würde er sich wieder erinnern, an sein Zuhause, an seine Vergangenheit, an all die Dinge, die ihm während seines Lebens lieb geworden waren.

»Geht es Dir gut hier?« fragte der Conte. Zum ersten Mal blickte Andrea auf und schaute ihn an. Vielleicht hätte er diese Frage nicht stellen sollen, sie klang übermäßig besorgt, als spürte er die Pflicht, sich auch weiter um den Gefundenen zu kümmern.

»Ich danke Euch für diese Frage, Conte«, sagte Andrea. »Der ehrwürdige Abt und die Mönche dieses Klosters sind sehr um mich besorgt. Sie tun alles, um mir zu helfen.«

Di Barbaro schwieg. Dieser Mensch drückte sich merkwürdig aus, sehr höflich und doch aufrichtig. Außerdem schien er ihm etwas mitteilen zu wollen, richtig, das war es, er hatte die ganze Zeit schon den Verdacht, daß dieser Mensch ihm etwas mitteilen wollte.

»Wollt Ihr mir noch etwas sagen?« fragte der Conte. »Kann ich Euch sonst noch irgendwie helfen? Sprecht nur, ich werde sehen, ob ich etwas für Euch tun kann.«

Da, jetzt blickte ihn Andrea wahrhaftig so an, als habe er ihn das Richtige gefragt. Die Gesichtszüge belebten sich, der Mund zuckte, plötzlich faltete er die Hände wie zum Gebet.

»Ich danke Euch, Conte«, sagte Andrea. »Ich wollte Euch sagen, daß ich ein Fischer bin.«

»Ein Fischer? Nun gut, immerhin, das wissen wir nun.«

»Entschuldigen Sie, Conte. Sie werden nirgends einen besseren Fischer finden als mich.«

»Wie willst Du das wissen? Es gibt auf den Inseln viele erfahrene Fischer.«

»Nehmt mich in Eure Dienste! Ich werde es Euch beweisen!«

Di Barbaro zuckte zusammen. Auf diesen Punkt lief die Sache also hinaus. Vielleicht hatte der Abt Andrea diesen Vorschlag gemacht, vielleicht hatte er so versucht, ihn loszuwerden. Er, Paolo di Barbaro, sollte sich um den merkwürdigen Menschen kümmern, doch das kam nicht in Frage. Jetzt war Vorsicht geboten, er mußte sich aus dieser Schlinge befreien.

»Warum sollte ich einen Fischer brauchen?« fragte er ruhig.

»Ich könnte Euch auch sonst nützlich sein, Conte«, sagte Andrea. »Ihr habt viele Diener, ich würde Euren Haushalt nicht weiter belasten.«

»Du überlegst, was aus Dir werden soll? Ist es das? Du willst nicht in diesem Kloster bleiben?«

»Ich will so lange bleiben, bis ich ganz gesund bin, Conte. Dann aber möchte ich gehen.«

Di Barbaro blickte den Abt an, doch der hob nur kurz die Schultern. Andrea stand wieder still da, die Hände jetzt zu beiden Seiten des Gewands, regungslos.

»Warten wir Deine Genesung ab«, sagte der Conte, um das Gespräch zu beenden. »Wenn Du ganz gesund bist, wirst Du Dich erinnern, an Deine Eltern, Dein Zuhause, an alles. Dann sehen wir weiter.«

»Ich danke Ihnen, Conte, ich danke Ihnen für Ihre außerordentliche Güte und für Ihre wohlüberlegten Worte«, sagte Andrea und ging langsam, mit beinahe feierlichem Schritt, zurück. Di Barbaro fielen erneut die außergewöhnlich langen Finger auf, es waren Finger eines handwerklich geübten Menschen, kräftige, aber auch feingliedrige Finger, wie er sie schon in Künstlerateliers gesehen hatte. Seine höfliche Wortwahl, das vornehme Benehmen, diese Finger – all das paßte nicht zu dem Beruf eines Fischers. Dieser Fremde blieb ein Rätsel, aus dem Nichts aufgetaucht, umgeben von der Aura eines Geheimnisses, das einen in seinen Bann zog.

»Du bist sein Retter«, sagte der Abt, »er liebt Dich, hast Du es bemerkt?«

»Ich habe bemerkt, daß ihm jemand eingeredet hat, in meinem Palazzo sei Platz für einen wortkargen Mann, der mir jeden Tag hundert Sardinen herbeischafft.«

»Ich habe nie von Deinem Palazzo gesprochen, ich habe, wenn überhaupt, nur Deinen Namen erwähnt, mehr nicht.«

»Ich kann ihn nicht brauchen, das weißt Du genau. Aber ich wollte es ihm nicht so direkt sagen. Ich vermute, deutliche Worte hätten ihn jetzt nur erschreckt.«

»Ich danke Ihnen für Ihre wohlüberlegten Worte«, sagte der Abt lächelnd und führte den Freund hinaus zum Ausgang. »So hat er mit uns noch nie gesprochen. Wenn wir ihn etwas fragen, antwortet er meist nur mit Ja oder Nein. Du hast ihn zum Reden gebracht. Jetzt wissen wir immerhin, daß er ein Fischer ist.«

»Ach was«, sagte der Conte. »Er scheint ein ehrlicher, guter Junge zu sein, aber ein Fischer ist er nicht, der nicht.«

»Aber warum sollte er lügen?«

»Das werden wir schon noch erfahren«, sagte der Conte.

»Das heißt, ich darf Dich bald wieder um Rat fragen und Du wirst noch einmal mit ihm sprechen?«

»Wenn er sich wieder erinnert …«, antwortete di Barbaro. »Dann essen wir Deine Polenta, zu dritt, einverstanden?«

»Ich habe lange nichts Wohlüberlegteres gehört, Conte«, sagte der Abt und umarmte den Freund wieder zum Abschied. Di Barbaro verließ das Kloster und blieb eine Weile vor der Kirche San Giorgio stehen. Von hier aus schaute man auf die Kulisse des Markusplatzes. Wie konnte es sein, daß jemand, der eindeutig den Dialekt dieser Gegend sprach, Venedig noch nie gesehen hatte? Der Abt begriff nicht, wen er da vor sich hatte. Andrea war kein Fischer, er war ein Mann mit besonderen, geheimen Gaben, die man erst entdecken mußte, durch ein genaues Studium dieses Menschen, durch genaue Beobachtung. Er, Paolo di Barbaro, hätte dafür das Auge gehabt, den unbestechlichen, exakten Blick. Der Abt aber erkannte in Andrea nur den Heiligen eines Altarbilds, eine bekannte Figur unter vielen. Der Arzt, die Behörden, die Mönche – sie alle hatten kein anderes Interesse als das, diesen Fremden in ihre Vorstellungswelt einzuordnen. Sie ertrugen seine Fremdheit und Rätselhaftigkeit nicht. Es war die Fremdheit und Rätselhaftigkeit der Gemälde und Porträts, ja, die gemalten Bilder machten aus gewöhnlichen, einem längst vertrauten Sterblichen fremde und rätselhafte Gestalten. Andrea – das war ein Porträt, mit Zeichen, die man einander zuordnen mußte, als deutete man ein Gemälde.

Der Conte nickte. Jetzt hatte er den Faden wieder gefunden, den er durch den eiligen Aufbruch hierher kurz verloren hatte, jetzt konnte er zurückkehren in die verdunkelten Räume seines Palazzo, in denen die Bilder auf ihn warteten wie auf einen, der sie von ihrem Traumschlaf erlöste.

10

»Du hast mit Vater gesprochen, gib es zu«, sagte Caterina zu ihrer Amme Giulia, die neben ihr hoch oben auf dem Altan saß und das gereinigte Silberbesteck Stück für Stück in Seidenpapier wickelte.

»Was ist das bloß für eine Stadt«, sagte Giulia kopfschüttelnd, »wo man das gute Besteck einwickeln muß, weil selbst die Luft voller Keime ist. Einmal hatten wir eine Biskuitschachtel nicht ordentlich verschlossen. Als wir sie nach einigen Wochen in die Hände bekamen, war das Gebäck feucht und mit kleinen Pilzen überzogen, wie Muscheln im Meer. Diese Stadt verschlingt alles, wenn man es nicht geduldig vor dem Wasser und der Feuchtigkeit bewahrt.«

»Giulia, gib her, ich helfe Dir! Aber laß mich zufrieden mit diesen Klagen. Mir gehen ganz andere Fragen durch den Kopf. Was hat Vater gesagt, Du hast mit ihm gesprochen, ich seh's Dir doch an!«

»Langsam, meine Liebe, immer langsam. Ich habe mit ihm gesprochen, das ist wahr, aber ich habe ihm auch versprochen, Dir nichts von diesem Gespräch zu erzählen.«

»Das hat er von Dir verlangt?«

»Das hat er.«

»Oh, dann war es ein ernstes Gespräch, dann hat er mit Dir wahrhaftig etwas Wichtiges besprochen!«

»Ich schweige, Caterina, ich schweige, wie Dein Vater es mir befohlen hat.«

»Aber sagen kannst Du doch immerhin, ob er von meiner Zukunft gesprochen hat, von einer möglichen Heirat.«

»Die Heirat, das willst Du also wissen ... Ja, wir haben über Deine Heirat gesprochen.«

»Oh, hinter meinem Rücken verhandelt meine liebe Amme über meine Heirat, und ich darf kein Wort davon erfahren. Giulia, das ist nicht recht, nein, wenigstens eine kleine Andeutung schuldest Du mir.«

Giulia packte die eingewickelten Besteckteile in einen großen, rötlichen Kasten. Sie prüfte das Schloß, strich mehrmals mit den Fingern über das Holz und betrachtete das Ganze zufrieden. Dann schaute sie kurz hinunter in den benachbarten Garten.

»Manchmal«, flüsterte sie, worauf Caterina sich ihr sofort entgegenbeugte, »manchmal glaube ich, wir werden beobachtet.«

Caterina schaute ebenfalls hinunter. Aber man sah nichts anderes als ein dichtes, wucherndes Grün, durch das einige

Pfade schimmerten, auf denen das Sonnenlicht tanzte. »Von dort unten?« fragte sie. »Wer sollte das tun?«

»Ich weiß es nicht«, sagte Giulia. »Aber ich habe es im Gefühl. Als flögen die Blicke wie Pfeile herauf, manchmal spüre ich sie im Rücken.«

»Ah, ich verstehe«, lächelte Caterina. »Du willst mich nicht in Vaters Gedanken einweihen, deshalb sprichst Du von etwas anderem und erfindest einfach eine neue Geschichte . . .«

»Ach was«, sagte Giulia, »ich will nur wissen, ob auch Du schon etwas Ähnliches bemerkt hast. Wenn ich mit Dir über geheime Dinge spreche, möchte ich sicher sein, daß uns niemand belauscht.«

»Geheime Dinge, also doch! Du wirst mir etwas verraten, Giulia, ich wußte es.«

»Langsam, Caterina! Du hast also nichts bemerkt, dort unten?«

»Zwei- oder dreimal habe ich am Morgen den Conte gesehen, niemand sonst.«

»Der Conte, ja. Der Conte geht morgens kurz in den Garten, für wenige Minuten. Aber der Conte ist ein feiner, von allen geachteter Mann. Er würde niemandem auflauern, und erst recht würde er nicht zwei Frauen heimlich beobachten. Wie gefällt er Dir eigentlich?«

»Wer?«

»Na der Conte! Wie gefällt Dir der Conte?«

»Giulia, Du willst sagen, daß Vater mir den Conte di Barbaro zum Mann geben will?«

»Aber nein, das will er nicht, ich schwöre es Dir. Dein Vater hat den Conte überhaupt nicht erwähnt!«

»Aber warum sprichst Du dann von ihm? Bitte, ich bin zu Scherzen nicht aufgelegt.«

»Ich habe Dich nur gefragt, ob Dir der Conte gefällt. Mit irgendeinem der hohen Herren müssen wir schließlich anfangen, wenn wir Deiner Heirat etwas näher kommen wollen.«

»Doch nicht mit dem Conte, Giulia! Als Kind habe ich auf seinem Schoß gesessen!«

»Das bedeutet nichts! Was willst Du mit einem blutjungen Flegel, ohne Manieren, noch voller Flausen im Kopf! Der Conte hat viele Länder gesehen, er ist ein kluger, unterhaltsamer Mann, der Dir alle Freiheiten lassen wird.«

»Lassen wir den Conte beiseite, Giulia! Ich denke an einen, der mir nicht so vertraut ist, an einen, der auch von mir gar nichts weiß. Ahnungslos werden wir einander begegnen, man wird uns zusammentun, und wir werden so lange nicht voneinander lassen, bis wir uns leid sind ... Nun sag schon, was hat Vater gesagt?«

»Ich werde mein Wort nicht brechen, Caterina. Aber ich werde Dir einen Einblick geben in das, was im Kopf Deines Vaters vorgeht. Hier, nimm diese feinen Gläser und säubere sie mit dem Tuch, nur am Rand, ganz vorsichtig. Es sind Gläser aus Murano, und sie sind älter als wir beide zusammen.«

Sie nahm die Gläser aus einem Korb, wo sie zwischen dicken Lagen von dünnen Tüchern standen. Das ziselierte Glas glitzerte in der Sonne, als wollte es die Bilder der kleinen Ornamente in den Himmel zeichnen.

»Warum putzen wir das alles?« fragte Caterina und nahm eines der Gläser.

»Du kannst es den Dienstboten nicht anvertrauen«, sagte Giulia.

»Nein, das meine ich nicht. Warum putzen wir es gerade jetzt?«

»Weil ich glaube, daß Dein Vater nicht mehr lange warten wird mit der Hochzeit.«

Caterina hielt inne. Sie schaute die Amme an, dann sprang sie auf. »Oh, wie Du mich quälst! Du weißt so viel, und Du läßt Dir nicht die kleinste Andeutung entlocken. Statt dessen drückst Du mir Gläser und Besteck in die Hände, und während ich es noch nichtsahnend säubere, heißt es: Du säuberst es für Deine Hochzeit, denn bis zu der ist es nicht mehr lang. Wollt Ihr mich so auf die Folter spannen?«

»Setz Dich«, sagte die Amme, »nun setz Dich. Du weißt, daß die Väter nicht mit ihren Töchtern über die Heirat sprechen. Sie treffen ihre Entscheidungen, sie erforschen die möglichen Verbindungen, sie werden sich einig, setzen den Kontrakt auf und sprechen dann mit ihren Töchtern. So ist es in Venedig seit Jahrhunderten, und Du wirst es nicht ändern. Die Töchter haben den Vätern nicht dreinzureden, das gehört sich nicht.«

»Statt mit ihren Töchtern, die das alles nichts angeht, haben sie sich mit der Amme zu beraten, die ihre Nase in alles steckt, was die Töchter nichts angeht«, antwortete Caterina.

»Bitte, ich gehe«, sagte Giulia und wollte nach dem Besteckkasten greifen. Caterina packte sie an beiden Händen und zog sie zu sich. »Giulia, Liebe«, sagte sie, »Du weißt, wie unruhig ich bin, so unruhig. Entschuldige, wenn ich Dir zusetze. Aber ich kann es nicht hinnehmen, Tag für Tag auf diesem Altan zu sitzen, untätig, während ich doch weiß, daß man zur selben Zeit über mein Leben entscheidet.«

Giulia strich ihr übers Haar. »Dein Vater macht es sich nicht einfach«, sagte sie. »Stell es Dir so vor. Die Gedanken Deines Vaters leben und wandern in einem großen, uralten Palazzo. Vorn, in der Eingangshalle, lagern Halden von feinstem, venezianischem Gebäck. Man muß das Tor öffnen, um dieses Gebäck mit Marsala zu erweichen, oder mit Vino Santo, oder mit Eidottern. Irgendwo wird sich ein schmales, unauffälliges Treppchen auftun, hinauf zu den höher gelegenen Kammern. In vielen wird der dunkle Schmerz hausen, der Schmerz um seine verstorbenen Frauen und die Söhne, die sie ihm nicht geboren haben. Dann wird es prächtige Säle geben mit all den Gütern, die seine Ahnen in Jahrhunderten gehortet haben, viel Land, viel Geld, viele Waren. Und dann wird es die kleineren, freundlichen Zimmer geben. In einem sitzt seine älteste Tochter. Sollte er sie auch noch verlieren, werden die Zimmer mit dem dunklen Schmerz in der Überzahl sein.«

»Er will nicht, daß ich heirate?« fuhr Caterina auf.

»Doch, er will es, denn nur die Heirat seiner ältesten Tochter wird verhindern, daß die prächtigen Säle sich leeren. Er will, daß alles so erhalten bleibt, wie es ist, er will, daß er weiter in diesem großen Altersschädel hausen kann.«

»Das heißt ...«, murmelte Caterina, »warte, das heißt: ich werde heiraten, soll aber weiter in diesem Palazzo wohnen ...«

»Ich habe nichts gesagt«, flüsterte die Amme, »Du errätst meine Gedanken, ich kann nichts dafür.«

»Du hast nichts verraten, nein«, sagte Caterina. »Aber weiter ... Wenn ich hierbleiben soll, müßte *ich* einen Mann heiraten, *ich* also ... Denkt Vater etwa daran, mich mit einem Bürgerlichen zu verheiraten, denkt er so etwas?«

»Ich sage nichts«, antwortete die Amme. »Aber Du weißt selbst, daß er daran niemals denken würde.«

»Dann ... weiter ...«, überlegte Caterina, »... dann werde ich also einen Mann bekommen, der nicht ..., der selbst nichts erbt, der nicht der älteste Sohn ist ..., sondern ..., sondern der zweitälteste oder drittälteste. Ja, das muß es sein, so ist es, das ist es genau!«

»Beruhige Dich doch«, flüsterte die Amme, »man darf uns nicht hören, niemand darf diese geheimen Gedanken erfahren.«

»Diese geheimen Gedanken! Ich habe sie erraten!« rief Caterina. »Es ist ganz einfach!«

»Ich habe nichts gesagt«, sagte Giulia. »Ich habe von einem Bild gesprochen, von nichts anderem. Ich habe das Bild eines Schädels gemalt, das ist alles.«

Caterina stand erregt auf und küßte sie auf die Stirn. Es war, als sei sie von einer großen Last befreit. Der Hochzeitstag, nein, er war nicht mehr weit, plötzlich spürte sie, wie nahe sie dem freien Leben schon war. Sie breitete die Arme aus und beugte sich über das Geländer des Altans. Es war windstill, aber sie glaubte, einen starken Luftzug zu spüren, als wollte diese Brise sie hochheben, damit sie die Stadt aus der Luft betrachten könnte, ein weites, ausgedehntes Terrain ungeahnter Freuden ...

»Giulia«, sagte sie, »gib meinem Vater weiter dieses Zaubergebäck, gib ihm Marsala, Vino Santo und den besten Champagner, streu Zimt, enthäute Mandelkerne und reibe die Schalen der feinsten Orangen, zerhacke Pinienkerne, gib eine Prise Vanille hinzu und raspele die beste Schokolade zu feinstem Staub ..., dann, dann wird sich die große Prachttreppe auftun, hinauf zu den hohen Gemächern, zu den Festsälen und Schlafgemächern, zu all den verbotenen Kammern, die jetzt noch verschlossen schlummern ...«

Sie lachten. Giulia schloß Caterina in ihre Arme. Dann nahmen sie sich die restlichen Gläser vor und hielten sie nacheinander gegen das Licht, damit nicht die kleinsten Spuren zu finden wären, am festlichen Tag.

11

Am späten Abend schlich Andrea aus dem Kloster und hockte sich draußen an den Kai. Er beugte sich vor und schaute ins Wasser, nein, es war zu dunkel, um sein eigenes Bild zu erkennen. Er schöpfte mit der Rechten eine Handvoll und strich sich durchs Gesicht. Ah, das tat gut, dieser Geruch von Salz, Tang und Algen war ihm unendlich vertraut. Dort drüben, das war also die geheimnisvolle Stadt, von der sie immerzu sprachen. ›Venedig‹ ... – sie hatten ihn schon unzählige Male danach gefragt, und immer wieder hatte er nur den Kopf schütteln müssen. Nein, er wußte nichts von Venedig, diesen Namen hatte er hier zum ersten Mal gehört, da war er ganz sicher.

Immerzu waren sie mit solchen Fragen hinter ihm her, sie fragten ihn täglich nach seinen Eltern und nach seinem Zuhause, oder sie fragten ihn nach dem Namen des Dogen und dem Namen des Heiligen, den die Stadt sich zum Patron gewählt. All diese Namen kannte er nicht, er hätte gern mehr darüber gewußt, aber er traute sich nicht, die Fragesteller zu fragen, weil er wußte, daß seine Fragen wiederum zahllose Fragen der Mönche nach sich gezogen hätten.

Sie beobachteten ihn. Nur in der Frühe, bei Sonnenaufgang, wenn er sich mit den ersten Strahlen erhob, fühlte er sich sicher. Schon wenig später waren sie hinter ihm her, wenigstens einer von ihnen übernahm diesen Dienst, begleitete ihn oder schaute ihm aus der Ferne nach. Es war, als hätten sie sich vorgenommen, ihn ständig zu umkreisen, mit ihren langsamen, oft schlurfenden Schritten, mit ihrem falschen Lächeln und mit ihrem argwöhnischen Geflüster, das den ganzen Tag nicht aufhören wollte.

Er wünschte sich sein Boot zurück, aber er wußte nicht, wo sie es versteckt hatten. Das Boot gehörte ihm, es war das einzige, was er besaß, aber sie hatten ihm auf seine Fragen, wo sie es hingebracht hatten, nur ausweichend geantwortet. Wahrscheinlich lag es in dem großen, verschlossenen Bootsschuppen, oder sie hatten es versenkt; um alles kümmerten sie sich, alles lief durch ihre Hände, um zurechtgerückt, zurückgelegt oder umgedreht zu werden. Nein, sie konnten einfach nicht stillhalten, nicht so hier am Kai sitzen wie er, um zu schauen.

Er streckte die Füße ins Wasser. Oh, war das gut! Nichts war so einfach und gut, wie wenn das Wasser einen berührte! Unendlich sanft legte es sich auf die Haut, hüllte sie ein, umschloß den Körper, gab nach und verteilte sich überallhin, bis der Körper verschwunden war, ausgelöscht in dieser trägen, haltenden Weichheit. ›Venedig‹, die Stadt da drüben ... auch von der sagten sie, sie lebe im Wasser, die Häuser seien ins

Wasser gebaut, und die Menschen dort ..., vielleicht gingen sie auf dem Wasser spazieren oder ließen sich in Booten und Gondeln über das Wasser tragen, von Haus zu Haus ... So eine Stadt wäre wohl seine Stadt, von einer Wasserstadt mit Häusern im Wasser hatte er immer geträumt.

Er kniff die Augen zusammen und schaute durch den schmalen Schlitz der Lider hinüber. Dort, diese Helligkeiten, die bunten Feuer, sie sagten ›Platz des San Marco‹ dazu. Es war ein herrliches Bild, ein Flimmern und Glimmen der springenden, sich drehenden, in den Himmel geschleuderten Farben, die auf der dunklen Linie des Wassers tanzten, nein, es war keine Linie, es war ein Seil, ja, ein Seil, auf dem diese Häuser, Kuppeln und Glockentürme sich gerade noch hielten, schwankend, vor dem Absturz ins Schwarz des Wassers.

Er spürte plötzlich die große Erregung, die von diesem Bild ausging. Es war, als sollte er es greifen, als müßte er es zu halten versuchen, bis es nach hinten stürzte in den gähnenden Schlund oder einfach davonspazierte über das Seil. Er benetzte die Finger seiner Rechten und zog eine Linie auf den Steinen. Nein, nicht hinschauen, er mußte die Augen schließen, dann erstand das gewaltige Brandbild von neuem in seinem Kopf, und seine Finger, ja, die zeichneten dieses Bild nach, die Gerade des Wassers und die Spitzen, Kreise und Rundungen, die auf dieser Geraden zu tanzen versuchten.

Allmählich war es ganz dunkel geworden, noch hatten sie ihn nicht gefunden, aber bald würden sie zwei oder auch drei Mönche nach ihm ausschicken. Sie hatten keinen Sinn dafür, daß sich jemand ruhig ans Wasser setzte; insgeheim fürchteten sie sich vor dem Wasser, selbst wenn sie sich die Hände wuschen, achteten sie darauf, daß das Wasser nur die vordersten Fingerspitzen berührte, als könnte schon ein kleiner Strahl Unheil anrichten.

Und immerzu dieses schwarze Gewand, das den Körper unnötig erhitzte und beim Gehen um den Leib schlotterte! Er schaute sich um, plötzlich stand sein Entschluß fest, das Gewand auszuziehen. Weg damit, das hatte er sich schon seit Tagen gewünscht! Noch einmal schöpfte er eine Handvoll, rasch wurde ihm kühl, das Wasser war viel wärmer als diese Luft und der Abendwind, der leichte, seinen Rücken abtastende Wind, der hinüberzuwehen schien zum ›Platz des San Marco‹.

Worauf wartete er? Er goß sich mit beiden Händen einen Schwall über den Kopf. Dann sprang er. Er machte einige Stöße, dann tauchte er unter. Jetzt, jetzt war er zu Hause, jetzt wußte er genau, wo er war, im Zuhause, jetzt hätte er ihnen ihre Fragen beantworten können. Aber sie hätten das alles nicht verstanden, nicht, daß einer ins Wasser sprang, nicht, daß einer das Wasser und seine Weite für sein Zuhause hielt. Keiner von ihnen konnte so schwimmen. Sie retteten sich auf ihre Barken und Gondeln, und sie tappten auf diesen Brettern so hilflos herum wie Kinder, die das Laufen erst lernten. Doch das war jetzt nicht mehr wichtig. Er würde auch sie vergessen, wie er alles vergessen hatte.

Er spürte die Strömung. Ja, er hatte nicht umsonst so lange auf das Wasser gestarrt, er hatte es kommen sehen und gehen, kommen und gehen, auf den ›Platz des San Marco‹ zu und ebenso kraftvoll von ihm weg, hin zur dunklen Weite. Wollte er nach Venedig gelangen, in die Wasserstadt, die Stadt mit den Wassertänzern und den Häusern im Wasser, dann mußte er mit der Strömung treiben, anders kam er nicht hinüber. Tagelang hatte er diese Strömung beobachtet, aber niemandem davon berichtet, diese Nacht trug sie ihn leicht, nur ein schwacher Wind wehte, das Wasser war ruhig.

Nein, er wollte nicht am ›Platz des San Marco‹ an Land, dort war es zu hell, er hielt sich abseits, weiter links, dort, wo sich die Häuserreihen auftaten und eine breite Schneise sich öffnete, die Mönche nannten es ›den großen Canal‹, in diesen Canal wollte er eintauchen, langsam hinein ins Innere der Stadt ... Wie schnell er vorankam! Sein Atem ging ganz gleichmäßig, niemand wußte, welch ein geübter Schwimmer er war, es gab keinen, der es mit ihm hätte aufnehmen können! Jetzt liefen sie schon auf und ab, schauten in allen Winkeln des Klosters nach und scheuchten einander umher, auf der Suche nach ihm, dem Verschwundenen! Er würde nie wieder zu ihnen zurückkehren, sie waren ihm so lästig geworden, wie ihm noch nie ein Mensch lästig geworden war ...

Dieses Schwimmen ließ ihn schon langsam vergessen; die eintönigen Klosterfarben wurden schon blasser, das dumpfe, unbewegliche Weiß der Kirche, das allgegenwärtige Klosterweiß, in dem kaum andere Farben auftauchten, nur manchmal das schmutzige Schwarz, kein dichtes, glänzendes, festes Schwarz, sondern ein mattes, schlieriges Schwarz. Oh, er kannte die Farben genau, er hatte sie im Wasser beobachtet, bis in die Tiefe des Meeres hatte er die Farben verfolgt, und so kannte er die vielen Schwarztöne genau, die Tintenfischtöne und die grünschwarzen Muscheltöne ...

Dort, das mußte ›der große Canal‹ sein. Die Häuser zu beiden Seiten waren mit Fackeln erleuchtet, und sie standen wahrhaftig im Wasser. Die Fackeln tauchten ihr Licht hinab ins Wasser, und die Häuser warfen ihre Fassaden hinein, und so verband sich das Obere mit dem Unteren und das Untere mit dem Oberen. Gott, der erleuchtete Himmel schaukelte im Wassergrund, tief drunten mußten dessen Abdrücke zu finden sein, er wollte tauchen, um sie genauer zu betrachten, tief hinuntertauchen mußte er jetzt, damit ihn die vielen Gondeln, die an den Häusern festgemacht waren, nicht streiften.

Andrea reckte sich noch einmal empor. Für einen langen Moment hielt sein Blick das Bild des großen Canals fest, und es war ihm, als hätten die Bewohner der Wasserstadt Freudenfeuer entzündet, um einen neuen Sohn willkommen zu heißen, ihn, Andrea, den Schwimmer und Fischer, ihn, den Mann auf der Suche nach einem zweiten Zuhause.

Zweiter Teil

12

Der Conte erwachte. Manchmal fielen ihm gleich mit den ersten Tagesgedanken die Verse Petrarcas ein, »allein und sinnend durch die ödsten Lande / geh' ich mit langsam abgemessnem Schritte ...« Sie schienen aus der klemmenden Lade herauszutönen, in der sich das alte Buch befand, das er schon lange nicht mehr hervorgeholt hatte. Immer häufiger kam es ihm jetzt so vor, als räche das geschmähte Werk sich an ihm mit diesen Versen, die sich in seinem Kopf eingenistet hatten, als hätten sie dort einen festen Platz.

Plagegeistern gleich verfolgte ihn das innere Gemurmel, und er bemühte sich jeden Morgen neu, dieses Gesäusel aus dem Schädel zu bekommen, ein Gesäusel, ja, das ihm früher vielleicht gefallen hatte, das ihm jetzt aber seltsam altersmüde und abgestanden erschien. Es war an der Zeit, Petrarca gegen einen anderen Dichter zu vertauschen, er würde etwas Neueres, Frischeres auswählen, etwas, das seinen gegenwärtigen Stimmungen besser entsprach.

Denn zu wem sprachen diese alten Verse von Ödnis, Einsamkeit, Flucht – zu ihm, Paolo di Barbaro, jedenfalls nicht! Sechsundvierzig Jahre war er alt, gewiß ein beachtliches Alter, doch andererseits war er noch kein Greis wie der alte Giovanni Nardi, der sich von seiner jungen Tochter füttern und vorlesen ließ. Nein, er, der Conte aus einem der ältesten Geschlechter Venedigs, spürte durchaus noch die Lust, Neues zu erobern.

Viel zu still war es in all diesen Räumen, eine Totenstille herrschte in ihnen seit dem Ableben seiner Eltern! Wenn er verheiratet gewesen wäre, hätten diese Säle und Kammern längst ein anderes Aussehen erhalten. Er läge jetzt, zu dieser frühen Stunde, auch nicht allein in diesem breiten, gewaltigen Bett mit dem ebenso lächerlichen wie kapriziösen Himmel aus blauem Damast, nein, ihm zur Seite läge vielleicht gerade in diesen Minuten eine junge Frau, begehrenswert, eine den frühen Morgen zu einer Glücksstunde erhebende, blasse, bald aber mit diesen weichen Rosatönen überzogene Erscheinung...

Di Barbaro schüttelte unwillig den Kopf. Schon seit einiger Zeit behaupteten sich solche fiebrigen Bilder; kaum lag oder saß er eine Weile untätig herum, strömten sie langsam, wie zunächst kaum deutlich zu erkennende Schatten, heran, setzten sich in allen Winkeln des Kopfes fest und brachten den ganzen Körper zur Heißglut. Er konnte sich nicht gegen sie wehren, sie vermehrten sich von Minute zu Minute, bald hatten sie alle anderen Gedanken mit ihrer wollüstigen Farbigkeit überschwemmt, so daß er sich gewaltsam von ihnen losreißen und anderen Dingen zuwenden mußte.

Er stand auf, suchte hastig nach seinem leichten, seidenen Mantel und ging im Zimmer auf und ab. Wenn es ihm wirklich einmal einfallen sollte zu heiraten, so würde man seine Frau drüben, im anderen Flügel des Hauses, unterbringen. Dort hätte sie ihr eigenes Schlafzimmer, dort würde man ihre Umkleideräume einrichten, doch hier, in diesem Zimmer, in dem er seit mehr als einem Jahrzehnt schlief, würden sie in den Nachtstunden, wenn es ihnen gefiele, einander begegnen...

Er öffnete die Fenster, ließ die Läden aber geschlossen, um die Sonnenstrahlen noch nicht hineinfluten zu lassen. Eine junge Frau, nein, sie würde es nicht schätzen, schon am Morgen von diesen Strahlen bedrängt zu werden, sie würde es vorziehen, noch eine Stunde oder zwei mit ihm, an seiner Seite, im Bett zu verbringen. Man würde die Diener anhalten, jede

Störung zu vermeiden, kein Geräusch wäre zu hören, nur der von außen hineinströmende Klingklang der Gassen, das Sich-Überbieten der Stimmen und der ewige, dunkle Untergrund des nachhallenden Wassergeplänkels.

Ein ganz anderes Leben würde schon mit solchen Morgengefühlen beginnen, ein vielleicht freieres oder launigeres, jedenfalls eines, das er mit einem anderen Menschen teilen würde, auch wenn sie sich tagsüber kaum begegneten. Draußen, in der Stadt, wäre es nicht statthaft gewesen, zusammen aufzutreten, warum auch, weswegen sollte er an der Seite seiner jungen, den Tag genießenden Frau durch die Gassen Venedigs streifen wie ein Geck, der anderen die Kunst des Müßiggangs vorführen möchte? Im Theater dagegen würde man sich dann und wann begegnen, es hätte eher den Eindruck eines zufälligen Aufeinandertreffens gemacht, doch insgeheim hätte man sich zu einer bestimmten Stunde in einer bestimmten Loge verabredet, ein Sorbet zu sich zu nehmen …

Ah, es gäbe so viele Möglichkeiten, sich aus dem Weg zu gehen, sich heimlich zu begegnen, sich bewußt zu übersehen, sich unbewußt auf die Spur des anderen zu machen …, es war nicht auszudenken, wie abwechslungsreich das Leben dadurch werden konnte! Vorbei wären die Zeiten der einsamen Grübeleien, die einen mit ihren dunklen Gedanken doch immer nur auf sich selbst zurückführten, vorbei auch die Zeiten der allein getragenen Pflichten! Die Diener würden ihre Anweisungen nun auch von der Contessa empfangen, und er müßte sich nicht mehr um jede Mahlzeit, die Pflege des Gartens oder die Anschaffung von Hausrat, den er nie zu Gesicht bekam, kümmern.

Di Barbaro nickte und knotete den Gürtel des seidenen Mantels enger. Selbst durch die Brille der Vernunft betrachtet, war eine Heirat von Vorteil. Die Familie Nardi gehörte zwar nicht zu den ältesten Familien Venedigs, so daß eine

Verbindung mit ihr nicht ganz standesgemäß wäre, doch wen scherten noch solche überholten Gesetze in einer Zeit, in der die alten Familien der Stadt eine nach der andern ausstarben, weil sich die ältesten Söhne nicht entschließen konnten zu heiraten? Auch er, Paolo di Barbaro, hatte lange genug gezaudert, doch seit er die junge Caterina gesehen hatte, war dieses Zaudern von Tag zu Tag schwächer geworden …

Caterina? Nardi? Hatte er es jetzt endlich zugegeben? Hatte er etwa laut vor sich hin gemurmelt? Und hatte am Ende einer dieses Murmeln gehört? Di Barbaro ging hinüber zu den Fenstern, um sie wieder zu schließen. Was ihm da durch den Kopf ging, war nichts als unausgegorenes Zeug, blühende Phantasien, angefacht durch die Flamme einer gewissen leiblichen Erregung, die er nun beinahe so häufig spürte wie in seinen Jugendtagen. Längst hatte er geglaubt, mit dieser Begierde abgeschlossen zu haben, zwei oder drei heimliche Besuche jeden Monat in einer der abgelegeneren Zonen der Stadt hatten ihn bisher noch immer zur Ruhe gebracht – doch seit einiger Zeit meldete sich dieses Feuer allmorgendlich mit einer beinahe verzehrenden Intensität, so daß er dagegen angehen mußte.

Nein, er hatte sich noch keineswegs entschieden, diese junge, schöne Frau hoch oben auf dem benachbarten Altan zu heiraten, keineswegs! Langsam und schmeichlerisch waren seine Gedanken heute nur zu ihr gewandert, das hatte noch nicht viel zu bedeuten, und außerdem gab es in dieser Stadt Scharen von jungen, schönen Frauen, die es wert waren, geheiratet zu werden, da würde er sich noch umschauen müssen, anstatt einfach das Nachbarskind zu nehmen, mit einem raschen Zugriff über Hecken und Mauern.

Jetzt hatte er sich einigermaßen beruhigt. Leider hatte er sich angewöhnt, am frühen Morgen in diesem dunklen Zimmer auf und ab zu gehen. Er drehte sich um und ging wieder zu den Fenstern. Er riß sie eins nach dem andern auf und öffnete auch gleich alle Läden. Sie schlugen schmetternd gegen die Hauswand, mit einem dumpfen, sofort wieder erstickten Aufprall, der jedoch durch den halben Palazzo zu dröhnen schien, so daß der Conte sich an seinen Schreibtisch zurückzog. Er wollte sich gerade auf dem Stuhl niederlassen, als er ein leises Räuspern hörte. Anscheinend hatte Carlo auf ein erstes Geräusch von ihm gewartet, jedenfalls hörte er seinen Diener jetzt mit der gewohnt leisen, ruhigen Stimme hinter der Tür.

»Conte Paolo, entschuldigen Sie, unten, in der Halle, befindet sich ein seltsamer Mensch, der uns einige Rätsel aufgibt. Es wäre gut, wenn Sie sich selbst ein Bild machen würden.«

»Ein Mensch, was für ein Mensch?« fragte di Barbaro unwillig.

»Ein unbekleideter Mann. Er ist durch das geöffnete Tor in den Palazzo geschwommen.«

»Was redest Du da?« sagte der Conte. »Warte, ich komme.«

Er kleidete sich hastig an und verließ das Schlafzimmer. Carlo stand vor ihm, mit hilflos ausgebreiteten Armen.

»Wir haben ihn, weil er einiges Aufsehen erregte, in den Garten gebracht. Er scheint nicht recht bei Sinnen, vielleicht ist es ein Kranker.«

Di Barbaro hatte ein ungutes Gefühl. Diese Geschichte erinnerte nur zu sehr an eine andere Geschichte, an die Geschichte Andreas, mit der er nichts mehr zu tun haben wollte. Doch es konnte sich nicht um Andrea handeln, er war noch im Kloster untergebracht, und es war ganz unmöglich, daß er allein hierher gelangt war.

Unten in der Halle standen einige Gaffer herum, er ließ sie sofort aus dem Palazzo verscheuchen, dann ordnete er an, das große Tor zu schließen. Er ging mit Carlo in den Garten, Carlo ging einige Schritte voran, der »seltsame Mensch« befand sich angeblich im Glashaus.

Ja, dort kauerte er, er war es wirklich, Andrea. Er saß nackt auf dem Boden, rieb sich die Waden und erhob sich langsam, als er den Conte erblickte.

»Guten Morgen, Conte di Barbaro. Ich habe die Nacht in Eurem Palazzo verbracht, in der Eingangshalle dort drüben. Ich danke Euch für diesen Unterschlupf.«

»Geh, beeil Dich«, sagte der Conte zu Carlo, »hol ihm etwas zum Anziehen, irgendwas, nur nichts Schwarzes. Hol ihm etwas von den Kleidern meines Bruders, die werden ihm passen.«

Carlo verschwand, der Conte schloß die Tür des Glashauses und bedeutete Andrea, sich auf eine der Bänke zu setzen. Rasch schaute er hinauf, nein, sie befand sich noch nicht auf dem Altan, sie konnte also nichts bemerkt haben.

»Wie hast Du hierher gefunden?« fragte er ruhig.

»Ich bin geschwommen, Conte«, antwortete Andrea.

»Das kann nicht sein. Niemand schwimmt von San Giorgio bis hierher, es ist unmöglich.«

»Ich schon, Conte. Ich bin mit der Strömung geschwommen, es ist nicht schwer. Ich sagte dem Conte bereits, daß ich ein guter Fischer bin und mich mit Wasser auskenne.«

»Ein Fischer? Du mußt geschwommen sein wie ein Fisch!«

»Wie ein Fisch, Conte. Ich bin ein Fischer, der so gut schwimmt wie ein Fisch. Sonst könnte ich die Fische nicht fangen.«

»Was für ein Unsinn! Du wirst sie schließlich nicht mit den Händen fangen, sondern, nehmen wir einmal an, Du bist wirklich ein Fischer, mit dem Netz!«

»Ich fange sie mit dem Netz, Conte, aber ich fange sie auch mit den Händen. Die großen Fische fängt man nur mit den Händen.«

»Und wo hast Du Deine großen Fische verkauft?«

»Ich habe sie nicht verkauft. Wir haben sie gegessen, ich, ich habe sie gegessen.«

»Wer ist ›wir‹? Wen meinst Du mit ›wir‹?«

»Ich weiß es nicht, Conte, ich habe es vergessen. Ich weiß nur, daß ich die Fische nicht allein gegessen habe, ich habe sie mit jemand anderem geteilt.«

»Du willst sagen, Ihr habt die Fische zu zweit gegessen?«

»Ja, Conte, ich glaube, wir haben die Fische zu zweit gegessen.«

Carlo erschien mit den Kleidern. Der Conte prüfte sie kurz, dann reichte er die Teile Andrea, der langsam in sie hineinschlüpfte. Es war eine blaue Hose, dunkelblau, bis zu den Knien, ein weißes Hemd und eine mit Pflanzenmotiven bestickte Weste. Die Sachen paßten genau. Hätte man ihn jetzt noch gekämmt, hätte man ihn für einen jungen Adligen aus bestem Haus halten können.

Der Conte bemerkte, daß auch Carlos Blick diese Wandlung bemerkt hatte. Er war einen Schritt zurückgetreten, als begegne er dem Fremden jetzt mit einem gewissen Respekt.

»Wer hat Dir den Weg hierher gewiesen?« fragte di Barbaro. »Wie hast Du diesen Palazzo gefunden?«

»Ich war müde, Conte. Ich sah, daß es mir gelingen würde, unter den eisernen Torstäben hindurchzutauchen. Dieser Palazzo machte einen großen Eindruck auf mich.«

»Du willst sagen, daß Du ihn ganz zufällig gefunden hast?«

»Zufällig, ja.«

»Das ist nicht wahr«, brauste der Conte auf. »Du tischst mir lauter Lügen auf. Sicher hat der Abt Dir den Weg gewiesen. Seine Mönche werden Dich hierher gebracht haben, bis zu diesem Tor, hier werden sie Dich abgesetzt haben!«

»Nein, Conte, so ist es nicht gewesen. Ich habe allein hierher gefunden. Es ist ein großes Glück, daß ich hierher gefunden habe. Ihr seid mein Retter, und ich habe meinen Retter wiedergefunden.«

»Dein Retter! Ich habe das alles schon einmal gehört. Du hast Dich bedankt, und ich habe Dir gesagt, daß ich nichts als meine Christenpflicht getan habe. Doch damit ist es genug. Ich habe nicht gesagt, daß ich willens sei, Dich bei mir aufzunehmen.«

»Ich bitte Euch ein zweites Mal, das zu tun«, sagte Andrea.

»Ich werde nicht ins Kloster zurückkehren, auf keinen Fall. Sie beobachten mich dort, Tag und Nacht, sie lassen mir keine Ruhe. Ich möchte nicht beobachtet werden, ich möchte Euch dienen. Ich werde tun, was Ihr verlangt.«

Di Barbaro seufzte laut. Dieser Mensch hatte etwas Entschiedenes, es war nicht leicht, dagegen anzukommen. Jetzt stand er vor ihm, als gehörte er ganz selbstverständlich in diesen Palazzo. Man spürte seinen festen, unbeirrbaren Willen. Sollte er wirklich hierher geschwommen sein? Er, di Barbaro, hatte noch von niemandem gehört, der das fertiggebracht hatte. Andererseits erschien dieser Mensch streng und wahrhaftig. Nein, man traute ihm, so wie er jetzt antwortete und einen anschaute, keine Lügen zu.

»Warte hier auf uns«, sagte der Conte und gab Carlo ein Zeichen, mit ihm durch den Garten zu gehen. Sie verschlossen die Tür des Glashauses und gingen nebeneinander die kleinen Alleen entlang, oben, auf dem Altan, legte eine Dienerin Decken und bunte Tücher aus.

»Glaubst Du, was er sagt?« fragte der Conte.

»Ja«, antwortete Carlo. »Ich glaube ihm.«

»Wir werden ihn fürs erste hier behalten«, sagte der Conte. »Ich werde mit dem Abt von San Giorgio besprechen, was zu tun ist, wir werden die Behörden benachrichtigen. Der Fall hat in der ganzen Stadt großes Aufsehen erregt, ich möchte nicht, daß dieses Haus zu einer Pilgerstätte wird. Wir werden keinerlei Auskünfte geben, das Tor bleibt geschlossen, versuchen wir, die Sache so geheim wie möglich zu halten. Du hast mich verstanden?«

»Jedes Wort«, sagte Carlo. »Wo sollen wir ihn unterbringen? Womit sollen wir ihn beschäftigen?«

»Laß ihn in der Küche aushelfen oder gib ihm Arbeit im Garten. Er soll beschäftigt werden, so gut es geht. Und achte darauf, was er erzählt. Angeblich erinnert er sich an nichts. Vielleicht läßt sich dieses Nichts aber etwas erhellen.«

»Ich habe verstanden, Signor Paolo«, sagte Carlo.

»Carlo, ich möchte, daß Du Dich der Sache annimmst. Behandle ihn gut, bis wir wissen, was aus ihm werden soll. Aber laß ihn nicht aus den Augen. Ich verlasse mich auf Dich.«

»Ich danke Ihnen, Conte. Ich weiß, was ich zu tun habe. Sie werden zufrieden sein.«

Sie gingen zusammen zum Glashaus zurück. Oben, auf dem Altan, breitete die Dienerin jetzt die Teppiche aus. Andrea stand wieder auf, als der Conte das Glashaus betrat.

»Wir werden Dich einige Tage hier behalten«, sagte der Conte. »Carlo wird sich um Dich kümmern. Dann werde ich entscheiden, wie wir weiter verfahren.«

»Ihr seid von außerordentlicher Güte«, sagte Andrea.

»Ich bin dumm genug, Euch zu glauben«, sagte di Barbaro.

»Ich habe noch eine Bitte«, setzte Andrea noch einmal an. »Ich bitte Euch darum, hier, im Freien schlafen zu dürfen. Bei gutem Wetter möchte ich, wie ich es gewohnt bin, im Freien schlafen; bei schlechtem Wetter könnte ich die Nacht in diesem gläsernen Haus verbringen.«

»Im Glashaus?! Nein, dieser Platz ist dafür nicht geeignet!« sagte der Conte entschieden.

»Warum sollte er nicht dafür geeignet sein?« fragte Andrea. »Er ist groß genug, ich würde niemandem zur Last fallen.«

Der Conte schaute Carlo an. Jetzt vertrieb ihn dieser Mensch auch noch aus seinem Versteck. Sollte er ihm das erlauben? Oder war es vielleicht eine Art höhere Fügung, daß man ihm verwehrte, weiter diesen Altan zu beobachten, der ihm nicht mehr aus dem Kopf ging?

»Was meinst Du, Carlo?« fragte der Conte.

»Ich hätte nichts dagegen einzuwenden«, antwortete Carlo.

»In Gottes Namen«, sagte di Barbaro. »Aber das ist der letzte Wunsch, den ich Dir heute erfülle. Ich möchte nicht weiter gestört werden. Ich habe zu tun.«

Andrea verneigte sich, Carlo blieb bei ihm, und der Conte

verließ mit schnellen Schritten den Garten. Er würde sich darum bemühen, diese Angelegenheit bald zu klären, wahrscheinlich würde irgendein Ausschuß des Großen Rats sich damit beschäftigen. Sie würden eine Entscheidung treffen, ganz zweifellos, sie kümmerten sich um jede Kleinigkeit, von den Brotpreisen bis zum Verbot des Rufhängens von Wäsche in Gassen, die nicht breiter als eine Armlänge waren. In der Eingangshalle blieb er einen Augenblick stehen. Nein, von hier aus war der Altan nicht zu sehen. Er hörte Carlos besonnene Stimme.

»Es war nicht recht, den Conte um diese Gunst zu bitten, Andrea.«

»Ich habe ihn höflich gefragt.«

»Der Conte entscheidet selbst, was zu tun ist. Man soll ihn nicht zu etwas drängen.«

»Ich habe ihn nicht gedrängt, ich habe ihm einen Vorschlag gemacht.«

»Genug! Du wirst hier dienen und weiter keine Ansprüche stellen. Ich werde Dir Deine Arbeit erklären. Ich heiße Carlo.«

»Ich danke Dir, Carlo.«

»Ach, noch etwas! Du erinnerst Dich nicht, woher Du kommst?«

»Ich erinnere mich nicht.«

»Du hast eben aber behauptet, immer im Freien geschlafen zu haben.«

»Ja, ich habe wohl meist im Freien geschlafen. Jedenfalls bin ich es so gewohnt.«

»Was nun? Erinnerst Du Dich oder nicht?«

»Ich erinnere mich daran, daß ich im Freien geschlafen habe, aber ich weiß nicht mehr, wo das war.«

»Nun gut«, hörte der Conte seinen Diener noch sagen, »nun gut, wir werden das klären.« Dann eilte er die Treppe hinauf, in die Bibliothek, um ein Schreiben an den Großen Rat aufzusetzen.

13

Am meisten liebte Andrea die große Eingangshalle, in der zu manchen Stunden das Wasser die kleinen Treppenstufen überflutete. Manchmal hockte er auf den tangüberzogenen, schlierigen Steinen und schaute zu, wie die Wellen heranschwappten. In der Nähe des breiten Tores stand vormittags die Sonne und tauchte ihre Strahlen bis auf den Boden. Hier, in der Halle, war das Haus ganz mit dem Wasser verbunden, hier war es der Wasserbau, von dem er immer geträumt hatte. Das Wasser spiegelte jede Einzelheit an den Wänden, und die Wände glitten, als hätten die Spiegelungen sie zusammengefaltet, langsam hinab in die helle Flut.

Sonst aber blieb ihm der große Bau ein unüberschaubares, unendlich verzweigtes Gelände. Vierundsechzig Zimmer sollte es in ihm geben, hatte Carlo behauptet, kein Wunder, daß er sich nie zurechtfand. Die Räume des ersten Stocks waren für ihn verschlossen; in ihnen hielt sich der Conte auf. Auch im zweiten Stock gab es viele unzugängliche Räume, erst ganz unter dem Dach waren die Zimmer der Dienerschaft, meist winzige Stuben, in denen es tagsüber zu heiß war. Jeder Gegenstand schien in diesen überhitzten Zimmerchen zu verdorren, meist war der Boden übersät mit Abgestorbenem, mit vertrockneten Blütenblättern oder geschrumpften, auf dem Rücken liegenden Insekten, die man zusammenkehrte und haufenweise aus den Fenstern warf.

Die Küche, in der er der Köchin zur Hand gehen sollte, befand sich in einem Zwischengeschoß, direkt über der Eingangshalle. Er trug die Kisten mit Gemüse und Obst hinauf, schaffte Brennholz herbei, kümmerte sich um das Feuer und trug die Abfälle hinunter. Nach einiger Zeit durfte er Carlo auch beim Einkauf in der Stadt begleiten. Carlo ging voraus, viel zu schnell, ein die schmalen Gassen durcheilender, nur an sein Ziel denkender Antreiber, den er nie aus dem Auge verlieren durfte. Ihm blieb keine Zeit, nach oben oder zur Seite zu schauen, er mußte seinen Blick ganz auf die ihm vorauseilende Gestalt heften oder konnte mit seinem Blick gerade noch den Boden streifen. So sah er die dunkle Feuchtigkeit in den Gassen, wo der Schimmel die Fundamente der Häuser grün oder graugelb zeichnete, er erschrak vor den weiten, hellen Zonen der Campi, auf denen die Sonne ruhte wie auf einer geöffneten, den Himmel einfangenden Muschel, und er war versucht, auf jeder der kleinen Brücken stehenzubleiben, um hinabzuschauen in die schmalen Adern der Kanäle.

Das unentwegte rasche Hinauf auf die Brücken und das verzögerte, schleppende Hinab erschien ihm wie das Auf und Ab kleiner Wellen, der Wellen aus Stein, die sich auf die darunter gebrochenen Wasserwellen legten. Er versuchte, diese beiden Wellenbewegungen zu begreifen, aber in seinem Kopf liefen sie unablässig gegeneinander, der Stein kreuzte, schnitt oder verdeckte das Wasser, es war, als seien die Gehwege etwas ganz für sich, ein unendliches Netz, verzweigt und unergründlich wie der Palazzo.

Erst am Fischmarkt kam er dann zu sich. Noch nie hatte er eine so überwältigende Menge an Meerestieren gesehen. Er drängte sich zu den Ständen und griff nach ihnen.

Carlo erstaunte, als er jeden Fisch kannte und genau zu sagen wußte, wie viele Stunden er tot war. Sein ruhiges, sicheres Reden machte einige Einkäufer aufmerksam, sie folgten ihm, wollten hören, was er zu kaufen empfahl. Doch bevor sich eine größere Menge um ihn sammeln konnte, zog ihn Carlo weiter. Sie liefen ihm noch eine Weile nach, erst in der Nähe des Palazzo hatte man es geschafft, alle abzuschütteln.

In der Küche bestand er darauf, die Fische zuzubereiten. Er konstruierte ein Gitter aus Holz, mit dessen Hilfe man die Fische über der Glut wenden konnte. Alle standen um ihn herum, wenn er die heißen Fischkörper auf die blanken, spiegelnden Platten aus istrischem Stein legte und sie mit wenigen Handgriffen enthäutete. Jeweils ein Fingernagel an beiden Händen war um ein weniges länger als die anderen, mit ihnen löste er das warme Fischfleisch von den Gräten. Als Carlo ihn fragte, wo er diese Kunst gelernt habe, antwortete er, er beherrsche sie seit seiner Kindheit.

Wenn man ihn nicht beschäftigte, hielt er sich im Garten auf. Er hatte begonnen, entlang einer Mauer den Boden umzugraben und kleine Beete anzulegen. Unermüdlich sprengte er die Blumen mit Wasser, er sagte, der Garten sei viel zu trocken, er werde die Tonerde und die sich stark aufheizenden Steinwege mit kleinen Kanälen durchziehen und dafür sorgen, daß der Garten bald wieder blühe. Er schaffte die Abfälle hinaus auf die frisch angelegten Beete und vermengte sie mit der Erde. Auch Berge von Fischknochen streute er wie Saatgut auf die dunklen Erdschichten. Zwei, drei Tage verblaßten sie dort in der Sonne, dann grub er sie unter.

»Wie kommst Du mit ihm zurecht?« fragte der Conte den alten Carlo, der Andrea nicht aus den Augen ließ.

»Manchmal glaube ich, er lebt schon seit Jahren bei uns«, antwortete der Diener. »Ich brauchte ihm schon nach wenigen Tagen nicht mehr zu sagen, was er tun sollte.«

»Können wir ihn brauchen?«

»Er geht vielen zur Hand, Signor Paolo. Er hilft in der Küche, hilft unserem Gondoliere beim Ausbessern der Gondeln, hilft unseren jungen Frauen, wenn es darum geht, Lasten hinauf zu tragen, und er hilft mir beim Einkauf.«

»Du sprichst von ihm ja wie von einem Samariter. Es gibt nichts zu beanstanden, wirklich nichts?«

»Nein, Conte, nichts. Es sei denn, daß er noch immer die Angewohnheit hat, sich zu entkleiden. Manchmal findet man ihn nackt im Garten, Gott sei Dank versteckt und hinter den Hecken, so daß die neugierigen Mädchen ihn nicht sehen. Er zieht sich aus, wenn er müde wird, als wollte er zu Bett gehen. Es kann vorkommen, daß er mitten am Tag einschläft, mitten in einem Gespräch. Wir wecken ihn, und er geht sofort hinaus in den Garten, zieht sich aus und schläft wieder ein. Ich denke, er ist sehr erschöpft.«

»Hat er Dir etwas erzählt? Ist er mitteilsamer geworden?«

»Nein, Conte. Er kann sich angeblich an nichts erinnern, und ich glaube nicht, daß er lügt. Er scheint darunter zu leiden, daß er sich nicht mehr erinnert. Er sitzt in unserer Halle und starrt lange aufs Wasser, als wollte er die Erinnerungen herbeizwingen.«

»Hat er so etwas angedeutet?«

»Ja, Conte. Ich habe ihn gefragt, warum er soviel Zeit in der Halle verbringe, und er hat mir geantwortet, weil in dieser Halle ein Teil seines Zuhause verborgen sei. Er weiß nur nicht, was genau.«

»Der ehrwürdige Abt von San Giorgio hat vorgeschlagen, daß wir ihn eine Weile behalten.«

»Das hatte ich vermutet, Signore.«

»Du hast viel mit ihm zu tun, Carlo, deshalb möchte ich von Dir wissen, ob Du dem zustimmst.«

»Ich danke Euch, Conte. Ich habe nichts einzuwenden, ich werde mich weiter um ihn kümmern.«

Und so bestellte Carlo einen Schneider, um Andrea einkleiden zu lassen. Man fertigte Hemden, Hosen und einen Mantel an, alles eigens für Sommer und Winter. Er lehnte es ab, Strümpfe zu tragen, auch bestand er darauf, sich die Schuhe selbst anzufertigen. Er flickte sie sich aus Resten zusammen, man sah ihn im Glashaus lange damit beschäftigt, unablässig bessernd und werkelnd, manchmal in sich zusammengesunken, tief schlafend, eine Nadel noch in der Hand.

Ab und zu wagte er sich für einen Moment aus dem Palazzo. Er ging einige Schritte eine Gasse entlang, rück- oder seitwärts, das Tor immer im Auge behaltend. Er wagte es nicht, um eine Ecke zu biegen oder dem Palazzo ganz den Rücken zu kehren, es war, als vermutete er, alles könnte, wenn er es nicht im Auge behielte, sofort verschwinden. Als Carlo ihn darauf ansprach, sagte er, er habe wahrhaftig Angst, daß alles wieder verschwinden könne. Er könne sich die Gestalt des Palazzo nicht einprägen, und die vielen Menschen, die ihm in diesem großen Gebäude begegneten, zögen ihm durch den Kopf wie sehr flüchtige Schemen. Wiedererkennen könne er sie überhaupt nur, weil er sie meist an ein und demselben Platz antreffe, die Köchin in der Küche, den Gondoliere unten in der Halle. Manchmal jedoch fürchte er sich, daß er erwache, irgendwo, allein in seinem Boot, und diese Wasserstadt und ihre Menschen seien nichts anderes gewesen als ein langer, unsinniger Traum.

Carlo beobachtete ihn weiter genau. Nicht selten zog er mit den Fingerkuppen Linien auf Stein. Wenn er so dasaß, schien er mit geschlossenen Augen zu zeichnen. Es war ein unheimliches, merkwürdiges Bild, als sähe man einem Blinden zu, der sich daran machte, die Welt zu erfinden, aus dem Dunkel, aus Nichts.

14

»Komm, Giulia, schnell! Ich sehe ihn, er ist wieder eingeschlafen!« rief Caterina und beugte sich über das Geländer des Altans. Giulia kam mit einem Kleid über dem rechten Arm die Treppe hinauf und setzte sich neben sie.

»Nein, ich will ihn nicht sehen«, sagte sie leise und begann, sich mit Nadel und Faden an dem Kleid zu schaffen zu machen.

»Du willst ihn nicht sehen? Bist Du noch gescheit?«

»Nein, will ich nicht. Sag Du mir, was Du siehst, das soll mir genügen.«

»Er ist noch viel schöner, als wir gedacht haben, Giulia. Er hat ein langes, schmales Gesicht, er ist groß, und seine Haut ist sehr dunkel ...«

»Seine Haut? Was ist zu sehen von seiner Haut?«

»Das fragst Du mich noch? Ich habe es Dir immer wieder gesagt: Alles ist zu sehen von seiner Haut, er ist nackt, nackt liegt er dort unten, Giulia, schau ihn Dir an!«

»Nein, ich will nicht. Es ziemt sich nicht, einen Mann nackt zu sehen, und erst recht ziemt es sich nicht, ihn im Schlaf zu beobachten.«

»Ziemt sich, ziemt sich nicht, was ist das für ein Gerede! Was kann ich dafür, wenn er vor unseren Augen in seine Ohnmachten fällt? Giulia, sag mir: Hast Du noch nie einen Mann nackt gesehen?«

»Eh, frag mich was anderes!«

»Nicht, nein?! Nun sag schon!«

Giulia zögerte einen Moment, ließ das Kleid in den Schoß sinken und schaute in die Ferne. »Ich habe einmal das Bild eines alten Malers gesehen, der hatte den heiligen Sebastian gemalt, beinahe nackt, mit Pfeilen in der Brust, in den Armen und Beinen, es war furchtbar. Ich war noch ein Kind, als ich das sah, das Bild hat mich erschreckt, nicht wegen der Pfeile, sondern weil der heilige Sebastian fast nackt war. Ich habe oft an ihn denken müssen, und ich habe ihn oft gesehen, auch ohne die Pfeile, so oft, daß ich es beichten mußte.«

»Jetzt verstehe ich, Giulia«, sagte Caterina und setzte sich auch, »Du willst ihn nicht sehen, weil Du Angst davor hast, wieder beichten zu müssen.«

»Ich bin zu alt, um so etwas zu beichten«, antwortete Giulia, »deshalb will ich ihn nicht mehr sehen.«

»Ich werde Dir etwas gestehen, Giulia. Ich habe von Andrea geträumt, von seiner dunklen Haut und von alldem!«

»Caterina, ich will nichts davon hören!«

»Aber seine Haut ist so dunkel . . ., so dunkel, daß man sie für seine Kleidung halten könnte. Ja, so ist es. Seine Haut kleidet und versteckt seine Nacktheit, als ob er nicht nackt, sondern eben dunkel wäre, verstehst Du?«

»Und was hat das mit Deinem Traum zu tun?«

»Ich habe geträumt, daß ich ihn hielt, als er stürzte. Er befand sich auf einem hohen Gerüst, ganz oben, und er stürzte, weil das Geländer einbrach. Ich flog herbei und hielt ihn, so, am Rücken, denn er fiel rückwärts, so, mit weit aufgerissenen, den Tod fürchtenden Augen. Er schaute mich an mit diesen Augen, und da begannen wir uns langsam zu drehen, wir drehten uns immer schneller, immer schneller und wirbelten im Sturzflug der Erde zu, bis wir kurz vor dem Aufprall zur Ruhe kamen. Das war mein Traum.«

»Ah, was Du träumst! Was für Geschichten! Du beschäftigst Dich zuviel mit ihm, anstatt an Deine Heirat zu denken! Immerfort sitzt Du hier oben und läßt die Augen nicht von diesem Knaben! Was willst Du mit ihm? Ich wollte, Deine Gedanken flögen weiter als nur über diese Mauer, ich wollte, sie flögen über die ganze Stadt, auf der Suche nach dem Mann, den Dein Vater für Dich aussuchen könnte!«

»Du hast recht, Giulia, so sollte es sein! Aber seltsam, manchmal sehe ich diesen Fremden dort an meiner Seite, ich denke mir aus, wie er neben mir geht, mir die Hand reicht, ich sehe ihn in schönen Kleidern und nicht in den armseligen Lumpen, die der Conte ihm hat anpassen lassen. Dann trägt er den Dreispitz, das weiße Spitzenhemd, die brokatene Weste, den langen Rock ... ‹

»Caterina, nun ist es aber genug. Nicht ihn sollst Du heiraten, sondern einen Herrn von Stand!«

»Ja, Giulia, schon gut. Du siehst ja, ich wende mich von ihm ab, warte, ich helfe Dir, das vertreibt die falschen Gedanken. Und außerdem führt es zu nichts, wenn ich von ihm träume, er merkt es ja doch nicht. Seit er hier ist, hat er nicht ein einziges Mal den Kopf gehoben. Stell Dir vor, er hat nicht einmal hinauf, zu uns, geschaut!«

»Ich weiß, alle erzählen sich, daß er sonderbar sei. Er schaut meist nur auf den Boden, als schämte er sich, den Kopf zu heben, oder als habe er etwas verloren. Er hat so seine Eigenheiten, die niemand versteht.«

»Welche noch? Erzähl weiter!«

»Nur wenn Du nicht hinschaust!«

»Ich höre Dir zu, ich schaue nicht hin.«

»Man erzählt sich, er wisse die Namen aller Fische auf dem großen Markt am Rialto. Er öffnet den Fischen das Maul und tastet sich mit einem Finger vor bis zu den Kiemen. Dann zieht er den Finger zurück, so, schnüffelt und riecht lange daran und sagt einem dann genau, seit wie vielen Stunden der Fisch schon tot ist. Die Weiber zerren ihn von Stand zu Stand, damit er die frischste Ware für sie heraussucht.«

»Weiter, Giulia, weiter!«

»Er kennt alle Fische, sagte ich, aber er kennt nicht eine Frucht, nicht eine einzige. Auf dem großen Gemüsemarkt am Rialto stand er vor Bergen von Obst, und man mußte ihm sagen: das sind Birnen, das Äpfel. Er hat Birnen gekostet und den Bissen sofort ausgespuckt, dann ist er weiter gelaufen und vor dem Gemüse stehen geblieben. Gemüse kennt er wieder genau, beinah alle Sorten, nur daß er es roh ißt, roh, verstehst Du, niemals gekocht. Er knabbert an diesem Gemüse wie ... Man sagt ... Wie ein Tier!«

»Weiter, Giulia!«

»Wein verabscheut er und auch Tabak, ja, das war seltsam. Als er einen Mann sah, der seine Pfeife rauchte, soll er mit rotem Gesicht herbeigestürzt sein, um den Brand zu löschen. Carlo, der Diener des Conte di Barbaro, der ihn überallhin begleitet, mußte ihn fortzerren, so laut habe er geschrien, man müsse löschen, sofort! Und als Carlo ihn fortgedrängt habe, habe Andrea plötzlich wie vor Schmerzen zu weinen begonnen, lauthals, schreiend, wie ein Kind.«

»Oh, er tut mir leid! Man hätte es ihm erklären müssen, man darf ihn nicht so zum Gespött machen!«

»Carlo ist sehr geduldig mit ihm, das sagen alle. Nach diesem Vorfall haben sie ihn tagelang im Palazzo des Conte behalten, bis er wieder ruhiger war. Der Conte soll eine Pfeife gestopft und ihm die Pfeife vorgeraucht haben, doch er hat sich nicht beruhigen lassen. Schon beim Aufflammen der Zündhölzer schrie er. Der Große Rat hat drei Männer eines Ausschusses geschickt, ihn zu befragen. Doch er hat auch ihnen nicht erklären können, woher er kommt, wer er ist. Er sagt, er erinnert sich nicht mehr.«

»Er muß das Gefühl haben, unter lauter Wildfremden zu leben.«

»Aber er spricht unsere Sprache, unseren Dialekt! Er kann nicht im Jenseits groß geworden sein, das nicht!«

»Er wird Angst haben, er wird sich fürchten vor uns. Es wird ihn schmerzen, keine Freunde zu haben, mit niemandem reden zu können ...«

»Caterina! Du wirst ihn nicht ansprechen, dort drüben! Wenn Dein Vater davon erführe, würde er, da bin ich sicher, sich eines anderen besinnen. Denk an Deine Heirat, denk daran, daß eine junge Frau wie Du zu warten hat, nur zu warten, nichts sonst.«

»Aber Giulia, was denkst Du von mir? Ich werde nur träumen, und ich werde warten. Erzähl weiter! Was hat der Ausschuß beschlossen?«

»Man hat beschlossen, daß der Fremde im Palazzo des Conte di Barbaro bleiben soll. In seinem Eifer hat der Fremde ihn nicht nur seinen Retter, sondern einmal sogar seinen Vater genannt! Er hat sich nicht bei dem Conte, sondern bei seinem Vater bedankt.«

»Ist der Conte so gut zu ihm?«

»Der Conte ist streng. Wenn der Conte ihm wie sein Vater erscheint, muß er einen grausamen oder gar keinen Vater gehabt haben. Anders ist es nicht zu erklären.«

»Alle sprechen von ihm, alle zerbrechen sich über ihn den Kopf. Und wir haben ihn in unserer Nähe, ganz nahe, dort liegt er, nackt, schlafend, keiner außer uns ahnt, daß er jetzt schläft, keiner hat ihn je so gesehen. Schau ihn Dir einmal an, Giulia, nur einmal, ich bitte Dich!«

»Nein, Caterina. Heut nacht werde ich vom heiligen Sebastian träumen, das ahne ich schon, und es ist besser, ich träume von diesem frommen Bild als von etwas anderem.«

Caterina rückte den Stuhl und setzte sich dicht neben die Amme, um das jetzt ausgebreitete Kleid besser halten zu können. Sonnenschimmer streiften den roten Samt und ließen die Falten hervortreten wie Wellen, die sich bäumten. Eine Glocke schlug so leise, als hütete sie sich, den schlafenden Fremden zu wecken. In der Ferne, am Horizont, leuchteten die schneebedeckten Gipfel der Berge wie feste, ruhige Erscheinungen über dem flirrenden Licht der Lagune.

Giovanni Nardi saß im ersten Stock des Palazzo in der Nähe des Fensters. Auch er war eingeschlafen, die Anstrengung, den Richtigen für seine Tochter zu finden, hatte ihn einschlummern lassen.

15

An einem frühen Morgen vor Sonnenaufgang wagte sich Andrea endlich allein hinaus. Er schaute nicht mehr zurück, er ging los, zögernd noch, aber entschlossen, sich in der Wasserstadt umzusehen. Lange genug hatten sie ihn auch hier im Haus behalten, alle wollten sie ihn bewachen und beobachten, und noch immer hatten die Fragen nicht aufgehört, die ewigen Fragen nach seiner Herkunft, seinen Eltern und den Tagen zuvor. Er konnte diese Fragen längst nicht mehr hören, nein, sie waren ihm so zuwider, daß sie ihn anekelten.

Jedes Mal, wenn man ihn fragte, spürte er ein Gefühl der Verlassenheit, des einsamen Lebens unter all diesen Menschen, die wie selbstverständlich zueinander gehörten. Viele ihrer Worte verstand er noch nicht, er konnte nicht wissen, was sie bedeuteten, weil es Worte waren für Dinge, die er nicht kannte. Sie hatten keine Mühe, diese Dinge zu benennen und sich über sie zu verständigen, er aber mußte nachfragen, immer wieder, längst war es ihm peinlich geworden, Carlo mit solchen Fragen zu belästigen, so daß er es aufgegeben hatte, sich zu erkundigen.

Carlo gab sich alle Mühe, er war gut zu ihm, auch der Conte war ein guter, mildtätiger Mensch, aber sie konnten nicht verstehen, was in ihm vorging, sie hatten keine Ahnung davon, wie sehr es ihn entsetzte, nichts von seiner Herkunft zu wissen und neue Wörter zu lernen wie ein Kind. Sie behandelten ihn noch immer wie einen Kranken, in gewissem Sinn war er ja auch krank, ihm fehlte es an Wissen und an Geschick, körperlich aber war er doch längst genesen, nur diese plötzlichen Anfälle tiefer Müdigkeit und Erschöpfung erinnerten noch daran, daß man ihn beinahe tot, ›scheintot‹ nannten sie es, gefunden hatte.

Jetzt aber war Zeit, allein etwas zu wagen, er hielt all ihre Rücksicht nicht mehr aus. Schließlich mußte er lernen, die Wasserstadt selbst zu erkunden; wenn er hinter Carlo herlief, bekam er kaum etwas anderes mit als die Farben der Steine des Pflasters.

Die erste Brücke hatte er schon überquert, auch die zweite, um genau drei Ecken war er gegangen, nun ging es eine langgezogene, gekrümmte Gasse entlang, erneut eine Brücke, dann führte eine schmale Wegpartie an einen Kanal. Sie hatten aber die Wege meist nicht entlang den Kanälen gebaut, die Gehwege waren das eine, die Wasserwege das andere, beide hatten nichts miteinander zu tun. Auf den Wasserwegen hätte er sich leicht zurechtgefunden, meist verliefen sie in langen Geraden, die Gehwege aber waren ineinandergeschachtelt, gekrümmt, zweigten unübersichtlich voneinander ab oder versickerten ..., wie dieser hier, genau der, den er gegangen war, der endete hier an einem Kanal, so daß er umkehren mußte.

Warum baute man Wege, die nicht weiterführten und im Nichts endeten? Er ging langsam und suchend zurück, nein, er fand den Rückweg nicht mehr, das war vergebens. Diese Brücke war nicht die Brücke, über die er eben noch gegangen war, obwohl sie ihr täuschend ähnlich sah. All diese Brücken ähnelten einander und waren doch völlig verschieden. Um den richtigen Weg zurückzufinden, hätte er sie sich noch besser einprägen müssen, jede für sich. Manche waren noch wie kleine Bilder in seinem Kopf, doch er konnte diese Bilder nicht festhalten. Er hätte, ja, er hätte sie aber festhalten müssen, fixieren, um sich genau an sie zu erinnern. Vielleicht gelang es ihm, diese Kopfbilder zu zeichnen, richtig, er mußte beginnen, Venedig zu zeichnen, die Fassaden der Häuser, die Brücken, die Gassen, er mußte sich sein ›Weg-Buch‹ Venedigs anlegen, das könnte ihm helfen, sich nicht mehr zu verirren.

Daß er noch nicht früher darauf gekommen war! Manchmal hatte er schon versucht, etwas zu zeichnen, mit den Fingern auf Stein. Er hatte die Bilder in seinem Kopf festhalten wollen, wenigstens für Sekunden, doch das flüchtige Gekritzel war natürlich bald wieder verschwunden, wie die Kopfbilder auch. Gut, er wollte es bald einmal versuchen: etwas zeichnen auf ein Blatt! Wenn er die Augen schloß, sah er die Bilder ganz deutlich, er mußte sie mit dem Stift nur nachzeichnen, das konnte nicht schwer sein.

Weiter, was machte es schon, daß er sich verirrt hatte? Er war begierig darauf, tiefer einzudringen in diese Stadt, es kam nicht darauf an, daß er gleich wieder zurückfand, ihm würde schon etwas einfallen. Er scheuchte einige Tauben aus dem Weg und sah eine Katze, die durch ein Gitter schlüpfte. Dort war ein Kaffeehaus; diese Häuser waren, wie man ihm gesagt hatte, immer geöffnet, Tag und Nacht. In diesem dort saß ein einsamer Gast und kratzte mit dem Löffel eine Tasse aus.

Dann hörte er aus einer nahen Kirche einen schwachen Gesang. Er ging hinein, konnte aber niemanden erkennen, das Kirchenschiff war leer, der Gesang tönte durch ein hoch gelegenes Gitter in der Nähe der Orgel, es waren helle, klare Mädchenstimmen, die im hohen Kirchenraum verschwebten oder einen summenden Klang hinterließen, der ihm noch in den Ohren lag, als er die Kirche verließ. Eine Gruppe zerlumpter Gestalten fegte den kleinen Platz vor der Fassade, jetzt brach das Sonnenlicht über die Stadt herein, es flackerte oben über den Dächern und lief langsam, tropfenweise, an den Fassaden herunter, während die Gassen noch im feuchten Dunkel lagen, schlummernd, gähnend, wie im Traum.

Doch nun hörte man schon die ersten lauteren Stimmen, die Stimmen der Wasser- und Milchverkäufer, Mädchen standen an einem Brunnen, Wasser schöpfend, dann das immer lauter werdende, kreischende Schreien der Marktleute, ganz in der Nähe mußte der große Markt sein, da kannte er sich wohl etwas aus. Richtig, dort war der Markt, die großen Boote legten nahe der Brücke, die sie ›Rialto‹ nannten, an, Boote mit gewaltigen Mengen von Gemüse und Obst, die auf Karren hinübergefahren wurden zu den mit Sonnensegeln geschützten Ständen, wo ein Schwarm von herumhüpfenden Buben sie aufeinandertürmte, die Kohlköpfe im Kreis, in der Höhe zulaufend wie Kegel, die Kürbisse und Gurken zu Pyramiden, dazwischen Lianen von Knoblauch und dichte Girlanden von Zwiebeln.

Die älteren Frauen hatten damit begonnen, verdorbene Ware auszusortieren, manche zupften einige Blätter von den Artischocken oder vom Kohl und schmissen sie auf einen großen, stinkenden Berg nahe dem Brunnen, neben dem schon einige Männer schliefen, auf dem Bauch, ineinandergerollt, die Hände wie zum Schutz um die angezogenen Knie geschlungen.

Die Garküchen öffneten jetzt, das Geschrei wurde lauter,

er sah eine junge Frau Aalstücke auf einem kleinen Rost wenden, sie machte es falsch, die Stücke waren schon längst verdorben, schon wollte er hineilen, als er sich gerade noch besann. Stellte er sie zur Rede, würde man wieder aufmerksam werden auf ihn, das wollte er nicht, er wollte allein bleiben, ohne beobachtet oder verfolgt zu werden.

Jetzt sprangen die Gitter der Verkaufsläden auf, Glas aus Murano, Läden mit Stoffen und Wolle, und schon strömten die Scharen herbei, sich in dieses Rufen und Schreien stürzend, das sich immer wieder auftürmte wie eine Woge. Perückenmacher und Barbiere standen vor ihren Läden, auf den weiter herbeiströmenden Barken schaukelten gelb-weiß gestreifte Zelte, und blaue Masten schwankten vor den blasser werdenden Fassaden der Häuser, der Weinhandlungen und kleinen Spelunken, dicht am Ufer, wo es nach Minze roch, nach Pferdemist und sonnenverbrannten Melonen.

Man bot ihm Nüsse und Mandeln an, kandierte Zitronen, feinen Tabak, man hielt ihn am Ärmel und zog ihn unter eine Arkade, wo Berge von Plunder lagen, zerschlissene Kissen und dünne, billige Tücher, neben Holzstangen, an denen Filzhüte hingen. Eine Frau lauste ihr Kind, drei Blinde spielten auf Flöten, Arzneien aus Seepferdchenessenzen wurden angeboten, ein Astrologe saß hinter einem Tisch und mischte die Karten.

Er verstand ihr Rufen, jedes Wort, es klang ihm wie Metall in den Ohren, und er verstand vieles doch nicht, Worte, die ganz fremdländisch klangen, Worte aus Turbanköpfen, Silben, die zwischen Federbüschen oder hinter kleinen Fächern aufzischten … – er horchte, stand still, versuchte, diese Klänge zu ordnen, doch schon wurde er weitergeschoben, hinüber zum Fischmarkt, wo sie den Boden spritzten und die Fracht längst drapiert war auf grünen Blättern.

Hier aber war die Versuchung zu groß. Er sog den ölig-salzigen Geruch tief in sich ein, schon dieser Geruch wässerte ihm ja den Mund, seine Zunge begann jetzt zu zucken und ein ungeheurer Hunger meldete sich in seinem Magen. Von allem hätte er jetzt gern gekostet, von den Krabben und Seespinnen, den Tintenfischen, er kannte die ganze Brut, sehr genau, er wußte, wie man sie zubereitete, doch er ließ den Fischmarkt rechts liegen und lief weiter, das Geschrei hinter sich lassend, im Sonnenrauschen des Morgens.

Jetzt schwebte die Stadt auf dem Wasser, das Morgengeläut der Kirchen ließ ihre Häuser herauswachsen aus der Flut, und langsam begannen sich nun auch die Steine zu bewegen, es drehte sich in ihm, es drehte sich um ihn herum, daß er begann, schwindlig zu werden.

Er wollte zurück, vorerst war es genug. Er suchte einen Kanal und setzte sich einen Moment an das Wasser. Die Augen schließen, die Bilder verlangsamen, warten, bis einzelne Bilder sich festsetzen, ausatmen. Im Grunde mußte es leicht sein zurückzufinden. Er durfte nur nicht den Gehwegen folgen, er mußte die Wasserwege nehmen, die Kanäle. Von den kleineren gelangte man in die größeren, und schließlich würde er auf den großen stoßen, den ›großen Canal‹, wie sie ihn nannten.

Er entkleidete sich, schnürte die Kleider zu einem Bündel, warf es ins Wasser und sprang hinterher. Dann schwamm er und tauchte unter, das Bündel mit der rechten Hand vor sich herschiebend. Es schlingerte den Kanal entlang, wie ein Haufen Unrat, den man weggeworfen hatte.

Eine halbe Stunde später trieb es an Land, in der Empfangshalle eines Palazzo, in der Carlo Tücher holen ließ, um den Schwimmer abzutrocknen und zu verhüllen.

16

Am frühen Abend stand der Conte am Fenster seiner Bibliothek und schaute in den Garten. Er war unruhig, schon seit einigen Tagen war diese Unruhe gewachsen, er hatte sich nach den Gründen gefragt, doch es waren Scheinfragen gewesen, denn natürlich hatte er längst gewußt, was ihn beschäftigte. Seit Andrea im Glashaus schlief, wurde Caterinas Bild immer blasser, er bekam sie nicht mehr zu sehen, und so fing er an, an diesem Bild zu zweifeln, wie ein ungläubiger Thomas, der forderte, Hand anlegen zu dürfen . . .

Er hatte gleich gezögert, Andrea den Garten so zu überlassen, jetzt hatte dieser Fremde ihn, den Conte di Barbaro, aus seinem eigenen Garten vertrieben. Manchmal versuchte er, sich für Minuten hineinzustehlen, um einen Blick zu erhaschen, aber jedes Mal war ihm Andrea begegnet, mit seiner übertriebenen, leisen Freundlichkeit.

Er versiegelte den wöchentlichen Brief, den er an seinen Bruder geschrieben hatte, auch Antonio wußte er von nichts anderem zu berichten als von diesem Fremden, er beschrieb seine merkwürdigen Taten und Worte, dabei hatte er die größte Merkwürdigkeit noch verschwiegen, denn es waren Dinge geschehen, die ihm, Paolo di Barbaro, noch viel schwierigere Rätsel aufgegeben hatten als all die bisherigen Sonderbarkeiten. Deshalb hatte er auch den Abt von San Giorgio, seinen alten Freund und einzigen Vertrauten in dieser Sache, zu sich gebeten. Gleich würde er erscheinen, mit dem munteren Lächeln des Unwissenden, ein wenig spöttisch wie immer, aber noch ahnungslos, was man ihm vorsetzen würde. Das aber, was er zu sehen bekäme, würde ihm den Spott schon noch austreiben, da war sich der Conte ganz sicher.

Es klopfte, Carlo meldete die Ankunft des Abtes, der Conte

öffnete sofort die Tür und ging seinem Freund einige Schritte entgegen.

»Ein drittes Wunder?« fragte der Abt und lächelte, wie di Barbaro vermutet hatte. »Von den Toten auferstanden ist er bereits, dann ist er sogar über das Wasser gegangen … – ich finde, er setzt alles daran, unseren Herrn Jesus nachzuahmen.«

»Komm herein!« sagte der Conte. »Sein drittes Meisterstück unterscheidet sich gewaltig von den beiden ersten: es ist ein Original, keine Kopie!«

»Oh, etwas ganz Neues! Das hätte ich ihm nicht zugetraut! Ich hielt ihn für einen, der etwas zu häufig das Neue Testament gelesen hat, vor allem die Wunderkapitel.«

»Er hat das Metier gewechselt, vollständig. Du mußt seine neue Domäne erraten!«

»Zuerst die Theologie …«, stellte der Abt sich nachdenklich, »… dann, ich wette, die Alchemie! Er hat aus zehn Fischen Gold gemacht …«

»Das wäre die wunderbare Fischvermehrung und gehörte noch zum Neuen Testament. Aber Du hast nicht schlecht geraten, es hat etwas mit den Fischen zu tun.«

»Na bitte!« sagte der Abt. »Wie alle Virtuosen hat er ein sehr begrenztes Feld seines Könnens. Also, was ist es?«

»Du wirst Augen machen, im wahrsten Sinne des Wortes. Laß uns in den Garten gehen, seit Tagen verläßt er den Garten nicht mehr. Er hat seine dienenden, hilfreichen Fähigkeiten einschlafen lassen und statt dessen eine Tätigkeit aufgenommen, die ihn selbst nachts nicht mehr losläßt.«

Der Conte nahm den Abt am Arm, sie durchquerten den Portego und gingen zusammen die große Freitreppe hinunter. Andrea hatte sich bereits ins Glashaus zurückgezogen. Er saß auf einer der halbkreisförmigen Bänke, auf dem Tisch lagen Stapel von Blättern, die er gerade zu ordnen versuchte. Als er die beiden Männer sah, sprang er auf.

»Andrea, ich habe den ehrwürdigen Abt hierher gebeten, um ihm Deine Kunststücke zu präsentieren. Zeig ihm, was da vor Dir liegt, und hab keine Sorgen, der ehrwürdige Abt könnte Dir Deiner Flucht hierher wegen gram sein. Der ehrwürdige Abt hat vielmehr verstanden, daß Dir dieser schöne Ort hier mehr zusagt als das Kloster San Giorgio mit seiner Polenta und seinem weltberühmten Risotto.«

Andrea schaute einen Moment zögernd, als verstehe er nicht, dann verneigte er sich. »Ehrwürdiger Abt, ich wollte Euch nicht kränken, das nicht. Ich hatte vielmehr ...«

»Der ehrwürdige Abt möchte sehen, was Du gemacht hast. Seine Zeit ist knapp bemessen, so knapp wie die Zeit aller Diener des Herrn, die laufend Gutes tun müssen, um den Himmel ja nicht zu verpassen«, sagte der Conte und trat einen Schritt näher an den Tisch heran. Wortlos reichte er seinem Freund eines der Blätter.

Der Abt nahm es mit der Rechten und schaute zunächst flüchtig darauf. Er sah einen einzelnen Fisch, einen Fisch, dessen Name ihm jetzt nicht einfiel, mit weit geöffnetem Maul, so genau gezeichnet, so im Detail getroffen, daß man beinahe erschrak. Die Flossen, die Kiemendeckel, die feine, kaum sichtbare Seitenlinie – all das war mit wenigen, sehr dünnen Strichen erfaßt, ganz sicher, wie mit dem Silberstift.

»Das ist eine Brasse, mein Freund«, sagte der Conte und mußte nun auch lächeln. »Wir haben sie wohl schon Hunderte Male auf unseren Tellern gesehen, hätte man uns aber zuvor dieses Bild gezeigt, wir hätten uns geschworen, so etwas Feines und Scheues nie wieder unbedacht zu verschlingen.«

»Du willst doch nicht sagen, daß er ..., daß Andrea es gezeichnet hat?« fragte der Abt und ließ das Blatt sinken.

»Nein«, sagte der Conte, »so einfach wird es nicht sein. Andrea zeichnet es nicht, Andrea empfängt dieses Bild ..., wie soll man sagen?« Di Barbaro malte ein Zeichen in die Luft, so steil hinauf, daß er den Blick unbemerkt zum Altan heben konnte. Sie war nicht da, nein, zu dieser Stunde hatte er sie noch nie dort oben gesehen. »Bitte, Andrea«, fuhr der Conte, leiser und ein wenig verhaltener, fort, »zeige dem ehrwürdigen Abt, wie diese Bilder Dich überfallen.«

»Sie überfallen mich nicht, Conte«, sagte Andrea. »Ich sehe sie vielmehr, ich sehe sie ganz genau. Aber ich kann es dem ehrwürdigen Abt nicht zeigen, denn ich kann vor anderer Leute Augen nicht zeichnen. Ich spüre die Gegenwart dieser Augen, sie hindern mich an der Arbeit.«

»Gut«, sagte der Conte, »dann beschreibe dem ehrwürdigen Abt, was Du uns nicht zu sehen gestattest.«

»Ich wollte Ihnen nichts verheimlichen, nein«, setzte Andrea an, doch der Conte unterbrach ihn sofort: »Andrea schließt die Augen, so ist es doch, nicht wahr? Er schließt die Augen, das Blatt vor sich auf dem Tisch. Und dann zeichnet er mit der Rechten, was im Dunkel seines Blicks erscheint. Ist es so?«

»Ja, Conte. Ich zeichne, was ich im Innern meines Kopfes sehe, mehr nicht. Ich fahre mit der Rechten nur die Linien nach, das ist es auch schon. Es ist ganz einfach.«

»Natürlich«, lächelte der Conte. »Es ist so einfach, daß niemand es kann. Oder hast Du je Fische aus dem Dunkel auf weiße Blätter geholt, mein Freund?«

»Was hat er sonst noch gezeichnet?« fragte der Abt.

»Ausschließlich Fische«, sagte di Barbaro. »Dort liegen Blätter mit über fünfzig Fischen unserer beneidenswert fischreichen Lagune.«

»Fische! Immer nur Fische?! Andrea, warum zeichnest Du nicht auch etwas anderes?«

»Ich sehe nichts anderes, ehrwürdiger Abt. Ich kenne die Häuser hier in der Wasserstadt noch nicht gut genug. Ich werde sie aber kennenlernen, ich werde sie zeichnen.«

»Und die Fische? Du hast sie so genau im Kopf . . ., jede Einzelheit? Das ist unglaublich!«

»Ich kenne sie alle, ehrwürdiger Abt. Und ich kenne sie wirklich. Ich schließe die Augen, und ich sehe sie, jede Einzelheit, wie Sie sagen. Ich werde noch etwas Zeit brauchen, bis auch diese Häuser so im Dunkeln erscheinen. Sobald ich mit den Fischen fertig bin, werde ich mich bemühen, die Häuser zu zeichnen.«

»Welche Häuser?« fragte der Abt irritiert. »Will er ganz Venedig zeichnen, die ganze Stadt, Haus für Haus?«

»Erklär es ihm, Andrea«, sagte der Conte und schaute noch einmal hinauf zum Altan: Nichts, noch immer nichts, Giulia räumte gerade die Decken vom Geländer, das war das Zeichen, daß Caterina nicht mehr erscheinen würde.

»Ich will mit diesem Palazzo beginnen, ehrwürdiger Abt, ich will ihn zeichnen, dann werde ich mich nie mehr in ihm verirren. Was ich gezeichnet habe, ist in meinem Kopf, so genau, daß ich es für immer behalte und nie wieder vergesse.«

»Wo kommst Du her, Andrea?« fragte der Abt, langsam, sehr deutlich, fast drohend.

»Er beantwortet solche Fragen nicht mehr, ehrwürdiger Abt«, sagte der Conte, »er sagt, er werde diese Fragen beantworten, wenn ihm die Bilder seiner Herkunft eingefallen seien. Vielleicht …, vielleicht wird er eines Tages diesen Bildern begegnen. Ist es so, Andrea?«

»Ja, Conte«, antwortete Andrea und schaute wieder wie in früheren Tagen zu Boden, »ich werde zeichnen, was aus dem Dunkel meines Kopfes auftaucht. Irgendwann werde ich in diesem weiten Dunkel auf die Bilder meiner Vergangenheit stoßen.«

»Wir danken Dir, Andrea«, sagte der Conte und gab dem Abt ein Zeichen, daß man wieder hinaufgehen wollte. »Das war der Künste erster Teil, die Praxis, wenn man so will. Andrea wird uns nun in meine Galerie begleiten. Und auch dort wird er Dich überraschen, im zweiten Teil dieser Vorführung. Bist Du bereit?«

»Aber was noch?« schüttelte der Abt den Kopf. »Du hast ihn mit Deinen Kunstworten gefüttert?«

»Kein einziges kam je über meine Lippen. Bescheiden wie er ist, äußerte Andrea den Wunsch, einige Bilder meiner Galerie sehen zu dürfen, Carlo hatte ihm davon erzählt. Andrea hat über zwei Tage vor genau drei Bildern zugebracht, allein, ich war nicht zugegen.«

»Zwei Tage allein? Im Dunkel Deiner Galerie? Die Fenster waren doch wieder verdunkelt?!«

»Wie immer«, sagte der Conte. Schweigend gingen sie zu dritt hinauf in den zweiten Stock. Di Barbaro spürte eine kleine Verstimmung, weil er Caterina nicht gesehen hatte, ließ sich aber nichts anmerken; der Abt versuchte, sich an das zu erinnern, was Andrea gesagt hatte, glaubte jedoch, es laufend durcheinanderzubringen; Andrea aber ging hinter den beiden her, die Lippen fest zusammengepreßt. Jetzt, wo der Conte davon gesprochen hatte, sah er diese drei Bilder, sie tauchten schon in ihm auf, hätte er jetzt die Augen geschlossen, hätte er sie genau gesehen, jede Einzelheit.

Sie betraten die kleinen, kühlen, mit Kerzenlicht erhellten Salon-Räume der Galerie, di Barbaro ging einige Schritte voran und führte sie zu drei Stadtansichten Venedigs, die dicht nebeneinander hingen. »Das, mein Lieber, ich brauche es Dir nicht ausdrücklich zu sagen, sind drei Bilder unseres Meisters Canaletto. Wir erkennen ohne Mühe das Sujet, unser geliebtes Venedig, das der alte Canaletto fast ebenso emsig, Haus für Haus, gemalt hat, wie Andrea es vorhat. Mehr sage ich nicht dazu. Schau Dir diese Bilder eine Weile lang an, dann werden wir hören, was Andrea entdeckt hat.«

Der Abt ging langsam an den Bildern entlang, kniff die Augen zusammen, als müßte er sich an das diffuse Licht erst gewöhnen und drehte sich schon bald nach Andrea um, der im Hintergrund stehengeblieben war. »Was ist mit diesen Bildern, Andrea?«

»Ehrwürdiger Abt, es sind sehr mangelhafte, schlechte Bilder. Ich verstehe nicht, warum der Conte solch fehlerhafte Bilder in seiner Galerie aufbewahrt. Sie taugen gar nichts.«

Der Abt schaute Andrea stumm an und blickte dann, als habe Andrea etwas Ungeheuerliches gesagt, zum Conte hinüber. Er schluckte und ging wieder einige Schritte durch den Raum, als müßte er sich beruhigen oder nachdenken über ein ungelöstes Problem.

»Andrea meint ...«, sagte der Conte, als müßte er übersetzen, was Andrea gesagt hatte, »Andrea hält die Bilder unseres alten Meisters Canaletto für Stümperei. Er sagte mir, er würde keine Lire dafür bezahlen. In London ist man gegenwärtig übrigens anderer Ansicht. Man zahlt für ein Bild so viel, daß man dafür die halbe Etage dieses Palazzo einrichten könnte.«

Der Abt schien noch immer nicht zu verstehen, als Andrea plötzlich vortrat, ganz ungewohnt rasch, mit der Entschiedenheit eines Menschen, der nicht bereit war, länger zu warten. »Ich erkläre es Ihnen, ehrwürdiger Abt. Der alte Meister, der dieses Bild gemalt hat, hat die Kanäle und Häuser nicht wirklich studiert. Im Grunde hat er sie überhaupt nicht gesehen. Er hat sie höchstens andeutungsweise gemalt. Es sind so große Mängel darauf, daß ich viel zu lange bräuchte, sie alle aufzuzählen. Der alte Meister versteht weder etwas vom Wasser noch vom Himmel, noch von den Wolken, ganz zu schweigen von den Häusern. Schauen Sie selbst! Haben Sie je solches Wasser gesehen? Es ist gar kein Wasser, was da die Kanäle füllt, es ist ein Gekräusel lächerlicher Linien. Jede Woge, jede kleine Welle hat der Meister wie die andere gemalt. Nach hinten nimmt das Gekräusel ab, das Wasser scheint sich zu beruhigen. Schauen Sie weiter: Die Spiegelungen der Boote und Gondeln im Wasser sind ebenfalls von großer Einfalt. Immer dasselbe, eintönige Schwarz, als verwechselte der Meister die Spiegelungen mit Schatten! Er hat nie beobachtet, welche Farben sich wie im Wasser spiegeln, und von den Schatten, die sich aufs Wasser legen, hat er erst recht keine Ahnung.«

Der Abt war bei jedem Satz Andreas ein Stück näher gekommen, er stand jetzt dicht vor einem der Bilder, den Kopf vorgebeugt, als müßte er ganz nahe heran, um die Einzelheiten zu erkennen. Dann reckte er sich auf und schaute wieder den Conte an: »Er hat recht. Ich sage Dir, er hat recht!«

»Dann die Wolken!« sagte Andrea, beinahe erregt, als fiele es ihm jetzt ganz leicht, die richtigen Worte zu finden. »Der alte Meister malt die Wolken wie runde, weiße Kleckse. Er meint, es genügt, etwas Weiß, hier und da, auf das Himmelsblau zu setzen. Ahnt er, wie groß Wolken sind, wie fein, wie sie sich in ihrer Höhe kaum merklich verändern? Weiß er, daß das Himmelsblau niemals ein solch einfaches Blau ist, sondern aus Lichtbänken und ziehenden, schwachen Schatten besteht? Und müßte er nicht darüber nachdenken, daß er die ganz fernen Wolken anders zu malen hat als die mittlere Wolkenregion, und diese wiederum anders als die nahen Wolken, die Regenwolken?«

»Er hat wieder recht«, sagte der Abt, »mein Gott, wie grauenhaft sind doch diese Bilder!«

»Und warum, mein Lieber«, sagte der Conte und hob beide Arme, »und warum haben wir das selbst nicht gesehen? Warum ist es uns in über zwanzig Jahren nicht aufgefallen?«

»Ich denke«, antwortete der Abt, »wir kennen Venedig zu gut, als daß uns solche Einzelheiten aufgefallen wären. Wir haben auf diesen Bildern unsere Stadt wiedererkannt, das hat uns genügt.«

»Das hat uns Trotteln genügt«, sagte di Barbaro und lachte laut. »Geben wir es zu: Wir haben nichts gesehen auf diesen Bildern, gar nichts, vielleicht verstehen wir auch überhaupt nichts von Bildern, vielleicht haben wir noch nie in unserem Leben genau hingeschaut.«

»Ich bitte Dich«, sagte der Abt, »man muß nicht gleich

übertreiben. Andrea scheint zwar einige richtige Ansichten zu haben, aber er wird noch weit entfernt sein von einer gewissen Kennerschaft, die sich nur durch langes Studium bildet.«

»Genau diesen Unsinn wollte ich von Dir hören«, erwiderte di Barbaro. »Es ist aus mit unserer Kennerschaft, aus! Dieser junge Mann, der den Namen Canalettos noch nie gehört hatte, weiß mehr von seinen Bildern als wir. Nicht, weil er ein ›Studium‹ hinter sich gebracht hätte, sondern nur, weil er genauer, besser beobachtet als wir. Das ist die Wahrheit!«

»Es tut mir leid«, setzte Andrea an, doch der Conte fuhr ihm laut ins Wort: »Hör auf, Dich für alles zu entschuldigen! Ich kann das nicht ausstehen! Die Sache ist für uns peinlich genug, Du brauchst uns nicht auch noch die Füße dafür zu küssen, daß wir solche Idioten waren!«

Eine Weile standen sie schweigend vor den Bildern. Der Abt und der Conte schauten sie noch immer an, so angewidert, als habe man einen Schleier von ihnen gezogen. Der Abt nickte mehrmals, als bestätigten sich Andreas Worte bei genauerem Hinsehen weiter. Niemand wagte noch etwas zu sagen, bis der Conte den Bildern den Rücken kehrte und die beiden hinausführte. Er entließ Andrea und lud den Abt noch zu einem Glas Wein. Sie saßen in einem Kabinett nahe dem großen Portego zusammen, der Conte schüttelte lächelnd den Kopf, als habe er sich erst jetzt wieder beruhigt.

»Unser Heiliger hat seine Maximen«, sagte er leise, »er braucht zwei Tage für drei Bilder, während wir an einem Tag gerade mal dreißig durchmustern. Außerdem sagt er, der alte Meister habe seine Bilder mit zu vielen Gegenständen gefüllt. Die Bilder, sagt er, seien einfach zu voll! Der alte Meister hätte weniger malen sollen, das wenige aber genau. Am schwierigsten seien das Wasser und der Himmel zu malen, der alte Meister habe aber gerade diesen beiden Sujets ungewöhnlich großen Raum gegeben, Sujets, die er am wenigsten beherrsche. Was sagst Du? Wir werden jemanden anstellen müssen, um all diese scharfen Worte aufzuzeichnen. Es wäre schade, wenn diese Sottisen verlorengingen. Ich werde sie auf einem unserer Feste zum Besten geben, als wären mir selbst solche Spitzen eingefallen. ›Canalettos Bilder sind einfach zu voll‹, werde ich unserem englischen Gesandten sagen und mich an seinem Staunen erfreuen.«

»Nicht mal das Wasser malte er richtig!« lachte der Abt und konnte sich vor Vergnügen kaum halten.

»Ganz zu schweigen von den Wolken …«, ergänzte der Conte.

»Was ist überhaupt drauf auf diesen Bildern?« schrie der Abt.

»Nichts!« brüllte der Conte, »absolut nichts! Es sind Pappkulissen für englische Landhornochsen!«

Sie stießen mit ihren Gläsern an, so kräftig, als müßten sie ihrem Übermut weiter freien Lauf lassen. Sie nahmen einen kräftigen Schluck, dann setzte der Conte sich ein wenig zurück.

»Im Ernst, ich habe meinem Bruder Antonio zwei dieser Fisch-Zeichnungen nach London geschickt. Er wird sie herumzeigen, bei den ausgewähltesten Kennern. Dann werden wir hören, was dran ist an all diesen Brassen und Seezungen!«

»Eine gute Idee«, lachte der Abt weiter, »sehr gut sogar! Bevor wir ins neue Lager überlaufen, sollten wir ganz sicher sein. Hat Andrea aber recht und taugen seine Zeichnungen wirklich etwas, wird ein Stern am Künstlerhimmel Venedigs aufgehen, wie man lange keinen mehr gesehen hat. Wir werden es feiern, aber halt, ich vergaß, daß Du Dir nichts aus Festen machst.«

»Auch da habe ich meine Meinung geändert«, sagte der Conte. »Wir werden sehr bald ein großes Fest feiern, in diesem Palazzo. Es wird Dich freuen.«

»Was? Eine Überraschung?! Solltest Du auf Deine alten

Tage doch noch auf Deine verstorbene Mutter oder auf mich, Deinen Freund, hören?«

»Es wird Fisch geben«, sagte der Conte, »Fische, Berge von Fischen, wir werden die halbe Lagune abfischen! Noch nie wird man soviel Fisch bei einer Hochzeit gesehen haben ...«

17

Gegen Mittag saß der alte Giovanni Nardi in seinem Stuhl und ließ sich von Giulia füttern. Sie spießte Meeresschnecken, in Öl und mit Knoblauch zubereitet, auf einen Zahnstocher, den sie vorsichtig in seinen geöffneten Mund einführte, als müßte sie im Dunkel ein genaues Ziel treffen. Giulia schwitzte; sie bemühte sich, nicht mit der Hand zu zittern, doch es fiel ihr schwer, die winzigen Schnecken zu mehreren auf den kleinen Stecken zu spießen, ihn hochzuhalten, einzuführen und bei alldem den alten Nardi nicht zu verletzen.

»Schmeckt es Ihnen, Signore?« fragte sie.

»Schmecken?« antwortete Nardi. »Das ist nicht das richtige Wort. Ich lebe für diesen Gaumenkitzel, im Grunde lebe ich für nichts anderes mehr.«

»Sagen Sie das nicht, Signore«, sagte die Amme. »Habt Ihr Caterina vergessen, Eure schöne und von aller Welt verehrte Tochter? Habt Ihr die Heirat vergessen?«

»Nein, Giulia, nein ... Diese Heirat wird mein Lebenswerk abschließen, mit dieser Heirat habe ich meine Pflichten erfüllt, die Pflichten meiner Familie und die der Republik gegenüber. Wofür haben wir alten Venezianer gelebt, wenn nicht für die Familie, und wofür lebten all unsere Familien, wenn nicht für Venedig, die Republik? Und es war gut so. Konnte es auf dieser kaum erträglichen, lächerlichen Welt ein schöneres Ziel geben, als für Venedig zu leben? In meiner Jugend kam es mir noch so vor, als ersetze Venedig den Himmel, was, dachte ich, könnte der Himmel uns noch anderes bieten, als Venedig uns auf Erden schon bot? Wenn ich an den Sitzungen des Großen Rats teilnahm, glaubte ich, Mitglied eines Himmelsgerichts zu sein, schwebend auf einer Wolke, wie die fröhlichen Heiligen des Jüngsten Gerichts. Nur daß die Gottesmutter Maria auf diesem Bild nicht mehr vorkam. Wir haben sie ersetzt durch eine blonde Gestalt mit wehendem Haar, durch Venezia, die sich mit einem bärtigen Meeresgott paart ...«

»Aber Signor Giovanni! Essen Sie und lassen Sie diese bösen Gedanken!«

»Meeresschnecken, Giulia! In welcher anderen Stadt Italiens ernähren sich die Einwohner von diesem Getier? Dabei essen wir sie nicht, wir wälzen sie nur auf der Zunge. All unsere guten venezianischen Speisen werden vorn, auf der Zunge, nur flüchtig gewälzt, dann verschwinden sie, ungekaut, im Dunkel des Gaumens. Wir essen, wie Fische atmen, genau so, wir lassen diese winzigen Schnecken durch unseren Körper treiben, mehr nicht.«

»Was sagen Sie, Signore? Es schmeckt Ihnen nicht?«

»Aber doch, Giulia, alles, was aus dem Meer und Deiner Küche kommt, ist eine Versuchung ... Ach, das Meer! Wir Venezianer glauben, mit dem Meer verbunden zu sein. Gibt es dafür einen besseren Beweis als unseren Himmelfahrtstag, wenn der Doge hinausfährt, um sich mit dem Meer zu vermählen? Aber weißt Du was? Im Grunde haben wir Venezianer Hochachtung und eine gewisse Furcht vor dem Meer. Wir sind keine Seefahrer, nein, wir sind nur an den Küsten entlanggefahren, ängstlich, kleinmütig, furchtsame Schnüffler, die alle paar Stunden an Land gingen, auf der Suche nach etwas, was Geld bringt. Wir hätten unserem Dogen nicht auftragen sollen, sich mit dem Meer zu vermählen, wir hätten uns am Himmelfahrtstag mit den schönsten Frauen der Stadt paaren sollen, Frauen mit blond gefärbtem Haar, Frauen wie Venezia ... Manchmal habe ich gedacht, es hätte uns überhaupt besser gestanden, von einer Frau regiert zu werden anstatt von all diesen oft altersschwachen Greisen mit ihren wackligen Knien und ihren Dogenmützen.«

»Signor Giovanni, ich habe Euch noch nie so gehört.«

»Bald ist mein Leben vorbei, Giulia, da redet man nicht mehr so vorsichtig, da bilanziert man, ehrlich und einfach. Das Unsinnigste hat man uns wenigstens erspart, es gab keine Kriege, keine Seeschlachten, keine Belagerungen mehr, nichts von alldem. Seit langer Zeit hat diese Stadt keinen richtigen Krieg mehr erlebt, statt dessen haben wir uns mit der vollendeten Zubereitung von Meeresschnecken, Tintenfischen und Seespinnen beschäftigt. Die Folge dieses schönen Sinnenwandels ist, daß uns in Europa niemand mehr ernst nimmt. ›Venedig?‹ rufen sie sich in London oder Paris zu, ›Venedig? Gibt es das noch? Ist es nicht längst untergegangen?‹ Und die anderen, die Potentaten aus Deutschland oder wie der Norden sich auch sonst immer nennt, sie kommen für ein paar Tage hierher, um zu feiern. Feste wie die in Venedig haben sie noch nie gesehen, die Grobiane; und wir feiern mit ihnen, weil wir Meister in der Kunst sind, auf dem Wasser zu zaubern. Wir haben Theater, die die halbe Nacht spielen, wir haben mehr Komödiendichter als der Rest Italiens, wir spielen und spielen, mein Gott, wie viele Nächte habe ich in unseren Casini verbracht, aber ich schäme mich nicht einmal dafür.«

»Sie sprechen zu bitter, Signore. Essen Sie!«

»Bitter? Aber nein, Giulia, nicht bitter. Wo hätte ich größere Freuden finden können als in dieser Stadt? Sie hat mir alles gegeben, Meeresschnecken, Theater, Musik und viel Ansehen. Habe ich je gearbeitet? Ach was, in den freien Minuten zwischen einem Caffè und einem Sorbet habe ich einen Vertrag unterzeichnet, einen Brief aufgesetzt, etwas für den Verwalter notiert. In Venedig lebt kein Mann meines Standes mehr für die Arbeit. Schau sie Dir an, sie züchten Austern, sammeln Bilder, spielen Karten oder setzen sich ab auf irgendeine Insel in der Lagune – das ist ihr Leben. Lauter Passionen, zu keinem anderen Zweck als zum Vergnügen. Und so soll es bleiben. Laß uns das letzte Fest feiern, Caterinas Hochzeit, dann fahrt mich hinaus, aufs Meer, und werft mich hinein. Mein Leichnam wird tagelang unterwegs sein, am Ende aufgedunsen wie der eines Schweins, das rücklings, mit gestreckten Beinen, dahintreibt. Ein paar Burschen werden mich in Istrien am Ufer auflesen und mich braten am Spieß ...«

»Signore, das geht zu weit! Sprecht, was Ihr wollt, aber laßt diese Scherze. Sagt mir lieber, ob Ihr schon einen gefunden habt für Eure Tochter? Habt Ihr Euch Gedanken gemacht? War Eure Suche erfolgreich?«

Giovanni Nardi zuckte mit den Schultern. Er leckte sich langsam die Lippen und sammelte die Zahnstocher wie einen kleinen Strauß in seiner Rechten. »Warten wir's ab«, sagte er müde, leerte noch ein Glas Wein und lehnte sich zurück, als wollte er gleich einschlummern. »Erzähl mir noch ein wenig, Giulia«, sagte er, »wovon spricht man? Was gibt es Neues in unsrem Venedig?«

»Neues, Signore? Der junge Andrea, ich erzählte Euch schon von ihm, hat begonnen zu zeichnen. Stellen Sie sich vor, er zeichnet, als habe er seit den frühsten Tagen nichts anderes getan. Mir fiel es zuerst auf. ›Schau, Caterina‹, sagte ich, denn wir saßen zusammen auf dem Altan, ›schau ihn Dir an! Was er nur treibt? Immerzu sitzt er da, zusammengekauert, ein Blatt auf den Knien, als ob er schreibt! Schreibt er, schreibt er wirklich?‹ Und Caterina beugt sich übers Geländer, sie hat bessere Augen als ich, und sie strengt ihre Augen an und erkennt, schließlich, nach langem Schauen, daß er zeichnet. ›Er zeichnet, Giulia‹, sagt sie zu mir, ›ich sehe genau, daß er zeichnet ...‹«

Nardi sackte langsam in sich zusammen. Wenn er gegessen hatte, stieg eine Woge von Wärme und Wollust in ihm auf. Sie ging vom Magen aus und durchströmte den ganzen Körper.

Allmählich wurde er schwer, Giulias Reden half ihm dabei, sie durfte nicht aufhören, bis er eingeschlafen war.

»Weiter, Giulia«, murmelte er, »was ist mit diesem Andrea? Wen meinst Du? Erzähl mir von ihm!«

»Aber Signore! Ich habe Euch beinahe jeden Tag von ihm erzählt, vergeßt Ihr es denn immer wieder? Ich meine den jungen Andrea, drüben, im Garten des Conte di Barbaro. Anfangs trug er noch Antonios Kleider, so daß wir ihn nicht erkannten. Wir dachten schon, Antonio sei aus England zurückgekehrt, aber, es war nicht Antonio, es war der junge Andrea!«

»Antonio?« flüsterte Giovanni Nardi noch. »Ich verstehe Dich nicht. Ich kenne keinen Antonio.«

»Antonio, Signore! Antonio di Barbaro, der Bruder unseres verehrten Nachbarn, des Conte Paolo.«

»Der Bruder?«

»Aber ja! Antonio ist der Zweitälteste, der Conte Paolo der Erstgeborene!«

Giovanni Nardi öffnete die Augen und wischte sich durchs Gesicht. Wie durch einen Schlag war die innere Wärme einer plötzlichen Kühle gewichen. Er spürte sie ganz deutlich, beinahe bedrohlich, sie floß seinem Herzen entgegen, sie drohte diesem Herz mit einem rigorosen Erschrecken.

»Signore, was ist? Ist Euch nicht wohl?«

»Giulia, wiederhole, was Du gesagt hast!«

»Aber Signore, was kann ich tun?«

»Wiederhole, was Du gesagt hast!«

»Nichts Schlimmes, Signore, nichts von Bedeutung!«

»Wiederhole es, bitte!«

»Ich sprach von Antonio . . .«

»Von wem?«

»Von Antonio di Barbaro, dem Bruder des Conte Paolo.«

»Nein, das nicht! Sag das Wort, sag es!«

»Welches Wort?«

»Wer ist Antonio di Barbaro, sag es!«

»Wer er ist? Das weiß alle Welt, Signore. Er ist der Zweitälteste ...«

»Noch einmal, sag es!«

»Der Zweitälteste ...«

Giovanni Nardi saß aufrecht in seinem Stuhl. Er lächelte. Der kleine Strauß Zahnstocher zitterte in seiner Rechten. Auf den einfachsten nur möglichen Gedanken war er also die ganze Zeit nicht gekommen! Wie ein Späher hatte er seinen suchenden Blick über der Stadt kreisen lassen, war die Familien der Stadt durchgegangen, hatte Kandidaten in die engere Wahl gezogen und bald wieder verworfen. Dabei hätte er nur über die Hecken und Mauern zu denken brauchen, bis hinüber zum Nachbarhaus, zu den Brüdern der Familie di Barbaro, deren Mitglieder er seit Kindesbeinen kannte. Di Barbaro ... – ja, das hatte einen guten Klang in Venedig, es war eine der ältesten Familien der Stadt, reich, mit einem unschätzbaren Vermögen gesegnet, von dem Caterinas Kinder, möglich wäre es immerhin, einmal etwas erben würden ... Antonio, der Zweitälteste, das war der Richtige, Giovanni Nardi hatte einen Bräutigam für seine Tochter gefunden.

18

Seit der Conte die Anfänge von Andreas Zeichenkunst mitbekommen hatte, war sein Interesse an ihm neu erwacht. Er suchte ihn nun fast jeden Morgen in seinem Glashaus auf, wechselte einige Worte mit ihm und bestärkte ihn darin, seinem Zeicheneifer freien Lauf zu lassen.

Andrea hatte begonnen, kleine Skizzen alltäglicher Dinge seiner Umgebung in einem Heft zu sammeln. Es waren winzige, genaue Abbildungen von Gegenständen, untereinander auf der linken Hälfte eines Blattes gruppiert; die rechte Hälfte ließ er frei für die entsprechenden Worte, die Carlo neben die Bilder schrieb. Dieses Heft trug er mit sich herum. Er behauptete, daß er auf seinen Seiten ›die neue Welt‹ erschaffe, die Welt nach seinem Vergessen. Es war, als sammelte er mit jedem Bild und Wort ein Teilchen seiner Umgebung und als setzte er sie so allmählich neu zusammen.

Der Conte bemerkte, daß Andrea gesprächiger wurde, ja sein ganzes Benehmen begann sich zu verändern. Er ging rascher als früher, wirkte freundlicher und freier und setzte sich manchmal mit den Dienern des Conte in der Küche zusammen, um ihnen zuzuhören. Hatte er sich früher zu jeder Gelegenheit zurückgezogen, ging er den anderen jetzt nicht mehr aus dem Weg. Auch sein Selbstbewußtsein war spürbar erwacht. Manchmal glaubte der Conte bereits eine Spur von Stolz oder verhaltenem Eigensinn an ihm zu entdecken, einmal hatte er ihn schon aus der Ferne vor sich hin brummen hören, so als erfreute er sich unendlich an seinem Zeichnen. Die kleinen Bilder und Skizzen hatten ihm einen Weg aus seiner inneren Versunkenheit gewiesen, sie hatten ihm gezeigt, wie er auf seiner Suche vorankommen konnte, und sie belohnten ihn mit dem Gefühl des Fortschritts und stetig wachsender Erfolge.

Di Barbaro aber witterte in diesen Veränderungen die Anfänge eines großen Künstlers und damit die Anfänge eines großen Geschäfts. Noch wartete er auf den Antwortbrief seines Bruders aus England, der ihm letzte Gewißheit verschaffen sollte. In Venedig konnte er niemanden fragen, weil er in Venedig niemandem traute. Die Händler betrogen einen, sie machten ein paar billige Angebote und nahmen selbst die stümperhaftesten Maler rasch unter Vertrag, weil ihre Werke im Ausland noch einiges brachten. Jedes Gerede über Andreas Fähigkeiten hätte einen Schwarm von Schwätzern und Interessenten angezogen, und am Ende hätten sie sich darin überboten, ihn aus dem Palazzo zu locken.

Daher hatte di Barbaro vor allem Carlo angewiesen, zu niemandem über Andreas Zeichenkunst zu sprechen. Die Blätter mit den Skizzen und Bildern wurden im Glashaus angefertigt und gesammelt und später in die Galerie gebracht, wo der Conte sie eigenhändig verschloß. Andrea selbst sprach nicht von seinem Zeichnen. Di Barbaro hatte ihn zudem gebeten, sich niemandem zu erklären, aber er hatte Andreas erstauntem Blick angesehen, daß er ohnehin nicht vorhatte, sich mit anderen darüber auszutauschen. Wie ein Besessener klammerte er sich an seine Kunst, unfähig und unwillig, sich jemandem darüber mitzuteilen.

Als Antonios Brief eintraf, war der Conte sich bereits völlig sicher, mit Andrea einen großen Fang gemacht zu haben. Siegesgewiß öffnete er den Brief, schon nach den ersten Sätzen brach eine Art Hochgefühl in ihm aus, ja, er hatte es geahnt, und nun wurde es von den bedeutendsten Kennern bestätigt: »Lieber Paolo! Die Zeichnungen von junger, unbekannter Hand, die Du mir geschickt hast, haben mich entzückt. Ich habe sie einigen Männern vorgelegt, die sich auf dieses Metier absolut verstehen und große Kenntnis in all diesen Dingen haben. Sollte es Dir gelingen, den Künstler anzuwerben, würden wir enormen Gewinn daraus ziehen. Die Zeichnungen würden sich allerdings, wie Du weißt, noch besser verkaufen, wenn es auch Ölgemälde des Künstlers gäbe. Ich überlasse diese Nachforschungen Deinem Geschick, sie sind für uns von großem Gewicht. Der Fall hat mich so neugierig gemacht, daß ich bald wieder in meine Heimatstadt kommen werde, um mir selbst einen Eindruck zu verschaffen. Ich freue mich, Dich zu sehen, es geht mir gut. Dein Antonio.«

Di Barbaro lachte laut. Nun mußte er in der Tat mit großem Geschick vorgehen, um nichts zu verderben. Gelänge es ihm, Andreas Kunstfertigkeit unter seine Obhut zu bringen, könnte man damit ein Vermögen verdienen. Vom Malen mit Öl hatte Andrea natürlich noch keine Ahnung, doch es konnte nicht schwer sein, ihm die entsprechenden Kenntnisse zu verschaffen. Er, der Conte di Barbaro, kannte viele Maler und verkehrte in ihren Ateliers, es würde sich einrichten lassen, Andrea bei solchen Besuchen als unauffälligen Begleiter mitzunehmen. Doch vorerst mußte er sich ganz seiner Dienste vergewissern.

Er ließ einen Vertrag aufsetzen und bestellte Andrea in die Bibliothek. Er erklärte ihm, daß er ihn von nun an als zu seinem Haus gehörig betrachte und daher auch die entsprechenden Pflichten ihm gegenüber übernehmen werde. Er erhalte Kleidung, Logis, Essen und Trinken, dazu einen angemessenen Lohn. Seine Arbeit bestehe in der Pflege des Gartens, sonst könne er, wann immer er wolle, seinem Zeichnen nachgehen; die dabei entstehenden Bilder sollten im Palazzo verbleiben und gehörten von nun an zu dessen Inventar. Seine Übungshefte und Skizzenblätter könne er dagegen, solange es für größere Arbeiten erforderlich sei, behalten. Er, der Conte Paolo di Barbaro, habe einen eigenen Gondoliere, eine eigene Köchin, einen Kammerdiener, eine Schar von Dienern und Helfern – mit diesem Tage habe er nun auch einen eigenen Zeichner.

Andrea schien von diesem Angebot nicht überrascht. Er bedankte sich, bat sich aber ausdrücklich aus, von allen anderen Tätigkeiten wie dem Dienst in der Küche oder den Reparaturarbeiten an den Gondeln, befreit zu werden. Außerdem bat er darum, freien Zugang zur Galerie zu bekommen, er wolle sich die dort gesammelten Bilder jederzeit anschauen können, selbst nachts. Was ihm fehle, seien Lehrmeister, deshalb suche er in der Sammlung nach Bildern, die ihm diese Männer ersetzen könnten.

Der Conte stimmte zu und erklärte, Andrea mit den Aufgaben eines Verwalters der Sammlung betreuen zu wollen. Er solle sich Zeit damit lassen, die Bilder zu betrachten; später könne er dann eine Inventarliste anlegen. Er umarmte Andrea lange, ein entscheidender Schritt, ihn ganz an sein Haus zu binden, war getan.

Manchmal hatte er aber darüber hinaus das Gefühl, mit der Ankunft Andreas habe eine neue Epoche in seinem Haus und sogar in seinem eigenen Leben begonnen. Der schöne Fremde erschien ihm dann als ein Zeichen, wie die Ankündigung einer offeneren, weiteren Zukunft, in der dieser Palazzo und vielleicht auch er selbst aus einem langen Träumen erlöst würden.

Jedenfalls hatte auch er sich in der letzten Zeit sehr verändert. All sein Denken und Empfinden hatte eine neue Richtung bekommen. Er fühlte sich wie verjüngt, ja wie in Jugendtagen, als es diese langen Zeiten des Nachsinnens noch nicht gegeben hatte. Eine seltsame Kraft war ihm zugewachsen, und obwohl sie noch kein rechtes Objekt gefunden hatte, sich zu bewähren oder gar zu entwickeln, spürte er doch eine immer intensiver werdende Lust, die einfache, natürliche Lebenslust, die ihn in den Jugendtagen getragen und mit der Zeit verlassen hatte.

Es war, als hätten er und Andrea beinahe gleichzeitig den Geschmack am Leben wieder entdeckt, die Freude an seinen Alltäglichkeiten, dem überwältigenden Glanz, der von den lange nicht beachteten Dingen ausging. Andrea zeichnete Gläser und Vasen, und es waren genau die Gläser und Vasen, aus denen er, Paolo di Barbaro, schon als Kind getrunken hatte. Seit ewiger Zeit hatte er sie keines Blicks mehr gewürdigt, doch jetzt, auf diesen Skizzen, traten sie ihm wieder in ihrer alten Würde entgegen, so geheimnisvoll und anziehend, wie er sie in den Kindertagen erlebt hatte.

Diese Wiederkehr des Vergessenen rührte ihn manchmal. Er gestand sich diese Rührung nicht ein, sie hatte mit etwas tiefer Liegendem zu tun, mit der Sehnsucht nach den Tagen der Kindheit oder mit der Freude am Kindsein selbst, einer Freude, die er nicht selten in seinem Blick auf Andrea aufflackern sah, in einem Blick, der Andrea beinahe zu seinem

Sohn machte, zu einem, für den er sorgte und dessen Entwicklung er mit Stolz und Wohlwollen begleitete, als habe er selbst dazu beigetragen.

Doch er dachte darüber nicht lange nach, weil solche Phantasien nur die klaren Konturen verwässerten, die er Andreas neuem Leben gegeben hatte. Er hatte ihn von nun an als seinen Diener zu betrachten, nur als das; nach außen war Andrea der Verwalter seiner Sammlung, im geheimen dagegen war er sein Zeichner, der Mann, der das Haus di Barbaro durch seine Kunst vielleicht unsterblicher machen würde als alle Seeschlachten der Ahnen und Urahnen.

So wartete er, bis man sich an Andreas neuen Stand gewöhnt hatte. Allmählich fanden sich die Venezianer damit ab, daß der merkwürdige Fremde, den man aus einem entlegenen Winkel der Lagune gefischt hatte, kein Wundertäter war. Der Ruhm seiner zweideutigen Herkunft war verblaßt, während im Verborgenen, nur für den Conte sichtbar, Bilder und Skizzen entstanden, die später einmal einen viel nachhaltigeren Ruhm nach sich ziehen würden, den Ruhm eines genialen Zeichners, der es mit den Meistern dieser Kunst mühelos aufnahm.

19

Als Andrea noch weitere Fortschritte gemacht hatte, forderte der Conte ihn auf, ihn bei einem Atelierbesuch zu begleiten. Er deutete an, daß er bei dieser Gelegenheit einen der besten Maler Venedigs, den berühmten Francesco Guardi, kennenlernen werde. Es sei aber geboten, Meister Guardi gegenüber Zurückhaltung zu bewahren; keineswegs solle er von seinem Zeichnen sprechen, vielmehr unauffällig, ohne sich in den Vordergrund zu drängen, die Handgriffe und Geheimnisse der Werkstatt erforschen.

Andrea erklärte, er habe verstanden, und so ließen sie sich vom Gondoliere des Conte zum Atelier des Künstlers bringen, der mit seinen Söhnen und einigen Verwandten in einem überfüllten Haus wohnte, in dessen Erdgeschoß ein kleiner Verkaufsladen für die Bilder untergebracht war. Direkt an diesen Laden schloß sich das Atelier an, ein geräumiger, heller und weiter Raum mit großen Fenstern, in dem die Gesellen und Helfer Guardis bei der Arbeit waren.

Francesco Guardi war ein alter, schmaler, über achtzigjähriger Mann mit feinen Gesichtszügen. Er begrüßte den Conte und seinen Begleiter herzlich, ließ Wein bringen und führte die beiden durch seinen Laden.

»Conte Paolo, was für eine Freude, Sie einmal wiederzusehen! Früher kamen Sie häufiger vorbei, ich habe oft an Sie denken müssen. Er ist meine Bilder leid geworden, habe ich gedacht, er hat jetzt andere Favoriten als den alten Guardi, der längst unter der Erde sein müßte.«

»Aber nein, Meister, so ist es nicht. Ich hatte Pflichten, die mein Kommen nicht zuließen. Vieles in meinem Haus wird gegenwärtig neu geordnet, ich habe Anordnungen zu treffen und mich um Dinge zu kümmern, die für einige Zeit Bestand haben sollen. Auch meine Sammlung ist davon betroffen. Dies hier ist Andrea, vielleicht haben Sie von seinem merkwürdigen Schicksal gehört, wir fanden ihn in der Lagune und hielten ihn schon für tot, doch zu unserer Freude erwachte er von den Toten, und heute lebt er in meinem Palazzo. Ich habe vor, ihn mit der Verwaltung meiner Sammlung zu betreuen. Er ist noch sehr jung, er wird das Metier von Grund auf lernen müssen, ich habe auf dieser Stelle lieber einen Menschen, auf den ich mich verlassen kann, als einen, der in diesen Dingen so gebildet ist, daß er seinen eigenen Kopf durchsetzen will. Sie verstehen mich?«

»Ich verstehe, Conte Paolo. Ich habe von Andreas Schicksal gehört, willkommen, junger Freund! Und ich muß sagen,

Ihr habt eine kluge Entscheidung getroffen, Conte. Ihr seid ein schöner, beeindruckend schöner Mann, lieber Andrea, im Reich der Bilder ist solche Schönheit schon immer von Nutzen gewesen. Was Euch an Wissen vielleicht fehlt, wird Euer Aussehen fürs erste ersetzen. Die Künstler lieben das Schöne, sie werden einen Mann wie Euch umschwärmen.«

»Andrea weiß in der Tat noch nicht viel von der Kunst«, sagte di Barbaro, »ich habe daran gedacht, ihn manchmal zu Euch in die Lehre zu schicken, damit Ihr ihm erklärt, worauf er zu achten hat. Die Ölmalerei ist ein Metier, das großer Kenntnisse bedarf. In Eurem Atelier könnte er einen Blick in die Werkstatt werfen. Wer eine solche Werkstatt gesehen hat, wird die Bilder zukünftig ganz anders sehen und ein begründeteres Urteil haben.«

»Es wird mir eine Freude sein, den jungen Freund einzuweisen. Fangen wir doch gleich an! Schauen Sie sich um, lieber Andrea, schauen Sie sich meine Bilder an. Es sind Bilder Venedigs, seit Jahrzehnten male ich nur diese Stadt, ihre Winkel, ihre Kanäle und die Verstecke, in die sich ihre Menschen zurückziehen. Lassen Sie sich Zeit! Ich werde mit dem Conte ein Glas leeren, und Sie machen eine Runde in meinem Laden. Dann sagen Sie mir, welches Bild Ihnen am besten gefällt.«

Andrea lächelte, blieb aber stumm und schaute immer wieder zum Conte hinüber, als habe er Bedenken, das Wort zu ergreifen. Di Barbaro setzte sich mit Guardi an einen kleinen Tisch, sie begannen, sich zu unterhalten, während Andrea vor dem nächstbesten Bild stehen blieb, ruhig, ganz still, beinahe unbeweglich. Die Stimmen der beiden wurden leiser, das Bild schien näher an ihn heranzurücken, jetzt fingen seine Blicke die ersten Reize auf, ein kleines Detail, einen farblichen Dreiklang, eine Unruhe von mehreren Farben …

Nach einer Weile bemerkte Guardi, daß Andrea sich nicht von der Stelle bewegt hatte. Er stand lächelnd auf und ging zu ihm hinüber. »Junger Freund, Sie scheinen sich in dieses Bild vernarrt zu haben, so lange stehen Sie nun schon davor. Was ist damit? Gefällt Ihnen das Bild?«

Andrea atmete tief durch, löste sich aus seiner Erstarrung und schaute erneut den Conte an, als fragte er still, ob er offen sprechen dürfe. Di Barbaro nickte ihm aufmunternd zu.

»Ich habe ein derartiges Bild noch nie gesehen, Meister Guardi. Es ist kein Bild nach der Natur.«

»Kein Bild nach der Natur? Was meint Ihr?«

»Ich habe in der Sammlung des Conte Bilder gesehen, die die Natur verletzen oder verzerren. Dies aber ist ein Bild, das sich auf die Natur legt wie ein Schleier.«

»Was? Was sagt er, Conte Paolo? Ich verstehe ihn noch immer nicht.«

Auch der Conte stand auf und kam zu den beiden hinüber. »Erkläre es genauer, Andrea«, sagte er, »Meister Guardi will wissen, was Du siehst. Und hab keine Furcht, sag uns genau, was Du entdeckt hast.«

Andrea reckte sich auf. Es war, als nehme er einen Anlauf, um eine weite Strecke zurückzulegen. Er schaute Guardi fest an, dann begann er: »Dieses Bild hat ein Braun, das es so in der Natur nicht gibt. Das Braun ist zusammen mit etwas Schwarz auf beinahe alle Dinge verteilt; es sind zwei Farben, die wie Schatten zucken, aber es sind keine Schatten. Es sind Schleier, die der Maler auf die Dinge gelegt hat, um sie zu vernebeln oder zu verdunkeln. Dadurch werden die gemalten Dinge unruhig. Sie tanzen auf der Leinwand, ich kann sie schlecht im Auge behalten, obwohl ich mir alle Mühe gebe.«

»Mein Gott!« sagte Guardi, »das ist ja nicht möglich! Was hat dieser Mensch für ein Auge!«

»Viele Stellen des Bildes bestehen aus einem Farbengemisch, als lägen die Farben in mehreren Schichten übereinander«, setzte Andrea fort, Guardis Erstaunen überhörend, »ich erkenne Unterfarben und Oberfarben, manchmal sind auch die Oberfarben noch einmal übermalt. Der Künstler hat sich keine Mühe gegeben, kleinere Fehler zu beheben. Er hat sie verbessert, ohne die darunterliegende fehlerhafte Fassung ganz verschwinden zu lassen ...«

»Einen Augenblick«, rief Guardi, »das muß Er mir einmal beweisen!«

»Hier«, sagte Andrea und deutete auf ein Detail des Bildes, »diese Gondel war ursprünglich ein klein wenig länger. Der Künstler hat diese Länge durch ein späteres Auftragen der helleren Wasserfarbe verkürzt.«

»Du willst sagen«, flüsterte Guardi, als habe es ihm beinahe die Sprache verschlagen, »Du willst sagen, daß Du das ursprüngliche Braun ..., daß Du es unter den Grüntönen des Wassers erkennst?«

»Aber ja«, sagte Andrea. »Es schimmert durch die Grüntöne des Wassers hindurch, und unter diesen Grüntönen befinden sich noch weitere Farben, vielleicht ein Gelb oder ein Gelbrot, doch diese Farben sind nicht mehr so rein zu erkennen.«

»Das ist unmöglich«, sagte Guardi, zum Conte gewandt, »es ist unmöglich, daß er die Grundierung erkennt. Kein Mensch erkennt die Grundierung, ich selbst erkenne sie nicht.«

»Ich fürchte, er weiß nicht, was eine Grundierung ist«, antwortete di Barbaro, »Andrea, habe ich recht?«

»Ja, Conte. Was ist eine Grundierung?«

Guardi schüttelte den Kopf, als sei ihm das Gespräch nicht geheuer. »Die Grundierung ..., ich werde es Dir später drüben im Atelier zeigen, ist der erste Farbauftrag. Meist wird die Leinwand mit einer einzigen Farbe grundiert, hier aber sind es zwei.«

»Gelb auf einem rötlichen Gelb«, sagte Andrea.

»Gelb auf einem Rotockergrund«, sagte Guardi, immer leiser, als habe er seinen Widerstand aufgegeben. Er ging zurück zu dem kleinen Tisch, nippte an seinem Glas, schüttelte erneut den Kopf und ging wieder auf Andrea zu. Eine starke Unruhe hatte ihn gepackt, er schien nicht zu begreifen, wie es Andrea gelungen war, eines der Werkstattgeheimnisse durch bloßes Sehen aufzudecken.

»Andrea«, versuchte der Conte zu vermitteln, »diese Braun- und Schwarztöne, von denen Du sprachst, wo sind sie zu erkennen? Zeige sie uns!«

»Überall«, sagte Andrea und tupfte mit den Fingern auf die entsprechenden Stellen, »der Maler hat sie zum Schluß über das Bild verteilt, so, wie man Wassertropfen auf ein Blumenbeet sprengt. Daher das Zucken und die Unruhe, meine Augen finden beinahe keinen Halt.«

»Und das ist der Schleier, von dem Du sprachst?« fuhr der Conte fort, »der Schleier, der sich auf die Natur legt?«

»Ja«, sagte Andrea, »dies Bild ist nicht nach der Natur gemalt, die Natur ist unter diesem Schleier verborgen.«

»Dieser Schleier, von dem Du sprichst«, erläuterte der Conte, »ist eine Manier des Meisters Guardi, eine Manier ...«

»Was ist eine Manier?« fragte Andrea.

»Eine Manier, junger Freund«, sagte Guardi, »ist eine Sicht, die der Künstler den Dingen gibt. Der Künstler überzieht die Natur, ganz wie Ihr gesagt habt, mit einem Schleier, einer Manier. In dieser Manier gipfelt die Kunst, sie ist ein Ausdruck des Künstlers.«

»Nein«, sagte Andrea. »Die Manier ist keine Kunst. Sie nimmt den vielen, unterschiedlichen Dingen ihre Farben und verhüllt sie in einer einzigen vorherrschenden. Die Manier tut den Dingen Gewalt an.«

»Was sagt er da?« empörte sich Guardi. »Will er mir vorwerfen, ich hätte der Natur Gewalt angetan?«

»Die Natur selbst ist das Genaue«, sagte Andrea ruhig, »man muß nur die Natur beobachten, bis sie zum Bild wird. Das genügt. Eine Manier, wie Ihr es nennt, ist etwas, das die Natur nicht braucht.«

»Interessant!« rief Guardi triumphierend, »und was soll ich malen, wenn ich nur die Natur malen soll? Kann Er mir auch das noch sagen?«

»Ich würde versuchen, eine Woge am Ufer zu malen, eine einzige Woge. Es wird sehr schwer sein, so etwas genau zu malen, sehr schwer. Aber ich würde es versuchen, ohne jede Manier.«

»Aha«, sagte Guardi und packte Andrea bei der Hand, »na dann komm, komm mit ins Atelier, stell Dich hin und male mir Deine Woge, wenn Du es so genau weißt!«

»Erregt Euch nicht, Meister«, ging di Barbaro dazwischen, »ich sagte Euch doch, Andrea weiß nichts von der Kunst. Er ist ein genauer Beobachter, das schon, er hat ein vorzügliches Auge, wie Ihr selbst ja bestätigt, aber ihm fehlen alle Kenntnisse und erst recht die Fertigkeiten, um etwas auf Papier oder auf eine Leinwand zu bringen. Er ist kein Maler, vergeßt das nicht, er ist ein Betrachter, vielleicht ist er ein ausgezeichneter Betrachter. Nehmt ihm seine Worte nicht übel, er wollte Euch nicht verletzen, sondern frei sagen, was ihm durch den Sinn geht.«

Guardi ließ Andrea los, doch man merkte ihm die Erregung noch an. Er fuhr sich mit der Rechten übers Gesicht, schüttelte immer wieder den Kopf und hob schließlich beschwörend die Hände. »Ich habe so etwas noch nicht erlebt, Conte Paolo. Dieser junge Mann spricht wie ein Kenner. Er mag keine Kenntnisse haben, gut, das nicht, aber er spricht doch wie ein Kenner.«

»Es tut mir leid, Meister Guardi«, sagte Andrea da plötzlich, »ich hätte schweigen sollen, wie ich es mir vorgenommen hatte. Ich habe die Natur beobachtet, jahrelang, sehr genau, ich kann durch das Wasser schauen, bis auf den Grund, ich erkenne alle Farbschichten, von den feineren, oberen, bis zu den unteren, satten.«

»Er hat das Wasser und die Wolken studiert«, sagte der

Conte erläuternd. »Anscheinend hat er in seinem früheren Leben tagelang aufs Wasser und in den Himmel gestarrt.«

»Ist das wahr?« fragte Guardi. »Das freilich würde vieles erklären. Er hat ein übergenaues Auge, ein Auge, das genauer und mehr wahrnimmt als unsere Augen.«

»Es ist wahr«, sagte Andrea, leiser werdend. »Aber ich kann mich an dieses frühere Leben nicht mehr erinnern. Ich weiß nur, daß ich durchs Wasser schauen kann und durch die Wolken.«

»Dann ist es so, als würdest Du die einzelnen Schichten nacheinander durchdringen. Ist es so?« fragte Guardi.

»Ich sehe die oberste Schicht, Meister Guardi, diese oberste Farbe ist lange unruhig, sie schwankt, zittert oder bewegt sich wie das Sonnenlicht auf dem Wasser. Schaue ich sie lange an, beruhigt sie sich, sie verdünnt sich, wird schwächer, und die darunterliegende Schicht tritt langsam hervor, auch sie schwankend, zitternd. Und so geht es weiter.«

»Deshalb steht Ihr also so lange vor einem Bild«, sagte Guardi. »Ihr durchschaut es, ja, man könnte ganz wörtlich sagen, daß Ihr es durchschaut.«

»Entschuldigt, Meister Guardi«, sagte Andrea, »ich wollte Eure Bilder nicht durchschauen. Auch wollte ich Eure, wie habt Ihr es genannt, Eure Manier nicht tadeln. Die Natur hat keine Manier, und ich kenne nichts anderes als die Natur, deshalb habe ich so frei gesprochen.«

»Aber mein Freund«, sagte Guardi, plötzlich leutselig werdend, »frei zu sprechen sollte verboten sein in meiner Werkstatt? Ich wäre ein schlechter Künstler, wenn ich meinen Gästen und Kunden nicht erlauben würde, frei über meine Werke zu sprechen. Ihr habt mich verblüfft, das ist alles! Ich war erschrocken, meine Bilder so erforscht und erkannt zu sehen. Was wollt Ihr wissen? Nur zu! Ihr habt recht, ich habe diese Gondel verbessert, und nicht nur diese Gondel. Auf diesem Bild gibt es einige Stellen, wo ich mir die süße Freiheit genommen habe, im letzten Augenblick noch etwas zu ändern, ich gebe es zu. Und das Schwarz und Braun – auch da habt Ihr recht. Ich habe diese Farben am Ende über das Bild verteilt, um eine gewisse Unruhe hineinzutragen und die festen Konturen der Dinge aufzuheben. Niemand hat das bisher so genau gesehen.«

»Wie entstehen die Farben?« fragte Andrea. »Woraus sind diese Farben gemacht?«

»Auch das gehört zu den Geheimnissen unserer Werkstatt«, antwortete Guardi. »Einiges kann ich Euch später erläutern, freilich nicht alles. Im Grunde kommt alles, wie Ihr sagt, aus der Natur. Wir entnehmen die Farben den Pflanzen, den Tieren, den Steinen. Dieses Grünlichbraun zum Beispiel ist einer Farberde entnommen. Wenn man sie brennt, verliert sie Wasser und wird rötlichbraun.«

»Und womit mischt Ihr die Farben?« fragte Andrea sofort nach.

»Er will alles wissen, alles!« sagte Guardi und packte Andrea wieder am Arm. »Komm mit hinüber ins Atelier. Ich werde Dir einiges zeigen. Die Farben werden mit Ölen gebunden, mit Leinöl, mit Mohnöl …«

»Habt Ihr schon einmal Fischöl verwendet?« fragte Andrea, als sie das Atelier betraten.

»Fischöl?! Hast Du Fischöl gesagt?!«

»Ja, Meister Guardi, ich würde Fischöl verwenden«, antwortete Andrea.

»Fischöl! Freunde, habt Ihr das gehört, dieser junge Freund würde als Bindemittel Fischöl verwenden …«

Der Conte blieb allein im Laden zurück. Er setzte sich wieder an den Tisch und schaute hinaus. Andrea würde Bilder malen, wie sie gegenwärtig kein anderer malte. Man würde vor diesen Bildern stehen wie vor Wundern der Natur, so genau würden sie deren Einzelheiten abbilden. Nein, vielleicht würden sie überhaupt nichts mehr abbilden. Vielleicht würde

Andrea einmal einen Wassertropfen malen, einen winzigen, für das Auge kaum erkennbaren Tropfen. Und er würde ihn genauer und reiner malen, als die Natur ihn gemacht hatte. Ja, so etwas war vielleicht möglich. Daß Malerei die Natur übertraf, indem sie ihre Veränderungen für einen Augenblick anhielt und sie im Stillstand dieses Augenblicks durchsichtig machte...

Di Barbaro trank noch einen Schluck. Langsam begann er zu träumen, von den Bildern Andreas, die er sammeln und nach vielen Jahren oder vielleicht sogar Jahrzehnten ausstellen würde. Diese Ausstellung würde Epoche machen, ja, sie würde Andreas Ruhm begründen und ihn verbreiten bis in die letzten Fürstenwinkel Europas.

Nach einer Weile kam Guardi mit Andrea zurück. »Er will so viel wissen, daß ich ihn jetzt hinauswerfen muß«, sagte Guardi lachend. »Er kann wiederkommen, aber ich werde meine Geheimnisse weiter hüten und ihm nur das zeigen, was er unbedingt wissen muß.«

»Ich danke Euch«, verneigte Andrea sich, »ich werde wiederkommen, und ich werde mit niemandem von Euren Geheimnissen sprechen.«

Sie verabschiedeten sich, der Conte dankte Guardi mit einem Geldstück, dann gingen sie hinaus. Draußen blieb Andrea stehen. »Conte Paolo, ich möchte Farben herstellen wie Meister Guardi. Ich möchte sie im Glashaus erproben und mischen. Ich möchte Farben finden, die den Farben des Wassers ähneln, Farben, wie das Wasser sie entwirft und zaubert...«

»Wir werden sehen«, sagte der Conte beruhigend. »Ich habe nichts dagegen, daß Du von der Zeichnung zur Malerei mit Ölfarben fortschreitest, aber wir sollten nichts überstürzen.«

»Mit Ölfarben malen möchte ich nicht«, sagte Andrea, »noch nicht. Ich möchte Farben erfinden und mischen, ich möchte den Pflanzen, Tieren und Steinen Farben entnehmen, so wie Meister Guardi gesagt hat. Aber ich werde andere Farben entdecken als Meister Guardi, Farben, die der Natur eine Ruhe geben und keine Unruhe.«

Der Conte schwieg. Sie stiegen in die bereitliegende Gondel und ließen sich zurückfahren. Andrea saß still, in sich zusammengesunken. Als di Barbaro ihn heimlich von der Seite musterte, sah er, daß seine Augen gerötet waren.

20

Der Conte hatte schon einige Minuten an dem kleinen Schreibtisch in seiner Bibliothek gesessen, als er endlich laut durchatmete, zur Feder griff und zu schreiben begann: »Mein lieber Antonio, diesmal habe ich Dir Dinge von großem Gewicht mitzuteilen. Ich habe mich, um es gleich zu sagen, entschlossen, bald zu heiraten. Die Wahl, die ich getroffen habe, wird Dich zufriedenstellen, es ist eine angesehene, junge Standesperson aus einem Dir bekannten Hause. Mein Entschluß ist reiflich erwogen. Ich glaube, daß ich in meinem bereits fortgeschrittenen Alter nicht länger warten sollte. Der Fortbestand unserer Familie sollte gesichert sein, bevor mir etwas zustößt. Daher bitte ich Dich, so bald wie möglich in Deine Vaterstadt zu kommen, damit wir die Einzelheiten besprechen können ... Bei dieser Gelegenheit werde ich Dir den jungen Künstler vorstellen, dessen Zeichnungen auch Deine Zustimmung gefunden haben. Er ist dabei, sich in der Ölmalerei zu erproben, aber es wird noch einige Zeit dauern, bis die Ergebnisse dieser Kunst es mit denen seines Zeichnens aufnehmen können ...«

Di Barbaro erschrak beinahe, als es an der Tür klopfte, so sehr hatte er sich auf jedes Wort besonnen. Er hörte Carlos Stimme, und da er wußte, daß Carlo ihn nur in sehr dringenden Fällen störte, stand er sofort auf und ging hinaus.

»Verzeihen Sie, Conte Paolo. Signore Nardi hat sich angemeldet, er bittet den Conte um ein nicht aufschiebbares Gespräch.«

»Wer? Doch nicht der alte Nardi, Giovanni Nardi? Ich denke, es geht ihm nicht gut.«

»Ja, das schon. Aber zwei seiner Diener haben ihn auf seinen ausdrücklichen Wunsch herüber getragen.«

»Getragen? Den alten Mann?«

»Sie haben ihn in seinem Stuhl herüber getragen. Er wartet auf Euch in der Eingangshalle. Es scheint, daß er etwas Dringendes mit Euch besprechen möchte.«

»In Gottes Namen, Carlo! Laß etwas Gebäck und Vino Santo in den grünen Salon bringen und sorge dafür, daß man uns in der kommenden Stunde nicht stört. Der alte Nardi neigt dazu, sich lang und breit zu erklären, wir wollen hoffen, daß er uns nicht den ganzen Nachmittag stiehlt.«

»Soll ich nach einer Stunde erscheinen, um den Conte an eine dringende Verabredung zu erinnern?«

»Nein, Carlo, danke, es wird mir schon gelingen, ihn beizeiten wieder vor die Türe zu setzen. Ich muß nur darauf achten, daß er nicht seine Familiengeschichte erzählt. Er beginnt vor vierhundert Jahren, beim Krieg gegen die Genuesen.«

»Daß er sich noch so genau erinnert ...«, lächelte Carlo.

»Giovanni Nardi erinnert sich an jede Kleinigkeit, bei der ein Nardi sich ins Taschentuch schneuzte. Aber lassen wir ihn nicht länger warten, sonst ereilt ihn ausgerechnet in meinem Palazzo der Schlag.«

Di Barbaro durchquerte den Portego, eilte die breite Treppe herunter, begrüßte den alten Nardi, der auf seinem breiten Lehnstuhl zitternd in der Eingangshalle saß und ließ ihn hinauf, in den grünen Salon, bitten. Er bemerkte, wie seltsam ernst sich Nardi benahm, ja er hatte sogar etwas Feierliches, jedenfalls begann er nicht gleich in der üblichen Weise hemmungslos zu plaudern. ›Was er nur will?‹ dachte der Conte. ›Er wirkt so, als sei jemand gestorben.‹

Sie erreichten den grünen Salon, die beiden Diener setzten Nardi vor dem runden Eßtisch ab, auf dem schon eine Karaffe Vino Santo und eine silberne Schale mit Gebäck standen. Nardi gab seinen Dienern einen Wink, sie verneigten sich und verschwanden. Di Barbaro wollte seinem Gast etwas anbieten, doch zu seinem Erstaunen lehnte Nardi höflich ab. ›Es scheint ihm wirklich sehr schlecht zu gehen‹, dachte der Conte. ›Früher hat er mindestens drei Gläser getrunken. Er schaut so seltsam verstopft, als hätten sie ihn überfüttert.‹

»Mein Lieber«, begann di Barbaro, »ich freue mich, daß Du mich besuchst. Was hast Du auf dem Herzen?«

»Auf dem Herzen, ja, Paolo, ich habe etwas auf dem Herzen, genau das. Ich komme nicht, um ein Schwätzchen zu halten, ich will Dir nicht Deine Zeit stehlen, ich komme, weil ich etwas auf dem Herzen habe, Du hast es geahnt.«

»Man sagte mir schon, es gehe Dir nicht gut, aber wenn ich Dich jetzt so sehe ...«

»Spotte nicht, Paolo! Ich bin am Ende, ich habe nur noch kurze Zeit zu leben, sehr kurze Zeit. Und weil das so ist, habe ich mich entschlossen, die Geschäfte und Obliegenheiten meines Hauses zu regeln.«

›O nein‹, dachte der Conte, ›ich werde ihn nicht in geschäftlichen Dingen beraten, was denkt er sich denn? Er hat Berater genug, einen di Barbaro fragt man da nicht um Rat.‹

»Wie Du weißt«, fuhr Nardi fort, »bin ich ohne Sohn und damit ohne männlichen Erben geblieben. Schuld daran habe ich nicht, ich habe mir gewiß jede Mühe gegeben. Aber es ist nun einmal so, der liebe Gott hat mir diesen Wunsch nicht erfüllt.«

»Der liebe Gott hat sich vielleicht selbst ein paar Wünsche erfüllt«, antwortete der Conte, »er hat Dir einige reizende Töchter geschenkt.«

»Du spottest, Paolo«, sagte Nardi, »Du kannst es nicht lassen, nun gut. Auch ich liebe den Spott, er reinigt das Denken, aber diesmal ist es mir ernst. Ich habe Sorge dafür zu tragen, daß mein Haus erhalten bleibt, auch in künftigen Generationen. Daher habe ich an meine älteste Tochter gedacht, an Caterina.«

Di Barbaro richtete sich auf. ›Sollte er mir zuvorkommen?‹ dachte er belustigt. ›Das ist allerhand! Er scheint als Ehestifter gekommen zu sein, nicht schlecht, gar nicht schlecht! Wenn er darauf aus ist, mich mit Caterina zu verbinden, ist er als Bittsteller erschienen. Dann ist es an mir, nicht an ihm, Bedingungen zu stellen. Oh, das fügt sich ja besser, als ich es je hätte planen können!‹

»Trinkst Du nicht doch einen Schluck?« fragte der Conte. »Ich nehme mir einen.« Als er sah, daß der alte Nardi abwehrte, schenkte er sich ein Glas voll. Dieses Gespräch machte gute Laune, jetzt hatte sogar sein rechter Fuß wieder zu wippen begonnen, erstaunlich, als bringe auch ihn eine gewisse Vorfreude in Schwung.

»Caterina«, fuhr Nardi fort, »Caterina ist nicht nur eine Schönheit, sie ist auch eine ausgesprochen kluge und lebhafte Frau. Von all meinen Töchtern ist sie die entschiedenste, denn sie weiß, was sie will, und sie hat trotz der langen Jahre in diesem abscheulichen Kloster, dessen Namen ich immer vergesse, eine Munterkeit bewahrt, die jedes Gespräch mit ihr zur Freude macht.«

›Jetzt bietet er sie wahrhaftig an wie ein Stück Vieh‹, dachte der Conte. ›Es fehlt nicht viel, und er wird mir sagen, wieviel sie wiegt. Dabei habe ich sie wahrscheinlich häufiger betrachtet als er selber.‹

»Ich hatte lange nicht mehr das Vergnügen, ihr zu begegnen«, sagte er laut.

»Oh, es ist ein Vergnügen, wahrhaftig«, stöhnte Nardi, fast wollüstig. »Sie ist so gescheit, so hellwach, daß sie mich manchmal an ihre verstorbene Mutter erinnert. Doch lassen wir das. Lieber Paolo, ich bin gekommen, weil ich Caterina verheiraten will.«

›Na bitte!‹ dachte di Barbaro. ›Ich kann Gedanken lesen, und es sind sehr angenehme, reizvolle Gedanken. Jetzt wird er mich bitten, sein Schwiegersohn zu werden, ich werde ihn ein wenig zappeln lassen, um bessere Konditionen zu erwirken. Das wird ein Teufelsspiel!‹

»Verheiraten, lieber Giovanni? Ich verstehe nicht recht. Warum kommst Du zu mir, um mir diese frohe Botschaft zu bringen?«

»Du hast recht«, antwortete Nardi, »wenn Du so fragst. Natürlich denke ich bei dieser Heirat nicht an Dich, Du bist schon in fortgeschrittenem Alter und warst nie geneigt, Dich mit einer Frau zu verbinden, ich verstehe das gut. Außerdem bist Du der Älteste von Euch beiden Brüdern, Du bist der Erbe, und wenn Du Caterina heiraten würdest, was nicht geschehen wird, keineswegs, nur angenommen, Du würdest, dann würde sie in diesen Palazzo einziehen und wäre für meine Belange verloren.«

›Was?‹ dachte der Conte und setzte das Glas ab. ›Was redet der Alte da? Ist er noch gescheit? Ich soll es nicht sein? Ich nicht? Warum ich nicht? Nur ich komme in Frage, wer sonst? Von wem redet er denn? Was will er von mir?‹

»Ich will«, fuhr Nardi lächelnd fort, »daß Caterina den Palazzo der Nardi bewohnt. Sie soll die Hausherrin werden, und sie erhält von mir das gesamte Erbe. Der Mann, den sie heiratet, wird sich verpflichten, diese Rolle zu achten. Er wird sie nicht zu sich nehmen, auf keinen Fall. Er mag zu ihr ziehen oder anderswo wohnen, jedenfalls wird er sie nicht aus ihrem angestammten Wohnhaus entfernen. Geht er darauf ein, wird er an Caterinas Erbe großzügig beteiligt. Sollten Kinder geboren werden, werden sie den Namen des Vaters tragen, wie üblich, jedoch mit dem Zusatz ›vom Zweige Nardi‹.«

›Ich bringe ihn um‹, dachte der Conte, ›wenn er mich noch weiter mit diesen Jurismen belästigt. Ich werde Caterina heiraten, niemand sonst! Seit langem habe ich nur für dieses Ziel gelebt, alles vorbereitet, alles geplant, bis ins Detail. Und nun kommt dieser vollgestopfte Trottel daher, um mir das Schönste zu nehmen, an das ich denken kann. Er ist wahnsinnig, das ist er! Er ahnt nicht, in welche Gefahr er sich hier begibt! Ich bringe ihn um!‹

»Lieber Giovanni«, sagte er laut, »spanne mich nicht auf die Folter. Wer, wenn nicht ich, soll es denn sein? Wer wäre denn würdig, Deine schöne Caterina zu heiraten?«

»Dein Bruder Antonio«, antwortete Nardi und griff plötzlich nach der Karaffe und seinem Glas. Er schenkte es sich voll und trank einen großen Schluck.

»Antonio?« sagte der Conte leise.

»Antonio!« bestätigte Giovanni Nardi. Er saß jetzt mit roten Backen in seinem Stuhl, breit lächelnd, zufrieden, als habe er seine Aufgabe vorbildlich bewältigt.

»Das geht nicht, Antonio nicht!« stammelte di Barbaro und faßte sich an den Kopf. ›Antonio, nein, Antonio doch nicht‹, dachte er, ›Antonio ist in England, und dort wird er auch bleiben, Antonio nicht. Außerdem wird Antonio nicht heiraten wollen, was soll Antonio mit einer jungen und unerfahrenen Frau? Antonio hat in England zu tun, was soll er sich in Venedig verheiraten? Antonio fällt aus, das ist es, er fällt aus, kommt nicht in Betracht!‹

»Antonio fällt aus, kommt nicht in Betracht«, sagte er laut, sehr entschieden.

»Er ist der Richtige«, sagte Nardi, »in Venedig wird es keinen Besseren geben.«

»Er lebt in England, Du weißt es, Giovanni. Und dort wird er weiter leben, auch das weißt Du. Antonio hat nicht vor, sich zu verheiraten, nein, Antonio nicht, doch nicht der.«

»Wir werden ihn fragen«, sagte der alte Nardi, »ich bin sicher, er stimmt zu. Jeder Venezianer wird zustimmen, wenn er die Summe hört, die ihn im Falle der Heirat erwartet. Richtig, er lebt in England. Na und? Er wird noch einige Zeit dort verbringen, ein Jahr, vielleicht auch mehr, sollte man ihn zum Gesandten machen. Dieses England steht einer Heirat nicht im Wege, viele Männer von Stand leben nicht mit ihren Frauen zusammen, besonders wenn sie Pflichten im Ausland haben.«

›Er ist mir überlegen‹, dachte der Conte, ›er hat diese Sache im Griff, weil ich so dumm war, nicht alle Möglichkeiten zu erwägen. Warum habe ich nicht an Antonio gedacht, warum nicht? Natürlich ist Antonio in seinen Augen die richtige Wahl, an seiner Stelle würde ich genau so handeln wie er. Aber was wird jetzt aus mir, was denn, was? Ich kann nicht offen mit ihm reden, das ist unmöglich, ich kann nicht von meinen Empfindungen sprechen. Empfindungen und Gefühle haben in diesen Dingen nichts verloren, das wissen wir beide. Aber es muß doch eine Lösung geben für mich! Ich werde Caterina nicht meinem Bruder überlassen, nein, aber wie soll ich verhindern, daß man sie ihm überläßt?‹

»Ich bin überrascht, Giovanni«, sagte di Barbaro, »denn Antonio wäre mir nicht in den Sinn gekommen. Ich gebe zu, daß ich einen Augenblick dachte, Du würdest mich selbst fragen, ob ich, ich, etwa geneigt sei, Deine schöne und lebhafte Tochter, sah ich sie nicht neulich hoch oben auf Eurem Altan, sie ist, Du hast recht, eine reizvolle Erscheinung, ob nicht ich, ja ich, geneigt sei, Deine Tochter ...«

»Aber nein«, sagte der alte Nardi, »für wie dumm hältst Du mich denn? Nie würde ich es wagen, Dich um so etwas zu bitten. Ich weiß, Du bist dafür nicht geboren. Du lebst für Deine Bilder und die Republik, ich habe zuviel Achtung vor Dir und Deinem strengen Leben, als daß ich Dich fragen würde. Und außerdem wäre eine solche Verbindung nicht möglich. Als Ältester könntest Du nicht zustimmen, wenn Caterina in unserem Stammhaus wohnen bliebe. Du würdest Dich lächerlich machen.«

›Er hat recht‹, dachte der Conte. ›Wie genau er alles durchdacht hat! Ich mache mich lächerlich, die ganze Zeit mache ich mich vor mir selbst zum Gespött. Ich sinke herab von meinem hohen Podest auf ein lächerliches Mittelmaß. Schon bin ich bereit, um diese junge Frau zu betteln, das ist unerhört! Die Liebe, ja, es ist wohl die Liebe, was hilft es, das noch zu bestreiten, die Liebe macht mich verrückt, sie macht aus einem Paolo di Barbaro eine lächerliche Erscheinung. Und nun? Sie soll wohnen bleiben, hat er gesagt, nebenan. Und ich, ich werde hier, hier wohnen bleiben. So ist es, es gibt keine Lösung für diese Trennung ...‹

»Wir sind Nachbarn, lieber Paolo«, setzte der alte Nardi wieder an, »Nachbarn seit ewigen Zeiten. Sollten unsere Familien sich, wie ich es mir vorstelle, verbinden, wäre es an der Zeit, die trennenden Zäune und Hecken zu öffnen. Was meinst Du? Wir könnten die Mauern zwischen unseren Gärten mit schönen, schmiedeeisernen Toren durchstoßen lassen. So wäre es leicht möglich, von einem zum andern Grundstück zu gelangen, ohne den Weg über die Gasse nehmen zu müssen.«

»Du hast Dir alles genau überlegt«, sagte der Conte, »die ganze Zukunft hast Du Dir ausgemalt, bis hin zu den Toren und Türchen. Was soll ich da sagen? Du mußt mir Zeit lassen, mich an Deine Pläne zu gewöhnen. Ich habe mich mit solchen Gedanken noch nie befaßt.«

»Ich weiß, mein Lieber«, antwortete Nardi, »Du lebst in Deiner eigenen Welt, aber auch Du wirst nicht umhinkommen, irgendwann an den Fortbestand Deiner Familie zu denken. Willst Du mir erzählen, Du habest Dir darüber noch nie den Kopf zerbrochen? Hast Du nicht doch einmal an die Zukunft gedacht, an die Tage, da Du nicht mehr sein wirst?«

›Jetzt winkt er sogar mit dem Tod‹, dachte di Barbaro, ›er selbst sieht ihm entgegen, er wittert sein Ende, da will er auch mir ein wenig von seiner Angst abgeben und mir damit drohen. Er soll mich in Ruhe lassen mit diesen Todesgedanken, ich will leben, leben, ich schrei's ihm gleich entgegen!‹

»Ich habe mir Gedanken gemacht«, sagte er laut. »Aber in

letzter Zeit hat mich unser Findling beschäftigt, Du hast von dem jungen Andrea gehört, den ich in mein Haus aufgenommen habe. Ich habe für ihn zu sorgen, dann werde ich mich um meine eigenen Angelegenheiten kümmern.«

»Diese Sorgen werde ich Dir abnehmen!« sagte der alte Nardi und rutschte auf seinem Stuhl hin und her, als suchte er nach einer festen Stellung. »Auch an diesen Jungen habe ich nämlich gedacht.«

›Du Aas‹, dachte der Conte, ›an alles, ja an alles hast Du anscheinend gedacht. Aber Andrea wirst Du mir nicht abspenstig machen, den nicht. Du kommst hierher, um mir alles zu stehlen, meine Wünsche, die Träume, jetzt auch noch den Jungen. Du hauchst mich mit Deinem Leichenatem an wie der leibhaftige Tod, Dich hat die Hölle geschickt!‹

»Andrea ist fest an mein Haus gebunden«, sagte er bestimmt. »Ich habe nicht vor, das zu ändern.«

»Oh, ich auch nicht«, sagte Nardi. »Du hast Dich rührend um ihn gekümmert, Du bist ihm ein zweiter Vater geworden, so sagt man, im Alter hast Du anscheinend Dein christliches Herz wieder entdeckt, das man in früheren Jahren, als Du für Deinen Geschäftssinn bekannt warst, nicht so deutlich bemerkte. Nun gut, nicht ich stelle Ansprüche an diesen Jungen, nicht ich, sondern Caterina, meine Tochter.«

›Es wird immer toller‹, dachte di Barbaro, ›er hat ein wahres Teufelsgebräu zusammengemischt! Und ich sitze hier wie ein hilfloser Bube, der seinen Anweisungen gehorsam zu folgen hat. Wie habe ich ihn unterschätzt! Ich hatte ihn beinahe schon vergessen, jetzt taucht er aus dem Grab, in das meine Phantasien ihn schon versenkt hatten, wieder auf, um mich zu stellen.‹

»Ich habe Caterina in meine Überlegungen eingeweiht«, sagte der alte Nardi, »ich habe von Deinem Bruder gesprochen und davon, daß ich geneigt bin, ihn mit ihr zu verbinden.«

»Was hat sie gesagt?« unterbrach ihn der Conte. »Erinnert sie sich überhaupt an Antonio, oder erinnert sie sich daran, daß sie mir als Kind auf dem Schoß saß, mir, hörst Du, auf meinem Schoß!«

»Das sind alte Geschichten«, antwortete Nardi, »warum sollte eine junge Frau wie Caterina an so etwas zurückdenken? Nein, Caterina denkt ganz praktisch, direkt, das hat sie von mir. Sie ist nicht sentimental, sie lebt nicht in der Vergangenheit, sie denkt an das, was sein wird, so wie ich. Die Idee mit den Toren und Türchen ist nämlich von ihr.«

»Lieber Giovanni«, sagte der Conte, der Mühe hatte, seinen Zorn weiter zu verbergen, »mutest Du mir nicht etwas viel zu? Du erscheinst plötzlich und unerwartet wie der steinerne Gast, erinnerst mich an mein Sterben, deutest an, daß Du mich für einen kaltherzigen, nur mit sich selbst beschäftigten Menschen hältst, brichst in Gedanken aber bereits Tore und Türchen in die jahrhundertealten Mauern meines Gartens, damit die liebenswerten, warmherzigen Angehörigen Deines Hauses hineinschlüpfen können ...«

»Du willst mich daran erinnern, daß die Nardi keine so alte Familie sind wie die di Barbaro«, sagte der alte Nardi, »das habe ich schon erwartet. Doch die Zeiten, in denen diese feinen Rangunterschiede noch etwas galten, sind in meinen Augen vorbei. Du hast Dir immer viel auf Deine Herkunft eingebildet, das ist wahr, vielleicht hast Du wegen dieses Dünkels nicht geheiratet. Dein Bruder denkt nicht so, darauf kommt es an.«

»Bitte, Giovanni«, fuhr der Conte auf, »diese Bosheit könnte ich Dir leicht zurückgeben. Du hast Dich immer als der Geringere empfunden, es war Dir nicht auszutreiben. Ich habe noch all Deine Geschichten im Ohr, vom Krieg gegen Genua bis zum letzten Seeräubergefecht, das irgendeiner Deiner Vorfahren zum Ruhme der Republik geschlagen hat ... Laß uns davon nicht sprechen! Was ist mit den Toren und Türchen?

Was will Deine Tochter damit erreichen? Und was haben diese präzisen Gedanken mit Andrea zu tun? Das, genau das, sind die Fragen, auf die ich Antworten will, verschone mich aber mit den Legenden vom späten Ruhm Deiner Familie!«

Giovanni Nardi trank einen weiteren Schluck, als müßte er sich erst stärken. Er musterte die Schale mit Gebäck, nahm sie in die Hand, durchfurchte das Backwerk mit zwei Fingern und stellte die Schale wie ein unzufriedenes Kind, das nicht das richtige gefunden hatte, zurück. Dann leckte er sich die Lippen und setzte wieder an. »Du hast recht, wir wollen nicht streiten. Ich bin nicht meinetwegen hier, sondern um Caterina zu verheiraten, daran werde ich denken. Wäre ich meinetwegen hier, würde ich Dir meine Meinung sagen und Du müßtest sie anhören, so unbequem es auch für Dich würde! Zurück! Wenn Caterina heiraten sollte, hat sie das Recht auf einen Kavalier ihrer Wahl, einen Cicisbeo, der ihr Tag für Tag zur Verfügung steht. Caterina wird einen solchen Mann brauchen, unbedingt, vom ersten Tag ihres neuen Lebens an. Sie wird ihn noch mehr brauchen, wenn Dein Bruder nach England zurückkehren sollte, ich brauche Dir das nicht zu erklären. Man einigt sich bei Abschluß des Heiratsvertrages auf den Cicisbeo, so ist es üblich. Caterina wünscht, daß dieser Junge, Andrea, die Rolle ausfüllen soll. Ich halte es für einen glänzenden Gedanken. Andrea gehört bereits zu Deinem Haus, ist also kein Fremder oder Schnüffler, vor dem wir uns in acht nehmen müßten. Er scheint ein schöner Mann von guten Manieren zu sein, auch das ist von Bedeutung, es gibt genug alte Gecken, die sich in solchen Rollen lächerlich machen. Schließlich ist er nicht vermögend, also wird er sein Geld nicht hinausschmeißen, um auf Caterina Eindruck zu machen. Schon viele haben ein halbes Vermögen beim Spiel verloren, nur um einer Frau zu gefallen, es ist eine Schande. Andrea wird also weiter, wie es ebenfalls Brauch ist, hier wohnen, könnte aber durch die zu öffnenden Tore und Türchen leicht hinüberschlüpfen, wann immer er bei uns gebraucht wird.«

»Andrea als Cicisbeo? Er ist viel zu unerfahren, er kennt nicht einmal die Stadt, geschweige denn unsere Sitten.«

»Gerade das macht ihn ja so geeignet. Caterina möchte keinen der üblichen Schwätzer, die den Frauen bald lästig werden.«

»Lieber möchte sie Andrea vorzeigen, das schöne Fundstück, ich verstehe!« sagte der Conte.

»Du bist so bitter«, antwortete der alte Nardi, »ich begreife nicht, warum Dich meine Vorschläge so erregen! Du hast sonst immer sehr praktisch gedacht, warum nicht auch diesmal? Die Verbindung, die ich Dir vorschlage, wird Dein Haus so bereichern, daß man Dich in ganz Venedig noch mehr beneiden wird. Natürlich übernehme ich auch das Salär für Andrea. Er wird über ausreichend Geld verfügen, um Caterina jeden Wunsch zu erfüllen, beinahe jeden. Man wird ihn einweisen in seine Rolle, doch an Wissen braucht er nicht viel. Caterina wird diesen Jungen schon formen, da bin ich sicher.«

»Gut, ist das alles?« fragte der Conte und lehnte sich erschöpft zurück.

»Alles!« lächelte der alte Nardi. »Solltest Du zustimmen, werde ich anordnen, daß Du Dir bei meinem Tod ein Bild aussuchen darfst, nur für Dich. Ich habe nicht solche Kostbarkeiten gesammelt wie Du, aber einige ältere Sachen sind schon in meiner Sammlung, die Dir gefallen werden.«

»Du brauchst mich nicht zu bestechen«, sagte der Conte, ebenfalls lächelnd, »Du hast mir bereits genug Gutes getan.«

»Das höre ich gern, mein Lieber. Und nun verzeih mir, wenn ich aufbreche. Diese Unterhaltung hat mich erschöpft. Sicher werde ich bald von Dir hören.«

»Das wirst Du«, sagte der Conte, stand auf und verließ kurz den Salon, um die notwendigen Anweisungen zu geben. Nardis Diener, die in der Empfangshalle gewartet hatten, erschienen erneut. Dann trugen sie den Alten fort, der noch in der Tür des Portego gönnerhaft winkte.

»Conte Paolo!« sagte Carlo, als Nardi verschwunden war. »Sie sehen nicht gut aus. Waren es unangenehme Nachrichten?«

»Nein«, sagte di Barbaro, »er ist nur gekommen, um mich ins Grab zu stoßen.«

»Ich verstehe nicht«, sagte Carlo, »wie sollte ihm das gelingen?«

»Es wird ihm nicht gelingen«, antwortete der Conte und entfernte sich ohne ein weiteres Wort.

Er betrat die Bibliothek, dort, auf dem Schreibtisch, lag noch der Brief an Antonio, den er vor dem Gespräch begonnen hatte. Alles umsonst! Nichts davon hatte noch Bestand! Er nahm den Brief, zerriß ihn, öffnete das Fenster und lief eilig hinaus.

21

Er verließ den Palazzo allein, er ging schnell und eilte von Brücke zu Brücke, als sei er verspätet und auf dem Weg zu einer Verabredung. Doch es war ihm, als sei er unterwegs, um sich an jemandem zu rächen. Der alte Nardi hatte ihn in die Enge getrieben, Stück für Stück hatte er ihm jeden Spielraum genommen, und am Ende war ihm nichts übriggeblieben, als nur noch ein paar hilflose Sätze zu stammeln. Wie triumphierend er ihn angeschaut hatte! Wie er sich eingebildet hatte, ihn, Paolo di Barbaro, durchschaut zu haben! Schon daß er auf einer Stufe mit ihm verkehrt hatte, war eine Frechheit gewesen, erst recht aber diese Vertraulichkeit, die Hinweise auf sein Alter, die spitzen Bemerkungen über seinen Charakter und die nicht zu überhörende Drohung mit dem Sterben! Der hütete seine Caterina wie den letzten Schatz, der ihm geblieben war und den er noch zu vergeben hatte. Wenn sie verheiratet war, würde er umsinken, aus dem Stuhl fallen oder einfach an Verstopfung krepieren, er hatte sein Meisterstück ganz am Ende des Lebens vollbracht, den Aufstieg seiner Familie in die vornehmsten, ältesten Kreise der Stadt ...

Wohin? Er lief weiter, ein schwacher Wind kam auf und schien ihn durch die dunkler werdenden Gassen zu schieben. Einkehren, nein, das wollte er nicht, was gab es jetzt schon zu reden, es war, als sei er auf der Flucht ..., auf der Flucht vor jedem Gespräch, davor, daß ihn jemand erkannte, selbst vor dem jetzt einsetzenden Abendläuten, das ihn mit einem Glockenreigen verfolgte, immer wieder ein neuer Schwall dröhnte ihm prasselnd entgegen, kaum war er um eine Ecke gebogen.

Er wich den bekannten Plätzen und Treffpunkten aus, am liebsten wäre ihm gewesen, einfach zu verschwinden, doch das war in dieser Stadt nicht möglich. Für die Fremden war sie ein Irrgarten, für die Venezianer aber ein Ort, wo man laufend gerade demjenigen begegnete, dem man am wenigsten begegnen wollte. Deshalb gab es die Masken, den Carneval, nur deshalb. Jetzt setzte das Singen in den Kirchen ein, lauter gedämpfte, hilflose Stimmen, die sich abmühten, er lief weiter, immerzu tat sich eine neue Klangkulisse auf, und wenn es endlich still genug war, hörte man die eigenen Schritte, in den Gassen nachhallend, als sei man sich selbst hinterher.

Auf den kleineren Campi brannten jetzt Feuer, der Unrat und Müll wurde zusammengekehrt und in die Flammen geschoben, draußen, vor den Lokalen, standen die Lockvögel der Wirte und baten einen hinein, und wenn man ihnen entkommen war, berührten einen die Bettler mit ihren warmen, ölverschmierten Fingern, wie Ratten, die versuchten, an einer Beute zu nagen.

Am schlimmsten war, daß er keinen Ausweg wußte. Nein,

er hatte den Plänen Nardis nichts entgegenzusetzen! Der Alte mußte wochenlang an nichts anderes gedacht haben, so raffiniert hatte er die Menschen zu seiner Szenerie zusammengeschoben! Und sicher hatten auch Giulia und Caterina an diesem Teufelsplan mitgestrickt, der darauf hinauslief, daß er, Paolo di Barbaro, allein zurückblieb, während sich die anderen aufs Schönste miteinander verbanden, durch Tore und Türchen! Käme es so, wie es der alte Nardi geplant hatte, war seine Einsamkeit festgeschrieben, für alle Tage, und er würde wieder Petrarcas schleppende Verse lesen ...

Stille, Ruhe, wie er sich jetzt danach sehnte! Gesprächsfetzen hatten sich in ihm festgesetzt wie schlimme, kreisende Marterwerkzeuge, er spürte sie in seinem Hirn, sie klammerten sich an die Geräusche hier draußen, um sie zu verstärken, ans Abendläuten, an die Stimmen der Bettler, an das wogende Stimmengewirr, das für Sekunden nachzulassen schien, bis es im nächsten Augenblick, an einer anderen Ecke, schon wieder aufrauschte.

Nein, man fand in dieser Stadt keine Ruhe, das war eine Täuschung, selbst das Wasser fand ja hier keine Ruhe, sie striegelten, schlugen, verteilten es und gruben es um, unermüdlich, als müßten sie sich ununterbrochen mit ihm beschäftigen, unterhalten oder es sonstwie behandeln! Selbst tief in der Nacht ließen sie dem Wasser nicht seinen Schlaf, sie entzündeten Fackeln und Laternen, und ganz oben befestigten sie ihren venezianischen Mond, um das Wasser vollends zu einem nächtlichen Spiegel zu machen.

Die Lichter in den Palazzi leuchteten wie schwebende Lampions, jetzt begann der ganze nächtliche Trug, die Bilder senkten sich endgültig ins Wasser und trieben ruhelos durch die Kanäle. Es fror ihn, er spürte den immer kühler werdenden Wind, flinke, stumme Gestalten huschten an ihm vorbei, kamen aus einer Gasse oder verschwanden so schnell, als hätten sie anderswo einen Auftritt. Er war jetzt in einer Gegend, in der er sich sonst niemals aufhielt, vielleicht war er sogar noch nie hier gewesen, immerhin, man würde ihn nicht erkennen. Er sah den Wirt einer Locanda, unbeweglich in der offenen Tür seines Lokals; dann hörte man wieder diffuse Stimmen, ganz nahe und sofort auch ganz fern, als streute sie einer mal hierhin, mal dorthin; dann das helle Klingen von Gläsern, als feierte eine sonst stille Runde irgendwo ein geheimnisvolles Fest.

Er wollte schon umkehren, verärgert, daß ihm nichts einfiel, was er gegen Nardis Pläne hätte aufbieten können, als er das Flüstern eines Gondoliere bemerkte, der sich an ihn herangedrängt hatte. Der Mann sagte ihm, er brauche nicht länger zu suchen, er werde ihn genau dorthin bringen, wohin er gebracht werden wolle, das alles in einem so sicheren, ruhigen Ton, daß di Barbaro ihn nicht einmal fragte, was damit gemeint sei. Vielleicht ahnte er auch, was damit gemeint war, vielleicht hatte er genau auf dieses Flüstern gewartet, auf einen ihm unbekannten Menschen, der sich seiner erbarmte und ihm einen Platz anbot in der schwarzen Kabine dieser Gondel, auf roten Polstern, hinter den zugezogenen Vorhängen ...

Der Conte schaute den Mann nicht einmal an, er zögerte auch nicht, sondern nahm, als habe er in der Tat auf diese Ansprache gewartet, Platz. Als die Gondel sich in Bewegung setzte, spürte er sofort, daß er richtig gehandelt hatte. Ja, genau danach hatte er wohl gesucht, nach dem idealen Versteck, jetzt war er eins mit der Stadt und mit dem Wasser, auf eine intime, fast anzügliche Weise. Und doch war er verborgen, niemand konnte ihn sehen, während er so durch die Nacht trieb, ein einzelnes, vergessenes Spiegelbild. Einen Augenblick dachte er daran, welche Lust es bedeuten würde, Caterina jetzt neben sich zu haben, hier, in diesem Versteck, aller Gesellschaft entzogen, die ganze Nacht durch die immer kühler werdenden Kanäle kreisend, abseitig und fremd ... Dann legte die Gondel an, der Gondoliere öffnete die Tür der kleinen Kabine und beschied ihm, etwas zu warten, bald werde für ihn gesorgt sein.

Er dachte nicht einmal daran, daß es sich um einen Betrüger handeln konnte, nein, an diesem Tag würde man ihn nicht ein zweites Mal hinters Licht führen, das war ausgeschlossen. Und so blieb er, wie man es ihm gesagt hatte, sitzen, er wartete, ohne zu wissen, worauf, er hatte sich lustvoll ergeben, mehr war von ihm nicht mehr zu erwarten.

Nach einer Weile erschienen zwei Frauen, sie sprachen auf ihn ein, es war ein ruhiges, betäubendes Murmeln. Er stand auf, sie nahmen ihn rechts und links am Arm, führten ihn aus der Gondel, einige Stufen hinauf, lehnten und hängten sich an ihn, schoben ihn langsam, wie ein kostbares, zerbrechliches Ding eine Gasse entlang und gaben ihn an der Tür eines ihm unbekannten, dunkel daliegenden Hauses ab. Er roch den Rauch naher Feuer, immerzu schien es in dieser Nacht zu brennen, es waren rasch erstickte Feuer, mit Wasser gelöscht, selbst der Rauch hatte etwas Verhetztes, Stickiges. Eine ältere Frau nahm ihn an der Hand, sie war sehr freundlich zu ihm.

Er ließ sich den Mantel abnehmen, man führte ihn eine schmale Stiege hinauf, dann öffnete sich eine Tür in einen kleinen Salon. Zwei Pudel sprangen herbei und leckten sofort seine Schuhe, dann schloß sich die Tür.

Er schaute auf, um sich zu setzen. Da sah er die drei Frauen, auf den drei Stühlen, um einen Tisch, nahe am Fenster. Sie blickten ihn prüfend an. Eine kämmte sich gerade das Haar, eine andere leckte sich ungeniert die Finger, die sie immer wieder in eine dunkle Flüssigkeit tauchte.

Eine dritte aber stand langsam auf und kam zu ihm. Er spürte ihren Griff, sofort, im Nacken. Sie hielt diesen Nacken, sie strich die glatte Kurve entlang und zog ihn dabei zu sich heran, als müßte sie so seinen Widerstand brechen.

Aber er widersetzte sich nicht, nein, er wollte sich nicht widersetzen. Wie lange hatte ihn niemand mehr so berührt!

Er stand mit leicht zitternden Lippen da, dann schloß er die Augen.

Dritter Teil

22

Wochen später fand die Hochzeit statt. Schon am frühen Morgen waren die Scharen der Gondeln auf dem Weg hinüber zur Insel San Giorgio, wo der Abt die Brautleute traute und die festliche Messe las. Es war der Tag des Triumphes für Giovanni Nardi, man trug ihn neben der Braut in die Kirche, mit geröteten Augen begleitete er sie, so gut er konnte, an den Altar, wo Antonio di Barbaro, der Bräutigam, wartete, lächelnd, mit der vornehmen Lässigkeit eines weltgewandten Mannes, der das alles nicht sonderlich ernst nahm.

Der Conte beobachtete seinen Bruder. Er hatte sich in England eine bewunderswerte Gelassenheit erworben, nichts schien ihn zu verwundern oder über Gebühr zu erschüttern, selbst das unerwartete Angebot des alten Nardi, Caterina zu heiraten, hatte er so selbstverständlich angenommen, als sei über die Sache schon lange gesprochen worden. Er hatte ihm, Paolo di Barbaro, davon geschrieben und ihm ohne Umschweife erklärt, die Beweggründe des alten Nardi gut zu verstehen. Die Heirat, hatte er in seinem kurzen Brief erklärt, komme beiden Familien zugute, die Vernunft gebiete diese Verbindung, und auch wenn sie für die eigene Familie vielleicht nicht ganz standesgemäß sei, so sei sie in ökonomischer Hinsicht doch geboten; selbst ein di Barbaro könne es sich nicht leisten, auf den ungeheuren Reichtum aus dem Erbe des alten Nardi zu verzichten.

Das alles hatte der Conte erwartet, doch er hatte nicht damit gerechnet, daß Antonio auch seine Braut mit derselben Kühle und Zurückhaltung behandeln würde. Beinahe hatte es den Anschein, als nehme er sie kaum zur Kenntnis, als übersehe er sie, ja als habe er ihr nur die Rolle in einem durchdachten und genau ausgerechneten Kalkül zugewiesen. Nicht ein Wort hatte er in den Tagen vor der Hochzeit über sie verloren, und so sehr der Conte auch versucht hatte, ihm eine intime Regung zu entlocken, er war mit solchen Anläufen immer wieder gescheitert. Antonio beschäftigte Caterinas Schönheit nicht im geringsten, er behandelte sie wie eine entfernte Verwandte, mit der man sich in althergebrachten Floskeln unterhielt.

Der Conte hatte dies alles stumm zur Kenntnis genommen. Es war ihm unbegreiflich, wie man Caterina gegenüber so unempfindlich bleiben konnte, beinahe ärgerte es ihn, doch seine Verwunderung reichte nicht bis zu einem wirklichen Ärger, denn alle dramatischen, inneren Regungen, die er aufzubieten hatte, hatte der alte Nardi auf sich gezogen, ein Mann, den er seit dem entscheidenden Gespräch so abgrundtief haßte, daß er ihm täglich mehrmals den Tod wünschte. Er hatte sich abwenden müssen, als man den unbeherrschten, vor Erregung zitternden Mann in die Kirche getragen hatte, dieses Bild von Vater und Tochter war ihm so zuwider gewesen, daß er seine Augen bedeckt hatte, mit der halben Hand, deren gespreizte Finger gerade noch den Blick auf die Tochter zuließen.

Diese Schönheit! Sie hatte wieder ihr morgenfrühes Aussehen, das blasse Rosa der Lippen, die sich während des Tages allmählich ins Dunkle, Purpurne verfärbten, die schwarzen Haare, unter dem weißen Schleier zusammengedrängt, und die großen, wie von geheimer Verwunderung weit geöffneten Augen, deren Blick etwas Ruhiges, aber vor Erwartung Gespanntes hatte. Sie hatte Antonio vom Kirchenportal an aus der Ferne fixiert, niemanden sonst hatte sie beachtet oder begrüßt, und als sie neben ihm Platz genommen hatte, hatte ihre strahlende Erscheinung ihn beinahe verdrängt, so unscheinbar wirkte er neben ihr.

Mit zusammengepreßten Lippen hatte der Conte bemerkt, wie der Bruder eine gewisse Freundlichkeit zeigte, ein halbes Lächeln, eine knappe Verbeugung, doch er hatte ihm angemerkt, daß er noch immer nichts für Caterina empfand. Er spielte den Bräutigam, einen Mann, der sich so sehr beherrschte, daß er im Verlauf der Zeremonie immer steifer und gesetzter wirkte, begeisterungslos und ohne Sinn für diese junge, neugierige und von Lebenslust durchdrungene Frau, die seine Steifheit überspielte, indem sie die Augen aller auf sich zog.

Der feierliche Chorgesang, die Weihrauchwolken und die unerbittliche, feste Stimme des Abtes hatten den Conte weiter verstimmt. Er mochte die falsche Heiterkeit dieser Zeremonien nicht, das Jubilierende daran versetzte ihm einen Stich, nicht nur, weil er sich der Braut näher fühlte als jeder andere, sondern auch, weil diese Heiterkeit im Verlauf des Gottesdienstes etwas Todernstes bekam, etwas Rührendes, Weiches, das die alte Giulia zum Weinen brachte und die Augen Giovanni Nardis noch unausstehlicher rötete. Denn obwohl Antonio an der Messe nur wie ein ferner Beobachter teilnahm, schien er doch während des Gottesdienstes innerhalb weniger Stunden zu altern, so daß aus der Erscheinung eines noch jugendlich aussehenden, freien Bräutigams beim Verlassen der Kirche die eines gebundenen Ehemanns geworden war, der die Last einer neuen Verantwortung trug.

Auch diese Verwandlung hatte der Conte mit großem Widerwillen bemerkt, es war eine Verwandlung, die durch den magischen Zauber der Zeremonien entstand, die in seinen Augen etwas Heidnisches hatten. Das Herabflehen des göttlichen Segens, die Anspielungen auf den erwarteten Kinderreichtum, das ganze kaum verständliche lateinische Flüstern und Summen des Abtes – das alles kam ihm unheimlich vor, als sollte die Natur in ihren innersten Zonen bewegt werden und als nehme ihr Wirken von nun an einen selbstverständlichen, unabwendbaren Lauf. Auch die lange Predigt des Abtes, Giulias lautes, beinahe verzückt wirkendes Beten und die Tränen des alten Nardi erschienen ihm zu leidenschaftlich und falsch, als nähmen all diese Menschen dem einzigen, der Rührung hätte zeigen dürfen, das Recht, auch seine Gefühle nicht mehr zu zähmen.

Paolo di Barbaro aber stand unbeweglich. Er betete mit fester Stimme, die Hände verschränkt, er legte den Kopf schräg, als lauschte er gespannt auf die Worte des Abtes, und er betrachtete lächelnd die Braut, als zeige er so sein mildes Gefallen an der klugen Entscheidung des Bruders. Nur als die Brautleute die Kirche verließen und er in der vordersten Reihe der Festgemeinde auf sie wartete, wurde ihm plötzlich klar, daß er Caterina nach Verlassen der Kirche zu küssen hatte, flüchtig, doch auf beide Wangen.

Er hatte daran nicht gedacht, andere, böse Empfindungen hatten einen solchen Gedanken gar nicht erlaubt, doch als er sie an Antonios Arm auf sich zukommen sah, netzte er unwillkürlich die Lippen. Dann stand sie vor ihm, ganz nah, er hielt ihren rechten Arm mit seiner Linken, als wollte er ihr Bild zum Halten bringen, während er ihr mit seiner Rechten half, den Schleier zurückzustreifen. Er beugte sich vor und küßte sie, ruhig und feierlich, wie ein alter Vertrauter, und als er sie danach kurz anschaute, erwiderte sie für einen kurzen Moment seinen Blick. Er wollte noch etwas sagen, doch sie wandte sich schon dem Nächsten zu, die Menge drängte zu ihr, so daß er sich vorsichtig entfernte, rückwärts, mit wenigen Schritten wieder ins Abseits verschwindend.

Noch als die Prozession der Gondeln sich wieder von der Insel entfernte, empfand er die Erregung über den kurzen Augenblick. Nie war er ihr bisher so nahe gewesen, und vielleicht würde er es nie wieder sein. Aber in diesem Moment hatte er gespürt, wie sehr er zu ihr gehörte, als sei diese Frau das einzige, was er noch vom Leben erwartete. Was würde ihn jetzt noch beglücken? Und wären die kommenden Jahre nicht eine einzige Qual, in ihrer Nähe und doch so weit von ihr entfernt?

Er unterdrückte auch diese Regungen, kurze Zeit saß er stumm neben dem Abt, den er in seine Gondel eingeladen hatte, so fuhren sie zusammen zurück. Auch der Abt schwieg eine Weile, bis dem Conte einfiel, daß er anscheinend darauf wartete, für seine Predigt gelobt zu werden.

»Deine Predigt hat mir gefallen«, sagte er. »Ich war verwundert, wie begeistert Du sprachst; als hättest Du diese Ehe gestiftet.«

»Du hast gar nicht zugehört«, antwortete der Abt. »Ich habe mehrmals nach Dir gesehen, Du warst in Gedanken woanders.«

»Was? Dafür hast Du beim Predigen noch Zeit? Dann warst auch Du nicht sehr bei der Sache.«

»Ich bin beim Predigen nie bei der Sache. Wenn ich mir zuhöre, fange ich sofort an zu stottern. Ich predige, wie es der Herr mir eingibt. Ich höre nur auf seine Stimme.«

»Und wenn sie einmal nicht da ist, die Stimme?«

»Dann wiederhole ich Sätze der Bibel, in immer neuen Varianten, die noch kein Ohr so gehört hat.«

»Entschuldige, ich war wahrhaftig nicht sehr aufmerksam. Ich bin kein Mann für diese Zeremonien, Hochzeiten haben etwas Falsches, Sentimentales, vielleicht kommen sie deshalb auch in der Bibel kaum vor. Unser Herr Jesus ließ sich taufen, er aß und trank mit seinen Jüngern, aber er verlor kein Wort über das Heiraten. Habe ich recht?«

»Du vergißt die Hochzeit zu Kana ...«

»Bei der Hochzeit zu Kana langweilte er sich. Er saß am Rand der Tischgesellschaft, irgendwo im Abseits, und da er die Aufgeblasenheit des Bräutigams nicht mehr ertrug, lenkte er durch ein verblüffendes Wunder von ihm ab. Er verwandelte Wasser in besten Wein, der Bräutigam stand dumm da, und er selbst, unser Herr Jesus, war der Mittelpunkt allen Interesses. Er hatte eben Sinn für gutes Theater.«

»Du übertreibst, und Du wirkst bitter, als sei es auch Dir nicht recht, nur am Rand zu sitzen. Mach mir nichts vor, Du wärst selbst gern der Bräutigam gewesen, ich habe es seit langem geahnt.«

»Ich hätte diese Rolle besser ausgefüllt als mein Bruder, wenn Du das meinst. Antonio hat kein Auge für Caterina, er ist in Gedanken schon wieder in England, da leben seine Freunde, da ist er beinah schon zu Haus. Bald wird er dorthin zurückkehren, er kann es kaum noch erwarten. Und was wird aus dieser jungen, begehrenswert schönen Frau, die so voller Leben ist, so voller Leben?«

»Sie wird sich zu vergnügen wissen.«

»Vergnügen! Sie könnte viel mehr sein als eine unserer bald gelangweilten jungen Ehefrauen, die sich in den Theatern und Casini herumtreiben, Nacht für Nacht, bis sie grau werden und unansehnlich. Sie könnte ein großes Haus führen, sie wäre der Mittelpunkt einer ausgewählten, gemischten Gesellschaft von klugen Freunden und dankbaren Verehrern. Dazu aber bräuchte sie einen Mann an ihrer Seite, einen Mann im Hintergrund, der ihrer Jugend die Freiheit ließe, ihr aber zur Seite stände mit seiner Erfahrung.«

»Paolo, Du sprichst schon wieder von Dir! Wer sollte dieser beneidenswerte, erfahrene Mann sein wenn nicht Du? Und warum solltest Du nicht diese Rolle in Abwesenheit Deines Bruders übernehmen, warum nicht?«

»Ich?! Als Stellvertreter Antonios?! Da kennst Du mich schlecht. Er hat sie geheiratet, nicht ich. Er hat das Vergnügen, sie ...«

»Aber Paolo, Du bist eifersüchtig, das ist es!«

»Sei still! Ich schaue nicht nach Früchten, die ich selbst nicht kosten darf.«

»Das verstehe ich gut, mein Lieber. Wir Priester des Herrn müssen uns auch zu dieser Askese erziehen.«

»Ich bin kein Asket, ich bin nur ein Mann, der nichts Halbes will. Für diese Halbheiten ist ein anderer da, unser junger Andrea, der wird sie zu ihrem Vergnügen begleiten, wohin immer sie will.«

»Weiß er, was ihn erwartet?«

»Giulia und Carlo haben dafür gesorgt, daß er es weiß, sie haben ihn unterrichtet. Er hat jetzt die feinsten Manieren, sie passen sehr gut zu seinem Äußern, er wirkt jetzt beinahe wie ein Hofedelmann, der nie etwas anderes getan hat, als sich ums Zeremonielle zu kümmern.«

»Und sein Zeichnen? Was ist damit?«

»Dafür hat er genügend Zeit. Vergiß nicht, daß er nicht mehr in meinen Diensten steht. Er ist jetzt sein eigener Herr, er wohnt zwar weiter im Glashaus, aber er kann tun und lassen, was immer ihm seine Gebieterin erlaubt.«

»Findet er sich jetzt leichter zurecht?«

»Er hat die gesamte Umgebung gezeichnet, Haus für Haus. Was er gezeichnet hat, kennt er genauer als jeder andere. Er hat sich schon lange nicht mehr verirrt, und wenn es doch einmal geschieht, nimmt er den Wasserweg, die direttissima, ganz so wie früher.«

»Er verdankt Dir sehr viel.«

»Ach was! Ich habe ihm etwas geholfen, mehr nicht. Er hat sich aus eigenen Kräften entwickelt, in einigen Jahren werden auch andere das Wunder seiner Kunst erkennen. Solange bitte ich Dich, noch zu schweigen. Ich spreche mit niemandem von seinem Zeichnen.«

»Du kannst Dich auf mich verlassen, Paolo. Es wäre schlimm, wenn sie ihm wieder auf den Leib rückten, ein zweites Mal hielte er diese Zudringlichkeiten nicht aus.

Wenn man seine Kunst erkannt hat, wird er ein gefeierter Mann sein. Doch das kommt früh genug. Hättest Du ihn nicht doch lieber in Deinen Diensten behalten?«

»Natürlich würde ich einen wie ihn lieber behalten. Aber was er jetzt sieht und erlebt, kann ich ihm nicht bieten. An Caterinas Seite wird er Venedig erleben wie ein einziges Fest. Er wird vielen Menschen begegnen, er wird so viel Neues sehen und lernen, daß es seiner Kunst zugute kommen wird. Ich bin ein alter, verschwiegener Einsiedler, in meiner Nähe wird er zum Stillebenzeichner!«

»Paolo, Deine Schärfe gefällt mir nicht. Ich werde Dich häufiger besuchen, Du findest den Weg zu mir ja nicht von allein.«

Sie erreichten den Palazzo, und der Conte ging kurz hinein, um einige Anordnungen zu erteilen. Dann gingen sie hinüber in den Palazzo der Braut, wo das Festessen stattfinden sollte. Der große Portego war schon voller Menschen, die Türen waren weit geöffnet, einige Gäste waren hinausgetreten auf den kleinen Balkon, in einem Salon spielten Musikanten zu den Liedern einer hohen, zerbrechlich wirkenden Stimme.

Der Conte wußte, daß er neben dem alten Nardi würde Platz nehmen müssen. So ging er lange umher, begrüßte die Gäste, unterhielt sich ausführlich und schaute mit einem Auge nach dem freien Stuhl neben dem Alten, den man schon längst an den Tisch geschoben hatte. Da saß er, mit seinen geröteten Backen, gesprächig, lebenslustig, ein Triumphator, der seinen Sieg feiern wollte. Der Conte ließ ihn warten, so lange wie möglich, schließlich war es aber nicht mehr zu umgehen, den freien Platz aufzusuchen. Die meisten Gäste hatten sich bereits gesetzt, das Spiel der Musikanten wurde leiser, die ersten Speisen wurden aufgetragen, silberne Platten mit Seespinnen und Muscheln, eingelegten Sardinen und Meeresschnecken, die mit den üblichen Rufen des Erstaunens begrüßt wurden.

Der Conte setzte sich, und gleich redete der alte Nardi auf ihn ein. »Da bist Du ja endlich, mein Lieber, ich vermißte Dich schon. Laß uns anstoßen auf diesen himmlischen Tag!«

»Gern, mein lieber Giovanni. Du wirst froh sein, daß Du das hier noch erleben darfst. Sich mit einem solchen Fest aus dem Leben zu verabschieden, dieses Glück hat nicht ein jeder!«

»Das hast Du schön gesagt, Paolo, ich danke Dir. Aber ich habe nicht vor, mich zu verabschieden, ich werde das neue Dasein vielmehr genießen.«

›Ich werde ihn füttern, bis er vom Stuhl fällt‹, dachte der Conte und füllte Nardis Teller mit einem großen Löffel. Auf die Meeresfrüchte folgten Suppen, Nudeln, Risotti, die Gespräche wurden lauter und heiterer, manchmal setzte die Musik wieder ein, oder ein Deklamator erschien und las aus einem eigens für diese Hochzeit gedruckten Büchlein Gedichte, die das Glück der Brautleute besangen, übertriebene, schlechte Verse mit einer Fülle von derben Anspielungen, die den Conte manchmal erschauern ließen.

Dann begannen die Reden, di Barbaro machte sich klein, als der alte Nardi die Reihe eröffnete. Wie erwartet sang er einen einzigen Hymnus auf die Familie, der Krieg gegen Genua machte den Anfang, dann folgte eine Sintflut von Namen, Schlachten, Triumphen, bis aus diesem trüben, undurchschaubaren Gemenge endlich sein eigener Name auftauchte, der Name des Vaters der Braut, die er dann schamlos herausstellte, als den Gipfel der jahrhundertelangen Geschlechtergeschichte, die letzte, schönste Blüte aus dem Stamme der Nardi, die diesen Stamm am Leben erhalten würde.

Auch der Conte hatte die Pflicht, etwas zu sagen, doch als er ansetzte, bemerkte er, daß es ihm schwerfiel, den Vornamen der Braut auszusprechen. Er vermied es, diesen Vornamen zu nennen, er sprach von der langen, freundlichen Beziehung der beiden Familien, doch es ekelte ihn vor seinem Plappern, das allgemein blieb und sachlich, ganz ohne die spitzen rhetorischen Funken, die seinen Reden sonst Glanz verliehen.

Dann sprachen die nahen Verwandten und Gäste, meist waren es kurze, euphorisch klingende Deklamationen der Vornamen von Braut und Bräutigam, ein unermüdliches Sich-Wiederholen, als sollten diese beiden Namen allen ins Gedächtnis gemeißelt werden. Die Diener hatten anfangs noch gezögert, die Speisenfolge fortzusetzen, doch da die Reden nicht aufhören wollten, hatten sie schließlich Fleisch und Fisch gebracht, gefüllte Perlhühner und Enten, geschmorte Kalbsfüße, Truthahn mit Dörrpflaumen und zu Mus gestampfte Maronen, Stockfisch und Aal in Marsalasauce, gegrillte Meeräschen und Grundeln in Weißwein, fritierte Frösche, Krebse und Tintenfische. Wo diese Speisen serviert wurden, machten immer lautere Erstaunensrufe die Runde, mit der Zeit tobten die Rufe der Esser und die Hymnen der Redner gegeneinander, es herrschte ein kaum noch durchdringliches Stimmengewirr, ein Bacchanal wollüstiger Laute aus Schmatzen, Zischen und Zurufen, das bald alle Säle des Palazzo erfüllte und durch die weit geöffneten Türen und Fenster hinausdrang.

Dem machte erst Antonio ein Ende, der sich plötzlich erhob, worauf eine beinahe unheimliche Stille einkehrte, als hätten alle auf diesen Moment gewartet, den Augenblick einer letzten, kurzen Einkehr vor der endgültigen Hingabe an die herumkreisenden Speisen. Paolo di Barbaro schaute schräg zu seinem Bruder hinüber, nicht die geringste Unsicherheit war ihm anzumerken, vielmehr begann er wie alle geübten Redner, die die Aufmerksamkeit auf sich ziehen wollten, sehr leise und langsam, beruhigend, den Ohren schmeichelnd, dann um ein weniges lauter. Er sprach von den Eltern, dann von ihm, Paolo, dem Bruder, er nannte nur diese Namen, wie ein Kind, das vom Liebsten spricht, das er hat, und sofort entnahmen alle dem puren Klang seiner Worte die enge Bindung an diese Familie, das Geheimnis der Herkunft, den Zusammenhalt seit uralten Tagen. Er lobte nicht, stellte niemanden heraus, er sprach nicht von der Geschichte, er vermied es sogar, den Namen ›Venedig‹ zu nennen; statt dessen sagte er nur auf, was alle schon wußten, er nannte alles noch einmal beim Namen, ganz spröde und einfach und eben deshalb von großer Wirkung.

Der Conte spürte die Ergriffenheit, die alle befiel, es war einer jener Momente, in denen man für einen Augenblick innehielt, aufmerksam werdend auf nichts als sich selbst und das eigene Leben, ein Augenblick zwischen Erschrecken und hastigem Weitereilen, etwas, das die guten Priester beherrschten, das aber sehr selten geworden war, so selten, daß man sein Fehlen jetzt um so spürbarer bemerkte. Als Antonio endete, waren die zustimmenden Rufe zunächst auch noch ängstlich und vorsichtig, viele räusperten sich, andere tauchten erst langsam auf aus ihrer Versunkenheit, bis einige sich mit einem Ruck aus ihrem Träumen herausrissen, aufstehend, den Bräutigam feiernd, anstoßend mit den Gläsern, daß ein gewaltiges Klirren die Räume durchschallte, worauf die Gesprächswogen neu einsetzten, die Speisen schneller kreisten und alles dem Höhepunkt des Mahls zueilte, der reinen Gier, dem Verschlingen und Lecken, dem Gurgeln und Schlucken, der wollüstigen Einverleibung.

»Dein Bruder hat sehr schön gesprochen«, sagte der alte Nardi, zum Conte gewandt. »Er hat sich in England zu seinem Vorteil verändert.«

»Du hast recht«, antwortete der Conte, »er erzielt mit einfachen Mitteln große Wirkung, wo sich andere vergeblich abmühen, mit viel Gerede dasselbe zu erreichen.«

»Du brauchst nicht zu lästern«, sagte Nardi, »ich weiß, daß ich nicht mehr gut spreche, doch ich gebe mir Mühe, während Du heute ganz und gar nicht passioniert sprachst.«

»Es ist nicht mein Glückstag«, antwortete di Barbaro, »da hast Du schon wieder recht, und ich bin keiner, der anderen etwas vortäuschen kann.«

›Es ist unglaublich‹, dachte der Conte, ›wieviel er noch immer verträgt. Die festeren Speisen kann er nicht mehr zerkauen, doch alles Musartige, Weiche löffelt er auf und gießt es wie Grütze in sich hinein. Ich werde ihn weiter bedienen, ich will ihn sterben sehen, am liebsten sofort.‹

Sechs Stunden dauerte das Mahl, bis sich eine große Erschöpfung ausbreitete. Die silbernen Platten standen geplündert neben- und übereinander, manche Gläser lagen schon schräg auf einem Haufen Gemüse, niemand wollte noch ein einziges Gedicht auf die Brautleute hören, und erst recht flohen alle vor der unaufhörlich aus dem Hintergrund intonierten Musik, diesem in sich selbst kreisenden Singsang, der immer wieder von vorne begann.

Die meisten waren auch längst aufgestanden, fanden sich zu kleinen Gruppen zusammen oder flanierten durch die Räume, bis Antonio allen ein Zeichen gab, ihm in den Garten zu folgen. Man stieg die Treppen herunter, Antonio ging aufmunternd voran, dann sahen alle das Wunder, den geschmückten Nardischen Garten, der sich zur Seite hin durch mehrere Tore und Türchen zum Nachbargarten hin öffnete. Viele kommentierten die Anspielung, einige klatschten begeistert, die zu *einem* Garten verschmolzenen Gärten wurden zum Hauptthema des Gesprächs, während sich die gesamte Festgesellschaft in dem großen Terrain verteilte, in den schmalen, mit Lampions erhellten Alleen, zwischen den dichten Hecken, durch die man Gesprächsfetzen lauschte, und in den kleinen Labyrinthen, die den Versteckeifer lockten.

Am frühen Abend wurden die Tore zur Straße geöffnet, und Caterina trat heraus, um die wartende Menge zu beschenken, mit Gebäck, mit Konfekt und kandierten Früchten. Noch einmal hob ein lauter Jubel an, die Menge drängte sich vor den beiden Palazzi, stand bis zu den Brücken, einige hatten Leitern und Stangen mitgebracht, um sich daran emporzuziehen und das Brautpaar aus der Höhe zu sehen.

Der Conte beobachtete das alles mit geheimer Neugier, er folgte Caterina langsam und schaute, wie freundlich sie allen zuhörte, mit jedem sprach und sich wie eine erfahrene Gastgeberin präsentierte. Nein, sie hatte nichts mehr von einer jungen Novizin, schon während des Essens war ihm ihre Lebendigkeit aufgefallen, ihr flinkes Auge, das über die Tische wanderte, ihre versteckten Winke für die Diener und Abräumer, ihre Lust, sich zu unterhalten. Antonio dagegen suchte kaum noch das Gespräch mit den Venezianern, er unterhielt sich meist mit den Fremden, den ausländischen Gesandten, Händlern und Sammlern, wenn es möglich war sogar in ihrer Sprache, als wollte er allen beweisen, daß er mit seinen Gedanken in der Ferne war, weit weg, dort, wo der Name ›Venedig‹ längst ein nur noch rührender Erinnerungsname an eine alte Vergangenheit war.

Schließlich lagen die Gondeln bereit, und während das Brautpaar einstieg, um mit den Gästen hinauszufahren, den Fluß Brenta hinauf, bis in die Nähe der beiden Landhäuser der Nardis, überstrahlte ein Feuerwerk den mondhellen Himmel. Die Flotte der Gondeln glitt langsam durch den großen Canal, man hörte noch lange das Singen und Rufen, das immer feiner und poröser werdende Gewebe der Stimmen, dann bemerkte der Conte, der zurückgeblieben war und im Garten noch auf und ab ging, wie die Stille langsam alle Geräusche verschluckte und endlich nichts mehr zu hören war als das sich wieder durchsetzende, ruhelose Wispern des Wassers.

Als er das Glashaus erreichte, sah er Andrea allein auf den Stufen sitzen. Er hatte sich den ganzen Tag verborgen gehalten, wie es sich für den künftigen Cicisbeo der Braut gehörte.

»Endlich ist es vorbei«, sagte der Conte.

»Ihr seid nicht glücklich, Signore«, flüsterte Andrea, als habe er das schon eine Weile zu sich gesagt.

»Kümmere Dich nicht um mich«, antwortete der Conte, etwas erstaunt über Andreas Worte, »vom morgigen Tag an bist Du aus meinen Diensten entlassen und Dein eigener Herr. Die Aufgabe, die Du übernimmst, ist nicht leicht; sie erfordert Feingefühl, Anstand und Zurückhaltung. Wenn Du meine Hilfe brauchst, komm ruhig zu mir. Zwischen uns soll sich nichts ändern, Du verstehst mich?«

»Ja, Conte«, sagte Andrea im Aufstehen, und während di Barbaro sich abwenden wollte, spürte er plötzlich die beiden Hände des Jungen, die nach ihm griffen. ›Er umarmt mich wie einen Vater‹, dachte der Conte, ›doch ich bin nicht sein Vater. Ich bin der Conte Paolo di Barbaro, ein Mann ohne Frau und ohne Kinder, der jetzt geht, seine Bilder zu hüten.‹

23

Caterina hatte ihre Schokolade getrunken. Anders als früher waren zu dieser Stunde außer Giulia noch mehrere Kammerfrauen damit beschäftigt, ihr bei der Morgentoilette zu helfen. Sie hielten ihr den Spiegel, reichten ihr Fläschchen und Puderdosen oder brachten ihr kleine Nadeln, um ein Tuch oder den Schleier festzustecken. Nur Giulia war es jedoch vorbehalten, sie zu berühren. Die Amme preßte Caterinas Taille mit beiden Händen kräftig zusammen, zog die blauen Seidenschnüre des Mieders zu, schloß die Knöpfe und Schließen, befestigte das gelbe Strumpfband, steckte zwei Finger unter das Schnürleibchen, um eine Hemdfalte zu glätten und führte die flache Hand noch einmal prüfend über den schönen Brokatrock.

Durch das geöffnete Fenster des Ankleidezimmers hörte man einen schwachen Gesang von draußen. Caterina dachte an die Tage auf dem Land, an die nächtliche Ankunft in den von Pech- und Wachsfackeln erleuchteten Landhäusern des Vaters, an den großen Garten, wo der Verwalter die Festgesellschaft begrüßt hatte, während im Innern der Häuser zwei Orchester gespielt hatten, muntere, immer ausgelassenere Tänze, im Wechselspiel. Weit nach Mitternacht hatte man in den Gärten das Dessert eingenommen, schillernde Figurinen aus buntem Eis, die den Festgästen nachgebildet waren, Baiserlandschaften mit kleinen Hügeln und Anhöhen von Gebäck, Sorbetwasserfälle, die in einen Teich von Champagner sprudelten.

Die Festgäste waren die ganze Woche geblieben, untergebracht in den kleinen Jagdhäusern und Pavillons längs der Brenta. Am späten Morgen hatte man gemeinsam gefrühstückt, etwas Schokolade, eine Tasse Kaffee, nicht mehr. Aus den Frühstückssälen war man ins Freie gegangen, für eine halbe Stunde in die kleine Kapelle oder zu den bunt geschmückten Wagen, in denen man eine Promenade unternahm. Die Tage waren eine einzige Lust gewesen, ein dauernder Aufbruch zu Zielen längs des Flusses, in den Wäldern und Weinbergen. Manchmal hatte man draußen diniert, die Spieße mit Bratvögelchen über der Glut drehend, Verse aus dem Stegreif erfindend, tanzend, von zwei Geigern und einem Bassisten begleitet. Man war auf hellerleuchteten Barken die Brenta weiter hinauf gefahren oder auf den Pferden ausgeritten, die Diener hatten Pasteten und Wein nachgebracht, und man hatte die weißen Spitzentücher im kühlen Schatten ausgebreitet, um sich zu lagern.

Doch in all den Tagen war sie Antonio nur selten begegnet. Er hatte sich an seine alten Freunde gehalten, selbst nachts hatten sie meist zusammengesessen, beim Kartenspiel oder anderen, ihr verborgen bleibenden Vergnügungen, so daß sie kaum ein Wort mit ihm gewechselt hatte. Man hatte ihr gesagt, daß es so kommen würde, die Ehemänner blieben nie an der Seite ihrer Frauen, doch sie hatte insgeheim, im stillen, erwartet, daß er sie zumindest in einer einzigen Nacht einmal aufsuchen würde. Eine Gelegenheit dazu hätte sich schon ergeben, ein schnelles Huschen in ihr Schlafgemach, einige Stunden zusammen, unbeobachtet von den anderen. Antonios Fernbleiben hatte sie gekränkt, noch viel weniger aber konnte sie ihm verzeihen, daß er sie nicht einmal anschaute, so tat, als seien sie entfernte Verwandte, und sich sonst damit beschäftigte, die Festgesellschaft mit immer neuen Ideen, wie man sich vergnügen könnte, zu unterhalten.

Nach Venedig zurückgekehrt, hatte er schon bald alles für die Abreise nach England vorbereitet, und ohne sich lange zu erklären, war er dann verschwunden, mit einem kurzen Gruß auf den Lippen, wie eine Traumgestalt, die sich mit den Tagen ganz in Luft auflösen würde. An seiner Stelle war Andrea erschienen, anfangs noch etwas ungelenk, langsam und vorsichtig, doch stets so freundlich, daß es ihr bereits gute Laune machte, wenn er am Morgen das Ankleidezimmer betrat. Er hatte sie schon auf einigen Spaziergängen begleitet, dicht an ihrer Seite, den Sonnenschirm tragend, mit dem genauen Blick eines Menschen, dem nichts entging.

»Du bist also mit ihm zufrieden?« fragte Giulia und räumte das Schokoladenservice ab.

»Er ist sehr höflich«, antwortete Caterina, »so höflich, daß ich schon selbst höflicher werde als sonst. Wir verkehren miteinander wie hohe Abgesandte ehrwürdiger Höfe.«

»Mit der Zeit wird er umgänglicher werden«, sagte Giulia. »Wir haben ihm alles erst beibringen müssen, wie man einen Sonnenschirm hält, wohin man das Taschentuch steckt, wie man sich die aufdringlichen Verkäufer vom Leib hält.«

»Aber wir erleben keine aufdringlichen Verkäufer. Alle, die uns sehen, weichen unwillkürlich zurück und starren uns an. Kämen doch bloß einmal ein paar Verkäufer, ich würde gern hören, was sie uns anzubieten hätten.«

»Zwei junge, schöne Menschen nebeneinander erregen

eben Aufsehen. Man steht still, gafft, lächelt, man träumt euch hinterher ...«

»Man träumt? Am hellichten Tag?«

»Man träumt, so sein zu dürfen wie Ihr. ›Da gehen Caterina di Barbaro, vom Zweige Nardi, und der schöne Andrea, der junge Mann aus der Lagune‹, flüstert man sich zu und läßt sich die Worte auf der Zunge zergehen. Spricht er eigentlich über seine Herkunft? Hast Du ihn einmal danach gefragt?«

»Aber ja. Er sagt, er erinnere sich nicht. Nur manchmal spüre er, daß etwas ganz nahe rücke, ganz dicht herantrete an ihn, und daß dieses Nahe etwas zu tun habe mit seiner Vergangenheit.«

»Und was sollte das sein, dieses Nahe?«

»Zum Beispiel ein bestimmter Geruch. Neulich, sagt er, habe er den Rauch eines Feuers gerochen, und plötzlich habe er das Gefühl gehabt, im nächsten Moment könne er sich wieder an alles erinnern, so nahe sei dieser Geruch ihm gewesen. Er habe steif dagesessen, in Erwartung der nun auftauchenden Bilder, doch dann sei alles wieder zusammengebrochen.«

Giulia gab den Kammerfrauen ein Zeichen, als es klopfte und Andrea hereintrat. Sie bemerkte das leichte Lächeln in Caterinas Gesicht, eine Spur von Verlegenheit, die sich jedoch meist mit den ersten Worten legte. Die Frauen gingen hinaus, Giulia zuletzt, in der Tür schaute sie sich noch einmal um, um einen letzten Blick auf das schöne Paar zu werfen. ›Warum verheiratet man eine junge Frau wie Caterina mit einem soviel älteren Mann?‹ dachte sie. ›Es ist eine Schande, man müßte es laut sagen und sich nicht scheuen. Nichts paßt zusammen, nicht das Alter, nicht das Temperament, es geht wider die Natur, aber da man es so seit Jahrhunderten macht, denkt man nicht weiter darüber nach.‹ Sie schloß die Tür, die beiden waren allein.

»Guten Morgen, Signora!« sagte Andrea und verneigte sich.

»Guten Morgen, Andrea!« antwortete Caterina.

»Wohin darf ich Euch heute begleiten?« fragte Andrea und trat einen Schritt zur Tür hin zurück.

»Wir werden zum Rialto spazieren, ich will Stoff aussuchen für ein Kleid«, sagte Caterina und reichte ihm ein Paar Handschuhe und den Sonnenschirm. »Gehen wir!«

Andrea bot ihr den Arm, sie reichte ihm die Hand, dann gingen sie hinaus. Sie gingen die breite Treppe herunter und erreichten die Eingangshalle, in der ein Gemüsehändler mit seiner Ware wartete. Er murmelte eine Begrüßung, verneigte sich tief und wünschte einen schönen Morgen. Dann traten sie zusammen ins Freie.

Nichts liebte Caterina mehr als diesen Augenblick. ›Jahrelang war ich eingesperrt‹, dachte sie. ›Doch jetzt ist es vorbei. Mag Antonio auch fern sein, ich kann mich frei bewegen und tun, was ich will. Nichts ist schöner, als in der Früh den Kaffeeduft in den Straßen zu riechen, den Geruch von frischem Brot oder geräuchertem Schinken, die in den Türen der Läden baumeln. Ich könnte singen, wenn ich so heraustrete wie jetzt, ja ich könnte jeden umarmen, der mir über den Weg läuft!‹

Sie wurden von vielen gegrüßt, blieben aber nur selten stehen, um sich zu unterhalten. Man machte ihnen Platz, trat zur Seite oder auseinander und schaute ihnen hinterher. Es war, als strahlte ihre Erscheinung aus auf die Umgebung und versetzte sie in eine kurze Benommenheit, in jenes nachsinnende Träumen, von dem Giulia gesprochen hatte, oder in eine schwärmerische Begeisterung, die sich manchmal in lauten Rufen Bahn brach.

Andrea bemerkte sie nicht. Er achtete angestrengt darauf, keinen Fehler zu machen. Niemand durfte sich, hatte man ihm eingeschärft, der Signora nähern, wenn sie es nicht wünschte, niemand sie berühren, niemand einen frechen Ausspruch tun, niemand ihr zu nahe treten, um ihr etwas anzubieten. Sollte so etwas geschehen, hätte er dazwischenzutreten, das Angebot zu prüfen, die Signora davon zu unterrichten. Er hätte die Flegel wegzuscheuchen und die Lastermäuler zu bestrafen, aber soweit war es bisher noch nie gekommen, im Gegenteil, die meisten riefen bewundernd hinter der Signora her, als hätten sie lange nicht eine derart schöne Frau gesehen.

Am meisten störte ihn, daß er sich nicht wie gewohnt umschauen konnte. Nur wenn sich die Signora mit einer Bekannten oder Freundin unterhielt, durfte er zur Seite treten und seine Blicke etwas schweifen lassen. Trotzdem war es schön, so durch die Wasserstadt zu gehen, denn er hatte das Gefühl, daß nicht er die Signora begleitete, sondern daß die Signora ihn führte, durch die ihm zuvor noch unbekannten Gassen, sicher an das ferne Ziel. So lernte er auch die ihm bisher kaum vertrauten Bezirke genauer kennen, und obwohl er die Häuser und Campi nicht lange betrachten konnte, prägten sich ihm doch jeden Tag einzelne Bilder ein, die er im Gedächtnis behielt und später zeichnete. Ein Sperling im Käfig, neben einem geöffneten Fenster. Eine kleine Bronzefigur auf einem Tisch, daneben ein Teelöffel. Zwei Schuhschnallen, wie ein altes Paar verspielter und doch ernster Wächter.

Schwieriger wurde es schon, ein Bild von Menschen zu zeichnen, die sich schnell bewegten. Die Gemüse-, Wein- und Fischhändler am Rialto – er versuchte, einen Moment zu finden, in dem sie inmitten ihrer Waren ein solches Bild abgaben, doch meist hatte er das Gefühl, das richtige, treffende nicht gefunden zu haben. Er hätte mehrere dieser Bilder zeichnen und aus ihrer Zahl wiederum ein einziges zusammenstellen müssen, um zufrieden zu sein, aber er wußte, daß er ihnen noch nicht nahe genug kam und daß die große Ferne, aus der er sie betrachtete, alles erkalten ließ. Manchmal glaubte er, daß es ihm helfen würde, wenn er diese unruhigen, schnellen Menschen mit den Händen berühren würde, doch das war nicht möglich.

Sie erreichten den kleinen Laden am Rialto, und Caterina

ließ sich die Stoffe zeigen. Im Geschäft hatte Andrea in der Nähe des Eingangs zu warten und mußte mit halber Drehung so zum Eingang stehen, daß er ihn im Blick behielt, während er gleichzeitig Caterina nicht aus den Augen lassen durfte. Er durfte ihr jedoch auch nicht zu lange über den Rücken schauen, denn dann hätte es so ausgesehen, als wolle er sie von hinten mustern. Es war schwer, diese doppelte und in nicht seltenen Fällen sogar dreifache Blickrichtung durchzuhalten, man mußte sehr aufmerksam sein, andererseits lernte er dadurch, einen Ort innerhalb weniger Sekunden aus verschiedenen Perspektiven zu betrachten.

Jetzt unterhielt Caterina sich mit dem Verkäufer. Die Stoffballen waren ausgerollt worden, es waren schwere Damaststoffe mit seltsamen Mustern. Andrea wußte, daß er zu schweigen hatte, erst am Ende des langen Gesprächs würde Caterina sich zu ihm wenden und ihm ihre Wahl präsentieren. Er hatte diese Wahl zu loben, mit wenigen, allgemein bleibenden Worten, so wie er es schon die bisherigen Tage gemacht hatte, mit viel Erfolg. Doch diesmal ging es um etwas anderes als um Früchte, etwas Gebäck oder ein Paar Schuhe, es ging um Farben. Er bemerkte, daß sie die Farben nicht recht beachtete, sie beugte sich über die Stoffe, um ihre Beschaffenheit zu prüfen, und sie sprach von den Farben wie von bloßen Zugaben, die nicht viel bedeuteten. Es reizte ihn vorzutreten, um sie auf die Farben aufmerksamer zu machen, doch er wußte, daß ihm genau das untersagt war.

Erst als sie sich entschieden hatte, trat er näher heran. Sie war von dem langen Gespräch etwas ermüdet, er sah es ihr an, ihre Lider bewegten sich schneller als sonst, aber sie schien zufrieden, als habe sie nach langer, intensiver Suche endlich doch das Richtige gefunden.

»Schau, Andrea«, sagte sie, »ich werde diesen hier nehmen, den dunkelgrünen.«

»Ja, Signora.«

»Ja? Nur ja? Gefällt er Dir nicht?«

»Nein, Signora.«

Caterina schaute kurz zu dem Verkäufer. Als der sich vorneigte und rasch etwas sagte, fiel sie ihm schnell ins Wort. »Andrea! Du meinst, ich habe eine schlechte Wahl getroffen?«

»Signora, dieses Dunkelgrün bleibt sich zu gleich, sein Anblick macht müde und träge, es zieht die Ruhe an und den Schlummer.«

»Was sagst Du?«

»Es ist keine entschiedene Farbe, keine, die die Sinne erregt oder beschäftigt. Diese kleinen Muster könnten für etwas Abwechslung sorgen, aber sie sind zu einförmig. Wenn Sie diesen Stoff tragen, Signora, wird man Sie übersehen.«

»Übersehen? Aber ich möchte einen grünen, ganz unbedingt, ich bin ausgegangen, um einen grünen Stoff zu kaufen.«

»Dann nehmen Sie ein anderes Grün. Sehen Sie, wenn man dem Grün etwas Gelb beimischt, hellt es auf. Hier ist ein grüngelber Ton fast erreicht, doch das Gelb herrscht viel zu sehr vor, so daß die Farbe ganz kalt wirkt und schneidend, man zieht die Augen schmerzhaft zusammen. Aber hier, hier schimmert das Gelb nicht mehr durch, hier mischt es sich nur wie ein Unterton zu dem Grün, so daß ein helles, leuchtendes Grün entsteht, wie das Grün der Algen, kurz nachdem eine Woge Wasser sie durchgeschüttelt hat und sie langsam zurückpendeln in ihre Ruhestellung.«

»Andrea! Wovon sprichst Du? Ich weiß selbst, welche Farben mir gefallen!«

»Die Mischungen der Farben, Signora, sind ein großes Geheimnis. Die besten Maler mühen sich, sie zu erforschen. Viele Menschen wissen nichts darüber, aber sie denken, sie hätten die Farben verstanden.«

»Ah, und ich bin wohl auch eine von denen, die nichts versteht?«

Andrea bemerkte, daß er zu weit gegangen war. Er sah den Zorn in ihrem Gesicht, der sich mischte mit dem leichten Unwillen darüber, eine vielleicht falsche Entscheidung gefällt zu haben. Jetzt war sie unsicher, für einen Augenblick, aber sie würde sich diese Unsicherheit nicht lange anmerken lassen.

»Nein, Signora«, sagte er ruhig, »natürlich irren Sie sich nicht, entschuldigen Sie.«

»Packen Sie den dunkelgrünen ein«, sagte Caterina zu dem Verkäufer, der erleichtert nickte. Sie schaute ihm still zu, und Andrea ahnte, daß sie nun darüber nachdachte, was er gesagt hatte. Er hätte sich hüten müssen, so deutlich zu werden, aber er konnte nicht lügen, wenn er nach den Farben gefragt wurde.

Der Verkäufer reichte ihm den eingepackten Stoff, Caterina bedankte sich, und sie gingen hinaus. Eine Weile gingen sie schweigend nebeneinander her, als sei nichts vorgefallen. Erst als sie sich schon etwas von dem Laden entfernt hatten, sagte Caterina: »Was ist mit den Farben? Woher weißt Du so viel über sie?«

»Ich durfte den Conte zur Werkstatt des Meisters Guardi begleiten. Signore Guardi weiß alles über die Farben.«

»Und er hat Dir gesagt, was er weiß?«

»Nein, er verschweigt es vor mir. Aber ich weiß, daß er alles weiß.«

»Warum bist Du da so sicher?«

»Signore Guardi betrügt mit den Farben. Er ist ein großer, sehr großer Betrüger. So gut wie er kann nur ein Maler betrügen, der alles über die Farben weiß.«

»Andrea! Francesco Guardi ist der angesehenste Maler unserer Stadt. Wie kannst Du sagen, daß dieser ehrliche, vornehme Mann ein Betrüger sei?«

»Sie haben mich falsch verstanden, Signora. Ich sagte, er

sei ein sehr großer Betrüger. Die sehr guten Maler sind sehr große Betrüger, manche durch die Zeichnung, manche durch ihre Malweise oder die Farben.«

»Hat das der Conte Paolo gesagt? Hat er Dich so falsch belehrt?«

»Signora, ich bitte Sie, nicht schlecht von dem Conte zu sprechen. Es gibt keinen besseren, edleren Menschen in dieser Stadt. Der Conte hat nichts dergleichen gesagt, niemals. Der Conte hat mich zu Signore Guardi gebracht, weil ich ..., entschuldigen Sie, Signora, ich möchte nicht davon sprechen.«

»Aber Andrea! Du hast mir nichts zu verschweigen! Es hat mit Deinem Zeichnen zu tun, nicht wahr, gib es zu! Ich weiß es ja längst, ich habe Dich beobachtet, vom Altan, in Deinem Glashaus, als Du ...«

Caterina hielt sich die Hand vor den Mund. Sie schaute Andrea an, als habe sie etwas Verbotenes gesagt. Nie hatte sie von diesen Heimlichkeiten sprechen wollen, sie hatte sich gehen lassen, weil seine Sicherheit sie gereizt hatte. Er sprach von Francesco Guardi wie von einem Betrüger und Fälscher, als wüßte er selbst mehr von den Farben als dieser Meister.

»Ich verstehe, Signora«, sagte Andrea. »Jetzt wissen auch Sie von meinem Geheimnis. Der Conte hat Sorge dafür getragen, daß niemand außer ihm davon wußte. Er konnte nicht ahnen, daß man mich aus einem Versteck beobachten würde.«

»Es war kein Versteck«, entgegnete Caterina, »sag so etwas nicht! Nur durch einen Zufall habe ich Dich gesehen, ganz zufällig ...«

Caterina spürte, daß sie schon wieder von etwas Verbotenem sprach, fast hätte sie Andreas Nacktheit erwähnt. Er schaute ernst, aber er schien nicht verstanden zu haben, worauf sie fast zu sprechen gekommen wäre.

»Ich werde Dein Geheimnis niemandem erzählen«, sagte sie und bemühte sich zu lächeln. »Aber sag mir, warum will der Conte nicht, daß es jemand erfährt?«

»Weil er will, daß man mir die Ruhe lassen soll«, antwortete Andrea.

»Warum sollte man Dir nicht die Ruhe lassen?«

»Weil jeder, der meine Bilder sieht, erschrickt«, sagte Andrea.

»Erschrickt? Aber warum denn das?«

»Weil es Bilder sind, wie sie noch keiner gesehen hat, Bilder, die nicht betrügen.«

»Was? Du willst sagen, daß Deine Bilder die des Meisters Guardi noch übertreffen?«

»Ja, Signora.«

Caterina drehte sich um und ging rasch voran, so daß er Mühe hatte, ihr zu folgen. Wieder ahnte er, daß sie über seine Worte nachdachte, er erkannte es an ihrer mangelnden Aufmerksamkeit für die Umgebung. Jetzt eilte sie beinahe durch die Gassen, es war unmöglich, dicht neben ihr zu bleiben. Er hatte nicht von seinem Zeichnen sprechen wollen, niemals, doch sie hatte ihn herausgefordert. Seit einiger Zeit hatte er auch die Farben erforscht, heimlich, in seinem Glashaus. Er hatte dem Conte noch nichts von den Ergebnissen seiner Arbeiten berichtet, doch er würde es tun, wenn der Conte ihn danach fragen würde. Gemalt hatte er noch nichts. Er glaubte, noch nicht genug davon zu verstehen, obwohl er die Farben bereits gut studiert hatte und ihre Mischungen beherrschte. Er hatte sogar ganz neue Farben geschaffen, Farben aus den Wirkstoffen der Natur, auf die noch niemand gekommen war, und er hatte Bindemittel entdeckt, die er niemandem verraten würde. Ja, auch er hatte inzwischen seine Geheimnisse, aber er würde sie erst dann anwenden, wenn er sich völlig sicher war.

Kurz bevor sie vor dem Nardischen Palazzo ankamen, drehte Caterina sich nach ihm um: »Noch eins! Wirst Du mir eines Deiner Bilder zeigen?«

»Nein, Signora. Ich zeige sie nur dem Conte Paolo.«

»Du hast es ihm versprochen?«

»Ja, Signora. Ich stehe zwar nicht mehr in seinen Diensten, aber ich schulde ihm großen Dank. Ich schenke ihm meine Bilder. Ich bitte Sie, mich nicht zu drängen, auch Ihnen die Bilder zu zeigen. Was ich zeichne, gehört ihm.«

Caterina spitzte die Lippen, als käme ihr ein guter Gedanke. »Ich werde Dich nicht drängen, sei unbesorgt! Aber ich werde Dich irgendwann bitten, auch mir ein Bild zu zeichnen! Wirst Du mir diesen Wunsch erfüllen?«

»Jetzt noch nicht, Signora«, antwortete Andrea.

»Wann denn?«

»Wenn ich Sie kenne, Signora, wenn ich verstanden habe, wer Sie sind.«

»Und du glaubst, Du wirst das herausfinden?«

»Ja, Signora.«

Caterina lachte laut auf. Sie gab ihm ein Zeichen voranzugehen, um die Tür des Palazzo zu öffnen. Er schlug mit dem schweren Ring, der durch ein Löwenmaul gezogen war, gegen den dicken Knauf. Sofort öffneten die Diener. Er trat zur Seite, um ihr den Vortritt zu lassen.

»Gib den Dienern den Stoff«, sagte Caterina. »Und dann geh nur hinüber, um weiter zu zeichnen. Ich brauche Dich in den nächsten Stunden nicht mehr.«

»Danke, Signora«, sagte er, »aber ich begleite Sie hinein und nehme den Weg durch den Garten.«

»Und was wirst Du zeichnen?«

»Den Verkäufer, Signora, die zwei Warzen des Verkäufers an der entzündeten Schwellung des rechten Ohres ...«

24

Der Conte fand keine Ruhe. Nach der Hochzeit hatte er versucht, sich mit den Gegebenheiten abzufinden, aber er hatte nicht ohne weiteres an sein altes Leben anknüpfen können, zuviel hatte er inzwischen über all die möglichen und dann doch nicht eingetretenen Veränderungen nachgedacht. So hielt er es nirgendwo lange aus; er durchstreifte den Palazzo, setzte sich für einige Minuten in die Bibliothek, blätterte lustlos in einem Buch, wanderte von einem Salon in den anderen und fand selbst an seinen Bildern keinen Gefallen. Die alten, beinahe schon vergessenen Verse Petrarcas kamen ihm wieder in den Sinn –»Allein und sinnend durch die ödsten Lande / geh' ich mit langsam abgemessnem Schritte,/ Die Augen halt ich fluchtbereit, wo Tritte/ von Menschen sind zu sehn, geprägt im Sande ...« –, es waren Verse, die eine schleichende Melancholie nach sich zogen, eine Altersmelancholie, gegen die er sich zu wehren vorgenommen hatte und der er anscheinend doch immer mehr erlag, während um ihn herum, in seiner Umgebung, alles aufblühte und sich von Tag zu Tag neu rüstete für den angenehmsten Zeitvertreib.

Manchmal sah er Caterina und Andrea den Nardischen Palazzo verlassen, ein schönes, stolzes Paar, zwei junge Menschen, die lediglich noch gehemmt und gefesselt waren durch eine alberne, müßiggängerische Spielerei, das Spiel des Cicisbeo, der seine hohe Dame am Arm führte, ein uraltes, venezianisches Spiel, das inzwischen so lächerlich geworden war, daß er es nur noch verachten konnte. Ach, was würde geschehen, wenn man diesen beiden Menschen die Freiheit ihrer Naturen gewährte ..., nein, er durfte daran nicht denken! Sie ahnten nicht einmal, auf welch schwankendem, leicht zu durchtrennendem Netz sie da schritten, feierlich manchmal, mit der Unbeholfenheit sehr junger Menschen, die versuchten, sich viel älter zu geben, als sie in Wirklichkeit waren ... Er begegnete ihnen oft, dann wurden sie still, als erschreckten sie in seiner Gegenwart oder als fänden sie nicht die richtigen Worte, um sich mit einem so alten Mann zu unterhalten.

Manchmal vergleicht er sein Alter mit ihrer Jugend, dann dachte er sich insgeheim an Caterinas Seite, und sofort ergab sich ein vollendetes Bild, ihr langsames Gehen, ihre Freundlichkeit, und seine Erfahrenheit, seine Ruhe. Er schaute sie jetzt häufiger an, wenn er sie traf, auf den Campi, in den Gassen, in Andreas Begleitung, aber auch bei seinen ruhelosen Gängen durch die beiden Palazzi, deren Verbindung den Raum seiner Wanderungen ins beinahe Unermeßliche vergrößert hatte.

Er wußte nicht einmal, wie viele Zimmer es insgesamt waren, er achtete nur darauf, nicht dem alten Nardi zu begegnen, dem es seit der Hochzeit viel besser ging. Der hatte entdeckt, daß Andrea viel von den Fischen wußte, und so ließ er die verschiedensten Sorten vom Markt holen, in großen Körben, aus denen das Eiswasser tropfte. Andrea hatte ihn auf den Gedanken gebracht, das Fischfleisch zu Mus verarbeiten zu lassen, und seitdem er Stockfischmus gekostet hatte, war er von dieser Idee besessen und ließ das Mus mit den seltensten Gewürzen mischen, beinahe närrisch, jeden Tag eine andere Kostbarkeit zu probieren, in den verschiedensten Varianten, die ihn vor immer neue Rätsel stellten.

Diese Ernährung war ihm anscheinend sehr gut bekommen, denn seit einiger Zeit konnte er sich sogar aus seinem Stuhl erheben, um einige schlurfende Schritte durch ein Zimmer zu machen. Er gestikulierte dabei gebieterisch durch den Raum, als wollte er die Gegenstände beschwören, näher an ihn heranzurücken, schon von weitem hörte man sein anhaltendes Stöhnen, das erst endete, wenn er wieder Platz genommen hatte.

Diesem Stöhnen ging der Conte aus dem Weg. Er wußte,

daß der alte Nardi sich mit aller Macht am Leben zu halten versuchte, um gerade ihn, niemand anderen als ihn, zu beschämen. Dem Tode schon nahe spielte er den sinnlichen, hoch erregbaren Genießer und erklärte den anderen, auch dem Conte täten einige Löffel Mus gut, um auch im fortschreitenden Alter froh und lebhaft zu wirken. Doch es lohnte nicht, sich mit diesem Menschen zu streiten, deswegen nahm er auch selten am gemeinsamen Mittagstisch teil, zu dem der Alte, angeblich Caterina zuliebe, schon häufig Verwandte und Freunde eingeladen hatte.

Nein, er konnte nicht in Caterinas Nähe sitzen, ohne sich unwohl und verlegen zu fühlen. Es kam ihm vor, als würge ihn etwas im Hals, er fand plötzlich nicht mehr die richtigen Worte und kam sich ungelenk vor und abwesend. Gerade in ihrem Beisein fiel ihm am wenigsten ein, mochte er sich auch noch so sehr vorbereitet haben, um sie mit irgendeiner Neuigkeit zu unterhalten. In der ganzen Stadt waren seine rhetorischen Fähigkeiten bekannt, es fiel ihm sonst leicht, eine große Gesellschaft mit Geschichten und Versen zum Lachen zu bringen – der Zwang, in Caterinas Anwesenheit etwas Besonderes zu sagen, ließ ihn jedoch meist erstarren. Ja, es war eine Art von Erstarrung, die ihn befiel, wenn Caterina im selben Raum war. Er gab sich Mühe, sie nicht anzuschauen, er wählte einen Platz, so weit wie möglich von ihr entfernt, und er sprach am liebsten mit einem seiner alten Freunde, über Geschäfte, seinen Bruder in England oder darüber, welches Theaterstück man anschauen sollte.

Dabei kannte er die Neuigkeiten der Stadt nicht mehr so gut wie früher. Längst hätte er wieder einmal in den Kaffeehäusern oder in den casini auftauchen müssen, aber dazu brauchte man gute Laune, sonst war man ein unerträglicher Gesprächspartner und machte sofort einen schlechten Eindruck. Leichtigkeit, ja, er sagte es sich ja selbst, die fehlte ihm jetzt, und er wußte, daß er sie nicht finden würde, wenn er sich allzu häufig in Caterinas Nähe aufhielt. Tagelang war er nach diesen Begegnungen noch wie benommen, das ruhelose Wandern begann von vorne, dabei wußte er doch, daß alles Nachdenken nichts mehr half, er hatte verloren, alles verloren, und seine Zukunft war eine endlose Aneinanderreihung von Tagen, in denen er den würdigen, klugen Conte di Barbaro spielte, ernst und weltabgewandt wie ein Reiterstandbild.

Natürlich konnte er mit niemandem von seinen Niederlagen sprechen. Notdürftig hatte er sich mit dem Abt verständigt, doch der betrachtete ihn als einen guten Freund, dem es ähnlich ging wie ihm selbst, dem an seine Aufgaben gebundenen und von ihnen gezeichneten Abt eines Klosters auf einer winzigen Insel im Meer. ›Manchmal‹, dachte der Conte, ›verwechselt er mich vielleicht mit einem Priester. Wenn wir miteinander sprechen, sprechen wir wie zwei Geheimbündler, zwei, die die übrige Welt ein wenig verachten und dafür von ihr unmerklich ins letzte Glied zurückgedrängt werden. Wir bilden die boshafte Nachhut der Ereignisse, die Lästerer, die hinter den anderen hergehen und sich über ihre Marotten lustig machen.‹

Der Abt, ja, er hielt den Conte für seinesgleichen, für einen bereits älteren Mann, der das Lebenstheater durchschaute und doch noch nach Kräften mittat, um seine jüngeren oder unwissenden Mitspieler nicht zu enttäuschen. In dieser Haltung waren sie sich einig, seit langer Zeit, aber genau diese Haltung, die ihre tiefe Freundschaft begründete, sorgte andererseits dafür, daß der Conte seinem Freund nicht berichten konnte von seinen gedemütigten Gefühlen.

Manchmal hatte er daran gedacht, sich mit Andrea zu unterhalten. Er hatte nicht offen mit ihm sprechen wollen, das nicht, er hatte einfach nur länger seine Stimme hören wollen, diese ruhige, besonnen wirkende Stimme, die manchmal zu seltsamen, ungewöhnlichen Wendungen fand. Aber er traf ihn nicht mehr so oft im Garten, während er selbst diesen Garten jetzt noch viel häufiger aufsuchte als früher.

Im Garten war er allein. Manchmal schaute er noch einmal auf, hinauf zum Altan, aber er hatte dort schon lange niemanden mehr entdeckt. Caterina und Giulia dort oben – das war ein Bild der alten Tage, schöner, geheimnisvoller Tage, in denen langsam seine Zuneigung gewachsen war, sich berauschend an dem fernen Blick auf eine junge Frau, die ihn nicht bemerkte. Doch dieses Bild der zwei Frauen, es war auch das Bild stillstehenden Lebens gewesen, für das jetzt niemand außer ihm noch Zeit hatte. Caterina hielt das neue, schnellere Leben in den beiden Palazzi in Gang, laufend trafen Besucher ein, man fand sich zu Festen zusammen, ging aus, verbrachte die Abende im Theater oder bestellte sich Musikanten, die wie Traumgestalten durch die Räume spazierten. Wer suchte da noch den Garten auf, wer hatte Zeit für einen langen Morgen unter der Kuppel des hellen Sonnenlichts?

Der Conte saß versunken in der Nähe des Wasserbeckens, als er Andrea erkannte, der auf ihn zukam und sich leicht vor ihm verneigte. »Guten Morgen, Conte Paolo!«

»Guten Morgen, Andrea! Wir sehen uns seltener als früher, nicht wahr? Bist Du zufrieden mit Deiner neuen Herrschaft?«

»Ja, Conte, das bin ich. Nur habe ich noch vieles zu lernen, vieles begreife ich nicht.«

»Was zum Beispiel, Andrea?«

»Die Freude, ins Theater zu gehen. Man sitzt in großer Runde in einer Loge, unterhält sich, trinkt einen Caffè, hört ein wenig zu, unterhält sich von neuem – doch im Grunde möchte niemand wissen, was auf der Bühne vor sich geht. Sie hören so wenig hin, daß sie sich später darüber streiten, was gespielt wurde. Warum machen sie es sich so schwer, warum trinken sie ihren Caffè in diesen unbequemen Logen anstatt im Kaffeehaus, und warum lauschen sie minutenlang diesen Stücken, die sie nur langweilen?«

»Ich weiß es auch nicht, Andrea. Sie machen sich gern etwas vor, sie heucheln Interesse für Sachen, die ihrer Schwatzlust Gelegenheit bieten, sich zu bewähren.«

»Auch verstehe ich nicht, worin das Vergnügen des Rauchens besteht. Ein Freund der Signora hat mir angeboten, an einer der weißen, langen Tonpfeifen zu ziehen, es schmeckt ganz abscheulich. Lange Zeit ist der Mund voller Rauch, und die Zunge kann nicht mehr schmecken, so sehr ist sie durch den bitteren Qualm verdorben.«

»Was macht Dein Zeichnen, Andrea?«

»Ich zeichne täglich, Conte Paolo, was immer mir auffällt. Ich zeichne Dinge, die neu für mich sind, meist sind es nur Kleinigkeiten, und meist sind es sehr stille Dinge, die sich nicht bewegen.«

»Hast Du den Meister Guardi noch einmal besucht?«

»Ja, Signore, ich habe ihn insgesamt dreimal besucht, aber ich werde jetzt nicht mehr hingehen. Er hat Angst, daß ich ihm seine Geheimnisse stehle, und ich will niemandem angst machen. Außerdem habe ich beobachtet, daß er vieles nicht richtig bedenkt, ich will zu ihm darüber nicht sprechen.«

»Was meinst Du, was bedenkt er nicht richtig?«

»Er benutzt zum Beispiel Leinöl, um die Farben zu binden. Es ist kein gutes Öl, es dunkelt sehr nach.«

»Was würdest Du denn benutzen?«

»Ich habe dem Leinöl etwas Fischöl beigegeben, dazu noch eine Substanz, die ich aus der Haut von Tintenfischen gewinne.«

»Und wie war das Ergebnis?«

»Sehr gut, Signore. Ich habe inzwischen auch Farben gemischt, die Meister Guardi nicht einmal kennt, die meisten habe ich Wasserpflanzen entnommen, es sind stark schimmernde, leuchtende Grüntöne, aber auch Blautönungen, wie sie noch niemand gesehen hat.«

»Und wozu wirst Du diese Farben verwenden?«

»Ich habe eine große Sammlung davon, Signore. Irgendwann werde ich mich trauen, mit diesen Farben zu malen, und es werden Bilder entstehen, die der Natur sehr nahe sind.«

Der Conte stand auf, er wollte Andrea nicht länger davon abhalten, an seine Arbeit zu gehen. Er nickte ihm zu, klopfte ihm anerkennend auf die Schulter und wollte aus dem Garten verschwinden, als er wie aus alter Gewohnheit noch einmal hinauf zum Altan schaute. Nein, dort gab es wirklich nichts zu sehen, natürlich nicht, dieser oft schräg geneigte Kopf mit den großen Lippen und dem schwarzen Haar, abgeschirmt durch das weiße Tuch ..., es war lediglich ein Bild, das in seiner, des Conte, Phantasie den früheren Platz bewahrt hatte. Er drehte sich noch einmal um, Andrea schaute ihm nach, als er plötzlich dachte, er habe den rettenden Einfall gefunden. Wie durch einen himmlischen Zufall hatten sich die Bilder und die Gedanken miteinander verbunden, zu einem ebenso einfachen wie genialen Ergebnis.

»Ach, Andrea, noch eins. Hast Du auch Menschen gezeichnet?«

»Es ist sehr schwer, Menschen zu zeichnen, Conte Paolo. Die meisten bewegen sich einfach zu schnell. Ich habe Gondeln gezeichnet, aber es war mir bisher unmöglich, einen Gondoliere bei der Arbeit zu zeichnen. Vor allem der Ruderschlag, der die Gondel voranbringt, ist schwer festzuhalten. Beim Rückschlag läßt der Gondoliere die Ruderschaufel unter dem Wasserspiegel, sie steigt erst allmählich auf, schleppend, schwer, als ziehe man sie aus Honig, nur einen Augenblick schwebt sie über dem Wasser, bevor sie wieder eintaucht. Das alles ist kaum zu erkennen und erschließt sich nur nach langer Beobachtung. Ich habe das gekrümmte Stück Holz gemalt, sehr oft, auf dem das Ruder ruht wie auf einem Baumzweig.«

»Du meinst die Fòrcola?«

»Ja, Conte Paolo.«

»Wenn Du Menschen zeichnen solltest, dann dürften sie sich kaum bewegen, stimmt das, Andrea?«

»Ja, Signore. Ich müßte ihnen sehr nahe sein, ich müßte sie lange Zeit genau ins Auge fassen können, und sie dürften sich nicht laufend sehr schnell bewegen.«

»Fändest Du es nicht an der Zeit, mit solchen Studien zu beginnen?«

»Doch, Signore, ich habe schon oft darüber nachgedacht. Es ist schwer, die geeigneten Objekte zu finden.«

»Du solltest mit einem einzigen Objekt beginnen, mit einem einzigen, Andrea, das Du sehr genau studierst, über einen längeren Zeitraum.«

»Ja, Conte Paolo, so sollte es sein …«

»Ich hätte eine Idee, mit wem Du anfangen könntest.«

»Mit wem, Signore?«

»Zeichne Caterina! Du kommst der Signora sehr nahe, von Tag zu Tag, Du kannst sie in Ruhe beobachten, und sie wird sich nicht laufend so schnell bewegen, daß Du den Eindruck ihres Bildes verlierst. Ich möchte, daß Du mir diese Zeichnungen später überläßt, wie Deine anderen. Und Du wirst mit niemandem über Dein Zeichnen sprechen, auch nicht mit Caterina.«

Der Conte bemerkte, wie sehr ihn der Gedanke an die Bilder erregte. Eine leichte Hitze war in ihm aufgestiegen, die Idee, diese Zeichnungen zu besitzen, war zu verlockend. Schon hatte sie seinen Worten eine gewisse Bestimmtheit, vielleicht sogar Härte verliehen, jedenfalls schaute ihn Andrea so an, als hätten ihn diese Worte erschreckt.

»Die Signora vertraut mir, Conte Paolo. Ich weiß nicht, ob ich es wagen darf, sie zu zeichnen.«

»Ich will, daß Du es versuchst! Vergiß nicht, Andrea, Du bist mir einiges schuldig.«

»Ja, Conte, ich weiß, ich verdanke Ihnen mein Leben und all das, was ich seit meiner Rettung lernen durfte.«

»Caterina zu zeichnen ist nichts Unrechtes. Ich selbst gebe Dir ja den Auftrag. Ich bin ihr Schwager, vergiß das nicht! Außerdem bleiben Deine Zeichnungen geheim, sie bleiben unser Geheimnis.«

Der Conte bemerkte, daß Andrea noch zögerte, ihm recht zu geben. Seine rechte Hand preßte die Finger der Linken zusammen, als hinderte ihn etwas, eine Frage zu stellen.

»Frag nur«, sagte der Conte, »frag, wenn Dich etwas bedrückt.«

»Ich will Sie nicht verletzen, Conte Paolo.«

»Mich verletzen? Wie sollte Deine Frage gerade mich verletzen? Nur zu!«

»Warum verlangen Sie diese Zeichnungen von mir, Signore?«

»Weil ich Dir helfen will. Caterina zu zeichnen, das wird Dich voranbringen in Deiner Kunst. Du wirst lernen, auch Menschen zu zeichnen.«

»Das ist nicht der einzige Grund, Conte Paolo.«

»Nicht? Was sollte sonst der Grund sein?«

»Daß Sie ihr sehr nahe sein möchten.«

»Ich? Wem?«

»Daß Sie die Signora für sich haben möchten, ihr Bild, ohne das Beisein der anderen, ohne die Logen, ohne Theater und Rauch …«

»Aber was redest Du da? Warum sollte ich sie für mich haben wollen? Das ist Unsinn, nichts als Unsinn.«

»Entschuldigen Sie, Conte Paolo. Ich werde so etwas nicht wieder sagen, ich habe mich vielleicht geirrt. Ich werde versuchen, die Signora zu zeichnen, Sie werden die Bilder bekommen, sobald sie fertig sind.«

Der Conte hob beide Hände, ganz leicht, als sei man nach langen Verhandlungen zu einem Ergebnis gekommen, das beide Seiten befriedigte. Er nickte kurz, wie zur Bestätigung, und noch im Fortgehen gab er Andrea noch einmal

Bescheid: »Sehr gut, Andrea. Ich habe nichts anderes von Dir erwartet. Zeichne Caterina! Zeichne Ihre ganze Gestalt, aber zeichne auch Ihre Glieder, den Kopf, die Hände, die Arme, zeichne das alles einzeln, zeichne sie, zerlege ihre Figur, so gekonnt, so schlafwandlerisch, wie Du mit dem Finger einen Fisch entgrätest ...«

Jetzt war er in der Eingangshalle verschwunden. Andrea hörte ihn weiter murmeln, völlig betört von diesen Gedanken. Er selbst aber war müde nach diesem Gespräch. Er ging langsam ins Glashaus und streckte sich auf sein Lager. Von dort oben hatte die Signora ihn beobachtet, das hatte sie ihm gestanden. Alle hatten in diesen beiden Palazzi ihre Geheimnisse, und alle kamen nach einer Weile mit ihren Geheimnissen zu ihm, Andrea, um ihn zum Mitwisser zu machen ...

Der Kopf wurde ihm schwer. Er lag still, und für einen Moment kam es ihm so vor, als liege er wieder im Krankenzimmer des Klosters San Giorgio. Die Augen fielen ihm zu, und im halben Traum glaubte er Caterina zu sehen, zugedeckt auf einem breiten, gewaltigen Bett. Eine Uhr tickte leise, zwei kleine Blumenvasen standen am Fenster, ihre Schatten bewegten sich auf dem Boden hin und her, hin und her ... Dann sprang das Fenster plötzlich auf, und er erwachte. Unruhig wischte er sich durchs Gesicht.

Er erhob sich sofort und ging durch den Garten. Er schaute ins Wasserbecken, dort, wo der Schatten auf der Oberfläche lag, konnte man bis in die Tiefe schauen. In diesem Dunkel war eine größere Klarheit als in den sonnenhellen Partien. Auch das hatte er oft beobachtet, sehr oft, in den früheren, dem Gedächtnis so grausam entschwundenen Tagen ...

25

Caterinas Lust, die Stadt zu erleben, ließ sich nicht bändigen, sondern wurde von Tag zu Tag größer. Sie liebte das Straßenleben, das Schreien der Gassenjungen, das Ausrufen der Waren, sogar das laute Betteln der Krüppel, die vor den Kirchen lagen, im milden Sonnenlicht. Was boten die Verkäufer an, die sich in den schattigen Haustüren versteckten, was zeigten sie den Vorbeieilenden, hinter vorgehaltener Hand? Andrea mußte nachschauen gehen, heimlich, und ihr berichten, was er gesehen hatte: einen Mann, der Ratten verschlang, einen, der winzige Spiegel verkaufte, mit denen man im Handumdrehen ein Feuer anzündete, einen Kartenleger, einen, der sich einschmierte mit flüssigem Blei, einen, der Brillen verkaufte, mit denen man selbst nachts noch etwas sah.

Schauspieler versammelten sich vor ihrem Komödienwagen auf einem Platz, Seiltänzer eröffneten die Vorstellung, dann begann das Spiel, unterbrochen von Tänzen und Gesang, und sofort zog es die Schmarotzer an, die sich am Rande aufstellten und kleine Kunststücke vorführten, während die Wirte der nahen Gaststuben aus den Türen traten und ihre Arbeit vergaßen.

Caterina zog es gerade zu solch überlaufenen Plätzen hin, sie liebte es, in den rasch größer werdenden Massen zu verweilen, das Stimmengewirr zu hören, die sich überschlagenden Rufe, das Hitzige, Heisere derer, die sich anstrengten, und das raunende, anerkennende Murmeln der wachsenden Menge. Andrea hatte oft Mühe, ihr einen Weg hinaus zu bahnen oder ihr einen Platz zu verschaffen, wenn sie sich entschlossen hatte, das Spektakel längere Zeit zu betrachten.

Am meisten aber betörte sie die Musik, die hellen, aus einer Barke herausdringenden, vorübergleitenden Stimmen, das plötzlich anhebende Singen auf den Straßen, wenn irgendein Schuster sich aufreckte, um ein Lied anzustimmen, laut, wie ergriffen vom Furor der Töne, worauf andere Spaziergänger sich zu ihm gesellten, lächelnd, selbst langsam emporgetragen von diesem Jubel, in den sie dann kräftig einstimmten.

Sie besuchte die Oper oder die abendlichen Akademien in einem der Palazzi, wenn eine Familie von Stand eingeladen hatte zu einer musikalischen Gesellschaft, sie harrte im Halbdunkel einer Kirche aus, stundenlang, wenn zwei Orgeln mit einem kleinen Orchester stritten, und sie lauschte den selbst unter den Fremden berühmten Gesängen der Waisenmädchen, die sich, weiß gekleidet, ein Granatsträußchen am Ohr, hinter dünnen Gittern verborgen, hören ließen.

Sie wollte alles sehen, schmecken und riechen, was sie lange Jahre entbehrt hatte, sie wollte sich satt sehen an diesen Bildern, und sie zeigte dabei eine immer größere Lust nach dem Seltenen und Geheimen. Sie belauschte die Gespräche an den Nachbartischen der Kaffeehäuser, sie fragte sich, wer die abenteuerlich Verkleideten waren, die sich geheimnistuerisch in einer Ecke zusammendrängten, und sie vermutete hinter den leisen, entfernten und sich so unverhofft rasch nähernden Geräuschen auf dem nächtlichen Weg nach Hause eine rare, aufregende Geschichte.

Doch was sie sehen und hören konnte, schien ihr noch nicht zu genügen, Andrea kam es so vor, als sehnte sie sich nach etwas, das darüber hinausging, nach etwas Nie-Gehörtem, vielleicht auch Verbotenem. Manchmal beobachtete er sie, wie sie einen Moment starr stand, die Oberlippe mit der Zunge umkreisend, so süchtig nach einem fremden, fernen Geschmack, daß er zusammenzuckte.

Er bemühte sich, den Auftrag des Conte zu erfüllen, doch es war noch schwieriger, als er es sich vorgestellt hatte. Da sie mit ihrer Umgebung beschäftigt war, konnte er sie oft heimlich betrachten, doch die geheimen Blicke, von der Seite, aus gehöriger Entfernung, von hinten, ihr ganz nahe, brachten sie ihm auch nicht näher. Nach einer Weile begriff er, daß ihn ihre Unruhe störte, ihre dauernde Gier auf alles, das sich ihr in den Weg stellte, ihre Abgewandtheit, ja, die große Ferne, die zwischen ihnen bestand. Manchmal schien sie ihn kaum zu bemerken, sie gab sich so ihren Gesprächen, den Blicken, den Umgebungen hin, daß er nur noch hinter ihr her ging, mit müdem, immer abwesenderem Blick. Nein, sie fand keine Ruhe, auch wenn sie einmal still stand, erschien sie so angespannt, daß er sie am liebsten berührt hätte, um ihre Erregung zu stillen. Es wäre einfach gewesen, sie einmal so zu berühren, ganz flüchtig über ihr Haar zu streifen oder über den Samt ihres Kleides – aber sie hätte auch das nicht einmal bemerkt, da war er sicher.

Sie ahnte nicht, wie sehr er sich mit ihr beschäftigte, mit dem verborgenen Ausdruck ihres Gesichtes, mit den ihn verstörenden Kleidern, die sie am Tag mehrmals wechselte, so daß er sich nicht gewöhnen konnte an ihre Erscheinung. Immerzu schien sie sich zu verwandeln, beinahe rauschhaft, als wollte sie in immer neuen Szenen auftauchen, doch gerade diese Verwandlungen ließen nicht zu, daß er ihr geheimes, wahres Bild endlich entdeckte.

So begann er, dieses Bild auf andere Weise zu suchen. Er klammerte sich an einzelne Züge ihrer Erscheinung, die ließen sich zumindest studieren, vielleicht gelang es ihm später, aus solchen Details ein Ganzes zu bilden. Die Lippen zogen ihn als erstes an, die festen, zwischen hellrosa und dunkel so oft changierenden Lippen, die sie immer wieder befeuchtete, achtlos, und die sich nach der Befeuchtung langsam in sich zurückzogen, wie Schnecken, die sich leicht krümmten nach einer Berührung. Er hätte gerne mit der Fingerspitze über diese Lippen gestrichen, sie erschienen ihm manchmal so fest wie eine Frucht, die bald platzen würde. Er hätte die kleinen Vertiefungen in der Unterlippe berührt, die Schründe und winzigen, kaum auffälligen Risse, die sich beim Nachdunkeln füllten und langsam schlossen. Und er hätte ihr gern über die geschlossenen Wimpern gestrichen, die so heftig antworteten auf jede Helligkeit, daß sie sich manchmal über die Augen wischte, um die Sonne fortzuscheuchen wie einen lästigen Falter. Ihr ganzes Verhalten, ihr ganzer Körper wurden so zu seinem Studium, er sammelte die Details, und wenn er die Augen schloß, glaubte er manchmal, das richtige Bild andeutungsweise zu sehen, doch es entstanden meist nur kleine Partien, die Hälfte ihres Gesichts, eine Hand, die den Fächer hielt, oder die Stirn mit den Haaren, die sich in einem unbestimmten Hintergrund verloren, aus dem sie nicht wieder heranzuholen waren.

So tauchte er immer weniger in das Leben ein, das sie stark anzog. Oft glaubte er, sich in einer stillen, fast geräuschlosen Zelle aufzuhalten, so sehr war sein Blick an ihre Erscheinung gefesselt. Er überhörte den Lärm, er achtete kaum noch auf die Bewegungen ringsum, er versuchte, ihr Bild zu finden, indem er selbst an ihrer Seite erstarrte, fühllos, leblos, ein kaum noch atmendes Wesen, das all ihre Regungen an sich zu ziehen versuchte und sie aufsaugte.

Sie lebte auf in diesen Tagen, sie umgab sich mit den bunten Kulissen der Stadt, auf der unermüdlichen Suche nach allem Neuen, während er, Andrea, immer schmaler und schwächer zu werden schien, ein bloßes Medium, das auf ihre Wünsche horchte und ihre Stimme noch nachts nicht los wurde, wenn er allein im Glashaus lag, immer denselben Traum wiederholend, den Traum der schönen schlafenden Frau, die ein Windstoß in einem Zimmer ereilte.

Er hatte sich auf seine Anfangskünste, die Fische, Algen und Wasserpflanzen, besonnen, doch schon nach den ersten, blind gezogenen Strichen war er erwacht, hatte auf das kaum begonnene Blatt gestarrt und in den hingeworfenen Linien nach den lang ersehnten gefahndet. Sie schienen ihm seltsam verborgen in den bekannten, vertrauten, jedoch so verborgen, daß es nichts half, danach zu greifen. Er wußte, er müßte sich lange gedulden, doch wenn er nicht weiterkam, würde er dem Conte sein Scheitern gestehen und nie wieder versuchen, etwas zu zeichnen.

So tastete er unbeholfen nach einer Lösung. Immer wieder setzte er an und unterbrach sich, wenn nur einige vage Linien gelangen und Caterinas Gestalt sofort wieder verschwand. Er mußte sie ganz sehen, mit geschlossenen Augen, doch ihre Anziehungskraft schien immer wieder zusammenzubrechen, so wie ihr Traumbild, das ihn nicht länger begleitete als ein paar Atemstöße. Er spürte sie nicht, das war es, ja, er hatte keine Verbindung zu ihr, sie war für ihn eine Gestalt in einem der mißratenen Bilder Venedigs, in einem Bild, das voll war von sich darstellenden, die Gebäude bevölkernden Menschen, Menschen ohne Ausdruck, bloße Kulisse, Menschen, die sich mühten, sich der Schönheit der Stadt anzudienen. Er haßte jedoch solche Bilder, es waren Bilder für die Augen der Sammler, die nach nichts anderem suchten als dem raschen Wiedererkennen …

An einem Abend brachen sie wieder einmal zusammen auf zu einem Fest in einem Palazzo nahe der Rialto-Brücke. Sie saßen dicht nebeneinander in der schwarzen Kabine der Gondel, zwei Gondolieri ruderten, sie hörten ihre unterdrückten Stimmen, ihre leisen Zurufe und Warnungen. Caterina hatte die Vorhänge der Kabine zugezogen, sie saßen auf Polstern aus dunkelrotem Samt, ein leichter Wind wehte, eine warme, immer wieder abflauende Brise, die von der Lagune herkam.

Caterina nestelte an ihrem weißen Schleier. Beim Einsteigen hatte er sich gelöst, sie schob ihn immer wieder zurecht, doch er faltete sich vor ihrer Stirn oder rutschte im Nacken zusammen. Unwillig zog sie ihn ganz herunter und bat Andrea, ihn wieder anzubringen. Er nahm den Schleier, legte ihn sich auf den Knien zurecht, schaute sie an und bat sie, sich umzudrehen. Sie setzte sich schräg und blickte gegen den dunklen Vorhang, still darauf wartend, daß er ihr den Schleier von hinten über den Kopf streifen würde. Er hielt ihn einen Moment hoch, als überlegte er, dann ließ er ihn mit einer einzigen Bewegung fallen. Der Schleier bäumte sich, von einem Windzug getragen, noch einmal kurz auf, dann sank er langsam auf den Kopf und umgab das Gesicht auf beiden Seiten.

Da nahm Andrea die Finger zu Hilfe und streifte ihn mit einer sanften Gebärde bis hinab zur Stirn. Er schob ihn an beiden Seiten gegen das Ohr, so vorsichtig, als wollte er die Ohren um keinen Preis berühren, dann drängte er die störend herausfallenden Haare zurück und strich über sein Werk, als wollte er den Faltenwurf noch einmal begutachten. Durch den dünnen Stoff hatte er ihren Kopf berührt, nur sehr zart, ein fast unmerkliches Tasten. Die Haare aber hatte er deutlicher gespürt zwischen den drei gespitzten Fingern, kräftige, seidene Haare, wie er noch nie welche berührt hatte. Sie gaben seinen tupfenden Bewegungen nach, drehten sich unmerklich zusammen und kauerten sich hinter den Ohren bis auf die Schultern.

Er hatte nicht gewagt, auch nur einmal durchzuatmen. Mit offenem Mund hatte er hinter ihr gesessen, schon nach der ersten Berührung so aufmerksam und gespannt, als berührte er etwas so Kostbares, daß jeder Fehlgriff etwas zerstören könnte. Nachdem er die Hände zurückgezogen hatte, zitterten sie vor Anstrengung. Um wieder ruhig zu werden, preßte er sie fest auf seine Knie, während der Mund sich schloß, so schwer und verzögert, als seien die Kaumuskeln gelähmt.

Dann saß er still. Er bemerkte, daß Caterina sich nicht rührte. Noch immer starrte sie auf den dunklen Vorhang, als hinge sie ihren Gedanken nach, und erst nach einer kleinen Weile drehte sie sich um, sehr langsam. Sie schaute ihn von der Seite her an, er spürte sofort ihren Blick, so nah, daß er sich vor Verlegenheit etwas krümmte und die rechte

Hand ihm vom Knie glitt. In diesem Augenblick faßte sie nach ihr, als wollte sie etwas aufheben oder bewahren vor einem Sturz. Es war eine ganz selbstverständliche Geste, ein kurzer, entschiedener Griff, sie hielt seine Finger beinah in der Schwebe, als wöge sie ein kleines Gewicht. Er schloß die Augen, es war ihm, als ereilte ihn ein plötzlicher Schwindel, dann bemerkte er, wie das Blut wieder in die erkaltete Hand schoß.

Er preßte die Lippen zusammen, sie nahm jetzt seine Finger und verschränkte sie mit den ihren. Ihre Handflächen berührten sich und kamen, als paßten sie seit jeher zusammen, zur Deckung. Er blickte nach vorn, auch sie starrte dorthin, während ihre Hände ineinanderwuchsen. Es hielt ihn beinahe nicht auf seinem Platz, am liebsten wäre er aufgestanden, um den Gondolieri ein Wort zuzurufen, den Gondolieri, die gewiß etwas mitbekommen hatten von dieser Heimlichkeit, oder er hätte in den die Gondel umklammernden Wind hinausgeschrien, um sich endlich Luft zu machen und die Anspannung zu überwinden. Aber er rührte sich weiter nicht. Sie saßen bewegungslos nebeneinander, den Druck ihrer Hände erwidernd, als könnte die geringste Bewegung alles zerstören. Schließlich hörten sie die lauter werdenden Rufe der Ruderer, die Gondel legte anscheinend an, und unendlich mühsam, als müßte man Gewalt anwenden, die Hände zu trennen, ließen sie beide voneinander ab.

Andrea ging voraus und reichte ihr wie immer den Arm, als sie aus der Gondel herausstieg. Er hatte das Gefühl, sie kämen aus einem dunklen, abgelegenen Versteck endlich ans Licht. Etwas war vorgefallen, eine Grenze war überschritten, das spürte er, während sich in dieses Gefühl die Empfindung einer Gefahr mischte. Ihm war, als hätten sie etwas Verbotenes getan und als sei diese Tat nicht leicht rückgängig zu machen, so sehr lockte es ihn schon, sie zu wiederholen.

Er begleitete sie in den Palazzo, Caterina schwieg, ganz anders als sonst, wo sie sich auf die nächstbesten Bekannten gestürzt hatte, um sofort ein Gespräch anzufangen. Doch schon strömten die Diener herbei, fragten nach ihren Wünschen, und auch die Gastgeber hatten sie längst erkannt und begrüßten sie in dem von Fackeln erleuchteten Hof.

Andrea sprach ein paar höfliche Worte, dann entschuldigte er sich für kurze Zeit und verschwand noch einmal hinaus. Er ging am Ufer entlang und setzte sich an die Kaimauer. Was war geschehen? Plötzlich wehte der Wind wieder stärker, so kräftig, daß er unwillkürlich die Augen schloß. Ah, jetzt roch er etwas Vertrautes, den dichten, salzigen Atem der Lagune, in dessen Wehen er sich aufgehoben fühlte. Diese wärmende Luft hatte etwas Entspannendes, Weiches, er lehnte sich zurück und ließ den Kopf rückwärts fallen, als wartete er darauf, von einer Luftwelle überrollt zu werden. Und gleichzeitig sah er ganz deutlich ihr Bild, ja, sehr deutlich, den Nacken, die kurzen, helleren Haare seitwärts, die sich unter den Bündeln der längeren schwarzen versteckten, die Stirn, die weit geöffneten Augen und endlich die Lippen. Als zeichnete er mit unendlich rascher Hand all diese Linien, schoben sich die einzelnen Bilder zusammen, vom Kopf über den Rumpf bis zur Hüfte, langsam wuchs alles zusammen, während er spürte, daß seine zuvor noch gelähmte Rechte diese Linien nachfuhr, entschieden, sehr kräftig. Er hatte ihr Bild gefunden, ja, es war das Bild der in der Gondel Sitzenden, das seine Finger angelockt hatten, ihr geheimes Gleiten, die Zusammenfügung …

Er stand auf und ging am Ufer auf und ab. Eine große Erregung hatte ihn befallen, und es drängte ihn, sofort das Glashaus aufzusuchen, um das gerade gewonnene Bild festzuhalten. Jetzt würde er es zeichnen können, ganz leicht, und er würde auch die Details festhalten können, in unendlicher Folge, die Lippen, die Augen, den Nacken, er brauchte nur die Augen zu schließen. Es war wie eine Überwältigung, jetzt wären ihm auch die Menschen nicht länger mehr fern, er würde Bilder zeichnen, auf denen sie sich mit den Dingen beschäftigten, sich den Tieren zuwandten, etwas in die Hand nahmen, sich bewegten. Er spürte das Glücksgefühl, es stieg vom Bauch in die Brust, wie eine Woge, die in seinen brennenden Schläfen ausrollte. Er kniete sich hin und benetzte die Finger mit Wasser. Er fuhr sich durchs Gesicht, dann ging er langsam zurück in den Palazzo, wo man ihn jetzt schon vermissen würde, an der Seite der Schönsten.

Caterina schaute ihn sofort aus der dichten Menge der Gäste heraus an, als er den Portego betrat. Es war, als habe sie wirklich auf sein Wiedererscheinen gewartet, ganz anders als sonst, wo sie sich sofort von ihm abgewandt hatte, wenn sie zusammen in eine Festmenge eingetaucht waren. Sie lächelte, und dieses Lächeln erschien ihm als ein solch freudiges Wiedererkennen, daß er unwillkürlich ebenfalls lächelte. Dann versuchte er, sich zu unterhalten. Er durchstreifte die vielen Räume des Palazzo, naschte von den angebotenen Speisen und sprach mit den Gesellen des Meisters Guardi, die ihn einluden, bald wieder vorbeizukommen.

Kurz nach Mitternacht bedeutete Caterina ihm, daß man aufbrechen wollte. Es war noch recht früh, um sich zu verabschieden, solche Feste dauerten meist bis in den Morgen, aber diesmal kümmerte sie sich nicht darum, daß die meisten Gäste noch blieben. Als sie in der Gondel Platz genommen hatten, griff sie sofort nach seiner Rechten. Sie schien auf nichts anderes gewartet zu haben als auf diese Bewegung, so heftig nahm sie seine Hand, daß er beinahe erschrak. Erst nach dieser ersten sichernden Geste lockerte sie ihren Griff, die Finger bekamen etwas Tastendes, Weiches, hefteten sich an seine Finger, spürten daran entlang, bis die Handflächen sich aneinanderschmiegten, fast süchtig nach dieser Zusammenführung.

Er hatte nicht mit dieser Heftigkeit gerechnet. Wieder sprachen sie nicht miteinander, sie saßen unbeweglich auf den roten Polstern, während ihre Hände nicht voneinander ließen, die ganze Fahrt nicht, bis zum erneuten Anlegen.

Dann stiegen sie aus, er brachte sie zurück in den Palazzo, verbeugte sich und verschwand in den Garten, während sie die breite Treppe hinauf in den ersten Stock ging, als hätte sich nichts ereignet.

Doch in dieser Nacht begann er, Caterina zu zeichnen. Er verschloß die Tür des Glashauses und zog die Vorhänge vor, er glaubte sich eingehüllt in ihr Weiß, so geborgen und abgewandt von der äußeren Welt saß er da, legte die Papierbögen zurecht, setzte sich auf den Boden, schloß die Augen und fuhr mit dem Stift über die rauhe, kaum nachgiebige Fläche. Er brauchte diese spröde Rauheit, sie ließ ihn sehr vorsichtig zeichnen, als tastete er an einer unebenen Fläche entlang, um sie zu glätten. Mit jeder Bewegung schien das Papier sich an den leichten Druck mehr zu gewöhnen, bald glaubte er, daß es mitschwinge und sich allmählich verwandelte in auf und ab schwankendes Wasser. Ja, er zeichnete diese Linien am Ende wie ins Wasser, so leicht gab die Fläche jetzt nach, als bewegte sich sein Finger knapp unterhalb der Wasseroberfläche, völlig frei, nirgends mehr anstoßend ...

Er zeichnete die ganze Nacht, ein Blatt nach dem andern flog auf den Stapel, den er immer weiter von sich wegschob, um sich wieder etwas Neuem zuzuwenden. Er zählte die Blätter nicht. Als er am frühen Morgen einschlief, war kein Blatt mehr leer. Er lag zusammengekrümmt da, die Hände an die Knie gepreßt, und träumte von den salzigen, violetten Wiesen der Lagune, die sich immer weiter ausbreiteten, bis zum Horizont.

26

Der Conte saß still. Er hatte sich in die Galerie zurückgezogen, um einen der wöchentlichen Briefe an seinen Bruder zu schreiben. Er überflog die Seiten, ja, er hatte versucht, Antonio einige Neuigkeiten aufzutischen, nicht zuviel, und nur das betreffend, was sie beide anging. Antonio haßte die üblichen venezianischen Erzählungen, die kleinen Klatschgeschichten, die kindlichen Märchen; er wollte nur Dinge lesen, die sich auf die Familie bezogen, doch der Conte hatte schon rasch bemerkt, daß Caterina kein besonders bevorzugter Gegenstand dieses Familieninteresses war. Manchmal glaubte er sogar, daß es Antonio am liebsten war, wenn man Caterina in diesen Briefen nur kurz erwähnte; anscheinend war es ihm gar nicht recht, an diese Heirat erinnert zu werden. In seinen eigenen Briefen ließ er Caterina grüßen, erwähnte sie aber sonst mit keinem Wort. ›Er gibt sich noch immer so, als wäre er gar nicht verheiratet‹, dachte der Conte, ›er schreibt von London, von den englischen Malern, Sammlern und all diesen Geschäften, als habe er vor, überhaupt nicht mehr zurückzukehren. Doch irgendwann wird er zurückkommen müssen, um den gemeinsamen Erben zu zeugen.‹ Er lachte kurz auf, denn er konnte sich nicht vorstellen, wie Antonio sich dieser Pflicht stellen würde. Noch lachend, mit dem Blick zur geöffneten Tür, durch die man das kleine Kabinett betrat, murmelte er leise vor sich hin: »Mein lieber Antonio! Andrea, unsere große, gemeinsame Hoffnung, hat einige beachtliche Fortschritte gemacht. Du weißt, daß er sich schwer damit tat, Menschen zu zeichnen. Ich hatte bereits Sorge, daß er das gesamte Inventar Venedigs zeichnen werde, ohne einen einzigen Menschen unter diese Mengen von Tonpfeifen, Kaffeetassen, Rudern oder Fischen zu mischen. Er hatte geradezu eine Hemmung, sich diesem neuen Thema zu widmen, denn er sagte, daß die Dinge sich ungeschminkt und still dem Blick darstellten, während die Menschen es liebten, sich zu verstellen und zu bewegen. Er könne aber nur Dinge in Ruhe porträtieren, Dinge, die sich nicht laufend verwandelten. In diesen Tagen hat er nun einen entscheidenden Schritt getan. Er hat mir eine große Zahl von Zeichnungen überreicht, die eine junge Frau darstellen, in einer Gondel sitzend, allein. Ich kenne die – übrigens recht schöne – Person nicht, es scheint eine Frau aus dem Volk zu sein, die er auf seinen Streifzügen durch die Stadt kennengelernt hat; vielleicht hat er auch Freundschaft mit ihr geschlossen, obwohl ich das nicht annehme, da er noch immer sehr zurückhaltend und scheu ist. Die Zeichnungen sind von so großer Sicherheit und Virtuosität, daß man geneigt sein könnte, sich selbst in diese Person zu verschauen. Andrea hat sie von allen Seiten porträtiert, in den seltsamsten, außergewöhnlichsten Stellungen, so auch in der unter unseren Venezianerinnen ganz verpönten Stellung des Übereinanderschlagens der Beine. Ferner hat er die Schöne im Detail gezeichnet, also etwa Augen, Lippen, Haare, auch das mit einer Meisterschaft, daß man glaubt, noch nie etwas so Wahres gesehen zu haben. Man möchte die Finger ausstrecken, um nach diesen Feinheiten zu greifen. Was nun die Farbmalerei betrifft, so scheint er auch in diesem Metier erhebliche Fortschritte zu machen. Er hat freilich seine strengen Grundsätze und Regeln, die ihm nicht gestatten, über dergleichen zu sprechen. Doch aus seinen Andeutungen konnte ich erschließen, daß die Farbversuche, von denen er auch Dir bei Deinem Hiersein erzählt hat, Bedeutendes erwarten lassen. Manchmal sind seine Äußerungen zu diesem Thema auch wieder von jener scharfen und unbedingten Kühnheit, die gerade Du so sehr an ihm schätzen gelernt hast. Wie gefällt Dir zum Beispiel, daß er neulich behauptete, die meisten Maler malten zu dunkel und farblos, ihre Malerei wirke wie überzogen von einem abstoßenden Schmutzfilm; die Farben benötigten aber, um zur Geltung zu kommen, eine Art innerer Leuchtkraft; man müsse sich vorstellen, die Sonne liege mit ihrem Schein auf den Dingen und bringe an jedem Ding sein eigenes Leuchten hervor; dann strahle ein solcher Gegenstand wie nach einem Gewitterregen, so schillernd und tausendfarbig, daß er die Betrachtung anlocke und ihr Lust bereite … Als ich ihn nach einem Maler fragte, der diesen dunklen Ton besonders übertrieben habe, nannte er den alten Meister Carpaccio, von dem ich, wie Du weißt, drei der teuersten Bilder in meiner Sammlung habe. Ich war sehr verblüfft, doch er sagte, die Brauntöne auf den Bildern Carpaccios gehörten zum Schlimmsten, was er je gesehen habe. Doch das nur unter uns. Sobald Andreas erste farbige Gemälde vorliegen, werde ich Dir einen Versuch schicken, damit Du ihn in London taxieren lassen kannst. Alles Weitere werden wir sehen. Es grüßt Dich von Herzen Dein Bruder Paolo.«

Der Conte nickte, versiegelte den Brief, lehnte ihn vorsichtig, wie einen zerbrechlichen Gegenstand, gegen eine kleine Vase und ging langsam hinüber ins Kabinett. Einen Moment schloß er die Augen, um sie an das Kerzenlicht zu gewöhnen. Dann schaute er auf.

Ja, da war das Wunder, die Überwältigung. Er hatte den ganzen Raum nur mit Andreas Zeichnungen behängt, sie bedeckten die Wände lückenlos, es war, als habe man die in tausend Facetten ausgebreitete Gestalt Caterinas vor Augen, von allen Seiten, umgeben vom meist nur angedeuteten Raum einer Gondel. Wenn er sich auf der Stelle hin und her bewegte oder langsam in dieser fensterlosen, dunklen Kammer auf und ab ging, glaubte er manchmal, daß diese Details sich zusammenfügten. Caterinas Gestalt begann, sich zu bewegen, ja, sie hüpfte vor seinen Augen, wälzte sich auf die Seite, kehrte ihm den Rücken zu, streckte sich. War es aber soweit, stellte sich dazu auch bald ihre Stimme ein, er hörte sie laut und deutlich, wie sie aus einem auf und ab schwellenden Murmeln herauswuchs und immer klarer und fester wurde. Ihre Bewegungen und ihre Stimme – sie bildeten in diesem magischen Zimmer den Höhepunkt einer fast vollkommenen Illusion, der Illusion, Caterina sei gegenwärtig, und er, der Conte Paolo di Barbaro, mit ihr allein.

War diese Illusion erreicht – und meist benötigte seine Phantasie für ihr Entstehen kaum mehr als einige Minuten –, so begann auch in ihm etwas zu reden. Langsam, als könnte er sich nicht dagegen wehren, entstand in ihm eine Stimme, ein Flüstern zunächst, dann ein Fragen, Bitten und Schmeicheln, es war seine Stimme, die sich Caterina zuwandte, und nach einer Weile antwortete sie, zaghaft zunächst, dann in ihrer üblichen Munterkeit. So begannen sie, sich zu unterhalten, es war jenes intime, weltabgewandte Gespräch zweier Liebender, ein unaufhörliches Sich-Liebkosen mit Worten, ein Hymnus von betörenden Stammeleien, wonach er sich immer gesehnt hatte.

Manchmal wurde dieses Gespräch allmählich schwächer, unwillkürlich begann er dann selbst, lauter zu reden, doch je lauter er redete, um so mehr verdrängte er den schönen Gleichklang, bis es ihm vorkam, er führte mit sich selbst ein beinahe jenseitiges Gespräch und wanderte dabei allein, von allen verlassen, umher wie ein Schatten im Totenreich. In solch schlimmen Momenten half nur ein einziges Mittel, das er durch einen Zufall entdeckt hatte, ein Mittel, das die alte Vertraulichkeit sofort wiederherstellte, wie durch einen beschwörenden Zauber. Spürte er nämlich, wie Caterinas Stimme leiser wurde, so führte er ein kleines Tuch, das sie einmal bei einer Mahlzeit liegen gelassen hatte, kurz an die Nase. Es handelte sich nur um ein einfaches Schnupftuch, doch dieses winzige Ding barg etwas Geheimnisvolles, die ganze Vielfalt ihres Geruchs, eine gemischte Palette von Düften, unverwechselbar, die ganz zu ihr gehörte und die Räume beherrschte, in denen sie sich allein aufhielt. Nahm er auch nur für einen Moment diesen Geruch wahr, belebten die Bilder sich sofort wieder, die Stimme erstand von neuem, und sie konnten ihren gemeinsamen Spaziergang fortsetzen.

Mit den Tagen hatte der Conte eine große Fertigkeit darin erlangt, diese Spaziergänge zu gestalten. In einem dunklen Winkel des Raums standen auf einem runden Tisch zwei weingefüllte Gläser bereit, er brachte sie zum Klingen, so etwas freute Caterina, eine jener Überraschungen, von denen sie nicht genug haben konnte. Oder er zog eine Uhr auf, ein kurzes Glockenspiel war zu hören, und sie standen nebeneinander in der Oper, die Vorstellung hatte gerade begonnen. Oder er stellte einen Caffè und etwas Anisgeist bereit, sofort ließ sie den Silberlöffel kreisen, und sie grüßten die Freunde, die sich ebenfalls auf der Piazza eingefunden hatten ... Doch hier, in diesem wunderbaren Raum ihres Geheimnisses war sie eine andere als dort draußen, in den Theatern und Kaffeehäusern, in den Opernlogen und in den Casini, denn nur hier hatten ihr Sprechen und ihre Bewegungen etwas Intimes, beinahe Leidenschaftliches, nur hier gab sie sich ganz so, wie sie sein wollte, ungezwungen, lebhaft, beinahe außer sich, glücklich.

Wenn der Conte sie so erlebte, hielt es ihn nicht. Er konnte sich nicht länger in so großer Entfernung von ihr bewegen, er mußte näher heran, sehr dicht, immer näher, und dann kam es vor, daß er die Zeichnungen berührte, ihre Lippen, vorsichtig tastend, als spürte er den Wein auf der glatten, nachgebenden Fläche. Dann schloß er die Augen, denn diese Berührungen erregten ihn beinahe unmäßig, er mußte sich zur Besinnung rufen, mehrmals, er mußte sich gewaltsam abkehren von dieser Hitze, die seinen ganzen Körper heimsuchte, um ein Glas zu trinken oder auszuatmen, hastig, immer wieder, wie nach einem schnellen, viel zu schnellen Lauf, einem Jagen, einem wilden, die Kräfte verzehrenden Tanz ...

So stand er still, eine Weile, blickte zu Boden und veränderte die Position der vielen Kerzen, so lange, bis sein Schatten sich breit auf die Zeichnungen legte. Erst dann schaute er wieder auf, ja, jetzt verdeckte sein vergrößertes Schattenbild die Zeichnungen, jetzt begrub dieses Bild Caterinas Erscheinung unter sich, als habe er sie zum Verschwinden gebracht. Irgendwo unter dem zitternden Schwanken seines Schattenkörpers war ihr Bild verborgen, es lag dort wehrlos, beinah zum Verstummen gebracht, während er, der Conte, immer heftiger vor sich hin flüsterte.

Manchmal fiel er dann auf die Knie. Er spürte den kühlen Schweiß auf seiner Stirn, schob sich auf Knien durch den Raum, löschte, plötzlich geschwächt und erschöpft, die Kerzen und streckte sich schließlich, um wieder hinüberzufinden in die Gegenwart der soviel matteren Bilder, auf den Rücken. Der Kerzenduft füllte den Raum. Allmählich verließ ihn die Schöne, die Person, die Frau aus dem Volk, allmählich wurde sie wieder zu Antonios Frau, die im benachbarten Palazzo residierte, vielleicht war sie gerade allein oder im Gespräch mit ihrem Vater oder einer Schar von Gästen. Sie gehörte ganz und gar nicht dorthin, aber nein, sie gehörte hierher, in dieses Kabinett, wohin sie in heimlichen Stunden schlich, zu ihm, zu ihrem Geliebten.

27

Die morgendlichen Zeremonien hatten sich auf Caterinas Wunsch hin verändert. Kurz nach dem Aufstehen nahm sie eine Schokolade zu sich und ließ Giulia kommen, die ihr die Haare richtete. Sie saß eine Weile auf einem breiten, gut gepolsterten Sessel und unterhielt sich mit der Amme. Die Fenster standen offen, von draußen hörte man den Ruf eines Vogels, der jeden Laut erwiderte, den man ihm vorpfiff. Niemand wußte, wo sich der Käfig befand, in dem er seine

Kunststücke aufführte, es hörte sich an, als sei er sehr nah, doch Giulia wußte zu berichten, die Töne kämen von weit her, von der anderen Seite des Kanals.

Noch immer mußte sie Caterina die neusten Geschichten erzählen, obwohl sie bemerkt hatte, daß Caterinas Neugierde abnahm. ›Früher‹, dachte sie, ›hat sie mir alles erzählt, doch seit einiger Zeit wird sie schweigsamer, von Tag zu Tag. Ich weiß nicht, was mit ihr ist, sie hält etwas vor mir geheim, und ich traue mich nicht, sie danach zu fragen. Wenn sie so dasitzt, für Minuten ganz stumm, auf nichts anderes lauschend als auf die hohen Lockrufe dieses Vogels, kommt es mir vor, als sei sie schwanger. Es ist gut möglich, daß es soweit ist, schließlich war sie wohl schon mit Antonio zusammen, doch warum spricht sie mit mir nicht darüber? Der neue Zustand beunruhigt sie, das mag es sein, vielleicht ist sie auch traurig darüber, ihr freies Leben sofort wieder einschränken zu müssen. Ach, ich kann es nicht sagen, und das ärgert mich. Es gehört sich nicht, sie anzusprechen auf ihren Zustand, doch wenn es noch länger so geht, wird es mir gleichgültig sein, was sich gehört und was nicht. Und was hat sie nur mit Andrea? Anscheinend hat sie großes Vertrauen zu ihm, sonst ließe sie ihn nicht schon am Morgen zu sich, immer zeitiger, als könnte sie es gar nicht erwarten, ihn zu sehen. Manchmal denke ich, ihr Geheimnis hat mit Andrea zu tun. Sie ziehen sich zurück, brüten etwas aus, so hat es oft den Anschein. Und wieder weiß ich nicht, was es ist. Es ist nicht schön, eine alte Frau so auf die Folter zu spannen, doch ich werde alles herausbekommen, das werde ich ...‹

Wenn die Haare gerichtet waren, mußte Giulia noch beim Ankleiden helfen. Doch anders als früher war es ihr nicht mehr gestattet, die Seidenschnüre des Mieders zusammenzuziehen. Caterina hatte angeordnet, sie geöffnet zu lassen, auch die Strümpfe sollte die Amme ihr nicht mehr überstreifen, sie lagen jetzt auf dem Bett wie zwei glatte, olivgrüne Schatten.

So saß Caterina da wie eine nur halb angezogene Puppe, ein noch schlummerndes, in sich versunkenes Wesen, an das man noch Hand anlegen mußte, um es zum Leben zu erwecken.

Auch die Kammerfrauen wollte sie am Morgen nicht mehr sehen, es war, als tauchte sie nur als stumme Zuhörerin in die Geschichten Venedigs ein, die Giulia ihr erzählte, um dann still und erwartungsvoll das Kommen Andreas zu erwarten, sein Klopfen, die Frage, ob er eintreten dürfe, ihren Ruf, sein Erscheinen. Stand er im Zimmer, hatte Giulia sich zu entfernen, sofort. Unwillig sammelte sie noch einige verstreute Gegenstände ein, ein paar Nadeln, eine Puderschachtel, die Bürste, das Fläschchen, dann ging sie, ohne sich noch einmal umzuschauen, hinaus.

Andrea wartete, bis er hörte, daß die Tür ins Schloß fiel. Dann trat er vor und begann sein Werk. Sie saß regungslos da, seinen Berührungen innerlich folgend, während er zunächst ihre Taille zwischen seinen Händen zusammendrückte, sehr weich, mehrmals, als hielte er einen Strauß auseinanderfallender Blumen immer wieder zusammen. Dann zog er die Seidenschnüre des Mieders zu, langsam und gründlich, wobei er zwei Finger unter dem Mieder entlanggleiten ließ, immer wieder, um die entstehenden Falten sofort wieder zu glätten.

Sie ließ sich in ihrem Sessel zurückfallen, das Rufen des Vogels von draußen war lauter geworden, als bestehe er auf einer Vorgabe, um endlich die Erwiderung beginnen zu können. Wenn sie die Augen schloß, verschmolz das helle, von weit her klingende Rufen des Vogels mit Andreas vorsichtigem Tasten. Es war, als öffnete dieses Tasten die Haut und als perlten die hohen Töne dann rasch über das weiche Terrain. So spürte sie die Berührung gleich zweifach, als begleiteten die Töne jeden Strich der Fingerkuppen, die auf ihrem Körper kreisten und tanzten.

Es war eine große Lust, so von Andrea berührt zu werden, sie hatte so etwas noch nie erfahren. Jede Faser des Körpers begann plötzlich zu leben, als durchflutete ihn eine immer stärker werdende Kraft, die sich so rasch vermehrte, daß sie ihr Wachsen manchmal kaum noch ertrug. Sie schluckte, zwei-, dreimal, ihr Mund war trocken, schnell griff sie nach einem Glas Wasser, es war ein Griff, der alles zunichte machte, sie mußte sich wieder zurücksinken lassen, ausatmen, sich beruhigen, bevor Andrea begann, ihr die Strümpfe überzuziehen.

Er holte sie vom Bett wie zwei Kostbarkeiten. Er legte sie auf den Boden, in voller Länge, sie streckte ein Bein aus, und er begann, den Strumpf langsam aufzurollen, unablässig mit den Fingern das Bein entlangkreisend, um den Strumpf gleichmäßig straff zu ziehen und zu glätten. Als er ganz ausgerollt war, fuhr er noch einmal mit beiden Händen das Bein hinauf, zweimal, bis zum Ansatz des Beins, so vorsichtig, als vollendete er eine Skulptur, die mit jedem festeren Druck zerbrechen könnte.

Jetzt war es am schwierigsten, still zu halten. Ein drängender, unruhiger Schauer lief mehrmals über ihren Rücken, ihre Zehen krümmten sich leicht wie bei einem plötzlichen Schmerz zusammen, die Zunge strich an den Innenseiten der Zähne entlang, immer heftiger, als hülfe diese Bewegung, den schönen Zustand zu erhalten.

Andrea rollte den zweiten Strumpf aus, ganz hinauf, sie hielt den Rock jetzt hoch geschürzt über dem Bauch, während sein Kopf sich zwischen ihren Beinen versteckte, als wollte er schließlich eintauchen in die schweren Falten des roten Brokatrocks. Er brachte die Strumpfbänder an und zog ihr die Schuhe über, dann stand er auf, das leichte, erdferne Schweben war vorüber.

Kurze Zeit später gingen sie zusammen die Treppe herunter. Caterina wollte das Haus nicht mehr zu Fuß verlassen, sie hatte sich in den Kopf gesetzt, jeden Morgen mit der Gondel aufzubrechen, angeblich, weil sie die Stadt auch auf diese

Weise kennenlernen wollte, ihre abgelegenen Winkel, ihre verborgenen Schönheiten, die sich von der dunklen Kabine aus gut beobachten ließen. Und so stand an jedem Morgen ein Gondoliere bereit, um sie durch die Kanäle zu fahren, ziellos, stundenlang.

Kaum hatte sie aber neben Andrea Platz genommen, zog sie die Vorhänge vor, ungeduldig darauf, ganz umhüllt zu werden vom schwachen Schimmern des Lichts, das durch die Ritzen der Vorhänge fiel. Die Sonnenstrahlen fieberten gebrochen durch den Raum, wanderten die Decke entlang, zuckten an einer Falte des Vorhangs zusammen und glitten wie kurze Blitze über den Boden. Die Gondel sank immer wieder weich ein, als ahmte sie die Bewegung der Wellen nach, ihr Sich-Aufbäumen, ihr kurzes Ausrollen, ihre Brechung. Einen Moment horchten sie auf das gleichmäßige Eintauchen des Ruders, dann griff Caterina nach Andreas Hand und führte sie zurück zu den warmen, weichen Partien zwischen den Beinen. Er löste die Strumpfbänder und rollte die Strümpfe wieder herunter, langsam begann er, sie wieder halb zu entkleiden und zurückzuverwandeln in die stumm und erregt Wartende des frühen Morgens.

Wenn er die Augen schloß und seine Finger immer weiter vordrangen, stellte sich meist eine große Unruhe ein. Es war ein seltsamer, ihn an die dunkle Vergangenheit erinnernder Zustand, eine Art Tasten und Fühlen in der Tiefe, die ihm vorkam wie die Tiefe des Meers. Ja, es war wie ein Eintauchen ins Meer, wie ein stummes, ruhiges Gleiten, und wie im Meer schien er außer einem einzigen, oft dröhnenden Rauschen nichts mehr zu hören; statt dessen aber erschienen plötzlich die Farben, Farben, die von den Berührungen hervorgerufen wurden, vage, zitternde, sich ausbreitende Gebilde, die ineinanderflossen, sich überlagerten und niemals zur Ruhe kamen.

Er ließ sich von diesen Farben leiten, manchmal drückte er fester zu, und die Farben verschwanden oder leuchteten hell auf, oder sie wurden matter, so daß er die Finger heftiger bewegte. Die Farben schienen das Tasten und Fühlen auf geheimnisvolle Art zu begleiten, sie malten Bilder, ja, Bilder, freilich ohne daß auf diesen Bildern Menschen oder Dinge erschienen wären. Und doch sammelten die farbigen Felder sich meist um das Zentrum einer Linie, die quer durchs Bild verlief, alles schien auf dieser Linie zu tanzen oder in sie zu stürzen, so brennend und lodernd zog sie auf magische Weise die Farbfelder an.

Andrea hatte etwas Derartiges noch nie gesehen, es handelte sich um Bilder, die nur aus Farben bestanden, aus wandernden Klecksen, Tupfern und ineinanderlaufenden Bächen, so wunderbar, daß er in keinem Augenblick nach einer vertrauteren Erscheinung verlangte.

Sein Tasten, das Caterinas Körper erkundete, schien angeschlossen an diese Farben, beides zusammen aber erinnerte ihn an etwas Verborgenes, jetzt völlig Entschwundenes, an einen Moment seiner Vergangenheit, der von so großer Bedeutung zu sein schien, daß in ihm vielleicht die Lösung aller Rätsel bestand. Um so leidenschaftlicher setzte er diese Berührungen fort, die der Signora so zu gefallen schienen, Berührungen, die sie manchmal so sehr entzückten, daß sie schwankte vor lauter Erregung.

All die Kleider, Röcke, Strümpfe und Schuhe, durch die er sich hindurch- oder an denen er entlangtasten mußte, waren freilich nichts anderes als eine Hinauszögerung der eigentlichen Lust, des Abtastens der Haut, die das Meeresgefühl stärker anlockte als alles andere. Denn nur auf der Haut spürte er auch die feuchteren Zonen, das Talgige, Dichte eines kühlen Films oder die fette, austropfende Feuchtigkeit, die sich in den Falten versteckte. Schloß er die Augen, glaubte er, mit den Fingern in seinen Farben zu rühren, in einem fahlen Zinnoberrot, in aufschäumenden Umbra, so wollüstig und mächtig, daß er sich vor einer Leinwand stehen sah, vor der Leinwand der Tiefsee, die, je länger und weiter er hinabtauchte, sich vor ihm ausbreitete wie der unendliche Boden des Meeres.

Manchmal sehnte er sich jetzt danach, ihre Haut sofort berühren zu dürfen, ja, er sehnte sich nach ihrer Nacktheit, dem völlig entkleideten Körper, dessen ungestörte Erkundung ihn eintauchen lassen würde in die dunklen Zonen seines Erinnerns.

Doch im verschlossenen Raum der Gondel schien es unmöglich, Caterina ganz zu entkleiden, immer waren es nur kleine Zonen, zu denen er vordringen konnte, verschwiegen, so lange, bis die Gondolieri sich abwechselten oder Caterina anlegen ließ, damit das Essen in der Gondel aufgetischt werden konnte, kleine, gekochte Krebse oder in Lorbeer gebackener Aal, gekühlter Wein und in Arrak eingeweichte Pflaumen und Zitronenscheiben, mit denen Caterina ihn fütterte, nun ihrerseits seine Lippen mit den Fingern berührend, ihm das weiße Hemd öffnend, Knopf für Knopf, ihm mit der Hand über die Brust fahrend, ihn einreibend mit Melisse oder duftenden Ölen, so daß sie sich schließlich eng aneinander schmiegten.

So glitten sie tagelang durch die Kanäle der Stadt. Sie nahmen nicht wahr, was draußen geschah, sie spürten nur das langsame Verfallen des Lichts und das frühe Dämmern am Abend, sie hörten die schwächer werdenden Rufe, bis schließlich nur noch das Geräusch des Wassers zu hören war, diese reine Monotonie, in der ihre Bewegungen ausklangen, müde und selig.

28

Am frühen Abend lag Caterina unbekleidet auf ihrem Bett. Sie hatte einen Arm unter den Kopf geschoben und schaute gegen die alte, schwere Holzdecke. Sie hatte soviel zu bedenken, mit niemandem konnte sie besprechen, was ihr durch den Kopf ging, außerdem kam sie nur selten dazu, sich auf etwas zu besinnen, das nur sie anging und niemand anderen. Früher hatte sie an ihr Vergnügen gedacht, an die Abwechslungen der Tage, und sie hatte sich ausgemalt, welche Rolle sie dabei spielte. Jetzt aber war alles anders, sie fand die leichten und sich meist bis tief in die Nacht hinziehenden Unterhaltungen langweilig, nein, im Grunde war sie überhaupt nicht mehr zufrieden, mit diesem ganzen Leben nicht, das ihr alles vorenthielt, wonach sie verlangte …

Als sie hörte, wie sich die Tür öffnete, griff sie erschrocken nach dem weißen Linnen, um sich damit zu bedecken. Sie schaute sich um, es war Giulia.

»Giulia?! Was ist? Habe ich nach Dir gerufen?«

»Nein, Caterina, das hast Du nicht. Ich schleiche mich heimlich hinein, und wenn ich Dich störe, genügt ein einziger Wink und ich bin wieder verschwunden.«

»Was ist?! Was tust Du so geheimnisvoll? Ist etwas geschehen?«

Giulia setzte sich auf Caterinas Bett und deckte sie mit einigen Griffen weiter zu. Sie seufzte, als falle es ihr schwer, etwas zu sagen, dann faltete sie die Hände zusammen und begann: »Caterina, ich mache mir Sorgen um Dich, schon seit vielen Tagen. Du bist so ganz anders als früher, und ich frage mich, woher das kommt. Meist verläßt Du morgens das Haus und bist nicht zurück vor dem Abend. Du sagst nicht, wo Du hinfährst, im Palazzo warten die Kammerfrauen und Diener auf die Herrschaft, aber es ist niemand da, der ihnen Befehle erteilt. Sie lungern in der Küche herum, spielen Karten, gehen vor dem Palazzo auf und ab, sie langweilen sich. Früher hatten sie sehr viel zu tun. Du hast sie beschäftigt, Du und Dein Vater, es gab ein Fest nach dem andern, halb Venedig war in diesen Mauern zu Gast, um Deine Hochzeit zu feiern, immer von neuem, so glücklich war Dein Vater darüber, Dich endlich verheiratet zu sehen, mit einem der gescheitesten und angesehensten Männer der Stadt. Nun aber gehen Dein Vater und Du eigene Wege, Du vernachlässigst ihn, er ißt stundenlang mit dem Anwalt und mit seinem Arzt zu Mittag, sie müssen probieren, was er ihnen vorsetzt, sie sind es längst leid, und doch wissen sie keinen Ausweg, denn er kann das Haus nicht verlassen und zwingt sie, ihm Gesellschaft zu leisten. Wenn sie am frühen Abend verschwinden, schläft er einige Stunden, in denen das Abendessen bereitet wird, denn kurz nach Mitternacht beginnt er seine zweite Tafel, mit einem anderen, größeren Kreis von Freunden, Du kennst sie, sie kommen nur, weil ihre Geschäfte sie an Deinen Vater binden, sonst hätten sie längst die Flucht ergriffen. Wer will nächtelang darüber sprechen, wie man die beste peperonada bereitet und in welche Sauce man die kleinen Zwiebeln einlegt, die nicht größer sind als ein Daumennagel? Früher hast Du Deinem Vater vorgelesen, Ihr habt Euch unterhalten, Du hast ihn von einem Zimmer ins andere tragen lassen, damit er die Wanderungen des Sonnenlichts mitbekam und sich daran erfreute, jetzt bewegt er sich nur noch zwischen dem Salon und seinem Schlafzimmer hin und her, unaufhörlich, wie das Ticken der Uhr, die nicht zur Ruhe kommt. Die Stunden, die Du ihm entziehst, widmest Du statt dessen Andrea. Er ist Dein einziger Begleiter, niemand ist soviel mit Dir zusammen wie er. Es ist die Pflicht des Cicisbeo, seine Dame überall hin zu begleiten und zu erscheinen, wann immer sie nach ihm verlangt: Du aber übertreibst es. Andrea ist wie Dein Spiegel, er tut alles, was Du von ihm verlangst und antwortet auf jedes Zucken

Deiner Augenbraue mit einer gehorsamen Bewegung. Er darf Dich ankleiden, mit Dir in die Gondel steigen, Dich durch die Stadt führen, immerzu seid ihr zusammen, daß man schon davon spricht. Und Du bist stiller als sonst! Früher konntest Du nicht genug von meinen Geschichten bekommen, jetzt aber schweigst Du, als ginge Dich das alles nichts mehr an. Du sitzt schon am Morgen stumm da, ganz in Dich versunken, als hättest Du Grund, über etwas zu grübeln. Aber niemand ahnt, was es ist, und niemand hat den Mut, Dich anzusprechen darauf. Nun habe ich mir diesen Mut genommen, entschuldige, wenn ich so zu Dir spreche, aber ich kann nicht mit ansehen, wie Dich Dein neues Leben so martert.«

Caterina reckte sich auf und schob sich drei Kissen unter den Kopf. Sie nahm Giulias Rechte und hielt sie fest, um die Amme zu beruhigen. »Ach, Giulia, es ist gut, daß Du gekommen bist. Ich weiß ja selbst, daß es so nicht weitergeht, alles, was Du mir vorhältst, habe ich mir schon selbst vorgehalten, und doch weiß ich keinen Ausweg. Ich sorge mich, weil ..., mein Zustand hat sich so verändert, daß ich ...«

»Aber Caterina! Warum hast Du mir nicht längst etwas davon erzählt? Du erwartest ein Kind, das ist es, ich habe es die ganze Zeit schon geahnt!«

»Ein Kind?! Aber nein! Was redest Du denn? Wie sollte ich denn ein Kind erwarten, wo Antonio nicht ein einziges Mal mit mir zusammen war, noch nicht ein Mal?«

»Er hat Dich nicht berührt, er hat Dich allein gelassen, in den Tagen nach Eurer Hochzeit?«

»Ja, jetzt weißt Du es, jetzt ist es heraus, er hat mich des Nachts nicht einmal aufgesucht. Ich bin mit einem, wie hast Du gesagt, gescheiten und angesehenen Mann verheiratet, und doch lebe ich mit keinem Mann zusammen. Alle zwei Wochen schreibt er mir einen über die Maßen höflichen Brief, verlangt, daß ich ihm die Abrechnungen unserer Ausgaben schicke, berichtet aber ansonsten von den Sitten der Engländer, von London und seinen breiten Straßen, auf denen sechs Kutschen nebeneinander Platz haben, vom Ausreiten in irgendwelchen Parks oder von den Reden der englischen Herren im Parlament, als könnten mich diese Meldungen aus der Ferne begeistern. Dabei sehne ich mich nach etwas anderem ...«

»Ich weiß, Caterina, ich weiß.«

»Was weißt Du? Was wißt Ihr alle? Ich bin verheiratet und habe doch keinen Mann. Anderen mag dieser Zustand gefallen, aber für mich ist das nichts.«

»Caterina, eine Frau Deines Standes sollte ein großes Haus führen, sie sollte sich in der Stadt einen guten, klingenden Namen machen. Viele der Frauen, denen es so geht wie Dir, scharen die Künstler um sich, die Maler und Dichter, Musikanten und Schauspieler, sie gründen einen Salon, sie schreiben selber Verse, sprechen mehrere Sprachen ...«

»Ach, Giulia, hör auf! Ich kenne diese Frauen doch gut, von denen Du sprichst. Sie mischen sich in jedes Geschäft, planen unermüdlich hier eine Bestechung und dort eine Verführung, sie schwärmen aus auf die Piazza und ziehen die Fremden hinter sich her, ich weiß. Ihre Verse sind schlecht, sie haben Bücher nie gelesen, ja nicht einmal an ihnen gerochen. Aber sie trumpfen auf mit ihrem vermeintlichen Wissen, kleiden sich auffällig, schminken sich, als lebten sie auf der Bühne und erfreuen sich noch an den albernsten Scherzen. Sie sind eine Plage geworden, alle Fremden wollen sie sehen, die Schönen Venedigs, die schon so oft gemalt worden sind, daß man ihre Namen sogar in den Kuhställen Englands ausblökt. Aber weißt Du was? Sie sind alle älter als dreißig, die meisten von ihnen sind vierzig und fünfzig, sie haben das junge Leben längst hinter sich, vielleicht auch die Vergnügen der Jugend, die des Leibes gewiß, denn niemand kann mir erzählen, daß solche Frauen noch die Männer anziehen. Aber ich, ich bin noch nicht dreißig, ich habe noch nicht erfahren ...«

»Das ist es also, die Vergnügen des Leibes! Du weißt, Caterina, daß Dir solche Vergnügen durchaus erlaubt sind, solange Du sie geheimhältst. Alle verheirateten Männer von Stand kommen dafür in Betracht, vor allem die näheren Verwandten des Bräutigams, eine Ausnahme bildet nur der Cicisbeo, wer auch immer es ist. Laß Dich niemals mit einem Cicisbeo ein, ich warne Dich! Solltest Du das tun und sollte man diese Verfehlung entdecken, wird man nicht nur Andrea, sondern auch Dich schwer bestrafen, Du weißt es, jeder hier in Venedig weiß es. Ich will Dir etwas sagen. Ich habe Dir schon früher einmal Deinen Schwager empfohlen, den Conte Paolo, warum hältst Du Dich nicht an den, der wäre etwas für diesen Zweck!«

»Der Conte?! Immer wieder der Conte! Er ist zu alt, zu alt, ja, zu alt! Was soll ich mit einem solch alten Mann?«

»Beruhige Dich doch! Um Männer wie den Conte würden Dich alle Venezianerinnen beneiden. Es ist ein Mann mit großer Erfahrung, Du wirst schon sehen.«

»Nichts werde ich, laß mich damit in Frieden! Ich möchte einen jüngeren Mann, einen jungen, sehr jungen, einen Mann meines Alters ...«

»Caterina, Du denkst doch nicht an Andrea? Ich warne Dich noch einmal! Niemand würde Dir verzeihen, wenn Du Andrea erlaubtest ...«

»Ich habe ihm schon etwas erlaubt ...«

»Caterina! Du hast mit ihm ...«

»Nein, noch nicht! Er hat mich berührt, und ich ihn, wir sind dabei, die Vergnügen des Leibes kennenzulernen, jetzt weißt Du es endlich. Geh, nun geh nur hinaus und erzähl es allen, daß sie kommen, uns zu bestrafen.«

»Caterina! Ich warne Dich zum dritten Mal! Was Du tun könntest und Gott sei Dank noch nicht getan hast, gehört zu den denkbar schlimmsten Verfehlungen. Ihr seid keine Kinder mehr ...«

»Aber ja, wir sind wie Kinder, in diesen Dingen sind wir wie Kinder ...«

»Rede Dich nicht heraus, Caterina! All dieses Reden wird Dir nicht helfen! Ich beschwöre Dich, schick ihn fort, Du wirst seiner Schönheit erliegen, ich ahnte es ja, ich selbst bin die Unglückliche, die Dir soviel von ihm erzählt hat ...«

»Was ist das schon, was Du erzählt hast? Du hast von einem Fremden erzählt, einem Heiligen, einem Spuk, jetzt aber kann ich ihn fassen und halten, das ist etwas anderes. Seine Haut ist so weich und so glatt, und sein schwarzes Haar ist so fein, als hätte der Wind es gekämmt.«

»Caterina! Es darf nicht sein!«

»Was darf denn sein?! Daß ich einigen alten Gecken erlaube, mich zu besuchen und mir den Hof zu machen? Daß ich mich auf die Hand küssen lasse? Daß ich Gedichte annehme, im Dutzend? Daß ich mich malen lasse in all meiner Schönheit? Das sind die alten venezianischen Freuden! Ich aber bin jung, ich will, daß dieser Leib hier, daß diese Haut, daß diese Glieder nicht länger ersticken!«

Sie sprach so laut wie noch nie, Giulia rutschte unwillkürlich vom Bett, als Caterina das Laken wieder zurückschlug. Giulia schaute fort, als wollte sie Caterina mit diesem Fortschauen bestrafen, aber die zog sie weiter an der Hand, ungeduldig und fest.

»Schau her!«

»Nein, Caterina!«

»Schau und fühle das, diese Haut!«

»Niemals!«

»Du traust Dich nicht?«

»Doch, das ist es nicht. Ich habe Dich schon als Kind in den Händen gehalten, warum sollte ich mich nicht trauen, Dich auch jetzt zu berühren?«

»Ja, warum nicht?«

»Weil ich meine Finger nicht auf Dein Unglück legen will!«

Caterina sah, daß der Amme die Tränen kamen. Sie richtete sich auf und setzte sich neben sie. Sie legte einen Arm um ihre Schultern und zog sie nahe an sich heran. Dann begann sie, die alte Frau langsam zu wiegen, hin und her, immer langsamer. Sie sprachen nicht mehr miteinander, sie erstarrten in dieser Bewegung. Caterina fühlte sich an das Auf und Ab der Gondel erinnert. Manchmal erinnerte die ganze Stadt sie an eine Gondel, eine dunkle, schwankende Kabine auf einer Gondel, ein winziges geschmücktes dahintreibendes Kästchen im Meer.

29

Wenige Tage später ließ Andrea sich am Nachmittag bei der Signora anmelden. Es war die Zeit, zu der sie an ihrem Brief für Antonio schrieb, alle paar Tage fügte sie diesem Brief einige Zeilen hinzu, denn es gelang ihr nicht, an einem Stück daran zu schreiben. Es war noch nie vorgekommen, daß Andrea sich bei ihr angemeldet hatte, aus freien Stücken, sonst hatte immer sie den Auftrag erteilt, ihn holen zu lassen, doch dieses Mal schien er darauf zu bestehen, die Signora zu sprechen.

Sie ließ ihn hinaufbitten, er klopfte leise, sie rief ihn herein. Er trat auf, als habe er ihr etwas Wichtiges mitzuteilen, so ernst war er, ganz mit dieser Botschaft beschäftigt. Sie legte die Feder zur Seite, erhob sich von dem kleinen Schreibtisch und wartete, daß er etwas sagte.

»Signora, entschuldigen Sie, daß ich Sie störe, aber ich glaube, es ist jetzt soweit.«

»Was ist, Andrea? Was gibt es?«

»Signora, Sie haben vor einiger Zeit den Wunsch geäußert, von mir gezeichnet zu werden. Ich bin bereit, Sie zu zeichnen, jetzt, sofort.«

Sie regte sich nicht, sie schaute ihn nur weiter an, denn sie hatte ihn noch nie so bestimmt auftreten sehen. Es war, als sei er gekommen, ein altes Recht einzufordern.

»Jetzt? Sofort? Hat es nicht noch etwas Zeit?«

»Nein, Signora. Ich denke an nichts anderes mehr als daran, Sie zu zeichnen. Wenn Sie es mir jetzt gestatten, wird es mir gelingen. Ich weiß nicht, ob ein so günstiger Moment sich wieder einstellt.«

»Und was muß ich tun? Soll ich Dir etwa Modell sitzen, ist es das?«

»Nein, Signora, nicht nur das. Ich möchte, daß Sie sich entkleiden und sich unbekleidet auf dieses Bett legen. Ich werde Sie betrachten, so lange, bis ich Ihren Körper genau erkenne.«

»Bis Du ihn erkennst? Was soll das heißen?«

»Bis ich ihn in allen Einzelheiten so vor mir sehe, daß ich ihn jederzeit und an jedem Ort aus der Erinnerung nachzeichnen kann.«

»Und wie lang wird das dauern?«

»Ich weiß es nicht, Signora, vielleicht eine Stunde, vielleicht auch drei, ich kann es Ihnen nicht sagen. Ich bitte Sie, mir diesen Gefallen zu tun. Ich denke seit einiger Zeit daran, Sie unbekleidet zu zeichnen. Ich habe noch nie einen nackten Körper gezeichnet, und ich habe noch nie eine Frau unbekleidet gesehen, jedenfalls kann ich mich nicht daran erinnern. Ihr unbekleideter Körper, Signora, ist gewiß das Schönste und Schwierigste, das es zu zeichnen gibt, er ist die höchste Herausforderung, die letzte Prüfung, die ich zu bestehen habe, bevor ich mich auch der Malerei mit den Farben zuwenden werde.«

Caterina schaute ihn weiter an, nein, er log nicht, anscheinend war er vor allem als Künstler gekommen, als Zeichner, der sich eine Aufgabe stellte. Was er von ihr verlangte, war so außergewöhnlich, daß sie sich nicht einmal in ihren fernsten Gedanken vorstellen konnte, ihm diesen Gefallen zu tun. Sie sollte sich ausziehen, vor den Augen eines Mannes, mit dem sie nicht verheiratet war? Sie sollte sich seine Blicke gefallen lassen, ungeschützt, vielleicht mehrere Stunden lang? Wenn jemand davon erfuhr, würde man sie beide bestrafen.

»Andrea, Du weißt, was Du von mir verlangst?«

»Ja, Signora.«

»Du weißt, daß man uns zur Rechenschaft ziehen wird, wenn man diese Zeichnungen in die Hände bekommt.«

»Niemand wird sie in die Hände bekommen, Signora. Es werden die ersten Zeichnungen sein, die ich für mich behalte.«

»Das heißt, Du wirst sie auch dem Conte nicht zeigen?«

»Nein, Signora. Ich habe dem Conte bisher alle meine Zeichnungen gegeben, diese aber werde ich für mich behalten. Es sind Zeichnungen, die nur mich etwas angehen.«

»Andrea, versprichst Du mir, sie niemandem zu zeigen?«

»Ja, Signora, das verspreche ich, Sie können sich auf mich verlassen.«

Caterina kam hinter dem Schreibtisch hervor. Was er von ihr verlangte, war, genau besehen, nur, daß sie ihm bei seiner Zeichenkunst half. Er betrachtete sie vielleicht gar nicht als eine begehrenswerte Frau, sondern nur als ein schönes, schwieriges Modell. Alles, was er sagte, war völlig frei von jeder Anzüglichkeit, es war, als forderte er sie auf, ihn ein Stück des Wegs zu begleiten, mitten in der Nacht, in nicht ungefährlichem Gelände. Sie würde viel Mut aufbringen müssen, an seiner Seite, aber war dieser Mut nicht genau das, wonach sie sich gesehnt hatte?

»Ich werde es mir überlegen, Andrea.«

»Signora, ich bitte Sie, es sich nicht zu überlegen. Ich bitte Sie darum, mir meine Bitte sofort zu erfüllen.«

»Aber ich habe etwas anderes zu tun, versteh das doch.«

»Nein, Signora, wenn Sie mich warten lassen, könnte meine Anspannung schwächer werden. Ich bin mir sicher, daß jetzt der richtige Augenblick ist, das Höchste und Schwierigste zu wagen, sonst hätte ich Sie nicht aufgesucht.«

Er hatte sich bisher noch nie das Recht herausgenommen, ihr gegenüber auf etwas zu bestehen, nein, sie hatte ihn noch nie so entschieden sprechen hören. Es war, als habe er sich aus einem scheuen, zurückhaltenden in einen entschlossenen, von einer Sache ganz und gar besessenen Menschen verwandelt. Etwas an dieser Besessenheit zog sie an, sie hatte dergleichen noch nie erlebt, ein wenig spielte sie mit dem Gedanken, sich der Gefahr auszusetzen. Ja, sie könnte es versuchen, schließlich konnte man den Versuch jederzeit abbrechen.

»Gut, Andrea, ich will Dir den Gefallen tun. Aber ich bestehe darauf, den Versuch beenden zu können, wann immer mir danach ist, auch dann, wenn es Dir ganz und gar nicht passen sollte. Ich werde selbst entscheiden, was hier geschieht, das verstehst Du?«

»Selbstverständlich, Signora.«

Sie ging langsam zur Tür und schloß sie ab. Dann wollte sie die Vorhänge vorziehen, als er sie darum bat, den Raum so hell zu belassen wie möglich. Es widerstrebte ihr, ihm zu gehorchen, und doch ließ sie von den Vorhängen ab. Wie sollte es weitergehen? Sie konnte sich nicht vor seinen Augen entkleiden, nein, niemals würde sie so etwas tun. Sie konnte ihn aber andererseits auch nicht darum bitten, das für sie zu tun, denn mit dieser Bitte hätte sie sich ganz in seine Gewalt begeben. Da sie nicht wußte, was sie machen sollte, ordnete sie das Schreibgerät auf dem Schreibtisch. Sie steckte die Feder ins Tintenfaß, sie legte den Brief in die Schublade, sie rückte die Ablage mit den anderen gespitzten Federn zurecht. Er beobachtete sie die ganze Zeit, warum ließ er sie nicht aus den Augen? Sie tanzte ja vor ihm herum wie eine Puppe, die von seinen Blicken dirigiert wurde!

»Darf ich Sie jetzt entkleiden, Signora?« fragte er. Sie glaubte, noch einmal alles durchdenken zu müssen, doch sie wußte, daß es zu lange brauchen würde, bis sie alle Argumente dafür und dagegen durchgegangen wäre. In einer so delikaten Angelegenheit mußte sie ihren Gefühlen folgen, nicht dem Schachspiel der Argumente. Es war gut, daß er sie gefragt hatte, damit hatte er ihr eine Last abgenommen.

»Ja«, sagte sie, »komm her, ich setze mich auf das Bett.«

Sie ging hinüber zu dem breiten Bett mit dem kleinen Baldachin und setzte sich auf die Kante. Er folgte ihr sofort, nicht eine Spur zögerlich, so als hätte er ihr in einer dringenden Sache zu helfen. Er zog ihr die Schuhe aus und stellte sie nebeneinander vor das Bett, dann löste er die Strumpfbänder, rollte langsam die Strümpfe zurück, streifte sie herunter und legte alles neben die Schuhe. Seine Griffe waren ganz anders als sonst, so als wollte er beweisen, daß er das Metier sicher beherrschte.

Er öffnete die Schließen des Kleides, und sie streifte es mit drei, vier kurzen Bewegungen herunter. Jetzt die Hose, das Hemd und das Mieder, die kleinen Seidenschnüre, die es strafften! Als sie sich öffneten, zog er alles zur Seite, mit einer leichten Bewegung. Sie hätte beinahe noch danach gegriffen, doch dann spürte sie, daß alles zu spät war. Er hatte sie jetzt entkleidet, sie saß nackt auf der Kante des Bettes, und er ging, nein, er schlich einige Schritte zurück und kauerte sich auf den Boden.

Sie zog sich ins Bett zurück und legte sich auf den Rücken. Sie hielt den rechten Arm über den Brüsten, die linke Hand bedeckte die Scham. Ihr war, als zöge ihr Körper sich langsam zusammen und verhärtete immer mehr.

»Was ist?« rief sie, und es kam ihr vor, als riefe sie um Hilfe, »warum fängst Du nicht an?«

»Aber Signora, Sie wissen doch, daß ich Sie nur anschauen werde. Ich werde Sie so lange anschauen, bis Ihr Bild sich mir eingeprägt hat. Zeichnen werde ich Sie später, viel später!«

»Das heißt, Du wirst mich nur anstarren, stundenlang?«

»Ja, Signora, entschuldigen Sie. Wenn Sie es nicht mehr ertragen, werden wir abbrechen. Aber ich wußte nicht, warum Sie es nicht ertragen sollten, denn ich werde mich kaum rühren. Es wird sein, als befänden Sie sich allein im Zimmer, ja, so wird es sein.«

Sein sicherer Ton reizte sie, er hatte die Sache ganz in der Hand, das spürte sie. Sie konnte unmöglich längere Zeit so vor seinen Augen liegen, nein, das hielt sie nicht aus. Sie legte sich auf die Seite und stützte den Kopf in die linke Hand. Sie zog einige Kissen heran und stapelte sie gegen den Rücken. Wohin sollte sie blicken? Sie konnte ihn nicht anschauen, selbst das war nicht möglich, wohin schaute man denn, wenn man so dalag, vielleicht in Gedanken versunken?

Sie starrte auf die abgelegten Kleider vor ihrem Bett, es war eine seltsame Versammlung, noch körperwarm, wie eine Parade von Gespenstern oder wie kleine Panzer, die ein Insekt abgeschüttelt hatte, das jetzt lernte zu fliegen. Diese Schuhe – waren es wirklich ihre Schuhe, und die roten Strümpfe mit den aufgenähten Blumen – gehörten sie nicht vielleicht einer älteren Frau, die irgendwohin aufgebrochen war, überstürzt und hastig?

Er kauerte wirklich so unbeweglich da, als wollte er ganz verschwinden. Nur im Augenwinkel spürte sie seine geduckte Erscheinung. Sie durfte ihn einfach nicht zur Kenntnis nehmen, sie mußte so tun, als beschäftigte sie sich mit sich selbst. Ihre Brüste hingen jetzt schwer herunter, vielleicht sollte sie ein Kissen nehmen, um sie ein wenig zu stützen. Gleichzeitig könnte sie die linke Hand auf das Kissen legen, das wäre viel besser, als den Kopf aufzustützen. Sie konnte sich nicht erinnern, jemals den Kopf so aufgestützt zu haben, warum stützte sie ihn dann jetzt so auf? Auch das Schamhaar wollte sie mit einem Kissen bedecken, doch dann hätte sie ebenso gut den ganzen Körper mit Kissen zudecken können. Sie wehrte sich dagegen, daß er die Brüste, den Nabel, das Schamhaar betrachtete; wenn sie sich vorstellte, daß seine Blicke auf diesen Partien hängen blieben, zuckte etwas in ihr zusammen, als müßte sie ihn bestrafen. Ah, sie hatte vergessen, den Schmuck abzulegen, warum das? Die kleine Kette am rechten Arm, der Armreif am linken, die beiden Ringe an der linken Hand – im Grunde waren es die Reste der Kleidung, die letzten Anker, die sie noch mit dem geschützten Leben verbanden.

Sie schaute auf den Schmuck und bemerkte im selben Augenblick, daß auch er, Andrea, jetzt bemerken würde, wie sie ihren Schmuck musterte. Es war zum Verzweifeln! Seit sie sich entkleidet hatte, prüfte sie jedes Detail in ihrer Umgebung. Sie betrachtete ihre Kleider, die Decken und Kissen, als gehörten sie gar nicht zu ihr, sondern zu einer Fremden, über deren Charakter man durch die Betrachtung all dieser Details viel erfahren würde. Aber auch der Raum wurde ihr fremd. Wie wenig sie verändert hatte, seit sie hier eingezogen war! Sie lebte in einem Zimmer, das ihr Vater so hatte einrichten lassen, selbst die Möbel hatte sie nicht selbst ausgesucht. Seit sie sich erinnern konnte, hatten genau diese Möbel in genau diesem Zimmer gestanden, sie waren ihr nie aufgefallen, doch jetzt fragte sie sich, ob diese Möbel ihr überhaupt gefielen. Wenn sie ehrlich zu sich selbst war, gefielen diese Möbel ihr nicht, nein, es waren alte Möbel, die zu einem alten, längst überholten Geschmack paßten. Wenigstens die Tapeten hätte sie erneuern lassen können, sie hätte hellere ausgesucht, mit viel feineren Mustern! Im Grunde bestimmten immer noch andere über ihr Leben, sie hatte nicht darüber nachgedacht, das sollte sich ändern, schon bald!

Er starrte sie immerzu von vorne an, das war es, was sie so störte. Nicht eine Sekunde konnte man sich wegducken unter seinen Blicken, sie tasteten ihren Körper ab, bohrten sich in die Falten und Vertiefungen und ließen ihr kaum noch Luft. Die ganze Zeit prüfte sie nicht nur sich selbst und ihre Umgebung, sie dachte auch daran, wie er sie sah. Richtig, ja, ihre Gedanken bewegten sich unablässig zwischen ihren eigenen, abschätzenden Blicken und den seinen hin und her. Sie schaute sich um, und sie dachte darüber nach, wie sie umherschaute! Sie stöberte in ihren Gedanken herum und dachte gleichzeitig auch noch daran, wie er sie beobachtete! Und so ging es im Kreis, zum Schwindligwerden!

Jetzt war ihr rechter Fuß eingeschlafen, sie hatte ihn die ganze Zeit steif gegen den linken gepreßt. Sie drehte sich ein wenig nach der anderen Seite, räumte die Kissen zur Seite und legte sich auf den Bauch. Er hatte nicht davon gesprochen, daß sie sich nicht auf den Bauch legen dürfe, nein, das hatte er nicht! Es schien ihm gleichgültig zu sein, ob sie auf dem Rücken, der Seite oder dem Bauch lag, Hauptsache, sie präsentierte sich nackt! Aber es war viel angenehmer, so auf dem Bauch zu liegen, die Brüste und das Schamhaar waren verdeckt, und ihr Rücken bot gewiß einen sehr schönen Anblick. Giulia hatte immer von ihrem Rücken geschwärmt, damals, als Giulia sie noch angekleidet hatte, in den jetzt bereits weit zurückliegenden Jungmädchentagen. ›Was hast Du für einen Rücken, Caterina!‹ hatte Giulia gesagt, und sie, Caterina, hatte nicht einmal nachgefragt, was sie damit meinte. Offensichtlich hatte sie von der Schönheit ihres Rückens gesprochen, wovon sonst, aber was machte einen Rücken denn schön, was denn?

Mein Gott, jetzt dachte sie bereits darüber nach, worin die Schönheit eines Frauenrückens bestand, so weit trieb sie Andreas stummes, lebloses Schauen. War er überhaupt noch im Raum? Sie drehte sich wieder zur Seite, ja, er war noch da, erstaunlich, wie lange er so ausharren konnte, regungslos, wie ein Angler, der auf die stille Wasserfläche starrte. Jetzt mußte sie sich wieder aufstützen, also zog sie das breite Kissen wieder zur Stütze heran. Doch so ging es nicht weiter. Sie räkelte sich vor seinen Augen auf diesem Bett, sie tat alles, um die einfachste und gewiß bequemste Stellung zu vermeiden, die Rückenlage, die entspannte, ruhige Rückenlage! Doch in der Rückenlage konnte sie nicht das eine Bein so über das andere schlagen, daß das Schamhaar beinahe zurücktrat, sie konnte die linke Brust nicht mit der linken, aufgestützten Hand wie zufällig verdecken, und sie konnte die Füße nicht unter einem Deckenzipfel verbergen. Nein, sie hatte sich nicht vorgestellt, daß es so anstrengend sein konnte, ruhig auf dem eigenen Bett zu liegen. Es kam ihr so vor, als hätte man ihren nackten Körper in helles Licht getaucht und als machten sich Andreas Blicke aus dem geschützten Dunkel darüber her. Richtig, sie fühlte sich nicht wohl, weil er sich versteckte. Sie war allein, schutzlos allein in diesem Raum, und er befand sich im sicheren Versteck, in den Ländereien draußen, außerhalb dieser heißen, empfindlichen Zone des Bettes. Sie durfte dieses Ungleichgewicht nicht länger erdulden, sie mußte es zu ihren Gunsten verändern oder zumindest ein Gleichgewicht herstellen, sonst würde sie das alles schnell beenden. Aber was sollte sie tun?

Wenn sie es sich ruhig überlegte, mußte er heraustreten aus der dunkleren Zone des Raums, er mußte nahe heran an das Bett, bis auf wenige Schritte! Doch das würde wohl noch nicht reichen. Was fehlte denn, irgend etwas fehlte, da war sie sich sicher. Sie hatte nicht das Gefühl, diesen Menschen, der sie da seit einiger Zeit betrachtete, gut zu kennen, nein, sie erkannte Andrea nicht wieder. Ein wenig war er selbst zu einem Fremden geworden, einem kalten, abweisenden Gegenstand unter den anderen erkalteten Gegenständen. Er schaute sie an wie ein Maler, nicht wie Andrea, der mit ihr tagelang in einer Gondel durch Venedig gefahren war. Er war ganz fern, das war es, ja, sie spürte ihn nicht mehr, sie hatte jede Empfindung für ihn verloren.

Sie richtete sich auf und schaute ihn an. Er hatte die Augen ein wenig zusammengekniffen, sie sah, daß sie anders waren als sonst, stark gerötet, als werde er von einer hellen Erscheinung geblendet.

»Andrea, komm her«, sagte sie. »Bitte, ganz nahe her, an mein Bett. Bleib ruhig stehen, ich werde Dich jetzt entkleiden.«

Er senkte den Kopf und wischte sich über die Augen. Er saß einen Augenblick zusammengekrümmt da, wie einer, der sich stark angestrengt hatte und versuchte, wieder zu sich zu kommen. Als er wieder aufschaute, sah sie, daß seine Augen etwas feucht waren, sie schimmerten ein wenig wie die eines viel älteren Menschen, der nicht mehr gut sehen konnte.

»Signora?«

Jetzt bemerkte sie, daß er sie nicht verstanden hatte. Sie wiederholte, was sie gesagt hatte, und er erhob sich sofort, als wollte er augenblicklich gehorchen. Er trat nahe heran an ihr Bett, dann ließ er die Arme fallen. Er stand jetzt ganz wehrlos da, sie stand auf und begann, ihn zu entkleiden. Sie achtete darauf, daß sie genau so vorging wie er. Sie begann mit den Schuhen, rollte seine Strümpfe herunter, zog ihm Hose, Unterhose und Rock aus, öffnete die Knöpfe der Weste und streifte sie mit einer einzigen Bewegung ab. Dann noch das Hemd, so, jetzt stand er nackt da, genau so wie sie!

»Mach weiter, Andrea, aber bleib in meiner Nähe, nur zwei, drei Schritte vom Bett entfernt!«

Er nickte und trat sofort zurück, er ging zwei Schritte rückwärts und breitete kurz die Arme aus wie ein Seiltänzer über dem Abgrund. Dann hockte er sich wieder hin, schlug die Beine über Kreuz und stützte sich mit den Händen auf. Sie schaute ihn an, nein, es machte ihm nichts aus, so von ihr betrachtet zu werden. Sie sah seinen Nabel, die dunklen, dichten Schamhaare und das schwere Glied, seitwärts, auf dem Oberschenkel, wie ein achtlos hingeworfener Körper, der sich von ihr abwandte. Andrea zeigte keinerlei Scham, nein, er saß sogar da, als fühlte er sich wohler als zuvor, ganz gelassen. Ihre Kleider türmten sich nun aufeinander, wie ein Stapel Holz, den man zum Verbrennen aufgeschichtet hatte.

Sie legte sich wieder aufs Bett, ja, jetzt war es besser, viel besser. Zwei nackte Menschen, in einem Raum. Sie legte sich auf den Rücken und streckte sich, sie öffnete die Beine und breitete die Arme aus, sie warf die Decken und Kissen auf den Kleiderhaufen, sie ließ sich langsam in dieses leere, nur von einem weißen Leintuch bedeckte Bett sinken, als sänke sie ins Wasser, ganz leicht.

Sie schloß die Augen, ja, jetzt gelang es ihr endlich, die Augen zu schließen, denn die Fremdheit und Kälte des Raums waren plötzlich verschwunden, der ganze Raum war verschwunden, die ganze Umgebung. Sie waren allein in einer kleinen, kaum beleuchteten Zelle, zwei nackte Menschen, allein in einem winzigen Raum. Sie hatte keine Verbindung mehr zu diesen abgeworfenen Kleidern, die wiederum verbunden waren mit diesen Möbeln und Tapeten, sie war jetzt völlig entfernt von der Umgebung, als hätte man alle verbindenden Ketten gelöst. Sie lag still auf dem Rücken, und es war nicht mehr der schöne, von Giulia so gepriesene Rücken, sondern nur einfach ihr Rücken, nicht mehr als ihr Rücken! Und ihre Brüste, ja, jetzt spürte sie ihre Brüste, doch es war anders als eben, sie betrachtete diese Brüste nicht mehr wie die Brüste eines Modells, sondern wie die einer Nackten. Die Nacktheit war etwas Einfaches, sie war das Einfachste überhaupt, sie war nichts anderes als das einfache Dasein, ohne einen Blick von außen und erst recht ohne den doppelten Blick!

Sie schwebte jetzt im Wasser, manchmal glaubte sie von draußen den Schrei einer Möwe zu hören, manchmal auch den lockenden Ruf des fremden Vogels, der auf der anderen Seite des Kanals leben sollte. Sie lag auf dem Rücken und glitt sanft durch das Wasser, ihr Körper hob und senkte sich wie ein Stück glattes, geschmeidiges Holz, das man irgendwo in die Flut geworfen hatte und das jetzt ziellos irgendwohin trieb. Er war leicht geworden, federleicht, er fühlte sich unendlich wohl in dieser Lage. Sie glaubte zu spüren, wie sich ihre Haare im Wasser verteilten, sie rahmten jetzt ihr Gesicht, und manchmal zitterten Tropfen auf ihren Lippen. Die Sonnenstrahlen kauerten jetzt auf dem Boden, in der Nähe der Fenster, der Raum entfernte sich immer mehr von diesem Bett, an das Andrea gebunden war wie an ein Floß. Er schwamm mit ihr in der langsam stärker werdenden Strömung, ja, sie schwammen zusammen, lange Zeit, bis er sich lockerte, allmählich, als schüttelte er die Tropfen ab.

30

Sie streckte ihm ihre Hand hin, und er kam einen Schritt näher, bis an ihr Bett. Sie zog ihn zu sich, und während er leicht nach vorn kippte, rutschte sie vom Bett herunter und stand jetzt davor. Sie schaute auf ihn herab, er lag seitwärts, drehte sich aber sofort auf den Rücken. Er breitete die Arme aus, wie sie eben die Arme ausgebreitet hatte, es war, als senkte er sich in den Abdruck, den sie im Bett hinterlassen hatte. Sie beugte sich vor und kniete sich zwischen seine geöffneten Beine, ihr Bauch berührte den seinen, als berührte er eine Feder, dann legte sie sich auf ihn und streckte sich aus, als wollte sie ihn nun ganz, wie eine Decke, umhüllen ...

Er spürte, wie sie ihn zudeckte, ihr Körper schien sich auf dem seinen sehr weich zu verteilen, Stück für Stück, als übergösse man seine Haut langsam mit einer dünnen Farbe, die in alle Poren sickerte, unaufhörlich. Er schloß die Augen, und sofort stellte sich ihr Bild ein, ja, er hatte es in seine Erinnerung gemalt, ihr Körper befand sich in einem dunklen Raum, auf einer hellen, vibrierenden Linie, er hätte ihn zeichnen können, sofort. Doch während sie ihn weiter zudeckte, begann dieses Bild sich zu verwandeln. Er sah, wie sein eigener Körper langsam in das Bild hineinwuchs, wie seine eigenen Glieder die Partien ihres Körpers ersetzten und füllten. Seine Beine wuchsen hinein in ihre Beine, sein Rumpf begann, mit ihrem Rumpf zu verschmelzen, sein Glied löste sich von ihm und drang in sie ein, so daß sie jetzt vollständig ineinander übergingen, wie zwei Wesen, die laufend den Körper wechselten, aus der Larve schlüpften, sich frei bewegten, eine neue Larve gebaren, ihr entkamen …

Sie sah ihn jetzt unter sich, und plötzlich erinnerte seine schöne Nacktheit sie an das frühe Bild, das sie vor langer Zeit von ihm gesehen hatte, vom hohen Altan herab. Sie brauchte sich nur über das Geländer zu beugen und loszulassen, dann flog sie schon auf ihn zu. Sie wollte ihn treffen, ja, sie wollte das Ziel ganz deutlich markieren, deshalb packte sie ihn mit beiden Händen an den Schultern, hielt ihn fest und küßte ihn auf den Mund. Sie hatte noch nie einen Mann geküßt, die erste heftige Berührung erschreckte sie, daß sie sich fast wieder von ihm gelöst hätte. Doch ihre Lippen preßten sich so dicht aufeinander, daß sie sich nicht lösen konnte, es war ein noch nie gekanntes, rauschhaftes Empfinden, als stürzte ihr Körper voran in den seinen und als bahnte die Zunge sich einen breiten, unendlichen Weg in seinen weit geöffneten Mund. Die Nacktheit war nicht nur das Einfachste, sie war auch das Schönste, noch nie war ihr Körper so aufgelebt, es war beinahe unmöglich, sich das andere Leben wieder vorzustellen, das steife Leben in Kleidern, in dem die Sinne zusammenschrumpften. Jetzt aber, in diesem Rausch der Berührung, verharrte ihr Fühlen immerzu an einer Grenze zur Überreizung. Sie versuchte, diese Grenze nicht zu überschreiten, doch sie nährte den Rausch, indem sie sich ganz auf ihn schob und sich langsam bewegte. Sie spürte, wie sie heftiger zu tanzen begann, sie tanzte auf seinem sich erhärtenden Glied, allmählich stieg sie mit seiner wachsenden Kraft, indem sie sich immer wieder fallen ließ, so schwer sie nur konnte …

Er klammerte sich jetzt an ihren Rücken, sie schien in ihn

abzutauchen, ja, sein Leib öffnete sich, und ihr schneller, wendiger Körper glitt durch ihn hindurch. Es war eine rasche, scharfe Bewegung, wie ein Blitz, und er stöhnte kurz auf. Sie drehte sich jetzt in seinem Leib, lag mal auf dem Bauch, mal auf dem Rücken, sie erinnerte ihn an einen Fisch, der sich dem Wasser hingab, zeitlos, mit unendlicher Lust. Er jagte ihr in der blendenden, hellen Schönheit des Meeres nach, endlich waren sie eins, in einem Element, und seine Augen schauten bis auf den funkelnden Grund. Ihre Zungen berührten sich weiter und rieben aneinander, es kam ihm vor, als machten sie rudernde, schlagende Bewegungen, vielleicht sah er aber auch nur die flatternden Flügelbewegungen der großen Vogelschwärme, die manchmal über der Lagune kreisten. Die Erdbrocken trieben jetzt frei umher, er erkannte die salzigen, violetten Wiesenstücke, ja, er war wieder angekommen in dem weiten, unbegrenzten Raum, aus dem er in diese Wasserstadt eingedrungen war. Er spürte die Härte seines Gliedes, das immer wieder Luft holte, aus ihr herausdrängte, in sie zurückfand, er spürte es wie das Zentrum einer starken Wellenbewegung, wie die treibende Kraft, die sie beide zusammenhielt. Sein Rücken war feucht, kleine Bäche von kaltem Schweiß perlten an ihm herunter und verteilten sich an seinem Gesäß. Er wälzte sich in dieser Feuchtigkeit, sie schien die Feuchtigkeit ihrer Haut anzulocken, die sich aber nicht löste, sondern wie ein dünner Film auf den Schuppen eines Fisches verteilte. Sie war nicht mehr die Signora, nein, er würde sie nie mehr so nennen, denn sie war ein Teil seines Körpers und ein Teil seiner Bilder …

Sie packte ihn immer fester, jetzt verhärtete ihr Körper für einen Moment, es war wie ein Schlag, ja, ein Stoß seines Gliedes hatte sie so durchfahren, daß sie ihn bis in den Hals zu spüren meinte, ein brennender Stoß, der ihren Körper aufriß, so daß er wie nach einem Schnitt auseinanderzubrechen drohte. Sie klammerte sich mit ihren Beinen um die seinen, sie schob die Hände unter sein Gesäß und preßte es von unten an sich, ja, jetzt tanzte sie mit ihm, die Stöße durchfuhren sie in beinahe regelmäßigem Abstand, und sie sah, wie sie vom hohen Altan aus herabflog, unendlich langsam, als sähe sie einem großen, die Schwingen weit ausbreitenden Vogel zu, der in immer enger sich windenden Spiralen einen kleinen Punkt auf der Erde einkreiste …

Er schnellte jetzt mit ihr durch das Wasser, die Leine der Angel raste mit dem gewaltigen Fisch davon, es war unmöglich, sie zu halten, jetzt, jetzt riß ein letztes Aufbäumen die Leine durch, und das schöne Tier schoß, befreit, in die unendliche Weite des Meeres …

Während sie den Sturz nicht mehr abfangen konnte, nicht mehr, sondern sich endlich, jetzt, fallen ließ, auf den rot auflodernden Punkt zu, in der Mitte des Glashauses, in dem ihr Körper jetzt auftraf …

Sie rollte langsam von ihm herunter und legte sich neben ihn. Er hielt sie fest an seiner rechten Seite, ihren Kopf in der Krümmung des Arms. Sie spürten, wie der Raum langsam wieder an Leben gewann, der Duft von Sandelholz und Mandelöl, der sich oft in ihren Kleidern verbarg, schlich heran, die Kleiderhaufen schienen sich zu erwärmen, und die Möbel gruppierten sich wieder wie früher, als seien sie außer Haus gewesen und als hätte ihnen jemand befohlen zurückzukehren.

Sie lauschte auf die Geräusche des Palazzo, doch es war so still, daß man glaubte, die Holzdecke knistern und den kleinen Springbrunnen im Garten plätschern zu hören. Sie konnte sich nicht vorstellen, daß niemand sie gehört hatte, es war doch unmöglich, daß dies alles nur heimlich geschehen war. Am liebsten hätte sie auch davon gesprochen, es war, als lebte sie nicht mehr in derselben Zeit wie zuvor und als habe sich etwas ereignet, das ihr Leben von nun an bestimmte. Aber sie wußte nicht, mit wem sie darüber hätte sprechen können, mit ihm, Andrea, jedenfalls nicht, und erst recht nicht mit Giulia, die diesen Geständnissen sofort das Einzigartige, Außergewöhnliche genommen und sie mit ihrer Lebenserfahrung zunichte gemacht hätte. Doch sie wollte nicht erklärt bekommen, was das alles bedeutete und wohin es führte, sie wollte es nur immer wieder erleben, durchdrungen von einer Gier, die sich durch keine Worte besänftigen ließ. Vielleicht hatten ihre Körper seit langer Zeit auf nichts anderes gewartet als auf diese Vereinigung und diesen Rausch, ja, ihre Körper waren wie füreinander geschaffen, seine Nacktheit war der ihren vorausgegangen und hatte sie vielleicht angelockt, doch jetzt hatte auch sie jene Gefühle in sich entdeckt, die man ihr so lang verwehrt hatte. Wäre es nach den anderen gegangen, hätte sie etwa auf Giulia gehört, hätte sie diese Gefühle nie kennengelernt, vielleicht niemals! Irgendwann hätte sie sich vorsichtig und ängstlich in einem dunklen, nur von wenigen Kerzen erleuchteten Zimmer vor Antonios sie musternden Augen entkleidet und darauf gewartet, daß er sich auf sie geworfen hätte, mit der kurz angestachelten und ebenso kurz wieder vergehenden Lust jener Männer, die zuviel an etwas anderes dachten. Konnte man überhaupt noch an etwas anderes denken, so eng zusammen mit einem anderen, für einen geschaffenen Leib, in dem man von nun an doch weiterlebte ...?

Er begriff noch nicht, was geschehen war. Seit sie sich auf ihn gelegt hatte, waren die alten, dunklen Bilder seiner Erinnerung angespült worden, die Bilder der geheimnisvollen Ferne, die er sonst nur für kurze Augenblicke, blitzartig, gesehen hatte. Jetzt aber war es ihm gelungen, sie für eine Weile zu halten und sich in ihnen zu bewegen, es waren die Bilder der weiten Lagune und des unerschöpflichen Meeres, und sie gingen eine von ihm noch nicht durchschaute, warme Verbindung zu den schnell die Richtung wechselnden Schwärmen der Fische ein, zu den Zauderern und Herumtreibern, von deren Leben er soviel verstand. Er wollte ihren nackten Leib sehr bald zeichnen, die geschwungene, weiche Linie des Rückens, die taumelnden Brüste, die aus dem hellen Rosaton des Morgens auftauchten, bis ihre schweren Warzen eindunkelten, purpurn wie die Farbe ihrer Lippen am Mittag. Er wußte nicht, was geschah, wenn er das alles zeichnen würde, vielleicht würde es ihm gelingen, endlich zurückzufinden in seine Vergangenheit und seine Heimat, mit ihrer Hilfe, wie ein Gestrandeter, der zu sich kam und der aus dem Dunkel des Vergessens die Geschichte seines Unglücks barg, das Letzte, was ihm geblieben war ...

Sie lagen jetzt still, sie drehte sich wieder langsam zu ihm und wälzte ihren Körper hinauf, ihr Mund suchte den seinen, und während seine Hände ihren Rücken herabglitten, um ihr Gesäß zu halten, spürte er, daß ihre Glieder noch rascher und leichter als zuvor ineinander paßten, mit jeder Bewegung.

31

Sie ließen einander nicht mehr los. Die Tage wurden zu Stationen ihres Verlangens, und Caterina erfand eine Gelegenheit nach der andern, sich ihm zu nähern. Die morgendliche Begegnung in ihrem Schlafzimmer machte den Anfang, sie genoß es schon in der Frühe, sich von ihm ankleiden, entkleiden und wieder ankleiden zu lassen, sie verließen das Schlafgemach meist erst gegen Mittag, müde geworden von ihrer Leidenschaft, so daß sie in der Gondel ein wenig schliefen.

Oft ordnete sie an, daß man sie auf eine der Inseln der Lagune hinausfuhr, auf irgendein abgelegenes, einsames Eiland, wo sie dann nur zu zweit den Nachmittag verbrachten, ungestört und von niemandem beobachtet. Die Diener mußten in einer zweiten Gondel vorausfahren, um die intimen Feste vorzubereiten, mehrmals legten sie die weiten Strecken zurück, brachten Tische und Stühle, Teller und Gläser auf die Inseln, deckten die Tische, schmückten einen verlassenen Pavillon mit Blumen und zogen sich dann diskret zurück, so daß beim Eintreffen des Paares alles arrangiert war wie in einem Traum.

Am frühen Abend ließen sie sich wieder abholen, sie hatten getanzt, gegessen, gefeiert, es war, als habe Caterina erst jetzt wirklich geheiratet und als feierte sie ihre Hochzeit und die schönen ersten Monate des Zusammenlebens, gemeinsam mit ihrem Bräutigam. Noch nie war sie so glücklich gewesen, nein, im Grunde hatte sie das Glück bisher noch nicht einmal kennengelernt, denn alle Gefühle, die sie zuvor für das Glück gehalten hatte, waren höchstens eine milde Zufriedenheit gewesen oder ein mattes Wohlgefühl, aber nicht diese Erregung, diese Lust auf jeden Tag und die Vergnügen der Sinne.

Einige Diener schienen etwas zu bemerken, doch sie sagten nichts, nur Giulia stand am frühen Abend, wenn sie am Palazzo anlegten, mit warnendem Blick bereit und verfolgte Caterina hinauf in das Schlafgemach. Es waren die einzigen Minuten, wo sie mit ihr allein war, und sie versuchte, diese Minuten zu nutzen, um ihr die drohenden Gefahren vor Augen zu führen. Aber Caterina hatte kein Ohr für diese Warnungen, sie warf sich aufs Bett, zog sich vor Giulias Augen aus, ließ sich von ihr waschen wie ein Kind und nippte an einem Glas Wein, um sich für die Nacht in Stimmung zu bringen.

›Ich habe keine Macht mehr über sie‹, dachte Giulia, ›es ist längst zu spät. Wenn ich ihr helfen wollte, müßte ich jemandem von ihren Verfehlungen erzählen, ich müßte jemanden einweihen, doch ich weiß nicht, an wen ich mich wenden könnte. Ihr Vater bekommt vieles nicht mehr mit; lange schon hat sie mit ihm nicht mehr gesprochen, nur mit Andrea unterhält er sich manchmal noch, wie sollte ich ihm da erzählen, daß dieser Andrea seine Tochter verführt? Und es wäre nicht einmal wahr! Denn es wäre richtiger zu sagen, daß Caterina ihn, Andrea, verführt, ja, so wäre es richtig, das Zusammensein mit ihm ist für sie der größte Genuß, dem gegenüber ihr übriges Leben nicht mehr bestehen kann. Wenn ich ehrlich bin, habe ich es kommen sehen, manchmal habe ich es mir sogar gewünscht, daß es so kommen möge, denn die beiden gehören auf eine heimliche und höhere Weise zusammen als Antonio di Barbaro, ein abwesender Ehemann, und die schöne Caterina, die sich von niemandem einsperren läßt, erst recht nicht von mir! Was habe ich davon, daß ich ihr täglich Vorhaltungen mache? Sie vertraut mir nicht mehr, ich bin überflüssig geworden, sie schickt mich fort, wenn es ihr zuviel wird! Früher waren die Stunden mit ihr so schön, wie gern saß ich mit ihr auf dem Altan, mit irgendeiner kleinen Tätigkeit beschäftigt, doch diese ruhigen Stunden sind längst vorbei. Könnte ich sie doch noch einmal zurückholen, diese Stunden, ich würde ihre Unschuld doppelt genießen . . .‹

Während sie Caterinas Zimmer verließ, saß Andrea im Glashaus und zeichnete. Zum ersten Mal bemerkte er, daß das Zeichnen nicht mehr ausreichte. Jede Zeichnung war für ihn bisher ein Erinnerungsbild gewesen, es hatte seinem Gedächtnis geholfen, die Welt wieder mit Bildern zu füllen, doch jetzt war das nicht mehr genug, denn jetzt kam es darauf an, die Natur nicht nur zu treffen, sondern sie wieder zum Leben zu erwecken.

Er dachte daran, die Farbschichten von Caterinas Haut zu malen, wie sie sich veränderte vom Morgengrauen bis in die Nacht, wie sie aufblühte, eindunkelte, sich erwärmte, von Kälteschauern überzogen wurde, sich glättete. Er wollte die dunkleren Partien in den Falten der Armbeugen malen, die leichte Bräune, die den Handrücken überstreifte wie ein samtener Handschuh, die hellen, wächsernen Flecken, die hervortraten, wenn sie die Finger spreizte, die scharlachrot einlaufenden Handlinien, die zu glühen schienen, wenn sie sich ganz ihrer Lust hingab. Hunderterlei Farben hatte er an ihr wahrgenommen, ihr Körper war nur noch mit dem Meer zu vergleichen, und wie das Meer verwandelte er sich immer neu, schimmerte auf, wurde zu einer glatten, unbeweglichen, dunkelbronzenen Fläche oder ließ vor seinen Augen Staffeln von gischthellen Wellen anrauschen. Genau diese Farben wollte er malen, doch er war noch längst nicht soweit, erst mußte er ihren Körper noch weiter studieren, jede Einzelheit.

Ihre Leidenschaft hatte ihn überrascht, nie wäre er von sich aus auf den Gedanken gekommen, die Grenzen so zu überschreiten, doch inzwischen wußte er, daß nur diese Leidenschaft ihm weiterhalf. Die Begegnungen mit Caterina wurden auch für ihn zu einem einzigen Rausch, er begriff, daß die Bilder nichts mehr nur Äußerliches waren, sondern daß er in seine eigenen Zeichnungen eingedrungen war, fühlend, empfindend. Indem er Caterinas Körper malte, hoffte er immer mehr, die Bilder malen zu können, die geheim in ihm lebten, die verborgenen, versengten Landschaften seiner Erinnerung.

Im Vergleich mit diesem Vorhaben aber wurde alles andere unwichtig. Er hatte darüber nachgedacht, ob er dem Conte von ihren Ekstasen hätte berichten müssen, doch er hatte sich dagegen entschieden, weil der Conte anders darüber denken würde, wie ein Fremder, wie einer, der letztlich doch auf der Einhaltung der Gesetze und Regeln bestand. Er hatte dem Conte bisher alles anvertraut, alles, doch gerade dieses Geheimnis mußte er für sich bewahren. Er konnte es dem Conte nicht erklären, es hing mit dem ihn quälenden Geheimnis seiner Herkunft zusammen, und bevor er diesen Zusammenhang nicht aufgedeckt hatte, konnte er dem Conte nicht einmal von den Zeichnungen erzählen, die er für sich behielt. Es wäre ihm lieber gewesen, dem Conte auch von diesen Zeichnungen zu berichten, er hätte ihn um Verständnis dafür gebeten, daß er sie nicht hergeben wollte, doch er mochte sich niemandem erklären, nicht in einer so entscheidenden Sache.

Er wünschte sich aber einen Menschen, dem er etwas von diesen Geheimnissen hätte vormurmeln können, manchmal hatte er dabei an den alten Nardi gedacht, denn der alte Nardi schien nicht mehr zu begreifen, was er ihm sagte, er saß aufrecht in seinem Stuhl, lächelte, ließ sich von ihm füttern und trank wie ein Seliger. Er hatte ihm auch etwas vorgestammelt, doch mitten in einem Satz hatte der alte Nardi begonnen zu singen, so unheimlich, fremd und doch passend, als wollte er ihn mit diesem Singen begleiten und gleichzeitig beruhigen. Man konnte nicht ahnen, was der alte Nardi noch dachte, manche hielten ihn schon für verrückt, die Freunde hatten ihn längst aufgegeben und verlassen, aber manchmal sah man ihn in ein Buch vertieft, ein paar Seiten umblätternd, kichernd, als entdeckte er überall die Spuren einer Komödie. Und so saß Andrea ihm schweigsam gegenüber, und der alte Nardi berührte manchmal seine Hände und streichelte sie mit bewundernden Ausrufen, als habe er noch nie etwas Schöneres gesehen.

Es waren die Hände, nach denen auch Caterina den Tag über suchte, denn als erstes versuchte sie immer, seine Finger und Hände zu berühren und zum Leben zu erwecken. Im Theater wartete sie auf den Moment, wo die Kerzen gelöscht wurden und sich alle der Vorstellung zuwandten, sie hatte ihm aufgetragen, hinter ihr in der Loge zu sitzen, seitwärts, im erstbesten Moment faßte sie nach seinen Händen, bekam eine zu fassen, zog die Finger langsam heran und ließ sie ihre Brust berühren, kreisend, von hinten. In einer Kirche setzte sie sich und legte den weiten Rock so über die Bank, daß eine seiner Hände darunter verschwand. Während eines Konzerts lehnte sie sich dicht an ihn, und ihre Handrücken berührten sich die ganze Zeit. Sie sagte, sie komme ohne seine Berührung nicht mehr aus, und wenn sie nach einem Theaterbesuch oder einem Konzert zurückgefunden hatten in die Gondel, riß sie ihm manchmal die Kleider so heftig vom Leib, daß die Knöpfe absprangen.

Sie gab sich ihm mit einer solchen Lust hin, daß er erschrak, und sie schien die ganze Stadt zum Ort dieser Lust machen zu wollen. Immer geheimere, entlegenere Plätze fielen ihr ein, und sie liebte es, wenn sie ihn damit überraschen konnte. Allmählich zeigte sie auch in Gesellschaft kaum noch Hemmungen, ihn zu berühren. Sie lachte, tat, als machte sie sich einen Scherz daraus, ihn zum Narren zu halten, und nutzte jede Gelegenheit, nach ihm zu fassen. Ihr gemeinsames Leben wurde zu einer einzigen Sucht, sich im Körper des anderen wiederzufinden, lautlos wie ein Schatten, der in einer Höhle verschwindet. Alles andere war nur noch ein Anlaß für ihre Begegnungen, die schöne Kulisse, die sie brauchten, um das Feuer allmählich und kunstvoll zu entzünden. Sie wußten beide, daß sie nicht mehr zu diesen Menschen gehörten, die sich in ihre Vergnügungen stürzten, ahnungslos, wie sie zu einer tieferen Lust finden sollten.

Manchmal verbrachten sie die ganze Nacht draußen, am Meeresstrand auf dem Lido, im Anblick der Wellen und der glühenden Sterne; manchmal versteckten sie sich in einem verlassenen Haus, entzündeten wenige Kerzen und lagerten sich hin, als wären sie vogelfrei, heimatlos. So gaben sie sich lauter Träumen hin, unbeschränkt und heftig, in der nie ausgesprochenen Hoffnung, irgendwann zu landen in dem fernen Land, das sie suchten.

32

An einem späten Nachmittag durchstreifte der Conte allein den Garten, er hatte Andrea lange nicht mehr gesprochen, und auch diesmal war von ihm nichts zu sehen. Er ging langsam an der hohen Mauer entlang, noch immer hatte er sich nicht an die Tore und Türchen gewöhnt, die man anläßlich der Hochzeit hineingebrochen hatte. Es fiel ihm schwer, von seinem eigenen Garten in den Nardischen Garten zu gehen, für sein Empfinden bestand die alte Grenze noch immer, obwohl die Dienerschaft längst zwischen den beiden Grundstücken hin und her eilte, froh darüber, diese Abkürzungen wählen zu können.

Der Conte kam am Glashaus vorbei und warf einen flüchtigen Blick hinein. Auf dem runden Tisch lag ein Stapel von Zeichnungen, ein beachtlicher Haufen. Längere Zeit schon hatte er von Andrea keine Zeichnungen mehr erhalten, anscheinend hielt er ein größeres Konvolut zurück, um es ihm erst nach Fertigstellung des letzten Blattes zu übergeben. ›Vielleicht‹, dachte der Conte, ›handelt es sich um eine Überraschung, ja, es wird eine Überraschung sein. Noch nie hat er mit der Herausgabe seiner Zeichnungen gezögert, im Gegenteil, er wollte sie meist sogar loswerden, denn er sagte, sie störten ihn nur bei der weiteren Arbeit. Vielleicht hat er sich diesmal ein besonderes Sujet vorgenommen, etwas Seltenes, Schwieriges, vielleicht bilden diese Blätter sein Meisterstück.‹

Der Conte öffnete die Tür des Glashauses und ging hinein. Er nahm Platz und schaute für einen Augenblick unwillkürlich hinauf zum Altan. Ah, die alte Giulia hatte wieder dort Platz genommen, ganz allein! Sie hatte den Altan so sorgfältig wie früher mit Teppichen und Decken geschmückt, doch jetzt war es ihr einsamer Hochsitz, auf dem sie kauerte wie ein alter Vogel, dessen Brut längst ausgeschlüpft war. Sie hatte sich eine Stickerei vorgenommen, sie beugte den Kopf tief über das Tuch, das Bild rührte den Conte, denn er wußte, wie sehr Giulia den Umgang mit Caterina genossen hatte. ›Wie verlassen sie dasitzt!‹ dachte er. ›Früher war sie eine muntere Frau, jetzt stickt sie vor sich hin. Sie stickt, weil sie ihre Traurigkeit vergessen will, deswegen sticken sie meist, wenn sie alt sind, doch diese da, Giulia, stickt, weil sie ihr Liebstes verloren hat, das wilde Kind, das sich nicht halten ließ. Wenn ich ihr wieder begegne, werde ich mich mit ihr unterhalten, es wird sie freuen, wenn ich ihr etwas Freundliches sage.‹

Er faßte nach den obersten Blättern, sehr vorsichtig, einige wollte er zumindest anschauen, seine Neugierde war einfach zu groß. Welches Sujet war es, das Andrea vor ihm geheimhielt? Einen kurzen Moment dachte er, er, der Conte Paolo di Barbaro, könnte selbst dieses Sujet sein. Vielleicht hatte Andrea ihn heimlich gezeichnet, vielleicht hatte er sich deshalb so lange vor ihm versteckt! Doch als er die ersten Blätter betrachtete, erstarrte er.

Das war Caterinas Körper, immer wieder, in allen Einzelheiten! Obwohl auf jedem Blatt nur ein Detail zu sehen war, hatte er sie sofort erkannt. Das waren ihre Lippen, nur sie hatte diese schweren, blutvollen Lippen, und das, das war die linke Gesichtspartie, von der Schläfe bis zum Hals, er hatte sie oft genug von hier unten betrachtet!

Der Conte erhob sich unwillkürlich, als bekäme er es mit der Angst zu tun. Er stand da, erregt und erhitzt, noch glaubte er, sich geirrt zu haben. Das war nicht möglich! Wie kam Andrea zu diesen Zeichnungen, wie war er vorgedrungen bis zu dieser Kenntnis des nackten Leibes, dessen Anblick für alle außer Antonio verboten war?

Er schluckte schwer, atmete durch und setzte sich wieder. Ja, das war Caterina, auch beim zweiten Hinschauen war ihre Person sofort da, obwohl man zunächst nur Einzelheiten ihres schönen Körpers sah, Einzelheiten, die so fein gezeichnet waren, als habe Andrea diesen Leib wie die Fische studiert. Wie aber war das nur möglich? Wenn Andrea Caterinas Leib so genau zeichnete wie die Fische, dann hatte er ihren Leib auch gesehen ..., dann hatte er ihn auch berührt! Andrea hatte bisher noch nie etwas gezeichnet, was er nicht berührt und lange betrachtet hatte, auch in diesem Fall mußten der Zeichnung

Berührungen und ein langes Schauen vorausgegangen sein. Wie aber war ihm das nur gelungen? Wie hatte er Caterina ohne ihr Einverständnis berührt und betrachtet? Heimlich? Aber nein, er konnte sie nicht laufend heimlich berührt haben, das nicht, nein, er hatte sie zweifellos mit ihrer Zustimmung berührt, ja, mit ihrer Zustimmung, diese Bilder belegten ein Einverständnis, sie belegten und bewiesen, daß Caterina di Barbaro, die Frau seines Bruders Antonio, sich einem anderen Mann, ihrem Cicisbeo Andrea, hingegeben hatte.

Der Conte schaute sich um, plötzlich war er ängstlich und glaubte sich beobachtet, noch einmal schaute er zu Giulia hinauf. Ja, sie saß noch immer auf dem Altan und stickte, nichtsahnend saß sie auf ihrem Altan. Oder ahnte sie etwas? Oder wußte sie sogar sehr genau, was geschehen war? Oder wußten am Ende noch mehr von diesem furchtbaren Geheimnis, wußten es alle, drüben im Nardischen Palazzo, hatten sie sich vielleicht zusammengetan, dieses Geheimnis zu hüten, und machten sie sich ein Vergnügen daraus, die Familie di Barbaro zu verhöhnen, die alte Familie di Barbaro, der die schöne Caterina entlaufen war, hin zu ihrem jungen Cicisbeo, dem Mann der heimlichen Freuden? Ein großer Zorn stieg in ihm auf, am liebsten hätte er diese Blätter sofort zerrissen. Es waren Bilder eines unglaublichen Verrats, Bilder, mit denen Andrea ihn, seinen Retter, und Bilder, mit denen Caterina seinen Bruder Antonio betrogen hatte! Gemeinsam hatten sie die uralten Gesetze gebrochen, dieser Ehebruch war ein Frevel am Amt des Cicisbeo, er versündigte sich an diesem Amt und brachte es in Verruf, er verletzte die Regeln, auf die die Republik dieses Amt gegründet hatte, ja, er zerstörte das feine, kunstvolle Gleichgewicht, um das sich die Geschlechter in Jahrhunderten bemüht hatten! Das Amt des Cicisbeo war ein Triumph der Enthaltsamkeit und des galanten Verhaltens gewesen, jetzt aber war es entehrt, ein billiger, willkommener Anlaß für diese Heimlichkeiten!

Der Conte war außer sich. Was sollte mit diesen Blättern geschehen? Er konnte sie unmöglich hier liegen lassen, doch zeigen konnte er sie auch niemandem, wollte er diese Sünden nicht gleich in alle Welt posaunen. Langsam begann er, weiter zu blättern, Blatt für Blatt; was er sah, ließ ihn immer wieder innehalten, denn er sah Bilder, die er noch nie gesehen hatte. Kurz dachte er daran, wieviel Geld solche Zeichnungen in London einbringen würden, doch dann stieg der ihn hilflos machende Zorn wieder hoch, beinah war es Raserei, er konnte sich davon nicht ablenken, auch nicht durch Gedanken an den größten Gewinn, nein, denn was er hier sah, waren schließlich nicht irgendwelche Zeichnungen, sondern Zeichnungen, die ihn verwundeten, ihn, ja, im Grunde vor allem ihn! Würde man die Blätter Antonio zeigen, so wäre er vielleicht nicht einmal verletzt, denn Antonio kümmerte sich nicht um solche Geschichten. Ihm kam es nur darauf an, daß sein Ruf nicht darunter litt, er hätte sich darum bemüht, diese Zeichnungen geheimzuhalten, mehr nicht, dann hätte er Andrea aus dem Amt des Cicisbeo entlassen und als seinen Sekretär eingestellt, der zu zeichnen hatte, was sein Herr ihm befahl! Ja, genau so wäre Antonio vorgegangen, kühl, klug, ohne sich die Sache weiter zu Herzen zu nehmen.

Ah, wem ging die Sache denn überhaupt zu Herzen? Wenn man in Venedig davon erfuhr, würde man sich empören, ja, das schon, aber es gäbe niemanden, den die Angelegenheit noch weiter betraf. Man würde Andrea bestrafen, gewiß, aber niemand würde weiter darunter leiden, außer ihm, ja, ihm, Paolo di Barbaro! Andrea hatte ihn belogen, er hatte die Zeichnungen für sich behalten, obwohl sie ausgemacht hatten, daß er jedes Blatt an ihn abzutreten hatte. Und Caterina hatte ihn mit diesem heimatlosen Fremden betrogen, rücksichtslos, ohne nur einmal an ihn zu denken! Das alles machte den Eindruck einer abstoßenden Verschwörung, die sich hinter seinem Rücken zusammengebraut hatte, doch er hatte die dunklen, verräterischen Wolken durch einen Zufall gerade noch rechtzeitig erkannt.

Di Barbaro konnte nicht aufhören zu blättern. Ein Kunstkenner hätte diese Blätter bewundert, ja, ohne Zweifel, als Kunstkenner konnte man diese Zeichnungen nur bestaunen. Es waren Bilder ohne Scham, sie zeigten eine Vertrautheit mit dem weiblichen Körper, die er so noch bei keinem anderen Maler gesehen hatte. Denn Caterina war auf diesen Bildern nicht eine der bekannten lächelnden Nymphen, keine nackte Gestalt, die sich zierte und mit dieser Nacktheit kokettierte, sie war und blieb Caterina, nur daß man sie ganz nahe erlebte, wie ..., wie eine Schwester, wie einen Menschen, den man jahrelang in dieser Nacktheit zu Gesicht bekommen hatte, ohne sich dabei etwas zu denken. Wie war das aber möglich, wie war es dazu gekommen, daß Andrea sie malte, als würde er sie seit langer Zeit kennen, wie hatte diese Vertrautheit sich hergestellt, so selbstverständlich?

Der Conte hielt inne, was war denn das?! Auf den hinteren Blättern des Stapels erkannte er plötzlich auch Teile eines männlichen Körpers, kein Zweifel, es war Andreas Körper, seine langen, feingliedrigen Finger, die Caterinas Rücken berührten, seine Fingerkuppen, die sich sacht in das nachgebende Fleisch drückten, die Hand, die auf ihrem Gesäß lag und es schützend bedeckte, das schwere Glied, kräftig, erstarkt, wie ein triumphierendes Zeichen!

Andrea hatte begonnen, seinen eigenen Körper zu zeichnen, in allen Einzelheiten, doch niemals allein, sondern nur in Verbindung und im Blick auf Caterinas nackte Erscheinung! Es war, als spiegelten seine Glieder sich in denen der Geliebten, zusammen bildeten sie ein nacktes Doppelwesen, in einer Erregung, die einen nicht losließ, gerade weil man sich die übrigen Teile der Körper hinzudenken mußte. Er hatte lauter Momente der Berührung gemalt, ja, das war sein Thema, die weibliche Zunge, die die männliche streifte, die Lippen, die sich aneinanderpreßten, das Glied, das sich unter das herabstürzende Plateau des Schamhaares schob wie die Wurzel eines gewaltigen Baums!

Di Barbaro blätterte immer schneller, sie mußten ihn seit Wochen betrogen haben, oder vielleicht schon von Anfang an, so dramatisch und heftig erschien ihm ihre Verbindung, als hätten sie nie an etwas anderes gedacht, als hätten sie all die Tage und Wochen nur darauf verwandt, miteinander zu schlafen! Weiter, nur weiter, noch die letzten Blätter: seine Schenkel, kräftig wie Zangen, ihre in der höchsten Erregung zusammengekrampften Finger, die sich ballten vor Schmerz und vor Lust, der seinen Rücken herabrinnende Schweiß, den sie zwischen seinen Schulterblättern verrieb!

Jetzt, jetzt hatte er alles durchmustert, nein, er wollte nicht noch einmal von vorne beginnen, obwohl es ihn reizte! Er saß still, er hatte etwas gesehen, was noch kein Mensch so gesehen hatte, Szenen der Vereinigung, die reinste Intimität der Geschlechter, den nackten Leib, der sich dem anderen hingab, als teilte er sich und bestünde von nun an gleich doppelt! Wie er sich abwenden mußte von diesen Bildern, die sein ruhiges, gelassenes Leben verhöhnten!

Er schloß die Augen, am liebsten wäre es ihm gewesen, er hätte so etwas nie gesehen. Diese Bilder würden ihn von nun an verfolgen, das wußte er, sie würden sein Leben durchwandern wie Vorhaltungen, und er würde sich fragen, wie es dazu hatte kommen können, daß er Caterina an einen Wildfremden verloren hatte.

Er fuhr sich mit beiden Händen durchs Gesicht, er versuchte, sich zu beruhigen. Was sollte er tun? Er konnte nicht einfach aus diesem Glashaus verschwinden, doch er wollte diese Bilder auch nicht an sich nehmen wie ein Dieb. Er saß eine Weile still da und schaute noch einmal zu Giulia hinauf. Plötzlich wußte er, daß sie diese Bilder noch niemals gesehen hatte, nein, es war unmöglich, daß ein anderer diese Bilder zu

Gesicht bekommen hatte. Auch Caterina hatte sie noch nicht in Händen gehalten, auch sie nicht. Es waren Bilder, die Andrea für sich gemalt hatte, ja, so war es, Andrea hatte sich mit diesen Bildern von jeder Herrschaft befreit, sie waren sein Meisterstück, in der Tat, und eben deshalb waren sie Werke des schmerzhaftesten Verrats!

Di Barbaro reckte sich, dann wählte er einige Blätter aus und nahm sie an sich. Er stand auf, verließ das Glashaus und eilte in den Palazzo. Er mußte darüber nachdenken, wie er über Andrea Gericht halten sollte.

33

Die Nacht verbrachte der Conte sehr unruhig. Immer wieder stand er auf, um die Bilder zu betrachten, als könnte er nicht glauben, was er gesehen hatte. Er empfand die Zeichnungen als eine solche Übertretung der Sitten, daß ihn auch ihre Meisterschaft nicht beruhigen konnte. Wenn er sich wieder hinlegte, wanderten die Bilder in seinem Kopf weiter, ließen Nachgeburten entstehen und erregten seine Phantasie so, daß er sich hüten mußte, seine eigene Gestalt nicht zu der nackten Zweisamkeit des Paars hinzuzudenken. Manchmal sah er sich nämlich im Hintergrund all dieser Szenen, wie ein alter, widerlicher Lüstling lauerte er dem Paar auf, wie einer, der sich nur noch aus der Ferne an solchen Bildern ergötzen konnte, ohne sie selbst zu erleben.

Dabei hatte auch er einmal darauf gehofft, Caterina so nahe zu sein. Ihr Anblick hatte ihn immer wieder erregt, ja, er hatte ihn derart beschäftigt, daß er sich ein Zusammensein oft ausgemalt hatte. Doch so weit wie auf diesen Zeichnungen war er dabei nicht gegangen. Sie waren ein einziger großer Triumph, Andreas Triumph über seine, des Conte, Zurückhaltung und Vorsicht, Andreas Triumph über sein Alter, in dem er sich nicht mehr traute, den feurigen Liebhaber zu spielen. Viel zu früh hatte er sich mit der Rolle des Verschmähten zufrieden gegeben, er hätte um Caterina kämpfen und werben müssen, er hätte, in Abwesenheit seines Bruders, versuchen müssen …

Was dachte er da? Schon zeigten die Bilder Wirkung, schon fing er an, seinen Bruder in Gedanken zu betrügen, seinen Bruder Antonio, dem diese Geschichten nur ein Gähnen und seine Beichte nur ein Lächeln abringen würden! Im stillen fühlte Antonio sich den Bürgern seiner Heimatstadt überlegen, das wußte er ja; er hatte nichts übrig für ihre kleinen, heimlichen Geschichten, für ihre Neigung zur Geheimniskrämerei, für ihren kindlichen Stolz auf ihre Herkunft; in London vergnügte er sich mit englischen Frauen, mit klugen Damen der hohen Gesellschaft, mit denen er in Wind und Wetter ausritt und mit denen er die weißen Steilküsten am Meer aufsuchte, wo die Wellen anders brausten als hier in Venedig und die Möwen noch schrien und krächzten, statt wie hier lustlos und müde an einigen Muscheln zu picken! Längst war er ein Engländer geworden, sein Bruder, der in seinen Briefen schon manchmal versehentlich englische Brocken hineinmengte und sich keine Mühe mehr gab, die fremden Wörter durchzustreichen, längst gehörte er zu diesem weltkundigen Volk dort oben im Norden, von dem er einmal gesagt hatte, daß es eher als die Venezianer darauf Ansprüche machen könnte, ein Volk der Meere zu sein …

Doch auch wenn Antonio das alles nicht kümmerte, es mußte jemanden geben, der auf Recht und Gesetz bestand, es mußte einen Richter geben, der Andrea bestrafte und den Betrug an ihm, Paolo di Barbaro, sühnte. Da er nicht schlafen konnte, durchwanderte er den Palazzo, manchmal sprach er leise mit seinem Bruder, es wäre ihm lieber gewesen, er hätte ihn nun zur Seite gehabt, um mit ihm eine Lösung zu finden. Er wußte, daß er rasch handeln und entscheiden mußte, noch immer verstörte und bedrückte ihn die Schwere der Tat so, daß er seine Gedanken kaum ordnen konnte.

Natürlich war es unmöglich, die Sache öffentlich zu machen, man hätte sonst dem Ruf der Familie geschadet und sie zum Gespött ganz Venedigs gemacht. Doch Andrea sollte bestraft werden, hart, ohne Mitleid. Er mußte aus dem Gartenhaus entfernt werden, und er durfte keinen Zugang zu den beiden Palazzi haben, ja, es war nicht mehr daran zu denken, daß er sich noch länger in Caterinas Nähe aufhielt. Andererseits kam es darauf an, daß Andrea als Zeichner und erst recht als Maler für den Bruder und ihn erhalten blieb; auf den zu erwartenden hohen Gewinn beim Verkauf all seiner Bilder konnte man schließlich doch nicht verzichten. Wie aber stellte man es denn an, daß er von hier verschwand und doch erreichbar blieb, in strenger Aufsicht, so daß weiter niemand sich an ihn heranmachte, um ihm seine Zeichnungen abzukaufen?

Der Conte dachte alles immer wieder von vorne durch. Er dachte daran, Andrea in ein Versteck auf der Insel San Giorgio bringen zu lassen; er prüfte den Gedanken, Andrea nach England abzuschieben, in die Obhut seines Bruders Antonio; er überlegte, ob man ihn in einem der vielen leerstehenden Zimmer des Palazzo unterbringen konnte, so daß ihn niemand mehr zu Gesicht bekam. All diese Ideen hatten schwerwiegende Mängel. Andrea zeichnete und malte nur für ihn, den Conte. Zeichnend und malend bewies er ihm seine Dankbarkeit und empfand sich dabei beinahe als sein Sohn. Er würde seine Dienste niemand anderem anbieten, und er würde niemandem sonst gehorchen, wieviel Geld derjenige ihm auch immer zu zahlen bereit wäre. Die enge Verbindung zwischen Andrea und ihm durfte nicht angetastet werden, nicht im geringsten, sonst würde sich Andrea sofort von ihm zurückziehen. Wie aber konnte er dafür sorgen, daß man Andrea bestrafte, ihn von hier entfernte und ihn doch in seinem, des Conte, Zugriff beließ?

Als er am Morgen nach kurzem Schlaf erwachte, glaubte er, die Lösung gefunden zu haben. Er setzte sich an seinen Schreibtisch und begann, einen Brief aufzusetzen. Diesen Brief, den er nicht unterzeichnen würde, sollte die Inquisitionsbehörde erhalten. Er, Paolo di Barbaro, wollte Andrea so heimlich verraten, wie auch Andrea ihn heimlich verraten hatte. Was weiter geschehen würde, war nur zu vermuten. Wahrscheinlich würde die Behörde – wie meist nach solchen anonymen Anzeigen – die Vorwürfe prüfen, sehr unauffällig und sehr genau. Stellte sich heraus, daß sie zu Recht erhoben worden waren, würde man Andrea verhaften. Niemand würde ahnen, wer den geheimen Hinweis auf Andreas Verfehlungen gegeben hatte, ja diese Verfehlungen würden in der Stadt unbekannt bleiben, denn die Behörde machte ihre Anklagen und Urteile nicht öffentlich.

Der Conte tauchte die Feder ein und begann: ›Hiermit gebe ich der Hohen Behörde Nachricht davon, daß der im Haus des Conte di Barbaro untergebrachte Fremdling aus der Lagune mit Namen Andrea sein Amt als Cicisbeo der Caterina di Barbaro, geborene Nardi, mißbraucht hat ...‹ Er schrieb, ohne nur ein einziges Mal aufzuschauen, jedes Wort hatte er sich in der Nacht überlegt. Dabei stellte er den Fall so dar, als habe Andrea die Nacktzeichnungen ohne Wissen Caterinas angefertigt; so blieb ihr guter Ruf erhalten, und es hatte nicht den Anschein, als habe sie irgendwelche Annäherungen geduldet. Andrea sollte bestraft werden, ohne daß Caterina in die Sache mit hineingezogen wurde.

Am Ende las er den Brief noch einmal durch, es kam ihm so vor, als spräche er mit diesen klaren, schweren und anschuldigenden Sätzen zugleich das Urteil. Er hatte gute Sätze gefunden, Sätze von großem Gewicht und von beeindruckender Sicherheit, sie würden ihre Wirkung gewiß nicht verfehlen.

Als er fertig war, legte er dem Brief zwei Zeichnungen bei. Er stand auf, zog sich rasch an und verließ in der morgendlichen Dämmerung den Palazzo. Niemand sollte ihn sehen, dieser Gang war der geheimste und schwerste, den er je gemacht hatte. Er warf den Brief durch einen breiten Schlitz, der die Form eines geöffneten Mundes hatte, in den Kasten, der für anonyme Denunziationen bestimmt war. Täglich gingen hier viele Briefe ein, Venedigs Bürger trauten einander nicht und brachten der Behörde auch Kleinigkeiten zur Kenntnis. Dann kehrte er sofort nach Hause zurück. Er begegnete Carlo in der Eingangshalle und streifte schnell seinen Mantel ab.

»Der Conte war bereits aus?« fragte Carlo.

»Ja«, antwortete di Barbaro. »Ich fühlte mich nicht wohl, ich ging einige Minuten hinaus an die Luft.«

»Geht es Ihnen besser, Signore?«

»Ja, Carlo, danke. Warten wir noch eine Weile mit dem Frühstück, ich werde mich melden.«

Er ging die breite Treppe hinauf, langsam, schwer Atem holend. Seltsam, es ging ihm wahrhaftig besser. Seine Rachegefühle waren beinahe gestillt, so ruhig war er geworden. In den nächsten Tagen wollte er Andrea aus dem Weg gehen, er würde abwarten, was jetzt geschah, er hatte die Verantwortung für den Fall weitergegeben, an die Hohe Behörde, die sich ihren Reim auf diese Nachrichten machen würde.

Doch er hatte sich das Warten einfacher vorgestellt. Als nach fast einer Woche noch nichts geschehen war, begann er wieder, von Zimmer zu Zimmer zu wandern. Er führte Selbstgespräche, dachte daran, einen langen Brief an Antonio zu schreiben, wollte den Abt von San Giorgio einladen, um ihm alles zu erzählen – und blieb doch mit seinem Wissen allein. Manchmal begann er, sich vor sich selbst zu rechtfertigen, als sei er zu weit gegangen. Dann jedoch holte er die Zeichnungen noch einmal hervor, und die alte, heftige Wut war wieder da, und er wäre am liebsten hinunter in den Garten gestürmt, um Andrea sofort zur Rede zu stellen.

Die Zeit verging langsam, niemand schien etwas zu ahnen.

Wenn der Conte es nicht mehr aushielt, versteckte er sich in seiner Bibliothek. Er starrte in die diffuse Helligkeit des Zimmers, verfolgte die Ameisenscharen, die an einer Wand entlang wanderten und nagte an einem Stück Melone, das schon seit Tagen auf dem Tisch stand. Manchmal fragte er sich, ob er seine Tat schon bereute. Aber er konnte so etwas wie Reue noch nicht empfinden, dazu war es zu früh. Er war gespannt, mehr nicht, er wollte, daß Andrea aus seinem Haus verschwand, möglichst bald, ohne viel Aufsehen.

Nach zehn Tagen kamen sie am frühen Morgen, zu zweit, Carlo meldete dem Conte ihr Erscheinen. Sie fragten nach Andrea, man suchte ihn, doch er war nicht im Glashaus. Sie wurden in den Nardischen Palazzo verwiesen und benutzten diskret eine der kleinen Türen im Garten. Während sie drüben auf Andrea warteten, der sich in Caterinas Schlafgemach aufhielt, angeblich, um ihr bei der Morgentoilette zu helfen, eilte der Conte heimlich ins Glashaus, um die Zeichnungen sicherzustellen. Er nahm alles an sich, nur eine kleine Menge ließ er liegen, als verräterischen Beweis.

Sie erklärten sich nicht, sie meldeten nur, daß sie im Auftrag der Hohen Behörde gekommen seien, um Andrea zu verhaften. Auf Nachfragen von allen Seiten gaben sie an, der Grund der Verhaftung sei geheim. Caterina wollte Andrea nicht freigeben, auch der Conte, der herbeigerufen worden war, tat, als empörte er sich über den morgendlichen Spuk. Doch es half nichts. Sie nahmen Andrea mit, und als der Conte, nachdem Andrea abgeführt war, noch einmal das Glashaus aufsuchte, hatten sie auch Andreas wenige Habseligkeiten mitgenommen.

Von Andrea blieb in diesem Palazzo nicht eine Spur, es war, als habe er sich niemals hier aufgehalten, es war, als sei er wieder im Dunkel verschwunden, aus dem er einmal aufgetaucht war.

Vierter Teil

34

Andrea hatte eine geräumige Zelle für sich allein. Sie besaß ein hochgelegenes Fenster, durch das er nichts als den Himmel sehen konnte, einen Tisch, zwei kleine Stühle und eine Pritsche. Meist kauerte er sich auf den Boden, mit dem Rücken gegen eine Wand, und starrte durch das Fenster hinaus.

Sie hatten ihm die Gründe für seine Verhaftung nicht genannt, und sie hatten ihm auch nicht gesagt, wie lange sie ihn festhalten wollten. Außer den beiden Männern, die ihn abgeholt hatten, hatte er niemanden zu sehen bekommen, kein Gericht, keinen Ankläger, keinen, der mit ihm auch nur ein Wort gesprochen hätte. Man hatte ihn einen ganzen Tag lang in einem einfachen Zimmer des Dogenpalastes warten lassen, dann hatte man ihn in diese Zelle gebracht. Es war, als hätten sich alle verabredet, ihn durch Schweigen zu strafen, denn auch der Wärter, der ihn hierher geführt hatte, hatte kein einziges Wort mit ihm gesprochen.

Jetzt brach das Himmelsblau von den Rändern her auf, schmale Spuren von zerrissenem Weiß durchsetzten es, gruben Kanäle hinein und wanderten zu losen Placken zusammen. Allmählich wurde das Blau zu einem durchstreiften Gewebe, lose und leicht wie ein Netz, das dem Blau seine Dichte und Schwere nahm und es langsam herunterzog auf die Erde. Man hatte beinahe Lust, darin zu rühren, die Finger auszustrecken, dieses Weiß noch mehr zu verteilen, es unter das Blau zu heben, Mischtöne zu suchen, die Palette zu erweitern …

Am meisten sorgte ihn, daß er nicht weiter zeichnen konnte. Womit sollte er sich die ganze Zeit beschäftigen, wenn nicht damit? Der Wärter, der sich mit den Tagen freundlicher gezeigt und sich sogar mit ihm unterhalten hatte, wollte ihm Bücher bringen, doch er wollte nicht lesen, sondern ihn verlangte nach Papier, Federn, Pinseln und Farbe. Er hatte Angst, er könnte die Bilder, die er gezeichnet und sich eingeprägt hatte, wieder verlieren, mühsam versuchte er, sich zu erinnern, doch er spürte, daß sie allmählich schwächer wurden.

Immerhin hatte er den Wärter jetzt auf seiner Seite. Es war ein ruhiger, einfacher Mann, der von seiner Geschichte gehört hatte und sich ebenfalls nicht erklären konnte, warum man ihn hierher gebracht hatte. Anscheinend wußte er wirklich nichts, denn er begann selbst, nach Gründen für die Verhaftung zu suchen, weitschweifig und umständlich, mit der Unsicherheit eines Mannes, der alles für möglich hielt.

So berichtete er, die Venezianer hätten ihn, Andrea, anfangs für einen Heiligen gehalten, für einen Mann, den Gott geschickt habe, um die Stadt an ihre Herkunft aus dem Meer zu erinnern; später habe es geheißen, Andrea sei ein Spion feindlicher Mächte, der es darauf angelegt habe, die Geheimnisse des Arsenals zu erkunden; schließlich habe man davon gesprochen, er sei ein genialer Zeichner und Maler, der nicht verraten wolle, woher er komme, da er den venezianischen Meistern ihre Geheimnisse stehlen und danach heimlich in seine Heimat zurückkehren wolle. All diese Gerüchte boten Stoff zu Vermutungen darüber, wer ihn angezeigt haben könnte.

Andrea hörte sich diese Geschichten widerwillig an, doch er fand selbst keine Erklärung. Wenn er sich überlegte, wer ihm hätte schaden wollen, dachte er nur an einen Menschen, an Meister Francesco Guardi, dessen Unruhe er oft bei seinen Besuchen gespürt hatte. Meister Guardi hatte sich vor seiner Beobachtungsgabe gefürchtet, das hatte er sofort bemerkt, vielleicht hatte Guardi auch einige seiner Zeichnungen zu sehen bekommen, das würde vieles erklären. In letzter Zeit hatte er ihm deutlich zu erkennen gegeben, daß er seine Besuche nicht schätzte, er, Andrea, hatte manchmal so etwas wie Eifersucht und Neid gespürt. Hatte also Meister Guardi vielleicht versucht, ihn, den Mitwisser um so manches Geheimnis der Malerei, auszubooten, hatte er sich sogar dazu verleiten lassen, eine Geschichte zu erfinden, die ihm irgendeine Verfehlung unterschob?

Wenn Andrea es sich genauer überlegte, fand er diese Gedanken verstiegen. Meister Guardi war vielleicht ein neidischer und mißgünstiger Mann, aber er würde sich nicht dazu hinreißen lassen, ihn zu verleumden. Was hätte er auch erfinden können, um ihm, Andrea, zu schaden? Was wußte er schon von ihm, das ausgereicht hätte, daraus eine glaubhafte Geschichte zu machen? Von seinen geheimen Stunden mit Caterina konnte niemand wissen. Ein Cicisbeo mußte Tag und Nacht in der Nähe seiner Dame sein, so legten es die Regeln fest, niemand faßte da einen Argwohn. Es mußte Mächte und Kräfte in der Stadt geben, die seine Gegenwart aus undurchsichtigen Motiven nicht länger wünschten.

Mittags dehnte das Sonnenlicht das hell grundierte Blau manchmal so stark, daß es zu zerreißen drohte. Die weißen Fäden und Flechten verloren sich wieder oder verschwanden in kleinen Rudeln. Dann zog das erstarkende Blau sich zusammen, und ein sicherer, klarer Farbton entstand, für wenige Stunden, noch immer so schwebend und leicht, als werde das Blau alle Minuten erneuert.

Andrea spürte eine zunehmende Angst. Anfangs hatte er sich noch damit zu beruhigen versucht, daß der Conte ihn hier herausholen würde, doch inzwischen sagte er sich, daß selbst ein so angesehener Mann gegen die Beschlüsse der Hohen Behörde nichts würde ausrichten können. Der Wärter hatte ihm erzählt, daß die meisten hier Inhaftierten sich für unschuldig hielten und oft jahrelang im Ungewissen darüber gelassen wurden, was ihnen vorgeworfen wurde. Die Hohe Behörde untersuchte und fällte ihr Urteil im Geheimen, vielleicht gelang es dem Conte nicht einmal, darüber Genaueres zu erfahren. Was aber dann? Sollte er monate- oder jahrelang in diesem dunklen und feuchten Raum gefangen bleiben, allein?

Wenn er die Augen schloß, begannen die Bilder zu verschwimmen. Er versuchte, sie mit den Fingern nachzuzeichnen, doch das war kaum möglich, denn es waren nur undeutliche, vage Andeutungen, voller ineinander übergehender Farben und verrinnender Konturen. Er sah das weite Blau der See und des Himmels, in das sich die Kulissen der Stadt schoben, gelbbraune, wankende Gebilde, nur hingetupft, nahe daran, sich im mächtigen Blau aufzulösen. Oder er sah den schwarzbraunen, gebogenen Abdruck einer Gondel, die sich in ein morastiges Dunkel schob. Immer wieder tauchten solche Stadtszenen auf, zerfahren und blitzartig, bis er begriffen hatte, daß es sich um seine Traumbilder handelte, Bilder, die er halb wachend, halb schlafend im schwächer werdenden Licht des Nachmittags träumte, hingestreckt auf den Boden, mit zitternden, klebrigen Lidern.

Nur diese Traumbilder schienen übrigzubleiben, letzte, immer wieder verrinnende Eindrücke, wie eingebrannt in sein fiebrig überlegendes Hirn, während es ihm schwerfiel, Caterinas Bild festzuhalten oder das Bild des Palazzo. Von alldem schien er unendlich weit entfernt, versetzt in ein ganz anderes Leben, in dem es keine Nähe, keine Berührungen mehr gab, sondern nur noch die schwachen, im schwarzen Raum verhallenden Stimmen von draußen und das immergleiche Flackern des Himmels im Fenster.

Er hatte sich wieder angewöhnt, nur von Wasser und Suppen zu leben, das übrige Essen bekam ihm nicht, er erbrach es, oder es lag ihm mit seiner öligen Schwere so lange im Magen, daß er sich krümmte vor Ekel. Er spürte, wie sein Körper langsamer wurde, es machte ihm schon Mühe, aufzustehen und einige Schritte durch den Raum zu gehen, so sehr hatte er sich bald an das Liegen gewöhnt. Er wußte, daß er dieses Leben nicht lange ertragen würde, es war, als schrumpfte sein Körper von Tag zu Tag und als folgten ihm die inneren Bilder, die sich immer mehr auflösten in einem Spiel der leuchtenden, glimmenden Farben.

Er bat den Wärter, nach dem Conte zu schicken, er wollte ihn bitten, ihm seine Zeichen- und Malgeräte zu bringen, nur mit Hilfe der Arbeit würde er es hier zumindest einige Zeit aushalten können. Jetzt, wo er die Menschen und Dinge nicht mehr lange betrachten und erst recht nicht berühren konnte, würde er beginnen, mit seinen Farben zu malen. Er würde sich an seine Traumbilder klammern, er würde versuchen, die Wasserstadt mit den vielen, tintenfischartigen Armen und Augen in sein Meer von Farben zu tauchen, immer wieder, bis sie sich auflöste.

Am frühen Abend spürte er manchmal den schwachen Wind durch das Fenster. Die goldgelben Sonnentöne stemmten den Himmel jetzt wieder weit weg, das Blau dunkelte ein, verlor sich in kleinen, pastosen Flecken und tropfte schließlich, mit den nun goldbraunen Tönen des Abends vermischt, in die allmählich aufglimmende Schwärze.

35

Der Conte kam nicht zur Ruhe. Seit man Andrea verhaftet hatte, quälte er sich mit den widersprüchlichsten Gedanken. Manchmal tat es ihm leid, seinen Ziehsohn verloren zu haben, und er gab sich einer merkwürdigen Trauer hin, als wäre Andrea ein Unglück geschehen oder als hätte man ihn gegen seinen, des Conte, Willen fortgeschafft. Langsam ging er hinab in den Garten, umkreiste das Glashaus und wagte es lange nicht, den Raum zu betreten. Diese Sphäre hier unten gehörte ganz zu Andrea, es war der Raum seiner kleinen Beete und Anpflanzungen, die er sorgfältig gepflegt hatte, ohne jemanden einzuweihen. Jetzt begannen diese Blüten und Gräser zu welken und zu verwildern, niemand wollte sich um sie kümmern, sie waren das sichtbarste Zeichen seines Verschwindens.

Hatte der Conte sich endlich entschlossen, das Glashaus doch zu betreten, schlug ihm der Geruch der Farben und Öle entgegen. Andrea hatte sie in winzigen Gläsern unter den Steinbänken aufbewahrt, es waren Hunderte von Mischungen, an denen er wochenlang gearbeitet hatte. Von Tag zu Tag schien der Geruch all dieser Gläser und Fläschchen immer stärker zu werden, es war der unverwechselbare Geruch des Meeres, nur viel kräftiger, eine gewaltige ölige Wolke aus Schleim, Tang, Salz, Eisen und Schlick, ein kühler, bitterer Atem, der in die Nase strömte wie Salmiak und einen betäubte. Der Geruch erinnerte den Conte an ihre erste Begegnung, er sah den Leichnam im Boot, er glaubte, den weichen Abend zu riechen und die Farben der Lagune zu sehen, die violetten Wiesen, das zerfließende Abendorange über Gründen von Dunkelgrün.

Er wehrte sich gegen diese Erinnerungen, doch sie kamen wie böse Gespenster, noch wenn er das Glashaus verließ, hörte er die Stimmen der Jäger, ihr Murmeln, ihre gedämpften Laute, deren ängstlichen Ton er inzwischen selbst angenommen hatte. Manchmal, ja, manchmal fürchtete er sich vor sich selbst, er sah sich als strengen Richter und Mann der Entscheidungen, dann wieder trat er sich gegenüber, und er gehörte zu den stummen, fragenden Jägern, die aufschauten zu der sicheren, Respekt einflößenden Erscheinung.

Wenn es ihn so hin und her riß, eilte er in die Galerie und holte Andreas Zeichnungen hervor. Wenige Sekunden genügten, um seinen alten Zorn anzulocken, einen abgründigen Schmerz, eine Raserei, in der er sich oft nicht wiedererkannte. Er haßte diese einander umschlingenden Leiber, er wollte sie trennen, durchtrennen, mit allen Mitteln. Manchmal hatte er daran gedacht, die Bilder zu verbrennen, doch dieses harmlose, folgenlose Verschwinden der Zeugen seiner Schmach erschien ihm nicht angemessen. Besser wäre es gewesen, diese Zeichnungen zu durchschneiden, nein, zu durchstechen, in einem Anfall von Wut hatte er schon auf sie eingeschlagen, so fest, daß er sich den Handballen verletzt hatte.

Je länger Andrea weg war, um so weniger brachte er ihn aber noch mit der männlichen Figur zusammen, die diese Bilder zeigten. Manchmal kam es ihm schon so vor, als wäre dieser Mensch auf den Zeichnungen ein ganz anderer, eine bloße Erfindung, eine Silhouette des weiblichen Körpers, nicht mehr. Er bemerkte, daß er alles daran setzte, Andrea allmählich von diesen Zeichnungen zu trennen, irgendwo in der Ferne existierte seine Erscheinung, die sich diesen Blättern entwunden und sich gehäutet hatte, eine Erscheinung, die alles bereute, was auf ihnen dargestellt war. Nach nichts verlangte er mehr als danach, daß Andrea bereute oder sich zumindest erklärte, und so setzte es ihm zu, daß er ihn nicht sprechen konnte, nicht sofort, nicht nach vielen Bemühungen.

Schon um keinen Verdacht aufkommen zu lassen, hatte er sich nach dem Urteil erkundigt, auf versteckten, schwierigen Wegen, doch er hatte nicht mehr erfahren, als daß Andrea wahrscheinlich für einige Jahre in Haft bleiben müsse. Eine solche Strafe war ihm sehr hoch vorgekommen, doch man hatte ihm zu verstehen gegeben, daß viele schon wegen viel geringerer Delikte jahrelang einsitzen mußten. Er hatte sich vorgenommen, Andrea zu besuchen, er wollte ihn möglichst bald wiedersehen, unbedingt, doch es war Vorsicht geboten, so daß er sich zwang, einige Wochen verstreichen zu lassen.

Nebenan, im Nardischen Palazzo, schien indessen die Trauer kein Ende zu nehmen. Caterina ließ sich nicht sehen; seit Andrea verschwunden war, verließ sie den Palazzo nicht mehr, brachte Tage in ihrem Schlafzimmer zu und verweigerte die Mahlzeiten, die ihr die weinende Giulia brachte. Unten, im Portego, ließ sich der alte Nardi von Fenster zu Fenster schieben, ein wimmerndes, hilfloses Kind, das nach Andrea Ausschau hielt und sich nur noch von winzigen Früchten ernährte. Es war, als sei jemand gestorben und als könnten die Hinterbliebenen sich nicht fassen in ihrem Schmerz.

Caterina schickte mehrere Eingaben an die Hohe Behörde, der alte Nardi erkundigte sich persönlich nach den drei Inquisitoren, die das Urteil gesprochen hatten – es half alles nichts, es war nichts zu erfahren, nichts über die Gründe der Verhaftung, nichts über die Dauer der Haft. Und so begannen sie allmählich, sich an Andrea zu erinnern wie an einen Engel, der sie mit seinem Glanz heimgesucht hatte und schließlich zurückgekehrt war in sein fernes Reich. Denn daß er in einer Zelle des Gefängnisses saß, allein, hilflos, in einem grausamen Dunkel, durfte niemand erwähnen. Da er nicht erreichbar war, gab es den wirklichen Andrea nicht mehr; er war mit dem schönen Engel verschwunden, wie durch einen Zauber. Längst war er dem Gefängnis entkommen, hatte sich im Wasser versteckt und war davon geschwommen, auf der Flucht vor seinen Verfolgern. Irgendwann würde er vielleicht wieder auftauchen, unerwartet, wie ein Spuk, doch daran war jetzt noch nicht zu denken.

Solche Phantasien entwickelte vor allem Giulia, die sich nicht mehr zu helfen wußte. Caterina ließ sich nicht beruhigen in ihrem Schmerz, der alte Nardi kam noch hinzu mit all seinem hilflosen Klagen – allmählich glaubte sie, nicht mehr gegen die Ohnmacht der beiden anzukommen. Sie hatte sich darauf verlegt, den beiden Trauernden etwas vorzuspinnen, es waren Trostlegenden wie die, die man in der Kirche oft zu hören bekam, doch manchmal zeigten sogar diese alten Geschichten noch Wirkung. Dann hob Caterina den Kopf und begann, sie weiterzudenken, ganz langsam, immer abwegiger, doch von Satz zu Satz so, als spräche sie sich selbst dabei Mut zu.

Insgeheim wußte sie, daß Andrea für sie verloren war. Mit ihm war sie glücklich gewesen, ganz und gar, zum ersten Mal in ihrem Leben, doch jetzt war dieses Glück jäh abgebrochen, so schmerzhaft und deutlich, als dürfte es nie wieder sein. Ja, sie ahnte, daß es nie wiederkommen würde, einem Menschen wie Andrea würde sie nie mehr begegnen, da war sie ganz sicher. Gleich beim ersten Zusammensein mit einem Mann hatte sie alles erfahren, was sie hatte erfahren wollen, doch jetzt ließ man sie mit diesen Erfahrungen allein, wie eine alte Frau, die nur noch zurückschauen durfte. Sie wollte sich nicht laufend an das Vergangene erinnern, und doch konnte sie an die Zukunft nicht denken, ohne daß dieses Vergangene hineinspielte. Nein, sie lebte nicht mehr wie früher, sie hielt sich auf irgendwo zwischen den Zeiten, richtungslos, ohne Antrieb.

Der Conte hatte sie zwei-, dreimal gesehen, sehr kurz. Er hatte bemerkt, wie sie sich gescheut hatte, ihre Trauer zu zeigen, und es hatte ihn weiter gekränkt, daß sie alles vor ihm geheimhielt. Im stillen verlangte er auch von ihr, daß sie bereute oder sich zumindest erklärte, er wollte, daß sie beide sich ihm, gerade ihm, offenbarten, ohne Umschweife, deutlich. Manchmal legte er sich die Zeichnungen vor und begann, die nackten Körper mit zwei Stimmen zu beseelen, er sprach ihnen ihr Geständnis vor; er redete es ihnen ein, sie sollten in dieser Wortflut versinken, bekleidet mit diesen Worten und Wendungen, die ihn versöhnlicher stimmten.

So blieben alle wie gelähmt. Der Conte wagte nicht, den Nardischen Palazzo zu betreten, Caterina und Giulia aber umkreisten schließlich den alten Nardi, als hätten sie in dem erschöpften und gebrochenen Mann ein Opfer für ihr hemmungsloses Reden gefunden, das die Trauer verdrängen sollte. Manchmal hörte der Conte ihr Summen und Raunen; es hörte sich unheimlich an, wie ein Totengesang. Ihre Stimmen schienen sich im verwildernden Garten zu verlieren, haltlos und körperlos, so daß man wirklich glauben konnte, sie beklagten einen nie mehr einzuholenden Verlust.

Nicht selten erschrak der Conte, als wären diese Geisterstimmen gerade hinter ihm her. Noch immer konnte er sich nicht losmachen vom Gefühl einer Schuld, so sehr er sich auch mit dem Anblick der Zeichnungen beruhigte. Er kam nicht von Andrea los, das spürte er. Und so machte er sich nach einer ihm unendlich lang vorkommenden Zeit des Wartens endlich doch auf den Weg, seinen Zögling zu besuchen. Er hatte die Hohe Behörde vorsichtig um diese Gunst gebeten, und sie hatte ihm mitteilen lassen, daß gegen seine Besuche nichts einzuwenden sei.

An einem Nachmittag betrat er das Gefängnis. Man führte ihn zu dem Wärter, der für Andrea zuständig war. Es ging durch viele Gänge, er zog den Kopf ein, um sich an den oft niedrigen Decken nicht zu stoßen. Insgeheim störte es ihn, so gehen zu müssen, denn es kam ihm so vor, als duckte er sich unter der Last seiner Tat. Schließlich kamen sie vor Andreas Zelle an, der Wärter schloß auf, ließ den Conte eintreten, schloß wieder zu und ließ sie beide allein.

36

Es war sehr dunkel, der Conte stand still und bemühte sich, etwas zu erkennen. Dann sah er Andrea, der in einer Ecke kauerte und langsam den Kopf hob. Als er den Conte bemerkte, versuchte er, sofort aufzustehen, doch es fiel ihm schwer, als müsse er ein Gewicht stemmen. Er machte einige verzögerte Schritte nach vorn, leicht taumelnd, und faßte mit gesenktem Kopf nach der Hand di Barbaros.

Der Conte packte auch sofort zu, es war, als wollte er den Geschwächten stützen, so fest mußte er ihn halten. Di Barbaro spürte eine starke Verlegenheit, es war ihm nicht recht, daß sich Andrea an ihn klammerte. Doch dann standen sie, einander haltend, eine Weile so da, sprachlos, wie überwältigt von einem beiderseitigen Schmerz.

»Ich danke Ihnen, daß Sie gekommen sind«, begann schließlich Andrea.

»Es war nicht sofort möglich«, antwortete der Conte, der versuchte, trotz einer starken Unruhe gelassen und sicher zu wirken. »Ich habe mich darum bemüht, aber die Hohe Behörde wollte es nicht.« Er hörte sich zu, wie er jetzt langsam begann zu lügen, es war nichts dagegen zu machen, nur so konnte er Andreas Vertrauen behalten.

Andrea deutete auf die beiden Stühle, und sie gingen hinüber zum Tisch und setzten sich. Der Conte schaute zu dem hochgelegenen Fenster empor, schon im Aufsehen begriff er, daß der Blick aus diesem Fenster das einzige war, was Andrea noch von Venedig zu sehen bekam. Sofort schaute er wieder weg, als wollte er vermeiden, darauf zu sprechen zu kommen.

»Haben Sie etwas erfahren, Conte?« fragte Andrea. »Können wenigstens Sie mir jetzt sagen, warum man mich hier gefangenhält?«

»Nein«, antwortete der Conte. »Die Hohe Behörde erklärt

sich nicht. Anscheinend hat Dich jemand angezeigt, heimlich. Bist Du Dir irgendeiner Schuld bewußt? Ahnst Du, warum Dir jemand nachstellt, auf diese Weise?«

»Ich hatte viel Zeit, darüber nachzudenken«, sagte Andrea, »aber ich weiß es nicht. Den einzigen Menschen, auf den ich gekommen bin, entschuldigen Sie, Conte, ist Meister Guardi.«

»Guardi? Francesco Guardi? Aber warum gerade der?«

»Meister Guardi war in den letzten Wochen sehr mißtrauisch. Er wußte, daß mir seine Malerei mißfiel, daß ich sie durchschaute, und er wußte zugleich, daß ich längst mehr von den Farben verstand als er und seine Werkstatt.«

»So ein Unsinn«, entfuhr es dem Conte. »Woher sollte Francesco Guardi denn wissen, daß Du selbst zeichnest und vorhast zu malen? Von mir weiß er es jedenfalls nicht! Ich habe mich an unsere Verabredungen gehalten, ich habe mit niemandem über Deine Arbeit gesprochen!«

»Aber Signore, Sie denken doch nicht, ich hätte Meister Guardi gegenüber von meinen Bildern gesprochen, etwa um mich hervorzutun oder um Eindruck auf ihn zu machen? Sie wissen, daß ich nur mit Ihnen darüber spreche, mit niemandem sonst.«

Der Conte stand auf und ging langsam in der Zelle auf und ab. Es paßte ihm nicht, wie sicher Andrea ihm antwortete. Beinahe hätte die Begrüßung ihn schon übermannt, doch jetzt erinnerte er sich wieder daran, was Andrea ihm angetan hatte. Ja, er mußte sich beherrschen, Andrea sollte gestehen, was geschehen war.

»Wie auch immer«, versuchte er es erneut, »Meister Guardi kann es nicht gewesen sein, der nicht. Ich lege meine Hand für ihn ins Feuer. Du mußt Dich genauer besinnen! Hast Du irgend etwas getan, das den Zorn eines anderen Menschen erregt haben könnte? Hast Du jemanden verletzt oder gekränkt, hast Du jemanden bloßgestellt, vielleicht unabsichtlich?«

Andrea stand nun ebenfalls auf, stützte sich aber weiter mit beiden Händen auf den Tisch. »Nein, Conte, ich habe niemanden schlecht behandelt, niemanden, da bin ich sicher.«

»Überleg es Dir ganz genau«, unterbrach ihn der Conte, »hat es vielleicht mit Deinem Zeichnen zu tun? Oder mit dem Amt des Cicisbeo?« Er behielt Andrea jetzt fest im Blick. Er sah, daß es ihm schwerfiel, aufrecht zu stehen, er schüttelte den Kopf, er schien sich nicht zu erinnern.

»Nein, ich habe nichts Unrechtes getan«, sagte Andrea.

»Aber es wird niemand aus heiterem Himmel in dieses Gefängnis gebracht«, erwiderte der Conte, etwas lauter als zuvor. »Die Gründe für die Verhaftung bleiben geheim, ja, das schon, aber sie werden geprüft, und zwar sehr genau. Es muß solche Gründe geben, es muß!«

Andrea löste sich von seinem Tisch und ging hinüber zum Fenster. Er blieb davor stehen und schaute hinaus. »Ich weiß keine«, sagte er. »Ich traue in dieser Stadt niemandem mehr, seit ich gehört habe, daß die meisten Gefangenen die Gründe für ihre Verhaftung nicht kennen. Jedermann kann mich angezeigt haben, aus irgendeinem nichtigen Grund!«

»Auf nichtige Gründe gibt die Hohe Behörde nichts«, rief der Conte. »Ich weiß selbst, daß sie sich ihr Urteil nicht leicht macht. Die meisten Angeklagten wollen ihre Schuld nicht bekennen, genau so wie Du! Sie sind verstockt, sie halten auch im Gefängnis jahrelang an der Einbildung fest, ehrliche Bürger zu sein!«

Andrea drehte sich um. »Conte, Sie sind der einzige Mensch, dem ich ganz vertraue, Sie haben mir das Leben gerettet und mich bei sich aufgenommen. Sagen Sie selbst: war ich nicht immer ehrlich zu Ihnen?«

»Meine Meinung spielt hier keine Rolle«, sagte der Conte, »nicht die geringste. Aber wenn Du mich schon so fragst, dann frage ich Dich, ob Du Dich an all unsere Vereinbarungen gehalten hast?«

»Ja, Signore, das habe ich.«

»Du hast mir lange keine Zeichnungen mehr geschenkt, habe ich recht? Du hast begonnen, für Dich selbst zu zeichnen, nicht wahr? Du hast Dich entschieden, nicht länger für Deinen Retter und Bewahrer zu zeichnen, sondern es auf eigene Faust zu versuchen!«

»Woher wissen Sie das?«

»Ich weiß es nicht, ich vermute es aber. Und so ist es, nicht wahr, ich sage die Wahrheit?! Denke nach, bevor Du mir antwortest.«

Di Barbaro sah, daß Andrea unruhig wurde. Sie gingen jetzt beide in der Zelle auf und ab, es war, als kreisten sie umeinander, darauf aus, dem anderen einen Stich zu versetzen.

»Ich wollte Sie nicht belügen«, sagte Andrea. »Ich habe nur etwas verschwiegen. Ich wollte die Zeichnungen erst fertigstellen, dann hätte ich sie Ihnen geschenkt, so wie die anderen auch.«

»Und was war zu sehen auf Deinen Blättern?« rief der Conte. »Kannst Du mir sagen, was Du gezeichnet hast, wochenlang?«

»Ich habe die Vergnügen des Leibes gezeichnet«, sagte Andrea ruhig.

»Welche Vergnügen?«

»Die innersten.«

»Was soll das heißen? Ich verstehe Dich nicht.«

Der Conte packte Andrea am Arm und zwang ihn so, still zu stehen. Zum ersten Mal wehrte sich Andrea gegen seine Berührung, er drehte sich ab und schaute wieder hinauf zum Fenster.

»Ich werde darüber nicht sprechen«, sagte Andrea. »Zwingen Sie mich nicht, über etwas zu reden, das ich selbst nicht begreife. Die Vergnügen des Leibes sind ein Geheimnis. Ich verrate keine Geheimnisse, niemandem. Woher wissen Sie von diesen Bildern?«

Der Conte ließ ihn los und trat etwas zurück, jetzt war ihm Andrea entkommen, mit wenigen, einfachen Sätzen, gegen die er nicht ankam. »Was soll ich wissen?«

»Sie haben die Bilder gesehen?«

»Ich?« Der Conte schüttelte den Kopf, als würden die Fragen ihm lästig. »Ich habe gar nichts gesehen.«

»Und wo sind die Bilder geblieben?«

»Was fragst Du mich?«

»Sie lagen im Glashaus.«

»Ja und?«

»Haben Sie die Bilder an sich genommen?«

»Ich sagte, ich weiß nichts von den Bildern, hast Du mich nicht verstanden?«

»Sie sprechen davon, als hätten Sie diese Bilder mit eigenen Augen gesehen.«

Di Barbaro spürte, daß er seine Unruhe kaum noch beherrschen konnte. Plötzlich schien er selbst der Angeklagte zu sein, der sich verstellte und etwas nicht zugab. »Ich will Dir etwas sagen«, erwiderte er. »Ich habe mich wochenlang über Dein Schweigen gewundert. Ich habe mir Gedanken gemacht über Dich! Ich habe mich gefragt, ob Du krank bist oder unzufrieden mit Deinem Talent! Ich hatte Sorgen, denn Deine Arbeit war mir nicht gleichgültig. Ich argwöhnte, das Amt des Cicisbeo könnte Dich ablenken oder belasten. Das alles ging mir durch den Kopf!«

Andrea drehte sich um. Zum zweiten Mal griff er nach der Hand des Conte. Di Barbaro versuchte, der Berührung zu entkommen, doch es war schon zu spät.

»Ich habe Sie belogen, Signore«, sagte Andrea, »Sie haben recht.«

Di Barbaro streckte sich, auf diese Worte hatte er die ganze Zeit gewartet. Endlich war es soweit. Schon spürte er, wie sich in ihm etwas löste, schon wollte er Andrea zu erkennen geben, daß ihn sein Geständnis erleichterte. »Wenn ich Dir weiter helfen soll und wir einander weiter vertrauen sollen, mußt Du mir alles gestehen.«

»Ja, Signore, ich weiß. Ich gebe zu, ich wollte die Bilder für mich behalten. Es waren andere Bilder als die, die ich bisher gezeichnet hatte.«

»Und weiter?«

»Das ist alles, sonst habe ich nichts getan, was unsere Vereinbarungen verletzte.«

»Nichts sonst? Überleg es Dir noch einmal genau!«

»Nichts sonst. Ich wollte die Bilder nicht aus der Hand geben, weil ich begonnen hatte, die Geheimnisse meines eigenen Körpers zu zeichnen. Ich glaubte, daß diese Geheimnisse nur mich betreffen. Mehr kann ich dazu nicht sagen.«

Der Conte löste sich von Andrea, ging zum Tisch zurück und setzte sich wieder. Dieses Gespräch verlief nicht so, wie er es sich vorgestellt hatte. Andrea entzog sich ihm immer wieder, er bekam ihn einfach nicht zu fassen. Am liebsten hätte er ihm gesagt, was er wußte, doch es kam darauf an, ihn nicht mißtrauisch zu machen. »Ich mache Dir einen Vorschlag«, sagte er langsam, »denn ich will Dir eine Gelegenheit geben, Deine Verfehlung wiedergutzumachen.«

»Ich werde tun, was Sie verlangen«, sagte Andrea und kam ebenfalls zum Tisch zurück. Jetzt saßen sie wieder zusammen, als planten sie etwas gemeinsam.

»Du wirst diese Zeichnungen, von denen Du sprichst, Du wirst diese Vergnügen des Leibes noch einmal zeichnen, und zwar hier, in dieser Zelle, nur für mich.«

Der Conte lehnte sich etwas zurück. Wieso war er nicht früher auf diesen Gedanken gekommen? Es war der rettende Einfall, der einzig mögliche Ausweg. Andrea würde Buße tun, mit jedem Federstrich. Er würde seine Verfehlungen eingestehen müssen, deutlich und sichtbar, und dann würde er, Paolo di Barbaro, ihn zur Rede stellen. Was man auf dem Papier sah, ließ sich schließlich nicht länger leugnen.

»Ich kann in dieser Zelle nicht zeichnen«, sagte Andrea.

»Ich werde Dir alles Nötige beschaffen, mach Dir da keine Sorgen«, antwortete der Conte schnell. »Der Wärter ist ein vernünftiger Mann, ich kenne ihn gut. Ich werde ihn belohnen für seine Dienste. Von heute an wirst Du alles bekommen, was Du brauchst für Deine Arbeit.«

»Ich brauche die Farben, Signore«, erwiderte Andrea, »sonst nichts. Ich werde für Sie arbeiten, ganz so wie früher, aber zeichnen kann ich hier nicht. Wenn Sie mir jedoch meine Farben, Leinwand und Pinsel besorgen, werde ich anfangen zu malen, wie wir es einmal geplant hatten.«

»Du wirst malen, in Öl und auf Leinwand? Du wirst es versuchen?« fragte der Conte.

»Ja«, sagte Andrea, »ich werde malen, an was ich mich noch erinnere. Ich habe die ganze Zeit hier an nichts andres gedacht. Alles soll Euch gehören, Conte Paolo, ich werde malen, bis die Bilder in mir verschwinden, bis ich nichts mehr sehe und die Bilder verbraucht sind.«

Di Barbaro lächelte unwillkürlich, jetzt war er am Ziel. Er würde Antonio gleich schreiben, daß es nun soweit war. Lange genug hatten sie auf Andreas Bilder gewartet. In dieser Zelle würde er genügend Zeit haben, Hunderte von ihnen zu malen, schließlich hatte er hier ja nichts anderes zu tun. Man konnte sie zusammen mit den Zeichnungen nach und nach überall anbieten, in England, Frankreich und Deutschland, die besten natürlich hier in Italien. Unvorstellbare Preise würde man zahlen für diese Bilder, Preise, die alles übertreffen würden, was man bisher für Bilder gezahlt hatte. Antonio und er, sie würden ein Vermögen verdienen, ja, so würde es kommen ...

Er stand auf und legte Andrea die Hand auf die Schulter. »Gut, ich werde für alles sorgen. Wir wollen alle Unstimmigkeiten vergessen, aber ich erwarte, daß Du Dein Wort hältst und mich nicht ein zweites Mal enttäuschst. Es würde das letzte Mal sein. Von heute an wird sich alles hier ändern für Dich. Deine Zelle wird ein Arbeitszimmer werden, nur für Dein Malen! Wirst Du anständig verpflegt?‹

»Ich vertrage das Essen nicht, nur Wasser und Suppe.«

»Ich werde auch dafür sorgen und den Wärter entsprechend bezahlen. Man wird Dir kochen, wonach Du verlangst. Ich möchte, daß Dir hier nichts fehlt, nicht das geringste, außer, natürlich, der Freiheit. Wenn Du einen Wunsch hast, so sprich darüber nur mit dem Wärter. Viele Gefangene gehen in diesen Zellen hier ihren Beschäftigungen nach. Ich werde bei der Hohen Behörde erreichen, daß man auch Dich arbeiten läßt. In einigen Wochen werde ich wieder erscheinen, um mir einen Eindruck zu verschaffen und mir die ersten Gemälde anzuschauen. Bist Du einverstanden?«

»Ja, Conte. Ich danke Ihnen, ich kenne in dieser Stadt keinen besseren Menschen als Euch.«

Di Barbaro nickte, als hätte er dieses Lob ganz selbstverständlich erwartet, dann drehte er sich um, ging zur Tür und rief den Wärter. Andrea war ihm gefolgt, mit schlurfenden, hastigen Schritten. »Ach, Conte, Sie verzeihen, noch eins!«

»Was denn?«

»Wie geht es der Signora?«

»Der Signora? Ach, Du meinst Caterina. Wie soll es ihr gehen? Gut, soweit ich weiß.«

»Vermißt sie mich nicht?«

»Dich? Wieso sollte sie? Sie war nur etwas ungehalten, daß Du so plötzlich verschwunden bist. Hätte sie vorher davon gewußt, hätte sie sich rechtzeitig nach einem neuen Cicisbeo umgesehen.«

»Nach einem neuen?«

»Ja natürlich. Wieso fragst Du? Du weißt, daß sie einen Begleiter braucht, Du weißt es doch ganz genau.«

»Ja, ich weiß.«

»Jetzt sucht sie sich einen neuen, einen Nachfolger für Dich.«

»Sind Sie ganz sicher, daß sie einen Nachfolger sucht?«

Der Wärter war jetzt vor der Tür angekommen und schon dabei, sie zu öffnen. Der Conte gab ihm einen Wink, daß er sich noch einen Augenblick gedulden sollte. Andrea stand da, als begreife er nicht, was er gehört hatte.

»Du fragst sehr seltsam«, sagte der Conte. »Ich verstehe nicht, warum Du so fragst.«

»Ich glaube nicht, daß die Signora einen Nachfolger sucht, Conte Paolo.«

»Und warum glaubst Du es nicht?«

»Weil es keinen Nachfolger für mich gibt. Irgendwann wird die Signora einen anderen Mann an ihre Seite bitten, aber dieser Mann wird nicht mein Nachfolger sein. Niemand wird diesen Dienst so verrichten wie ich, das hat die Signora mir selbst gesagt.«

»So ein Unsinn! Was sollte so Besonderes an Dir sein, daß niemand Dich ersetzen könnte?«

»Das müssen Sie die Signora fragen, Conte Paolo.«

»Ich?! Warum soll ich sie fragen? Ich will Dir noch eins sagen, zum Abschied. Die Signora hat Dich schon vergessen, sie spricht schon lange nicht mehr von Dir. Seit Wochen hat sie keinen anderen Gedanken als den an den nächsten Cicisbeo. Jeden Tag fällt ein anderer Name, es macht ihr Freude, alle Möglichkeiten durchzugehen, Bewerber gibt es genug, ein Fest folgt aufs andere, im Nardischen Palazzo wollen die Lichter gar nicht mehr verlöschen.«

»So ist das, ich verstehe. Entschuldigen Sie, Conte Paolo, ich werde Sie nicht mehr nach der Signora fragen. Grüßen Sie Carlo und Giulia, sofern die sich noch an mich erinnern, und grüßen Sie den Conte Giovanni. Sobald Farben und Leinwand da sind, werde ich malen. Ich werde nichts andres mehr tun und nichts andres mehr denken, so wird es sein.«

Der Conte stutzte, beinahe hätte er noch einmal nachgefragt, was die Feierlichkeit dieser Worte bedeutete, doch dann nickte er nur wieder, befahl, die Türe zu öffnen, gab Andrea die Hand und ging entschlossen hinaus.

Er hatte nicht daran gedacht, den Kopf einzuziehen, als er dem Wärter nach draußen folgte, und so stieß er sich kurz hinten am Schädel. Er fuhr sich mit der Rechten durchs Haar, und während er eine klebrige Feuchtigkeit spürte, war plötzlich Andreas Bild da. Er lag im Boot, hilflos, auf dem Rücken, er, Paolo di Barbaro, hatte diesen Anblick damals nicht ertragen. Er hatte seinen Mantel ausgezogen und befohlen, ihn dem Totgeglaubten unterzulegen.

Für einen Moment wurde ihm übel. Während er hinter dem Wärter herging, schaute er auf die Finger der Rechten. Sie zitterten, in ein leichtes, poröses Rot getaucht. ›Er soll seine Farben bekommen‹, dachte der Conte, ›er soll alles bekommen, was er noch braucht.‹

37

Giulia wurde immer unruhiger, denn sie wußte nicht mehr, was sie noch tun sollte. Immer wieder versuchte sie, Caterina aufzumuntern und dazu zu bewegen, wenigstens einmal hinunterzugehen in den Garten, doch Caterina blieb in ihren Zimmern, als wäre auch sie eine Gefangene. Zugestimmt hatte sie nur, den Altan aufzusuchen, doch als sie dort oben Platz genommen hatte, war sie sofort wieder in ihr ansteckendes Brüten verfallen. Sie hatte hinuntergeschaut auf das Glashaus, erst da hatte Giulia begriffen, daß sie den Altan nur dieses Blicks wegen aufgesucht hatte. Sie klammerte sich an die Erinnerung, und je mehr Giulia versuchte, sie abzulenken, um so mehr versenkte sie sich in ihre Träumereien.

Die alte Amme aber ertrug die Stille nicht mehr. Frühmorgens schlich sie in Caterinas Zimmer, doch sie durfte die Läden nicht öffnen. Sie half Caterina wieder beim Ankleiden, aber es ging alles nur schleppend voran, unterbrochen von Seufzern der Schwäche, die immer häufiger wurden, seit Caterina den ganzen Tag lang nichts anderes mehr zu sich nahm als eine Schokolade am Morgen und eine am Nachmittag.

Niemand kümmerte sich noch um den Haushalt, Mahlzeiten wurden nicht mehr aufgetischt, in der Küche saßen die Mägde, putzten vorsorglich Gemüse und schafften es Stunden später wie Abfall hinunter in die Halle. Alle hatten sich angewöhnt, leise zu sprechen, als bräche nach einem lauten Geräusch alles zusammen oder als wartete man auf die Ankunft und Rückkehr des Hausherrn.

In der Eingangshalle versammelten sich die Gondolieri des Viertels in ihren freien Minuten. Sie aßen, was aus der Küche heruntergebracht wurde und tranken ein winziges Glas Wein, eine ruhige, unaufhörlich plaudernde Meute, von der immer wieder einige aufbrachen zur Arbeit, um schon bald erneut zu erscheinen. Sie saßen nur mit ihresgleichen zusammen und wechselten gewöhnlich alle paar Tage ihren Aufenthaltsort. Aus dem Nardischen Palazzo aber waren sie anscheinend nicht mehr zu vertreiben. Sie hockten auf den Treppenstufen und kauerten sich in die Nischen der Fassade wie eine Schar unheilbringender, dunkler Vögel. Giulia hatte ihnen schon mehrmals befohlen, rasch zu verschwinden, aber sie hörten nicht auf sie, unterhielten sich weiter, wenn sie etwas sagte, und lachten kurz vor sich hin, wenn sie verschwand.

Für Giulia aber wurden die Gondolieri mit der Zeit zu einem Zeichen. ›Ja‹, dachte sie, ›diese Burschen sind ein Zeichen für den Verfall dieses Hauses. Sie tun, was ihnen gefällt, und es ist niemand mehr da, auf den sie hören. Sie wittern, daß dieses Haus herrenlos ist, und sie sitzen da, als wäre die Signora nicht mehr am Leben. Sie haben alle Achtung verloren, es ist ja auch kein Wunder. In den Tagen des Conte Giovanni wagten sie es nicht einmal, diese Halle zu betreten.‹

Giovanni Nardi aber saß längst nur noch in dem großen Portego, ein erstarrter, beinahe lebloser Greis, der mit leicht geöffnetem, zitterndem Mund vor sich hin schaute. Man konnte sich nicht mehr mit ihm unterhalten, und es lohnte sich auch nicht mehr, ihm etwas vorzulesen. Die einzigen Worte, die er noch hervorbrachte, waren die Namen der Früchte, die er zu essen begehrte, seltsame Namen mit einem oft orientalischen Klang, Phantasienamen, die er einfachen Kirschen, Quitten und Birnen gab, als handelte es sich um edle Waren aus der Ferne. Giulia verstand nicht, was ihn noch am Leben hielt, er schien noch auf irgend etwas zu warten, um den letzten, allerletzten neugierigen Blick auf eine Sache zu werfen, die ihm nicht aus dem Kopf ging.

Und so war sie, die alte Amme, die einzige, die noch dafür sorgte, daß das Leben im Palazzo nicht ganz erlosch. Sie gab dem Gärtner Anweisungen, angeblich im Auftrag der Signora; sie schickte die Mägde zum Einkaufen, als sollte täglich für die Herrschaft gekocht werden; und sie empfing den Verwalter der Landgüter und schrieb sich auf, was er gesagt hatte, da, wie sie sagte, die Signora erkrankt sei.

So war es ihr gelungen, die erste Zeit zu überbrücken. Jetzt aber spürte sie, wie ihre Kraft nachließ. Sie konnte sich nicht weiter in Ausreden flüchten, das Leben mußte weitergehen, aber bei Caterina würde keine Besserung eintreten.

An einem Nachmittag entschloß Giulia sich, endlich zu handeln. Sie zog ein dunkelblaues Kleid an, band sich ein weißes Kopftuch um und ging hinunter in den Garten. Sie öffnete eines der Törchen, die schon seit langem geschlossen waren, und betrat den Nachbargarten. In der Eingangshalle des Palazzo traf sie auf Carlo, der sie hinaufführte in den Portego. Sie wartete dort eine Weile, dann war der Conte bereit, sie zu empfangen.

Er führte sie in einen kleinen Salon. Er blieb in der Nähe des Fensters stehen, sie an der Tür, sie standen, wie sie bemerkte, in weitem Abstand zueinander, anscheinend hatte er sich vorgenommen, nur kurz mit ihr zu sprechen, als ließe diese Sache sich mit wenigen Worten verhandeln.

»Was gibt es, Giulia?« fragte er.

Sie ging drei Schritte auf ihn zu und blieb in der Mitte des Salons stehen. »Conte Paolo, ich komme zu Ihnen, weil ich mir keinen Rat mehr weiß. Seit uns Andrea verlassen hat, ist alles anders als früher. Die Signora hat sich eingesperrt in ihre Zimmer, niemand kümmert sich noch um die täglichen Geschäfte. Ich bin eine alte Frau, ich habe versucht zu helfen, aber so kann es nicht weitergehen.«

Sie sah, wie der Conte aufmerkte. Er stand ohne eine Regung da und schaute kurz in den Garten. Sie schwiegen beide, bis der Conte sich von dem Anblick löste und ebenfalls auf sie zuging. »Setzen wir uns, Giulia«, sagte er.

Sie setzten sich an den kleinen Tisch, und der Conte stützte den Kopf in die Hand, als machte er sich auf ein langes Zuhören gefaßt. Er sagte aber noch immer nichts, Giulia blickte ihn an und wartete, bis er sich einen Ruck gab.

»Was ist mit Caterina?« fragte er endlich, und es kam ihr so vor, als wappnete er sich gegen ihre Worte.

»Ich will Ihnen sagen, was mit ihr ist, Conte Paolo, ich will es Ihnen ganz ehrlich sagen, denn es ist an der Zeit, ehrlich zu sein. Andrea fehlt der Signora, deshalb sitzt sie so fassungslos in ihren Zimmern. Die beiden waren ein Paar, ein schönes, nein, ein sehr schönes Paar. Sie waren es in jedem Sinne, Conte Paolo. Ich habe davon gewußt, die ganze Zeit, und vielleicht hätte ich mich jemandem anvertrauen müssen, aber ich brachte es nicht übers Herz. Ich weiß, daß es nicht recht war, ich wußte es und sagte es mir jeden Tag, aber ich war zu schwach, etwas dagegen zu tun. Caterina war sehr glücklich, glauben Sie mir, und ich wollte nichts tun, was dieses Glück hintertrieb.«

Di Barbaro räusperte sich und faltete die Hände zusammen.

Wieder schaute er regungslos vor sich hin, sie verstand nicht, wie er so ruhig bleiben konnte.

»Mit wem hast Du darüber gesprochen?« fragte er endlich.

»Mit niemandem, Conte Paolo. Sie sind der erste, der es erfährt.«

»Gut«, sagte der Conte, »ich glaube Dir. Was Du sagst, ist so unglaublich, daß ich Dir glaube. Aber wie konnte es denn so weit kommen, um Himmels willen?«

»Da fragen Sie noch, Conte Paolo?! Oh, ich will mich nicht zur Richterin machen, aber ich will sagen, was ich darüber denke. War es recht, eine so junge und schöne Frau wie Caterina allein zu lassen, war es recht von Ihrem Bruder Antonio? Mußte er hier erscheinen, um sie zu heiraten, und dann wieder nach England verschwinden, frei wie ein Vogel, der nicht daran denkt, sein Nest zu bauen? Ich weiß, hier in Venedig zeigen die Eheleute sich nicht gern zusammen, aber soll diese falsche Gewohnheit denn dazu führen, daß sie sich überhaupt nicht mehr sehen? Caterina wünschte sich einen Mann an ihrer Seite, und als Antonio verschwand, wählte sie sich den schönsten Cicisbeo der Stadt. Sie kennen Andrea besser als jeder andere. Er ist ein vornehmer, zurückhaltender Mensch, er ist besser, verzeihen Sie mir, als all unsere jungen Herren von Stand, die Tag und Nacht von einem Fest zum andern schleichen. Andrea begleitete die Signora überall hin, und er tat alles für sie. Er verehrte sie so, wie ein Cicisbeo es tun soll, und nicht wie die vielen Gecken, die solche Verehrung nur spielen. Ich habe bemerkt, wie die beiden sich immer enger zusammenschlossen, und ich habe Caterina gewarnt, glauben Sie mir. Aber, sagen Sie selbst, gehörten sie denn nicht zusammen? Gehörten gerade diese beiden jungen und füreinander wie geschaffenen Menschen nicht von Natur aus zusammen?«

»Nein«, sagte der Conte da plötzlich, und Giulia schwieg augenblicklich. »Nein, sie gehörten nicht von Natur und erst recht nicht vom Stand her zusammen. Was sie getan haben, ist nicht zu entschuldigen, das weißt Du. Und ich füge hinzu, daß auch Dich eine Schuld trifft. Du hättest Dich beizeiten an mich wenden müssen, nicht erst jetzt, wo es zu spät ist.«

»Was?! Sie klagen auch mich an, Conte Paolo? Sie verstehen nicht, was in mir vorging?«

»Ich brauche es nicht zu verstehen. Mir genügt, daß ich erst jetzt von Dir erfahre, was ich viel früher hätte erfahren müssen.«

»Oh, das ist so leicht gesagt! Ein Beobachter kann so etwas sagen, ein Fremder, einer, der alles von außen betrachtet! Aber das sind Sie doch nicht, obwohl Sie sich meist so verhalten, das muß ich sagen, jawohl, Sie verhalten sich meist so, als gingen Sie all diese Geschichten nichts an. Und wenn es dann ernst wird und es geht um Familie und Ehre und diese Dinge, dann sitzen Sie da, so wie jetzt, als der Richter! Auch das ist nicht recht, auch das ...«

»Kein Wort mehr«, unterbrach sie der Conte. »Was nimmst Du Dir denn heraus? Du verstehst nichts von diesen Geschichten, und Du begreifst erst recht nicht meine Rolle in dieser Angelegenheit, gar nichts begreifst Du!«

Giulia schwieg, sie hatte den Conte noch nie so erregt gesehen. Er redete so aufgebracht, als spräche er nicht nur mit ihr, sondern als verteidigte er sich gegen eine ganze Phalanx von Angreifern. Sie wartete und schaute zu Boden. Sie würde nicht nachgeben, nein, das wußte sie ganz genau. Letztlich war ihr gleichgültig, ob ihn ihre Worte verletzten; es kam jetzt nicht mehr darauf an, wie sich der Conte Paolo aufführte und was er dachte, sondern es kam nur darauf an, daß Caterina geholfen wurde.

»Ich will Ihnen noch etwas sagen«, setzte sie wieder an, »ich will Ihnen sagen, wie ich Ihre Rolle sehe, in dieser Angelegenheit. Auch Sie haben einen Fehler begangen, ja, auch Sie! Sie hätten sich um Caterina kümmern müssen, ach, was sage ich, Sie hätten um sie werben müssen. Sie wären der richtige

Mann für sie gewesen, nur Sie! Ich habe es immer gesagt, ich habe es auch Caterina gesagt. Sie hätten sich nicht mit den Plänen des Conte Giovanni zufrieden geben dürfen, nicht mit diesen lächerlichen Ideen vom Zweitältesten, der die Älteste, oder den Ideen von der Ältesten, die den Soundsovielten heiratet. Denn was sind das für Ideen? Es sind alte, verbrauchte Ideen, schon bald wird sie niemand mehr in Venedig verstehen. Sie hätten auftreten sollen, wie ich es von Ihnen erwartete, klug, entschieden, um Caterina zu heiraten. Das hätte ich von Ihnen erwartet!«

Sie sah, wie der Conte sich kurz nach vorn beugte, als duckte er sich. Für einen Moment erkannte sie nicht sein Gesicht, eine merkwürdige Regung schien ihn zu durchfahren, aber sie begriff nicht, was es war. Sie glaubte schon, daß ihm nicht wohl sei, doch er richtete sich schnell wieder auf.

»Vielleicht hast Du recht«, sagte er nach einer Weile, »vielleicht hätte ich Caterina heiraten sollen. Aber was reden wir? Ich habe mich nun einmal so entschieden, ich konnte nicht anders. Jetzt ist es zu spät, sich über Vergangenes zu unterhalten, wir sollten überlegen, was zu tun ist.«

»Es ist überhaupt nicht zu spät«, antwortete Giulia. »Was denken Sie, warum ich zu Ihnen komme? Um Ihnen nur mein Leid zu klagen? Oder um zu jammern? Nein, ich möchte, daß Sie sich jetzt anders entscheiden.«

»Was?! Was meinst Du?« fragte der Conte und richtete sich auf.

»Kommen Sie mit mir hinüber! Sprechen Sie mit Caterina! Bieten Sie ihr Ihre Hilfe an! Und treten Sie endlich an Ihre Seite, in welcher Rolle auch immer!«

›Sie hat schon wieder recht‹, dachte der Conte. ›Ich sitze hier wie ein hilfloser Esel und muß mir von der alten Giulia sagen lassen, was ich zu tun habe. Worauf warte ich noch, worauf? Mein Gott, ich habe all die Zeit nur gewartet, immerzu. Ich habe mit angesehen, was um mich herum geschah, und ich habe die anderen handeln lassen, zu fein, um mich zu entscheiden. Ich hätte nicht hören sollen auf die Orakelsprüche des alten Nardi, ich hätte all diese alten Ordnungen über den Haufen werfen sollen, ach, ich hätte einfach handeln sollen, tun, wonach mir der Sinn stand! Und wußte ich nicht genau, was ich wollte? Doch, ich wußte es ganz genau. Am Ende war ich zu feig oder zu ich-weiß-nicht-einmal-was, um mich zu erklären. Ich hätte Caterina heiraten sollen, an meiner Seite hätte sie sich nicht zu Andrea geflüchtet, nein, ganz ausgeschlossen! Und jetzt? Jetzt warte ich wieder darauf, daß etwas geschieht. Aber was soll denn noch geschehen? Giulia hat recht, Caterina braucht jetzt einen Mann an ihrer Seite. Ich bin ihr Schwager, ich habe die Pflicht, mich um sie zu kümmern. Man wird verstehen, daß ich sie begleite, auch wenn ich die Rolle des Cicisbeo nicht ausfüllen kann. Und warum auch? Caterina wünscht jetzt keinen Cicisbeo, er würde sie nur an Andrea erinnern. In mir könnte sie jemanden haben, der zur Familie gehört und auf den kein falsches Licht fällt. Es ist Zeit, daß man Andrea vergißt, das hätte ich mir längst sagen müssen. Es kommt jetzt darauf an, ein neues, anderes Leben zu beginnen. Giulia mußte kommen, um mich auf diese einfachen Weisheiten aufmerksam zu machen. Es ist nicht zu fassen!‹

Er stand auf, denn er konnte seine Erregung kaum noch beherrschen. Am liebsten wäre er mit Giulia sofort hinüber gegangen, um mit Caterina zu sprechen. Aber dann hätte er zugegeben, daß Giulia recht hatte und in ihren Augen vielleicht an Achtung verloren, nein, das durfte nicht sein. Giulia war eine lebenserfahrene Frau, von Anfang an hatte sie anscheinend zu ihm gehalten, zu ihm, Paolo di Barbaro, den sonst niemand in Betracht gezogen hatte, niemand von der gesamten Verwandtschaft. Giulia aber hatte nur nach ihrem Gefühl entschieden, sie hatte ihn stets im Auge behalten, als den einzig Richtigen, als den, der für Caterina bestimmt war.

Der Conte schaute sie an, da stand sie vor ihm, in ihrem blauen Kleid mit dem weißen Kopftuch, erschöpft, am Ende ihrer Kräfte. Es hätte durchaus so weit kommen können, daß er von ihrer Treue nichts erfahren hätte, schließlich war sie schon sehr alt. Gerade noch rechtzeitig war sie zu ihm gekommen, um ihm einen vielleicht letzten Dienst zu erweisen.

Er ging auf sie zu und packte sie mit beiden Händen. Er küßte sie auf die Stirn und umarmte sie. ›Jetzt stehen wir da wie Mutter und Sohn‹, dachte er, ›wie Mutter und Sohn. Ich bin das ahnungslose Kind, das seine Fehler einsehen muß, und sie ist die Mutter, die alles hat kommen sehen, aus Liebe schwieg und jetzt verzeiht.‹

Als er aufschaute, bemerkte er ihre Tränen. Er küßte sie noch ein zweites Mal, dann machte er sich von ihr los.

»Ich werde hinüber kommen«, sagte er, »schon morgen früh. Ich werde Caterina helfen, Du hast recht, Sie braucht einen Mann an ihrer Seite. Wir werden vergessen, was einmal war, und wir beide werden die einzigen bleiben, die von diesen Geheimnissen wissen.«

»Endlich«, sagte Giulia, »endlich wird sich alles ändern. Ich danke Ihnen, Conte Paolo. Ich werde alles tun, Ihnen zu helfen.«

Sie fuhr sich mit den Fingern über die Augen. Dann trat sie zu ihm, umarmte ihn noch einmal und ging hinaus.

38

Andrea begann zu malen. Man hatte ihm Farben, Pinsel und Leinwand gebracht, und er hatte sich zunächst daran gemacht, Farbstriche auf einigen Fetzen Papier zu verteilen, in langen Reihen. Dann aber hatte er auch diese Hilfen beiseite gelegt und sich nur noch an seine Traumbilder gehalten.

Es waren kaum noch erkennbare und in der Erinnerung immer schwächer werdende Bilder, auf denen die Silhouetten der Häuser im hellen Tageslicht zitterten, blaugraue Schatten, die sich ins Weißgrau des Wassers drückten, darüber der weite, von blassen Gelbtönen durchsetzte Himmel. Hier und da setzte er einige Barken und Gondeln dazu, tiefgelbe, braune oder grauschwarze Flecken, die sich an die Silhouetten anschmiegten. Über alldem aber brütete das Sonnenlicht, ein blendender Auswurf, der alle Erscheinungen überzog, die See durchsichtig machte und den Himmel so weit und unendlich, daß man die Häuser beinahe darin fortschweben sah.

Manchmal setzte er in die Mitte des Bildes ein unerwartetes Rot, das nach vorn ausbrach, auf den Betrachter zu, daneben das Gelb, und zuletzt das Blau, das die Bewegung des Rots langsam zurücknahm und in der Tiefe auflöste. Die Gebäude wurden ganz leicht, nur aus Wasser- und Luftfarben angedeutet, so daß See und Himmel sie wie zwei sich spiegelnde Wesen erfaßten und zu einer feinen, im Hintergrund versickernden Linie machten.

Oft kam es ihm vor, als malte er die Dinge im Nebel, so sehr verschwammen die Erscheinungen immer mehr in den luftigen Farben. Er arbeitete schnell, ein Bild nach dem andern entstand, er war berauscht von den Farbtönen, die er immer hemmungsloser aufeinandertreffen ließ, bis die Gebäude, die Barken und Boote, ja die ganze schwebende Linie mitten im Bild, allmählich einzubrennen begannen und sich verwandelten in eine feurige Horizontale, die die Bilder durchschnitt.

Jetzt stellten sich auch die dunkleren, kräftigen Töne ein, jetzt begannen die Farben selbständig zu leuchten, als entfernten sie sich von den Erscheinungen und lebten ganz aus sich selbst, so irritierend, daß er sich vornahm, sich an die letzten Traumbilder zu klammern, die ihm gerade noch blieben. Auf einem sah er Caterina und Giulia hoch oben auf einem Altan, es war aber nicht der Altan des Nardischen Palazzo, sondern ein viel größerer, breiterer, von dem aus man auf den Markusplatz schauen konnte und nach rechts hin auf die offene See, wo gerade ein Feuerwerk hochging. Auf dem Markusplatz aber hatte sich eine große Menschenmenge versammelt, dunkle Schatten und Punkte, die sich an vielen Stellen in einer einzigen Brandwoge verloren, in einem gewaltigen, das ganze Bild durchschießenden Glimmen und Leuchten, das die Markuskirche wie einen hellen Glaspalast anstrahlte, das ganze Ufer aufbrennen ließ und die Stadt zu einem Lichtermeer machte.

Andrea erinnerte sich daran, daß auch Meister Guardi den Brand irgendeiner Kirche gemalt hatte, wie ein kleines Spektakel, mit einer langen Reihe von Zuschauern im Vordergrund und mit einem rauchgeschwärzten, braundunklen Himmel. Meister Guardi hatte den Brand so gemalt, als hätte man ihn jederzeit löschen können, die Flammen hatten sich zwischen den Zuschauern und einer Reihe von Häusern tummeln dürfen wie kleine Wogen, die nicht viel ausrichteten.

Er aber, Andrea, malte den Brand nicht wie ein kleines Stadtviertelereignis; er malte den Brand so, daß sich seine Mitte tief im Innern des Bildes befand, unsichtbar, ein geheimes Zentrum, das in alle Farben ausstrahlte, sie umrührte, durcheinander wirbelte und so ihre alltägliche Erscheinung schließlich ganz fortätzte.

Manchmal glaubte er, sich mit jedem Bild ein wenig mehr aus der Wasserstadt zu entfernen, ja, er näherte sich der Lagune, der großen Weite von Himmel und Wasser, in der sich die Farben ganz ungestört von den Gebäuden und Menschen entfalteten, reine Farben, Kleckse und Mischungen, nicht mehr dazu mißbraucht, etwas darstellen, halten oder schmücken zu müssen.

Er saß jetzt meist mit dem Rücken zum Fenster, da er das Licht von draußen kaum noch ertrug. Am liebsten wäre ihm gewesen, er hätte mit Händen und Füßen malen können, ja mit seinem Körper, so daß der Körper sich in den Farben ausgeformt hätte.

Tagsüber sah er niemanden als den Wärter, der noch freundlicher als früher zu ihm war, seit er vom Conte eigens bezahlt wurde. Er brachte ihm, sooft er es wünschte, gegrillte Fische, große, unzerteilte, auf dem Rost gewendete Barsche und Brassen, dazu nur Wasser, in mächtigen Flaschen, die in Eimern mit Eiswasser standen.

Manchmal hörte er die Stimmen der anderen Gefangenen; einige, die in tiefer gelegenen Zellen untergebracht waren, hatten Spiegel an den Fenstergittern befestigt, um die vorübergehenden Passanten beobachten und ihnen etwas zurufen zu können. Oft nahm das Geschrei gar kein Ende; die Gefangenen erbettelten sich Waren, die sie lange entbehrt hatten, einige Straßenhändler ließen sich sogar bereitwillig auf diesen Handel ein, da sie von den Gefangenen gut bezahlt wurden.

Ihn, Andrea, aber beschäftigte das alles nicht. Er wünschte sich nichts anderes mehr außer Fischen, Wasser und etwas Brot, manchmal glaubte er schon, seinem unbekannten Denunzianten dankbar sein zu müssen, denn hier im Gefängnis ließen ihn alle endlich in Ruhe und verlangten nichts mehr von ihm, so daß er ungestört malen konnte, ein Gefangener, der die brennenden, leuchtenden Bilder nur noch aus seinem Inneren gebar, aus einer Einsamkeit, die ihm nicht mehr zu schaffen machte. Nein, wenn er arbeiten konnte, machte es ihm nichts aus, so allein zu bleiben, Abgeschiedenheit und Einsamkeit waren vielleicht sogar die beste Bedingung dafür, daß er sich endlich den verborgenen Zonen seines Innern nähern konnte, in denen das Geheimnis seiner Herkunft sich noch immer verbarg.

Je länger er malte, desto mehr spürte er, daß diese Zonen lebendiger wurden. Er mußte sich von allem, was er seit seiner Ankunft in der Wasserstadt kennengelernt hatte, trennen, er mußte ihre Bilder immer mehr vergessen, die Bilder zuerst, aber auch die kräftigen, betörenden Gerüche, die Echoklänge der Nächte, den Duft der Zimmer im großen Palazzo und die erregende samtige Weichheit von Caterinas Körper. Caterina, hatte der Conte gesagt, dachte längst nicht mehr an ihn, sie führte ein andres Leben, mit neuen, ihr noch fremden Vergnügen, jung war sie, voller Lebenslust, und wer war er, Andrea, daß er daran dachte, sie könnte einen wie ihn noch vermissen?

Solche Fragen und all die sich langsam auflösenden Erinnerungen ließen ihn nur nachdenklich werden, sie lenkten ihn ab und beschäftigten ihn, ohne daß er zu einem Ergebnis gekommen wäre. Nein, er wollte sich keine Gedanken mehr über die Vergangenheit machen, schließlich war sie nur ein kleiner, vielleicht rasch wieder zerfallender Bestandteil seines Lebens, ein Abschnitt, in dem er freilich sein Talent entdeckt hatte, die unglaubliche Fähigkeit, Gegenstände und Menschen so zu zeichnen, als seien sie zum Greifen nahe.

Beim Malen mit den Farben jedoch kam es auf etwas anderes an, beim Malen vergaß er die Nähe von Personen und Dingen. Sie gingen über in einen Farbton, in Kälte und Wärme, in Anziehung und Abstoßung, so unmittelbar, daß ihm schließlich der Gedanke kam, auf das Sichtbare ganz zu verzichten. Ja, er lag auf dem Rücken in einer der schwarzen Gondeln und trieb in der Lagune dahin, die Augen geschlossen. Jetzt berührte der Oberhimmel der Luft die Unterhimmel des Wassers, und auf der nicht mehr erkennbaren Linie, die beide unmerklich schied, sammelten sich langsam die aus dem Blau heraustretenden Farben, zunächst winzige Inseln, wie früheste Gestalten der Schöpfung, dann wuchernde, aber im Blau rasch wieder zergehende Kristalle, die sich schließlich unterhalb des Blaus zusammenrotteten als schmale Riffe.

Er war jetzt nahe daran, das Wasser zu malen, nichts anderes mehr als Himmel und Wasser, vor allem aber die kaum ergründliche Oberfläche des Wassers, kein Gekräusel von Wellen, wie auf den falschen und längst veralteten Bildern des Meisters Canaletto, kein unbewegtes, sumpfiges Grün wie auf den naturwidrigen Bildern des Meisters Guardi, sondern die unbewegte, stille Oberfläche, wie sie sich dem unbestechlichen Auge darbot, nach langem, unendlich langem Betrachten. Ja, er wollte die Gebäude und Barken, die Dinge und Menschen, alles, was Schatten warf, vergessen, außer den Wolken, denn der Zug der Wolken oder ihr beharrender Stillstand gaben dem Wasser Tiefe und Schwere.

Am schwersten aber war es, die Brandung des Meeres am flachen Ufer zu malen, das Ausrollen der Wellen, den Moment, in dem die Wogen, auf der Höhe ihrer Biegung, übernickten, kurz zögerten und nachgaben, worauf das Wasser an den Strand sprang wie eine geschüttelte Kette, die ihr Zucken von einem Perlenglied zum andern weitergab, wie ein davoneilender Schlangenkörper.

So malte er schließlich, indem er sich nur noch den Farben hingab, er wollte die einfachsten Stoffe der Natur in ihnen wiedergewinnen, so daß das Auge beim Wiedererkennen erschrak und sich hineingezogen fühlte in diese Schöpfung. Und während er unaufhörlich versuchte, solche reinen, sich von den Gegenständen entfernenden Farbtöne zu finden, lösten sich auch die letzten Fundamente des Vergangenen auf, und er ließ von den Traumbildern ab wie von grauen Schiffen, die in der Ferne des Meeres untergingen.

Er lebte jetzt wieder weit draußen, in der menschenleeren Lagune, zwischen den herumschwimmenden Erdstücken der violetten Wiesen, den schmalen, silberhellen Kanälen und den grün überwachsenen Inseln, auf die sich die gebrochenen weißen Wolken legten wie Schleier auf einen langsam untergehenden Leib.

39

Es war Zeit, der Conte machte sich auf den Weg. Er verließ das Ankleidezimmer, ging durch den kleinen Salon mit den Deckenfresken der Vier Jahreszeiten, durchquerte den großen Speisesaal, erreichte den grünen Salon und betrat endlich den Portego, wo der Stammbaum der Familie schon im späten Morgenlicht leuchtete. Er ging rasch, als habe er sich erst gerade entschlossen, und er bemerkte erleichtert, daß niemand ihn aufhielt. Nein, er wollte jetzt keinem begegnen und keine Gespräche mehr führen, er war unterwegs, um die Verhältnisse endlich zu ordnen, in seinem Sinn.

Er ging die breite Treppe hinunter zur Empfangshalle, zwei Gondolieri waren damit beschäftigt, den Boden einer Gondel zu säubern, sie grüßten, doch er nickte nur kurz, eilig den Garten betretend. Dort befanden sich noch immer die kleinen Beete, die Andrea angelegt hatte, er würde Carlo den Auftrag erteilen, sie endlich entfernen zu lassen. Gepflasterte Wege gehörten hierher, schmale, gewundene Pfade wie die, die zu den Schlupfwinkeln führten oder hinüber zum Glashaus, das er hatte ausräumen lassen, ganz und gar, bis auf den letzten Fetzen Papier. Nichts mehr sollte an Andrea erinnern, keine einzige Spur, nur die Bilder, die er in seiner Galerie aufbewahrte, für niemanden zugänglich.

Er öffnete eines der Türchen, betrat den Nachbargarten und traf in der Empfangshalle des Nardischen Palazzo auf Giulia. Sie stand in der Öffnung des Tors, durch das man die Straße betrat, und als er etwas näher herankam, erkannte er eine Gruppe von Gondolieri, die den Eingang verstellten. Er fragte, was sie hier suchten, sie zogen die Köpfe ein, wie aufgescheuchte Katzen, und machten sich sofort davon. Er rief ihnen einige donnernde, in der Gasse laut nachhallende Worte nach, dann nahm er Giulia am Arm und ging mit ihr die Treppe hinauf.

Als er im Festsaal ankam, sah er plötzlich den alten Nardi. Er hatte ihn beinahe vergessen, als gehörte er längst zu den Toten, doch er saß noch immer in seinem Lehnstuhl, vornüber gebeugt, mit stark zitternden Händen, die sich an den hohen Armlehnen festklammerten. In dem Moment, als di Barbaro den Festsaal betrat, reckte er seinen Kopf in die Höhe, lauernd und mißtrauisch. Sie blickten sich an, di Barbaro blieb stehen, als wollte er mit dem uralten Mann sprechen, mit seinem Feind, dem er nie verziehen hatte, doch dann wandte er sich Giulia zu und erteilte ihr den Befehl, den Conte Giovanni in seine Zimmer bringen zu lassen. Von nun an, setzte er mit lauter Stimme hinzu, als gäbe es etwas zu verkünden, von nun an werde der Conte Giovanni sich nicht mehr im Portego aufhalten.

Di Barbaro sah, daß der Alte ihn genau verstand. Er schaute ihn weiter an, um seinen Triumph auszukosten, ja, es tat ihm unendlich wohl, diesen gehaßten Menschen zurückzubeordern in seine armseligen Zimmer, in denen er sterben würde, schon bald. Der Alte hob jetzt noch einmal den Kopf und streckte den Hals wie ein kleiner, hilfloser Vogel, er bewegte die Lippen und speichelte etwas ein, doch dann zog er das Gesicht zusammen, als schmeckte er etwas Bitteres, Galliges. Er hustete auf, trocken und kurz, er konnte es nicht mehr herunterschlucken, es war ein erbärmliches Bild, di Barbaro wandte sich ab und gab Giulia einen Wink, sich um ihn zu kümmern.

Sie wollte ihn noch zu Caterinas Zimmern führen, aber er ließ sie zurück und ging allein weiter, beinahe beschwingt, wie ein Eroberer, der heimkehrte in seine alten, lange von Feinden besetzten Provinzen. Er klopfte an und betrat den runden Salon, in dem Caterina unter einem großen Spiegel saß, in einem Buch blätternd, das sie sofort zur Seite legte, als sie ihn erkannte. Sie stand auf, um ein Lächeln bemüht, bot ihm einen Platz an und goß gleich einen Kaffee ein, ohne ihn vorher nach seinen Wünschen zu fragen. »Ich habe schon auf Dich gewartet, Paolo«, sagte sie leise. »Ich habe schon lange keinen Besuch mehr gehabt, verzeih, wenn ich Dich nicht gut bewirte.«

Er schaute ihr zu, nein, sie hatte sich überhaupt nicht verändert, man merkte ihr den Kummer nicht einmal an, nur hatte sie früher nie so leise gesprochen. Er nahm sich vor, sich von ihrer Erscheinung nicht ablenken zu lassen, und begann so, wie er es sich zurechtgelegt hatte. »Weißt Du, warum ich gekommen bin, Caterina?«

Sie setzte sich und strich ihren Rock glatt, es dauerte ihm zu lange bis zu ihrer Antwort, so sprach er nach einer kurzen Pause gleich weiter: »Giulia hat mich gebeten, mit Dir zu sprechen. Sie macht sich große Sorgen um Dich. Du verläßt den Palazzo nicht mehr, Du ziehst Dich zurück in Deine Zimmer, sie bekommen Dich hier anscheinend tagelang nicht mehr zu sehen. Was ist geschehen, darf ich das erfahren?«

Caterina schaute ihn ruhig an, noch immer verhalten lächelnd. Er blickte zurück, als wollte er sich gelassen anhören, was sie zu sagen hatte.

»Hat Giulia Dir gesagt, was mit mir ist?« fragte Caterina.

»Sie machte Andeutungen«, antwortete der Conte, »aber ich habe ihr Reden, offen gestanden, nicht genau verstanden. Sag mir doch lieber selbst, was Dich beschäftigt, ich möchte es von Dir hören und von niemandem sonst.«

»Du weißt es also nicht?«

»Nein. Was sollte ich wissen?«

»Du bist zu beschäftigt, Du hast soviel zu tun, ich weiß es ja. Giulia hat recht, seit einiger Zeit fühle ich mich nicht mehr wohl, vielleicht bin ich krank. Aber es ist keine der üblichen Krankheiten, lieber Paolo, nichts Körperliches, das man mit einer Arznei heilen könnte. Es ist eine Art Traurigkeit, ach ich weiß selbst nicht, wie ich es nennen soll.«

»Traurigkeit? Aber worüber solltest Du traurig sein?«

Er schaute sie weiter an, ohne den Blick ein einziges Mal abzuwenden. Selbst als er die Kaffeetasse an die Lippen hob, ließ sein Blick sie nicht los. Er wartete darauf, daß sie herausrückte mit der Geschichte, auch sie sollte gestehen, ja sie sollte gestehen, was passiert war.

»Ich werde es Dir sagen, Paolo, denn ich vertraue Dir. Ich habe in Dir immer einen Vertrauten gesehen, seltsam, nicht wahr, obwohl es doch in den letzten Jahren zwischen uns gar keine Vertraulichkeiten gab.«

»Aber jetzt«, unterbrach sie der Conte rasch, »aber jetzt scheint es etwas zu geben, was Du mir anvertrauen willst. Erzähl es mir, Caterina, erzähl mir alles, so offen wie möglich. Ich werde Dir helfen, wenn Du mir alles erzählst.«

Sie trank jetzt ebenfalls aus ihrer Kaffeetasse, doch er hatte zuvor gesehen, daß die Tasse längst leer war. Sie schien sich erst langsam auf die Geschichte zu besinnen, er bemerkte, daß sie sich Zeit nahm, als suchte sie noch nach dem richtigen Einstieg.

»Ich vermisse Andrea«, sagte sie plötzlich, und er erstarrte sofort, überrascht von diesem Beginn. »Ich vermisse ihn sehr. Ich habe mich in der Zeit, in der er mein Cicisbeo war, so an ihn gewöhnt, daß seine Abwesenheit eine große Leere hervorrief. Seit er fort ist, fühle ich mich allein.«

»Ich verstehe«, sagte der Conte. »Aber warum hast Du nicht daran gedacht, einen Nachfolger für ihn zu finden? Nun gut, ich hätte mich darum kümmern können, es wäre vielleicht sogar meine Pflicht gewesen. Warum haben wir nicht früher zusammen darüber gesprochen? Es ist meine Schuld, ich hätte Dich früher aufsuchen sollen.«

»Neinnein, Du hast soviel zu tun, ich weiß es doch, und außerdem hättest Du mir sowieso nicht helfen können.«

»Aber warum nicht?«

Sie schaute jetzt auf ihre Knie, sie strich wieder über ihren Rock, die Falten entlang. Ihm war plötzlich kalt, am liebsten hätte er diese Unterhaltung sofort beendet, aber er konnte ihr das Geständnis nicht abnehmen, nein, das konnte er nicht.

»Andrea und ich – wir waren, wie soll ich es Dir sagen, wir waren sehr eng zusammen. Es war meine Schuld, ich habe ihm erlaubt, mich unbekleidet zu zeichnen, und als er damit anfing, begann unsere Verbindung sich zu verwandeln. Wir lebten schließlich zusammen wie ein richtiges Paar, ja, wir kamen nicht mehr los voneinander.«

Sie schwieg, selbst ihre Finger nestelten nicht mehr an dem schweren Stoff des Kleides herum. Sie rührte sich nicht mehr, und er überlegte kurz, ob ihm ihre Worte genügten.

»Das ist es also«, sagte er ruhig. »Du hast ihn geliebt.«

Sie schwieg weiter, als habe sie nicht gehört, was er gesagt hatte. Er hatte sich alles schwieriger vorgestellt, doch jetzt hatte sie ihm in wenigen Worten alles erzählt, freiwillig, ohne daß er die Wahrheit mit vielen Fragen aus ihr herausgepreßt hätte. Er würde nicht versuchen, noch weiter in sie zu dringen, nein, er konnte ja selbst kaum ertragen, wie sie so regungslos dasaß, als ließe der Schmerz sie nicht los.

»Hör zu«, setzte er an, aber sie sprach plötzlich weiter, als habe sie den Faden wieder gefunden.

»Es war Unrecht«, sagte sie, »ja, das war es wohl. Ich hätte ihm nicht erlauben dürfen, mich unbekleidet zu zeichnen, und ich hätte ihn erst recht nicht bitten dürfen, sich ebenfalls zu entkleiden. Ich hätte ...«

»Hör zu«, sagte er, viel lauter als zuvor, »ich habe verstanden, ja, ich habe verstanden ...«

»Ich hätte diese enge Verbindung nicht zulassen dürfen, nein«, sagte sie, »nicht die endlosen Gondelfahrten und nicht die Ausflüge zu den Inseln in der Lagune ...«

»Es ist gut«, sagte er, »wir wollen versuchen ...«

»Ich habe mir all diese Vergnügen ausgedacht«, sagte sie, »ich, ich, nicht er, ich konnte nicht genug davon bekommen. Kaum hatte er mich verlassen, sehnte ich mich schon wieder danach, ihn zu berühren, ich sah seinen nackten Körper, ich sah ...«

»Aber es ist doch genug«, rief er, immer aufgebrachter, »was redest Du denn?«

»Es war wie eine Sucht«, sprach sie weiter, als ob sie nur noch mit sich selbst redete, »ja, wie eine Sucht. Seine Haare, sie waren beinahe wie aus Seide, sein Mund, er küßte so weich ...«

»Ich bitte Dich«, rief er weiter, kurz davor, sich zu erheben, »hör mir zu, so höre doch bitte ...«

»Unsere Körper gehörten zusammen, das war es, sie fanden zueinander wie ..., sie fanden ganz selbstverständlich zueinander, nicht wie die zweier Liebender, nein, ich glaube nicht so, sondern mehr noch, ja mehr, wie die zweier ganz verwandter, ja beinahe gleicher Wesen ...«

»Caterina!«

Der Conte stand auf. Er spürte sein Herz schlagen, es schlug so schnell, daß ihm der rasche Herzschlag beinahe die Luft nahm. Sie zuckte zusammen, als wäre sie aus einem Tiefschlaf erwacht; dann krümmte sie sich, wie von einem Schlag getroffen, und begann heftig zu zittern, immer stärker.

Er trat zwei Schritte nach vorn und setzte sich neben sie. Er nahm ihre Hände und hielt sie fest, sie zitterte weiter, und er spürte, wie sie langsam zur Seite fiel, auf ihn zu, so daß er sich ein wenig zu ihr hin drehte, ein wenig, dann stärker, bis er sie auffangen konnte, ganz leicht.

Sie lehnte sich an ihn, und er fühlte, wie ihr Kopf auf seine Schulter sank. Er schloß die Augen, er ertrug es nicht mehr, das alles zu sehen, nein, ein solches Geständnis hatte er niemals erwartet.

Sie saßen lange so da, bis sie sich von ihm löste und begann, sich die Augen zu trocknen.

»Caterina!«

Er versuchte es noch einmal, und als sie das Taschentuch sinken ließ, sah er sofort, daß es vorbei war. Sie schüttelte sich, wie ein Tier, das aus dem Regen ins Haus kam. Dann fuhr sie sich übers Haar und überprüfte den Sitz der Kämme.

»Ich hätte viel früher kommen sollen«, sagte der Conte. »Es ist gut, daß Du mir alles erzählt hast, es ist gut, daß noch einer außer Giulia davon weiß, einer wie ich. Ich werde alles für mich behalten, ich werde Antonio nicht einweihen, sei ohne Sorge! Ich verstehe jetzt, was in Dir vorging, und ich mache Dir keinen Vorwurf, obwohl ihr gegen eines der ältesten und ehrwürdigsten Gesetze Venedigs verstoßen habt. Andrea ist fort, niemand weiß, wer ihn verraten hat, niemand kennt die dunklen Hintergründe seiner Herkunft und seines Lebens, die ihn vielleicht ins Gefängnis gebracht haben. Laß uns an die Zukunft denken. Du kannst Dich nicht weiter einsperren, Du mußt hinaus, so wie früher, Du mußt ins Theater, in die Kaffeehäuser, sonst wird man noch stutzig werden und sich Gedanken machen über Deine Abwesenheit!«

Sie räusperte sich mehrmals, dann begannen ihre Finger wieder, die Falten des Rocks entlang zu gleiten.

»Ja, Paolo, das weiß ich. Aber Du wirst auch verstehen, daß ich mir niemanden mehr suchen möchte, keinen mir letztlich doch Fremden, der um mich ist und Andreas Rolle spielt wie ein Schauspieler, der jemand anderen nachäfft.«

»Ich verstehe auch das«, sagte der Conte und bemühte sich, nicht zu lächeln. Er schluckte noch einmal, jetzt mußte es endlich heraus, er ertrug es beinahe nicht länger, sich so zurückzuhalten. »Ich weiß aber jemanden, der Dich begleiten könnte, dann und wann, nicht als Dein Cicisbeo, nein, so nicht, sondern als Freund, als guter Freund.«

»Und wer sollte das sein?«

»Der Conte Paolo di Barbaro.«

Caterina schaute ihn an, als habe er eine Zauberformel verraten. Jetzt durfte er lächeln, endlich, es war wie eine Befreiung. Sie lehnte sich mit dem Rücken gegen die Sofawand und blickte kurz an die Decke, wie eine, die nach langer, vergeblicher Suche endlich die einfache Lösung eines Rätsels gefunden hatte, zufällig, beinahe mühelos.

»Der Conte Paolo!« sagte sie leise, und er sah, daß auch sie plötzlich lächelte.

»Das würdest Du für mich tun?« fragte sie.

»Wenn Du zustimmst und wenn Antonio nichts dagegen hat. Schließlich bist Du mit ihm verheiratet und nicht mit mir!«

»Aber Giulia wollte mich mit Dir verheiraten, weißt Du das, Paolo?«

»Giulia ist klug, sie ist vielleicht die Klügste von uns, findest Du nicht? Und außerdem hat sie einen sehr guten Geschmack«, sagte er und zog sie mit einer Hand vom Sofa hoch. »Ich werde heute abend kommen, wir werden ins Theater gehen, wir werden uns zum ersten Mal zusammen zeigen, man wird sich ein wenig wundern, vielleicht, vielleicht auch nicht, schließlich bin ich Dein Schwager. Nach einigen Tagen wird niemand mehr etwas dabei finden, wenn ich Dich begleite. So werden wir es machen, bis Dir ein andrer gefällt.«

»Bis mir ein andrer gefällt«, antwortete sie.

Er küßte sie auf die Hand, verbeugte sich lächelnd und ging hinaus. ›Es ist vorbei‹, dachte er. ›Ganz plötzlich ist alles vorbei, ich fühle mich so erleichtert, als hätte ich selbst meine Sünden gebeichtet. Seltsam, es fiel mir nicht schwer, mit ihr zu sprechen, ich konnte sie sogar anschauen, ohne daß es mir peinlich wurde. Selbst die frühere Aufregung ist fort, ich war ganz gelassen und ruhig, als ich ihr gegenüber saß. Was ist aus meiner Liebe geworden, was denn? Sie ist verflogen, ganz und gar, ich sitze vor einer sehr jungen Frau, und sie ist mir wieder fremd, so wie es sein soll. Ich schaue sie an, ich versuche, sie zu verstehen, aber zwischen uns sind viele Jahre, zum ersten Mal sehe ich das, zum ersten Mal deutlich. Ich erkenne plötzlich die einfachsten Gegebenheiten der Welt, etwas, das ich längst hätte sehen müssen, und es ist, als hätte man mir einen Schleier von den Augen gerissen. Sie ist schön, ja, das ist sie, wer wollte das schon bestreiten, aber ihre Schönheit spricht nicht zu mir, sie ist eine Schönheit unter anderen Schönheiten, sie ist eine venezianische Schönheit unter Tausenden von venezianischen Schönheiten. Ich werde ihr den Arm reichen können, ohne zu zittern und ohne daran zu denken, mit welchem Blick sie mich betrachtet, das alles wird keine Rolle mehr spielen, denn ich werde mit ihr durch Venedig gehen wie der von allen geschätzte und verehrte Conte Paolo mit seiner Schwägerin Caterina. Wir passen zusammen, wir sind für jedes fremde Auge ein schönes Paar, ein Mann in den Jahren und eine junge Frau, mit all ihrer Neugierde und Lebenslust. Endlich bin ich wieder gescheit, ja, so ist es, ich habe meine alte Gescheitheit wieder gefunden, sie wird viel davon haben, von dieser Gescheitheit.‹

Er betrat den Nardischen Garten und öffnete sämtliche Tore und Türchen. Er ging hinüber in den eigenen Garten, wo er auf Carlo traf.

»Carlo, von heute an bist Du auch zuständig für das Gebiet jenseits unserer alten Mauern und Hecken. Die Tore bleiben geöffnet, kümmere Dich um die Dienerschaft drüben, mach Dich vertraut mit allen Belangen des Hauses. Wir legen die Haushaltung zusammen, von nun an speise ich täglich mit der Signora.«

»Das ist eine gute Wendung der Dinge, Conte Paolo«, sagte Carlo. »Ich wollte es Ihnen schon längst vorschlagen.«

»Bald werden wir wieder große Gesellschaften geben. Wir werden in diesen Gärten feiern, wie früher, in den Zeiten meines verstorbenen Vaters. Morgen werde ich mit dem Gärtner sprechen, wir werden alles neu richten, und das Glashaus wird wieder ein Mittelpunkt dieses Terrains sein, ein heiterer Platz, an dem die Musikanten auftreten werden oder die heimlich postierten Sänger und Chöre. Man wird die Musik plötzlich aus dem Glyzinienversteck hören, man wird sich begeistern, wir alle werden uns an dieser lange Zeit toten, aber jetzt wieder lebendig werdenden Pracht begeistern.«

»Das ist die beste Wendung der Dinge, die ich mir vorstellen könnte, Conte Paolo«, sagte Carlo, aber der Conte war schon mit weiten Schritten in der Halle verschwunden, die Stufen in großen Sprüngen nehmend, als hätte er es plötzlich eilig und als wären ihm neue Kräfte gewachsen.

40

Andrea hörte, daß die Stimmen näher kamen. Er stand auf und trat unter das Fenster, mit dem Rücken zum Licht. Er hatte schon lange darauf gewartet, daß der Conte wieder erscheinen würde, anscheinend war es endlich soweit. Ununterbrochen hatte er an seinen Bildern gearbeitet, und er war weit vorgedrungen, bis in Zonen, wohin noch kein Maler je vorgedrungen war. Der Conte würde erstaunen, schließlich würde er der erste sein, der diesen Zauber zu sehen bekam, der erste und vorerst einzige. Aber es kam nicht darauf an, daß diese Bilder herumgezeigt und von den Gaffern betrachtet wurden, nein, es waren Bilder, die sich nur Menschen und Sammlern wie dem Conte erschlossen, Traum- und Rätselbilder, Bilder, die man lange betrachten mußte, um ihnen nahe zu sein.

Jetzt schloß der Wärter die Tür auf, der Conte trat ein. Andrea ging sofort auf ihn zu. »Endlich sind Sie da, Conte Paolo! Kommen Sie, hierhin ans Licht, so kommen Sie doch!«

Di Barbaro spürte Andreas Griff, er war auf diese Hast nicht gefaßt, seine Augen gewöhnten sich nur langsam an das Dunkel, in dem sich der größte Teil der Zelle verbarg.

»Wie geht es Dir, Andrea?« fragte er, um Zeit zu gewinnen.

»Die Bilder befinden sich hier, nahe am Fenster«, antwortete Andrea. »Kommen Sie her, ich zeige sie Ihnen.«

»Es geht Dir also gut?« fragte der Conte noch einmal, doch er bemerkte, daß Andrea längst begonnen hatte, die Bilder auf dem ans Fenster gerückten Tisch auszubreiten.

»Ich habe mit Caterina gesprochen«, versuchte es der Conte ein letztes Mal. »Sie hat sich inzwischen entschieden, für einen Mann aus einer der ältesten Familien der Stadt, sein Name wird Dir nichts sagen. Ich glaube, es ist eine gute Wahl.«

»Schauen Sie nur«, erwiderte Andrea, »Sie müssen mit diesen Sachen beginnen, ich werde sie Ihnen nacheinander vorlegen, die Reihenfolge ist von Bedeutung.«

›Er hat sich verändert‹, dachte der Conte, ›auch äußerlich. Er ist noch schmaler und schlanker geworden, und er bewegt sich so rasch, wie ich es noch nie an ihm gesehen habe. Selbst sein Sprechen ist anders, viel heller, und es ist ebenso unruhig wie seine Gesten. Was ist nur mit ihm? Irgend etwas ist in dieser Zelle geschehen, seit ich ihn das letzte Mal sah, er ist ja beinahe nicht wiederzuerkennen.‹

»Du hast viel gearbeitet?« fragte er und ging zu dem kleinen Tisch, den er jetzt besser erkannte.

»Schauen Sie, schauen Sie«, sagte Andrea und faßte ihn wieder an der Hand, als wollte er ihn an den Tisch ketten. »Was sagen Sie nun, was sagen Sie?«

Der Conte schaute auf vier Bilder kleinen Formats, er mußte sich etwas bücken, um sie aus der Nähe zu studieren. Er sah helle, fast wäßrige Farben, so unscheinbar, daß er die Augen unwillkürlich zusammenkniff. An manchen Stellen war etwas zu erkennen, ja, das schon, man erkannte einige Silhouetten bekannter Gebäude, die Insel San Giorgio, den Campanile mit dem Dogenpalast, auch die Giudecca, nach Osten, doch sie erschienen nur angedeutet, nicht deutlich gezeichnet, nein, im Grunde handelte es sich nur um ein paar dünne farbige Linien, im überragenden Blau fast verschwindend. Die Farben waren ungewöhnlich hell, so als habe man Venedig am frühsten Morgen oder in der Mittagshitze gemalt, der Dogenpalast versank beinahe im grellen Schein, während die wenigen Boote und Gondeln nur aus schmutzigen Andeutungen bestanden, aus einem mal braunen, mal grauen Gewisch.

»Das waren die ersten Sachen in Farbe«, hörte er Andrea sagen, während er, di Barbaro, den Blick nicht los bekam von diesen im Blau versinkenden Tupfern, Flecken und Spritzern, einem Wirrwarr, wie er ihn noch nie gesehen hatte, als habe sich da einer vergeblich bemüht, mit den Farben zu spielen, ja, frei zu spielen. ›So malt nur ein Anfänger‹, dachte der Conte und nahm sich vor, vorerst nichts zu sagen, ›aber nein, so malt nicht einmal ein Anfänger. Er war häufig genug bei Meister Guardi zu Gast, er hat die Techniken bis ins Kleinste studiert, da müßte er weit hinaus sein über dieses Geschmiere. Als Zeichner ist er genial, wie kann er als Maler so schlecht sein? Wie war es möglich, daß er sich derart verirrt hat?‹

»Und so ging es weiter, denn diese Sachen waren nur der Anfang«, sagte Andrea.

Der Conte stand jetzt steif, mit angehaltenem Atem, vor dem Tisch, während Andrea ihm ein Bild nach dem andern hinhielt. Sie waren jetzt größer, manche sogar von beachtlichem Format, und Andrea präsentierte sie rasch, als bildeten sie einen unendlichen, gewaltigen Teppich, den er vor den Augen des Conte entrollte.

Von Bild zu Bild lösten sich die Farben immer mehr von den Dingen und Menschen. Anfangs preßten sie sich noch auf Gebäude und Plätze, ballten sich zu Rechtecken und Kreisen zusammen, die entfernt erinnerten an einen Turm, eine Gondel, die Bühne eines Theaters, einen Altar, einige Fässer, was, vielleicht Fässer, ja, Weinfässer vielleicht ... – dann jedoch zerbrachen sie, und lauter Fremdes, Zerstörendes mischte sich ein, drei schwarze Stangen, was, Stangen, eine lange Prozession schmaler Flecken in Weiß, ein durchs Bild fahrender Blitz, ein zerborstenes Gerümpel von, was, aber doch nicht: Kaminen, drohende, rote Feuerbälle, blaue Kutten, Mönchskutten, blau, ja, Geländer, nein, Brücken ohne Geländer,

Ruinen, mit durch die hohlen Fenster glimmenden Lichtern, Festruinen, was für ein Unsinn, die wogenden Schemen in einem, nun sag schon: Theater, vielleicht Ränge und Logen eines Theaters, Schluß aus, Schluß … – das war nicht mehr zu ertragen, das war ein einziges Chaos, Farben wie Seifenlauge und weiße Tünche, Malerfarben, ein wildes Lehrlingsgekleckse, Spritzer vor dem Hausanstrich, Probefarben …

»Und jetzt noch das hier, die dritte Gruppe«, sagte Andrea.

Der Conte wäre am liebsten zur Seite getreten, denn diese Bilder waren in ihrer raschen Folge beinahe wie ein Angriff. Ja, ihr Leuchten und Glimmen überfiel einen, sie beunruhigten so, daß er sie gern weggewischt hätte, ausgelöscht, mit einer einzigen, zornigen Geste. Er war gewohnt, sich in Bilder zu verlieren, um die Einzelheiten genau kennenzulernen, aber hier war das unmöglich, es gab keine Einzelheiten, nur Splitter, die von imaginären Punkten wegschlugen, Sprengungen, Risse. Es gab keinen Halt, keine Zentren, nichts mehr dergleichen, die Farben gebärdeten sich auf diesen Bildern ganz selbständig, wie wilde Tiere, die man zu zähmen versucht hatte und die jetzt wieder den Weg ins Freie fanden.

Die dritte Gruppe! Jetzt verschwanden selbst noch die leuchtenden Farben, und man sah nichts mehr als was: Flächen aus hunderterlei Grau, mit einigen Blautönungen, aber konnte man das Tönungen nennen, oder ein Weißblaublauweiß, so glatt, daß man darauf hätte, was, man hätte vielleicht schwimmen können darin, darin hätte man schwimmen können, aber das waren doch keine Farben von Bildern, nein, es waren keine Bilder, so etwas konnte man nicht mehr Gemälde nennen … – und erst recht konnte man so etwas nicht verkaufen, ganz ausgeschlossen, niemand würde für diesen Dschungel, für dieses verwirrende Durcheinander auch nur eine Lira zahlen, niemals!

»Was ist das?« fragte der Conte. »Was stellt das dar?«

»Die Oberflächen des Wassers, die Wolken, die Wogen, den

Himmel«, sagte Andrea und fuhr mit der Rechten über das Gewoge in Grau. »Ist es nicht beinahe unglaublich? Es ist mir gelungen, die feinsten Schattierungen auf der Oberfläche des Wassers zu malen, kleinste Bewegungen, die der schnelle Blick kaum erfaßt. Am Ende habe ich nur noch Wogen gemalt, so genau, daß ich mich beinahe selbst von ihnen angezogen fühlte. Was sagen Sie, Conte? Ich habe aufgehört, die Natur wie eine Bühne zu malen, ich male sie auch nicht mehr gefällig, nicht ›pittoresk‹, wie Meister Guardi es nannte. Ich habe die Natur so gemalt, wie sie ist, klar, direkt und sehr wahr, so, wie sie einer sieht und versteht, der sie täglich beobachtet hat, in ihren Einzelheiten, viele Stunden lang. Mehr kann ich nicht, besser kann ich es nicht. Was sagen Sie?«

Der Conte spürte, wie er wütend wurde. Wollte dieser Mensch ihn verhöhnen? Was redete er von Klarheit und Wahrheit, diese Bilder waren nichts, es lohnte sich nicht, einen einzigen Blick darauf zu werfen. Man konnte sie ja nicht einmal beschreiben, nicht einmal das, denn was gab es zu beschreiben von diesem Wirrwarr, wie sollte er Antonio schildern, was er gesehen hatte, sollte er schreiben: mein lieber Bruder, unsere große Hoffnung, Andrea, hat wundervolle Bilder gemalt, auf denen der Einfachheit halber nichts zu erkennen ist? Du wirst sie sicher mit großem Gewinn in London verkaufen, wo sie als eine Darstellung des wohl nicht seltenen englischen Regens Eindruck machen könnten, lauter Spritzer in Grau, auf Flächen in Blau, mit Fischen in Weiß?!

Paolo di Barbaro trat einen Schritt zurück, um auf Andreas Fragen zu antworten, er wollte ihm sagen, was er von diesem Dreck hielt, klar, direkt, die Wahrheit ..., doch als er Andrea anschaute, schwieg er weiter. ›Er ist nicht mehr bei Sinnen‹, dachte der Conte, ›ja, das ist es. Schau ihn doch nur genau an, seine fahrigen Bewegungen, der rasche Blick, sein dahineilendes Sprechen – die vielen Wochen in diesem Gefängnis haben ihn zugrunde gerichtet. Er hat sich gewaltige Aufgaben gestellt, er hat versucht, die Farben zu erproben, doch diese großen Aufgaben haben ihn überfordert. Ich bemerkte gleich, daß etwas mit ihm nicht stimmt. Er antwortete ja nicht einmal mehr auf meine Begrüßung, sondern plapperte ruhelos vor sich hin, wie ein Kind, das noch herumlallt und nicht versteht, was man von ihm will. Mit dem ist kein Geld mehr zu verdienen, mit dem nicht!‹

Andrea schaute ihn noch immer an, er erwartete wohl eine Antwort, deshalb löste sich der Conte aus seiner Erstarrung: »Es sind sehr ungewöhnliche Bilder. Ich habe dergleichen noch nie gesehen. Ich werde sie in den Palazzo schaffen lassen, um sie in Ruhe zu betrachten. Hier ist dafür nicht der richtige Ort, es ist zu finster und all die, wie nanntest Du es, all die Schattierungen und Bewegungen prägen sich dem Auge kaum ein.«

»Gefallen sie Ihnen?« fragte Andrea.

»Sie sind etwas sehr Neues«, antwortete der Conte.

»Gefallen sie Ihnen?« fragte Andrea erneut.

»Ich werde mich mit Ihnen beschäftigen«, sagte der Conte.

»Ich fragte, ob sie Ihnen gefallen«, schrie Andrea plötzlich. »Antworten Sie mir, Conte Paolo!«

›Er ist wahnsinnig‹, dachte der Conte. ›Jetzt ist es klar. Er schreit umher wie ein Wahnsinniger, der den Schlüssel zur Welt der Gesunden verloren hat. Solche Menschen sind oft gefährlich. Man bringt sie auf eine der Inseln, wie heißt sie doch gleich, man behält sie dort, wo sie keinen Schaden anrichten können. Sie sind krank, gefährlich und krank.‹

»Sie gefallen mir ganz außerordentlich«, sagte der Conte ruhig. »Ich habe noch nie solche Bilder gesehen. Sie sind ein Umsturz in der Malerei, der größte Umsturz, den es gegeben hat, seitdem man anfing, nach der Natur zu zeichnen.«

»Ja«, hörte er Andrea sagen, »Sie haben recht. Diese Bilder werden die Malerei verändern; von Grund auf.«

Der Conte machte langsam einige Schritte zurück, auf die Tür zu. Er behielt Andrea im Auge, jederzeit darauf gefaßt, von ihm gepackt zu werden. Plötzlich war ihm eiskalt, er wollte nur noch hinaus aus dieser Zelle, möglichst schnell, unbeschadet.

»Ich werde den Wärter bitten, die Arbeiten zu mir zu schaffen«, sagte er. »Sie sind bei mir in bester Verwahrung, das weißt Du. Was kann ich sonst noch für Dich tun?«

»Ich brauche Papier, Pinsel und Leinwand«, sagte Andrea.

»Sonst nichts?«

»Was sonst?«

»Wie ist das Essen?«

»Papier, Pinsel und Leinwand«, wiederholte Andrea.

Der Conte wagte nicht mehr, ihm die Hand zu geben. Er schlug mit einer Hand gegen die Tür und hörte erleichtert, daß der Wärter anscheinend draußen gewartet hatte. Die Tür wurde geöffnet, er winkte Andrea wie zum Gruß, doch er sah, daß der sich umgedreht hatte und hinauf zum Fenster schaute, als wollte er baden in dem hereinfallenden Licht.

»Leb wohl«, sagte der Conte, aber der Wärter zog die Tür zu, bevor Andrea geantwortet hatte.

»Was ist nur mit ihm?« fragte di Barbaro und ging hinter dem Wärter her. »Was ist nur mit ihm geschehen?«

»Er malt Tag und Nacht, Conte Paolo«, sagte der Wärter.

»Er ist wie von Sinnen«, sagte der Conte.

»Ich wollte, daß Ihr Euch selbst ein Bild macht«, antwortete der Wärter, »aber jetzt, wo Ihr es sagt, stimme ich Euch zu.«

»Ihr holt diese Bilder heraus«, sagte der Conte. »Ihr holt sie, wenn er sie hergibt. Ihr sagt, daß Ihr den Befehl ausführt, die Bilder in meinen Palazzo zu schaffen.«

»Wann soll ich sie bringen?«

»Du kannst sie an Dich nehmen«, sagte der Conte, »sie taugen nichts, gar nichts. Du kannst sie wegwerfen, vernichten, mach damit, was Du willst, nur schaff sie weg!«

»Jawohl, Conte Paolo«, antwortete der Wärter und verbeugte sich.

»Ich werde Dich dafür entlohnen, sei ohne Sorge«, sagte der Conte. »Ich werde Deine Frau auch weiter für ihre Kochkunst bezahlen. Andrea erhält das, was er verlangt, hast Du verstanden?«

»Auch das habe ich gut verstanden«, lächelte der Wärter.

»Und – noch eins«, sagte di Barbaro und blieb ein letztes Mal stehen, »noch eins: ich werde ihn nicht mehr besuchen, nie mehr! Ab heute wird es so sein, als hätte ich ihn niemals gesehen!«

»Das habe ich beinahe erwartet«, sagte der Wärter und begleitete den Conte hinaus.

Als di Barbaro das Gefängnis verlassen hatte, atmete er tief durch. Vielleicht war es gut so, vielleicht war es besser, sich von diesem Menschen ganz zu trennen. Ein andres Leben sollte beginnen, ohne Andrea, ein Leben in anderen Bahnen, da war keine Verwendung für dieses Chaos, diese weißen Feuer, dieses brennende Blau, und was, vielleicht, was: diese Geisterfeuerwerke in einem ewigen Schwarz ...

41

Andrea malte, er malte nur noch Wasser und Himmel, die sich auf einer schmalen Linie berührten. Immer näher kam er an diese Linie heran, manchmal zitterte sie in den triumphierenden, weiten Tönen des Blaus, dann loderte sie auf wie eine Zündschnur, sie zog die Nachbarfarben an und verwandelte sie, er malte sie immer wieder ..., und plötzlich begriff er, daß er nichts anderes malte als das weite Sehen, unbegrenzt, den weiten, unbegrenzten Horizont der Lagune. Ja, langsam, unendlich verzögert, kam er in den Tagen an, die er in einem Boot verbracht hatte. Er war hinausgefahren zum Fischfang, ja, so war es gewesen, er war tagelang in diesem Boot unterwegs gewesen, und er hatte nichts anderes gesehen als diese Linie, den Horizont, nur manchmal einige Vertikalen, ein paar Stangen im Wasser, die Markierungen der Fahrrinnen, nichts sonst.

Manchmal hatte er sich über den Rand des Bootes gleiten lassen, hinab ins Wasser, und er hatte getaucht, mit großem Geschick, minutenlang. Er sah seine Hände im Wasser, wie sie ihn hinabruderten in die Tiefe der See, wie sie den sandigen Boden berührten und im Moment der Berührung aus den hellen, sandigen Gründen Schwärme von Fischen aufstiegen, kristalline Gebilde, beinahe durchsichtig, Fischschwärme, die seinen Körper umkreisten, seine Haut streiften, Fischmünder, die seine Finger berührten wie süchtige Trinker. Er griff mit den Händen nach ihnen und schlängelte schnell wie ein Aal über den sonnenüberfluteten Boden, und manchmal bekam er sogar einen Fisch zu fassen, ganz unerwartet. Dann sah er kleine Massive aus Felsen und Steinen, graues Geröll, in dessen Tangflut sich Muränen wanden, die aufgestört durch die Muschelbänke davonzogen wie gestreifte, flatternde Gewänder im Sturm. Manche Felsen stiegen bei Ebbe aus der Wasserfläche empor wie kleine Vulkane, die Muscheltrauben leuchteten im Sonnenlicht, aufzuckende Blitze, die von allerhand Krebsen eingekreist wurden, während sich die Seespinnen mit ihren stakenden, ausgreifenden Beinen über den Sandboden schoben.

Er versuchte, die schmale Linie jetzt ganz ruhig zu malen, aber immer wieder traf er auf kleine Unebenheiten, ein Zucken, eine winzige, kaum merkliche Ausbuchtung…, doch er sah, daß sein Kahn reich beladen war, die Fischleiber in ihrem silbernen Schimmer türmten sich in den Körben, und die schweren Netze lagen zusammengerollt und matt auf dem Boden, als habe er sie wie Tang aus dem Meer aufgelesen. Ja, er kam heim, das Ziel war schon zu ahnen, es war früher Abend, kurz vor Einbruch der Dunkelheit, wo das Meeresgrünblau erkaltete und bald erstarren würde zu einer verschlossenen Fläche, einem geschmeidigen, unnachgiebigen Panzer.

Als er die Horizontlinie weiter fest im Auge zu behalten versuchte, sah er aber plötzlich die Störung, es war eine dunkle Erscheinung, wie ein vom Boden aufsteigender Wirbel, wie ein Sturm, der sich näherte, eine tanzende, mächtige Spirale aus grauschwarzem Stoff, die über die blaue Horizontlinie fegte ..., und sofort wußte er, daß auf dieser Linie ein Feuer hauste, dem er jetzt entgegenruderte, ein eingeschwärztes, tiefes Rot, an den Rändern übergehend in ein Goldgelb. Da sah er die in den Himmel schlagenden Flammen, noch vereinzelt, sie zitterten, sich mühsam aufrecht und getrennt haltend über dem Boden, während der dunkle Rauch sich darüber ballte wie eine Faust, die alles niederdrückte.

Er wollte nicht näher, nein, er wollte nicht näher heran, er wehrte sich gegen das Bild, denn er hatte das Haus längst erkannt, es war ein einzelnes, alleinstehendes Haus, ein Haus aus Brettern und Stroh, eines der armseligen Fischerhäuser in der Lagunenweite, auf einer winzigen Insel, mit Stangen, auf denen die Netze aushingen, mit einem Stall, der gerade zusammenbrach.

Er ruderte schneller ..., er kam jetzt heim in seinem Traum ..., brennendes Rot, umgeben von violetten, eingeschmolzenen, sich schon ins Aschgraue verfärbenden Rändern ..., so daß alle anderen Zeichen und Bilder versanken und sich auflösten in einem Brennpunkt, dem immer größer aufstrahlenden, näher rückenden Brennpunkt des brennenden, in Flammen stehenden Hauses.

Das Strohdach brach durch, die Flammen fraßen sich am hölzernen Gebälk entlang, gierige, schlingende Esser, die um sich schlugen, aufloderten und gleich wieder zur Erde fuhren, so daß die leichten Wände einknickten, langsam, einen Moment noch in zitternder Schwebe, um dann aufeinander zu fallen.

Er ruderte schnell, immer schneller, so daß ihm der Schmerz unter die Achseln fuhr, schon spürte er den Hitzeteich, in den er eintauchte ..., denn er wußte jetzt, daß er hinein mußte in das einstürzende, von den Flammen beinahe schon völlig verzehrte Haus.

Er stockte, er stieß mit dem Pinsel gegen die Leinwand, er versuchte, sich mit dem Pinsel hineinzubohren, den Pinsel wie eine Angelschnur auszuwerfen in die gewaltige Hitze ..., aber der kleine, immer mehr einschrumpfende Flecken des Hauses ließ sich nicht auslöschen, nein, er brannte mit jeder Bewegung nur noch leuchtender auf, die Flammen jetzt zusammengewachsen in einer einzigen, lodernden Spitze, die auf einem starken, hin und her schlagenden Flammenleib wehte, eine rote Fahne, die das kochende Blau des Wassers gehisst hatte.

Er ließ das Boot zurück und sprang ins Wasser, er schwamm immer näher heran, sprang an Land und versuchte, durch die glühenden Fronten des Feuers in die Reste des Hauses einzudringen, Schritt für Schritt, doch er wurde von der Hitze langsam zurückgeschoben, während er dagegen hielt, mit geschlossenen Augen, die Hände über dem Kopf, sich mit kleinen Schritten vorwärts bewegend, bis er mit den nackten Füßen gegen etwas Weiches, Erschreckendes stieß ..., gegen den Leib seiner Mutter, die, er sah sie jetzt mit offenen Augen, das Feuer sengte ihm die Brauen und Lider, so daß er sich immer wieder mit den Fingern durchs Gesicht fahren mußte ..., die auf dem Boden lag, beinahe wie schlafend, eingeklemmt in ineinander verkeilte Lagen von schweren Balken und Brettern.

Er zerrte an ihrem Leib, er versuchte, sie unter den Gewichten der Hölzer hervorzuziehen, die Balken fortzustemmen, er kniete sich hin, während die Hitze ihm die Luft nahm und der Rauch aus der Höhe niederstieß und die Flammen zu einem einzigen Orkan wurden, einem lauten, knatternden

Prasseln. Das Feuer begann jetzt, alles niederzumähen und zu verschlingen, er wollte aufgeben und sich neben seine Mutter legen, beinahe schon erstickt von den Rauchbrausen, die ihm entgegenschlugen, als ihm ein niederstürzendes Holzstück gegen den Hinterkopf schlug, ihm schwindlig wurde, und er langsam, auf allen vieren zurückkroch, bis er das rettende Wasser wieder erreichte, sofort einsinkend, den Kopf unter Wasser, um sich zu kühlen. Beim Auftauchen aus dem Wasser sah er, daß sein Elternhaus nur noch ein Scheiterhaufen war, das kleine, armselige Haus, in dem er seine Kindheit verbracht hatte und in dem sein Vater gestorben war und in dem er mit seiner Mutter gelebt hatte, zu zweit, seit vielen Jahren.

Vor Schwäche klammerte er sich an das Boot, in dem er heimgerudert war, doch als er versuchte, sich über den Bootsrand hineinzuziehen, spürte er seine Kraftlosigkeit, er hing an diesem alten Kahn wie ein schweres Gewicht, so daß das Boot zu schwanken begann und umschlug. Er riß sich die versengten Kleider vom Leib und hockte sich auf den umgeschlagenen Bootsleib, er kauerte jetzt, mühsam das Gleichgewicht haltend, auf dem Rumpf des auf Grund gelaufenen Kahns. Mit dem letzten noch erinnerten Blick schaute er zurück auf die Insel, wo die Flammen alles abweideten, den Stall, die Stangen mit den Netzen, das geduckte Gebüsch, alles.

Er fuhr mit der Rechten auf und nieder, sehr langsam, er hatte begonnen, das Bild zu übermalen, die Leinwand war jetzt ein einziges Schwarz, immer dichter, ein von keinerlei Störungen mehr getrübtes, immer einheitlicher werdendes Schwarz, eine sich verschließende Brandfläche, ein Grab, das er mit diesen nicht enden wollenden Pinselbewegungen jetzt zudeckte, mit Bewegungen, die das Feuer versiegelten, mit gleichmäßigen, immer zarter und vorsichtiger werdenden Strichen ..., die dem letzten Bild galten, das er malen würde, dem Bild, das sein Geheimnis verschloß und den Augen aller für immer entzog.

Fünfter Teil

42

Paolo und Antonio di Barbaro wurden sehr alt, noch älter als ihr Vater, der über siebzig Jahre alt geworden war. Antonio kam höchstens zweimal im Jahr zu Besuch, nach dem Ende der Republik hörten die Besuche ganz auf. Von da an lebte er als Kunsthändler in London, er handelte mit Bildern italienischer Maler und galt als einer der besten und unbestechlichsten Kenner, dessen Urteil gefragt war. Caterina gebar ihm zwei Mädchen, man taufte sie Barberina und Giuletta. Sie machte die beiden Palazzi, die von Jahr zu Jahr durch allerhand Mauerdurchbrüche, Verbindungsgänge und Treppenanlagen immer mehr zu einer Einheit geworden waren, zu einem der bekanntesten Treffpunkte der Stadt. Ihr Salon war berühmt, in ihm trafen sich die aus dem Ausland vermehrt anreisenden Dichter, Künstler und Musiker mit den Einheimischen, denen längst nicht mehr untersagt war, sich mit den Fremden zu zeigen.

Denn mit dem Untergang der Republik und den ersten Jahren fremder Besatzung verschwanden allmählich auch die jahrhundertealten Sitten der Stadt. Das Amt des Cicisbeo gab es bald schon nicht mehr, die Frauen zeigten sich mit ihren Männern, so wie in anderen Städten Italiens, und die großen Palazzi leerten sich immer mehr, weil die alten Familien aufs Land zogen, fort von der besetzten und gedemütigten Stadt, die von fremden Dichtern so traurig besungen wurde, als wäre sie längst in den Fluten versunken.

Paolo di Barbaro aber verließ Venedig nicht. Die Angebote Antonios, ebenfalls nach England zu kommen, ließ er sich Jahr für Jahr durch den Kopf gehen und lehnte sie dann in langen Briefen ab, in denen er stets von neuem begründete, warum er Venedig treu blieb. Er beschäftigte sich fast ausschließlich mit seiner Sammlung, die Geschäfte erledigte längst der Verwalter.

Caterina aber hatte in dem Conte ihren besten Vertrauten. Beinahe jeden Morgen trafen sie sich zum Frühstück, an warmen, sonnigen Tagen im Glashaus des Gartens, der zu einem großen, von zwei Gärtnern gepflegten Terrain geworden war, die trennenden Mauern und Hecken hatte man beseitigen lassen.

Auch die anderen Mahlzeiten nahmen die beiden täglich zusammen ein, bis auf wenige Stunden am Nachmittag sahen sie sich ununterbrochen. Im Sommer fuhren sie gemeinsam aufs Land, im Winter gingen sie an den Zartere spazieren, die von ihnen besonders geliebte Strecke am Ufer, einmal hinauf, einmal hinab. Von Andrea sprachen sie nie.

Jahrzehnte waren so vergangen, als der Conte an einem Morgen einen der noch immer regelmäßigen Briefe seines Bruders erhielt. Nach der Mitteilung der neusten Nachrichten aus London und einem zufriedenen Hinweis auf die gestiegenen Verkaufszahlen italienischer Bilder kam Antonio auf einen englischen Zeichner und Maler zu sprechen, der auf einer Reise durch Italien bald auch in Venedig eintreffen werde. Er empfahl ihn der Obhut seines Bruders und setzte hinzu: »William Turner wird von Unkundigen zwar seiner Malweise wegen kritisiert, für mich aber steht fest, daß er das größte Genie ist, dem ich je begegnet bin. Seine Zeichnungen sind, bei einer unglaublichen Schnelligkeit und Wendigkeit des Strichs, so genau und sicher, daß er fähig wäre, die am Canal Grande liegenden Palazzi in wenigen Stunden zu zeichnen. Noch bedeutsamer aber ist seine

Malweise, die von einer so ungewohnten Freiheit und Andersartigkeit ist, daß sie jeden einfachen Betrachter vor den Kopf stößt. Kritiker haben ihm in unseren Zeitungen vorgeworfen, auf seinen Bildern befinde sich nichts anderes als lauter Seifenlauge und Tünche, sie seien ein verwirrendes Durcheinander, ein Chaos, nicht wert, betrachtet zu werden. So etwas behaupten aber, wie gesagt, nur die Ahnungslosen, denn in allen Ausstellungen übertreffen seine Bilder die der anderen Maler so sehr, daß man deren Bilder schon bald nicht einmal mehr beachtet. Ungewöhnlich an seiner Malweise ist, daß er die Gegenstände und Menschen auf den Bildern vernachlässigt. Er malt nicht mehr gefällig, er behandelt die Natur auch nicht mehr wie eine Bühne, sondern er malt sie so klar und wahr, daß man auf die kleinsten Bewegungen und Schattierungen aufmerksam wird. Stell Dir vor, neulich behauptete er, er werde auf einem Bild einmal nichts anderes malen als eine Woge oder die Oberfläche des Wassers bei Ebbe oder bei Flut. Man traut es ihm zu, denn seine Farben sind derart kräftig und leuchtend und entfernen sich so von allem Gewohnten, daß sie bei derartigen Sujets für sich selbst sprechen werden. Irgendwann, da bin ich sicher, wird er Bilder malen, auf denen das ungeübte Auge nichts andres erkennt als ein glimmendes Rot über dunklem Blau, gerade so, als habe er die Welt vor Erschaffung des Menschen gemalt ... Du wirst Turner kennenlernen, ich habe ihn gebeten, bei Euch vorzusprechen, und ich bin sicher, daß Du genau so erstaunt sein wirst wie ich ...«

Während der Conte den Brief las, holte ihn die Erinnerung ein. Er stand am Fenster seines Palazzo und schaute hinab in den Garten, der nicht wiederzuerkennen war. Er dachte an die alten, vergessenen Tage, an Giovanni Nardi und Giulia, die längst gestorben waren, und an den jungen, schönen Mann aus der Lagune, der gezeichnet hatte wie kein andrer.

Und als wollte er sich noch ein letztes Mal aufmachen zu

ihm, verließ der Conte den Palazzo und traf wenig später am Gefängnis ein. Andrea, nein, den würde er hier nicht mehr finden, doch er wollte seine Zelle noch einmal sehen. Den alten Wärter gab es nicht mehr, in den Zellen waren nur noch wenige Gefangene untergebracht, denn auch die Hohe Behörde hatte ihren Dienst eingestellt.

Man begleitete ihn hinauf, verwundert darüber, was der alte Mann in den höher gelegenen Zellentrakten suchte, doch er führte den jungen Wärter, der kaum noch etwas zu tun hatte, so genau, als wäre er hier einmal häufiger ein und aus gegangen.

Als er Andreas alte Zelle betrat, schaute er gleich hinauf zu dem winzigen Fenster, durch das wie in den lange vergangenen Tagen das Licht fiel. Er machte einige Schritte, strich mit den Fingern an den feuchten Mauern entlang, stand kurz in der Nähe des Bettes und schien auf etwas zu warten. Der junge Wärter beobachtete ihn, er verstand nicht, was der Alte hier wollte.

Schließlich bat ihn der Conte darum, ihn für eine Weile allein zu lassen. Der Wärter fragte ihn, ob er ihm behilflich sein könne, doch der Conte schüttelte nur den Kopf und wiederholte die Bitte, ihn für einige Zeit, eine Stunde oder auch zwei, in dieser Zelle zu lassen. Er steckte dem Wärter einige Münzen zu, und als der junge Mann kurz schaute, wie viele es waren, zog er sich sofort zurück.

Paolo di Barbaro ging in der Zelle auf und ab. Wohin war er verschwunden, wohin? Seine Haftzeit war längst vorüber, schon seit vielen Jahren. Niemand hatte seinen Namen noch einmal erwähnt, nichts hatte weiter an ihn erinnert, außer den Zeichnungen, die er im Palazzo versteckt hielt.

Es war dieser klare, windstille Abend, und er war mit den Jägern aus Pellestrina unterwegs in der Lagune ... Er setzte sich auf das Bett und schlug die Hände vors Gesicht. Jetzt waren die Bilder wieder da, die Bilder im Abendsonnenlicht, das Aufschwirren eines Schwarms von Vögeln, die krachenden Gewehrsalven und der Sprung des Hundes ins Wasser. Irgendwo in der Ferne aber war das einsame Boot zu erkennen, die zitternden Formen, die unscheinbare schwarze Erhebung auf der glühenden Horizontlinie des Abends ...

Er stand wieder auf und lief zum Fenster. Er reckte den Kopf, und plötzlich erinnerte er sich, daß es eine Geste war, die er an Andrea beobachtet hatte. Er ging einige Schritte zurück und lehnte sich mit dem Rücken gegen die Wand. Er spürte eine gelinde Schwäche, die Beine gaben leicht nach, so daß er langsam niederrutschte, bis auf den Boden.

Er saß still und stützte sich noch mit den Armen, doch dann gab er auch diesen Halt auf und legte sich langsam auf den Rücken, ganz ruhig. Er schaute noch einmal auf und sah, daß der junge Wärter die Tür geschlossen hatte. Niemand würde ihn sehen, niemand würde den Conte Paolo di Barbaro auf dem Boden dieser Zelle sehen, mit ausgebreiteten Armen und geschlossenen Augen.

Er spürte, wie das Licht hereinflutete, und er öffnete langsam den Mund, um noch einmal tief durchzuatmen. Dann lag er regungslos, eintauchend in die Stille der weiten Lagunenlandschaft, in die Stille der glatten Wasser und der violetten und ockergelben Inseln.

Er lag lange Zeit, erst als er die Schritte des jungen Wärters hörte, öffnete er seine Augen. Er setzte sich stöhnend auf und rutschte hinüber zur Wand. Seine Finger schmerzten, er drehte sich zur Seite und versuchte, sich an der Wand langsam hochzuziehen.

Und während er die kühle Wand abtastete und der feuchte Mörtel seine Finger verklebte, sah er, schon in der Bewegung nach oben, die in die Wand geritzte Zeichnung eines kleinen, armseligen Hauses. Aus dem Dach schlugen hohe Flammen, und die angrenzenden Sträucher und Bäume brannten lichterloh.

Es war eine Kinderzeichnung, hilflos und einfach, ja, es war das Bild eines Kindes, das Bild eines jähen und furchtbaren Schreckens, wie er nur Kinder befiel.

ANMERKUNG

Die im Roman mehrmals auftauchenden Verse Petrarcas habe ich nach der Übersetzung von Florian Neumann (*Francesco Petrarca*. Reinbek bei Hamburg 1998, S. 125) zitiert.

Kennern kunstgeschichtlicher Zusammenhänge wird ferner aufgefallen sein, daß Andreas Beobachtungen viele jener Beobachtungen vorwegnehmen, die der junge John Ruskin wenig später an venezianischen Bildern und vor allem an den Bildern William Turners machte.

Schließlich möchte ich noch auf das wunderbare Venedig-Buch Philipp Monniers hinweisen (*Venedig im achtzehnten Jahrhundert*. München 1928), aus dem ich einige Details verwendet habe.

Besonders danken möchte ich meinen venezianischen Freundinnen und Freunden, Agleia, Elena, Carlotta und Luca. Ihnen ist dieser Roman gewidmet.

Stuttgart/Venedig, im Frühjahr 1998

Die Nacht des Don Juan

Erster Teil

1

In einer Herbstnacht des Jahres 1787 erwachte die junge Anna Maria Gräfin Pachta von einem furchtbaren Traum. Erregt, mit klopfendem Herzen, starrte sie gegen die dunkle Holzdecke des kleinen Zimmers, das sie erst seit einigen Wochen bewohnte. Es war eines der Zimmer des Damenstifts auf dem Hradschin, das die Kaiserin Maria Theresia für ausgewählte Töchter des böhmischen Adels eingerichtet hatte.

Anna Maria lag still, angespannt, mit steifen Gliedern, als könnte sie sich nicht mehr bewegen. Sie versuchte den Traum loszuwerden und ihn aus ihren Gedanken zu verdrängen, doch sie spürte am leichten Zittern der Hände, daß sie die Bilder noch immer verfolgten. Langsam stand sie auf, um das Fenster einen Spalt zu öffnen, dann schmiegte sie sich wieder unter die Decke. Oft schon hatte sie so gelegen, tagsüber, mit geschlossenen Augen, den Klängen lauschend, die von der tiefer liegenden Stadt herauf drangen.

Die Geräusche und Töne vermißte sie hier oben am meisten. Das elterliche Palais lag mitten im Gewimmel der Häuser, schon am frühen Morgen hatte man dort die Rufe der Händler gehört, das Knirschen der Kutschenräder auf dem Pflaster, die gedämpften Unterhaltungen und die am späten Vormittag in den Straßen und Wirtshäusern einsetzende Musik. Von Stunde zu Stunde hatte die Stadt mehr zu klingen begonnen, ein über den Mittag, wenn die Gaststuben längst gefüllt waren, anschwellendes Orchestrieren, als bliesen und geigten sie alle gegeneinander, bis von den Türmen nahe der Karlsbrücke die Posaunenchoräle erschallten und die Klangwelt der Stadt zudeckten mit den Echolauten ihres Geschmetters.

Im Stift aber war es oft so still, daß sie unwillkürlich bei den leisesten Geräuschen erschrak. Im ummauerten Garten des verzweigten Gebäudes fuhr sie zusammen, wenn plötzlich der Strahl eines Springbrunnens hochschoß, in den weiten Korridoren verfolgte sie das rasch verebbende Huschen von Schritten, und in der kleinen Kapelle hörte sie das leise Ticken einer Uhr so deutlich, als befinde sich die Uhr ganz nahe, während alle doch wußten, daß sie in der entfernt liegenden Sakristei stand.

Auch die anderen Stiftsdamen hatten ihre Empfindlichkeit bald bemerkt. Sie hatten ihr gut zugeredet und Rücksicht auf sie genommen, doch Anna Maria hatte sich weiter während des Tages bei geöffnetem Fenster auf ihr Bett gelegt, um mit geschlossenen Augen den von der Stadt aufsteigenden Klängen zu lauschen. Manchmal hatte sie sogar geglaubt, das feine Rauschen der Moldau am Wehr nahe der Karlsbrücke zu hören, es war ein summendes hintergründiges Rauschen gewesen, wie aus den Tiefen des Flusses.

Jetzt aber gelang dieses Spiel nicht so leicht wie am Tag. Sie hörte nur das weit entfernte Bellen eines einzelnen Hundes, und so stand sie schließlich doch wieder auf, noch immer mit stark klopfendem Herzen. Dort unten lag die Stadt, ja, wie gern wäre sie jetzt die breite Stiege hinuntergelaufen, um durch die Gassen zu gehen, sie wäre zu sich gekommen und sie hätte die schändlichen Bilder nicht so nahe gespürt. Der breite, silbern glänzende Fluß, auf dem sich der Mondschein wiegte, war gut zu erkennen, kleine Fackeln schwirrten über die Karlsbrücke.

Ihr Atem ging noch immer rasch, als wäre sie eine große Strecke gelaufen, sie wischte sich mit der rechten Hand über die Stirn. Sofort spürte sie den kalten, sich an den Haarenden ablagernden Schweiß, die feuchten Fingerkuppen waren so klebrig, als wäre die Feuchtigkeit Blut. Sie preßte die Finger gegen die Schläfen, doch während sie noch auf das nächtliche Stadtbild starrte, tanzten die Traumszenen wieder verstärkt vor ihren Augen.

In Gedanken hing sie noch an der Vergangenheit im elterlichen Palais, sie konnte sich von den Klängen und Bildern dort so schnell nicht befreien, obwohl ihr die meisten der dreißig Stiftsdamen zur Seite standen und ihr die Eingliederung in das neue Leben, das jeden Morgen gegen sieben Uhr mit der Frühmesse begann, so leicht wie möglich machten. Ihre Mutter war vor drei Jahren gestorben, die größere Schwester längst verheiratet, und die drei älteren Brüder lebten nicht mehr in Prag, sondern in Wien, wo sie ihren Pflichten am kaiserlichen Hof nachgingen.

Lange hatte der Vater nach einem geeigneten Aufenthaltsort für sie gesucht, doch erst nach mehreren Anträgen war ihr einer der begehrten Plätze des Damenstifts zuerteilt worden. Sie hatte nicht widersprochen. Auf Dauer konnte sie nicht mit dem Vater zusammenleben, es gehörte sich nicht, außerdem verschlang ein solches Leben viel Geld. Bis zu ihrer möglichen Heirat würde sie im Damenstift untergebracht sein, zumindest die Hälfte des Jahres, nur im Sommer würde sie den Vater auf seine Landgüter begleiten, wo sie auch ihren noch unverheirateten Brüdern wieder begegnen würde.

Sie versuchte, das elterliche Palais im Dunkel zu erkennen, doch als sie es aus dem Schwarzgrau der gedrängt stehenden Häuser nicht herausfand, begann sie zu beten. Sie murmelte »Heilige Jungfrau Maria«, doch die Worte erschienen ihr fremd, sie hörte sich ängstlich flüstern und spürte die nächtliche Kälte, so daß sie das Fenster schloß und begann, sich anzukleiden. Sie fühlte sich schwach, das Kleid schien sich wie ein schweres Gewicht auf ihren Körper zu legen. Sie dachte daran, sofort zu beichten, doch sie ließ den Gedanken rasch wieder fallen, so ein Ansinnen hätte zuviel Aufmerksamkeit erregt.

So stand sie am Fenster, wagte sich nicht zur Tür und scheute vor dem Bett weiter zurück. Es war, als hielte man sie gefangen und als könnte sie sich nicht mehr frei bewegen. Sie kniete sich hin und nahm das Brevier aus der Tischlade. Das laute Lesen war besser als das Murmeln zuvor. Sie fand viel Lateinisches und suchte die Seiten nach kaum verständlichen Stellen ab. Sie las unbeweglich, ohne abzusetzen, und sie nahm sich vor, es bis zum Morgengrauen zu tun.

Doch immer wieder tauchten die furchterregenden Bilder auf, sie schienen sich unter dem Türspalt, dem sie den Rükken zukehrte, hindurchzuzwängen. Dann sah sie die Gesichtszüge eines großen, kräftigen Mannes, vor dem die sonst verschlossene Tür ganz leicht aufsprang. Sie sah seinen Hut, den ein weißer Federbusch krönte, er warf ihn beim Hineinkommen in die Richtung der Tür, und sie erkannte den Degen mit einem kunstvollen Knauf, den zwei sich aufbäumende Schlangen verzierten. Er ließ ihn zur Seite, gegen die Wand fallen, während er mit der Rechten spöttisch grüßend durch die Luft fuhr, so daß sie den Löwenkopf seines Rings im Dunkel aufblitzen sah.

Er hatte sich über ihr Bett gebeugt, von seinem festen, zupackenden Griff war sie erwacht. Noch im Erwachen hatte sie sein Lachen gehört, das Lachen eines durch nichts aufzuhaltenden, zügellosen Menschen, und während sie sich gegen seine Zudringlichkeiten gewehrt hatte, war es ihr so vorgekommen, als lauerten vor der geöffneten Tür die neugierigen Augen der Prager Gesellschaft darauf, daß dem Eindringling sein grausames Vorhaben gelinge.

2

Casanova erwachte. Einen Augenblick lang versuchte er sich zu erinnern, richtig, gestern abend war er in Prag eingetroffen, er war jetzt in Prag, solch einen frühmorgendlichen Lärm gab es nur in dieser Stadt, die zu viele Musiker beherbergte, Blechbläser vor allem, die sich anscheinend schon sofort nach dem Erwachen an ihre Instrumente machten. Er reckte sich auf und lauschte ins Dunkel. Wahrhaftig, da blies jemand auf der Trompete, spitze, an der Decke entlanglaufende Töne, die sich zu knatternden Schauern verdichteten, unglaublich.

Er preßte die Zeigefinger in die Ohrmuscheln, doch das half nichts, jetzt hörte er sogar noch ein zweites Instrument, eine Klarinette, ja, eine sich verausgabende, Ton für Ton eine nicht enden wollende Treppe herunterpolternde Klarinette. Auf dem Tisch stand das Nachtglöckchen; es war aus Kristall, ein winziges Spielzeug, er läutete, so heftig er konnte, aber der zarte Glasklang wirkte gegen die Klänge von draußen nur wie ein schwaches, sich im weiten Raum verflüchtigendes Mäuserascheln.

Doch immerhin, die Tür öffnete sich. Casanova erkannte einen jungen, schlecht gekleideten Mann, der sich dem Bett näherte. Er machte eine umständliche Verbeugung, wahrscheinlich stammte er vom Land, die meisten jungen Diener kamen von dort, man konnte ihnen die Steifheit nicht austreiben.

»Guten Morgen, gnädiger Herr«, sagte der Bursche. »Graf Pachta hat mir aufgetragen, Ihnen als seinem willkommenen Gast behilflich zu sein. Er sagte, ich solle mir Mühe geben, Sie zufriedenzustellen. Der Herr Graf ist in der Früh nach Wien abgereist, wo er seine Söhne besucht.«

»Was redet Er da?« Casanova setzte sich auf. »Warum erklärt Er mir, was ich längst weiß? Ich habe gestern abend noch mit dem Herrn Grafen gespeist.«

»Verzeihen Sie, gnädiger Herr, das wußte ich nicht«, antwortete der Bursche. »Der Herr Graf hatte wenig Zeit in der Früh. Mit mir wechselte er nur einige Worte.«

»In der Früh? Wann in der Früh? Wie spät ist es denn?«

»Gegen Zehn, beinahe Zehn, wenige Minuten vor Zehn.«

Casanova drehte sich zur Seite und schwenkte die Füße auf den Boden. »Schon Zehn? Rasch, ich stehe sonst niemals so spät auf. Die Vorhänge und die Läden geöffnet!«

Der Junge ging schnell zu den Fenstern, zog die schweren Vorhänge auf und öffnete mit geübten Handgriffen einen Laden nach dem andern. Die Musik war noch lauter geworden, zwei Trompeten, eine Klarinette, eine Oboe.

»Was ist das denn für ein Lärm? Es ist unerträglich, verdaut man in Prag Noten zum Frühstück?«

»Entschuldigen Sie, es sind Mitglieder der Hauskapelle des Grafen, gegen Zehn beginnen sie mit den Proben.«

»Gegen Zehn! Wenn sie morgens so loslegen, werden sie am Abend erschöpft sein.«

»Ich werde es ihnen ausrichten.« Der Bursche verneigte sich, er war in der Nähe der Fenster stehengeblieben. Casanova beugte sich vor. Nein, er sah nicht übel aus, groß, schwarzhaarig, ein schmaler, feiner Kopf, Graf Pachta hatte ihm einen hübschen Jungen an die Seite gegeben.

»Wie heißt Er? Wie ruft man Ihn hier?«

»Ich heiße Paul, gnädiger Herr.«

»Und ich heiße Giacomo, Signor Giacomo!«

»Jawohl, gnädiger Herr!«

»Nicht gnädiger Herr, nichts davon! Signor Giacomo, nur das, hast Du verstanden? Ich werde Dich Paolo nennen, das kommt mir leichter über die Lippen.«

»Ich habe verstanden, Signor Giacomo.«

»Du kommst vom Land, Paolo?«

»Ja, Signor. Meine Eltern sind früh gestorben, ich bin in eine Waisenschule gegangen.«

»Und was lernt man dort?«

»Das Horn blasen, Signor.«

»Das Horn? Du willst sagen, daß Du das Horn blasen kannst?«

»Ja, Signor, ich kann es sehr gut blasen, auch ich spiele in der Kapelle des Grafen, seit mehr als vier Jahren.«

»Wie alt bist Du?«

»Neunzehn Jahre, Signor. Der Herr Graf hat meine Ausbildung bezahlt, viele Hohe Herren machen das so, denn viele der Hohen Herren halten sich eine eigene Kapelle oder sogar ein großes Orchester.«

»Das Horn ist ein edles Instrument, Paolo, ich liebe das Horn. All dieses Bläsergeschmetter da draußen ist nichts gegen den Wohllaut des Horns, habe ich recht?«

»Signor Giacomo ist zu freundlich, ich danke Ihnen.«

»Nun gut, Paolo, wir werden uns schon verstehen. Beginnen wir diesen Tag mit einem exzellenten Frühstück!«

»Gern, Signor Giacomo, ich eile sofort in die Küche!«

Casanova lächelte, der Bursche war schon an der Tür. »Warte, so warte doch! Was willst Du mir bringen, aus Deiner Küche?«

»Das Frühstück, Signor.«

»Das Frühstück! Woraus besteht denn Dein Frühstück?«

»Kaffee, Signor Giacomo, Brot, Butter, vielleicht etwas Käse und ein paar Eier?«

»Aber Paolo, Du wirst lernen müssen, viel lernen. Ich wünsche Kaffee, ja, aber den kräftigen, schwarzen, und Brot, ja, aber das duftende, weiche, leicht süße, Rahmbutter dazu, drei sehr weiche Eier. Dann Orangengelee und etwas Schale von der Zitrone, denn das Gelee machen die Prager zu süß, weil sie nichts davon verstehen. Das Ganze stell bitte hier auf den kleineren Tisch, es soll mir den Mund lediglich wässern. Denn wenn mir das alles gemundet hat, wechsele ich hinüber zum größeren Tisch, wo das Frühstück eingenommen wird: einen kleinen Teller mit Sardellen, etwas vom gestrigen Braten, dunkle Oliven, einen reifen, am besten schon leicht zerlaufenen Käse, dazu das dunkle Nußbrot. Ein Glas Wein könnte nicht schaden. Und nun lauf!«

Paolo zögerte einen Moment, dann verbeugte er sich und verschwand. Casanova stand auf und begann, sich anzukleiden, während er das Zimmer durchschritt. Die Räume in diesem stillen Seitenflügel, den niemand außer ihm bewohnte, waren herrschaftlich groß, wie für ihn geschaffen. In seinen besseren Tagen hatte er in solchen Räumen gelebt, in Venedig, in Paris, in London, in den Hauptstädten der Welt. Gewiß, diese hier wirkten gedämpfter, ein wenig gedrückt, aber in Prag gehörten sie zum Besten, was es gab. Mit Paris oder Venedig konnte Prag sich natürlich nicht messen, im Grunde war Prag eine Provinzstadt und die geschmackvollsten Häuser erinnerten einen höchstens an Wien.

Ein Glück, daß er mit dem Grafen Pachta seit langem befreundet war, so brauchte er sich keine Zimmer zu mieten oder gar ein Quartier in einem der Gasthöfe zu suchen. Hier, in diesem verlassen wirkenden Seitenflügel des Pachtaschen Palais, war er ungestört und wurde zudem noch fürstlich versorgt. In Ruhe konnte er seine Gedanken aufs Papier bringen, Besuch empfangen, sich den Lektüren widmen. Der Graf würde einige Zeit verreist sein, das war nur von Vorteil, denn sonst hätte ihn dieser alte Schwätzer ununterbrochen belästigt und ihn nach längst vergangenen Geschichten gefragt.

Etwa dreißig Bediente hatte der Graf, die Mitglieder der Kapelle nicht gerechnet. Hätte man ihm, Giacomo Casanova, freie Hand gegeben, so hätte er mit Hilfe dieser Bedienten herrliche Feste gefeiert, für eine kleine Schar sorgfältig ausgesuchter Menschen von Stand und mit Geschmack! Denn der Graf, nein, der verstand nichts davon, er überließ solche Dinge den Köchinnen, die ihn seit Kindesbeinen mit immer denselben Speisen versorgten, schweren, zerkochten Gerichten, wie man sie auf dem Land aß, woher die Köchinnen stammten, die nie in einen italienischen oder französischen Kochtopf geschaut hatten, nein, nie. In den kommenden Wochen würde er ihnen etwas von diesen fremden Kochkünsten beibringen, bis sie es nicht mehr wagten, den Braten in dunklen Saucen zu verkochen. Austern, gefüllte Perlhühner, Kutteln auf venezianische Art! Ja, langsam und unauffällig würde er in diesem Palais die Regie übernehmen, und wer weiß, vielleicht wäre es am Ende doch möglich, aus diesem Palais, das viel von seinem alten Reiz verloren hatte, ein wahrhaft herrschaftliches und sogar gastfreundliches Haus zu machen!

Doch um das zu erreichen, mußte er sich das Wohlwollen der Dienerschaft sichern, zunächst mußte er Paolo für sich gewinnen, dann die Frauen der Küche, langsam, wie eine Krake, würde er seinen geheimen Einfluß ausdehnen, bis er sogar der Kapelle, die wahrscheinlich nichts anderes als böhmische Tänze kannte, die richtigen Töne beigebracht hatte. Eine solche Aufgabe, ja, die war seiner würdig! In Prag einen Glanzpunkt zu setzen, für einige Wochen, so hell, so erregend, daß man noch lange davon sprechen würde!

Aber zunächst hatte er noch einiges zu erledigen, dies und das, Besuche, ein paar Gespräche. Wo hatte er den Brief bloß hingesteckt? Er öffnete die Schublade des Nachtschränkchens und zog ihn heraus. Richtig, damit würde er den Anfang machen, mit diesem Halunken! Sie würden sich um den Hals fallen und so tun, als wären sie die besten Freunde, seit langem. Aber er wußte, wen er vor sich hatte, so wie er jede Regung dieses Halunken seit ihrer ersten Begegnung vor vielen Jahren kannte. Sie waren beide Venezianer, doch er, Giacomo Casanova, war der ältere, klügere, weitgereiste, der wahre Sohn Venedigs, während der Halunke bloß eine mißratene Fehlgeburt war, die durch viele Zufälle zu leidlichem

Ruhm gekommen war. Er würde sich einen Spaß daraus machen, ihn an der Nase herumzuführen, diesen Prag-Aufenthalt sollte er in schlechter Erinnerung behalten, dafür würde er sorgen!

Paolo klopfte, öffnete die Tür und kam mit einem großen Tablett herein. Er stellte alles auf den kleinen Tisch und seufzte laut: »Mehr konnte ich so schnell nicht beschaffen, Signor Giacomo! Die Köchin sagt, der Herr Graf habe nur sehr bescheiden gefrühstückt.«

»Was erlaubt sie sich, diese Köchin?« rief Casanova und lief sofort an den Tisch, um das Beschaffte zu mustern. »Ein matter Kaffee, kein schwarzes, trockenes Brot, am Rand schon hart, ein Stück Käse, das seine Träume ausschwitzt, bleiche Butter … und was ist das, was soll das sein?« Er nahm eine in Scheiben geschnittene, klebrige Substanz von einem Teller und hielt sie in die Höhe.

»Quittenspeck, Signor Giacomo.«

»Quittenspeck? Damit füttert man in Venedig die Affen, wenn sie an Verstopfung leiden.«

»Ich werde es der Köchin sagen, sofort«, antwortete Paolo und wollte sich auf den Weg machen, als Casanova ihm beschied, das Zimmer nicht zu verlassen. Er setzte sich an den kleinen Tisch, beugte sich über die Tafel und begann mit beiden Händen zu essen. Paolo wich einige Schritte ans Fenster zurück, er hatte noch nie einen Menschen so essen sehen. Mit der Rechten tunkte er das Brot kurz in den Kaffee, bestrich es mit der Linken mit Butter, schleifte es mit der Rechten durch etwas Eigelb und setzte dem kleinen Bau einen Käsespan auf. Noch während er kaute und schluckte, ließ er das Eigelb auf einem Teller zerlaufen, bröselte das Brot hinein, wälzte die Sardellen, goß etwas Wein dazu und löffelte alles in den Mund, jeden Happen mit einem Schluck Kaffee versetzend.

»Noch etwas Kaffee und mehr Wein!« hörte Paolo ihn rufen, und er näherte sich dem Tisch vorsichtig, als geriete er in die Nähe eines fremden und vielleicht doch gefährlichen Tiers, das ihn jederzeit anfallen konnte. »Rascher!« befahl Casanova jetzt, und dieser energische Ruf tat sofort seine Wirkung, denn Paolo goß nach und blieb nun in der Nähe des Tisches, während Casanova den Wein in den kleinen Schüsseln und auf den Tellern verteilte und jeweils mit einer anderen Zutat füllte. Unablässig mischte, knetete und verstreute er die verschiedenen Speisen, Paolo konnte diesem schnellen Treiben kaum noch folgen, es war, als habe der gnädige Herr vor, all diese Substanzen mit der Zeit zu einer einzigen zusammenzurühren, der einzig richtigen, einer Art Creme oder Sauce, die das kleinste Tellerchen füllte.

Jetzt nahm er den Kaffeelöffel und kostete, wahrhaftig, es schien ihm sogar zu schmecken, denn für einen Moment schloß er die Augen, während er die Paste weiter abschmeckte. »Paolo, Du wirst der Köchin ausrichten, aber nein, ich werde selbst mit ihr sprechen, das morgige Frühstück soll mir behagen. Und dieses Zimmer ... – wir werden es illuminieren. Den Schreibtisch rückst Du ans Fenster, ich brauche Kerzen, so viele Du auftreiben kannst! Schalen mit Obst und kandierten Früchten hier auf den kleinen Tisch, auf den großen gehören Karaffen mit Wein und Wasser und mit Likör, dazu Gebäck, kleine Kuchen, ich werde noch genauere Anweisungen geben! Doch zunächst brechen wir auf, Du wirst mich begleiten. Ein lieber Freund will mich sehen, in einem Gasthaus am Kohlmarkt, er hat mir in einem leidlich gelungenen Brief jedenfalls mitgeteilt, daß er sich dort aufhalte. Lassen wir Signor Lorenzo da Ponte nicht warten, er meldet, daß er sehr viel zu tun habe, er schreibe den Text für eine Oper, nur den Text, das Libretto, ein paar Verse, mehr nicht, das hält er für Arbeit, nun gut, lästern wir nicht, es soll uns eine Freude sein, Signor Lorenzo zu begrüßen.«

Er deutete auf einige herumliegende Kleidungsstücke, und Paolo bemühte sich, ihm alles möglichst schnell zu reichen. Noch während er den Mantel umlegte, nahm er den letzten Schluck Kaffee, und noch als er in der Tür den Hut mit dem weißen Federbusch aufsetzte, trank er den letzten Tropfen Wein aus einem silbernen Becher, den er auf die Reise mitgenommen hatte, wie ein Spielzeug, das er zu seinem Amusement brauchte.

3

Lorenzo da Ponte saß noch im Theater. Er wartete auf einen der Sänger, den jungen Luigi, der in der Oper die Hauptrolle singen würde. Gestern hatte sich Luigi während der Proben über diese Rolle beklagt, beinahe ausfallend war er geworden, weil er die großen Auftritte vermißte. Kaum eine Arie, höchstens dann und wann ein Duett, das würde er sich nicht gefallen lassen!

Mit Luigi durfte man es sich nicht verderben. Er war der Liebling der hohen Damen, die jeden seiner Bühnenschritte mit ihren winzigen Operngläsern aus den Logen verfolgten, und er war ein kluger, gewitzter Bursche, der sich manchmal einen Spaß daraus machte, eine Rolle zu parodieren. So einer hatte großen Einfluß auf das ganze Ensemble, denn er gab den Ton an, hielt die anderen bei Laune und flüsterte ihnen so lange seine Meinung über das Stück zu, bis sie diese Meinung für ihre eigene hielten.

Jetzt aber verspätete er sich, natürlich, er ließ ihn, Lorenzo da Ponte, warten, um ihm seine Verachtung zu zeigen! Im Grunde wäre es auch Sache des Komponisten gewesen, mit Luigi zu sprechen, doch der Maestro kümmerte sich nicht um solche Dinge. Seit Tagen erklärte der Maestro, daß er zu arbeiten habe und sich nicht mit den Details beschäftigen könne, schließlich müsse die Oper fertiggestellt werden, und vor allem darauf komme es an.

Aber warum war sie nicht fertig? Warum hatte sich Mozart in den letzten Monaten nicht hingesetzt, um die Oper flüssig, in einem Zug, Stück für Stück zu beenden? Sogar am Text hatte er noch immer etwas auszusetzen, so daß der Schluß des Stückes noch fehlte! Wie sollte man mit den Sängern die ersten Szenen proben, wenn nicht einmal klar war, wie die letzten aussehen würden? Doch damit konnte man den Herren Komponisten nicht kommen, sie hielten sich für einzigartig, weil ihre Tonsetzerei eine Gabe des Schöpfers sei, die höchste und anspruchsvollste Gabe der Künste, den himmlischen Gaben des Schöpfers selbst vergleichbar, der Himmel und Erde einmal selbst zum Klingen gebracht hatte!

Und der Text?! Niemand begriff, daß es doch vor allem auf den Text ankam, auf die Leichtigkeit der Worte, ihr Säuseln und Zischen, auf ihren Klang, auf die Führung der Handlung, auf die Figuren, strahlende, feurige Erscheinungen, die das Publikum für sich einnahmen! Erst der richtige Text entlockte den Herren Komponisten die Musik, ein gut gesetztes Wort zog die Töne an wie Magie!

Jetzt wartete er schon eine halbe Stunde. Er stand auf und ging durchs Parkett, seine Finger glitten an den Stuhllehnen entlang. Diese Oper war *sein* Meisterstück, ohne Zweifel! Noch nie hatte ihn sein eigener Text so mitgerissen! Meistens hatte er das Schreiben wie eine Handwerksarbeit hinter sich gebracht, doch diesmal war es anders gewesen. *Er* hatte den Stoff ausgesucht, niemand anders! Wie er darauf gekommen war, daran konnte er sich selbst nicht mehr erinnern; von einer Sekunde auf die andere hatte das Bild des Verführers vor ihm gestanden wie ein fremdes und teuflisches Spiegelbild seiner selbst. Es war wie ein Wink aus dem Jenseits gewesen, und so hatte er sich sofort daran gemacht, die ersten Szenen zu schreiben.

Mozart, ja, Gott, den hatte er erst überzeugen müssen, der hatte sich anfangs nicht anfreunden wollen mit diesem Stoff, doch wann hatte der sich überhaupt schon einmal auf den ersten Blick für einen Stoff begeistern können? Heute so, morgen so, die Herren Komponisten hatten etwas Flatterhaftes, Unstetes, denn von jeder neuen Oper hing deren Zukunft ab, und es kam darauf an, ganz unbedingt zu gefallen, wie im Sturm sollte das Publikum gewonnen werden! Jede Oper war eine Sache des Herzens, eine Entfesselung der Gefühle, da durfte es nicht die geringste Nachlässigkeit geben!

Jetzt hörte man aus den höher gelegenen Räumen die Stimmen der Sängerinnen, die ihre Arien probten. Teresa, ja, sie war die Schönste, mein Gott, was war sie doch für eine Schönheit! Und Caterina, ja, auch sie war nicht zu verachten, wenn ihre Mutter sie nicht unablässig begleitet hätte! Caterina schied also aus, die kam nicht in Betracht, mit einer solchen Mutter legte man sich besser nicht an. Und Teresa? Ach, er hatte sich Mühe gegeben, doch sie war eitel und hochnäsig! Schon beim ersten Zusammentreffen hatte sie ihm zu erkennen gegeben, daß sie seine Schmeicheleien nicht beachtete, er hatte sich noch so sehr anstrengen können!

Und genau das, das machte ihm hier in Prag schlechte Laune! Er war es nicht gewohnt, die Nächte allein zu verbringen! Sich nachts, nach einem guten Souper, allein in ein Bett zu legen, das gehörte sich nicht! Ja, es war empörend, daß man ihn hier herumlaufen ließ wie einen, der sich bereits süchtig nach den erstbesten Mädchen umschaute! Heute morgen war ihm auf dem Weg zum Theater eine Mandelmilchverkäuferin begegnet, er hatte zwei Gläser dieses ekelhaften Gesöffs getrunken, nur um das Kind unter die Arkaden drängen zu können, wo er versucht hatte, ihm einen Kuß, einen scheuen, zurückhaltenden Kuß, zu entlocken! Sie hatte das Glas fallen gelassen, die dumme Gans, das hatte für Aufsehen gesorgt und er hatte, um dieses Aufsehen gleich zu beheben, für fünf Gläser bezahlt!

In Wien, ja, in Wien, dort hatte ihm ein wunderbares Geschöpf zur Seite gestanden, gerade sechzehn Jahre alt war sie gewesen, im Zimmer nebenan hatte sie auf ihn gewartet, und er hatte nur zu klingeln brauchen, schon war sie erschienen! Sie hatte ihm eine Flasche Tokajer gebracht und Tabak aus Sevilla, auch etwas Bisquit oder eine vorzügliche Schokolade, und sie hatte sich zum Dank alle Freundlichkeiten gefallen lassen. In den Nächten hatte er am Textbuch geschrieben, und sie hatte für ihn gewacht, nebenan, um ihm in schwachen Momenten zur Seite zu stehen und dafür zu sorgen, daß seine Kräfte sich wieder erneuerten!

So ein geschmeidiges, stilles und duldsames Wesen, das ihn hatte gewähren lassen und ihm all seine Wünsche erfüllt hatte, suchte er hier wohl vergebens! Meist war es ihm sonst ja gelungen, eine Sängerin für sich zu gewinnen, doch er würde sich nicht zum Narren machen und Teresa umschwärmen, tagelang, um am Ende doch nur davonzuziehen wie ein Hund, den man vor die Tür gejagt hatte!

Wie sehnte er sich nach einer Berührung, danach, mit den Fingern am Saum eines Kleides entlangzustreifen, die Kuppen gleiten zu lassen über ein schmales Stück Haut, diese weiche Glätte zu spüren und später den feinen Duft einzuatmen, den die Fingerspitzen absonderten! Hier aber hatte es nur dazu gelangt, einen Handschuh Caterinas an sich zu bringen, einen weißen, seidenen Handschuh mit kaum sichtbaren Puderspuren, an denen er schnüffelte, wenn er sich an seine Wiener Eroberung zu erinnern versuchte!

Diese schändlichen Morgen, wenn er erwachte und seine Hand ins Leere griff und wenig später der Herr Komponist, der im Gasthof gleich gegenüber wohnte, vor der Tür stand und klopfte! Mozart war mit seiner hochschwangeren Frau angereist, man sprach davon, daß sie ihn begleite, damit er nachts nicht allein sei, doch wie er ihn kannte, den Komponisteur, würde der sich etwas einfallen lassen, die Nächte nicht neben einer Schwangeren zu verbringen, wie sollten einem da schon Ideen kommen, denn Ideen brauchten Raum, Spiel und Verrücktheit!

Jetzt reichte es aber, jetzt hatte Luigi ihn lange genug warten lassen. Wie schön Teresa doch sang, wie schön! Er schüttelte den Kopf, eilte in die Garderobe und zog sich den weiten Mantel an. Da lag der Handschuh, er fächelte sich damit zu, bevor er ihn in die Manteltasche steckte. Einen Augenblick streifte er mit den Fingern über die Lippen, dann schaute er kurz auf den schweren Ring, den er an der Rechten trug. Immer, wenn er diesen Löwenkopf sah, glaubte er, in einem Spiegel das geliebte Venedig zu sehen. Er behauchte den Ring, rieb ihn kurz am Mantel und machte sich auf den Weg, seinen alten Freund Giacomo Casanova im Gasthaus am Kohlmarkt in die Arme zu schließen.

4

»Giacomo!«

»Lorenzo!«

»Wie habe ich Dich vermißt, mein Alter!«

»Und ich Dich, mein Sohn!«

Sie umarmten sich, Signor Giacomo empfand einen starken Widerwillen gegen diese herzliche Geste, denn da Ponte liebte noch immer die großen Gebärden, er verwechselte eben das Leben mit schlechtem Theater. »Setz Dich zu mir«, tat Casanova jedoch freundlich, »ich warte schon eine Weile auf Dich. Trinken wir ein Glas Wein, ich möchte hören, wie es Dir hier ergeht!«

Sie nahmen beinahe zugleich Platz, Casanova bestellte, während da Ponte sich mit den Fingern an den Schläfen entlang fuhr. »Lieber, es ist entsetzlich! Nichts will sich fügen, die halbe Welt arbeitet gegen mich – und warum? Weil sie mein Werk nicht verstehen! Sie begreifen nicht, was ich ihnen vorgesetzt habe, die Oper der Opern, ein Meisterwerk an Sprache und Klang! Der Herr Komponist sammelt Einwand auf Einwand und ist mit dem Komponieren noch lang nicht am Ende! Die Sängerinnen und Sänger melden ihre Ansprüche an und streiten sich untereinander um jedes Duett, jeden Morgen soll ich den Stift neu ansetzen, um etwas zu korrigieren, neu zu schreiben, zu erweitern! Und dabei sollte die Komposition längst abgeschlossen sein und das Textbuch längst fertig, so daß ich es zum Druck bringen könnte! Ich bitte Dich, geht man mit dem Librettisten des kaiserlichen Hofes zu Wien so um?«

Casanova beugte sich vor und legte ihm die Hand auf die Schulter. Es war das altbekannte Reden und Klagen, so hörte sich das meist an, wenn ein mittelmäßiges Talent Aufhebens von seinen Aufträgen machte. »Ich verstehe Dich, Lorenzo, ich leide mit Dir! Aber warum schreibst Du nicht für die Komponisten, die Dich verstehen, blind verstehen, ohne ein Wort? Mozart – das ist etwas anderes, jeder sagt es, das ist einer, dem es niemand recht machen kann, weil er seinen Platz nicht gefunden hat in der Welt, trotz und wegen seines frühen, rasch verflogenen Ruhms. Ein Unzufriedener, ein Zu-spät-Gekommener, der nichts, rein gar nichts geworden ist an Deinem kaiserlichen Hof und der sich, um nicht ganz unterzugehen, mit Klavierunterricht für einige verstimmte Adelstöchter am Leben hält!«

Der Wein wurde gebracht, sie hoben beinahe gleichzeitig ihre Gläser, lächelten einander zu und tranken. Widerwillig bemerkte Casanova, daß sein Gegenüber das Glas auf einen Zug leerte. Er setzte seine Theaterpossen also wahrhaftig fort, er glaubte, ihn, Giacomo Casanova, mit diesen Schauspielerattitüden beeindrucken zu können! Wie ungepflegt er doch aussah, mit seinen langen, ungekämmten Haaren, die in fettigen Locken auf den vergilbten Kragen fielen! Die Finger der rechten Hand hatten einen bräunlichen, schmutzigen Ton, wahrscheinlich vom Stopfen der Pfeifen, von denen er jetzt wieder eine hervorzog, um sie in Brand zu setzen. Rauchen war das typische Laster solcher Naturen, die von nichts etwas verstanden und den ganzen Tag mit Unterhaltungen zubrachten! »Aber was klagen und reden wir, lieber Lorenzo«, fuhr er fort, »von nun an wird sich alles zum Besseren wenden. Wir haben uns immer vorzüglich verstanden, kein Wunder, wir kommen aus derselben herrlichen Gegend Europas, der schönsten von allen, mit der verglichen diese Pflaster hier nichts anderes sind als Stall- und Provinzböden! Sprechen wir also von Deiner Oper, ich werde mich bemühen, ein guter Zuhörer zu sein!«

Darauf hatte er gewartet, natürlich, darauf, daß man ihm schmeichelte und ihn auf seine Arbeit ansprach. Jetzt richtete er sich auf, winkte nach einer Karaffe, jetzt legte er sich seine Munition zurecht, jetzt würde er sie abschießen, es war beinahe nicht zu ertragen, wie dieser Casanova einen hinhielt. Was war es denn? Welcher Stoff? Welche Figuren? Was hatte er zusammengezimmert, zur Oper aller Opern? Etwas ganz Neues, womit niemand rechnete, oder hatte er sich, was viel wahrscheinlicher war, an alte, vielleicht sogar antike Stoffe gehalten? Wenn er in Zeitnot war, hatte er sich bisher immer zu den antiken Stoffen geflüchtet, die polierte er auf oder dehnte sie so in die Länge, daß es für zwei Stunden reichte!

Endlich, die Karaffe! Wie er sich einschenkte, als erster, dann, kopfschüttelnd, als habe er seinen Fehler bemerkt, auch dem Älteren! Jedesmal, wenn er das Glas an den Mund führte, liefen ihm einige Tropfen am Kinn herunter, auch damit wollte er Eindruck machen, sicher hatte er es vor dem Spiegel geprobt, das Tragödiensaufen, das ihm in Wien die

Tenöre vorgemacht hatten! Tenöre tranken zu schnell oder gar nicht, während die Bässe meist langsam und gründlich tranken, aber auf welche Gedanken brachte einen dieser Wortdrechsler am kaiserlichen Hof zu Wien?

»Der Stoff, das Sujet – es ist delikat«, begann da Ponte. »Ich habe es lange bedacht, seit vielen Monaten, seit feststand, daß die Oper zuerst in Prag zur Aufführung kommen soll, in einer Stadt, in der man von der Musik, ich sagte von der Musik, mehr versteht als irgendwo sonst in Europa. Mit Venedig, nun gut, natürlich, nein, ist es nicht zu vergleichen, aber was die Musik betrifft, und ich spreche nur von der Musik, ist Prag so etwas wie die Hauptstadt Europas, da wirst Du mir zustimmen!«

»In der Tat«, Casanova nickte beflissen, »in der Tat, sie spielen hier ganz unvergleichlich. Ich hatte das Vergnügen, von Ihnen geweckt zu werden, in meinem Palais, heut in der Früh. Sie hatten sich ein Ständchen für mich ausgedacht, fabelhaft, und ich hörte den Schmelz ihrer Bläser aus dem Entreesaal meines Schlafgemachs wehen, zu mir herüber, an mein Ohr!«

»In Deinem Palais? Du wohnst in einem Palais?«

Jetzt hatte er den ersten Gegentreffer gelandet! Damit hatte er nicht gerechnet, dieser armselige Arienschmied! Er, Signor Giacomo, hatte seine Einleitung glänzend pariert! »Mehr davon später, mein Lieber, viel später! Erst erzählst Du uns von Deinem Geniestreich! Es gibt nichts, was ich jetzt sehnlicher zu hören wünschte!«

Da Ponte lehnte sich noch einmal zurück, zog an der Pfeife, lächelte geheimnistuerisch und flüsterte: »Don Juan, mein lieber Giacomo, Don Juan ist der Held meiner Oper! Es ist Nacht, niemand bewegt sich mehr in den Straßen der Stadt! Da hört man einen furchtbaren Schrei, den Schrei einer Frau, ja, ihre gepeinigte Stimme! Sie ist auf der Flucht, sie flieht aus dem elterlichen Palast, in den der Wüstling eingedrungen ist! Sie will ihm entkommen, ihm, Don Juan, der sie am Abend gesehen hat, irgendwo. Er ist ihr verfallen, er muß sie sehen, er will sie besitzen, so wie es ihm meist mit den Frauen ergeht, Hunderte, Tausende hat er erobert, längst kann er sich nicht mehr erinnern, wie viele es eigentlich waren …«

Casanova erstarrte. Er hatte wohl nicht richtig gehört! Don Juan?! Diese alte Posse? Ein Stoff, mit dem man sich jetzt in den Puppentheatern die Zeit vertrieb? Don Juan, der Wüstling, der die Frauen wie ein Jagdhund verfolgte und dafür später in der Hölle büßen mußte, nach seinem Höllensturz, über den sich heutzutage schon die Kinder amüsierten? Es war eine jahrhundertealte Klamotte, er, Signor Giacomo, hatte selbst schon viele Opern gesehen, die sich dieses Stoffs angenommen hatten, doch alle waren kläglich gescheitert! Denn, ja, im Grunde war es eine Hanswurstgeschichte, eine Sache, die keiner mehr ernst nahm, etwas für den Pöbel, der solche Märchen höchstens noch schätzte!

Er nahm einen Schluck und tat erstaunt. »Lorenzo, welch ein Wagnis und was für ein Stoff! Viele könnten Dir vorwerfen, Du machtest es Dir leicht, weil Du eine alte Geschichte zum Leben erweckst! Aber ich, ich kann mir denken, daß Du ihr eine Feinheit verleihst, einen Schliff, einen Reichtum von Nuancen, der sie trotz ihres Alters unverwechselbar machen wird.«

»Das ist es, Giacomo, genau das! Wer hat von dieser Geschichte nicht schon gehört? Sie nachzuerzählen ist leicht, und so viele Librettisten haben sich nicht die geringste Mühe mit ihr gegeben! Doch ich, Lorenzo da Ponte, ich habe sie erstmals ganz erfaßt, als erster werde ich ihr die große Form geben, und niemand, ich sagte niemand, wird es noch einmal wagen, sie neu zu gestalten!«

Casanova schaute ihn lange an. Er redete ja wirklich so, als bedeutete ihm diese Geschichte etwas! Sein Gesicht war leicht fleckig vor Aufregung, und seine Finger zitterten, wenn er die Pfeife zum Mund führte! Die Karaffe war leer, da Ponte trank und rauchte so schnell, als lebte er von diesen Narkotika! Ein kleiner Schluck, wieder ein Schluck, dann an der Pfeife gezogen – er suchte den Rausch, als hätte ihn sein eigenes Reden in Fahrt gebracht!

»Darf ich Dich zum Essen einladen, Lorenzo? Du solltest mir die Geheimnisse Deiner Arbeit bei einer köstlichen Mahlzeit verraten!«

»Ich esse selten zu Mittag, Giacomo, dieses böhmische Essen ermüdet einen doch nur! Noch eine Karaffe, das würde mir mehr gefallen! Am Abend stehe ich Dir zur Verfügung, vielleicht in Deinem Palais?«

»In meinem Palais, abgemacht! Ich werde meinen Diener schicken, gegen acht, ist Dir das recht?«

Da Ponte beugte sich vor und umarmte ihn. Für einige Sekunden roch Casanova seinen süßlichen Schweiß, bitter und stickig, als röche man alte, getrocknete Tabakblätter, mit Rosenwasser besprengt! Warum tat er so geheimnisvoll und so bedeutsam? Und warum erzählte er ihm so passioniert von seiner Oper? Noch spielte dieser Halunke hier bloß eine Rolle, er versteckte sich, nicht einmal schlecht! Doch dahinter verbarg sich etwas anderes, eine zweite, andere, tiefer liegende Geschichte, die er, Giacomo Casanova, schon noch herausbekommen würde!

Er bestellte eine weitere Karaffe, und Lorenzo wechselte sofort das Thema, indem er den Freund aufforderte, von seinen letzten Wochen und Monaten zu erzählen. Casanova tat freundlich, er wollte ihn hinhalten, so erzählte er ein wenig, doch er fand kein Gefallen an seinen Geschichten. Lustlos und mit den Gedanken woanders berichtete er von seiner Arbeit als Bibliothekar in einem entlegenen böhmischen Schloß, in Diensten des Grafen Waldstein, nicht weit von hier. Er schilderte sich als einen wißbegierigen Alten, der statt der Menschen die Bücher zu schätzen gelernt habe, und er versuchte, ein wenig mit seinem Wissen zu glänzen.

Wissen, der Staub der Bibliotheken – Lorenzo nickte, trank und stopfte seine Pfeife immer wieder von neuem, anscheinend hörte er ihm sogar zu, als wären diese Geschichten von irgendeinem Interesse! Er aber, Giacomo Casanova, schämte sich dieser Geschichten, sie gehörten nicht zu seinem Leben, sondern waren höchstens der ferne Nachhall, das Ende nach glanzvollen Epochen ganz anderer Art! Doch davon mochte er diesem Halunken und Spieler nichts erzählen, niemandem mochte er jetzt davon erzählen!

Und so lehnte er sich nach einer Weile verstimmt zurück, griff nach seinem seitwärts auf einem Stuhl liegenden Hut, fuhr mit den Fingern sacht über den weißen Federbusch und leerte sein Glas.

»Lorenzo, ich habe zu tun – die Geschäfte! Ich erwarte Dich am Abend, dann sprechen wir weiter!«

Er stand auf, und da Ponte sprang mit der Pfeife in der Hand ebenfalls hoch. Sie verbeugten sich lachend voreinander, dann gab Casanova seinem Diener Paolo, der gewartet hatte, ein Zeichen, ihn auf dem Rückweg ins Pachtasche Palais zu begleiten.

5

Ein Risotto, zu Beginn ein kleiner Risotto, vielleicht mit Pilzen, hoffentlich gab es hier gute Pilze, am besten wären die schwarzen Trüffel, unvergleichlich, dazu in Öl eingelegtes Gemüse und Brot. Und weiter? Etwas, an dem er zu beißen hätte und etwas zu knabbern fände, eine Delikatesse, die seine ganze Aufmerksamkeit beanspruchte, so daß er sie nicht herunterschlingen konnte wie ein Stück Braten, das er mit drei, vier Messerschnitten in fünf Stücke zerlegen und ruckzuck mit seiner Gabel aufspießen würde, um sie in seinen durstigen Schlund zu schleudern, als bloßen Auftakt und Gaumenkitzel zum Trinken, denn er war natürlich ein Trinker geworden, das hatte er, Giacomo Casanova, doch gleich bemerkt! Am besten wären winzige Vögelchen, kleine Wachteln, Schnepfen und Täubchen, in Speckmäntel gewickelt, daran würde er sich die Zähne ausbeißen, an solchen mageren, spindeldürren Zwitscherern, die nichts ansetzten, so daß man ihr Fleisch mit den Vorderzähnen von den bleichen Knöchelchen abzupfen mußte, die beim ersten Bissen in der Mitte durchkrachten! Das gäbe ein Bild! Lorenzo da Ponte, Librettist am Kaiserlichen Hof, im Kampf mit den zersplitternden Knochen und den minimalen Fleischvorkommen eines dürren Wiesenhüpfers!

Casanova grinste. Den ganzen Nachmittag würde es brauchen, um das Palais auf diesen Besuch vorzubereiten! Es war die erste Probe, die er der Dienerschaft und diesen verträumten Räumen abverlangte! Wenn dieser Abend nicht ganz fehlschlug, würden weitere Proben folgen, und irgendwann wäre dann alles bereit für das große Fest, eine Einladung, von der er schon angefangen hatte zu träumen. Er wandte sich Paolo zu, der kaum mit ihm Schritt halten konnte.

»Du hast ihn genau beobachtet, ganz genau?«

»Ich kenne Herrn da Ponte, ich habe ihn schon mehrmals gesehen.«

»Gesehen! Das ist nicht dasselbe wie genaue Beobachtung! Nichts darf Dir entgehen! Ich möchte, daß Du ihn in den kommenden Tagen nicht aus den Augen läßt. Ich will wissen, was er treibt, mit wem er verkehrt, wo und was er speist. Er soll mir in nichts zuvorkommen, das wäre noch schöner, wenn ein solcher Emporkömmling den Meister überträfe!«

»Sie kennen Herrn da Ponte seit langem, Signor Giacomo?«

»Ich verabscheue ihn, es gibt kaum einen Menschen, den ich mehr verabscheue. Er ist Venezianer, wie ich. Er hat das Priesteramt ausgeübt, wie ich. Er hat sich zum Prediger und später zum Dichter aufgeworfen, mir folgend. Er hat sich an meine Fersen geheftet, geblendet vom Glanz meiner Erscheinung, die alle Fürstenhöfe Europas in ihren Bann schlug. Doch er strauchelte, hier und dort, immer wieder! Er verspielte sein Geld, er begann zu trinken, er hetzte von einem Ort zum andern, um endlich eine Anstellung zu finden! Wie konnte es bloß dazu kommen, daß er in Wien reüssierte? Noch immer verstehe ich nicht, was der Kaiser an so einem findet! Mich, mich hätte er nehmen sollen für das Amt eines Hof-Librettisten! Ich kenne mich aus in diesen Dingen, ich spiele vorzüglich die Geige, ich habe seit Kindesbeinen mit Schauspielern und Sängern verkehrt, in meinem Kopf hat sich in all den Jahren ein Repertoire angesammelt, über das so einer nicht einmal in hundert Jahren verfügt! Ganz zu schweigen von seiner Erscheinung! Diese fahlen, eingefallenen Züge, diese peinliche Wendigkeit seiner Bewegungen! Er versucht, mich zu kopieren, sein ganzes Streben ist eine einzige Kopie meines mit seiner dürftigen Existenz in nichts zu vergleichenden Lebens! Und hier, in diesen Tagen in Prag, da will er sein Meisterstück ablegen, er will mich demütigen und triumphieren über sein Vorbild, das scheinbar schwach geworden ist und alt und es mit seiner strahlenden Gestalt nicht mehr aufnehmen kann! Da wird er sich täuschen! Ich werde ihm eine letzte Lektion erteilen, einen Hieb, der dafür sorgen wird, daß er meinen Namen nie mehr in den Mund nimmt!«

Paolo beobachtete ihn jetzt von der Seite. Er sprach so laut, daß die Menschen stehenblieben und ihnen hinterherschauten. Doch er bemerkte es nicht, zu sehr war er mit seinem Haß beschäftigt. Mit keiner Miene hatte er diesen Haß zuvor im Gespräch mit da Ponte verraten, er hatte sich vollkommen beherrscht, so wie es vielleicht nur die sehr hohen

Herren verstanden! Ob er ahnte, daß er hier auf der Straße etwas lächerlich wirkte, mit seinem lauten Gepolter und der altmodischen, feinen Kleidung, die in Prag etwas Steifes und Fremdes hatte? Dieser weiße Federbusch etwa – so einen trug man vielleicht noch in Paris, aber nicht auf den Prager Gassen, zwischen Milchweibern und Würstelmännern! Und die weißen Spitzen des Hemdes, das war beste italienische Ware, die sonst nur von Frauen getragen wurde! Wieso beklagte er sich, anscheinend war er doch keineswegs arm und anscheinend hatte er doch ein ruhmreiches, großes Leben geführt! Irgendwann würde er, Paolo, sich vielleicht trauen, ihn nach diesem Leben zu fragen. Doch dafür war es jetzt noch zu früh. Im Grunde freute er sich, sein Diener zu sein. Das war viel besser, als dem alten Herrn Grafen zu dienen, dessen Leben derart eintönig war, daß man am frühen Morgen schon wußte, wie der Tag am Abend ausklingen würde.

»Don Juan!« hörte er jetzt Signor Giacomo lachen. »Nachts treibt es den Wüstling um, natürlich nachts! Schließt die Läden, Hohe Damen, denn er klettert, kaum daß er eine Schöne gesehen, zu Euch ins Schlafgemach, wo er zum Miauen der Katzen als Tenor auftritt, meist in D-Moll! Aber fürchtet Euch nicht, denn wißt, er ist bloß eine Erfindung da Pontes, ein Nachtgespenst, die Ausgeburt eines Trinkerhirns, die sich in der Hölle in ein strahlendes D-Dur auflösen wird!«

Jetzt hatten sie das Pachtasche Palais erreicht. Und als sei er seit diesem Morgen der Hausherr, ließ Casanova sich durch die vielen leerstehenden, kalten Räume führen. Eine Tür nach der andern öffnete Paolo vor ihm, es war, als schlüge ein Sturm sie auf, und schon kamen die Diener von allen Seiten herbei, die nicht begriffen, was der unerwartete Lärm bedeutete, das laute, schmetternde Rufen dieser männlichen Stimme, die sich über alles mokierte, über den Staub, die Einrichtung, die Kälte oder bloß die

Geschmacklosigkeit, eine Kommode mit der Bronzestatue eines Ebers zu krönen. Fassungslos folgten sie Casanova, während Paolo seine Befehle wiederholte, die Köchin antrieb, die Hauskapelle zu einer bestimmten Stunde in den Wintersaal bestellte, die Möbel umgruppieren und von einem Saal in den andern schaffen ließ. Alle Zimmer sollten gründlich gereinigt, in allen Kaminen sollte geheizt werden, und ein Spalier von Fackeln sollte am Abend den Garten erhellen, den Garten, den Signor Giacomo nun im Gartensaal, genannt »Toskanischer Saal«, ins Auge zu fassen geruhte, um mit der lebhaft herumfächelnden Rechten den Befehl zu erteilen, die Dienerschaft möge sich unverzüglich an die Arbeit machen, rasch, aber rasch, während dieses spähende, leicht hervortretende, gierige Auge zur Ruhe zu kommen schien.

»Wer ist das?« fragte Casanova, und Paolo schaute nun auch nach draußen.

»Das? Das ist Johanna.«

»Johanna! Und weiter?«

»Johanna, Signor Giacomo. Sie ist die Kammerdienerin der jungen Gräfin Anna Maria, die sich seit einigen Wochen im Damenstift auf dem Hradschin aufhält.«

»Was macht sie da draußen?«

»Sie sammelt Kräuter, Signor, vielleicht für die Küche, vielleicht aber auch für die Gräfin. Jeden Tag geht sie einmal hinauf ins Stift, um zu fragen, ob die Frau Gräfin ihrer bedarf.«

»Wozu soll sie ihrer bedürfen?«

»Sie gehen zusammen spazieren. Der jungen Frau Gräfin ist es nicht erlaubt, allein zu gehen.«

»Wie alt ist sie?«

»Die Frau Gräfin?«

»Dummkopf! Wie alt ist Johanna?«

»Johanna ist neunzehn. Sie singt sehr gut, sie hat eine meisterhafte Stimme, ein Sopran, im letzten Jahr hat sie hier, in diesem Palais ein Konzert geben dürfen.«

»Du schwärmst von ihr.«

»Nein, Signor, es ist die Wahrheit.«

»Sie ist also Dein Mädchen?«

»Johanna, Signor?! Aber nein!«

»Warum nicht? Sie ist eine Schönheit, lange habe ich nichts Schöneres gesehen als diese junge Frau.«

»Eine Schönheit, gewiß.«

»Du willst nicht heraus mit der Sprache. Warum ist sie nicht Dein Mädchen? Hat sie einen andern?«

»Nein, das glaube ich nicht, Signor, nein, bestimmt nicht.«

»Dann hast Du eine andre?«

»Nein, Signor, auch das nicht.«

»Und ihr wart nie zusammen, des Nachts?«

»Nein, Signor.«

»Was führt ihr hier für ein Leben? Wie lange wollt ihr noch warten? Nur wenige Zimmer seid ihr voneinander entfernt, wie leicht ist es da, von einem zum andren zu kommen …«

»Signor …«

»Wie leicht wäre es des Nachts für Dich, den Flur entlangzuhuschen, die Tür ist offen, Du schlüpfst hinein, nichts, gar nichts ist zu hören, nur ihr Atem, denn sie stellt sich schlafend, tief schlafend, während Du an ihr Bett trittst, das Laken einen Spalt hebst und Dich an sie schmiegst, an ihren Dir zugewandten Rücken, der noch steif scheint und fern, sich aber unter Deinen vorsichtigen, tastenden Berührungen langsam entspannt, unmerklich, so langsam wie eine Blüte, die der Sonnenstrahl weckt … Aber was rede ich?«

Paolo stand still, mit geöffnetem Mund. Er starrte noch immer hinaus zu Johanna, so hatte er sie noch nie gesehen, so heimlich, als wäre sie eine Fremde! Durfte er sie so betrachten, ohne daß sie etwas bemerkte? Wie heiß ihm doch plötzlich wurde in diesem kühlen, abweisenden Raum! Es schauderte ihn ja, als habe er Fieber! Signor Giacomo hatte wohl Recht, so zu fragen! Warum hatte er denn kein Mädchen? Weil er zu jung war? Weil er kein Geld hatte? Nein, das war es nicht, mit solchen Ausreden machte er sich nur etwas vor. Er hatte kein Mädchen, weil er nicht wußte, wie er es anstellen sollte, ein Mädchen zu finden! Was sollte er sagen, wie reden? Er kannte sich damit nicht aus, er verstand nichts von schönen Worten, und erst recht wußte er nicht, wie man sich dabei benahm!

Er blickte sich ängstlich um, als könnte man seine Gedanken erraten. Doch Casanova war längst verschwunden, jetzt hörte er seine Stimme, von weit her, die Dienerschaft folgte ihm anscheinend lachend, wie ein Chor, der die Ausbrüche des neuen Herrn begeistert erwiderte und ihn anspornte, die Vergangenheit ganz vergessen zu machen. Aber er, Paolo, er mußte jetzt für eine Weile hinaus, auch wenn der neue Herr noch so oft nach ihm rufen würde!

Er drehte sich auf der Stelle um und lief zurück in sein Zimmer. Das Horn, er wollte das Waldhorn mitnehmen, ja, er wollte hinunter zu den Wiesen der Moldau, dort, wo die Töne über dem Wasser verhallten, würde er spielen! Wie ein Getriebener lief er hinaus, das Horn unter dem Arm. Doch während er sich durch die ziehenden Scharen in den Gassen da draußen eine Lücke zu bahnen versuchte, mit raschen Sprüngen, daß alle sich vorsahen und auswichen zur Seite, sah er eine Menschentraube geradewegs auf sich zu kommen. Es war eine Schar junger Leute, die wie Schwarmgeister einen kleinen Mann begleiteten, der in schnellen Schritten die Gasse durcheilte. Einige sangen, immer dieselben Melodien, Paolo erkannte sie sofort. Es waren Melodien aus dem »Figaro«, ja, und dieser Chor schreiender und johlender Menschen verfolgte den Komponisten, Mozart, ja, es war Mozart, dieser kleine Mann, das war er! Paolo bekam einen Stoß von einem der jungen Männer, beinahe wäre er gestrauchelt, doch dann wurde er mitgerissen, und während sie ihm das Horn an die Lippen preßten und ihn zu spielen nötigten, glaubte er plötzlich, mit den ersten Tönen die richtigen Liebesgesten gefunden zu haben.

6

Fort, nichts wie fort, er mußte versuchen, sie zurückzulassen. Er befreite sich aus dem Pulk, schlug einen Haken, zwängte sich zwischen zwei Marktständen durch und lief, so schnell er konnte, auf den Gasthof »Zu den drei Löwen« zu. Er rannte wie ein Hase, den die Meute verfolgte, es war doch zum Lachen! Ein Blick zurück, ja, er hatte sie abgehängt, rasch hinein, Gott zum Gruß, bloß jetzt keine Unterhaltung mit dem Wirt, auch den wurde man so leicht nicht los, Gott zum Gruß, habe die Ehre, und rasch die Treppen hinauf, holterdipolter, ah, die Knie schmerzten jetzt!

Er schlug die Tür hinter sich zu, Constanze saß am Fenster, sie mußte gesehen haben, wie er vom Theater die ganze Meile hierher gehüpft war und sich die Verehrer an seine Fersen geheftet hatten. Sie liebten ihn halt sehr, es war ja schon recht, doch in diesen Tagen waren sie lästig, keinen Schritt konnte er machen, ohne daß sie ihn verfolgten, zudringlich wurden, ihn umarmten, ihn einluden, ihm etwas vorsangen! »Figaro« …, mein Gott, jeder Straßenbub pfiff diese Arien, selbst wenn man in Prag den Deckel eines Kochtopfs lupfte, sprangen diese Klänge heraus und schallten durch die elendsten Wirtshausküchen …

Er ging hinüber zu ihr ans Fenster und küßte sie, sie erhob sich langsam, ja, sie mußte sich schonen, die Reise nach Prag hatte sie sehr mitgenommen, kurz nach der Ankunft hatten die Blutungen eingesetzt, so daß sie vorerst ans Zimmer gefesselt war, den ganzen Tag, denn so hatte der Arzt es verordnet. Warum hatte sie auch darauf bestanden mitzufahren, er hatte es ihr nicht ausreden können, warum war sie nicht mit Karl in Wien geblieben, jetzt hatten sie ihn sogar in fremde Obhut geben müssen, das schwache, gerade dreijährige Kind!

Sie schloß das Fenster und ging auf den Flur, um das Essen zu bestellen, sie aßen, wenn es sich einrichten ließ, am Mittag zusammen. Er legte sich auf das kleine grüngepolsterte Sofa, die Schnallenschuhe auf der Armlehne, wie sehnte er sich nach einem Moment Ruhe. Den ganzen Vormittag hatte er im Theater verbracht, mit den Sängerinnen, den Streichern, den Bläsern geprobt, am Flügel begleitet, Herrn da Ponte, der sich in alles einmischte, beruhigt und nebenbei noch die beste Laune verbreitet. Und hier, in diesem Hotelzimmer, erwarteten ihn Constanzes vorwurfsvolle Blicke, sie war nicht gut gestimmt, kein Wunder, sie hatte sich diesen Aufenthalt anders vorgestellt. Dort auf dem Tisch lagen die Visitenkarten der vielen Besucher, am Vormittag machten sie ihre Aufwartung, und Constanze hatte all ihr Geschwätz zu ertragen, abgehangene, durchfrittierte Prager Familien-, Wetter-, Hunde- und Flohzirkusgeschichten, ein Graus, wenn man da zuhören mußte! Er, nein, er ertrug so etwas nicht, in solchen Fällen sagte er nur: »Mein Gott, schon vier, schon fünf, schon zehn Uhr? Ich werde erwartet!«, und dann sprang er hinaus, schließlich wurde er immerzu von irgend jemandem erwartet, die ganze Welt kam ihm vor wie eine große, geballte Erwartung, die er mit Musik dann betäubte und stillte, so daß sich die Erwartung zurückzog wie eine geheilte Krankheit, wie ein Blasenleiden, das endlich kuriert war!

Probieren, parlieren – dabei sollte er doch komponieren! Die Uraufführung der neuen Oper hatte man längst verschoben, das war peinlich genug, doch wie sollte er hier arbeiten, in diesem Gasthofzimmer, unter den Blicken seiner Frau, während draußen, auf der Gasse, die Verehrer darauf warteten, daß er sich am Fenster zeigte oder durch das geöffnete Fenster ein paar Fetzen der neuen Oper hinausschwebten? Die Prager Musikanten waren die besten der Welt, jedem Bratschisten hier war es ein Leichtes, eine Melodie nachzuspielen und sie im Kopf zu behalten! Man mußte sich vorsehen, damit jede Note geheim blieb, das Orchester und die Sänger hatte er mit strengen Worten darauf verpflichtet, doch von denen war auch nichts anderes zu erwarten, schließlich konnte ihnen nicht daran gelegen sein, daß die Musik schon vor der Uraufführung bekannt war und ihre strahlende, überraschende Erstlingsfrische eingebüßt hatte.

Ganz ausgeschlossen war es also, daß er hier komponierte, man hätte ihn sofort belauscht, und außerdem würde er hier doch keine Ruhe finden, in diesem Markttreiben, in all der Unruhe! Kaum hätte er einen Ackord notiert, hätte da Ponte vor der Tür gestanden, der gleich gegenüber wohnte und argwöhnisch darüber wachte, daß jeder Ton mit dem entsprechenden Wort harmonierte! Don Gio-van-ni… De… DeDe… De – das De, dieses bis in die Schläfen pochende De…, manchmal hörte er, Mozart, schon am hellichten Tag diesen Ruf, die aus Grabestiefe heraufdonnernde Stimme, als mahnte sie ihn, endlich fortzufahren in der Komposition und sie zu Ende zu bringen…

Als Constanze wieder eintrat, wälzte er sich sofort vom Sofa und ging zum Tisch, um ihr gegenüber Platz zu nehmen. Es gab Fasan mit Kraut, dazu ein Glas Rotwein, und sie erzählte, wer am Morgen vorbeigeschaut hatte. Meist machte sie mit den Honoratioren den Anfang, dann kam sie auf Lorenzo da Ponte zu sprechen, der ihr von der Straße her zugewinkt hatte, danach erst folgten die wichtigeren Geschichten, die wahren Neuigkeiten, und natürlich ging es dabei um Josepha Duschek, wie jeden Morgen war sie vorbeigekommen, um nach dem Rechten zu sehen und Constanze zu unterhalten. Josepha, ja, die hatte den richtigen Vorschlag gemacht, sie hatte ihm ihr Landhaus, draußen vor der Stadt in den Weinbergen, angeboten, dort wäre er ungestört, keine Verehrer, niemand außer ihr, Josepha, der alten Familienfreundin und großen Sängerin, die ihn abschirmen würde an diesem geheimen Ort. Selbst Franz, ihren Mann, würden sie nicht mit hinausnehmen, schließlich hatte Franz hier, in der Stadt, genug mit all seinen Klavierschülern zu tun.

In kleiner Runde waren sie, um den Ort zu besichtigen, in die Weinberge gefahren, Josepha, Franz, Constanze und er, doch draußen, in dieser überwältigenden Stille und Schönheit des Landhauses, war Constanze schweigsam geworden und auch Franz hatte dort merklich unter übler Laune gelitten, so daß Josepha und er, Mozart, allein im großen Park spazierengegangen waren, bis hinauf auf die Höhe, wo der kleine Pavillon stand, von dem aus man einen himmlisch weiten Blick hatte, so weit, daß man alle Gedanken vergaß.

Einen Tag später hatte Constanze in Erfahrung gebracht, daß Josepha den Besitz dieses Landhauses angeblich der Freundschaft eines alten Galans verdankte, böse Zungen wie der Wirt des Gasthofes behaupteten sogar, sie habe nicht nur diesen einen, sondern viele Verehrer, mit denen sie sich offen zeige, schließlich wisse jeder, daß sie die Ehe mit ihrem um so viel älteren Franz nicht ernst nehme und ihn so behandle wie eine Tochter den Vater. Daher hatte Constanze das Landhaus nur noch »das Lusthaus« genannt, und sie hatten seither darüber gestritten, ob er, Mozart, zu ihr hinausfahren dürfe in die weinroten oder rosablütenen Zimmerchen dieses entlegenen Orts.

Heute morgen hatte Josepha Duschek ihr Angebot wiederholt und dabei so getan, als sei Mozarts Aufenthalt dort bereits beschlossene Sache. Constanze erzählte ihm das in spöttischem Ton, als sei sie sicher, ihn bei sich, im Gasthof, behalten zu können, doch er wußte längst, daß dieses Landhaus dort draußen die einzige Möglichkeit war, die Arbeit an der Oper schneller zu beenden.

Jetzt schmeckte ihm nicht einmal mehr dieser köstliche Fasan, und auch vom Kraut ließ er liegen. Jeden Tag kamen hier dieselben Dinge zur Sprache, jeden Tag entflammte der Streit, sobald einer von ihnen Josepha Duschek erwähnte! Dabei war es ihm gleichgültig, wie viele Verehrer sie hatte, einen, zwei oder sechshundertvierzig, was machte das schon? Schließlich hatte er mit ihnen doch nicht das Geringste zu tun, und schließlich beschäftigten ihn im Augenblick sowieso nicht solche Geschichten, sondern nur die noch ausstehenden Stücke, etwa das große Finale, De ... Dede ... De!

Er griff sich an die Schläfen, auch da Ponte griff sich neuerdings an die Schläfen, manchmal hatte es fast schon den Anschein, als hielte dieser Venezianer sich für den Komponisten. Der Aufenthalt im Landhaus wäre allein schon ein Segen, weil man auf diese Weise da Ponte entkam, seiner Eifersucht, seinem Neid und vor allem den langen Unterhaltungen und umständlichen Debatten, die ihn soviel Zeit kosteten.

Er trank das Glas leer, während Constanze das Thema wechselte und von Teresa erzählte, die kurz vor Mittag mit einem kleinen Blumenstrauß aufgewartet hatte, es hatte sich so angehört, als sei Teresa mit ihrer Rolle zufrieden. Da sie aber hier auftauchte und dazu noch mit einem Blumenstrauß, war zu erwarten, daß sie eigentlich unzufrieden und darauf aus war, kleine Änderungen ins Spiel zu bringen ...

So ging es nicht weiter. Mozart stand schweigend auf und legte sich wieder auf das Sofa. Er streifte die Schnallenschuhe ab und schloß die Augen. Sie hörte nicht auf zu reden, jede Kleinigkeit hatte etwas zu bedeuten, ein Blumenstrauß, irgendein ferner Galan, der Fasan, der fatale Galan, der galante Fasan, das Kraut und überhaupt. Noch während er sich ausstreckte, breitete er die Arme aus, in Erwartung, daß sie ihn schon verstand.

Er wartete, regungslos, zwei, drei Sekunden, mit geschlossenen Augen. Dann hörte er ihre leicht schleppenden Schritte, ja, sie hatte verstanden, sie kam zu ihm, um ihn zu küssen, einmal, zweimal. Er rutschte etwas zur Seite, und sie streifte die Schuhe ab, um sich zu ihm zu legen. Er hielt sie fest im linken Arm, damit sie nicht herabfallen konnte, eine unbequeme Stellung war das, doch sie hatten sich angewöhnt, jeden Mittag für eine halbe Stunde so zusammenzuliegen.

Er schloß jetzt wieder die Augen, die Müdigkeit machte sich sofort bemerkbar, eine unendliche Schwere, der er willenlos nachgab. Und während er wegdämmerte, sah er sich plötzlich von diesem Gasthof davoneilen. Er lief durch die Menge, doch sie bemerkte ihn nicht. Es war, als habe er sich in einen unsichtbaren Schatten verwandelt, dessen blauer Rock mit den vergoldeten Knöpfen verblich, dessen kleiner Degen mit den sich aufbäumenden Schlangen am Knauf in den nächstbesten Rinnstein fiel, dessen Hose vergilbte und dessen Schuhe ein unscheinbares Schwarz annahmen, so daß er in seinem nun grau gewordenen Rock aussah wie einer der armseligen Kopisten, die die Orchesterstimmen kopierten. Er fühlte sich aber anscheinend wohl in dieser Rolle des kleinen und unauffälligen Schreibers, der hinab zur Moldau spazierte, um nach getaner Arbeit allein ein Glas Wein zu trinken, denn plötzlich erfüllte ihn dieses Wohlsein so stark, daß er einschlief, ohne weiter zu träumen.

7

Am Nachmittag machte sich Johanna auf den Weg zur jungen Gräfin auf dem Hradschin. Sie nahm das kleine Bündel von Küchenkräutern mit, die sie im Garten des Palais gepflückt hatte. Manchmal half so etwas gegen das Heimweh, man hielt sie der Frau Gräfin unter die Nase, und sie versetzte sich mit geschlossenen Augen, den vertrauten Duft der Kräuter einatmend, zurück in ihr Elternhaus. Der Gnädigen Frau fiel es schwer, fern von diesem Haus ein eigenes Leben zu führen. Sie beklagte sich nicht, nein, sie hatte ihren Vater nie mit Vorbehalten belastet, doch es war ihr bei jedem Besuch anzumerken, daß sie sich zurücksehnte. Im Stift war sie gehalten, ausschließlich schwarze Gewänder zu tragen und nur wenig Schmuck, und so beließ sie es bei schmalen gefärbten Bändern, kleinen Spitzen und zwei kleinen, mit winzigen Juwelen besetzten Ohrringen. Unauffällig und von den anderen Damen kaum zu unterscheiden, bewegte sie sich meist zwischen Kirche, Innenhof, Speisesaal und Zimmer, dem strengen Tageslauf folgend, der nur am Nachmittag und am Abend einige Freiheiten gewährte.

Johanna überquerte die Karlsbrücke, durchlief einige gewundene Gassen der Kleinseite und machte sich an den Aufstieg hinauf zur Burg, von wo aus man gut die ganze Stadt bis weit zu den gegenüberliegenden Hügeln überblicken konnte. Das Stift lag neben dem großen Dom, an hohen Feiertagen zogen die Stiftsdamen in einer kleinen Prozession hinüber, ehrfürchtig bestaunt von den Gläubigen, die sich an solchen Feiertagen nur in den hinteren Partien der Kirche aufhalten durften, damit sie den schwarz gekleideten Damen und den anderen Würdenträgern, die die ersten Reihen belegten, nicht zu nahe kamen.

Dieser Abstand jedoch, dieses dauernde Zurückweichen

und Zurückschrecken – das machte der Frau Gräfin zu schaffen. Früher war sie zusammen mit ihr, Johanna, sogar oft einkaufen gegangen, nie hatte sie irgendeine Scheu vor den Menschen gehabt, im Gegenteil, es war ihr viel daran gelegen gewesen, sie gut zu kennen und sich mit ihnen zu unterhalten. »Wenn ich nur einmal frei herumlaufen dürfte, unbeobachtet, so wie Du«, hatte sie manchmal gesagt, und dann hatten sie sich zusammen ausgemalt, in welch verbotene oder verborgene Gegenden der Stadt die junge Gräfin heimlich eindringen würde, für ein paar Stunden, von denen niemand etwas erfahren hätte.

Doch jetzt waren selbst solche Phantasien streng verboten. An der Wand des Schlafzimmers hing eine Auflistung der vielen Artikel, mit deren Hilfe die Kaiserin Maria Theresia das Leben im Stift zu ordnen versucht hatte, jeder Atemzug war diesen Artikeln unterworfen, und die älteren, erfahrenen Stiftsdamen sahen ihre späte Lebensaufgabe darin, sie mit einer gewissen Härte den jungen Neuankömmlingen einzuimpfen. Anna Maria jedoch konnte sich nicht daran gewöhnen, jeden Morgen zu einer bestimmten Stunde die Messe zu hören und alle paar Stunden in ein Brevier zu schauen, um Gebete zu murmeln. Das Leben im Stift erschien ihr unerträglich langsam, gewaltsam verzögert, nirgends durfte man Hand anlegen, selbst die Schritte im Hof waren nichts anderes als ein behäbiges Schlurfen und Scharren, so daß man Angst bekam, schon im jungen Alter die Bewegungen einer alten Frau anzunehmen.

Johanna meldete sich an der großen Pforte, der Pförtner erschien und führte sie unter die Arkaden des Wagenhofes, wo gerade Gemüse und Obst ausgeladen und in die nahe Küche geschafft wurden. Sie hatte das Kräuterbündel unter dem Rock versteckt, es war dem Besuch verboten, etwas von draußen in diese kahlen und kargen Räume mitzubringen. Als sie sich auf eine kleine Bank gesetzt hatte, wo sie sich meist aufhielt, bis sie abgeholt und in den ersten Stock geführt wurde, strich ein Hund um sie herum, der die Kräuter anscheinend roch. Er versuchte, sich mit der Schnauze zwischen ihre Beine zu drängen, sie mußte ihn nach der Seite hin abweisen, er gebärdete sich jedoch immer wilder, so daß sie sich schließlich erhob und im Wagenhof auf- und abging.

Endlich erschien der Pförtner mit einer jungen Frau, die sie nach oben begleitete. Das Mädchen machte ein bekümmertes Gesicht und flüsterte Johanna zu, daß die Frau Gräfin erkrankt sei. Seit dem frühen Morgen habe sie sich mehrmals erbrochen, sie liege im Bett, vielleicht sei ihr eine Speise nicht bekommen, der Arzt habe sie bereits zweimal besucht, ohne etwas ausrichten zu können.

Johanna wurde unruhig. Das fahrige Verhalten des Hundes, die schlechten Nachrichten – das alles brachte sie aus ihrer sonstigen Gelassenheit, so daß sie auf der steil nach oben führenden Treppe ins Stolpern kam. Die Gräfin war lange nicht krank gewesen, sicher hatte sie sich darüber erregt, daß der Vater abgereist war, ohne sich von ihr zu verabschieden. Sie liebte ihren Vater, nur ihm zuliebe war sie in dieses Stift gezogen, doch sie wußte auch, daß er die ältere Schwester und vor allem die drei Brüder bevorzugte, die längst ein eigenes Leben führten und ihn nicht wie Anna Maria stark an seine Frau erinnerten.

Die Tür des kleinen Zimmers wurde geöffnet, Johanna durfte eintreten. Sie erschrak jedes Mal, wenn sie diesen Raum betrat und zuerst das große Kreuz neben dem Fenster sah, dann auch den dunklen Eichenschrank und das schmale, in die Ecke gepaßte Bett. Auf einem kleinen Tisch standen als einzige Zierde zwei Kristallgläser und eine Karaffe, die Karaffe mußte immer mit frischem Wasser gefüllt sein, mehrmals am Tag war dieses Wasser zu wechseln, auch wenn kein Besuch erwartet wurde.

Anna Maria lag im Bett, sie sah blaß und erschöpft aus, Johanna nahm den einzigen vorhandenen Stuhl und setzte sich zu ihr, doch Anna Maria deutete an, daß sie sich gleich hierher, auf das Bett, setzen sollte. Sie schauten sich an, sie warteten, bis das Mädchen die Tür geschlossen hatte und ihre sich entfernenden Schritte auf dem Gang zu hören waren.

»Endlich, Johanna, ich habe so auf Dich gewartet.«

»Ich ahnte nicht, daß Sie krank sind, Frau Gräfin, sonst hätte ich versucht, früher zu Ihnen zu kommen.«

»Es ist gut, Johanna, jetzt, wo Du da bist, ist alles gut. Ich habe solche Angst ausgestanden, hier oben, ich hatte einen schrecklichen Traum.«

»Sie sehen krank aus, Frau Gräfin, sehr krank, als sei Ihnen etwas Furchtbares zugestoßen.«

»Sie kommen alle halbe Stunde, um nach mir zu schauen. Sie füttern mich mit Brei, lassen mich Wasser trinken und knien sich neben das Bett, um mit mir zu beten. Doch ich kann ihnen den Traum nicht erzählen, es geht einfach nicht.«

»Welchen Traum, liebe Frau Gräfin? Ein Traum macht Sie so krank? Erzählen Sie ihn, mir können Sie alles erzählen. Bleiben Sie ruhig, setzen Sie sich etwas auf, ich höre Ihnen zu, das wird Sie erleichtern.«

Johanna griff nach den Kissen und türmte sie hinter Anna Marias Rücken aufeinander. Noch nie hatte sie die Gräfin so erlebt, die weit aufgerissenen, von dunklen Ringen untermalten Augen schienen durch sie hindurch zu starren, auf einen fernen, unbeweglichen, drohenden Punkt. Als sie zu erzählen begann, zitterten ihre Finger, sie klammerten sich am Rand der Bettdecke fest.

»Es war tief in der Nacht, da sah ich einen Mann in dieses Zimmer treten, in einen weiten Mantel gehüllt. Er kam auf mich zu, er wollte mich umarmen, ich versuchte mich zu befreien, doch er umschlang mich immer fester. Ich schrie, niemand kam. Eine Hand preßte er mir auf den Mund, doch mit der andern packte er so zu, daß ich mich verloren glaubte. Lachend machte er sich daran, mich zu entkleiden, er faßte nach … – nein, ich kann davon nicht sprechen.«

»Wie furchtbar, Frau Gräfin! Aber es war doch nur ein Traum, nichts als ein Traum!«

»Ich erwachte vor Angst und innerem Schmerz, ich stand auf und durchlief dieses Zimmer, zum Fenster, zur Tür, zum Fenster, zur Tür. Es war so erschreckend, als hätte ich nicht bloß geträumt, sondern als hätte es diesen Eindringling wahrhaftig gegeben.«

»Ein böser Traum, Frau Gräfin, sonst nichts. Sie müssen versuchen, ihn rasch zu vergessen. Sie sollten hinausgehen mit mir, um auf andre Gedanken zu kommen. In dieser düsteren Zelle kommen Sie von den trüben Gedanken nicht los.«

»Sobald ich die Augen schließe, ist er wieder da. Ich höre ihn ganz genau, ich höre sein Rumoren, sein Lachen, ich sehe die Türe aufspringen, ganz leicht, und ich spüre den Druck seiner Finger hier, auf meinen Armen, hier, im Rükken. Ich habe schon nach Spuren geschaut, ja, Johanna, ich habe mich ganz entkleidet und den Körper genau untersucht, als könnte ich wahrhaftig Flecken und Wunden entdecken.«

»Aber Frau Gräfin, Sie sind verwirrt! Das macht das schlechte Essen hier oben, die schlechte Luft in diesem Zimmer, das ewige Beten und Singen. Schauen Sie, was ich Ihnen mitgebracht habe.«

Johanna zog das Kräuterbündel unter ihrem Rock hervor. Es sah aus wie ein kleines Nest, dessen winziger Vogel gerade ausgeflogen war. Sie hielt es in die Höhe, Anna Maria lächelte plötzlich.

»Aus unserem Garten? Aber Johanna! Du weißt doch, es ist verboten! Aber gib her, laß mich daran riechen, mit geschlossenen Augen! Vielleicht vertreibt dieser Geruch die schlimmen Bilder!«

Sie nahm das Kräuterbündel und preßte es sich ins Gesicht. Dann schloß sie die Augen. Mit diesem bitteren Erdgeruch war das Palais wieder da, das geschwungene Eingangsportal, der Garten, ja, sie glaubte sogar, einige Stimmen zu hören, Stimmen der Dienerschaft, die durch die überall geöffneten Fenster drangen.

»Erzähl mir von zu Hause, Johanna. Erzähl mir irgend etwas, ich schließe weiter die Augen und rieche an diesen Kräutern.«

»Ihr Herr Vater ist heut in der Früh abgereist, Frau Gräfin. Er hat mir aufgetragen, Sie zu grüßen und Ihnen auszurichten ...«

»Johanna! Erzähl von zu Hause! Mein Vater ist *nicht* zu Hause, und er hat mir auch keine Grüße ausrichten lassen.«

»Er hatte es eilig, Frau Gräfin, sehr eilig. Er sagte, es handle sich um dringende Geschäfte in Wien, die keinen Aufschub vertrügen.«

»Hör auf zu lügen, Johanna! Er ist fort, er verschwendet keinen Gedanken an mich, bald wird er sich kaum noch an mich erinnern.«

»Das ist nicht wahr! Er ist ein viel beschäftigter Mann, aber er vergißt nicht seine Tochter. Er hat sich um so vieles zu kümmern, noch gestern Nacht empfing er einen Gast, den er im Seitenflügel einquartierte, wohl für einige Wochen.«

»Einen Gast? Wer ist es? Kenne ich ihn?«

»Ich glaube nicht, Frau Gräfin. Es muß ein alter Freund Ihres Vaters sein, ein sehr guter Freund aus alten Tagen, wie der Herr Graf sich ausdrückte. Er ist sehr groß, stattlich, und er spricht viele Sprachen. Italienisch, Französisch, Deutsch – alles geht bei ihm durcheinander, manchmal wechselt er die Sprache mitten im Satz, und wir verstehen ihn nicht. Es ist ein kluger, sehr gebildeter Mann, ich glaube, ich habe noch nie einen ähnlichen Menschen gesehen. Überall kennt er sich aus, in fernen Ländern, in den Wissenschaften, in der Musik, ja sogar in der Kochkunst. Er hat sich zu uns in die Küche gesetzt, einen Speiseplan aufgestellt und die Köchin mit diesem Plan auf den Markt geschickt. Er hat ihr genau erklärt, wie sie zu kochen hat, er sagt, ab sofort werde im Palais alla veneziana gekocht.«

»Was untersteht er sich? Das geht ihn nichts an.«

»Aber der Herr Graf hat uns aufgetragen, ihm in allem zu dienen. Tut, was er wünscht, hat der Herr Graf uns gesagt, daran halten wir uns.«

»Wie heißt er, der Fremde?«

»Wir nennen ihn Signor Giacomo, so will er genannt werden. Paolo sagt, er sei ein Graf aus Venedig, der weit herumgekommen ist.«

»Paolo? Wer ist das?«

»Verzeihen Sie, ich meine Paul. Signor Giacomo nennt Paul immer Paolo, jetzt nennen auch wir ihn schon so, es ist wirklich seltsam.«

»Aber was will der Fremde in Prag? Was hat er vor?«

»Paolo sagt, er sei hier, um alte Freunde wiederzusehen, Ihren Herrn Vater und Herrn Lorenzo da Ponte, den Librettisten, den er für den heutigen Abend ins Palais geladen hat, um mit ihm über die neue Oper zu sprechen, die Oper, die Herr Mozart für Prag komponiert.«

»Ist er auch ein Freund des Herrn Mozart?«

»Das weiß ich nicht, ich werde Paolo fragen, wenn Sie es wünschen. Paolo sagt, er sei ein Dichter, spiele die Geige und verstehe von der Oper mehr als Herr da Ponte.«

»Johanna? Ich glaube beinahe, er hat Euch alle verhext, so wie Du von ihm sprichst. Aber gut, mein Vater muß wissen, was er tut. Vielleicht hat er Signor Giacomo eingeladen, um sich von ihm in seiner Abwesenheit vertreten zu lassen. Mein Vater hat oft davon gesprochen, daß er das Palais nicht gern allein zurückläßt, er traut Euch nicht, das wird es sein.«

»Aber er hat keinen Grund, uns nicht zu trauen, Frau Gräfin! Sie wissen das! Ihr Herr Vater ist oft so mißtrauisch, da ist Signor Giacomo anders! Er setzt sich zu uns in die Küche, er probt mit der Kapelle, er legt Paolo den Arm um die Schulter, ja, er behandelt uns wie seinesgleichen!«

»Ja, gut, Johanna, entschuldige! Ich sehe schon, mein Vater hat die richtige Wahl getroffen, Ihr liegt dem neuen Herrn ja zu Füßen.«

»Er ist sehr herzlich, Frau Gräfin, und so guter Laune! Paolo sagt, er hat die beste, glücklichste Laune, die ein Mensch nur haben kann! Wenn er ein Zimmer betritt, spaziert die Laune jedes Mal mit, man beginnt gleich zu lachen, man wird fröhlich, wenn man ihn reden hört. So ist das.«

»Johanna! Du redest ja, als hättest Du Dich in ihn verliebt!«

»Aber Frau Gräfin, ich bitte Sie! Er ist ein stattlicher Mann, ja, aber sehr alt. All sein Reden und Tun, das ist jung, aber sein Körper ist alt und erst recht seine Kleidung. Sie glauben nicht, wie altmodisch er sich kleidet, ganz gegen den Geschmack. Er trägt einen leicht verschlissenen, brokatenen Rock, und dazu einen Hut mit weißen Federn, er sieht aus wie ein fremder Vogel, der sich verlaufen hat.«

Johanna sah, daß die Gräfin plötzlich wieder in die Kissen zurücksank. Es war ihr so gut gelungen, sie abzulenken, diese Geschichte hatte sie anscheinend amüsiert, doch jetzt schien der Faden gerissen zu sein, als gewännen die dunklen Traumbilder wieder die Oberhand.

»Frau Gräfin, was ist Ihnen?«

»Er trägt einen schwarzen Hut mit einem weißen Federbusch, ja?«

»Ja, Frau Gräfin.«

»Und er trägt einen Ring mit einem Löwenkopf?«

»Nein, Frau Gräfin.«

»Aber einen Degen mit zwei sich aufrichtenden Schlangen am Knauf?«

»Nein, Frau Gräfin, er trägt nie einen Degen und keinen einzigen Ring!«

Johanna fröstelte es, jetzt fühlte sie sich selbst nicht wohl, als habe die Frau Gräfin sie schon mit hinein in diese dunkle Geschichte gezogen. Sie durfte sich von ihren Erzählungen nicht beeindrucken lassen, nein, die Frau Gräfin war sehr empfindlich, genau diese Empfindlichkeit hatte ihren Vater oft gegen sie aufgebracht.

»Du wirst es nicht glauben, Johanna! Der Eindringling, der mich heimsuchte, er trug einen Hut mit einem weißen Federbusch, ich sah es ganz genau.«

Anna Maria beugte sich vor, sie flüsterte jetzt, ihre kalten Finger klammerten sich an Johannas Arme. Wie krank sie doch sein mußte, jetzt begann sie wieder zu phantasieren, es war wohl eine Art Fieber!

»Aber Frau Gräfin, das hat nichts zu bedeuten! Signor Giacomo würde Ihnen nie etwas antun, niemals! Ein Federbusch, das hat nichts zu sagen! Ring und Degen trägt er ohnehin nicht.«

»Ich möchte ihn sehen, Johanna, sehr bald. Ich möchte ihn heimlich sehen, verstehst Du? Noch bin ich zu schwach, aber das wird sich geben. Sie sollen mir eine kräftige Brühe bringen, die wird mir guttun. Ich muß in die Stadt, um mir Gewißheit zu verschaffen! Und Du bleibst in seiner Nähe, Du beobachtest ihn, hast Du verstanden? Ich möchte, daß Du mir mehr von ihm erzählst! Ich muß alles wissen!«

Johanna stand auf. Jetzt hatte es fast den Anschein, als hätte dieses Gespräch die Frau Gräfin wieder zu Kräften gebracht. Sie fuhr sich stolz durch die Haare, als wollte sie sich wieder herrichten, und sie schaute so entschlossen, als habe sie vor, gleich mit in die Stadt zu gehen. Diese Veränderung, die war ihr, Johanna, zu verdanken, ja, es war beinahe so, als hätte sie eine Medizin mitgebracht, die der Frau Gräfin half.

Nun geh, Johanna, und sorge Dich nicht! Es wird sich alles finden! Sag dem Mädchen draußen, daß es mir die Brühe bringen soll! Und kümmere Dich um Signor Giacomo! Die Kräuter, die laß hier, ich lege sie unter die Matratze.«

Sie streckte die Hand nach Johanna aus, und Johanna beugte sich zu ihr herunter, um ihr einen Kuß auf die Wange zu geben. Ihr Gesicht glühte, sie hatte noch hohes Fieber! Johanna war versucht, ihr über den Kopf zu streichen, doch dann unterließ sie diese Vertraulichkeit, drehte sich um und ging zur Tür. Jetzt war sie die Mitwisserin einer geheimen dunklen Geschichte! Wenn sie nur jemand davon erzählen könnte!

In der Tür schaute sie noch einmal zurück. Ja, jetzt hatte die Frau Gräfin wieder diesen durchdringenden, in die Ferne zielenden Blick. Johanna fürchtete sich, rasch ging sie hinaus.

8

Kurz nach acht führte Paolo Lorenzo da Ponte durch das von Fackeln erhellte Eingangsportal des Pachtaschen Palais. Alle Fenster waren erleuchtet, im Empfangssaal standen die Diener Spalier, als erwarteten sie hohen Besuch. Er, Lorenzo da Ponte, ein hoher Besuch? Da Ponte grüßte geschmeichelt, legte den weiten Mantel ab und ließ sich von Paolo die Treppe hinauf, in den Speisesaal führen.

Hier also wohnte Casanova, wie hatte er es fertiggebracht, sich diese Menschen gefügig zu machen? Und wo war der Hausherr? Vielleicht schwindelte Giacomo allen hier etwas vor, denn darauf verstand er sich, auf das Schwindeln. Er machte sich an die Menschen heran und schaffte es, ihnen ihr ganzes Vermögen abzuschwatzen, so schamlos, so klug, daß sie es am Ende nicht einmal bereuten. Und das alles gelang ihm nur mit Hilfe der Worte! Wie verführerisch, wie elegant konnte er sprechen, wie konnte er prunken mit seinem angelesenen, bruchstückhaften Wissen, den Taschenspielertricks, den Experimenten, dem ganzen Geschwätz davon, wie man Diamanten herstellt oder Gold, im Dunkel der Kabinette, unter geheimen, mühsam ertüftelten Zaubersprüchen! Da Ponte blieb stehen, als sich die Flügeltüren des Speisesaals öffneten. So etwas hatte er lange nicht mehr gesehen! Die Spiegelflucht des Raums wurde von Hunderten kleiner Kerzen erhellt, die den milchig aufstrahlenden Boden mit einem goldenen Schimmer versahen. Und aus diesem Gold tauchte das Blau der Stühle und Tische auf, blau gepolsterte Stühle, blaue Decken, an den Rändern mit goldenen Spitzen, als seien all diese Dinge in Wasser getaucht, in ein alabastern leuchtendes Wasserreich! Und dazu diese ferne Musik, so leise und gedämpft, als durchwanderten Spielzeugscharen von Musikanten die tiefen Keller! Was spielten sie, richtig, das war aus dem »Figaro«, ein Bläserensemble, es klang wie eine Zaubermusik!

Vorsichtig betrat er den Saal. Dort, in der Mitte, auf dem muschelförmigen Porphyrtisch, war für Zwei gedeckt! Eine Phalanx von kristallenen Gläsern und silbernes Besteck, in Reih und Glied, als sollte die halbe Nacht gespeist werden! Galt das wahrhaftig ihm, Lorenzo da Ponte?!

Er stand noch fassungslos da, als Casanova durch eine kleine Seitentür den Saal betrat. Er war nicht wiederzuerkennen, jetzt trug er einen dunkelroten Rock, bis zu den Knien reichende, weiße Hosen und blaue Schuhe, wie eine Bühnenerscheinung! Und dazu sein Lächeln, ja, er hatte es anscheinend wiedergefunden, dieses breite, gewinnende Lächeln, das er heute mittag noch hinter seinem mürrischen Blick versteckt hatte.

»Giacomo! Welch eine Verwandlung!« entfuhr es da Ponte.

»Ich danke Dir, Lorenzo«, antwortete Casanova und verbeugte sich kurz. »Ich ahnte, daß es Dir hier gefallen würde. Wir sind ganz unter uns, Graf Pachta ist für einige Wochen verreist, die Dienerschaft steht mir zu Diensten, Du verstehst?«

Ja, also doch! Wieder einmal hatte Giacomo eine alte Freundschaft zu, wie nannte er es, zu »neuem Leben erweckt«! Kaum war er in irgendeiner Stadt eingetroffen, machte er sich daran, solche Freundschaften zu beleben, er hatte ein unfehlbares Talent darin, alte Freunde zu treffen und sie von neuem für sich zu begeistern! Und welche Freunde er hatte! Meist gehörten sie zu den höchsten Kreisen einer Stadt, oder es waren Herzöge, Fürsten, Minister! Hatte er sich in Versailles nicht geradewegs an den König gemacht und den halben Hof im Handumdrehen für seine Zwecke gewonnen? Das war lange her, wie lange war das wohl her, anscheinend hatte er sein Talent nicht eingebüßt, trotz seines Alters! Vor wenigen Stunden hätte er ihm so etwas nicht mehr zugetraut, denn mittags war das Gespräch noch ganz anders verlaufen, und er, Lorenzo da Ponte, hatte den Ton angegeben!

»Freund, was ist, so gedankenverloren? Setzen wir uns, feiern wir unser Wiedersehen!«

Jetzt nahm Casanova ihn an der Hand, warum hatte er sich bloß nicht umgezogen, er hatte es einfach nicht für nötig gehalten, und so stand er nun da, mit seinem vergilbten Kragen, ungekämmt, wie ein hergelaufener Hund, den man mit dem Gnadenbrot fütterte! Dieser Empfang, diese Umgebung – wahrscheinlich hatte Giacomo das alles so eingerichtet, um ihn zu demütigen. Ja, so sah es aus, Casanova machte sich ein Vergnügen daraus, ihn zu erniedrigen, vor den Augen all dieser Diener, die sich jetzt so diskret, als verstünden sie seine Befehle bereits blind, bis auf Paolo, seinen Leibdiener, zurückzogen!

»Beginnen wir mit einer Flasche Champagner! Paolo, bitte!« Champagner, natürlich, als bräuchte er bloß mit den Fingern zu schnalzen! Und dieser ihm völlig willenlos ergebene Junge war schon damit zur Hand! Eine Flasche, nein, zwei, auch die zweite wurde gleich auf der Stelle geöffnet! Angestoßen! Oh, wie köstlich! Mehr, davon wollte er mehr, was nutzte es, sich dagegen zu sträuben, er wollte trinken, trinken, nichts sonst.

Casanova schenkte selbst nach. Er ließ da Ponte nicht aus den Augen. Wie kleinlaut er jetzt war, wie faltig und ärmlich, als hätte man aus einem mittags noch drallen Ballon die Luft entweichen lassen!

»Sprechen wir von Deiner Oper! Du hast erst so wenig verraten! Erzähl mir davon! Wie gehst Du es an?«

Da Ponte stellte das Glas nicht mehr ab. Er hielt es in der Rechten und drehte es mit der Linken, ununterbrochen war das Fingerspiel damit beschäftigt, das Glas zu liebkosen und zu betupfen, es war kaum zu ertragen.

»Wie ich es angehe? Direkt, sehr direkt, ich beginne mit einer Szene, die das Blut stocken läßt!«

»Sehr gut, so muß es sein!«

»Es ist Nacht, niemand bewegt sich mehr in den Straßen der Stadt! Da hört man einen furchtbaren Schrei ...«

»Den Schrei einer Frau ...«

»Ja, ihre gepeinigte Stimme.«

»Sie ist auf der Flucht.«

»Ja, auf der Flucht ... Woher weißt Du ...?«

»Du hast es mir am Mittag erzählt.«

»Heute mittag?«

»Heute mittag.«

»Entschuldige, mir geht soviel durch den Kopf! Auch der Nachmittag verging mit weiteren Proben, sie proben ja oft sogar bis tief in die Nacht! Mozart entläßt die Sänger erst, wenn ihnen beinahe die Augen zufallen! Heute abend habe ich mich davongestohlen, morgen früh wird er es mir vorhalten!«

»Trink, Lorenzo, trink, es soll Dir guttun! Aber erzähl weiter von Deinem Don Juan!«

»Don Juan, richtig, er läßt keine aus, längst kann er sich nicht mehr erinnern, wie viele es waren, in Italien sechshundertvierzig, in Deutschland zweihunderteinunddreißig, hundert in Frankreich, in der Türkei einundneunzig ...«

»Lorenzo, was redest Du denn? Ist Dir der Champagner zu Kopf gestiegen?«

»Ein Einfall, ein hübscher Einfall, Giacomo, aus einer Champagnerlaune geboren!«

»Weiter, wie geht es weiter?! Was ist mit der Schönen, die er bedrängt hat? Sie schreit, sie flieht! Hört sie niemand?«

»Aber ja, natürlich, der Vater hört sie, der Vater!«

»Der Vater?«

»Ja, zum Teufel, der Vater! Er stellt Don Juan, er will das Duell, und er stirbt.«

»Der Vater?«

»Aber wer sonst? Natürlich, der Vater!«

Casanova fächelte sich mit einem Taschentuch zu. Wie er ihn aus der Fassung brachte! Wie er ihn zwang, die dürftige, nur allzu bekannte Geschichte auseinanderzunehmen! Und wie komisch und niveaulos das Ganze plötzlich erschien, wie eine Posse, ja, wie das Hanswurststück, das man in Puppentheatern aufführte!

Lorenzo schüttelte unwillig den Kopf. »Was ist, Giacomo? Ich denke, Du kennst den Stoff? Was fragst Du dann so? Don Juan bringt den Vater um, gleich zu Beginn, das weiß jedes Kind.«

»Eine Vergewaltigung und ein Mord, gleich zu Beginn? Ich gebe zu, ich kann mich nicht mehr genau daran erinnern.«

»Aber ja, Donna Anna, so heißt das Mädchen, stürzt aus dem elterlichen Palais, der Alte erwacht, stellt Don Juan, Don Juan ersticht ihn und verschwindet.«

»Und verschwindet? Wohin?«

»In die Nacht, mein Gott, ins Dunkel, irgendwohin!«

»Irgendwohin ..., das ist nicht gut.«

»Aber wieso nicht?«

»Er ist die Hauptfigur! Und er soll gleich verschwinden? Ein bißchen fechten und, vivamente, verschwinden?«

»Ja, zum Teufel! Damit ..., damit sich die Musik Donna Anna zuwendet!«

»Die Musik?«

»Giacomo! Hältst Du mich zum Narren? Die Musik braucht Zeit, sich Donna Anna zuzuwenden, ihrem Schmerz, ihrer Trauer! Sie hat den Vater verloren, sie rührt jeden, der noch ein Herz hat! Und sie bekommt ihre Arie, genau hierhin gehört sie, ihre Arie, hierhin, Teresa hat hier ihren Auftritt, gleich zu Beginn!«

»Teresa?«

»Teresa Saporiti, die Sängerin der Donna Anna, die beste Kraft des Ensembles!«

»Die beste Kraft gleich zu Beginn, ich verstehe!«

Casanova lehnte sich zurück und zog sein Riechfläschchen aus der Tasche. Wie Lorenzo sich wand, es war ein Genuß! Wie sein ganzer Stolz, die Arbeit von Monaten, hier aufgespießt, gedreht und gewendet wurde, daß das Opernfett nur so tropfte! Jetzt eine Pause, und mit der Mahlzeit begonnen!

»Genial, Lorenzo, jetzt verstehe ich besser, dieses Entree ist genial! Beginnen auch wir mit einer Köstlichkeit, einem Trüffel-Risotto! Und dazu einen Rotwein, einen Marzemino, aus unserer Heimat, ist Dir das recht?«

Er wartete aber nicht einmal auf die Antwort, sondern gab Paolo einen Wink, den Wein zu bringen und für das Essen zu sorgen. Als der mit den beiden Flaschen Rotwein erschien, folgte ihm Johanna mit einem großen, ebenfalls muschelförmigen Silbertablett. Sie trat an einen Serviertisch, stellte das Tablett ab und kam mit den beiden gefüllten Tellern herüber, gerade auf da Ponte zu.

Er schaute auf und faßte sofort fester nach seinem Glas, das er die ganze Zeit in der Hand gehalten hatte. Was wurde hier nur gespielt? Schon wieder eine Erscheinung, ja, dieses Mädchen war eine Erscheinung! Diese weichen, dunkelroten, fülligen Lippen, zitterten sie nicht leicht vor Aufregung, jetzt keinen Fehler zu machen? Und dazu das dunkelbraune, hochgesteckte Haar, das den schmalen Nacken freigab, einen Nacken wie geschaffen für eine schmale, ihn nachzeichnende Hand! Am liebsten hätte er sie ausgestreckt, seine Hand, um sie zu berühren, das Kerzenlicht tauchte ihre Haut in ein weiches, mattes Rosa, es war überwältigend, für einen Moment mußte er die Augen schließen.

»Lorenzo, ist Dir nicht wohl? Schau!«

Er öffnete die Augen und blickte auf den Risotto. Der beinahe blendendweiße Reis war mit feinen Spuren eines kräftigen Schwarz durchzogen.

»Trüffel, Lorenzo! Ich trug der Köchin auf, sie in fein gehackter Hühnerleber zu wälzen.«

Da Ponte versuchte, sich zu sammeln. Er rückte seinen Stuhl näher an den Tisch, doch das feine Oval von Johannas Gesicht ging ihm nicht aus dem Kopf. Jetzt entfernte sie sich, beinahe lautlos, noch ein Blick, eine kleine rote Schleife hielt die blaue Schürze hinten zusammen. Ein Griff, nur ein Griff, und das erste Kleidungsstück würde fallen. Er schob sich etwas Reis in den Mund. Anfangs schmeckte es fad, unerträglich, dann aber verströmten die Trüffel ihr Aroma, vehement, unerwartet, als habe man einen Damm geöffnet.

»Wunderbar, Giacomo! So speist man nur in Italien!«

»Danke, Lorenzo! Aber erzähle nun weiter von Deiner Oper! Die nächste Szene, was ist nun zu erwarten?«

Da Ponte kaute schneller, warum bestand Giacomo bloß darauf, so etwas wissen zu wollen? In solchen Stunden dachte er, Lorenzo da Ponte, nicht an die Arbeit. Am liebsten wäre er nach Verzehr dieses köstlichen Risotto und nach einem großen Schluck Wein für einen Moment nach draußen geschlichen, um dieses schöne Wesen aus der Nähe zu betrachten!

»Donna Elvira erscheint!«

»Donna Elvira, ah, das wäre die Nummer Zwei, habe ich recht? Erst Donna Anna, dann Donna Elvira!«

»Ganz genau, erst die eine, dann die andre.«

»Wo kommt sie her?«

»Donna Elvira?«

»Ja, wo kommt sie her?«

»Mein Gott, sie kommt von irgendwo her.«

»Aus dem Dunkel?«

»Von weit her, aus dem Dunkel, warum ist das so wichtig?«

»Lorenzo, ich frage doch nur, ich versuche, mir das Bühnenbild vorzustellen, ich male mir alles aus. Also: Donna Elvira! Sie kommt von irgendwoher, aus dem Dunkel! Was will sie?«

»Don Juan hat sie sitzenlassen, er hat sie betrogen!«

»Dachte ich mir's doch! Und nun kommt sie mit ihrem Vater, der ihn umbringen soll!«

»Sie kommt allein, ohne Vater.«

»Kein Vater? Sie reist allein, als Frau ganz allein?«

»Ja, mein Gott, sie ist allein.«

»Nicht einmal einen Verlobten hat sie dabei oder einen Freund, der Don Juan zusetzen könnte?«

»Nein, aber die andre, Donna Anna, die hat einen Verlobten.«

»Donna Anna? Warum das? Sie hat doch schon den Vater, der sich für sie schlägt.«

»Sie hat eben einen Vater *und* einen Verlobten. Der Verlobte tritt an die Stelle des Vaters, er schwört ihr, den Vater zu rächen und Don Juan umzubringen.«

»Und wer steht Donna Elvira zur Seite?«

»Niemand! Ich sagte es doch schon: Sie ist allein!«

»Das ist schlecht, das glaubt man ihr nicht. Oder … – ah, ich verstehe, es ist doch gut, für die Musik! Für die Musik ist es gut!«

»Du hast es erraten!«

»Die zweite große Arie also, die Arie der Donna Elvira. Wer singt sie?«

»Caterina Micelli.«

»Ah, Caterina Micelli, ich kenne sie. Lebt sie noch immer zusammen mit ihrer Mutter?«

»Ja, schrecklich, die Mutter begleitet sie auf Schritt und Tritt.«

»Zurück zur Oper, Lorenzo! Donna Anna, Donna Elvira, wo bleibt Don Juan?«

»Donna Elvira stellt ihn, sie schleudert ihm ihre Verachtung entgegen!«

»Sehr gut, das ist etwas für die Musik! Und was sagt er, Don Juan?«

»Er macht sich davon.«

»Wohin?«

»Irgendwohin, zum Teufel, das ist doch nicht wichtig!«

»Irgendwoher, irgendwohin … Mein lieber Lorenzo, Du gehst sehr großzügig mit den Himmelsrichtungen um. Wenn eine Figur Dir im Weg ist, schickst Du sie ›irgendwohin‹, und wenn Du eine andere brauchst, kommt die ›irgendwoher‹. So etwas mißfällt mir.

Ich wette, Du zauberst prompt die Dritte herbei, habe ich recht? Es sind immer drei, drei Frauen, vier Männer, macht sieben Mal ›irgendwoher-irgendwohin‹! Wie heißt sie, die Dritte?«

»Zerlina!«

»Zer-li-na ...«

»Zerlina!«

»Und sie kommt von irgendwoher?«

»Exakt!«

»Diesmal gleich mit dem Vater?«

»Nein, mit dem Verlobten!«

»Diesmal mit einem Verlobten. Und der zückt gleich den Dolch, um Don Juan aus dem Wege zu räumen?«

»Aber nein, warum sollte er? Noch kennt er Don Juan ja gar nicht, auch Zerlina kennt ihn nicht, sie ist ein einfaches Mädchen, Du verstehst, ein Mädchen vom Land, sie kommt mit ihrem Verlobten gerade des Wegs.«

»Ah ja, gerade des Wegs.«

»Sie wollen heiraten.«

»Sofort?«

»Die Heirat steht bevor, ja, so könnte man sagen.«

»Und Don Juan?«

»Er sieht Zerlina und verliebt sich sofort. Er will sie haben.«

»Auf der Straße, einfach so?«

»Er lädt sie ein, auf sein Schloß.«

»Das ist gut. Kein ›irgendwohin‹, sondern ein Schloß. Das ist der beste Einfall bisher, lieber Lorenzo!«

Da Ponte kratzte den Teller leer und leerte fast gleichzeitig das Glas. Dieser Marzemino schmeckte vorzüglich, er grub sich unter den erdigen Trüffelgeschmack und wälzte ihn so an den Gaumen, daß die ganze Mundhöhle sich in ein Meer von Pilzen verwandelte. Wenn er nur nicht damit angefangen hätte, von der Oper zu erzählen! Giacomo mäkelte an allem herum, schon der Stoff behagte ihm nicht, ganz zu schweigen von seinem Libretto, dessen Schwächen er gnadenlos aufzudecken versuchte. Vom Theater mochte er etwas verstehen, von der Musik, von der Oper und von einem Libretto verstand er jedenfalls nichts! Aber jetzt: Fort damit, fort mit diesen düstren Gedanken! Die hübsche Kleine, das war etwas anderes, sie lauerte gewiß draußen, vor der Tür, im Flur!

»Entschuldige mich für einen Moment, Giacomo, ich habe reichlich getrunken, die Natur fordert ihren Tribut.«

Er zog sich langsam im Stuhl empor und ging hinaus. Auf dem Gang war es still. Er zischte verhalten vor sich hin, als er Johanna erkannte, die aus der Küche kam. Sie ging auf da Ponte zu und deutete auf eine entfernt gelegene Tür. »Dorthin, gnädiger Herr! Es ist leicht zu finden!«

»Aber mein Täubchen, ich suche doch nicht dieses Dorthin.«

»Was suchen Sie denn?«

»Dich, mein Täubchen! Du hast mir gleich gefallen, so schön, wie Du bist!«

»Aber gnädiger Herr!«

»Wie heißt Du, mein Täubchen?«

»Johanna, gnädiger Herr.«

»Komm, komm, gib mir Deine Hand.«

»Ich habe zu tun, gnädiger Herr!«

»Nur einen Moment.«

»Sie bringen mich durcheinander.«

»Wie schön!«

»Lassen Sie mich!«

»Komm, komm, Deine Hand!«

Jetzt hatte er sie zu fassen bekommen. Ihre Finger waren feucht vor Erregung, er preßte ihre Hand an seine Brust, als wollte er sie auf sein Herz legen. Gestern, auf der Probe, hatte Luigi das so gemacht! Guardasoni, der Regisseur, hatte den einzigen Einfall seines Lebens gehabt! ›Die Hand nicht nur halten, sie zum Herzen führen!‹ hatte er geflüstert, und

Luigi hatte es unnachahmlich verstanden, eine Hand zum Herzen zu führen! Zerlina, ja, die hatte nachgegeben, sofort, doch diese hier wehrte sich, als ginge es um ihr Leben.

Er lockerte seinen Griff und schaute sie an.

»Mein Täubchen! Ich möchte Dich sehen, nicht hier, sondern bei mir, im Gasthof! Komm zu mir, ich lade Dich ein, ich habe Geschenke für Dich, geheime Dinge, die eine Frau wie Dich besser schmücken würden als all unsere Sängerinnen!«

»Lassen Sie mich, gnädiger Herr! Das gehört sich nicht!«

»Sie sind alle nichts wert, diese Sängerinnen, glaube mir.«

»Ich singe auch, gnädiger Herr! Glauben Sie nicht, daß ich bloß eine einfache Dienerin bin!«

»Ich ahnte es doch, mein Täubchen, ich fühlte es! Ich werde Dich bekannt machen mit den Herren vom Theater, ich werde Dich zum Vorsingen einladen lassen, wenn Du es wünschst!«

»Ich weiß nicht, gnädiger Herr, lassen Sie mich, ich werde es mir überlegen.«

»Du wirst kommen, ich weiß es, zu mir, in mein Zimmer. Geheime Dinge, denk daran, ge-hei-me Dinge!«

Er küßte sie auf die Fingerspitzen, lächelte und ging zurück in den Speisesaal. Sie würde kommen, da war er ganz sicher. Sie kamen alle, selbst die gefeiertsten Sängerinnen kamen nach einiger Zeit dann doch, weil sie von ihm etwas erhofften. Etwas Besonderes! Eine Arie, die führende Stimme in einem Duett, den triumphalen Auftritt der Göttin! Und er versprach es ihnen, sofort, er begann gleich, an einer Szene zu werkeln, er murmelte gekonnt vor sich hin, und dabei küßte er sie, er küßte sie zu mit seinen Worten, er lockte sie, sie konnten nicht mehr widerstehen, ja, so hatte er meist doch gesiegt!

Lorenzo, noch eine Frage«, rief ihm Casanova gleich bei seinem Eintreten entgegen. »Wer singt die Zerlina, kenne ich sie?«

»Johanna, oh, halt, nein, ich wollte sagen, ich traf draußen Johanna, sie hält sich, es ist ja zum Lachen, sie hält sich für eine Sängerin! In Prag haben die meisten Dienstboten solche Flausen!«

»Also – wer singt die Zerlina?«

»Caterina Bondini, die Frau des Direktors, singt die Zerlina.«

»Drei Damen also: Teresa und zweimal Caterina, die eine mit Mutter, die andre mit Mann. Dann, Lorenzo, ich wette, dann hast Du Dich an Teresa herangemacht!«

»Das habe ich, Giacomo, leider ohne Erfolg. Sie ist eitel und hochnäsig, eine wahre Primadonna! Sie würde Dir sehr gefallen!«

Casanova lachte. Sie stießen mit ihren Gläsern an, und Casanova gab das Zeichen, das Geflügel zu bringen. Da Ponte beobachtete Johanna aufmerksam, die sich Mühe gab, nicht in seine Nähe zu geraten. Warum schaute sie nur zur Seite? Damit er ihren Nacken besser studieren konnte und die kleine, weiche Partie zwischen Ohr und Hals?

»Täubchen«, rief Casanova und deutete auf die silbernen Platten, während da Ponte zusammenzuckte, »Täubchen und Wachteln, ganz wie zu Hause. Ich habe sie in Tiroler Speck braten lassen, und unter den Speck haben wir Trüffelscheiben geschoben! Laß es Dir schmecken!«

Da Ponte blickte irritiert auf die kleinen Vögel, diese Inszenierung hatte etwas Bodenloses, so ganz nach Casanovas Geschmack! Es war aussichtslos, ihm Paroli zu bieten, immer wieder öffnete er ein neues Kabinett, und man befand sich in einem anderen Stück. Was also hatte das jetzt zu bedeuten, waren diese Tierchen wahrhaftig genießbar? Er zog eins aus dem Haufen, spreizte die dünnen Beinchen und versuchte, das Fleisch von den Knochen zu nagen. Doch, ja, es schmeckte, nein, es war ein Genuß!

»Sag, Lorenzo«, fuhr Casanova fort, während die beiden

sich darin überboten, den Berg an kleinen Vögeln abzutragen, »was schmeckt Deinem Don Juan? Und was trinkt er?«

Essen? Trinken? Meinte er das etwa ernst? Don Juan dachte nur an die Frauen, sie waren sein Leben, alles andere war nicht von Belang. Hätte er, Lorenzo da Ponte, sich daran machen sollen, einen Speiseplan aufzutischen, vielleicht sogar Champagner, Wein und andere Getränke? Lächerlich, Mozart hätte so etwas nur verachtet, dazu hätte er keine Musik komponiert.

»Du meinst doch nicht etwa, ich hätte ihm einen Speiseplan schreiben sollen, ein schönes Menu? Don Juan und ein Menu? Das wäre zu komisch!«

»Ich hätte ihm eins erfunden«, entgegnete Casanova trokken. »Und was für eines!«

Also doch, er hatte es ernst gemeint! Und was für eines! Wie meinte er das nun wieder? Was für eines? Welches? Nein, er konnte ihn jetzt nicht danach fragen, solche Blößen mochte er sich nicht geben. Daß er aber auch so gar keinen Trumpf mehr in Händen hatte, um ihm zu imponieren. Wovon hatte er doch gleich heute mittag gesprochen, von ..., es war eine gut sitzende Wendung gewesen, etwas Schillerndes, das Casanovas Neugier geweckt hatte. ›Die große Form‹, richtig, das war es gewesen, ›die große Form ...‹ – höchstens so etwas konnte Casanova vielleicht noch mundtot machen.

»Ich gebe zu, Giacomo«, seufzte da Ponte, »daß ich weniger an die kleinen Dinge als an etwas anderes gedacht habe. Mein Don Juan besticht durch ..., wie soll ich es nennen ..., durch eine gewisse ..., nun ja ...«

»Durch die große Form, Lorenzo, die große Form! So hörte sich das jedenfalls heute mittag noch an. Nur daß ich, unter uns, ehrlich gesagt, immer weniger ahne, worin sie bestehen sollte, die große Form! Was ich bisher gehört habe, hört sich an wie ein Arienmenu: Drei Damen, drei Arien, mal mit Vater, mal mit Verlobtem, mal ohne! Große Form, nennst Du das große Form? An diesem Ariensalat ist nichts Neues, und zu einer Form reicht es erst recht nicht!«

»Ich sagte ja, Du achtest zu sehr auf die Details, Giacomo. Vater, Verlobter, irgendwoher, irgendwohin was bedeutet das alles? Nichts, es bedeutet gar nichts. Die Auftritte der drei Damen, hintereinander, gleich zu Beginn meiner Oper, sie haben einen ganz anderen Sinn!«

»Und welcher sollte das sein? Etwa Deiner Teresa und den beiden Caterinas den Weg nach Wien zu ebnen?«

»Giacomo, Du enttäuschst mich! Die drei Damen treten zu Beginn auf ..., weil sie Don Juan von nun an verfolgen! Sie verbünden sich, sie lassen ihn nicht mehr los, sie drehen den Spieß um, jetzt sind *sie* hinter ihm her, statt er hinter ihnen, sie sind wie Furien, wie Rachegöttinnen!«

»*Sie* sind hinter *ihm* her? Die drei Frauen verfolgen ihn? Etwa auch noch mit ihren Verlobten?«

»Sie wollen den Wüstling stellen, auf frischer Tat! Sie wollen ihn überführen, sie suchen den Beweis!«

»In der Tat, das ist neu! Apart, diese Neuheit! Don Juan als Hasenfuß, als Flüchtling, der von drei Frauen verfolgt wird, das stellt die Sache beinah auf den Kopf! Auf so ›große Formen‹ kommt niemand außer Dir, mein lieber Lorenzo!«

Da Ponte wischte sich den Mund, nicht ein Täubchen hatte er übriggelassen. Und Giacomo saß jetzt nachdenklich da, etwas kleinlaut, mit den Resten seiner Mahlzeit beschäftigt. Wie er plötzlich vor sich hin starrte, so in seine Gedanken vertieft, als müßte er die neue Version des alten Stoffs erst in seinem Kopf durchspielen.

»Ist das alles, Giacomo? Findest Du keine treffenderen Worte? Gib zu, Du wärest nie auf diesen Gedanken, der dem Stoff frische und ungeahnte Nuancen verleiht, gekommen. Meine Oper ein Nummernsalat? Das doch nicht! Am Anfang lege ich die Lunten, drei Stück, und die Spannung des Stücks besteht darin, sie abbrennen zu lassen.«

»Ein Effekt, ja, vielleicht, es ist ein Effekt! Etwas Spannung, eine dauernde Unruhe in der Luft ...«

»Du sagst es, Giacomo.«

»Das will ich sehen! Ich glaube nicht, daß es gelingt! Es ist lächerlich, einem Mann wie Don Juan drei Frauen hinterherlaufen zu lassen! Warum verschwindet er nicht einfach – in eins Deiner vielen Irgendwohins?«

»Bevor Du wieder spottest, Giacomo: Komm ins Theater, ich lade Dich ein zu den Proben! Niemand anderer als Du soll der oberste Kritiker sein! Sag, was Dir nicht paßt, verfluche mich, mach Dich über mich lustig: Mein Libretto wird es überstehen, da wette ich!«

Wieder stießen sie mit den Gläsern an, mehrmals und so laut, daß Paolo, der hinter der Tür stand, zu lauschen begann. Wovon sprachen sie? Es war nicht zu verstehen. Es hörte sich an wie der immer heftiger werdende Lärm zweier Buben, die sich um ein Spielzeug stritten. Herr da Ponte intonierte in der Höhe, Signor Giacomo gab dazu den Baß. Dieses Zetern! Dieses Gekreisch! Sie übertönten den leisen Singsang der Kapelle, die noch immer spielte! Signor Giacomo hatte ihr aufgetragen, nach einigen Stücken den Spielplatz zu wechseln. Jetzt spielten sie in den hintersten Zimmern des Palastes, die Entfernung machte aus der Musik ein harmloses Murmeln. Gut, daß Mozart so etwas nicht hörte, denn gewiß hätte er so etwas nicht geduldet, die Musik in den hintersten Zimmern, als unterirdisches Murmeln. Für Mozart gab es nur die Musik! Und das Reden und das Geschwätz – sie hatten sich dem zu unterwerfen!

Paolo summte vor sich hin, und es war ihm, als erwachte mit seinem Summen eine dritte Stimme, um sich zwischen die Stimmen der beiden Männer da drinnen zu mischen. Es war eine lockende, werbende Stimme, sie sang von dunklem

Blau und dem schimmernden Leuchten der Kerzen, sie sang von der schönen Verführung.

9

Bis tief in die Nacht hatte er mit den Sängerinnen geprobt, und Luigi, ja doch, dem hatte er nach langem Drängen wahrhaftig eine weitere Arie versprochen, etwas Kleines im zweiten Akt, eine Art Ständchen, mit der Gitarre vielleicht, unter dem Fenster einer Schönen! Das würde ins Ohr gehen, ein einfaches, wirkungsvolles Lied zum Nachsummen, Luigi hatte ihm dieses Ständchen schmackhaft gemacht, und jetzt sah er die kleine Szene schon im Geiste vor sich, der schöne Luigi, auf den in einem solchen Moment die Operngucker der Damen gerichtet waren, das halbe Theater ein einziger Blick und dazu ein unendlich nachgebender, sich in die Ohren bettender Gesang, der, vielleicht, wenn es gelang, da Pontes Gestammel überdecken würde!

Mit dem Versprechen für Luigi hatte er aber nun wiederum Teresa gekränkt, die die Arien der Zerlina viel ansprechender fand, viel Herz sei darin, hatte sie spitz gesagt, viel Wärme und viel Gefühl, ganz im Gegensatz zu den Arien, die ihr, der Donna Anna, zugeteilt seien! Sie hatte ja recht, die Donna Anna war eine undankbare Rolle, die Rolle einer ewig Gekränkten, die den Tod des Vaters nie überwand und den Verlobten wie einen Kasperl hinter sich herdirigierte, undankbar, zweifellos, dafür aber hatte sie den ersten großen Auftritt gleich zu Beginn, der blieb haften, der fuhr wie ein Stich in das Herz!

Und diese Schärfe, dieses Gekränktsein – wer hätte es besser spielen können als Teresa Saporiti, die ja selbst eine ewig Gekränkte war und die Männer auf Distanz hielt, alle Männer, ausnahmslos, selbst Luigi, der am meisten zu spüren bekam, wie sie es verstand, Männer zu übersehen! Arien gelangen am besten, wenn man sich die passenden Sängerinnen dazu vorstellte, sehr genau, ihre Bewegungen, ihre Eigenarten. Und dann schlüpfte die Musik hinein in ihre Seelen und brachte sie langsam zum Klingen! Das war die Kunst, man mußte die Arien zuschreiben auf diese Menschen, und wenn es gelang, triumphierten die Töne über alle beschreibenden Worte!

Er stand still, jetzt, so spät, war niemand mehr im Theater zu hören. Rasch noch ein Blick aus dem Fenster. Ah doch, dort unten, vor dem Eingang, stand noch eine wartende Gruppe, jemand spielte auf der Mandoline, sie warteten also auf ihn, um mit ihm in ein Gasthaus zu ziehen. Aber nein, genug, heute nicht! Er hatte den ganzen Vormittag und vom frühen Abend bis in die Nacht geprobt, ganz zu schweigen von den Unterhaltungen, Guardasonis Geschwätz, er war um Regieeinfälle verlegen, da Pontes Silbenzählerei, er ließ sich nicht dazu bewegen, nur ein Wort zu kürzen, nein, er wollte sich nicht mehr unterhalten, er wollte allein sein, ganz allein. Constanze würde längst schlafen, sie war es gewohnt, daß er erst tief in der Nacht zu ihr kam, stille-stille, auf Zehenspitzen, so müde, daß er oft noch in der Kleidung neben ihr einschlief.

Er legte die Perücke ab und zog den armseligen grauen Rock an – jetzt erkannte ihn niemand mehr. Horchen! Stille-stille! Langsam ging er die schmale, gewundene Treppe zum Hinterausgang hinab. Das dunkle Prag! Wie heimlichtuerisch war doch diese Stadt! Diese Treppchen und Innenhöfe, all die verschwiegenen Zonen, und die Menschen, so inwärts gekehrt, als beherrsche die thronende Burg dort oben auf dem Hradschin selbst noch ihre Träume! Jetzt, los! Niemand hatte etwas bemerkt, nun mußte er sich eilen, durch die kleinen, gewundenen Gassen, am besten hinunter zur Moldau und hinüber aufs andere Ufer, auf die Kleinseite. Er liebte die Kleinseite, sie war das schlafende Hirn der Stadt, unter dem drohenden Burgkopf, ein Traum-Terrain, während die Altstadt auf der andern Seite das Herz war, das aufgeregt klopfende Herz, mit der weit aufklaffenden Wunde des Altstädter Haupt-Platzes!

Er überquerte die Karlsbrücke, seltsam, über die Brücke lief er meist besonders geschwind, er wollte gerade auf ihr nicht stehenbleiben wie viele Müßiggänger, die sich mit dem Rücken gegen die Brüstung lehnten und stundenlang zwischen den Brückenfiguren verharrten, selbst erstarrt, nein, irgend etwas trieb ihn geradezu über diese Brücke, so daß er erst aufatmete, wenn er drüben, auf der anderen Seite war, eine Treppe hinab, ein ovaler Platz, die Moldauwiesen und versteckt, nahe am Fluß, das kleine Lokal. Wie immer setzte er sich an einen Ecktisch und bestellte ein Glas Wein. Man kannte ihn hier, man hielt ihn für einen Kopisten, und gerade das war ihm recht, nicht mehr beachtet zu werden, zwischen all diesen ruhig trinkenden Menschen zu sitzen, bis er ihre Gespräche kaum noch wahrnahm und im Hintergrund das feine Rauschen des Moldauwehrs zu hören war, ein summendes Rauschen, ein einziges, aus der Tiefe aufsteigendes Kreisen.

In die Nacht horchen, still sitzen. Manchmal stieg in solchen Momenten die Trauer heiß in ihm auf und ließ ihn erstarren. Kaum fünf Monate war der Vater jetzt tot, die Schwester war in den letzten Tagen bei ihm gewesen, er nicht, nein, selbst zur Beerdigung war er nicht erschienen. Er hatte nichts sagen können zu diesem Tod, und er hatte nicht einmal eine Träne geweint. Das Schmerzhafteste, wußte er ja, hinterließ keine Tränen, selbst beim Tod der liebsten Mutter hatte er keine Träne geweint, nichts da, keine Tränen. Die hatte er aber vergossen, als sein kleiner Vogel gestorben war, kaum eine Woche nach des Herrn Vaters Tod, da hatte er wegen eines winzigen Stars Tränen geweint. Statt um den Vater zu trauern, hatte er mit der Komposition der Oper begonnen, aber das Ganze war nicht in Bewegung geraten, seltsam, nicht in Bewegung, nicht in Fluß, so daß er es gleich wieder zur Seite gelegt hatte, um andere Sachen zu schreiben, ein Quintett, einen musikalischen Spaß, ja, sogar so etwas, weil es ihn ablenkte und nicht an die Oper erinnerte und erst recht nicht an Vaters Tod.

Jetzt aber drängte es, er durfte an diesen Tod nicht einmal mehr denken, nein, nur die Oper mußte bedacht werden, die Oper war das Gebot und nicht der Tod. Nur an die Schwester – an die durfte und mußte er denken, zum Beispiel jetzt, bei einem Glas Wein, da dachte er an sie, Maria Anna, die Schwester, und es wäre gut gewesen, sie jetzt zu sehen, es hätte des Vaters Tod begreiflicher gemacht, so daß er vielleicht Ruhe gefunden hätte, jetzt, für die Oper.

Horchen, trinken, warten, noch ein Glas bestellen. Es half nichts, in den kommenden Tagen mußte er hinaus in Josephas Landhaus, vielleicht konnte er diese Ausfahrt eine Weile vor Constanze geheimhalten, das gehörte sich zwar nicht, aber manchmal ließ es sich eben nicht vermeiden. In der Früh würde er die Kutsche nehmen und nachts zurückkehren, eine passende Ausrede fiele ihm schon ein. Wenn das nur nicht zu Geschichten führte, er haßte Geschichten und Klatsch, das war die Sache derer, die Zeit hatten, ihre Zeit zu vertun, die alles drehten und wendeten und sich an jede Kleinigkeit hängten und denen die Welt nie gefallen wollte.

Komm, reich mir die Hand … – das hatte Luigi heute so gut gesungen, daß er, als der Komponist dieser Töne gewordenen Zartheit, selbst still geworden war, als hätten die eigenen Klänge etwas Fremdes bekommen, eine Ferne. Da Ponte hatte es nicht einmal bemerkt, nichts, dieses eine Mal stimmte Wort für Wort, jede Silbe, und gerade da hatte er begonnen, die Worte umzuschreiben und zu versetzen.

Reich mir die Hand … – die Töne machten den Schlag des Herzens mit, dann war es gut, dann mußte man nur noch horchen auf dieses Schlagen und es nicht zerstören, gebannt und erstarrt das klopfende Herz schlagen hören, nicht zerstören. Reich mir die Hand … – und wie durch einen dummen Zufall war das Bild der Schwester entstanden, in Kindertagen hatte er oft scherzhaft dieses ›reich mir die Hand‹ zu ihr gesagt, und während Luigi gesungen hatte, hatte ein Winziges in ihm hinübergewollt in diese Tage der Kindheit, die angelockt worden waren vom Bildnis der Schwester, zu dem sich das Bildnis der Mutter und das des Vaters gesellt hatten, wie auf dem großen Ölbild vor vielen Jahren, auf dem er neben der Schwester saß, am Klavier, und der Herr Vater mit der Violine dabeistand, die Violine aufs Klavier stützend, während die Mutter nur im Medaillon an der Wand zu sehen war, als ferne Verstorbene, nur im Medaillon.

Und dieses Winzige, schwache Zurück … – das hatte ihn, reich mir die Hand, plötzlich unsicher gemacht, nahe den Tränen, vor denen ihn nur ein Blick auf da Ponte bewahrt hatte, der begonnen hatte, sich die Pfeife zu stopfen, mitten in diesen Gesang hinein, sich die Pfeife zu stopfen. Morgen früh würde er es Constanze vorspielen, schau, würde er sagen, und er würde es spielen, um das Zurück zu bekämpfen und ihm den Garaus zu machen, schau, würde er sagen, so hat sich da Ponte die Pfeife gestopft, da sang Luigi ›reich mir die Hand‹, während da Ponte dem Theaterbuben zuflüsterte ›lauf hinaus, hol mir Tabak‹, so ein blöder, unersättlicher Hund ist Signor da Ponte, liebste Constanze, daß er nicht einmal merken würde, wenn der Himmel sich öffnete und eine Stimme zu ihm spräche ›Da Ponte, nun hat Dein Stündlein geschlagen!‹, nein, er würde nur nach dem Theaterbuben schicken und flüstern ›lauf, hol mir Tabak‹, aber da wäre nichts mehr, kein Tabak, sondern das Nichts, und das Nichts wäre das Dunkel, und in diesem Dunkel des Todes würde man Herrn da Ponte in die Hölle fahren sehen, um sich dort Feuer zu holen, für seinen Tabak, für den Tabak.

Zweiter Teil

10

Paolo stieß die Flügeltüren des kleinen Portals auf, und Casanova betrat das Theater. Das Foyer mit den hohen Spiegeln, in deren Bildern sich die Besucher zuerst selbst begegneten! Wie oft hatte er es vor einer Aufführung genossen, in diesem Bezirk der Erwartung noch ein wenig zu verweilen. Erfrischungen wurden angeboten, kurze Gespräche geführt, man begrüßte sich und sprach von den kaum zurückliegenden Stunden, einem Spaziergang, einem Aufenthalt im Café. Es war, als wollte man diese Geschichten loswerden und als schüttete man sie verschwenderisch in die Menge, um den Kopf frei zu bekommen für das bevorstehende Spiel. Nur nicht davon sprechen, keine Andeutungen über den Inhalt, keine Namen, nichts, was die gespannte Erwartung schwächte!

Und dann, nach einer halben, dreiviertel Stunde die allmähliche Annäherung, der noch zögernde Gang die Treppen hinauf zu den Logen, während die ersten Instrumente zu hören waren, das mahnende A der Violinen, in das meist zuerst die braven Holzbläser einfielen, Ah, Aah, bis ein kurzer, sonorer Sturm der Instrumente einsetzte, Aaaaa, als wollten sie noch den letzten Winkel des Hauses anfüllen mit diesem *einen,* immer größer werdenden und sich aufblähenden Ton, der dann in der gesteigerten Unruhe versackte, in den lauten Begrüßungsrufen im Parkett und hinauf zu den Logen, im

Scharren der Stühle, in den letzten, überhitzten Rufen der Verkäufer, die noch einmal von Loge zu Loge eilten …

Heute aber ging es nicht die Treppen hinauf, sondern ins Parkett, Paolo ging wieder voran, ah, sie probten bereits, da Ponte saß unten, in der ersten Reihe, neben einem viel kleineren, in sich zusammengesunkenen Mann, vielleicht Guardasoni, dem Regisseur. Casanova gab Paolo ein Zeichen, hier, im Dunkel der hinteren Reihen wollte er Platz nehmen, um nicht zu stören. Sie setzten sich, Paolo hielt einen Abstand von mehreren Plätzen, und Casanova streifte den Mantel ab. Was ging dort unten vor, was war zu verstehen?

Aus dem Orchestergraben klangen trockene Akkorde, immer von neuem zerlegt, muntere, schneller werdende Läufe, die stockten oder sich zu einer Melodie ordneten, ein Cembalo war es, doch der Spieler war nicht zu erkennen. Da Ponte rief laufend etwas zur Rampe hinauf, und der kleine Mann winkte dazu, als wollte er den Sänger, der sich gerade in Positur gestellt hatte, anfeuern. Es war ein junger, vielleicht zwanzigjähriger Mann mit schwarzem, dichtem Haar, ein schon auf den ersten Blick eitel erscheinender Mensch, hager und groß. Er streckte den rechten Arm aus, um ihn dann aufs Herz zu legen, er verbeugte sich leicht und lächelte dabei so künstlich, als wollte er jemanden durch sein Lachen erschrecken. Ihm gegenüber stand anscheinend die Angebetete, die aber keine Miene verzog, sondern mit leichter Ungeduld darauf wartete, daß man endlich begann.

Ein Ausatmen, da Ponte nahm wieder Platz, der Kleine fiel auf seinen Sitz, das Cembalo meldete sich mit einem Vorspiel, dann ging es los. Was? Wie? Ah, sie sollte ihm die Hand reichen, das war es wohl, deswegen streckte er ihr die eigene so unendlich langsam entgegen, sie sollte ja sagen dazu, ja, sì, und dann sollten sie gemeinsam verschwinden, das war gemeint. Und sie? Sie zierte sich, ging ein paar Schritte zurück, hob beide Hände, sie wollte und wollte doch nicht, sie zitterte beinahe vor Unentschiedenheit. Und weiter? Ach, es war völlig gleichgültig, welche Worte dem eitlen Geck da vorne einfielen, indem er sich auf Zehenspitzen an die Widerspenstige heranschlich. All die Worte und selbst diese beiden singenden und sich zierenden Figuren hatten im Vergleich mit der Musik kaum eine Bedeutung. Sie hätten ruhig stehen bleiben sollen, regungslos, ohne all diese Faxen, sie hätten murmeln sollen, wortlos diesen Tönen folgend – das wäre das Beste gewesen. Denn die Musik ließ das Klopfen der beiden Herzen erklingen, vorsichtig, zögernd, während eine langsam auf- und absteigende Melodie dazu bereits die Erfüllung der Sehnsucht malte. Erwartung und Seligkeit, beides erklang hier zusammen, und zwar so, als habe die Erwartung bereits etwas von der Erfüllung …

Für einen Moment vergrub Casanova sein Gesicht in der Rechten. Diese Musik war so unerhört, daß es ganz unmöglich erschien, dazu Worte zu finden. Denn sie sagte ja bereits alles, sie sprach, nein, sie flüsterte von dem, was tief drinnen, im Innersten dieser beiden Herzen, geschah. Und was fiel Lorenzo da Ponte dazu ein? Etwas wie »Là ci darem la mano« oder »vedi, non è lontano« … Geben wir uns die Hand, gehen wir von hier fort, schau, es ist nicht weit, komm, mein Schatz, komm! Oh, solch närrische Einfalt paßte wohl zu da Ponte, etwas anderes würde ihm selbst auch nicht einfallen, wenn er werben müßte um eine Schöne! Deine Hand! Fort von hier! Dorthin! … – warum schrieb er nicht gleich so knappe Befehle, es hätte ihm seine armselige Arbeit erleichtert, und herausgekommen wäre es wohl auf dasselbe.

Wollte einer es wagen, für solche Musik Worte zu finden, müßte er von der Kunst der Verführung mehr verstehen als Lorenzo da Ponte. Der schaute, redete und griff zu, diese simple Folge beherrschte er, mehr nicht, doch darauf fielen nur Frauen herein, die sich von seinem Theatervokabular blenden ließen, von seinem vernuschelten venezianischen Geschnatter, diesen dunklen, gurrenden Lauten, süßes Mündchen, Zuckerherzchen, etwas von dieser Art, unerträglich! Die Kunst der Verführung aber kam ohne dieses Gelispel aus, sie setzte die Kenntnis des Werbens voraus, das amouröse Gespräch, das langsame, aber immer gezielter verlaufende Sprechen über die menschlichen Schwächen, das zusteuerte auf das einzige, große Thema der Liebe! Und das alles fand nicht auf der Straße oder hinter Hecken und Büschen statt wie gerade jetzt, dort oben, auf der übrigens sehr kleinen Bühne, sondern in einer für eine solche Annäherung klug ausgewählten Umgebung, einem Kabinett, einem kleinen, ovalen Salon mit Fenstern hinaus in den Garten. Vor der Tür wartete die Dienerschaft, und auf ein Zeichen wurden kleine, anregende Speisen serviert, Austern natürlich, zwanzig, fünfzig, hundert Austern, Champagner, Punsch, und mit dem Genuß all dieser Köstlichkeiten entbrannte langsam auch das Feuer der Körper, nachdem der Geist, jawohl, Lorenzo, der Geist, il spirito intellettuale, jenes hellwache Denken entzündet hatte, in dem einem die Ideen so leicht und luftig zuflogen wie Amoretten.

Jetzt war es vollbracht, das Duettino war anscheinend zu Ende, jetzt, oh Gott, fuhr in diese musikalisch glückselige Stimmung ein Weib, das sich gab wie von Sinnen! Schreiend, mit aufgelöstem Haar stürzte die Person mitten hinein in die Zweisamkeit, richtig, das war Caterina Micelli, also die Donna Elvira, die Rächerin, die hinter Don Juan her war, die den Troß der Plageweiber anführte, das war sie! Es war ein grausamer, schreckenerregender Anblick, korpulent war sie geworden, die Micelli, und so schleppte sie ihre korpulente Gestalt ein wenig taumelnd über die Bühne, mit den Händen das lange Kleid hinten und vorn dirigierend, als wehrte sie sich laufend gegen heftige Windstöße von allen Seiten. Der schiefe Mund, die vom übertrieben gespielten

Irrsinn leuchtenden Augen ... – es war schamlos, eine Frau in diese Entstellung zu treiben, selbst eine Caterina Micelli hatte so etwas nicht verdient, diese verzeichneten Züge, all diese Häßlichkeit! Immerzu rollte sie mit den Augen und schaute hinauf, wohin bloß, was war dort wohl zu sehen, ach, richtig, die Mutter, sie stand in einer Loge und schaute auf dieses entfesselte Treiben der Tochter so zufrieden herunter, als werde sie gerade zum Altar geführt. Ja, sie wurde geführt, doch nicht als Braut, sondern als Opfer, das korpulente Ding wurde auf dem Altar dieser Bühne, ohne daß sie es bemerkte, geschlachtet!

Und dieses Schreien, das war das Brüllen des Opfers, das Vorzeigen der Wunden! Sie umkreiste den hageren Jüngling, der eben noch von der Liebe geseufzt hatte, sie hielt seine Angebetete von ihm fern, sie warf sich zwischen die beiden, als sollten sie nur über ihren Leichnam zusammenfinden! Es war eine Szene ganz nach Lorenzos Geschmack, wie oft waren die Frauen so hinter ihm hergewesen, haßerfüllt, betrogen von seinen süßen Worten! Und er? Er weidete sich an ihrer Entrücktheit, er geriet in Ekstase, wenn sie sich gehen ließen. Erst wenn ihre Erniedrigung ihn befriedigt hatte, machte er sich daran, sie aus dem Staub wieder emporzuziehen. Er erklärte den ganzen Streit für ein Versehen, er fand zurück zu seinem unverschämten Betäubungssprechen, mein Zuckerchen, mein Herzchen, mein Honigschnäuzchen! Als weder schöner noch kluger noch sonst irgend anziehender Mann suchte er sein Heil in solchen Spielen. Erst bezwang er die Frauen mit sanfter oder auch grober Gewalt, dann kränkte und reizte er sie bis aufs Blut. Er selbst, ja, jetzt war es plötzlich sehr klar, er selbst verhielt sich wie dieser Don Juan, deshalb hatte dieser Stoff ihn so fasziniert, Lorenzo da Ponte entwarf auf dieser Bühne Bilder seines eigenen, ruchlosen Lebens! Und diese unerhörte Musik, die schönste, die er, Giacomo Casanova, je gehört hatte, diente vielleicht am Ende nur dazu, die abgeschmackten Eroberungen dieses Kretins zu illuminieren! Ekelhaft war das, ein Verbrechen an dieser Klang-Kunst, die doch von etwas ganz anderem flüsterte, von der Liebe, vom Klopfen, Pochen und Sich-Weiten des Herzens!

Aber bemerkte denn niemand, was hier also in Wahrheit gespielt wurde? Natürlich, die meisten kannten Lorenzo da Ponte ja kaum, sie wußten nicht, was er, Giacomo, wußte, sie hielten ihn für einen kurzweiligen Plauderer, der sich wahrscheinlich mit dem Maestro vorzüglich verstand. Und dieses Verständnis blendete sie. Wenn Mozart zufrieden war, waren sie alle zufrieden! Aber war Mozart zufrieden, kannte er da Ponte nicht auch etwas genauer, bemerkte er nicht das schlimme Spiel, in das dieser Halunke seine Musik eingespannt hatte?

Jetzt war die Rachearie beendet, Caterina Micelli lag zusammengekrümmt, wie ein waldwundes Tier, auf der Bühne, die Musik setzte aus, Pause! rief Guardasoni, und Bravo! Bravissimo! rief da Ponte, längst aufgesprungen, klatschend, selbst außer sich! Natürlich, dieser Zusammenbruch hatte ihm gefallen. Wie sie nun dalag, ein heftig atmendes, in ihre Kleider keuchendes, hilfloses Wesen! Er sprang seitwärts eine kleine Treppe hinauf und strich der Erniedrigten kurz übers Haar. Dann reichte er ihr wie ein Galan die Hand, zog sie empor und blickte auch gleich hinauf zur Mutter, deren puterroter Kopf in der Dunkelheit der Loge aufleuchtete wie eine kleine Laterne.

Casanova erhob sich und ging langsam nach vorn. Jetzt erkannte Lorenzo ihn, »Giacomo!, meine Damen und Herren, Signor Giacomo Casanova, mein bester und ältester Freund«, jetzt geleitete er Caterina Micelli von der Bühne, sie verschwanden, und für einen Moment stand er, Giacomo Casanova, dort, wo eben noch der Halunke gestanden hatte. Das wäre die Lösung, natürlich, das war die einzig mögliche

Lösung. Daß er, Signor Giacomo, diesen Halunken aus seiner Position vertrieb und an seine Stelle trat! Retten, was noch zu retten war! Diesem Stück andere Farben, andere Nuancen verleihen! Etwas erfinden, was dieser außergewöhnlichen, einzigen Musik nicht ebenbürtig war, nein, das wohl nicht, sie aber zumindest nicht mißbrauchte!

Er schloß für einen Moment die Augen, so berauschend wirkte dieser Gedanke. Da Ponte verdrängen, das Textbuch verbessern! Erst als ihn jemand an der Seite berührte, öffnete er wieder die Augen, es war Paolo, was wollte er, was erlaubte er sich? Paolo deutete mit dem Kopf in die Richtung des Orchestergrabens, wo der Cembalist, ein kleiner Mann mit weißem, am Hals weit geöffnetem Hemd, sich in einem kurzen Nachspiel erging.

»Das ist Herr Mozart, Signor Giacomo«, flüsterte Paolo, doch Casanova rührte sich nicht. Dieser Mensch mit dem roten, überhitzten Kopf und den hervortretenden Augen – das war Mozart? Jetzt stand er auf, wischte sich mit der Hand durchs Gesicht und schaute hinauf.

»Und?« hörte Casanova ihn rufen. Er trat einen Schritt näher an den Graben und beugte sich hinab.

»Giacomo Casanova«, grüßte er laut.

»Ja, schon recht. Und?«

»Verzeihen Sie, ich verstehe Sie schlecht.«

»Warten Sie, ich komme hinauf.«

Und? Und was? Sie kannten sich nicht, er, Mozart, konnte nicht wissen, wer Giacomo Casanova war, sie waren sich noch nirgends begegnet, nur er, Signor Giacomo, hatte natürlich von diesem Genie gehört, von den Wunderauftritten des Kindes an den Fürsten- und Königshöfen Europas, von seinem Niedergang, vom schmachvollen Warten auf eine Anstellung in Wien. Und? Warum begrüßte ihn dieser Mensch dann so, als kennten sie sich, als hätten sie ihre Unterhaltung für die Dauer dieses musikalischen Zwischenspiels unterbrochen? So ein »und?« gehörte sich nicht, es tat vertraulich, dabei wäre es notwendig gewesen, sich einander vorzustellen.

Jetzt eilte er herbei, wie schnell er ging, nein, lief, nein, beinahe heransprang! Casanova verbeugte sich und trat unwillkürlich einen Schritt zurück.

»Giacomo Casanova, Maestro. Ein Bewunderer Ihrer Kunst!«

»Ja doch! Wie hat es Ihnen gefallen, das will ich wissen!«

Er sprach rasch und gab sich unwillig. Auch wenn er vor einem stand, bewegte er sich unablässig, knetete die Finger, trat von einem Fuß auf den andren, es war kaum zu ertragen. Warum reichte er ihm nicht die Hand, warum begrüßte er ihn nicht mit ein paar freundlichen Worten?

»Ich bitte Sie, irgend etwas werden Sie doch gehört haben, in den letzten Minuten! Oder hat es Ihnen die Sprache verschlagen?«

Das allerdings war unerhört. Ihm, Giacomo Casanova, sollte es die Sprache verschlagen haben, ausgerechnet ihm? Das hatte ihm noch niemand gesagt, dieser Mensch gebärdete sich ja wie ein Flegel! Richtig, Lorenzo hatte ihn bereits vor den Allüren dieses Mannes gewarnt, doch das hier übertraf jede Erwartung.

»Manches gefällt, manches nicht.«

»Manches nicht? Was denn nicht?«

»Der Auftritt der Donna Elvira! Es wirkt abstoßend, eine solche Frau bis aufs Blut zu quälen!«

»Nicht wahr, das sage ich auch.«

»Sie sagen es auch?«

»Ja, seit Wochen, das sage ich auch. Abstoßend, entsetzlich! Aber vielleicht notwendig.«

»Notwendig? Ich verstehe Sie nicht.«

»Einer muß hinter Don Juan her sein, einer muß ihn verfolgen.«

»Einer, ja, aber nicht eine. Es gibt Männer genug in diesem Stück, Väter, Verlobte, die sollten das übernehmen.«

»Ah, Sie kennen sich aus! Sogar die Details sind Ihnen bekannt!«

»Herr da Ponte weihte mich ein, er bat mich um meinen Rat.«

»Und? Was haben Sie ihm geraten?«

»Ich wollte mir erst einen Eindruck verschaffen, deshalb bin ich hier.«

»Und es hat Sie enttäuscht?«

»Aber nein, die Musik ist vortrefflich! Là ci darem ... da ist die Musik so vortrefflich, daß der Text schweigen sollte.«

»Finden Sie?«

»Die Musik ist beredt, die Musik spricht aus dem Herzen, so außergewöhnlich, daß der Text beinahe stört.«

»Ich danke Ihnen für Ihre offenen Worte. Sie glauben gar nicht, wie wohltuend das ist.«

»Oh, ich verstehe nicht allzuviel von Ihrem Metier, aber ich verstehe viel vom Theater.«

»Reden Sie weiter, Sie sind der erste Mensch, der hier offen mit mir spricht.«

»Der erste? Sie können sich doch auf Herrn da Ponte verlassen. Er berät Sie sicher vorzüglich.«

»Herr da Ponte? Ist das Ihr Ernst?«

Mozart grinste ihn an. Was meinte er? Sollte das eine Aufforderung sein, noch offener mit ihm zu sprechen? Dieser Mensch ging aufs Ganze, er verachtete die Schmeicheleien, aber man wußte nicht so recht, woran man mit ihm war. Er mußte es vorsichtig versuchen, nur einige Andeutungen in die richtige Richtung!

»Maestro, erlauben Sie noch ein deutliches Wort. Die Oper steht und fällt mit der Figur des Don Juan, von ihm hängt alles ab.«

»Und sie gefällt Ihnen nicht, diese Figur, habe ich recht?«

»Sie ist leblos, eine Attrappe! Ein Mann, der sich auf nichts anderes versteht als darauf, den Frauen Gewalt anzutun! Möchten Sie einen solchen Mann kennenlernen? Achten Sie ihn? Freuten Sie sich über seine Bekanntschaft? Nein, niemals! Sie wenden den Blick ab, Sie möchten mit einem solchen Menschen nichts zu tun haben. Eben da liegt der Fehler! Eine große Oper sollte ein solches Subjekt nicht in den Mittelpunkt rücken!«

»Was stellen *Sie* sich denn vor? Eine Don Juan-Oper ohne Don Juan? Ist es das?«

»Eine Don Juan-Oper ohne *diesen* Don Juan! Er ist ein Gespenst, altmodisch, von gestern. Wenn ich in der Rolle da Pontes wäre …, aber nein, entschuldigen Sie, ich möchte meinem guten Freund nicht in den Rücken fallen.«

»Ich bitte Sie: Reden Sie weiter!«

»Es geht mich nichts an.«

»Aber ja, Sie sehen das Ganze sehr richtig, Sie haben einen glänzenden Theaterverstand.«

»Habe ich?«

»Glänzend! Einzigartig! Ich habe noch selten einen Menschen, der nicht vom Fach ist, derart gescheit reden hören.«

»Ich soll nicht vom Fach sein?«

»Sind Sie es etwa?«

»Nein. Oder ja, natürlich bin ich vom Fach. Was wäre denn mein Fach, wenn nicht das Theater? Meine Eltern spielten Theater, in Venedig wurde ich groß. Was ist Venedig andres als buntes, schönstes Theater, große Oper, Gesang? Doch lassen wir das, ich möchte Sie nicht mit meinen Geschichten langweilen.«

»Sie langweilen mich nicht im geringsten. Doch beantworten Sie mir noch eine Frage: Was würden Sie tun? Was würden Sie machen aus unsrem Don Juan?«

»Ich würde ihn verwandeln, veredeln, ich würde einen Mann aus ihm machen, einen ehrbaren, aber verführerischen Mann, einen Mann, dem die Frauen nicht aus Haß hinterherlaufen, sondern aus Liebe!«

»Aus Liebe?«

»Aus Liebe, nur deshalb.«

»Aber das würde alles auf den Kopf stellen!«

»Ja und?«

»Ja und.«

Sie lachten beide, als freuten sie sich über dasselbe. Jetzt nahte auch noch da Ponte. Er blickte so siegesgewiß, als würden alle gerade ihm zujubeln.

»Lorenzo«, sagte Mozart. »Signor Casanova ist sprachlos über Deine Gabe, mit den unscheinbarsten Worten die Musik zu stützen. Là ci darem, er findet es fulminant, exquisit. Er sagt, er bewundere diese strahlende Schlichtheit!«

»In der Tat, mein lieber Lorenzo«, fiel Casanova ein, »dieses Là ci darem ... ist ein Meisterstück! Es fehlen einem die Worte! Reichen wir uns die Hand, gehen wir fort, komm doch, o komm –«

»Wir bedanken uns, nicht wahr, Lorenzo? Signor Casanova, wir verneigen uns vor soviel Kennerschaft!«

Da Ponte schaute von einem zum andern, dieses Lob war ihm nicht ganz geheuer. Aber wenn Mozart es so hervorhob, mußte Giacomo in der Tat sehr freundlich von ihm gesprochen haben.

»Mein alter Giacomo! Ich danke Dir!«

»Mein lieber Lorenzo! Ich gratuliere!«

»Ich muß jetzt fort, darf ich dann und wann wieder einmal vorbeischaun, um den Genuß noch zu steigern?«

»Kommen Sie, wann immer Sie wollen. Und reichen wir uns endlich die Hand, Signor Giacomo, reichen wir uns zum Beginn unserer Freundschaft die Hand! Ich begleite Sie natürlich hinaus.«

Wieder lachten sie fast gleichzeitig, doch da Ponte brachte es nur noch zu einem vorsichtigen Grinsen. Irgend etwas stimmte nicht, Mozarts Ausgelassenheit war zu sonderbar! Oder hatte ihn Casanovas Lob etwa derart beflügelt? Auch das war möglich, schließlich war er gerade für Lob sehr empfänglich. Hatte er nicht selbst gesagt, Don Giovanni, das werde die Oper der Opern? Ja? Nein? Oder hatte er selbst, Lorenzo da Ponte, das einmal gesagt? Aber wann? Und zu wem?

Da Ponte schüttelte den Kopf. Da gingen sie hin, Mozart hatte seinen Arm um Giacomos Schultern gelegt. Sie tuschelten noch miteinander, und wieder ertönte dieses seltsame Lachen. Es war ein schallendes, übermütiges Lachen, es war das Lachen, das er sich gewünscht hätte für seinen Don Juan!

11

Champagner! Jetzt brauchte er eine Flasche Champagner und Ruhe, ja, einen ruhigen Platz im großen Salon, mit Blick in den Garten! Seltsam, wie er sich mit diesem Menschen verstanden hatte, über die ersten, unbedeutenden Hindernisse hinweg! Am Ende hatten sie so frei, so gelöst miteinander gesprochen, als kennten sie sich seit vielen Jahren! Wie flink er war, nicht nur in seinen Bewegungen, sondern noch viel mehr in seiner Auffassungsgabe! Und wie unvoreingenommen! Er hörte aufmerksam zu, jedes Wort nahm er auf, und er antwortete meist anders als erwartet und dazu noch mit einem leichten Humor, der das Gespräch belebte, beinahe wie Musik. Noch nie hatte er, Casanova, einen Komponisten dieses Schlages kennengelernt, er kannte nur solche von der üblichen Sorte, aufgeblasene, höchstens in ihrem Handwerk erfahrene, sonst aber, was Menschen- und Weltkenntnis betraf, harmlose Pinsel, die den Kopf voll hatten mit den Namen der Sängerinnen und jeden Theaterdiener im Auge behielten, immerzu in Furcht vor einer Intrige.

Der hier aber war anders, ganz anders. Am Ende hatte er ihm doch wahrhaftig vorgeschlagen, zusammen eine Partie Billard zu spielen, gehen wir rasch, Sie spielen sicher wie ich ausgezeichnet, hatte er zu ihm gesagt, doch das hatte er ihm abschlagen müssen, denn er wollte nach diesem ersten Kennenlernen die Gedanken zusammenhalten und sie ordnen, schließlich stand viel auf dem Spiel. Um nicht unfreundlich zu erscheinen, hatte er ihn für einen der kommenden Tage ins Pachtasche Palais eingeladen, zu einem vertraulichen Gespräch, und Mozart hatte erzählt, daß er früher schon einmal das Palais besucht und dort sogar etwas komponiert habe, auf Bitten des alten Grafen; das aber habe ihn so widerwillig gestimmt, daß er sich geschworen habe, dieses Palais nie mehr zu betreten. Er, Casanova, hatte ihm von den neuen Verhältnissen berichtet, von der neuen Freiheit gleichsam, und da hatte er ihm wieder den Arm um die Schultern gelegt und viva la libertà gerufen, so verschwörerisch und kokett, als heckten sie gemeinsam einen teuflischen Plan aus.

Ob er ihm etwas angemerkt hatte? Ob er irgend etwas ahnte von seiner in der Tat teuflischen Idee, Lorenzo da Ponte von seinem Platz zu verdrängen? Es war eine herrliche Idee, seiner würdig …, nur daß er nicht im geringsten wußte, wie sie durchzuführen wäre. In seinem Kopf schlummerte ein kleiner, böser Theater-Gedanke, jetzt kam es darauf an, ihn zu einem Stück auszuarbeiten, zu einer sich im Stillen entwickelnden Komposition, zu einer Dramaturgie, so fein, so delikat, daß sie vielleicht am Ende noch nicht einmal jemand bemerken würde. Er mußte schweigen, Stillschweigen bewahren, und er mußte fieberhaft nachdenken, wie das Werk in Szene zu setzen wäre!

»Champagner, Paolo, bring eine Flasche in den Salon!«

»Eine Flasche, Signor Giacomo? Erwarten Sie Besuch?«

»Ja, hohen Besuch, einen klugen Kopf.«

»Wer ist es?«

»Ich selbst. Ich bin bei mir zu Besuch, da oben, in meinem Kopf. Ich besuche meine Gedankenwelt, ich fordere von ihr neue Ideen, mit anderen Worten: Champagner, ich muß nachdenken!«

»Sofort, Signor Giacomo!«

Jetzt lief er davon, der hübsche Bengel. So einer hätte den Don Juan spielen müssen, so ein frischer, gelenkiger, munterer Kerl! Der wäre eine ganz andre Erscheinung als der pomadige Geck, der immerzu seine Gesten im Kopf hatte, den rechten Arm, das linke, nach hinten versetzte Bein! Luigi hatte eine gute Stimme, das schon, aber er bewegte sich in einem Theaterkorsett, man traute ihm keine Frechheiten zu, kein Feuer! So einer dachte noch im Liebeswerben nur an D-Dur, wie benebelt tappte er durch das Tonreich, ein harmloses Singvögelchen auf der Suche nach dem passenden Käfig!

Paolo brachte den Champagner und stellte die Flasche auf den kleinen Tisch nahe der Gartentür. »Schon gut, Paolo, ich schenke mir selbst ein! Geh jetzt nur, geh, ich werde Dich rufen, wenn dieses lahme Hirn noch einer zweiten Flasche bedarf.«

Eingeschenkt und das Glas gleich geleert! Ja, das würde einen schon auf andre Gedanken bringen, dieser kalte, belebende Tropfen rüttelte einen wach und durchströmte den Körper bis in die feinsten Verästelungen. Là ci darem – war das gut? Oder gab es eine bessere Version, noch intimer? Dieser Platz hier war richtig, um bei sich selbst zu Gast zu sein, hell, nahe dem Garten …, dem Garten, in dem sich gerade, in der Tat, schon zum zweiten Mal dieses junge Ding aufhielt, wie hieß sie doch gleich, Johanna, ja, das war ihr Name, Johanna! Sammelte sie etwa schon wieder Kräuter?

Es sah danach aus. Sie trug einen weiten schwarzen Rock und darüber eine blaue Weste, das helle Unterkleid schaute, wenn sie sich bückte, an einigen Stellen hervor. Dieser Rock war aus Seide und die Weste hatte brokatene Bänder, sie kleidete sich gut, auch heute hatte sie die Haare hochgesteckt, alle paar Sekunden strich sie die herabfallenden Strähnen zurück!

Signorina, die Sache ist die, Signorina, erlauben Sie mir, Signorina, ich bitte Sie, ein Glas mit mir zu trinken … – ah, in den alten Tagen hätte er keinen Moment gezögert, diese Tür zu öffnen und sie herein zu bitten. Er hätte ihr einen Platz an seinem Tisch angeboten, und sie hätten zusammen diese Flasche geleert, Signorina, Sie haben sich anscheinend erhitzt, legen Sie die Weste doch ab, auch ich entledige mich meiner allzu eng sitzenden Jacke, dann die zweite Flasche, die dritte … Aber wovon träumte er denn? Woran erinnerte ihn diese Szene? Nein, nein, bloß nicht denken an alte, längst vergangene Tage, er haßte dieses vergreiste Erinnern, ein Leben in der Vergangenheit, ein Aufbereiten von Anekdoten! Nichts da, dieses Mädchen erinnerte ihn an rein gar nichts, es war ein lebendiges, völlig gegenwärtiges Geschöpf, kein Traum- und erst recht kein Trugbild! Wie langsam sie pflückte, wie sie innehielt, immer wieder, um die Kräuterkomposition zu betrachten! Er würde Paolo noch einmal auf sie ansprechen, es war eine Schande, daß sie so allein war, schließlich lebten die beiden doch nahe genug zusammen, und es konnte einen wie Paolo doch nicht gleichgültig lassen, sie Tag für Tag aus der Nähe zu sehen …

Paolo? War das nicht Paolo, der da spielte? War das nicht ein Horn, das in einem entlegenen Raum des Palais geblasen wurde? Oh, schöne Entfernung! Diese gedämpften, weichen Töne, so heimlich, wie aus einem Versteck! Horntöne hatten ihn auf seinen Reisen oft begleitet, das Schwächer-Werden dieses wattierten Klangs, wenn die Kutsche sich davonmachte, hinaus aufs freie Feld. Horntöne waren oft das Letzte gewesen, was blieb von einer Stadt und den Menschen, die man zurückließ, Horntöne waren die Signale des Abschieds, eine gewisse Traurigkeit war ihnen beigemengt, ein Gehenlassen, ja, es hätte ihn, Casanova, nicht gewundert, wenn der schöne Tod, gesetzt, es gäbe so etwas wie einen schönen Tod, sich mit solchen Horntönen ankündigte.

Aber nichts da vom schönen Tod, hinaus ins Freie! Wie dieser Klang ihn zurücklockte und die alten Reiseszenen zum Tanzen brachte! Dieser englische Wagen, ja, den niemand hatte kaufen wollen, weil er allen zu teuer war… Wieviel hatte er doch gleich gekostet? Zweihundert, dreihundert Zechinen? Man hatte einen Sattler holen müssen, um ihn instand zu setzen, er hatte nur zwei Plätze und einen Klappsitz gehabt, genau richtig, um in einer bestimmten Zusammensetzung eine Reise zu machen, in einer delikaten Zusammensetzung, mit einer Dame und …

Schon wieder diese Erinnerungen, es hörte nicht auf! Und schuld daran waren diese Horntöne, sie durchgruben einem ja die Seele auf der Suche nach all dem längst Vergangenen! Schluß damit, Schluß!

Er stand auf und rannte zur Tür. Fluchend und schreiend, sich die Ohren zuhaltend, lief er durch die Gänge. Aus der Küche kamen einige Dienerinnen hinzugelaufen, sie sprangen vor ihm zur Seite, draußen begannen die Hunde zu bellen, während er von einem Raum in den nächsten vorstieß. Die Töne kamen näher, jetzt verloren sie ihre Weichheit, jetzt ähnelten sie schon mehr einem heiseren Gurren, einem verstopften Grunzen, widerlich, er mußte dem ein Ende machen, sofort!

Im letzten, hintersten Raum der langen Flucht des Dachgeschosses erst traf er Paolo. Die Dienerschaft war in der Nähe der großen Treppe stehengeblieben, alle schauten hinauf und warteten, daß sich seine Wut endlich brach. Warum erregten ihn diese Töne nur so? Was hatte er dagegen, daß Paolo spielte? Paolo spielte gut, er war einer der besten Hornisten in dieser Stadt. Dieses Spiel konnte nicht der alleinige Grund sein, denn dieses Spiel war fehlerlos, elegant, ein Spiel, dem jeder gern lauschte.

»Paolo, aus! Schluß!« schrie er in den Raum, und Paolo ließ das Horn sofort sinken. »Diese Töne bohren sich mir in den Kopf!«

Paolo schaute ihn entsetzt an. Was hatte er nur? So hatte er ihn noch nie erlebt, so erhitzt, so aufgebracht. Er sah aus wie ein Kranker, die Augen matt, das Gesicht gerötet, seine Hände zitterten, als habe ihn eine namenlose Furcht gepackt.

»Aber Signor Giacomo! Was haben Sie denn? Was ist mit Ihnen?«

Er atmete schwer, er verbarg das Gesicht für einen Moment in der Rechten, wie er es schon im Theater getan hatte. Fühlte er sich nicht wohl? Hatte er etwa mit einer geheimen Krankheit zu kämpfen, die er vor seiner Umgebung versteckt hielt?

»Signor Giacomo! So reden Sie doch! Ich werde Ihnen helfen, ganz gewiß!«

Er schaute auf, dann lächelte er plötzlich für einen Moment. Er nickte und trat auf ihn zu. Er nahm ihn am Arm und hängte sich bei ihm ein.

»Entschuldige, Paolo! Gehen wir wieder hinunter! Ich sollte ein wenig mehr schlafen! Seit meinem Aufbruch hierher führe ich ein anstrengendes Leben, ich muß mich erst wieder daran gewöhnen, das ist es. Komm, gehen wir in den Salon! Trinken wir zusammen ein Glas Champagner!«

»Wir, Signor Giacomo? Sie wollen mit mir ein Glas trinken?«

»Warum nicht?«

»Der Herr Graf würde nie ein Glas mit mir trinken.«

»Aber Paolo! Die alte Herrschaft ist abgesetzt, das weißt Du doch. Es lebe die neue Herrschaft, viva la libertà!«

Eingehakt gingen sie die Treppe hinunter, die unten wartende Dienerschaft zog sich schweigend in ihre Räume zurück. Was war das nun wieder? Ein Schwächeanfall? Mußte er etwa gestützt werden, der neue Herr? Oder hatte er ein Glas zuviel getrunken?

Sie nahmen an dem kleinen Tisch Platz, Casanova schaute sofort in den Garten.

»Johanna ist fort.«

»Johanna?«

»Ja, sie war wieder im Garten, ich habe sie eben noch gesehen.«

»Sie wird sich gleich auf den Weg machen zur jungen Frau Gräfin.«

»Hast Du an sie gedacht?«

»Ich? An sie gedacht?«

»Du hast an sie gedacht, Paolo.«

»Ja, Signor Giacomo.«

»Häufig?«

»Ja, Signor.«

»Des Nachts?«

»Vor allem des Nachts.«

»Und?«

»Ich habe kein Geschick in diesen Dingen, Signor Giacomo, und ich möchte gerade in diesen Dingen keinen Fehler begehen.«

»Ich verstehe, Paolo, das verstehe ich gut. Du willst es nicht machen wie dieser Wüstling, den wir heute auf den Brettern ertragen durften.«

»Doch, Signor Giacomo, ich würde mich freuen, wenn ich es so machen könnte wie er. Là ci darem la mano … – ich habe beinahe gezittert, als ich es hörte.«

»Gezittert? Warum?«

»Da fragen Sie? Sie haben es doch auch gehört!«

»Pah, là ci darem … was ist schon dran an diesen dürren Worten? Im Grunde ist es ein armseliges Gestammel.«

»Aber ich meine doch nicht die Worte, Signor Giacomo. Ich meine die Musik!«

»Die Musik?«

»Ja, die Musik!«

»Oh, ich verstehe Dich immer besser, lieber Paolo. Natürlich meinst Du die Musik!«

Paolo blickte zu Boden, als habe er ein Geheimnis verraten. Dieser Junge hatte alles begriffen, nur weil er anscheinend ein vollkommenes Ohr hatte, das den Wortmist klar von den Klanggestalten trennte. Ein vollkommenes Ohr, so vollkommen vielleicht, etwa … ein so vollkommenes Ohr, daß er am Ende den Wortmist überhörte, die Töne aber behielt? War so etwas möglich?

»Sag, Paolo, wie geht es, dieses Stück? Là ci darem … – und wie weiter?«

»Das weiß ich nicht mehr, Signor Giacomo!«

»Und die Musik? Die hast Du auch vergessen?«

»Aber nein! Jeden Ton habe ich behalten, jeden Ton!«

»Ist das Dein Ernst?«

»Ja, Signor.«

»Das mußt Du beweisen!«

»Ja, Signor. Dann aber müssen Sie mir wieder erlauben zu spielen.«

»Zu spielen?«

»Hier, auf dem Horn!«

»Ah, unfaßbar! Du kannst das Stück auswendig?«

»Jeden Ton, Signor.«

»Das ist unmöglich.«

Paolo stand auf und setzte das Horn an die Lippen. Er ging einige Schritte zurück ins Dunkel nahe der Tür. Casanova sah, daß er die Augen jetzt schloß. Es war eine so seltsame, beruhigende Geste, daß er es ihm gleichtat. Jetzt begann Paolo zu spielen, ja, das war es, das war die Erwartung des klopfenden Herzens, diese leichte Unruhe, die schon soviel hatte von der Erfüllung! Die Töne schwebten durch den Raum wie geflüstert, sie schmiegten sich einem so tief ins Herz, als wollten sie das Blut für die Dauer des Spiels erstarren lassen. Alle Welt trat zurück, keine Bilder mehr, keine Erinnerung, alles war Klang, dieser feine, sich in den hintersten Herzkammern breitmachende Klang, der einem unwillkürlich den Mund öffnete, als stünde man da wie ein hilfloses Kind, das verlernt hatte zu atmen. Es sollte nicht vorübergehen, niemals, ach, wie bettelte man, daß dieser Zustand anhielt, so süchtig werdend, daß man nach dem letzten Klang schon wieder danach verlangte …

Es war vorbei, er öffnete wieder die Augen. Ihm war, als sei er für einen Moment woanders gewesen, weit weg, jedenfalls nicht hier, in diesem Salon. Und als müßte er sich überzeugen, wieder angekommen zu sein, schaute er sich um wie ein Fremder. Die Türen standen weit geöffnet, und als er genauer hinschaute, sah er die versammelte Dienerschar, die anscheinend lautlos hereingekommen war. Sie standen da wie versteinert, und draußen im Garten stand auch wieder Johanna, mit halb geöffnetem Mund, den ein feines, erkennendes Lächeln umspielte, als hätten diese Töne keiner andren gegolten als ihr.

12

Wo Johanna nur blieb! Jetzt hatte sie sich schon mehr als eine Stunde verspätet! Anna Maria ging in ihrem kleinen Zimmer auf und ab. Längst hatte sie ausgehen wollen, nicht nur um den Ratschlägen des Arztes zu folgen, sondern weil sie das Leben in dieser beengten Zelle nicht mehr ertrug. Sie sehnte sich nach farbigeren Bildern, nach den Gerüchen der Stadt, ihrem Lärm, sie wollte wieder mit einfachen Menschen reden, die ihren Worten keine besondere Bedeutung beilegten, sondern vom Alltäglichen sprachen. Vor allem aber wollte sie das Gefühl haben, für kurze Zeit wieder frei zu sein, frei von allen Verpflichtungen und dem übertriebenen Ernst, der ihr neues Leben bestimmte.

Das Brevier mußte stets aufgeschlagen auf dem Tisch liegen! Die Lektüre der Gebete hatte ein leises Murmeln zu begleiten, als ein Zeichen, daß auch Mund und Ohr sich Gott öffneten! Wenn irgend möglich sollte die Lektüre sich im Knien vollziehen, dabei hielten die Hände das Brevier so, daß der Blick leicht zwischen den Seiten und dem erhöht hängenden Kruzifix hin und her wandern konnte!

Sie hatte es immer wieder versucht, all diese strengen Empfehlungen hätte sie auswendig hersagen können, doch inzwischen brachte sie es nicht mehr fertig, Blick, Klang und Lektüre so aufeinander auszurichten. Eine störende, das erstrebte feine Gleichgewicht laufend aus der Balance bringende Macht war dazwischengetreten, sie ließ die Gedanken wandern und kreisen, so daß die Lektüre mit der Zeit eine Art Schwindel bewirkte, ein krampfhaftes Ankämpfen gegen die inneren Bilder, die immer stärker wurden und die kleinen Buchstaben des Breviers schließlich ganz überschwemmten. Sie betete doch nur, um ihre Ruhe wiederzufinden, doch je mehr sie betete, um so mächtiger wurden die nächtlichen Bilder, die anscheinend gerade von diesem ruhigen Murmeln angezogen wurden. Draußen, in der Stadt, hätten sie es sicher schwerer gehabt, sich gegen die anderen Stimmen und gegen den Lärm zu behaupten!

Der Vater hatte sie mit all ihren Sorgen allein gelassen, er erwartete, daß sie weiter die gehorsame Tochter spielte, die sich in alles fügte und vielleicht jahrelang in diesem Stift lebte, bis die Jugend vorbei war. Seit der schlimmen Nacht aber wußte sie, daß sie sich nicht all die Jahre gegen die Anfechtungen von draußen würde behaupten können. Sie glaubte an Gott, ihren Schöpfer, und an Jesus Christus, seinen eingeborenen Sohn – aber sie wollte ihr Leben nicht damit zubringen, dieses Bekenntnis Tag für Tag so oft zu wiederholen, bis es schal wurde und grau. Dieses unentwegte Kreisen um die immer wieder erinnerten einfachen Wahrheiten des Glaubens machte diese Wahrheiten mit der Zeit zu etwas Durchsichtigem, das sich nicht mehr von selbst verstand, sondern anscheinend laufend bekannt und besprochen werden mußte.

Früher war sie viel lieber in die Kirche gegangen, alle zwei, drei Tage, für eine Stunde. Sie hatte in Johannas Begleitung einem festlichen Gottesdienst beigewohnt oder einfach nur vor dem Gnadenbild betend eine Stunde in einer leeren Kirche verbracht. Dabei hatten sich die Gedanken geordnet, und manchmal hatte sich sogar eine unerklärliche Fröhlichkeit eingestellt, als sei man durch das Singen, Beten und bloße Dasitzen ein wenig mehr mit sich im reinen. Oft hatte sie mit einem Entschluß die Kirche verlassen, keinem bedeutenden, großen Entschluß, aber doch einem klaren Gedanken dazu, was zu tun und wem zu helfen war, so gut es eben ging. Jetzt aber war das Denken immer ein vorgeschriebenes Denken, und die Hilfe war eine von den älteren Stiftsdamen längst im voraus geplante, die an bestimmten Tagen des Jahres einigen auserwählten Hilfsbedürftigen zugute kam …

Als sie Schritte auf dem Gang hörte, öffnete sie die Tür einen Spalt und schaute hinaus. Johanna trug den schwarzen Rock, der ihr so gut stand, und die blaue Weste, die sie ihr einmal geschenkt hatte. All diese Dinge erinnerten sie an das elterliche Palais, es war nicht gut, sie so nahe vor Augen zu haben.

»Ich habe lange auf Dich gewartet, Johanna!«

»Ja, ich weiß, gnädige Frau! Ich werde Ihnen erzählen, warum ich mich so verspätet habe.«

»Nicht hier, Johanna. Ich darf das Stift auf ärztliche Anweisung hin für einige Stunden verlassen. Ich soll mich in der Nähe aufhalten und die große Brücke nicht überqueren. Du wirst mich begleiten.«

»Es geht Ihnen also besser?«

»Ja, Johanna, etwas schon. Aber ich muß hinaus, draußen wird es mir noch besser gehen.«

Anna Maria hakte sich bei Johanna ein, und sie gingen die große Treppe hinunter. Der Pförtner öffnete das schwere Portal, dann nahmen sie die kleine Gasse zu der breiten Stiege, die hinab in die Stadt, in die Nähe der Moldau, führte.

»Also, warum bist Du so spät?«

»Signor Giacomo hatte einen Tobsuchtsanfall. Er verträgt Paolos Hornspielen nicht, das heißt, er verträgt das Üben nicht. Er sagt, das Hornspielen erinnert ihn an Dinge, an die er nicht erinnert werden möchte. Als der Anfall vorbei war, hat er jedoch mit Paolo ein Glas Champagner getrunken. Am Mittag haben sie das Theater besucht, wo die neue Oper des Herrn Mozart einstudiert wird. Und stellen Sie sich vor: Paolo hat sich das, was er dort gehört hat, genau gemerkt, er weiß es auswendig.«

»Was weiß er auswendig?«

»Jeden Ton, jede Note.«

»Woher weißt Du das?«

»Er hat eines der Stücke gespielt, auf Bitten von Signor Giacomo.«

»Ich denke, Signor Giacomo verträgt das Hornspielen nicht.«

»Es war etwas anderes, anders als das Üben, es war eine andere Musik, ich habe noch nie eine solche Musik gehört, gnädige Frau.«

»Aber was ist denn so anders an dieser Musik?«

»Man vergißt sie nicht mehr, sie geht einem nicht aus dem Kopf. Und man glaubt, daß die Musik zu einem spricht. Entschuldigen Sie, gnädige Frau, ich weiß, daß die Musik sicher nicht zu mir spricht, ausgerechnet zu mir, aber ich empfinde es so. Wenn ich sonst Musik höre, spricht sie nicht zu mir, sie kommt von weit her, und sie ist nur für sich da, wie ein schönes Bild oder wie seltener Schmuck.«

»Wer hat Paolo spielen hören?«

»Wir alle, und später haben wir alle die Melodie nachgesungen, das ganze Palais war voll von dieser Musik. Ich kann sie nicht mehr vergessen, den ganzen Weg hierher habe ich sie vor mich hin gesummt.«

»Und Signor Giacomo? Was hat er dazu gesagt?«

»Paolo sagt, Signor Giacomo hat Freundschaft mit Herrn Mozart geschlossen. Sie haben sich gleich verstanden, hat Paolo gesagt. Herr Mozart hat Signor Giacomo den ganzen Weg vom Theater zum Palais begleitet, und dann hat er ihm versprochen, ihn einmal zu besuchen. Paolo sagt, sie haben etwas zu bereden, etwas Geheimes, das nur sie beide angeht. Selbst Herr da Ponte darf davon nichts wissen.«

»Oh, ich würde zu gerne dabeisein, wenn sie sich treffen, Johanna. Worüber werden sie sprechen, bei mir zu Hause? Ist es nicht furchtbar, daß man mich aussperrt, daß ich die Räume, in denen ich mein Leben verbracht habe, nicht einmal mehr aufsuchen darf? Wie ich Dich beneide, an all dem, was Du mir erzählst, teilnehmen zu dürfen! Und ich? Ich darf noch nicht einmal allein einen Schritt hinaus machen! Deshalb haben sie uns in diese schwarze Kleidung gesteckt, damit man uns überall erkennt und wir nie allein ausgehen können. Oh, wie ich es hasse, dieses schwarze Einerlei! Die ganze Zeit schon lehne ich mich gegen Dich, als könnten die Farben Deiner Weste auf meine Kleidung abfärben!«

»Es ist Ihre Weste, gnädige Frau! Sie haben sie selbst einmal getragen!«

»Ja, ich weiß. Ich habe sie einmal getragen … Sie ist schön, diese Weste, ich hätte beinahe Lust zu sehen, ob sie mir wohl noch steht. Aber ja! Warum nicht? Was meinst Du, Johanna?«

»Ich weiß nicht, gnädige Frau. Ich denke, wenn es Ihnen hilft, wieder ganz gesund zu werden, sollten Sie es versuchen.«

»Das hört sich vernünftig an, Johanna, vernünftig und schlau. Und so machen wir es! Komm, wir gehen in das dunkle Kirchlein da vorn, dort wird uns jetzt niemand bemerken. Ich werde die Weste anziehen und dazu noch Dein großes Regentuch über den Kopf, dann wird mich niemand erkennen.«

»Aber warum auch noch das Tuch?«

»Du setzt Dich in eine Bank und wartest in der Kirche auf mich, Johanna. Ich möchte für kurze Zeit allein, ohne daß mich jemand erkennt, durch die Gassen gehen.«

»Aber gnädige Frau, das ist streng verboten.«

»Es wird mir besser bekommen als alles andere, Johanna, glaube mir! Willst Du mir denn nicht helfen? Will mir keiner mehr helfen? Sind am Ende all die Gebote und Gesetze wichtiger als mein Leben? Mein Vater denkt so, ich weiß es, aber wenn Du, Johanna, auch so denkst, habe ich niemanden mehr, der mir beisteht. Dann bin ich wirklich allein.«

»Sagen Sie das nicht, gnädige Frau! Ich würde alles tun, um Ihnen zu helfen.«

»Dann komm, gehen wir!«

Johanna folgte ihr widerstrebend, aber sie wußte nicht, was sie in diesem Moment noch an Einwänden aufbieten sollte. Vielleicht war es wirklich besser, der Gräfin ihren Willen zu lassen. Sie mußte am besten wissen, was ihr jetzt half. Ihr Vater hatte sie im Stich gelassen, niemand kümmerte sich noch um sie, sie lebte dort oben im Stift wie eine fremde Person, die man abgeschoben hatte, um sie nicht laufend vor Augen zu haben. Sie wollte sich aber von diesem Leben hier unten nicht trennen, natürlich nicht, im Grunde war die Frau Gräfin doch eine lebenslustige und neugierige Person, die nicht mit einigen Erzählungen und ein paar mündlichen Nachrichten zufriedenzustellen war.

Sie betraten die Kirche und wechselten in einem dämmrigen Winkel nahe dem Eingang rasch die Kleidung. Johanna nahm in einer Bank Platz, sie trug jetzt Anna Marias schwarzen, langen und schweren Mantel, er hüllte sie so ein, daß sie unter der Schwere des Stoffs beinahe erstarrte. Anna Maria streifte sich das graue Tuch über den Kopf, dann machte sie sich auf den Weg.

Jetzt war sie frei, für kurze Zeit! Sie ging langsam an einer Häuserzeile entlang, eine Kutsche kam vorbei und drängte sie gegen die Wand. Der Kutscher schnalzte fluchend mit der Peitsche, sie wechselte die Straßenseite, dort drüben befand sich ein Gasthaus. Die Fenster waren weit geöffnet, der Bierdunst zog nach draußen, man hörte die lauten Stimmen der Betrunkenen, anscheinend wurde im oberen Stock auch getanzt, eine Klarinette war zu hören, Geigen, eine Gitarre, und unten auf der Straße stand eine Gruppe von Zuhörern, rauchend. Am liebsten wäre sie auch stehengeblieben, um der Musik einen Moment zu lauschen, dann aber dachte sie schon darüber nach, ob sie hier wahrhaftig stehenbleiben durfte, allein, ohne Begleitung? Sie verzögerte den Schritt und schaute hinauf zum Tanzboden, als sie jemand an der Seite berührte. Sie drehte sich um und erkannte einen Mann, der sie mit ins Gasthaus nehmen wollte, er sprach hastig und undeutlich, wahrscheinlich hatte er schon etwas getrunken, denn er roch stark nach Branntwein. Sie fuhr zurück und machte sich von ihm los. Bloß weiter, sich nicht mehr umschauen!

Sie ging schneller, als sie das laute Lachen der Wartenden hinter sich hörte, wieder kamen zwei Kutschen vorbei, dicht hintereinander, sie drehte sich gegen eine Häuserwand, aus einer Kutsche rief ihr jemand etwas zu, auch ihn verstand sie nicht richtig, sondern erkannte im Weitergehen nur eine behandschuhte Hand, die versucht hatte, nach ihr zu greifen. Sie packte nach dem Regentuch und preßte es fester unter das Kinn, dann verschwand sie unter einer langen Reihe von Arkaden, wo sie sich für den Augenblick in Sicherheit glaubte.

Doch in den dunklen Ecken, nahe der Hauseingänge, brannten hier und da einige Feuer. Auf einem Rost wurden Maronen und Fleischstücke erhitzt, es roch nach Verbranntem, und ein saurer Essigdunst zog in dicken Schwaden auf die Straße. Sie hielt sich eine Hand vor den Mund, aber die Fettwolken brachten ihre Augen zum Tränen, so daß sie durch eine Arkadenöffnung wieder hinaus auf die Straße lief, wo ihr zwei Hunde entgegensprangen, kläffende, erregte Tiere, die sich an ihre Beine drängten und nach den Zipfeln des langen Tuches schnappten. Sie versuchte, sie beiseite zu scheuchen, aber sie heizte mit ihren Gesten die Erregung der Tiere nur noch mehr an, eines hatte das Tuch schon zu fassen bekommen und zog immer wieder daran, so daß sie dagegenhalten mußte. Ein Scherenschleifer kam vorbei, stellte seine Körbe ab und schaute zu, höhnisch lachend, als würde hier ein amüsantes Schauspiel geboten. Sie wagte nicht, ihn um Hilfe zu bitten, sondern lief weiter, bis sie an einem der größeren Tanzgärten vorbeikam. Eine Kapelle spielte dort auf, jetzt konnte sie die Hunde loswerden, sie drängte sich durch Trauben von Spaziergängern, die hinüber zu einer Kegelbahn schlenderten, zum Glück hatten die Hunde von ihr abgelassen und ein neues Opfer gefunden.

Im Dunkel einer Baumgruppe blieb sie stehen, ihr Atem ging rasch, sie schaute zu den Tanzenden hinüber und begriff sofort, daß sie auch hier nicht länger bleiben konnte. Wenn sie sich in der Nähe der Tanzfläche zeigte, würde man sie hinauf auf das Gerüst zerren, die jungen Männer dort drüben machten sich einen Spaß daraus, Mädchen aus den Trauben der Spaziergänger herauszufischen und sie mit Gewalt zum Tanzen zu holen. Tische und Bänke waren überfüllt, die Kellnerinnen beeilten sich, die Wünsche der Gäste zu erfüllen, jetzt sah sie die Platten mit Braten, Würsten und Kraut, die zum Bier aufgetischt wurden, und für einen Moment spürte sie einen Heißhunger auf gerade diese einfachen Speisen, lange hatte sie so etwas nicht mehr gegessen.

Sie sprach sich Mut zu und drängte sich eilig zwischen den Herumstehenden hindurch wieder zum Eingang. Zwei Burschen versuchten erneut, sie zu packen, sie riß sich los und lief weiter, und sie pfiffen hinter ihr her. Am Eingang streckte ihr ein Mann mit einer schwarzen Augenklappe die Zunge heraus, sie sah seine braungelben Zähne, kleine Stümpfe, und dazu wieder dieser scharfe Branntweingeruch. Sie kämpfte gegen den Brechreiz an und ließ den Tanzgarten hinter sich, nein, sie mußte diese überlaufenen Gegenden meiden, die Umgebung der Gasthäuser und öffentlichen Gärten, auch die Garküchen unter den Arkaden waren gefährlich, dort trieb sich viel Gesindel herum. Aber wohin? Unten an der Moldau war es vielleicht ruhiger, dort im Dunkel am Fluß waren die Kähne festgemacht, am Abend fuhren kleine Gruppen hinaus und machten Musik, das mußten besonnene Menschen sein, sonst hätte man ihnen kein Boot anvertraut.

Doch als sie eine schmale, kaum beleuchtete Gasse zum Fluß hinunterging, glaubte sie plötzlich, die Schritte eines Verfolgers zu hören. Sie blickte sich um, die Schritte waren verschwunden, sie lief weiter, und da war wieder dieses hastige, sich sogar beschleunigende Schlurfen. Bildete sie sich das alles nur ein? Für einen Augenblick dachte sie an das Traumbild des nächtlichen Fremden, und sofort stieg eine kalte Angst in ihr hoch. Sie machte kehrt, nein, es war nichts mehr zu hören, sie mußte sich geirrt haben. Eine Gruppe Betrunkener kam ihr entgegen, sie senkte den Kopf und stolperte gegen einen Pfosten. Das Pflaster war hier überall aufgerissen, Steinhaufen lagen herum, sie hörte den gequälten Schrei einer Katze, die über den Weg sprang, während die Betrunkenen an einer Hauswand stehenblieben, um sich dort zu erleichtern.

Dort, eine Gasse mit Fleischerläden, die Verkäuferinnen saßen neben der ausgelegten Ware hinter ihren Schubläden, die sie einen breiten Spalt geöffnet hatten, so daß man den Inhalt erkannte, Weinflaschen, Zitronen, Obst, Würste und Brot, sie bedienten sich selbst beinahe ununterbrochen und nahmen eins nach dem andern heraus, während sie ihre Waren anpriesen, Bratwürste, gebratene Gänseviertel, Spanferkel, Geselchtes. Eine von ihnen gurrte ihr hinterher, komm, mein Täubchen, laß es Dir schmecken, so daß die anderen in einen übertrieben jammernden Chor einfielen, Täubchen, pickpick. Ihre Stimmen verfolgten sie noch, als sie einen stilleren, ovalen Platz erreicht hatte, der auf der einen Seite von einem prächtigen Palais eingerahmt wurde.

Sie nahm das Tuch kurz vom Kopf und wischte sich durch das schwitzende Gesicht. In der Nähe des schönen Portals standen ausgespannt einige Pferde, daneben die Kutschen, manche mit geöffneten Türen. Wenn sie hätte hineinschlüpfen können, um sich auf schnellstem Wege zurück ins Stift bringen zu lassen oder, besser noch, gleich nach Haus! Sie hatte die Gefahren eines solchen Gangs weit unterschätzt, sie kam ja für kaum eine Minute zur Ruhe! So ein Spaziergang war wie eine Flucht, sie fand nicht einmal Zeit, irgend etwas länger zu betrachten. Auf all das war sie nicht vorbereitet, sie wußte nicht, wie man sich in solchen Situationen verhielt, nein, sie war zu unsicher, um sich gegenüber all diesen Nachstellungen behaupten zu können.

Sie streifte das Tuch wieder über den Kopf, als sie einen

dunkel gekleideten Mann in der Nähe der Kutschen erkannte, der sie anscheinend die ganze Zeit über beobachtet hatte. Jetzt hob er die Hand, wie zum Gruß, ja, er verbeugte sich sogar kurz. Fort, nirgends fand man hier Ruhe, vielleicht war man am späten Abend nur in den Kirchen ganz sicher. Sie lief weiter, doch diesmal täuschte sie sich nicht, der Fremde verfolgte sie anscheinend wirklich, denn die Schritte blieben dicht hinter ihr, als sie auf eine breite Straße einbog. Sie spürte genau, wie der Fremde jetzt zu ihr aufschloß, er berührte sie leicht an der Schulter, sie rannte jetzt beinahe voran, während sie ihn sprechen hörte, es war Französisch, ein helles, aufdringliches Reden, als hüpften kleine Münzen über das Pflaster. Er sprach von Geld, laufend nannte er eine Summe, er machte ihr Komplimente, immer unverschämter, so daß sie schon daran dachte, um Hilfe zu rufen. Jetzt faßte er sie wieder am Arm, Madame, warum sagte er nur immer wieder Madame, sie wollte mit ihm nichts zu tun haben. Jetzt zeigte er ihr sogar seinen Geldbeutel, er klimperte damit vor ihren Augen, während zwei Männer, die ihnen entgegenkamen, einige häßliche, zotige Gesten machten, feixend blieben sie stehen und feuerten ihren Verfolger an, den diese Rufe nur noch mehr anstachelten, so daß er seinen Geldbeutel öffnete, einige Münzen hervorholte und versuchte, sie ihr zuzustecken.

So hatte er einen Grund gefunden, sie weiter zu betasten, er griff sie an der Seite ab wie ein Stück Fleisch, das zum Verkauf auslag, unaufhörlich dieselben Worte und Satzfetzen wiederholend, Zahlen, Angebote, wie bei einer Versteigerung. Auf dieser breiten Straße erregten sie zuviel Aufmerksamkeit, niemand stand ihr bei, alle verfolgten oder kommentierten das Spiel, als gehörte es sich so. Sie lief immer schneller und bog wieder in einen Arkadengang ein. Die Feuer! Sie mußte versuchen, ihn zur Seite hin gegen die Feuer abzudrängen, vielleicht ließ er dann von ihr los! Sie verlangsamte ihre Schritte ein wenig, und sofort begann er, noch heftiger auf sie einzureden, er lachte schon so, als sei er sich des Erfolges gewiß.

Dann blieb sie stehen. Sie bemerkte, daß er direkt vor einer Garküche stand, in einem riesigen Bottich mit heißem Fett schwammen Fleischstücke, das Fett spritzte und verklumpte sich um das Fleisch zu dichten Porentrauben. Sie drehte sich langsam zu ihm, jetzt erkannte sie sein verzerrtes Gesicht, er hatte eine breite Narbe auf der rechten Wange, die in der Helligkeit des Feuers rot aufleuchtete. Als sei er verlegen, plötzlich von ihr angeschaut zu werden, strich er sich über den dünnen Bartflaum, es war ein heruntergekommener, bereits älterer Mann, vielleicht sogar ein Kutscher, einer, der sich langweilte und sich einen Spaß daraus machte, sie zu quälen.

Jetzt lächelte er, ja, er glaubte, daß sie auf seine Angebote eingehen wollte. Sie verstand, daß er sie aufforderte, mit ihr zurück zu den Pferden und Kutschen zu gehen, mein Gott, es war wahrhaftig ein Kutscher, der sich an Anna Maria Gräfin Pachta herangemacht hatte!

Der Gedanke machte sie plötzlich so zornig, daß sie alle Kraft zusammennahm und mit einem beherzten Satz gegen ihn ansprang. Er hatte den Angriff nicht erwartet, er taumelte zurück und versuchte, etwas zu fassen, doch seine Rechte glitt an der kupfernen Bottichwand ab und tauchte für einen Moment in das siedende Fett. Er schrie auf und krümmte sich vor Schmerz, während sie schon weiterlief, jetzt so schnell, wie sie konnte, fort von dem Geschrei, das weitere Stimmen anzog, Stimmen, die sie aufforderten, stehenzubleiben und ihr Verwünschungen nachriefen, fahr zur Hölle, Hurenbiest, daß der Teufel Dich hole!

Dann hatte sie keine Kraft mehr, weiterzulaufen, sie war es leid, wieder in die Enge getrieben zu werden, nun war sie erneut auf dem Weg hinunter zur Moldau, es war ihr gleichgültig, sie fand den Weg zurück jetzt nicht mehr. Dort unten am Fluß befand sich anscheinend eine kleine Weinstube, sie blieb vor einem Fenster stehen und atmete aus. Wie sie zitterte, der kalte Schweiß lief ihr den Rücken hinab! Sie blickte durch das Fenster, zum Glück war die Stube fast leer, nur ein kleiner, in sich zusammengesunkener Mann in einem grauen, unscheinbaren Rock saß dort in einer Ecke und legte sich selbst die Karten.

Sie bekreuzigte sich, atmete noch einmal durch und ging in das Lokal. Der Wirt hinter der Theke erhob sich, setzte sich aber gleich wieder, als er sie erkannte. Anscheinend fiel sie nicht weiter auf, nein, auch der Gast hatte nicht einmal aufgeschaut, als sie den Raum betreten hatte. Sie nahm Platz und versuchte, zur Ruhe zu kommen. Ihr Herz klopfte noch stark, als sie ein Glas Wein bestellte und das Kopftuch langsam herunterzog. In diesem Augenblick schaute der Gast kurz zu ihr auf, ihre Blicke trafen sich, und Anna Maria Gräfin Pachta sah, daß der Fremde sie kurz anlächelte, als hätte er eine Ahnung von den überstandenen Gefahren und als wollte er ihr andeuten, daß sie nun, endlich, in Sicherheit sei.

13

Bestimmt hatte sie sich hierher verlaufen, mit dieser Angst in den Augen, daß einem selbst bang werden konnte. Aber er, Mozart, würde noch warten, bis sie ruhiger geworden war, dann erst würde er sie fragen, ob er ihr helfen konnte. Wer sie wohl sein mochte? Und wie kam sie hierher, in diesen entlegenen Winkel? Erschrocken wie sie war, wagte sie es nicht einmal, einen Schluck zu trinken, als zerspränge das Glas, wenn sie es nur berührte! Die blaue Weste stand ihr gut, richtig, ja, die Schwester hatte auch eine solche Weste, nur in grün, aber auch mit diesen brokatenen Bändern.

In den alten Salzburger Tagen waren sie manchmal heimlich, ohne Wissen der Eltern, in ein Gasthaus gegangen und hatten sich etwas Besonderes bestellt, etwas, worauf sie gerade Appetit gehabt hatten, meist die Lieblingsspeisen, grad durcheinander. Die Schwester hatte sich Schinken gewünscht und dazu Radieschen, soviel sie nur wollte. Für ihr Leben gern hatte sie Schinken mit Radieschen gegessen, vor allem Radieschen, zu ihrem Geburtstag hatte er ihr einen ganzen Korb davon geschenkt.

Maria Anna hatte sich oft um ihn gesorgt, und wenn sie ihn jetzt sehen würde, wie er hier saß, allein mit den Karten, nicht ohne Kummer, hätte sie erneut Grund gehabt, sich zu sorgen. Ja, die schönsten Tage waren vielleicht vorbei, Constanze und er hatten die alte, stattliche Wohnung am Dom nicht mehr halten können, vier Zimmer, zwei Kabinette, daher waren sie jetzt hinaus in die Wiener Vorstadt gezogen. Dem Vater hatte er es nur nebenbei mitgeteilt, aber der hatte es gleich der Schwester gemeldet, und die hatte natürlich geahnt, was dahintersteckte, daß ihm das Geld ausging, und so hatte sie wieder einen Grund gefunden, sich um ihn Sorgen zu machen.

Ich mache mir Sorgen, hatte sie ihm dann geschrieben, sollen wir Dir was borgen, das reimte sich passend, aber für solche Reimspäße hatte sie in ihrem jetzigen Alter nicht mehr die Laune, ganz im Gegensatz zu ihm selbst, seiner Magnifizenz, die sich die Laune nie borgte und sich nur im Äußersten sorgte. Von seinem Schwager, dem Herrn Johann Baptist, Edler zu Sonnenburg, hätte er sich jedenfalls nichts borgen lassen, von so einem Geldfuchsen nahm er nicht einmal einen Dukaten, höchstens das, was ihm zustand vom Erbe des Vaters. Dessen Haushalt hatte der Herr Johann Baptist in Salzburg versteigern lassen, aus dem Erlös stand ihm, seiner Magnifizenz, noch eine stattliche Summe zu, die er jedoch gleich weiterleiten würde an seine Schuldner, damit die sich nicht sorgten und ihm bald wieder was borgten.

Hier in Prag würde er für die Oper hundert Dukaten erhalten, das war nicht viel, wenn man bedachte, daß eine mittelmäßige Sängerin, die sich des Abends vor den tauben Salzburger Erzbischof stellte, um ihm sein verstopftes Gehör mit drei Arien durchzublasen, dafür fünfzig Dukaten erhielt, fünfzig Dukaten, für eine Arienerleichterung im Allerheiligsten! Aber bis er seine hundert Dukaten in Händen hielt, war noch viel zu tun, morgen früh würde er hinausfahren zu Josepha, denn morgen brauchte er an den Proben nicht teilzunehmen, so daß er die Zeit nutzen konnte, um endlich weiterzukommen in der Komposition!

Niemand sprach mit ihm von der Musik, da Ponte nie, der redete nur über den Text, Guardasoni erst recht nicht, der dachte nur daran, wie er die Sängerinnen auf der Bühne festschrauben konnte, und die Sängerinnen am allerwenigsten, denn die hatten nur die Arien ihrer Gegenspielerinnen im Kopf, um sie durchzuzählen nach der Anzahl von Worten und Takten. Und wenn von der Musik einmal die Rede war, dann hieß es, sie sei virtuos oder gefällig oder ganz zauberhaft, mit solchen Worten konnte er bereits die Zimmer tapezieren, schon morgens zum Frühstück rief der Wirt des Etablissements »Zu den drei Löwen«: Maestro, einen guten Morgen, sicher haben Sie wieder etwas Zauberhaftes ersonnen, in der Nacht, und bringen es heute schnell aufs Papier!

So einer stellte sich vor, er, seine Magnifizenz, träume die Noten und spucke sie am Morgen, frisch geträumt, wieder aus. Sie ahnten nicht, was ihm durch den Kopf ging, sie wußten nicht im geringsten, welche Gedanken, Klänge und Bilder zusammenkommen mußten, damit etwas gelang. Nur der von heute morgen, Signor Giacomo, der hatte mehr von der Sache verstanden. Schließlich besaß er aber auch eine andere Statur als all die anderen, stolz, groß, einem Textkrämer wie da Ponte weit überlegen! Signor Giacomo hatte etwas Sicheres und auch Freies, so einen konnte man sich nicht gefällig vorstellen, nicht dienend und bettelnd, so einer durchschaute die Menschen, wählte nur die Besten zu seinen Freunden und sagte offen, was ihm durch den Kopf gegangen war!

Keine Sekunde hatte er etwa gezögert, ihm, seiner Magnifizenz, die Meinung über das Stück mitzuteilen. Er hatte einige Schwächen gewittert, ja, Caterina machte in der Rolle der Donna Elvira eine beinahe lächerliche Figur, und Teresa lief ihrem Don Juan so vornehm hinterher, als wollte sie ihn zum Frühstück serviert, in fünfzig Dukatenteile zerschnitten oder von drei Löwen gevierteilt. Die eine übertrieb, die andere hielt sich zu sehr zurück, zwei Frauen, die nichts anderes im Kopf hatten als Rache, setzten der Oper in der Tat zu, schließlich wünschten sich die meisten Zuschauerinnen ganz andere Frauenrollen, Liebesrollen, doch davon bekam nur die Zerlina etwas ab und das Dunkel, in das Don Juan seine Beschwörungen hauchte, ins Dunkel der Nacht hauchte er sie, kleine Ständchen, richtig, ja, zu einem fehlte noch immer der Text, da Ponte feilte angeblich noch weiter daran, wie konnte man Tage brauchen, um vielleicht zehn Zeilen zu schreiben?

Jetzt wagte sie es, den ersten Schluck zu trinken, zum Wohl, mein vertrauenerweckender Blick gilt Ihnen, Signorina in blauer Weste, ich bestellte Ihnen gerne Luigi hierher, damit er Sie mit einem seiner Ständchen beruhigte, vielleicht wäre das ein guter Gedanke, dann hätte unser armer Don Juan endlich eine gefunden, die sich besingen ließe, ohne gleich den Vater, den Verlobten oder den Dolch zu holen. Signor Giacomo hatte so etwas angedeutet, eine Idee, wie den Mängeln des Stückes beizukommen wäre, in den nächsten Tagen würde er, seine Magnifizenz, ihn besuchen und sich von seinen Ideen etwas borgen, dann bräuchte er sich nicht mehr um diese Frauenrollen zu sorgen, vielleicht.

Das Schwierigste aber war das Finale! Wie machte man daraus etwas Ernsthaftes, Furchtbares und doch nicht allzu Schweres, schließlich wurde Don Juan da in die Hölle geschickt, und Donna Annas Vater meldete sich aus dem Totenreich, um den Wüstling eigenhändig dorthin zu begleiten! So eine Szene nahm niemand ernst, sie mußte aber einen Ernst haben, wenn sich nicht alles im Klamauk auflösen sollte, einen Ernst und etwas Scherzhaftes zugleich, ineinandergewoben, so daß man erschrak vor der Androhung des Todes, der Hölle, und doch mit einem Augenzwinkern zu verstehen bekam, daß sich selbst vor den Pforten der Hölle noch tanzen ließ!

Sehr gut, das hatte er jetzt sehr gut gesagt: Tanzen vor den Pforten der Hölle, doch da Ponte würde damit nichts anfangen können und sich höchstens zu der Idee versteifen, Don Juan tanzen zu lassen, so wörtlich nahm er jeden Gedanken! Wie gräßlich und klein war es um solche Menschen bestellt, die alles wörtlich nahmen, Herr Johann Baptist, Edler zu Sonnenburg, war ein Virtuose in dieser Kunst, und leider hatte er mit seiner staubtrockenen, rechtschaffenen Art mit der Zeit auch die Schwester verdorben, die früher, in den alten Salzburger Tagen, doch eine durch und durch launige Person gewesen war. Eine Radieschenanbeterin war immer, schon von ihrer speziellen Neigung her, eine launige, etwas verrückte Person, vor allem in Grün, in dieser grünen Weste mit den brokatenen Bändern, da hätte sie selbst den drei Löwen noch etwas Scherzhaftes entgegengesetzt.

Jetzt war es aber allmählich Zeit, sich um die Signorina zu kümmern, so wie sich die Schwester um ihn gekümmert hätte, wenn sie ihn hier sähe, allein mit den Karten. Das Kartenlegen beruhigte ebenso wie das Billardspiel, es gab Menschen, die sich dabei erst so richtig erhitzten, er nicht, seine Magnifizenz geruhte, sich bei derartigen Spielen fulminant zu beruhigen.

Mögen Sie etwas Schinken und dazu vielleicht ein Bündel Radieschen? Mein Gott, er konnte die Signorina doch so etwas nicht fragen, sie hielt ihn dann vielleicht für gänzlich verrückt, obwohl er doch Wert darauf legte, als nur ein wenig verrückt der Musik erhalten zu bleiben. Aber was sollte er sagen, ohne daß er sie gleich wieder erschreckte?

Als sie für einen Moment hochschaute, hob er das Glas und lächelte zu ihr hinüber.

»Zum Wohl, gnädiges Fräulein!«

Jetzt überlegte sie sich, ob sie antworten sollte, ja, sie griff zu ihrem Glas und prostete ihm kurz zu, ohne Antwort, das heißt, halbe Antwort, wortlose, stumme Antwort, das machte summa summarum dreizehneinhalb Dukaten.

»Ich heiße Trautmann, gnädiges Fräulein, ich arbeite als Schreiber und als Kopist an unserem Theater, zur Zeit gibt es viel für mich zu tun, da ist man froh, wenigstens des Nachts in Ruhe gelassen zu werden.«

Sie überlegte sich wieder, ob sie etwas antworten sollte. Mein Gott, zu diesem leise dahingesagten Diminuendo konnte einem doch etwas einfallen, zumindest ein knappes Wort.

»Was gibt es denn soviel zu schreiben?«

»Ich erkläre es Ihnen gern, gnädiges Fräulein. Erlauben Sie, daß ich mich zu Ihnen setze? Es ist einfacher für mich, und es erlaubt mir, meine Stimme weniger zu strapazieren.«

Sie lächelte, zum ersten Mal lächelte sie! Weniger strapazieren – das hatte ihr gefallen, dieser blauen, jetzt freundlicher gewordenen Weste, übrigens hätte es der grünen auch sehr gefallen, dieses ›strapazieren‹, doch er durfte jetzt nicht beides miteinander vermengen, nein, das durfte er nicht, dazu hatte er bereits zwei, drei Gläser zuviel getrunken.

Er stand auf, nahm sein Glas und setzte sich zu ihr an den Tisch.

»Habe die Ehre«, sagte er, und sie lächelte wieder. »Immerhin lächeln Sie jetzt, das freut mich, muß ich Ihnen gestehen, denn als Sie hier hereinkamen, dachte ich schon, drei Löwen wären hinter Ihnen her gewesen, so einen enorm strapazierten Eindruck machten Sie wahrhaftig auf mich. War etwas vorgefallen?«

»Nein, aber ich danke Ihnen, daß Sie sich Sorgen machen, es kommt gar nicht so häufig vor, daß einer sich um einen Sorgen macht. Es ist aber nichts, ich habe mich lediglich, wie soll ich sagen, ein wenig verirrt.«

»Kann ich Ihnen helfen? Diese Stadt ist mir seit Kindesbeinen vertraut, ich kenne jeden Taubenschlag.«

»Wir werden sehen ... Sie wollten mir von Ihrer Arbeit erzählen, vom Schreiben und vom Kopieren.«

»Sehr wohl, liebe Maria Anna, entschuldigen Sie, was rede ich da, Sie erinnern mich an meine Schwester, vor allem Ihre Weste, in Blau, erinnert mich an die ihre, in Grün. Ist das nicht seltsam?«

»Allerdings, besonders da Sie nicht wissen können, wie ich heiße.«

»Und Sie heißen?«

»Ich heiße ...«

»Nein, doch nicht Maria Anna? Nein, unmöglich!«

»Nicht ganz! Ich heiße Anna Maria!«

»Anna Maria?«

»Genau so.«

»Oh mein Gott, Sie bringen mich ja ganz durcheinander. Stell Dir vor, werde ich zu meiner Schwester sagen, sie ist übrigens verheiratet und lebt in einiger Entfernung, stell Dir vor, in Prag habe ich Deine grüne Bekanntschaft gemacht. Jetzt behaupten Sie aber bitte nicht, Sie hätten einen Bruder, der einen grauen Rock trägt wie ich!«

»Seien Sie unbesorgt, ich habe drei Brüder und übrigens ebenfalls eine Schwester, die verheiratet ist, in einiger Entfernung.«

»Und Ihre Eltern sind noch am Leben?«

»Nein, meine Mutter ist schon vor langem verstorben, und mein Vater vor erst wenigen Tagen.«

»Mein Beileid, gnädiges Fräulein. Vielleicht verstehen Sie die Aufrichtigkeit meines Mitgefühls, wenn ich Ihnen sage, daß auch mein Vater erst vor wenigen Monaten verstorben ist. Dann, vermute ich, leben Sie jetzt bei Ihren drei Brüdern?«

»Nein, sie sind längst von hier fortgezogen. Ich lebe allein, ich bin die Kammerdienerin der jungen Gräfin Pachta.«

»Ah, Respekt! Jetzt weiß ich genauer Bescheid. Aber wie kommt es, daß Sie sich hierher verirrt haben?«

»Die Frau Gräfin lebt oben, im Damenstift auf dem Hradschin. Beim Herunterkommen habe ich mich in der Dunkelheit verlaufen.«

»Sie waren auf fremden Wegen?«

»Ganz kurz, da haben Sie recht. Ich nahm nicht die üblichen Wege.«

»Natürlich nicht! Es zog Sie in diese Klause, zu Trautmann, dem Notenausschreiber!«

»Sie wollten davon erzählen!«

»Sie sollen alles zu hören bekommen, was auch immer Sie wünschen! Aber sagen Sie nur noch eins: Mögen Sie Schinken? Ich hätte Lust, etwas Schinken zu bestellen, und dazu ein Bund Radieschen. Darf ich Sie einladen zu so einem einfachen Mahl?«

Ah, jetzt lachte sie, und wie sie lachen konnte, ja, sie konnte wahrhaftig lachen! Er bestellte und ließ noch zwei Gläser Wein bringen. Er rückte den Stuhl enger an den Tisch und steckte die Karten in die Seitentasche. Sie erinnerte ihn wahrhaftig an Maria Anna, das war zu schön!

Ich heiße Trautmann, Respekt, so eine Rolle war nahe genug an der Wahrheit und doch nicht zu nahe, sie ließ ihm Luft, sich nicht all die Zeit ernsthaft bekennen zu müssen, und sie verschaffte doch Gelegenheiten genug, erzählen zu können von der Musik, der Oper und dem Herrn Komponisten, seiner Magnifizenz! Kammerdienerinnen liebten solche Geschichten, sie stellten sich unter der Opernwelt etwas Besonderes vor, gut, er würde ihr eine schöne Wahrheit erfinden, Don Juans Träume, und wenn sie dann zusammen ausgeträumt hatten, würde er sie auf den richtigen sicheren Weg bringen, fern von den drei Löwen, oder zumindest in einiger Entfernung von ihrem Gebrüll.

14

Spät am Abend verließ Lorenzo da Ponte aufgebracht das Theater, lange genug hatte er sich um Teresa Saporiti bemüht. Nach den Proben war er ihr in die Garderobe gefolgt, er hatte ihr einige Schmeicheleien gesagt, ein paar wohlklingende Worte, doch sie hatte ihn mit ihrem ganz und gar unerträglichen Hochmut hingehalten und abgefertigt. Er solle sich für sie etwas ebenso Schönes ausdenken wie für die muntere Zerlina, hatte sie ihm spitz entgegengehalten, und da hatte er ihr zum wievielten Male versprochen, noch etwas Kleines, Hübsches, Besonderes für sie zu schreiben, eine Attraktion, etwas, das für Aufmerksamkeit sorgte.

Aber auch das hatte ihn nicht weitergebracht, nein, sie hatte sich nicht einmal berühren oder beim Ankleiden helfen lassen, sondern ihm deutlich zu erkennen gegeben, daß sie erst abwarten werde, welche Taten er seinen Versprechungen folgen ließ. Er hatte ihr zum Abschied gerade einmal die Hand küssen dürfen, mit einem tiefen Diener war er davongeschlichen, er, Lorenzo da Ponte, dem in Wien die Sängerinnen Briefe zusteckten, um ihn zu einer Liebesnacht zu bewegen!

Jetzt aber war er schon wieder allein, allein in diesem von

Tag zu Tag kälter werdenden Prag! Allmählich begann er diese Stadt wahrhaftig zu hassen, mochten ihre Musiker auch die besten der Welt sein! Für dieses Prag hatte er den Text zu der Oper der Opern geschrieben, doch irgendeine finstere Macht verhinderte, daß seine Worte ihre volle Wirkung entfalteten, daß sie aufblühten und die Menschen betörten. In der Gestalt des Don Juan, ja, da hatte er etwas von sich selbst porträtiert, von seiner unruhigen Lust, seinem Willen, die schönen Frauen zu besitzen allesamt, ohne Unterschied jeden Standes, denn darin bestand ja gerade die Kunst, von Herkunft und Stand abzusehen und jede für sich zu gewinnen, im Handstreich, ohne langes Zögern. Dieser Don Juan hatte etwas Wildes, Entschlossenes, er plante nicht lange, er machte nur so viele Worte wie nötig, dafür verstand er sich auf die Aktion, und wo das nicht half, verließ er sich auf seine Kraft.

Luigi aber hatte nichts von diesem Don Juan, schon das war vielleicht ein entscheidender Fehler. Singen konnte er, ja, das wohl, aber er hatte etwas Weiches, Unbestimmtes, beinahe Zartes, er war wohl einfach zu jung für diese Rolle, und außerdem fehlte ihm der männliche Blick, der Zugriff, das Temperament! Einem wie dem traute man nicht zu, einer Teresa Saporiti Gewalt anzutun, sie hätte ihn zwei-, dreimal geohrfeigt, und er wäre abgezogen mit all seinem Heldenmut! Genau das aber wußte Teresa, sie wußte, daß sie ihren braven Luigi über die Bühne spazierenführte wie einen kastrierten Hund, der sich nicht einmal unterstehen durfte, an eine Hauswand zu pinkeln! Wie sie jede Szene beherrschte und wie er neben ihr stand, eine hilflose Erscheinung, die nur noch ihre Töne ausdünstete!

Vielleicht war dieses Mißverhältnis die Wurzel des ganzen Übels! Daß diese Frau zu stark war, daß niemand ihr Paroli zu bieten wußte, daß alle sich vor ihr verkrochen, selbst Mozart machte ja Umwege um sie und versuchte, ihr nicht häufig zu begegnen. Er aber, Lorenzo da Ponte, er hatte es zumindest versucht, denn er hatte begriffen, worauf es ankam, weil er voraussah, daß die Oper kein Erfolg werden würde, wenn Teresa Saporiti über den schwachen Luigi triumphierte. Ein Ständchen hatte er ihm noch versprochen, ein paar schöne Worte, das war gar nicht so einfach, und die richtigen Worte mußten ihm bald einfallen, denn Mozart fragte ihn jeden Tag aufs neue danach.

In Wien, da hätte er für so etwas höchstens eine Stunde gebraucht, das wunderbare Geschöpf von gerade einmal sechzehn Jahren wäre zur Stelle gewesen und hätte ihm Wein, Schokolade und Tabak gebracht, dieses herrlich junge, frische Wesen mit dem honigsüßen Mündchen und dem zuckersüßen Herzen hatte ihm alle Hingabe der Welt zuteil werden lassen! Wie aber sollte er arbeiten ohne eine solche Inspiration? Wie, ohne in der Nacht einen weiblichen Körper zu berühren?

Da Ponte schüttelte sich, als er an sein kaltes Hotelzimmer dachte. Viele Fremde hier in Prag machten es sich einfach. Sie öffneten ein Fenster ihres Zimmers und lehnten sich weit hinaus. Kam eine Schöne vorbei, zischten sie ihr hinterdrein, und wenn sie sich umschaute, so war die Sache schon beinahe perfekt. Leicht hätte auch er so Erfolg haben können, nur war so etwas in seinem Fall ganz unmöglich, denn sofort wäre Constanze auf ihn aufmerksam geworden, so wie sie sich langweilte in ihrer Behausung, die sich gerade gegenüber, auf der anderen Straßenseite, befand. Über die Straße hinweg konnten sie miteinander reden, oft plauderten sie so einige Minuten, wobei er auf jedes Wort achtgeben mußte, denn Constanze hatte nichts andres im Sinn als ihn auszuhorchen. Alle Welt bestellte sie zu sich ins Zimmer und horchte sie aus, sie war Mozarts Verstand, der sich um jedes Detail kümmerte, alles plante, durchrechnete und niemals die Übersicht verlor. Wie hätte es sie amüsiert, ihn,

Lorenzo da Ponte, wie einen gierigen Bettler in seinem Fenster nach einer Schönen verlangen zu sehen, sie hätte ihn zum Gespött aller Leute gemacht, Herrn Lorenzo da Ponte, dem es leider in Prag ganz anders ergeht als seinem Don Juan, der sich die Mädchen und Frauen ins Schloß lädt und zehn oder zwanzig am Abend beglückt!

Mit dem geöffneten Fenster also war es nichts, dann blieb nur noch, sich in ein Kaffeehaus zu setzen, wo sich die aufdringlichen Dinger an einen heranmachten. Man spendierte, man trank mit ihnen, und schließlich wollten sie Geld, er hatte damit so seine Erfahrungen. Blieb schließlich noch, zu einer Madam zu gehen und sich die Frage anzuhören, ob man ein Mädchen wünsche oder eine Frau, schon diese Frage machte ihn rasend und verdarb ihm alle Laune, denn genau auf das Erkennen eines solchen Unterschieds kam es doch an, darauf, herauszubekommen, mit wem man es zu tun hatte und mit welchen Waffen man zum Erfolg kam.

Auch das also nichts! Sollte er sich hier, in der nächtlichen Dunkelheit Prags, in die Kälte stellen und ein Ständchen in den Sternenhimmel summen, unter einem Fenster, hinter dem er eine Schöne vermutete? Komm ans Fenster, komm mein Schatz und lindre meine Schmerzen … – komm ans Fenster, komm mein Schatz, sonst muß ich sterben … Du mit dem honigsüßen Mündchen, Du mit dem zuckersüßen Herzen … – zum Teufel, jetzt brachte er schon alles durcheinander! Die mit dem Mündchen und die mit dem Herzen befand sich ja gerade nicht hier, sondern in Wien! Jetzt war er schon soweit heruntergekommen, daß er einer Abwesenden in Prag ein Ständchen sang, ein zwar einfaches, aber, ja, richtig, doch … – mein Gott, brauchbares Ständchen! Gar nicht so übel war das, was sich da in ihm zusammengebraut hatte, vielleicht hatte es ihm ja geholfen, an das wunderbare Wiener Geschöpf zumindest zu denken!

Später würde er es notieren, in seinem Zimmer, und noch

ein wenig daran feilen, honigsüß, zuckersüß …, komm ans Fenster …, komm mein Schatz. Von Fenster zu Fenster waren seine Gedanken geschweift und hatten ihm zwar nicht die Linderung seiner Schmerzen, doch immerhin so etwas wie einen klangvollen, einfachen Text beschert! Nur daß zu diesem Text die richtige Schöne noch fehlte, eine, der er diesen Text hätte vorsummen können, während sie ihn verwöhnt hätte mit Wein, Tabak und Schokolade und am Ende auch mit ihren Liebkosungen.

Diese Kleine, Johanna, ja, genau, die wäre die Richtige gewesen, er hatte ihr ein eindeutiges Angebot gemacht, man mußte abwarten, was nun geschah, wahrscheinlich nicht viel, er mußte es einfach noch einmal versuchen. Sie sollte zu ihm kommen, in sein Zimmer, nur dort hatte er das Gefühl, sie wirklich in seiner Nähe zu haben, in seiner gewohnten Umgebung, nicht hier, in den Prager Straßen, und erst recht nicht in irgendeinem Versteck. Manche Fremde mieteten sich ein Zimmer und luden die Stubenmädchen dann für ein, zwei Stunden zu sich, aber man mußte sich vorsehen dabei, denn manchmal hatte man in solchen Fällen den Galan gleich mit am Hals, irgendeinen rauhen Burschen, der mehrere Mädchen zugleich als Lockvögel losschickte und keine Ruhe gab, bis die Geldbörse leer war.

Aber Johanna, nein, die war nicht von diesem Schlag, er hatte ihr angesehen, daß sie noch allein war, unbeschützt und ohne andre Begleitung, eine frische, stolze Erscheinung, die nur noch wartete auf ihren Entdecker! Oh, wenn er sie jetzt hätte sehen und nur für einen Moment berühren können! Komm, mein Schatz, ihm wären die richtigen Worte eingefallen, und er hätte ihr Honigsüßes ins Zuckersüße verwandelt, vielleicht auch mit einigem Nachdruck. Sie wollte ihm nicht aus dem Kopf gehen, er sah sie ganz deutlich vor sich, die Schleife des Rocks, und es bedurfte nur eines einzigen Griffes, um sie zu öffnen …

Lorenzo da Ponte zog einen weißen, seidenen Handschuh aus der Tasche seines Mantels und sog den schwächer gewordenen Puderduft in sich hinein. Für einen Moment dachte er daran, unter einem Vorwand ins Pachtasche Palais einzudringen, um Johanna auf irgendeine Weise zu Gesicht zu bekommen. Doch es war spät, Casanova würde wahrscheinlich längst schlafen, ja, die hohen Zimmer des Palais lagen im Dunkeln.

Und so wanderte er noch einige Zeit um den Zaun des Pachtaschen Besitzes, bis er langsam ermüdete. Nein, er wollte nichts mehr trinken gehen, der Alkohol machte ihn nur noch mißmutiger und verstärkte seine nicht zu befriedigende Lust. Komm ans Fenster, mein Schatz, komm, lindre den Schmerz …, richtig, ja, das war es, das waren die richtigen Worte, die schlimmste Not hatte diese Worte in ihm, Lorenzo da Ponte, geboren, in ihm, der jetzt vor dem Pachtaschen Haus stand wie Don Juans Diener, ein harmloser, hilfloser Bettler, der darauf wartete, von den Brocken am Tisch seines Herrn noch ein kleines Stück abzubekommen.

15

Paolo wartete, bis da Ponte verschwunden war. Eine ganze Weile hatte er ihn verfolgt, doch er war aus seinem Verhalten nicht schlau geworden. Warum hastete er so unruhig durch die nächtlichen Prager Gassen? Mal hatte es den Anschein, er eile zu irgendeiner Verabredung, dann jedoch wieder machte er vor einem Kaffeehaus kehrt, als habe er es sich anders überlegt. Er lief ohne Vernunft durch die Stadt, mal in die eine, mal in die andere Richtung, planlos, wie von Furien getrieben. Warum kehrte er nirgends ein, und warum trieb er sich in den üblen und verrufenen Gegenden herum, in denen sich Fremde von Stand nicht ohne Diener sehen ließen? Völlig rätselhaft aber war, warum Herr da Ponte am Ende ausgerechnet vor dem Pachtaschen Palais Halt gemacht hatte, ruhelos vor dem Zaun auf und ab gehend, als erwarte er jemanden, der bald hinauskommen werde.

Wer aber konnte das sein? An irgendeiner Person in diesen Mauern mußte er ein Interesse haben, so lange hatte er am Zaun gewartet und manchmal einen Blick auf die doch längst dunklen Fenster geworfen. Dabei kannte er von allen Personen in diesem Palais doch lediglich Signor Giacomo, Johanna und ihn selbst, Paolo. Daß er auf Signor Giacomo wartete, kam nicht in Frage, an ihm, Paolo, konnte Herrn da Ponte nichts gelegen sein, also blieb nur noch Johanna … War es möglich, daß Herr da Ponte an Johanna Gefallen gefunden und sich mit ihr besprochen hatte?

Schon der Gedanke an eine solche Verbindung ließ ihn zusammenzucken. Johanna und Herr da Ponte – das war schauderhaft, da hatte er, Paolo, entschieden etwas dagegen! Es war nicht recht, daß sich ein hergelaufener Mann von Stand, der bald wieder abreisen würde, an eine junge Frau wie Johanna heranmachte. Und es war widerlich und abstoßend, sich vorzustellen, wie er sie mit Versprechungen locken und betören und vielleicht sogar mit Geschenken bedenken würde! Ein paar Ohrringe, ein kleiner Ring – an so etwas würde auch Johanna Gefallen finden, und am Ende würde sie nachgeben, schließlich mußte es ihr doch schmeicheln, von einem so berühmten Mann umworben zu werden!

Aber nein, was dachte er nur von Johanna? Johanna war doch nicht so wie viele andere Dienerinnen, die sich mit den Fremden einließen und sich mit den ruchlosen Geschenken sogar noch auf der Straße sehen ließen! Signor da Pontes Werben würde sie beunruhigen, ja, das schon, es würde ihr durch den Kopf gehen und ihr viel zum Nachdenken geben, zum Ziel führen würde es nicht! Denn Johanna hatte ja einen, der ihr beistehen würde, Johanna hatte doch längst einen Liebsten, der ihr nahe war, sie beschützte und einem Herrn wie Lorenzo da Ponte im Notfall sogar deutlich machte, womit er zu rechnen hatte, wenn er sich an sie heranmachte!

Dieser mutige, junge Bursche aber, der Kraft und Verstand hatte und besser zu Johanna paßte als ein hergelaufener Librettist und sei es auch der des Kaisers, das, jawohl, das war niemand andres als er, Paolo. Signor Giacomo hatte es erraten und ausgesprochen, daß er und Johanna zusammengehörten, einem Mann wie Signor Giacomo war so etwas vom ersten Augenblick an klar, ein solcher Mann achtete die Verhältnisse, durchschaute sie und gab solchen Verbindungen am Ende sogar seinen Segen. Ja, Signor Giacomo würde auf seiner Seite stehen, er konnte Herrn da Ponte ebensowenig ausstehen wie er, obwohl er ihm freundlich begegnete und sich nichts anmerken ließ. Tief im Innern, da bewegte Signor Giacomo vielleicht derselbe Haß, der ihn, Paolo, jetzt erfüllte. Dieser Haß schmiedete sie zusammen, und zusammen würden sie Herrn da Ponte begegnen, um ihn in seine Grenzen zu weisen!

Unruhig und aufgebracht schlich Paolo in das dunkle Palais. Als er an Johannas Zimmer vorbeikam, lauschte er einen Moment. Nein, es war nichts zu hören, sie schlief, sie hatte nicht vor, den Avancen dieses Trunkenboldes zu folgen! Lautlos ging er weiter, betrat sein eigenes Zimmer und zog sich aus. Johanna und er gehörten zusammen, sie gehörten zusammen ... – das waren zwar richtige, aber doch unreife Gedanken, denn er, Paolo, war doch viel zu ungeschickt für das Werben. Am einfachsten wäre gewesen, er hätte mit ein paar Tönen werben können, indem er sein Horn an den Mund setzte, eine Hand in den Trichter führte und dem Instrument mit seinem Mund und einigen wenigen Kunstgriffen der Hand jene Klänge entlockte, die angeblich selbst die wildesten Tiere zur Ruhe brachten.

Là ci darem la mano … – das hätte er gespielt, denn er hätte darin das Lieben gefunden, die Unruhe und ein wenig das im voraus geahnte Glück. Là ci darem … – das leise, versteckte Klopfen des Herzens, das Zittern, die Ungeduld. Là ci darem … – ach, jetzt hörte er diese Musik, sie spielte in seinem Kopf, wie ein Zauber und ließ ihm keine Ruhe.

Nein, an Schlaf war nicht zu denken, er sah ja zugleich auch Johannas Bild, als gaukelte ihm die Kopfmusik ihre Erscheinung vor, ihre ja gar nicht so weit entfernte Erscheinung. Er trat ans Fenster, aber die Töne spazierten nicht hinaus in das Dunkel, nein, unaufhörlich kreisten sie nun in ihm, als wollten sie ihn zum Tanzen bringen, zur Bewegung, oder als wollten sie für ihn aufspielen, um ihm das Werben so zu erleichtern.

Là ci darem … – da gab er den Tönen endlich nach und schlich wieder hinaus auf den Gang, er tappte den langen Flur entlang und blieb erneut vor Johannas Zimmer stehen. Noch einmal horchte er, nein, es war noch immer nichts zu hören, sie schlief. Là ci darem … – er drückte den Türgriff sehr langsam herunter und glitt fast lautlos hinein. Dort lag sie, sie drehte ihm den Rücken zu, ja, sie schlief, kein Gedanke an einen Herrn da Ponte, nichts, sie lag ein wenig in sich zusammengekrümmt da, als schliefe sie so schon seit Stunden …

Johanna aber lauschte. Gerade erst hatte sie sich ins Bett gelegt, nachdem sie Anna Maria noch hinaufbegleitet hatte, ins Damenstift. Wie lange hatte sie auf die Gräfin gewartet, eingehüllt in den schweren, schwarzen Mantel, unbeweglich in dem nur schwach erleuchteten Kirchlein vor einem Gnadenbild sitzend! Sie hatte sich gefürchtet und sich Vorwürfe gemacht, daß sie die Gräfin allein hatte davongehen lassen, sie hatte den Rosenkranz gebetet, unermüdlich, und längst für möglich gehalten, daß der Frau Gräfin etwas zugestoßen war.

Denn erst nach einigen Stunden war sie wieder erschienen, außer Atem, ohne lange Erklärungen. Sie hatte nur zugegeben, sich verlaufen zu haben, sie hatte etwas von einer Weinschenke an der Moldau geflüstert und von einem Notenschreiber, mit dem sie sich darüber unterhalten habe, wie schwierig es doch sei, die Noten des Herrn Mozart zu entziffern, doch das alles waren wohl nur Geschichten gewesen, die sie sich ausgedacht hatte, um sie, Johanna, ein wenig zu beruhigen. Was hätte sie denn tun können, wenn die Frau Gräfin nicht mehr erschienen wäre? An wen hätte sie sich wenden sollen? Hätte sie zugeben müssen, die Mitwisserin in einem Spiel zu sein, auf das sie sich nie hätte einlassen dürfen?

Spät, viel zu spät war sie heimgekommen, sie hatte sich rasch im Dunkeln entkleidet und ins Bett gelegt, doch sie konnte nicht schlafen, noch immer gingen ihr all diese Gedanken durch den Kopf, die sie so aufgewühlt hatten.

Und nun noch diese Schritte nahe der Tür! Hatte jemand mitbekommen, daß sie so spät ins Palais zurückgekehrt war, oder wollte sich jemand überzeugen, daß sie sich in ihrem Zimmer befand und jetzt schlief? Wer aber konnte das sein, zu wem gehörten diese nackten Füße, die sich so vorsichtig über den kühlen Steinboden bewegten? Am besten, sie stellte sich weiter schlafend, während die Schritte näher kamen, ja, wahrhaftig, es waren tastende, aber entschlossene Schritte, nirgends verweilend, sie kamen geradewegs auf das Bett zu. Madonna! Jetzt ängstigte sie sich in einer einzigen Nacht so sehr wie noch nie in ihrem ganzen bisherigen Leben! Sich nicht umdrehen, den Körper schwer machen und steif, langsam und ruhig zu atmen versuchen!

Jetzt wurde das Laken einen Spalt geöffnet, sie spürte einen warmen, weichen und geschmeidigen Körper, der sich zu ihr legte, langsam schmiegte er sich in die Krümmung ihres Rückens, sehr langsam, als wollte er diese Krümmung ganz ausfüllen wie eine leere Form. Es war angenehm und beruhigend, diese Berührung zu spüren, es war, als überrollte sie ein großer, die Schwingen ausbreitender Vogel, so daß sich ihr Körper wie von selbst entspannte und ihr Mund sich öffnete.

Sie glaubte, schneller zu atmen, doch wahrscheinlich war das eine Täuschung, jedenfalls bemühte sie sich, ihre Lage nicht zu verändern, während eine Hand sich allmählich auf ihren Bauch schob und an ihm hinauffuhr, sie spürte den fremden Atem jetzt in ihrem Nacken, eine Zunge, die seine Rundung benetzte, so daß sie unwillkürlich selbst die Lippen mit ihrer eigenen Zunge umspielte, als müßte sie es dem Fremden nun gleichtun.

Er küßte sie, ja, er hatte angefangen, ihren Nacken mit immer heftiger werdenden Küssen zu umkreisen, und als sie seine Hand jetzt kräftiger spürte, die weiter den Bauch hinaufwanderte, wußte sie plötzlich ganz sicher, daß es Paolo war, Paolo, der Schüchterne, Schweigsame, der von dem, was er hier gerade tat, nie gewagt hätte zu sprechen. Die Gewißheit beruhigte sie so, daß sie sich ganz entspannte, sie atmete jetzt heftiger und drehte sich langsam zu ihm, so daß sich plötzlich ihre Lippen begegneten, weiche und von dieser Weichheit überraschte und heftiger nachfassende Lippen, wie Fischmäuler, die nach Luft schnappten und schließlich nicht mehr voneinander ließen, aneinandergeschmiedet wie zwei fremde, jetzt aber endlich zusammengewachsene Wesen.

Ja, jetzt bewegten sie sich zusammen, sie spürte den fester werdenden Druck seiner Hände auf ihrem Rücken, langsam hatte er sich auf sie gelegt, es kam ihr so leicht vor und schön wie sein Spiel, wie seine Musik, wie dieses Ständchen am Nachmittag, das er Herrn Mozart aus dem Theater gestohlen hatte und das jetzt vielleicht in ihm pochte, diese Unruhe, dieses Zittern, Paolo, ja, dieses Spiel.

Sie atmete jetzt beinahe zu rasch für diesen Klang, langsamer, langsam, jetzt, ja, jetzt hatte sie den Takt wohl gefunden, wie hatte es geheißen, là ci Barem …, ja, das war es gewesen, ja, là … ci, là … ci: … andiam …, andiam …, mio bene, andiam …, andiam …, mio bene …

Für einige Sekunden lagen sie unbeweglich. Dann spürte sie, wie Paolo sich fast lautlos, ohne ein Wort zu verlieren, zurückzog. Sie hörte seine leiser werdenden, sich entfernenden Schritte, das Klicken der Tür, und als sie ihr Laken wieder zurechtzog und weit über sich breitete wie ein schützendes Zelt, war ihr, als habe sie nur ein Windhauch besucht.

16

Am frühen Abend war sie ausgegangen, in Begleitung des schweigsamen Stubenmädchens. Sie hatte den kurzen Weg vom Hotel hinüber zum Theater gewählt, nicht mehr als einige Minuten. Sie hatte ihn überraschen und von den Proben abholen wollen, aber er war – nach Auskunft Lorenzo da Pontes, der sich einige höhnische Bemerkungen nicht hatte verkneifen können – an diesem Abend früher aus dem Theater verschwunden als sonst. Wohin aber, wohin?

Niemand hatte ihr Auskunft geben können, er war verschwunden, wie er eben immer wieder einmal verschwand in diesen unruhigen Prager Tagen, wortlos, ohne eine Nachricht zu hinterlassen. Enttäuscht hatte sie sich auf den Rückweg gemacht, und diese Enttäuschung hatte wohl beigetragen zur Verschlechterung ihres Zustandes, denn unter den Arkaden am Kohlmarkt war ihr übel geworden. Das Stubenmädchen hatte sie gestützt und wieder hinauf, auf das Hotelzimmer, geführt. Der Wirt hatte den Arzt kommen lassen, und sie hatte sich einige bittere Ermahnungen anhören müssen darüber, wie unvernünftig und lebensgefährlich es sei, sich in ihrem Zustand, als Hochschwangere, auf einen solchen Weg zu begeben. Die Blutungen, ja, die Blutungen hatten wieder eingesetzt, sie hatte sich hingelegt, unbeweglich hatte sie in die Nacht hinein gelegen, schlaflos und doch so erschöpft.

Er aber sollte von alldem nichts erfahren, auf keinen Fall! Keine Sorgen, nur Freude wollte sie ihm machen. Wo er bloß blieb? Meist versteckte er sich, wie er es ja auch in Wien häufig tat, in irgendeiner Spelunke, spielte Billard, legte sich die Karten und zerstreute sich, ohne von jemand erkannt zu werden. Ja, sie verstand das, sie wußte genau, warum er so gern Billard spielte und sich notfalls auch allein die Karten legte. Weil er spielen konnte und insgeheim doch andren Gedanken nachgehen, vielen andren Gedanken, mehreren gleichzeitig, denn so sah es in seinem Kopf aus, alles zugleich, immer mehreres über- und durcheinander, es war der munterste Kopf, den sie kannte, und niemand ahnte so genau wie sie, wie es um diesen munteren Kopf bestellt war.

Er spielte Billard, und plötzlich schlich sich die Musik in sein Spiel, er summte vor sich hin, und es überwog wieder das Billard, das Pochen der Kugeln, der feine Klang, wenn sie gegeneinanderstießen, tack-tock, und dann war es eben doch wieder Musik, tack-tock, und er pfiff es vor sich hin, nur ganz anders, verwandelt, während er schon wieder Neues ausbrütete und längst an etwas anderes dachte als an ein paar müde Noten.

Ineinander, durcheinander – deshalb machte es solchen Spaß, mit ihm zu leben, jeder Tag hatte etwas von diesem Chaos, dann aber ordnete sich manchmal alles für ein paar Minuten oder sogar für eine Stunde, wie in seinen Stücken und Kompositionen, wo die vielen Noten anrückten und manchmal glückstrunken auf die Knie fielen, um einer strahlenden Melodie zu weichen, daß alles aufgehoben war in diesem Singen!

Nein, er war kein Mensch, der viel klagte, und auch das liebte sie so an ihm, daß er einer der wenigen Menschen war, die nicht klagen konnten, nicht rechnen, zählen, abwägen, sich mokieren, obwohl er doch allen Grund gehabt hätte, dem Schicksal oder Gott gram zu sein, Gott, der ihn mit Wundergaben überschüttet und ihn dann im Stich gelassen hatte, so daß er von seinem hohen Kinderthron, dem höchsten Europas, heruntergestürzt war in die Wiener Vorstadt, wo sie sich kaum noch eine Dienerin leisten konnten.

Trotz alledem, trotz dieses niederschmetternden Sturzes, der andere Menschen zerbrochen hätte, hatte er niemals geklagt, sondern – auch ihr gegenüber – weiter den Eindruck eines ungebrochenen, lebenslustigen Menschen gemacht, von dem doch jeder ahnte, daß ihn die Schulden plagen mußten. Er aber hatte mit ihr nie allzu lange von diesen Schulden gesprochen, sondern nur so getan, als handle es sich um eine vorüberziehende Trübung des Himmels, die sich natürlich bald in ein strahlendes Blau auflösen werde.

Manchmal hatte sie ihn deshalb im Verdacht, daß er Gott herausforderte, ja. Sie hatte noch mit niemandem darüber gesprochen, aber insgeheim glaubte sie oft, daß er es darauf angelegt hatte, mit seinem Gott, von dem er doch niemals sprach, einen Kampf auszutragen, einen verborgenen, niemand einsichtigen und doch schrecklichen Kampf darum, ob es ihm trotz aller Rückschläge – oder vielleicht sogar ihretwegen – gelinge, die schönste Musik überhaupt zu schreiben.

Schon recht, das alles war undurchsichtig und schwer zu erklären, mit anderen konnte sie darüber nicht reden, aber sie machte sich doch ununterbrochen so ihre Gedanken, obwohl er sie ihrer klaren, klugen und andren Gedanken wegen lobte, der Gedanken, die aufpaßten auf sein Geld, seinen Hausstand, die Wohnung, die Kinder. Davon verstand sie genug, aber sie glaubte auch viel von dem zu verstehen, was in ihm vorging, daß er nämlich seine Sorgen nie allzu dicht an sein Herz ließ, daß er sich mühte, dies Herz ganz frei zu halten, manchmal sogar frei von der Musik, so daß er es ausführte zum Billardspiel oder zum Kartenlegen.

Herr da Ponte war längst in sein Zimmer gegangen, sie hatte das Licht dort gesehen und genau registriert, als es gelöscht worden war. So einer hatte andre Qualitäten als er, so einer beherrschte das Antichambrieren, war immer auf seinen Vorteil bedacht, knüpfte Intrigen und hörte sich laufend um, welche Wirkung er auf andere machte! Aber das konnte er nicht, er nicht!

Er war nämlich in seine Sachen vernarrt, und dieses Vernarrtsein verschaffte ihm seinen ewigen Übermut und all die wilden Launen, die er zwischen sich und die Menschen hielt, damit ein Abstand da war und sie ihn nicht immerzu ansprachen auf seine Arbeit!

Jetzt aber spitzte der verborgene Kampf sich wohl zu, das ahnte sie ganz genau. Diese Oper, die er jetzt schrieb, auf die setzte er alles! Wenn er nicht gewinnen würde, würden sie nach England aufbrechen, für immer fort von Wien. Sie würden die Kinder zurücklassen müssen, den kleinen Karl und das Mädchen, das sie bald gebären würde, denn, ja, auch das ahnte sie sehr genau, daß es ein Mädchen sein würde. Sie würden es, weil er seine Schwester so insgeheim liebte und weiterliebte, ohne auch darüber je ein Wort zu verlieren, Maria Anna taufen, so hatte sie es längst für sie beide beschlossen, ohne daß er es wußte. Wenn sie diesen Namen nennen würde, würde er lachen, als habe er selbst diesen guten Einfall gehabt, dabei war genau das eben ein Einfall, der ihm niemals gekommen wäre, obwohl er doch, wie er gesagt hätte, ›neben der Tür‹ lag.

Solche Einfälle ›neben der Tür‹, die schätzte er eben deshalb, weil sie ihm niemals kamen, manchmal behauptete er, die besten Einfälle von Librettisten wären solche Einfälle direkt ›neben der Tür‹, dann hatten ihn alle, einschließlich Herr Lorenzo da Ponte, nur entgeistert angeschaut in der Vermutung, er wollte wieder einen Spaß mit ihnen machen.

Jetzt aber war ihm vielleicht kaum noch nach spaßen zumute, obwohl er noch immer jeden Morgen so aufstand, als habe er nichts zu befürchten. Sie aber hatte inzwischen längst Angst um ihn, denn sie verstand, ehrlich gesagt, nicht, wie er es anstellte, seine Ruhe noch zu bewahren. Sie wußte doch, daß er nicht vorankam in der Komposition, daß die Tage mit den langen und lästigen Proben zerrannen, daß ihm manche Stelle des Texts nicht behagte und daß er in all dem Ineinander und Durcheinander auch die dunklen Gedanken noch horten mußte, die an den Tod seines Vaters, an die Schulden, die Wiener Vorstadt, das kaltferne England, sein zweites, bald zur Welt kommendes Kind.

Er aber stand am Morgen früh auf, küßte sie, pfiff und summte irgendwas vor sich hin, trank eine Tasse Kaffee, trank auch zwei, setzte sich ans Fenster, schaute hinüber zum Fenster Lorenzo da Pontes, tat, als habe er alle Zeit der Welt, trank mit ihr eine Schokolade, sah, daß Herr da Ponte ebenfalls aufgestanden war, und sprang hinüber zu ihm, denn er hatte die ganze Zeit nichts andres getan, als einen einzigen Einfall, etwas, das er da Ponte sofort mitteilen mußte, in seinem Kopf zu hüten wie in einem Bienenkorb.

Jetzt, jetzt, ja, das war er, jetzt kam er zurück, stille-stille, die Augen geschlossen! Seine Schnallenschuhe klapperten so, ah, er streifte sie gleich aus, noch an der Tür! Jetzt ging er ans Fenster, langsam, er war müde, ja, doch, natürlich war er müde, aber er würde es nicht zugeben, wenn sie ihn jetzt fragen könnte. Und nun? Er kratzte sich, er stand vor dem Fenster und kratzte sich, ja, er mochte dieses weiße Hemd gar nicht gern, jetzt streifte er es mit einem Ruck über den Kopf, während die andre Hand schon die Hose lockerte, die …, ja, jetzt auf den Boden fiel, tock.

Stand er nun etwa nackt vor dem Fenster, ja, wirklich? Aber warum? Warum stand er noch da? Dachte er nach? Sie hätte zu gern einen Blick auf ihn geworfen, wie er jetzt nackt vor dem Fenster stand, sich von einem Bein auf das andre wiegte, daß die Dielen leicht knarrten.

Herrgott, warum legte er sich nicht endlich zu ihr ins Bett, Herrgott, was gab es denn tief nach Mitternacht noch dort zu stehen? Sie öffnete das rechte Auge einen kleinen Spalt und erkannte ihn deutlich, ja, wie sie gedacht hatte, er stand nackt dort am Fenster und stützte beide Hände aufs Brett, er starrte hinaus, auf die menschenleere, dunkle Straße, regungslos, was starrte er denn so hinaus?

Am liebsten wäre sie aufgesprungen, um ihn zu umarmen, aber er stand so da, als brauchte er auch diese Minuten noch, um zur Besinnung zu kommen. Seine Kleider waren übel verstunken, sie roch es bis hierher, bis zum Bett, und er stand noch immer so da, als sei er erstarrt.

Also doch, ja, es war ja bis hierhin zu spüren. Es war die Furcht, die ihn so starr werden ließ, ja, das war die Furcht, sie pochte dunkel in ihm, und er dachte wohl fieberhaft darüber nach, wie er hinausfinden könnte, in die Freiheit. Die Freiheit, ja, die war vielleicht ganz dort draußen zu finden, in Josepha Duscheks Landhaus, wo er einen Platz gefunden hätte zum Komponieren und Schreiben, dazu aber noch eine Josepha dazu, eine gefährliche und intrigante Person, die, da könnte sie wetten, alles daran setzen würde, sich ihm zu nähern.

Zu nähern?! War das ihr Ernst? Würde Josepha Duschek wahrhaftig alles daran setzen, sich ihm zu nähern? Zu nähern ... – was bedeutete das? Was konnte es denn schon bedeuten? Er hatte keinen Sinn für solche Annäherungen, jedenfalls jetzt nicht, nein, aber nein, jetzt doch nicht, jetzt nicht! Eine Frau wie Josepha, die würde ihm sonst schon gefallen, aber nicht jetzt, nicht in diesen Tagen, in denen es darauf ankam, daß er sein Lebensmeisterstück schrieb im Kampf gegen seinen unbarmherzigen Gott, der so viel von ihm verlangte!

Sie dachte kleinlich und gering, wenn sie ihn verdächtigte, Josephas Annäherungen, mochte es sie denn überhaupt geben, zu erliegen. Im Grunde stellte sie sich seiner Arbeit ja sogar entgegen, ja, sie ließ ihn hier am Fenster stehen, nackt, grübelnd, sie ließ zu, daß er darüber nachdachte, wie er sie davon überzeugen könnte, daß es für ihn allerhöchste Zeit sei, aus der Stadt hinaus in die Weinberge, in Josephas Lust-, nein, in ihr Landhaus zu fahren.

War sie nicht nach Prag mitgereist, um ihm zu helfen, ihm beizustehen? Aus keinem andren Grund war sie mitgefahren, jawohl, mochte Herr da Ponte auch behaupten, sie spiele hier die Polizei, sie bewache ihn, daß er nicht frei herumlaufe. Sie würde Herrn da Ponte schon noch beweisen, wie sie absehen konnte von ihren kleinen Befürchtungen und Ängsten, indem sie sich, ja, indem sie sich zum Beispiel willens, ja, willens zeigte, ihn, Mozart, hinausziehen zu lassen in das Lusthaus dieser Madam!

Sie lächelte, als wäre sie zufrieden mit dem Ergebnis ihrer Überlegungen. Sie öffnete jetzt beide Augen und schaute ihm auf den Rücken, wie er noch immer am Fenster stand und ins Dunkel starrte. Erst als er sich plötzlich umdrehte, stellte sie sich schnell wieder schlafend. Jetzt tappte er zu ihr, tack, tack, tock, jetzt hatte er sich an der Bettkante gestoßen, jetzt legte er sich, leise seufzend, zu ihr, jetzt gab er ihr, ja, er gab ihr einen heimlichen Kuß, stille-stille, gut Nacht, und jetzt öffnete sich ihr Mund, als wollte sie es ihm gleichtun, stille-stille, gut Nacht!

Dritter Teil

17

Am späten Morgen nahm Mozart die Kutsche hinaus zu Josepha Duscheks Landgut. Er überquerte die Moldau, fuhr durch eine schöne, immer ländlicher werdende Gegend und erreichte das in den Weinbergen der Vorstadt Smichov gelegene Gut nach kaum einer halben Stunde. Die Kutsche fuhr durch ein großes Tor in das von hohen Mauern umgebene Gelände und erreichte schließlich einen fast ovalen Hof, wo sich sofort eine Schar von Dienern einfand, um das Gepäck abzuladen.

Man hatte Josepha schon in der Früh eine Nachricht zukommen lassen, sie ging ihm, kaum daß die Kutsche eingetroffen war, mit ausgebreiteten Armen entgegen. Sie trug ein hellblaues, faltenreiches Kleid und um den Hals ein rosafarbenes Tuch, das sie noch über die rechte Schulter geworfen hatte, so daß es Schulter und Rücken kunstvoll drapierte.

Sie umarmten sich, dann führte sie ihn die breite Freitreppe hinauf in das obere Stockwerk, wo eine junge Dienerin neben den geöffneten Flügeltüren des Salons bereitstand und ihn mit einem Blumenstrauß begrüßte. Er bedankte sich herzlich und betrat die hellen, festlich geschmückten Räume, die er auf den ersten Blick kaum wiedererkannte. Hier, in diesen Räumen, sollte er schon einmal gewesen sein?

Sie hängte sich wie eine gute Freundin bei ihm ein, und während sie langsam durch die Zimmer gingen, begann sie plötzlich von diesem Gut zu erzählen, nämlich daß sie den Erwerb vor einigen Jahren einer Erbschaft verdanke und daß sie das vernachlässigte Anwesen mit dem großen Garten zu einem Zufluchtsort gemacht habe, wo sie mit ausgewählten Freundinnen und Freunden verkehre. Wenn sie das Leben in der Stadt nicht mehr ertrage, wenn es ihr lästig werde und schal, dann fahre sie für einige Tage hinaus, und meist komme sie gestärkt hierher zurück.

Mozart aber hörte ihr, obwohl er sich aufmerksam gab, nachfragte und häufig nickte, kaum zu. Schon beim ersten Aufenthalt hier hatte sie von ihrem »Zufluchtsort« gesprochen, es war kein Wort, das er besonders mochte, auch die Reden von den Einladungen der Freundinnen und Freunde hätte er am liebsten jetzt nicht noch einmal gehört.

Warum fing Josepha also wieder davon an? Wußte sie nicht, was man sich von diesem Haus erzählte? Und was sollte das mit der Erbschaft, wo doch alle wußten, daß sie das Haus schon Jahre vor dieser immer wieder erwähnten Erbschaft erworben hatte? Das alles sollte ihn jetzt aber nicht weiter beschäftigen. Die Räume jedenfalls sahen so festlich und hell aus, daß er hier gut würde arbeiten können, ja, noch mehr, sie erweckten den Anschein, als wären sie nur für diesen einzigen Zweck eingerichtet worden. Der Salon, das Musikzimmer, sogar ein Schlafzimmer – es waren Räume, die höchstens zwei Menschen aufnehmen konnten, private, intime Räume, die helleren lagen zum Hof hin, das Schlafzimmer grenzte an einen steil ansteigenden Weinberg.

Da alle Zimmer im oberen Stockwerk lagen, konnte niemand sie einsehen, nein, niemand konnte ihn hier belauschen oder überraschen, wahrhaftig, es war ein idealer Platz, um allein und doch gut versorgt zu sein. Wo aber würde Josepha sich aufhalten? Unmöglich doch gerade hier, in diesen Räumen? Er wagte nicht, sie danach zu fragen, zumal sie noch immer von der Anschaffung des Guts sprach, als müßte sie alle Zweifel mit vielen ausführlichen Worten wegreden.

Er aber schaute sich um. Überall Blumensträuße, im Kamin flackerte das Feuer, im Salon die Karaffen mit Wein, Likör und Wasser, es war beinahe so, als käme nicht ein Gast zu Besuch, sondern der Hausherr nach Haus. Das Ganze hatte etwas von Zauberei, als habe das alles hier nur auf ihn gewartet und als finde es mit diesem Aufenthalt seine Erfüllung.

Er schüttelte den Kopf, um diese Gedanken zu vertreiben, und war froh, daß sie ihn jetzt mit hinaus in den Garten nahm. Die kleinen Wege verliefen einen steilen Abhang hinauf, Obstbäume, Büsche und Hecken ließen sie immer wieder unsichtbar werden, es handelte sich um ein unübersichtliches, großes Gelände mit vielen Bänken und versteckten Aussichtsterrassen. Josepha hatte sich wieder bei ihm eingehängt, sie redete ununterbrochen, mit einer festen, beinahe tremolierenden Stimme, als wollte sie ihn einhüllen und einbetten in diese Wolken von Worten.

»Als wir das Gut hier erwarben, gab es diesen Garten noch nicht. Man hatte die Obstbäume jahrelang nicht beschnitten, das Gras stand kniehoch, die nicht geernteten, vermoderten Früchte lagen in dichten Haufen, fast aufeinandergetürmt, unter den Bäumen. Gehen wir noch ein wenig weiter hinauf!«

Als sei sie bereits vom Anstieg erhitzt, begann sie, sich aus dem Halstuch zu winden. Sie drehte den Kopf etwas kokett und nahm das Tuch dann wie eine kleine Fahne in die Rechte, mit der sie dann und wann in die Gegend winkte. Erst jetzt sah er, daß ihre Schultern beinahe frei waren, das Kleid hatte einen schmalen, aber tiefen Ausschnitt, er bemühte sich, darauf nicht zu achten, während sie langsam höher stiegen.

»Schau her, hier sitze ich wohl am liebsten, wenn man den

Pavillon hoch oben ausnimmt, und meist sitze ich hier auch allein. Hier geht mir so mancherlei durch den Kopf, ja, lach nur, schließlich bin ich auch nicht mehr die jüngste. Vierunddreißig, ist das ein Alter? Ja, das ist es, warte nur ab, schließlich bist Du kaum drei Jahre jünger. Constanze, ja, die hat es noch vor sich, das Älterwerden und Grübeln, wie alt ist sie doch gleich, fünfundzwanzig, nicht wahr? Ich sitze hier und überlege, hast Du alles richtig gemacht in Deinem Leben, ist alles so, wie Du es Dir einmal vorgestellt und erträumt hast? Dieses Gut ist ein Traum, nun gut, es ist wohl mein Traum geworden, aber ich habe auch noch ein anderes Leben. Du kennst Franz, er ist ein guter, herzensguter Mann, der aber doch nicht verheimlichen kann, daß er zweiundzwanzig Jahre älter ist. Was haben die Leute sich darüber den Kopf zerbrochen, was haben sie gelästert: Sie hat ihren Lehrer geheiratet, sie hat ihn um den Finger gewickelt, um eine glänzende Laufbahn einzuschlagen und von seinem mühsam erwirtschafteten Geld zu leben! Ja, ich habe meinen Lehrer geheiratet, Du weißt selbst, daß Franz ein ganz ausgezeichneter Lehrer ist, warum sollte ich einen solchen Menschen, den ich verehrte und schätzte, nicht heiraten? Einer glänzenden Laufbahn wegen jedenfalls nicht! Du weißt, wie selten ich auftrete, hier in Prag singe ich ein-, zweimal im Jahr, und ich gastiere noch seltener in der Fremde. Ich habe mir vorgenommen, meinem Publikum nur das Beste zu bieten, und das kann ich nicht, wenn ich alle paar Tage auftrete und mir vor lauter Ehrgeiz die Stimme ruiniere. Und das mühsam erwirtschaftete Geld? Auch damit ist es nichts, denn meine Erbschaft hat mich selbständig gemacht, Franz kann sein Geld für sich behalten, ich lasse es ihm, ja, ich habe, aber das nur im Vertrauen, nur unter uns, sogar mehr als er jemals erwirtschaften wird mit seinem Unterricht, seinen Kompositionen und den wenigen Auftritten, die auch er auf dem Klavier sich gestattet. Ich sagte schon, er ist gut, herzensgut, aber er ist auf dem Land groß geworden, er war ein einfacher Bauernjunge, den ein edelmütiger Gönner und Graf studieren ließ, und diese ländliche, einfache Herkunft, die hängt ihm noch an. Ich spreche niemals davon, ich würde ihn nie ansprechen darauf, aber seine Herkunft hat ihm eine gewisse Schlichtheit verliehen, was rede ich, Du weißt, was ich meine, eine ehrliche, aber geradlinige Schlichtheit, die sich meinen Träumen verweigert, leider auch diesem Traum. Er gehört einfach nicht hierher, Du hast es bemerkt, als wir zusammen hier waren. Er fühlt sich nicht wohl, er verläßt das Haus, kaum daß er es betreten hat und verläuft sich in diesem Gelände, in diesem, gib es zu, herrlichen Garten, aus dem er einen einzigen Weinberg machen wollte, einen Weinberg! Nun sag, gibt es hier nicht Weinberge genug, Obstgärten und Weinberge, Weinberge und Obstgärten? Leiden wir einen Mangel an Früchten und Wein? Es war der Bauernsohn, der in ihm durchschlug, als er den Hang sah und das weite Gelände, am liebsten hätte er es umpflügen lassen, um zwischen die Rebstöcke noch Weizen und Gerste zu säen! Verstehst Du nun, worüber ich nachdenke? Verstehst Du, warum ich hier oft sehr allein bin?«

Es fiel ihm noch immer schwer zuzuhören, und es wollten ihm einfach keine passenden Worte einfallen, um diesen Redestrom zu durchbrechen. Statt dessen hatte er inzwischen bemerkt, daß nicht alle Knöpfe ihre Kleides geschlossen waren, nein, unterhalb des Busens war ein einzelner Knopf in der langen Reihe nicht geschlossen, und auch etwas weiter unterhalb erkannte er einen nicht geschlossenen Knopf, es war gar nicht leicht, diese Knöpfe nicht zu beachten, hatte sie wirklich vergessen, diese Knöpfe zu schließen oder hatten diese nicht geschlossenen Knöpfe irgendeine Bedeutung? Knöpfe in Köpfen verknöpften die Köpfe.

»Ich wehre mich gegen die Melancholie, ich hasse sie, aber manchmal ist dies hier ein sehr melancholischer Ort. Findest

Du nicht auch, er hat etwas Entrücktes, Inselhaftes, als wäre er nur für die Wenigen bestimmt, die, sagen wir, noch mehr von der Erde verlangen als Obstgärten und Weinberge? Deshalb bin ich froh, daß Du hier bist. Du verstehst mich, ja, wir haben uns immer verstanden, seit wir uns kennenlernten, vor, wie lange ist's her, etwa zehn Jahren. Weißt Du, daß ich keinen besseren Freund habe als Dich? Und weißt Du, wie oft ich an Dich denke und immer gedacht habe? Und jetzt bist Du hier, jetzt sind wir hier ganz allein! Was habe ich mir andres gewünscht?«

Er dachte verzweifelt darüber nach, wie er sie von diesen Gedanken abbringen könnte, irgend etwas gefiel ihm nicht an diesen herzlichen Worten, etwas Drängendes, viel zu Bestimmtes war ihnen beigemischt, hätte er sie jetzt dirigieren dürfen, hätte er ihr ein Diminuendo empfohlen. Und diese Knöpfe! Und was wedelte sie immerzu mit ihrem Tuch in der Landschaft herum? Sie würde sich noch erkälten, so frei waren ihre leicht geröteten Schultern und der mit den Jahren vielleicht etwas zu dick geratene Hals, den das Tuch gut verborgen hätte, genau dazu war es doch wohl bestimmt.

Sie erreichten jetzt den hoch gelegenen Pavillon, ein leichter Wind wehte hier, sie ließ das Halstuch flattern und tat ganz begeistert, als machte es ihr nichts aus, daß ihr der Wind durch die Haare fuhr, ja, als seien die vielen Knöpfe ihres Kleides nur dazu da, von einem Windstoß geöffnet zu werden. Jedenfalls stellte er fest, daß zwei weitere Knöpfe nun offenstanden, wie brachte sie es nur fertig, daß die Knöpfe wie von selbst aufsprangen?

Sie zog ihn in den Pavillon, und er sah, daß ein kleiner Tisch festlich gedeckt war. Mein Gott, er wollte jetzt nicht mit ihr speisen, das würde gut und gern drei Stunden dauern, drei kostbare Stunden, vertan mit langen Reden über Melancholie, einsame Güter, Ehemänner und fatale Galane. Andererseits würde er es ihr auch nicht abschlagen können, schließlich war sie die Gastgeberin, die aber doch wohl ein Gespür dafür haben mußte, wie sehr er sich jetzt danach sehnte, in Ruhe ein paar Noten zu schreiben.

Immerhin war sie nun einen Augenblick still, denn sie tat so, als betrachtete sie überwältigt die Landschaft, die herrliche Weite, ja, Himmelherrgott, diese endlose, in der Ferne hügelige Landschaft, zweifellos ein Anblick, dem viele Menschen etwas abgewinnen würden, nur er nicht, jetzt nicht, und auch in andren Momenten meist nicht. Nein, zum Teufel nein, er mißtraute diesen Landschaftsanbetern, die bei solchen Ausblicken erstarrten, solche Bilder machten ihn unruhig, warum auch immer. Sie verlangten ihm Worte ab und erpreßten sein Herz, da lief er am liebsten gleich, stante pede, davon und begab sich ins Tal, in ein Versteck, in irgendein fensterloses Mauseloch, das war ihm noch lieber als diese Weite des Himmels und das ganze Reden von der Erhabenheit der Natur.

»Jetzt, wo Du hier bist, geht mein Traum also erst in Erfüllung, freilich muß ich Dich bitten, daß auch Du Deinen Teil dazu beiträgst, ganz ohne Deine Hilfe wird es nichts werden mit dem vollkommenen Glück. Ich will es Dir nicht verschweigen, nein, und ich will Dich gleich jetzt, nach Deiner Ankunft, darum bitten.«

Sechs Knöpfe geöffnet, das war ein Zauber. Und das Tuch hatte sie inzwischen vergessen. Sie hatte jetzt etwas Kraftvolles, beinahe Wildes, eine wie sie wäre eine gute Donna Anna gewesen. Sie hätte Don Juan einfach verspeist, sie hätte ihn in ihren Hexensalon geladen und lebendig gebraten, alle ihre Knöpfe hätte er vorher speisen müssen und ein Loblied krächzen auf die Weite der Landschaft. Oder sie hätte ihn auf ihren Diwan geworfen, mit einem Stoß, und ihm Gewalt angetan, ohne daß er noch Zeit gehabt hätte, ihre Knöpfe zu öffnen, die wären von ihrer puren Lust einfach zersprungen … Aber was dachte er da? Sie reizte ihn, die ganze Zeit reizte sie ihn, und er hatte keinen Appetit auf dieses Reizen. Sie führte ihn wie Kirke auf eine Insel, doch er wollte nicht schlummern und ausruhen an ihren knopflosen Miedern. Selbst nicht einmal nachdenken wollte er darüber, und er wollte sie auch nicht beglücken, nein, ihr vollkommenes Glück interessierte ihn grad jetzt ganz und gar nicht, um was auch immer es sich handelte, er war nicht der Mensch, es jetzt in Szene zu setzen.

Sie schien zu bemerken, daß er etwas Abwehrendes antworten wollte, denn sie kam ihm mit einer großzügig tuenden, wegwerfenden Geste zuvor: »Aber ja doch, ich weiß, Du mußt schreiben. Ich bin dazu da, Dir diesen Traum zu erfüllen, dieses Haus hat all die Jahre nur darauf gewartet, ich habe es für diesen Zweck gekauft, das weiß ich jetzt. Ich werde dafür sorgen, daß Du ungestört bist, hier sollst Du Deine Oper vollenden. Deine Oper – sie ist das Meisterwerk für die Welt. Was ich von Dir verlange, ist aber viel mehr. Ich möchte, daß Du etwas für mich schreibst, nur für mich! Eine Arie, einen großen, dramatischen Gesang, nur für mich! Ich werde ihn als erste singen, und jede Note wird handeln von unserer Freundschaft! Das ist es, was ich von Dir verlange, ich weiß, es ist das größte Geschenk, das ich fordern dürfte, aber Josepha Duschek lebt nicht auf dieser Erde, um sich mit Obstbäumen und Weingärten beschenken zu lassen.«

Das war es also, ein Stück, eine Arie, ja mein Gott, das würde er ihr jetzt natürlich versprechen! Alle Noten der Welt in weiter, hügeliger Zukunft würde er ihr versprechen, wenn sie ihn endlich arbeiten ließe! Sie neidete den Sängerinnen des Ensembles natürlich ihr Glück, darauf hätte er gleich kommen können! In Prag war sie schließlich die Primadonna, und da drohten ihr drei Italienerinnen den Rang streitig zu machen! Das ließ ihre Knöpfe springen und ihre Schals flattern, das machte sie zu einer Furie, der selbst Don Juan nicht gewachsen gewesen wäre.

Er ließ sich hinreißen, sie zu umarmen, und sie war beinahe erschrocken über diese unerwartete Geste. Erleichtert versprach er, nach Vollendung der Oper noch etwas für sie zu schreiben, und zwar hier oben, in diesem Pavillon. Die Erde, sagte er, solle ihm zu Füßen liegen, während er dieses Stück schreibe, so wie er ihr zu Füßen liege, mit diesem Stück. Er übertrieb, lachte, wurde ausgelassener und freute sich, als auch ihre Steifheit und das leichte Pathos, mit dem sie sich gerne umgab, nachließen.

Sie winkte den Dienern unten am Haus, und ein kleiner Zug von Menschen machte sich auf den Weg, auf der Höhe der Erhebung, im Pavillon ihrer gesanglichen Hoheit, ein Menu zu servieren. Als er die Diener eilig den Berg hinaufkommen sah, mit Flaschen, Krügen und silbernen Kesseln, wußte er gleich, daß es Fasan geben würde. Für sein Leben gern aß er in Prag jetzt Fasan! Und das um so lieber, als sie ihm erklärt hatte, sich zurückziehen zu wollen, so daß er in Ruhe allein speisen könne, um sich einzustimmen auf seine Arbeit.

In Prag nur Fasan, als Galan, im Grunde gehörte so ein Wortwitz auch in die Oper, aber davon verstand Herr da Ponte rein gar nichts, nichts von der Galanterie und erst recht nichts von der Fasanerie. Man müßte Herrn Casanova fragen, was er davon hielte, von einem Fasan, mittendrin, mittendurch und entzwei, mitten im Stück. Man müßte ihn fragen, ob Don Juan so ein Fasan wohl munden würde und was er davon hielte, ihm einen Fasan zu spendieren. Signor Giacomo hatte für so etwas einen Sinn, da würde er wetten, Signor Giacomo wußte genau, wie Don Juan zu feiern verstand.

18

»Komm mit, begleite mich ins Theater, heute ist Mozart nicht da, Du kannst den Proben ungestört lauschen, ohne daß er sie unterbricht. Gewöhnlich unterbricht er sie nämlich alle paar Takte, ich kann gar nicht mehr hinhören, aber heute bringen wir alles wieder ins Lot, denn heute spielen sie wieder nach meiner Regie.«

Da Ponte lachte. Er hatte sich im Pachtaschen Palais eingefunden und war unangemeldet durch die Flure spaziert. In einem entlegenen Winkel des Dienstbotenflügels war er auf Paolo gestoßen und hatte behauptet, er habe in dem unübersichtlichen Gebäude mit so vielen Zimmern den rechten Weg nicht gefunden.

Paolo hatte ihn wortlos, aber mit einem deutlichen Kopfschütteln zu Casanova geführt, dessen Frühstück gerade zu Ende ging. Inzwischen pflegte er an drei Tischen zu frühstücken, er ließ sie mit allen nur denkbaren Kostbarkeiten der Küche vollstellen und naschte, indem er lesend auf und ab ging, von den verschiedensten Speisen, süßen wie salzigen, alles durcheinander, dazu trank er Kaffee, Likör, Wein und meist auch Champagner. Er hatte nicht mit da Pontes Erscheinen gerechnet, doch er legte das Buch rasch zur Seite und ging, ohne zu überlegen, auf das Angebot ein. Mozart war nicht im Theater, das war in der Tat eine gute Gelegenheit, noch mehr von der Oper zu erfahren, ohne dauernd nach seinen Eindrücken befragt zu werden.

So gingen sie zusammen los, Paolo begleitete sie und ging hinter ihnen her, noch immer voller Widerwillen gegen da Ponte, den er erneut dabei ertappt zu haben glaubte, nach Johanna Ausschau zu halten. Inzwischen hatte dieser da Ponte etwas Zügelloses, Freches, er würde sich nicht mehr lange gedulden, das spürte er, Paolo, sehr genau. Schon tauchte er am Morgen im Palais auf, er schnüffelte herum, man konnte sich ausmalen, was geschehen wäre, wenn er Johanna gesehen hätte. Unruhig war er geworden, fiebrig, er lief neben Casanova her wie ein Plappermaul, dessen Schnattern in der ganzen Gasse zu hören war.

Signor Giacomo dagegen blieb ruhig, er schien nicht zu ahnen, was seinen Begleiter so umtrieb, oder vielleicht ahnte er doch etwas davon und sprach nur nicht darüber?

»Und wo steckt er, Dein Maestro?« fragte er freundlich.

»Richtig, ja, ich vergaß, es zu erwähnen«, setzte da Ponte erneut an. »Stell Dir vor, er hat es gewagt, seine liebe Constanze sitzenzulassen. Er ist hinausgefahren zu Josepha Duschek, hinaus nach Smichov, aufs Land, wo sie ein kleines Gut unterhält. Du wirst sie nur vom Namen her kennen, also paß auf, ich erkläre Dir, was es auf sich hat mit dieser Dame. Seit Jahren schon ist sie hinter Mozart her, sie kennt ihn und seine Familie genau, da sie selbst in Salzburg Verwandte hat, sagt man. Man sagt auch, sie verehre ihn nicht nur als Komponisten, sondern auch physisch, als Mann, obwohl ich da doch meine berechtigten Zweifel habe, davon gleich später. Sie hält sich für die erste Sängerin Prags, hier ist sie geboren und hier hat sie ihren Franz, ihren Lehrer in der Gesangskunst, geheiratet, einen alten Trottel, der sie gewähren läßt. Aber Du müßtest sie singen hören! In Wien habe ich sie gehört, sie hat sich erdreistet, vor Kaiser und Hofstaat aufzutreten, Du hättest schallend gelacht, wenn Du erlebt hättest, wie sie sich gebärdet! Der alte Trottel hat sie gelehrt, eine gewisse Lautstärke zu pflegen, und sie hält sich daran, indem sie mehr schreit als singt. Sie wiegt ihre Donnerweibhüften auf breiten Beinen, bei hohen Tönen schraubt sie sich langsam empor und kippt nach dem kaum erklommenen Höchsten plötzlich hintüber zurück auf ihre Fersen. Es sieht aus, als überschlüge sich eine Welle am Strand, es ist ein so komisches Bild, daß ich mir ein Taschentuch in den Mund stopfte, um nicht lauthals zu lachen. Dazu kommt, daß sie etwas Hemmungsloses, Sinnliches hat, etwas versteckt Laszives, dem sie in ihren Konzerten immer mehr Raum läßt, so daß man allmählich vermutet, am Ende werde sie nackt vor dem Publikum stehen. Sie liebt es nämlich, ihre Reize zu zeigen, ihr massiges, hin und her wogendes Fleisch und vor allem ihren berühmten Busen, eine Orgie von einem Busen, den sie Stück für Stück mehr entblößt, aber so, als hätten die Töne und Klänge dieses Werk für sie verrichtet. Der Kaiser war ganz geblendet von diesem Busen, er schrie ›Bravo! Bravo!‹, und der Hofstaat fiel ein, ›Bravissimo! Bravo!‹, und alle starrten auf dieses blühende Fleisch, tortenhaft-thronend, wie die Phantasie eines Konditors. Ich rang nach Luft, als ich das sah, ich konnte mich kaum noch beherrschen, es war ein zu rarer Anblick, denn sie fuchtelte dazu auch noch mit den Händen wie ein weiblicher Laokoon im Kampf mit den Schlangen. Beschwörend spreizte sie die Finger, ließ sie über den Kopf wandern, zeigte hierhin und dorthin, daß alle Blicke ihren Fingerzeigen folgten, dabei handelte es sich bloß um eine Art Pantomime, um ein leider nicht stummes Schauspiel zu diesen herausgeschrienen Tönen, die sie in die Luft schmetterte, als wollte sie sich ein für allemal von ihnen befreien. Nach dem Konzert empfing sie ihre Verehrer, sie saß, sagt man, in einem blauen Negligé auf dem Diwan und trug samtene Schuhe mit goldenen Sonnen, wie eine Päpstin. Sie liebt es, sich in wallende Gewänder zu kleiden, die ihre Körpermassen verdecken und doch erahnen lassen, sie trägt mehrere davon übereinander, und dann erfindet sie alle Minuten einen neuen Grund, eins davon abzulegen, und immerzu denkt der Gast, dies sei das letzte. Manchmal habe ich sie im Verdacht, daß dieses ganze Prager Opernspektakel nur stattfindet, damit sie ihren Wolfgang bekommt, natürlich ahnt er nichts davon, er nicht, er denkt nur an so etwas wie Vollendung, an die Krönung des Schaffens, an Gottweiß-was, bei ihm ist man nie sicher, aber sie, sie hat das hier eingefädelt und jahrelang darauf hingearbeitet, um ihn zu erobern. Kann man so etwas glauben? Eine Frau, die geradezu wild ist auf diesen doch äußerlich unscheinbaren Menschen, die, seit sie ihn zum ersten Mal in Salzburg gesehen, ihr ganzes Leben daran setzt, ihn für sich zu gewinnen? Ich jedenfalls kann es kaum glauben, solche Seelen sind nichts für mich, Giacomo, ich verstehe sie nicht, nicht ihre Hartnäckigkeit, nicht die Opfer, die sie bringen, um das bißchen Glück zu gewinnen. Was denkst Du, ist die Gegenwart unsres Maestro ein solches Glück, daß man sein Leben daran setzt, dieses Zusammensein vorzubereiten und diesen Traum einzulösen?«

Casanova schwieg, er ging neben da Ponte her wie einer, der noch überlegte, doch er war zu erschüttert. Natürlich verstand er diese Frau, und wie er sie verstand! Sie hatte den Traum einer Liebe, da hatte es nichts zu bedeuten, wen sie liebte, ob er groß, klein, dick, dünn, berühmt oder unbekannt war, all das hatte nichts zu bedeuten! Sie hatte sich einen einzigen Menschen ausgesucht, dieser Liebe opferte sie alles, ihr unterstellte sie jede Regung, für sie plante und kalkulierte sie jahrelang, schröpfte die anderen Liebhaber, ertrug das Zusammenleben mit einem viel älteren Mann – sie war eine Liebende, durch und durch, und so etwas fand da Ponte sehr komisch! Es war herrlich, ja, herrlich, diese Frau hatte die Hymnen von Dichtern und die Gesänge der besten Komponisten verdient, mochte sie auch singen wie ein krächzender Bussard! Da Ponte machte sich über sie lustig, weil er sie nicht verstand, er würde nie begreifen, was es bedeutete, mit einer solchen Glut zu lieben, ganz unbedingt, daß alles Leben sich sammelte in diesem einen, entscheidenden Punkt. Deshalb schmiedete er diese Satiren auf sie, deshalb weidete er sich an ihrem Äußeren, an ihrer Verkleidungs- und Entkleidungslust, die doch nichts andres war als ein Liebestanz, ein unsichtbares, verzweifeltes Tanzen um die Gunst des Einzigen, der je ihren Körper und ihren Geist gleichzeitig beherrschen würde: Mozart, der Komponist.

»Was ist, Giacomo, hat Josepha Duschek Dich sprachlos gemacht?«

Casanova schreckte auf. Wie er diesen Kerl doch haßte, er hätte ihn prügeln können, auf der Stelle, für all die Verachtung, die er nur für Josepha Duschek aufbrachte.

»Es ist nichts, lieber Lorenzo«, sagte er tonlos, »die Wahrheit ist, ich habe ein wenig zu mächtig gefrühstückt.«

»Ah, das ist es, das also. Und da tische ich Dir noch diesen kaiserlichen Busen auf, wie eine Krönung der Völlerei! Entschuldige, lassen wir also das Thema. Gönnen wir unserem Maestro sein zweifelhaftes Abenteuer und bemitleiden wir sein armes Weib, das am Fenster sitzen und warme Milch trinken muß, weil sie der Schonung bedarf. Man sagt, sie habe ihn hinausziehen lassen, großmütig, freiwillig, aber ich wette, daß sie irgendwann, wenn sie es nicht mehr aushält, anspannen läßt, um ihre Nase in die ländliche Zweisamkeit zu stecken und zu erfahren, ob Mozart wirklich nichts anderes treibt, als Noten zu schreiben. Auch ich, auch ich würde ihr raten, bald die Kutsche zu nehmen, bevor es zu spät ist, denn Josepha wird unseren launigen und zarten Maestro so lustvoll zerrupfen, daß sein armes Weib ihn zurückerhält wie ein zerfleddertes Vöglein.«

»Laß, Lorenzo, ich bitte Dich, laß! Ich habe Wachteleier gefrühstückt.«

»Oh, ich vergaß mich! Lassen wir diese Possen hinter uns, gönnen wir uns einen unbeschwerten Vormittag, ohne an den Maestro zu denken. Gleich wirst Du andre Geschichten und Lüste erleben, die Lust Don Juans und sein Feiern, das wahrhaftig ein andres ist als das …, aber ich versprach ja zu schweigen.«

Sie erreichten nun das Theater, da Ponte eilte voraus und

öffnete Casanova die Tür, Paolo folgte noch immer in einigem Abstand und hatte doch jedes Wort mitbekommen. Warum sprach Signor Giacomo dauernd von seinem Frühstück? Er frühstückte jeden Morgen so üppig, von Morgen zu Morgen wurde es sogar mehr. Noch nie hatte er sich darüber beklagt, er genoß diese Mahlzeit, die ihn meist den ganzen Tag stärkte, denn er pflegte erst abends ein zweites Mal kräftig zu speisen. Er antwortete nicht auf Herrn da Pontes Geschichten, das war es, er wollte sie mit keinem Wort kommentieren, das hörte doch jeder aus diesem Frühstücksreden heraus. Nur Herr da Ponte fiel herein auf dieses ausweichende Murmeln, er glaubte ihm aufs Wort, an nichts andres zu denken als an ein paar Wachteleier und frische Austern! Jetzt standen sie dicht beisammen, in einer der vorderen Reihen. Er würde sich unauffällig hinter die beiden stellen, um zu hören, was Herr da Ponte vom Fortgang der Oper erzählte, von Don Juans Werben.

»Du erinnerst Dich noch?« setzte da Ponte neu an. »Donna Anna, Donna Elvira?«

»Es ist Nacht«, antwortete Casanova wie auf ein Stichwort, »niemand bewegt sich noch in den Straßen der Stadt, da hört man einen furchtbaren Schrei, den Schrei einer Frau … Du siehst, ich erinnere mich. Erst Donna Anna, dann Donna Elvira, sie sind hinter Don Juan her. Und dann gab es noch eine dritte, wie hieß sie doch gleich?«

»Zerlina, die junge, schöne Zerlina, das Mädchen vom Land.«

»Die gerade heiraten wollte, habe ich recht?«

»Exakt, Don Juan schnappt sie dem Bräutigam weg, er muß sie haben, er lädt sie ein auf sein Schloß.«

»Richtig, das Schloß. Zerlina folgt ihm also aufs Schloß.«

»Nein, tut sie nicht. Donna Elvira tritt rechtzeitig dazwischen, sie trennt die beiden und klärt Zerlina auf, an wen sie geraten ist.«

»Ah, warum das? Ich denke, Don Juan ist ein Verführer. Wann kommt er denn endlich dazu, eine Frau zu verführen? Ich wünschte mir jetzt eine Verführungsszene, auf dem Schloß.«

»Gut, ja, ich zögere es noch ein wenig hinaus, ich sorge für Spannung, Don Juan soll nicht gleich bekommen, wonach er sich sehnt.«

»Aber jetzt weiß Zerlina doch alles, jetzt ist sie die dritte Rächerin im Bund der drei Frauen! Und was wird aus dem Schloß? Ich wünschte mir, daß die Handlung endlich dort spielte, statt auf Plätzen, Straßen und in dunklen Winkeln. Eine schöne Verführung bedarf einer angenehmen Umgebung.«

»Richtig, Giacomo, wie genau Du doch vorausdenkst! Die nächste Szene spielt auf Don Juans Schloß. Er lädt alle ein, er gibt ein Fest.«

»Wen lädt er ein? Etwa die drei Furien? Warum sollte er sie einladen, da wäre er dumm!«

»Er lädt die Landbevölkerung ein, all die schönen Mädchen und Burschen, vor allem natürlich die Mädchen, Du verstehst?«

»Nein, ganz und gar nicht. Die Landbevölkerung, welche Landbevölkerung? Wo kommt die plötzlich her?«

»Sie ist ganz einfach zur Stelle, das ist doch nicht wichtig. Don Juan lädt alle ein, alle, die gerade vorbeikommen.«

»Alle? Auf einmal? Um sie dann zu verführen? Ist das Dein Ernst?«

»Ja, natürlich, er will sie alle, hohe wie niedere, dicke wie dünne.«

»Alle auf einmal, das ist abscheulich, das hat nichts von einer Verführung. Eine Verführung, lieber Lorenzo, ist eine hohe, seltene Kunst, sie bedarf der Vorbereitung, der Planung, sonst ist sie nicht elegant.«

»Aber Giacomo, um so etwas geht es doch nicht. Don

Juan will nicht vorbereiten und planen, er will seine Schönen sofort, er vertut seine Stunden nicht mit schönen Worten.«

»Er verführt sie also nicht, er vergewaltigt sie eher, nennen wir die Sache beim Namen.«

»Nein, das doch nicht. Er nimmt sich, was sich in seiner Nähe befindet, ohne Umschweife, direkt, er ist wie ein Satyr, seine Sinnlichkeit duldet keinen Aufschub.«

»Und das lassen sich die Frauen gefallen?«

»Zerlina nicht, nein, die nicht.«

»Zerlina ist auch auf dem Schloß, sie nimmt teil an dem Fest? Ich denke, sie weiß jetzt, was für ein Wüstling er ist.«

»Sie weiß es, aber sie ist dennoch gekommen.«

»Wie unvorsichtig! Hat sie wenigstens ihren Verlobten dabei?«

»Ja, Masetto hat sie dabei, sie haben sich ausgesöhnt, sie halten wieder zusammen, sie wollen teilnehmen an Don Juans Fest, Masetto hat noch eine Rechnung mit diesem Herrn zu begleichen.«

»Schon wieder eine Prügelei oder gar ein Duell? Don Juan schlägt sich ja mehr als daß er zum Zuge kommt, das ist ein armseliger Held. Und wann beginnt endlich das Fest?«

»Das Fest beginnt, Masetto muß warten mit seinem Groll.«

»Und Zerlina?«

»Die tanzt.«

»Mit wem?«

»Mit Don Juan!«

»Lorenzo! Warum sollte sie mit Don Juan tanzen?«

»Sie findet noch immer Gefallen an ihm.«

»An einem, der sie vergewaltigen will?«

»An einem, der ihr schmeichelt! Man tanzt einen Contredanse, einen Deutschen, ein Menuett, sie tanzen alles durcheinander, ja, das Fest steigert sich hin zu einem einzigen Durcheinander. Und plötzlich hört man einen Schrei ...«

»Den Schrei einer Frau, ihre gepeinigte Stimme …, sie ist auf der Flucht, habe ich recht? Wer ist es diesmal?«

»Natürlich Zerlina!«

»Ah ja, natürlich, Zerlina. Er ist also wieder nicht zum Zuge gekommen, nicht wahr?«

»Nein, ist er nicht.«

»Und wer ist jetzt hinter ihm her?«

»Donna Anna, ihr Verlobter, Donna Elvira …«

»Aber wo kommen die plötzlich her?«

»Na, sie waren auch auf dem Fest. Sie wollen ihn ertappen, auf frischer Tat, sie wollen ihn stellen.«

»Und er hat sie nicht bemerkt? Das ist unwahrscheinlich.«

»Sie kamen maskiert, wie zu einem venezianischen Fest, ja, Giacomo, wie daheim!«

»Ein genialer Einfall, Lorenzo!«

»Nicht wahr?«

»Genial! Jetzt sind sie also zu fünft hinter Don Juan her. Diese Oper ist weniger ein Verführungs- als ein Verfolgungsstück. Aber ich weiß ja: die große Form! Sie verfolgen ihn, bis er sich freuen wird, in die Hölle verschwinden zu dürfen, habe ich recht?«

»Im zweiten Akt gruppiert alles sich neu.«

»Tut es das? Nun, wir werden sehen. Mit dem Fest geht der erste Akt also zu Ende?«

»Damit geht er zu Ende. Und genau dieses Finale wird jetzt geprobt, jetzt bist Du im Bilde.«

»Ich danke Dir, Lorenzo, ja, ich bin jetzt im Bilde. Geh, kümmre Dich um Deine Leute, ich ziehe mich still in eine der hinteren Reihen zurück. Ich werde diese Proben eine Weile genießen, dann werde ich mich davonmachen, in aller Stille, nimm es mir bitte nicht übel. Die Wachteleier, die Austern, der Champagner, ich werde ein wenig spazierengehen, um mich von diesem Druck zu befreien.«

Er klopfte da Ponte aufmunternd auf die Schulter und zog

sich langsam, als machte ihm das Gehen Beschwerden, zurück. Die Bühne war voller Menschen, all diese munteren, aber fragenden Gesichter – das mußte die Landbevölkerung sein! Da Ponte hatte sie hineingenommen in seinen Text, weil irgendwo ein Chor auftauchen mußte, das war doch klar! Die Landbevölkerung war der jubelnde, schreiende Chor, jedes gute Finale brauchte so einen Chor! Und mitten in diesem Gewimmel stolzierte der brave und schöne Luigi herum, wie ein Hahn, der sich verlaufen hatte im Hühnerhof! Jetzt tanzte er mit seiner Zerlina, er schob sie verzweifelt durch das Gedränge, und jetzt, ja, jetzt hörte man den furchtbaren Schrei, aber es war doch eher ein Wimmern oder ein Kreischen, als habe man einer Katze auf den Schwanz getreten. Natürlich, Caterina Bondini, die Frau des Direktors, sang die Zerlina, und die sollte hier schreien? So eine Frau schrie nicht, sie hustete höchstens leise ein-, zweimal in sich hinein! Und dann die drei Masken! Wie aufgescheuchte Hummeln kreisten sie im Gewimmel der Landbevölkerung herum und stolperten laufend, weil sie durch ihre Masken schlecht sahen! Man hätte ihnen venezianische Masken beschaffen sollen, in solchen Masken stolperte man wenigstens nicht.

Venezianische Masken! Das war da Pontes einzige originelle Idee in diesem Finale! Zu einem venezianischen Fest aber gehörte die Kunst der Verführung – dann wäre etwas daraus geworden. Jetzt aber war dieses Fest nichts als ein Durcheinander, und die Kunst der Verführung erstreckte sich auf den Versuch dieses Wüstlings, Zerlina zum zweiten Mal zu überfallen. Unfein war das, roh und abscheulich! Nur die Idee des venezianischen Festes, die war, ja doch, die war genial und so gut, als wäre sie seine eigene, Giacomo Casanovas Idee. Und warum auch nicht? Warum sollte sie das denn nicht sein? Er hatte schon seit seiner ersten Stunde im Pachtaschen Palais vorgehabt, dort ein Fest zu arrangieren.

Ein Fest für alle, die mit dieser Oper zu tun hatten, ein großes, venezianisches Fest!

Casanova spürte plötzlich die Unruhe, die diese Gedanken in ihm hervorriefen. Nein, er konnte nicht länger in diesem Theater sitzen, um diesen schlechten Schein zu ertragen! Er wollte etwas dagegen setzen, gegen diese fade Verblendung, etwas Lebendiges, Geistreicheres, etwas, das sich seiner eigenen Regie verdankte.

Er gab Paolo einen Wink, dann verließen sie fast geräuschlos das Theater.

»Es hat Dir doch nicht etwa gefallen?« fragte er Paolo.

»Das viva la libertà hat mir gefallen, Signor Giacomo, es hat so etwas Frisches!«

»Du hast es im Kopf?«

»Jede Note, jede Note hab ich im Kopf.«

»Das ist gut, Paolo, sehr gut, Du wirst sie spielen dürfen, sehr bald, vor großem Publikum.«

»Ich, Signor Giacomo? Ich soll das spielen?«

»Wir werden sehen, warten wir ab, was Giacomo Casanova noch alles einfällt!«

19

Nach dem Essen ging er langsam den Abhang wieder herunter, er hatte richtig vermutet, es war Fasan gewesen, ein junger und überaus zarter Fasan, leicht rauchiges, vom Speckaroma durchzogenes und mit einer dunklen Maronensauce übergossenes Fleisch. Er hatte Rotwein dazu getrunken, etwas zuviel, zwei Gläser zuviel, aber er hatte es nicht übers Herz gebracht, die Flasche halbleer zurückzulassen, der Wein war sehr gut gewesen, wie schwere, feurige Lava, die seinen ganzen Körper so weich durchströmte, daß er sich am liebsten gleich hingelegt hätte, schließlich war er müde genug.

Er betrat etwas schwerfällig das Landhaus, jetzt erst fiel ihm die große Stille hier auf, die ländliche, einen auf sich selbst verweisende Stille, das versteckte Knacken und Prasseln des Kaminfeuers, das Ticken der Uhr, das Knarren der Dielen und die schweigsame Allgegenwart der bunten Holzdecken, schön bemalt mit Darstellungen von Früchten, Weinlaub und Blumen, ein einziger Frühling dort oben. Er schlug ein paar Tasten des Cembalos an, die Klänge spreizten sich in diesen warmen und blühenden Räumen wie ein Gefieder seltener Vögel, so daß er ein wenig erschrak.

Er stand wieder auf und trat ans Fenster, jetzt sollte er also schreiben, schreiben, nur schreiben, alles um ihn herum war dafür gerichtet, und doch sehnte er sich nun plötzlich nach dem Lärm der großen Stadt, vielleicht brauchte er doch diesen Lärm, um zu schreiben, indem er seine Noten hineinmalte in diesen Lärm … Solche Gedanken aber mußte er sich jetzt versagen, nichts da, es galt zu schreiben, man wartete schließlich längst auf die Vollendung des Werks, noch heute morgen hatte ihm da Ponte endlich den Text des kleinen Ständchens übergeben, einen wie erwartet albernen Text, etwas von honigsüßen Mündchen und zuckersüßen Herzchen und dazu noch etwas von unstillbarem Verlangen und der wiederholten Bitte, die Schöne möge ans Fenster kommen, endlich doch kommen …

Dieses kleine Stück für den schönen Luigi, ja, zum Teufel, er würde es jetzt schreiben, damit war hier einmal ein Anfang gemacht, mit dieser Komposition. Luigi stünde also unter dem Fenster der Schönen, den Hut mit dem weißen Federbusch auf dem Kopf, in den Händen die Mandoline, das konnte man sich gut vorstellen, den schlanken Burschen, wie eine flackernde Kerze, und der weiße Federbusch war gleichsam die Flamme. Er setzte sich kurz wieder ans Cembalo und schlug ein paar Akkorde an, dann begannen die Finger zu laufen, weg von den Akkorden, sie spielten sich ein, die Finger hatten jetzt etwas zu spielen, was mit der Oper rein gar nichts zu tun hatte, doch immerhin hatten sie ihr Terrain hier gefunden, etwas zum Spielen, einen Ausschnitt aus gleich noch welchem Konzert, eine Kadenz, vielleicht eine Kadenz zu einem noch nicht geschriebenen, erst noch zu erfindenden und so aus der Hand gerinnenden Konzert …, nein, Schluß damit, aus, zurück zu den Akkorden!

Ein paar Akkorde also und die Mandoline dazu, ah, das Notenpapier hatten sie dort auf den kleinen Rundtisch gelegt, einen dicken Stapel, als wären Hunderte von Seiten vonnöten, um ein kleines Ständchen oder ein gutes Finale zu schreiben. Er stand wieder auf und entfernte sich sofort von diesem Tisch hin zum Fenster, wo er auf und ab ging, die Müdigkeit setzte ihm wahrhaftig ordentlich zu, das passierte ihm meist auf dem Land, er litt zuweilen unter einer gewissen Landmüdigkeit, und das rührte her von der Stille hier auf dem Land und von der Erhabenheit der Natur, die auf dem Land ja etwas angeblich Reizendes, aber auch Langweiliges hatte, im Grunde mochte er das Land nicht so wie die Stadt, das verstanden die wenigsten, aber manchmal haßte er sogar das Land.

Unten im Hof ging Josepha auf und ab, sie hatte sich umgezogen und trug jetzt ein ländliches Kleid, ja, eine Art Landkleidung, als wäre sie eine Bäuerin oder eine Schäferin auf einem kleinen bunten Gemälde, umgeben von Rosenhekken und kleinen Schaukeln im dunklen Dickicht der Bäume. Es war ein Kleid mit kurzen Ärmeln, so daß man ihre entblößten Arme sehen konnte, feste, kräftige Arme, die Taille wurde von einem goldenen Gürtel umfaßt, an dem sich einige bunte Tücher befanden, eine kleine Flotte von Tüchern, wozu die wohl taugten, das kam ihm jetzt nicht in den Sinn. Und dann diese rosafarbenen Strümpfe, feinste Ware, italienische Seide, wie paßte denn so etwas zu dem ländlichen Kleid und den bunten Tüchern, nein, das paßte alles nicht recht zusammen, es war eine Phantasiekleidung, so etwas liebte Josepha, sie erschreckte und amüsierte damit die halbe Stadt, denn sie glaubte, es gehöre zu einer Primadonna, sich ungewöhnlich, nein, einzigartig zu kleiden.

Sie tat, als lese sie in einem Büchlein, mit dem Büchlein in der Hand ging sie unten im Hof auf und ab, hin und her, her und hin, das ging einem nicht aus dem Sinn, her und hin, wie ein Uhrzeiger, das Bild drückte einem ja auf die Augen, so lähmend war es wie nur ein lebendiges Bild auf dem Land lähmen konnte. Sie war, ja, was war sie denn nun, sie war eine Freundin, eine sehr gute Freundin, schließlich kannte man sich schon lange Zeit, man kannte sich noch aus den alten Salzburger Tagen, wie war das gewesen, Josepha hatte die Familie damals in Salzburg besucht, mit ihrem Mann, mit Franz, ja, wirklich, war Franz wirklich dabeigewesen, das wußte er nun nicht mehr genau, denn Franz fiel einem nicht auf, man vergaß ihn neben dieser Frau, sie machte aus ihm einen stummen Begleiter, der manchmal, meist zum falschen Zeitpunkt, hüstelte, richtig, er hatte gehüstelt, also war er doch dabeigewesen. Das Ehepaar Duschek hatte die Familie besucht, kurz bevor er mit der Mutter aufgebrochen war zu der großen europäischen Reise, dieser fatalen, vergeblichen und desaströs schlimmen Reise, der schlimmsten, die er je unternommen. Sie hatten die Reise angetreten, um Ausschau zu halten nach einer Stelle, nach einem Amt, nach einer Anstellung in Amt und Würden, doch eines Kompositeurs oder Kapellmeisters Mozart hatte niemand bedurft, kein Fürst, kein Herzog, kein König, so daß er allein, nach den furchtbarsten Pariser Tagen, in denen die Mutter vor Herzkummer gestorben war, zurückgekrochen war nach Salzburg, nach Haus, unter die Befehlsgewalt seines verbitterten Vaters, der ihm diesen Muttertod angerechnet hatte wie einen im ganzen Leben nicht mehr zu tilgenden Makel …

Josepha Duschek hatte im Vater die Erinnerung an diese Reise wachgerufen, immer, wenn davon die Rede gewesen war, hatte er den Namen Josepha Duscheks erwähnt: »Das war damals, in jenen Tagen, als uns Josepha Duschek besuchte …« Und weil er Josepha mit dem Tod der Mutter in Verbindung gebracht hatte, hatte er sie vielleicht nicht leiden können, vielleicht hatte er aber auch so etwas wie Eifersucht gespürt bei der Erinnerung an Josepha, denn Josepha und er, Wolfgang, waren damals noch junge und schlimme Menschen gewesen, ausgelassen und feurig, und sie hatten sich gut verstanden, zu gut, nach Ansicht des Vaters, der ihm jedes gute Verstehen mit andren Menschen als denen der Familie geneidet hatte. Nach Ansicht des Vaters gab es im Grunde nur das *eine* Verstehen, das Verstehen von Vater und Sohn, Sohn und Vater, dieses vollkommene Verstehen war mit keinem andren je zu vergleichen, auch nicht mit dem Verstehen von Mutter und Sohn oder Bruder und Schwester, in der Mitte des Lebens stand vielmehr das Verstehen von Vater und Sohn, Sohn und Vater, und die Musik war der Heilige Geist, Amen.

So hatte der Vater sein ganzes Leben gedacht, De … Dede … De …, das war der Befehl, wie, was, wo, was war der Befehl? De … Dede … De – das pochte und schlug jetzt wieder in ihm, aber es war nichts, es war nur der Wein, eine Flasche Rotwein, zwei Gläser zuviel machten müde. Jedenfalls hatte der Vater sogar geargwöhnt, Josepha habe es auf ihn, Wolfgang, abgesehen, deshalb hatte er sie schließlich nicht ausstehen können und wann immer ihr Name genannt wurde, geflucht. Er hatte ihren Gesang schlechtgemacht und Geschichten von ihren Galanen und all ihren Amanten erzählt, ohne daß ihn, Wolfgang, freilich solche Geschichten beeindruckt hätten, denn ihm war es doch gleichgültig, ob sie einen Galan hatte oder sechshundertvierzig, das hatte er schon einmal beteuert.

Und jetzt ging sie da unten auf und ab, tick-tack, ein Bild der vergehenden Zeit! Kräftig war sie geworden, wie es guten Sängerinnen eben erging, sehr kräftig, und sie ging auf und ab, tick-tack, um zu lauschen, das wußte er jetzt genau, natürlich lauschte sie, sonst wäre sie nicht gerade vor seinem Fenster herumspaziert, scheinbar in einem Büchlein lesend, dessen Seiten sie jedoch umzublättern vergaß.

Gut also, weg vom Fenster! Er setzte sich noch einmal ans Cembalo, schlug die bereits bekannten Akkorde ein drittes Mal an, holte einige Blätter Notenpapier herbei und begann zu schreiben. Die Akkorde, die Mandoline zupfte etwas Unruhe dazu, und dann das Pochen des Herzens, das Pizzikato der Streicher! Es ging leicht, er schrieb es jetzt auf, in den guten Momenten erging es ihm so, daß er nur etwas aufschrieb, was er schon ausgedacht hatte, wie eine Reinschrift des Herzens! Er spielte eine Passage, deutete eine zweite nur an, griff mit der Linken noch einen Akkord, während die Rechte längst notierte. Er saß seitlich auf dem kleinen, armlosen Stuhl, als habe er sich nur für einen Moment niedergelassen, so war es ihm wohl am liebsten, so seitlich, damit er jederzeit auf- und davonspringen konnte!

Dann aber glaubte er etwas zu hören, plötzlich war ihm, als habe sich die Stille verändert, als sei alles noch um einen Deut stiller geworden oder als hielte das Kaminfeuer den Atem für einen kurzen Moment an, ja, als schweige alles, um wem nur zu lauschen? Er hörte, wie der Türgriff heruntergedrückt wurde, nein, er schaute sich jetzt nicht um, natürlich war es die schöne Schäferin, die erlaubte sich jetzt den Zutritt, die betrat ihr Allerheiligstes, die schwebte herbei, um den Heiligen Geist an den Flügeln zu packen!

Er tat, als hörte er nichts, er tat beschäftigt, gedankenverloren, dann sogar hingerissen, er spielte sich das Ständchen vor und summte den albernen Text da Pontes dazu, die Musik war gut, man würde dem Text keine Beachtung schenken, ja, sie löschte ihn aus, dieses Gelalle von Zucker und Honig!

Fertig, es war fertig, immerhin hatte er jetzt etwas geschrieben, er würde sich auch weiter nicht umdrehen nach ihr, nein, sie einfach nicht zu bemerken, das nahm er sich vor, denn jetzt war er doch rechtschaffen müde, von zwei Gläsern zuviel und dieser harten, gelungenen Arbeit. Also würde er, ohne sich umzudrehen, hinüber ins Schlafzimmer gehen, wo das kleine Sofa bereitstand, und er würde sich, wie er es im Hotel »Zu den drei Löwen« gewohnt war, etwas hinlegen, hinlegen, endlich hinlegen …, ohne die Schnallenschuhe noch auszuziehen, nur hinlegen und die Müdigkeit ihr Werk tun lassen. Freilich, jetzt sehnte er sich nach Constanze, jetzt dachte er heftig an sie, denn zu dieser Stunde hatten sie immer beisammengelegen, mitten im Prager Lärm, auf dem Sofa, zusammen.

Der schöne Fasan, der fatale Galan, der galante Fasan, das gute Kraut, überhaupt. Er streckte sich aus und breitete für einen Moment die Arme aus, komm, Constanze würde jetzt kommen, zu ihm, jetzt kam sie, sie kam. Er wartete regungslos, zwei, drei Sekunden, mit geschlossenen Augen. Dann spürte er einen Kuß, ja, sie hatte ihn jetzt geküßt, sie küßte ihn ja immer, bevor sie sich zu ihm legte, nur daß sie ihn diesmal auf die Stirn geküßt hatte, warum auf die Stirn, warum küßte sie ihn denn nur auf die Stirn?

Er erschrak und zuckte ein wenig in sich zusammen, er öffnete die Augen und erkannte Josepha, die sich über ihn gebeugt hatte, so, als wollte sie sich jetzt zu ihm legen. »O mein Gott«, sagte er rasch, »ist es denn schon zu spät? Schon vier, schon fünf, vielleicht sogar sechs? Ich werde erwartet!«

Er sprang auf, fuhr sich durchs Haar und lief durch das Arbeitszimmer zurück zur Tür. Er sprang die Freitreppe hinab, in großen Sätzen, als werde er von wilden Tieren verfolgt. Er überquerte den Hof und lief durch das Tor, er lief hinaus, weiter hinab, hinab ins Tal, das wieder erwachte, kleine Ständchen im Kopf, Mandoline, Pizzikati der Streicher, eine Musik gegen Zucker und Honig.

Josepha schaute ihm nach, bis er nicht mehr zu sehen war. Bald würde er wiederkommen, das wußte sie. Sie hatte einen Fehler begangen, sie hatte es übereilt, aber diese Musik hatte sie heraufgelockt, zu ihm. Nur einen Dankeskuß hatte sie ihm geben wollen, vor lauter Glück. Schließlich hatte er doch begonnen, die Oper zu vollenden, dies war das erste Stück, das er geschrieben hatte, in diesen Mauern. Sie nahm das noch nasse Blatt mit den Fingerspitzen und setzte sich ans Cembalo. Sie würde es jetzt spielen, sie war die erste, die dieses Stück spielte, das später alle Welt kennen würde. Sie versuchte, sich zu beherrschen; ihre Hände zitterten. Dann spielte sie, und als sie die ersten Töne des Ständchens hörte, war ihr, als stünde er wieder unten im Hof, um es für sie zu singen, nur für sie.

20

Casanova saß im Salon des Pachtaschen Palais und versuchte, in einem Buch zu lesen, doch der Gedanke an das venezianische Fest ließ ihn nicht los. Es war nicht schwer, so etwas in Szene zu setzen, schließlich hatte er darin Erfahrung. Früher, ja, in den alten venezianischen Tagen, da hatte er solche Feste in seinen Zimmern gegeben, einmal hatte ihm eine Schöne sogar vierundzwanzig Zechinen geschenkt, damit er für das Orchester und das Souper sorgen würde, richtig, sie hatte ihm abverlangt, sich als Frau zu verkleiden, und ihr Name, der Name war … aber er wollte sich nicht in diesen Geschichten verlieren.

Ein Orchester war jedenfalls auch diesmal zur Stelle,

sogar ein sehr gutes, viel besser als die schlechtbezahlten venezianischen Fiedler, die meist während eines solchen Festes die Geduld verloren und mittanzen wollten, so daß sich die Musizierenden immer mehr in den Tanzenden verloren, bis nur noch eine einsame Bratsche übrig blieb, zum Gespött aller. Das kleine Orchester des Grafen Pachta dagegen war eine eingespielte und perfekte Truppe und kein zusammengewürfelter Haufen, der mehr gegen- als miteinander spielte. Er würde sie hier im Salon, hinter einer dezent geschmückten spanischen Wand, auftreten lassen, eine versteckte und doch immer gegenwärtige Musik, die selbst Mozart gefallen würde.

Mozart mußte kommen, natürlich, ihm zu Ehren würde er dieses Fest schließlich veranstalten, dann Lorenzo da Ponte, die Sängerinnen und Sänger, vielleicht sogar das Ehepaar Duschek, also eine kleine, überschaubare Gesellschaft. Es würde Austern geben, ja, ein prächtiges, funkelndes Meeresgelage von Austern, auch eingelegte Sardellen, überbackene Muscheln und Gnocchi mit gedünstetem Tintenfisch, später dann Perlhuhn, Kutteln, gekochtes Fleisch und Wild, junge Hasen, Reh und Wildschweinragout, dazu gefüllte Zucchini, grüne Bohnen und scharf gewürzte Auberginen, und als Dessert venezianischen Zwieback, in Olivenöl gebacken und in Orangenwasser getaucht, den einfachen und doch so köstlichen Zwieback, der das Menu sofort vergessen ließ, so daß man sich dem Champagner zuwenden konnte.

Er selbst, Giacomo Casanova, würde die Zubereitung der Speisen genau überwachen, den halben Tag würde er in der Küche verbringen und von allen Köstlichkeiten naschen, so daß sein Hunger am frühen Abend gestillt wäre und er den andren weit voraus und dadurch imstande, sich um die noch feineren Genüsse zu kümmern. Denn schließlich galt es, sich den Sängerinnen zu nähern, Teresa Saporiti, Caterina Micelli und der Frau des Direktors, hier konnte er die Gelegenheit nutzen, ihnen seine Meinung zuzuflüstern, über den Halunken und seinen Text und darüber, wie er imstande war, das ganze Stück zu verderben und der Musik ihre Wirkung zu nehmen. Er mußte vorsichtig vorgehen, diplomatisch, er mußte versuchen, sie nacheinander, einzeln, ins Gespräch zu ziehen, aber darum war ihm nicht bange, er hatte schon ganz andre Frauen auf seine Seite gezogen, er hatte Stunden und Tage um sie geworben, und es hatte selten eine gegeben, die sich seinem Drängen für immer entzogen hatte, damals, in den alten Tagen.

Warum wollte er bloß nicht mehr daran denken? Warum wehrte er sich so, an diese Zeiten erinnert zu werden? Weil er sein Alter haßte, das ihn unfähig machte, die wahre Fülle der sinnlichen Freuden zu genießen, die Liebe, die Lust, die ein großes Fest krönten! Früher hatte ein solches Fest keinen anderen Zweck gehabt, als den Höhepunkt vorzubereiten, das Zusammensein mit einer oder zwei oder gar drei Frauen in seinem Zimmer, die Austern hatten lediglich als Naschwerk gedient, Hunderte von Austern, man hatte sie sich gegenseitig von den Lippen geküßt, das Essen war ein erotisches Spiel gewesen, ein langsamer Übergang zu den noch stärkeren Freuden des Körpers, dem ersten Anblick einer unvermuteten Nacktheit, dem Auskleiden, der kunstvoll verzögerten Hingabe.

Tage-, nein, wochenlang hätte er von solchen Freuden erzählen können, und früher hatte er häufig genug davon erzählt, doch damals war er noch imstande gewesen, den alten Abenteuern ein neues hinzuzufügen. Das aber würde ihm jetzt wohl nicht mehr gelingen, obwohl er sich zutraute, mit Worten noch mehr zu glänzen als früher, ja, erst im Alter stand einem die ganze Palette der Anspielungen und freien Gedanken zur Verfügung, als junger Mann hatte er sich noch damit zufriedengegeben, Erzählungen anderer nachzuerzählen oder aus dem Stegreif eine Komödienszene zu variieren.

Jetzt aber, jetzt brauchte er sich nicht mehr anzulehnen an eine fremde Erzählung, jetzt war er sein eigener Autor! Ja, richtig, im Grunde war sein Leben der schönste und packendste Stoff, packender als alle künstlich erfundenen Geschichten, ein großer Roman, der vor zweiundsechzig Jahren in Venedig begann, als Gaetano Casanova, Mitglied der Schauspieltruppe von San Samuele, sich verliebt hatte in die sechzehnjährige Zanetta Farussi, Tochter eines Schuhmachers. Gaetano hatte seine Zanetta entführt und vor den Patriarchen von Venedig gebracht, der hatte sie getraut, gegen den erfolglosen Widerstand der Brauteltern ... Was? Wer? Wer störte ihn gerade jetzt, wo er zum ersten Mal ein wenig Gefallen gefunden hatte an diesen Geschichten?

Es klopfte, dann trat Paolo herein. Casanova schaute ihn etwas widerwillig an, so daß Paolo nahe der Tür stehenblieb.

»Was ist? Besuch? Ich bin für niemanden zu sprechen!«

»Kein Besuch, Signor Giacomo! Es tut mir leid, Sie gestört zu haben. Ich sehe schon, es ist jetzt nicht der rechte Augenblick für mein Anliegen. Ich werde mich zurückziehen und es ein andres Mal versuchen.«

»Ein Anliegen? Was für ein Anliegen?«

»Sie hatten mir aufgetragen, Herrn da Ponte nicht aus den Augen zu lassen.«

»Ja und?«

»Ich habe ihn nicht aus den Augen gelassen.«

»Ah ja ... Und da ist Dir etwas aufgefallen, nicht wahr, etwas Merkwürdiges, das willst Du doch sagen?«

»Ja, Signor, mir ist etwas aufgefallen, und ich glaube, es ist an der Zeit, daß ich Ihnen davon berichte.«

»Es ist etwas Häßliches, Paolo, nicht wahr? Es ist etwas ganz und gar Abstoßendes?«

»Das ist es, Signor.«

»Und es ist etwas Geheimes, nicht wahr, etwas, von dem kein Mensch weiß? Habe ich recht?«

»Das haben Sie, ganz genau.«

»Oh, Du kommst wie gerufen, mein lieber Paolo. Nimm Dir einen Stuhl, setz Dich zu mir, Du siehst, ich lege mein Buch sofort zur Seite und widme mich Dir, dem Späher und Lauscher! Also, was ist geschehen?«

Paolo setzte sich, mit einer knappen Geste lehnte er es ab, etwas zu trinken, dieser Junge war so ernst, wie er ihn noch niemals gesehen!

»Signor Giacomo, ich möchte ohne alle Umschweife reden und sofort zur Sache kommen. Herr da Ponte hat ein Auge auf Johanna geworfen, nein, noch mehr, er ist hinter ihr her, er bedrängt sie, es ist, als wollte er sie mit aller Gewalt dazu bringen, ihm zu Willen zu sein.«

»Woher weißt Du das? Hat Johanna es Dir erzählt?«

»Kein Wort hat sie erzählt, Signor Giacomo. Ich habe Herrn da Ponte beobachtet, wie er nachts um dieses Palais strich, er dachte wohl daran, heimlich einzusteigen oder sich auf andere Weise Zugang zu verschaffen. Dann habe ich ihn am frühen Morgen zufällig getroffen, wie er hier herumschnüffelte, er suchte Johannas Zimmer, ja, er war sogar nicht mehr weit von ihm entfernt.«

»Er war drüben, im Dienstbotenflügel?«

»Er sagte, er habe sich verlaufen.«

»Oh, der Halunke! Wie er lügt, wie er sich windet! Johanna – die ist es also! Wie naheliegend, wie einfach! Ich hätte darauf kommen müssen, ohne Deinen Hinweis! Johanna ist eine hübsche Person, und sie hat das richtige Alter! Keine andre paßt besser als sie! Er wird nicht loslassen, bis er sie hat, er wird alles daran setzen, sie zu bekommen!«

»Das wird nicht geschehen, Signor Giacomo! Wenn Herr da Ponte es wagen sollte, Johanna Gewalt anzutun, werde ich ihn mir vornehmen, das können Sie glauben!«

»Paolo! Was ist mit Dir? So habe ich Dich ja noch nie gesehen!«

»Entschuldigen Sie, Signor, aber es ist nicht recht, daß die Hohen Herren sich alles erlauben! Wenn Johanna etwas Derartiges widerfährt, werde ich nicht mehr daran denken, wer Herr da Ponte ist! Sein Ruhm wird mir dann gleichgültig sein! Ich habe vor so einem keine Angst und keinen Respekt, nicht vor einem, der sich an Johanna vergreift!«

»Bravo, mein lieber Paolo! Aber sag mir doch eines: Johanna und Du – inzwischen wart Ihr zusammen, nicht wahr?«

»Ja, Signor, wir waren zusammen.«

»Gut, ach, sehr gut, bravissimo! Ihr wart zusammen, ich hoffte es ja schon für Euch, Du erinnerst Dich, ich habe Dich danach gefragt. Gut, sehr gut, Du hast mich verstanden, Du bist zu ihr gegangen …, des Nachts?«

»Ja, des Nachts …«

»Ja, des Nachts, wenn die kühle Stille einfällt in dieses Palais, wie leicht war es da für Dich, den Flur entlangzuhuschen, die Tür war geöffnet, Du schlüpftest hinein, hinein, nicht wahr, Paolo, sie stellte sich schlafend, sie stellen sich schlafend, das tun sie, Nanetta und Martina stellten sich schlafend, sie lagen beide mit dem Rücken zu mir, und ich wand mich zuerst der zu, die direkt vor mir lag, ohne daß ich geahnt hätte, um wen es sich handelt, denn es war schließlich dunkel, sehr dunkel …«

»Entschuldigen Sie, Signor Giacomo, ich verstehe Sie nicht!«

»Was? Was sagte ich?«

»Sie sprachen von Nanetta, Martina.«

»Von Nanetta, Martina? Oh, ich bringe einiges durcheinander, mein lieber Paolo! Eben las ich in diesem Buch eine pikante Geschichte, eine kleine Erzählung, venezianisch, nichts von allzu großer Bedeutung, aber frisch und geistreich erzählt, von einer gewissen Nanetta und einer Martina sowie ihrem Liebhaber, einem jungen Burschen, der sich heimlich zu ihnen stahl … zweimal in der Woche besuchte er sie schließlich, und er hatte … Schluß damit! Schluß mit diesen Erfindungen, widmen wir uns lieber dem Leben, widmen wir uns Herrn da Ponte!«

»Was soll ich tun, Signor Giacomo? Ich bin sofort bereit, Ihren Ratschlägen zu folgen! Sie sind anders als Herr da Ponte, Ihnen vertraue ich, jederzeit! Wenn Graf Pachta mich freigäbe, würde ich mit Ihnen gehen, als Ihr Diener, und ich versichere Ihnen, Sie würden keinen besseren finden, niemals!«

»Aber Paolo! So ernst? Und was würde aus Deiner Johanna?«

»Wir würden sie mitnehmen, Signor, wir wären ein gutes Paar, um Ihnen zu helfen und sie zu bewirten.«

»Zu dritt? Wir würden zu dritt reisen?«

»Ach, Sie glauben nicht, wie gern ich reisen würde, Signor Giacomo, reisen, weit reisen! Sind Sie selbst auch viel gereist, weit, sehr weit?«

»Ich? Du meinst mich?«

»Ja, Signor!«

»Ob ich weit gereist? Ich? Weit gereist?«

»Ja, Signor, warum erstaunt Sie diese Frage?«

»Warum? Ich habe den halben Erdball bereist. Ich war auf Korfu und in Konstantinopel, ich reiste nach Paris und begab mich dort in königliche Dienste. In geheimen Missionen fuhr ich nach Holland. Ich durchreiste die Schweiz und ganz Italien, aus London mußte ich fliehen, in Berlin empfing mich Friedrich der Große, der mich an seinen Hof binden wollte. Doch ich reiste weiter, nach Moskau, wo ich Katharina die Große besuchte, und weiter nach Warschau, wo der polnische König mich zu sprechen wünschte. Die deutschen Lande bereiste ich bis in die kleinsten Provinzen, ganz zu schweigen von Spanien, wo man mich in Madrid gefangensetzte und später auch in Barcelona. Doch einem wie mir, einem, dem es als einzigem auf dieser Erde gelungen ist, aus den gefürchteten Bleikammern Venedigs zu fliehen, war es ein Leichtes, auch von dort zu entkommen …«

»Sie scherzen, Signor Giacomo.«

»Ich scherze? Glaubst Du mir etwa nicht?«

»Natürlich nicht, Signor Giacomo. Ich sehe doch, daß Sie scherzen.«

»Ich scherze, nun gut. Wer mag so etwas glauben? Du hast recht, es sind bloß Geschichten, Geschichten aus Büchern, die Lektüre hier läßt mich scherzen, für mein Leben gern lese ich diese Abenteurergeschichten, Geschichten von jungen Männern, denen die Welt zu klein ist, die von der Welt verführt werden und die die Welt verführen, ich könnte nicht aufhören, davon zu lesen.«

»Ich kenne auch eine solche Geschichte. Sie handelt von einem, der das Horn bläst, wie ich.«

»Na los, ich will sie hören.«

»Sie handelt von Johann Wenzel, so nannte man ihn hier, er kam vom Land, ganz wie ich, und war ein Diener des Grafen Thun, der sich seiner annahm, wie Graf Pachta sich meiner annahm. Wenzel aber durfte in Dresden studieren, er erlernte das Hornspielen dort meisterhaft, und als er zurückkam nach Prag, setzte er alle in Erstaunen mit seinem Spiel. Es heißt, es habe niemals einer besser das Horn geblasen und es habe sich so angehört, als könne das Horn singen, sogar in der Höhe, wo die Töne des Horns meist etwas Scharfes und Glänzendes haben. Man sagt auch, er habe doppelte, ja sogar dreifache Töne zu blasen verstanden, so virtuos, daß man ihn durch die Straßen getragen habe, damit ganz Prag dieses Wunder erlebte. Weil Wenzel aber inzwischen ein solch großer Meister war, wollte er dem Grafen Thun nicht mehr dienen. Spielen wollte er für ihn, spielen schon, aber nicht dienen. Der Herr Graf duldete so etwas nicht, und da gerieten sie denn aneinander, Wenzel, der Hornist, und Graf

Thun, bis es Wenzel nicht mehr ertrug und einfach davonspazierte, über die Grenze, so daß der Herr Graf ihm hinterhersetzen ließ, damit man ihn fange und ihm die Zähne ausschlage. Deshalb nannte Wenzel sich von nun an Punto, er ging nach Mainz und weiter nach Würzburg und von dort nach Paris, wo man ihn feierte als den größten Hornisten der Welt. Das ist die Geschichte.«

»Du möchtest es ihm gleichtun, dem Wenzel, dem Punto?«

»So gut wie er werde ich niemals sein.«

»Sag das nicht, sag so etwas nicht! Ich hasse die Menschen, die sich klein machen und laufend reden von ihrem Unvermögen und von denen, die ihnen voraus sind. Der Mensch hat sein Schicksal selbst in Händen. Die Jammernden haben nie etwas gewagt, und dafür wurden sie eben bestraft. Du aber wirst etwas wagen, das weiß ich, Du schon! Wenn Du einmal in Paris auftreten wirst, wirst Du Dich an meine Worte erinnern.«

»Ich? In Paris?«

»Du! In Paris! Und damit wir keine Zeit verstreichen lassen, wirst Du jetzt spielen und üben. Geh, geh in Dein Zimmer und spiel, was Du im Theater gehört. Ich möchte wissen, ob Du es wahrhaftig beherrschst.«

»Aber beim letzten Mal war es Ihnen nicht recht, daß ich so spielte!«

»Ich war ein Dummkopf, ich habe meine Meinung geändert. Wir werden ein großes Fest geben, in diesem Palais, zu Ehren Mozarts. Unsere Hauskapelle wird spielen, auf dem Höhepunkt des Festes aber wird man Horntöne hören, von weit entfernt wird man sie hören, aus den hintersten Räumen dieses Palais. Du wirst spielen, und diese Töne werden alle an ihr Spiel im Theater erinnern, an die Oper, und es wird ihnen vorkommen, als sei ihr Leben plötzlich eine Szene der Oper. Ich werde es klug arrangieren, und Du wirst mir helfen, als mein Zeremonienmeister, habe ich recht?«

»Signor Giacomo, das ist eine wunderbare Idee!«

»Wenn Du gut spielst, werde ich Dich dem Maestro vorstellen, wir werden hören, was er dazu sagt.«

»Wie soll ich Euch danken?«

»Indem Du jetzt gehst und indem Du spielst!«

Paolo verneigte sich, und Casanova bemerkte, daß er Tränen in den Augen hatte. Er hatte diesen Burschen vom ersten Moment an gemocht, diese Jugend, diese Klarheit im Blick! Anscheinend hatte auch er ihn in sein Herz geschlossen, das war sonderbar, daß so ein Bursche sich an ihn gewöhnte, wo er doch in Dux mit niemandem zurechtkam, mit keinem der Diener des Grafen Waldstein, die etwas Freches und Auftrumpfendes hatten und ihn nicht verstanden. Der hier aber, der war anders! Er hatte eine wache Neugierde und eine nicht aufdringliche Regsamkeit, und er verstand sogar etwas von der Musik, so etwas adelte eben den Menschen, dieses Verständnis der Kunst.

Ah, jetzt begann er wahrhaftig zu spielen, viva la libertà, ja, das war es, die helle Fanfare des Glücks, das schmetternde Entree zum Fest, das Don Juan auf seinem Schloß gab. Auch hier, in diesem Palais, würde man diese Fanfare dann hören, die Fanfare zum Fest, das Giacomo Casanova gab.

Es war das Fest, mit dem er die Herrschaft antreten würde über die Oper. Seit er mit Paolo gesprochen hatte, wußte er endlich, wie es zu bewerkstelligen war. Alles kam auf Paolo an und auf Johanna, denn Johanna war in diesem Spiel der lebendige Köder. Er würde sie festlich kleiden, verführerisch-festlich, er würde ihr ein Kleid der abwesenden jungen Gräfin überlassen, für diesen Abend. Lorenzo da Ponte würde glühen vor Lust, und er, Giacomo Casanova, würde sich ein Vergnügen daraus machen, diese gepeinigte Lust immer mehr zu steigern, ins Unerträgliche, Maßlose. Am Ende würde der Herr Librettist diese Lust nicht mehr zu zügeln wissen, es würde ihm gerade so ergehen wie seinem

Don Juan, er würde tanzen und trinken, bis die gesteigerte Lust ihn herausreißen würde aus diesem festlichen Wirbel. Er würde alles daran setzen, Johanna zu erobern, er würde sie verfolgen, durch das ganze Palais, die Musik würde sein Hasten und Drängen noch übertönen, doch dann wäre er im ganzen Palais zu hören ...: der Schrei einer Frau, ihre gepeinigte Stimme ...

Casanova lachte so laut, daß er sich am Tisch festhalten mußte. Er würde ihn schlagen, mit seinen eigenen Mitteln! Am Ende würde er von seiner eigenen Einfalt bestraft, und er, sein einziger, bester und einsichtiger Freund, würde ihm den Gnadenstoß versetzen und ihm helfen, das Weite zu suchen. Alle würden erkennen, was für ein Scheusal Lorenzo da Ponte in Wirklichkeit war, und, besser noch: welches Scheusal dieser Don Juan! Alle würden sich ekeln vor seiner Erscheinung, seinem blinden und gewaltsamen Eifer, seiner wilden und zerstörerischen Lust! Sie würden die Oper mit anderen Augen sehen und nicht mehr an den Erfolg glauben. Und genau in diesem Moment würde er seine Hilfe anbieten, er, der einzig wahre Regisseur dieses Stücks, und er würde versuchen, es zu verwandeln, in den Traum, der ihm vorschwebte ...

Wie er sich inzwischen nach dieser Musik sehnte! Paolo spielte sie fehlerlos, sein Gehör war einzigartig, vollendet, so ein Gehör fügte sich nicht in eine armselige Herrschaft! Deshalb hatte er ja auch schon nach einem neuen Herrn Ausschau gehalten und ihn in ihm gefunden!

Giacomo Casanova lehnte sich zurück und schloß die Augen. Die Maskierten hielten Einzug in diesen Salon, die Musik spielte auf, die Konversation konnte beginnen, da trat Johanna auf, ein silbernes Tablett mit gefüllten Gläsern in der Rechten, unmaskiert, die schönste Erscheinung der Nacht ...

21

Er hatte sie in der Nähe des Theaters zufällig entdeckt, jetzt war er hinter ihr her. Mit kurzen, schnellen Schritten begleitete er sie, sprach auf sie ein und schmeichelte ihr. »Mein Täubchen, was hast Du denn vor, warum denn so schnell, laß uns etwas trinken, mein Täubchen, ich lade Dich ein ...«

Johanna aber hastete vorwärts. Sie hatte sich vorgenommen, ihm aus dem Weg zu gehen, doch einen Augenblick hatte sie nicht genug auf ihre Umgebung geachtet. An einem Blumenstand war er zu ihr getreten und hatte ihr sofort eine Rose gekauft, sie hatte sich bedankt und versucht, eilig loszukommen von ihm, doch er hatte sich nicht abschütteln lassen.

Jetzt faßte er nach dem Korb und versuchte, ihn aus ihrer Hand zu winden, er schwitzte stark, das hohe Tempo machte ihm zu schaffen, aber sie wußte, er würde sich um keinen Preis von ihr abwimmeln lassen. Seine Haare hingen ihm in wirren Strähnen vom Kopf, die Augen wirkten stumpf und sehr müde, sie bemerkte die kleinen, braunen Zähne, zwischen denen sich seine eifrige Zunge hin und her bewegte.

Immerzu drängte er sie fort von der Straße gegen die Häuserwände, er lief neben ihr her wie neben einem Kind, das man bewachte und nicht allein laufen ließ. Sie ekelte sich vor seiner Gier, doch er war ein Mensch, den selbst diese Abscheu nicht einmal verärgert oder gekränkt hätte, er hätte bloß lauthals lachen müssen und sie an sich gezogen. Denn wenn sie einmal stehenblieben, weil sie einer Kutsche ausweichen mußten oder einer Gruppe von Kaufleuten, dann streckte er sofort eine Hand nach ihr aus. Sie schaute weg, aber sie spürte, wie seine Finger ihr Kleid berührten und den Stoff glattstrichen, es war ein fiebriges, unruhiges Streichen, als wollte er vordringen zu ihrer Haut.

Plötzlich wußte sie, woran sie seine Zudringlichkeit erinnerte, sie erinnerte an den herumstreunenden Hund oben im Vorhof des Damenstifts. Er hatte sich mit seiner Schnauze zwischen ihre Beine gedrängt, als wäre auch sie ein läufiges Tier, dessen Leib man abschnüffelte von oben bis unten. Sie schüttelte sich, als sie daran dachte, er hatte jetzt nach ihrer Hand gegriffen, er hielt sie fest, gleich würde er den Korb abstellen und sie in eine entlegene Ecke drängen, um ihr vielleicht sogar einen Kuß zu geben. Seine Stimme war heiser geworden, man hörte, daß er seine Lust kaum noch zu beherrschen verstand, auch sie atmete rascher, als sie ihn durch den Vorschlag, sich für einen Moment in ein Wirtshaus zu setzen, ablenkte.

Er lächelte, ja, das gefiel ihm! Er lockerte den Griff, nahm wieder den Korb und steuerte auf das nächstbeste Wirtshaus zu, glückstrunken, als habe er nun leichtes Spiel, wahrscheinlich dachte er, sie beginne nun langsam Gefallen zu finden an seinem Werben.

Sie nahmen Platz, er bestellte mit übertriebenen, auffälligen Gesten sofort Kaffee, Wein und Likör, so daß man sich umdrehte nach ihnen. Er hatte sich dicht neben sie gesetzt und griff sofort wieder nach ihrer Hand, ja, sie konnte nicht vermeiden, daß er sie küßte, daß er seine feuchten und vom Pfeifensaft schmierigen Lippen auf ihren Handrücken preßte, als wollten sie sich festsaugen an dieser Stelle. Er schloß dabei die Augen, er stöhnte leise in sich hinein, ihr wurde kalt, sie spürte, daß sie sogar begann, vor Kälte zu zittern.

Jetzt brachte man die Getränke, er rückte den Kaffee und den Likör auf ihre Seite, eine große Karaffe Wein hatte er für sich reserviert. Als sie an ihrem Kaffee nippte, lächelte er und schüttete den Likör gleich noch dazu, dann stießen sie an, Tasse und Glas, er trank schnell, als müßte er sich beeilen, die Karaffe zu leeren.

Er sprach davon, daß er seit Tagen an niemand anderen

denke als an sie, er sei überwältigt von ihrer Schönheit, selbst nachts, in seinen Träumen, sehe er nur sie und wälze sich allein in seinem Bett. Er strich ihr dabei übers Haar, die Finger glitten hinab zu ihrem Nacken, er sagte, daß er über alles den Nacken einer Frau so frei liebe wie jetzt ihren, seit seinen Jünglingstagen sei er vernarrt in diese Rundung, gerade in diese, ah, kein Genuß übertreffe den, mit den Fingerspitzen die feinen Haaransätze hier zu berühren, ob ihr das auch gefalle, ob es ihr gefalle, wie er ihr über die Haarwurzeln streiche.

Sie hatte noch nie einen Mann von solchen Dingen sprechen hören, von seiner Lust, von freien Nacken, Haarwurzeln und dergleichen, es verwirrte sie so sehr, daß sie hilflos nach ihrer Tasse griff und einen großen Schluck nahm, es durchfuhr sie sofort, der Likör war zu stark, sie vertrug so etwas nicht, anscheinend wollte er sie jetzt betrunken machen.

Er faßte sie nun ans Kinn, als wollte er ihren Kopf wie einen leichten Ball balancieren, ihr fröstelte, warum kam niemand und erlöste sie von diesem Scheusal? Er sprach weiter davon, wie allein er doch sei, hier in Prag, aber auch in Wien lebe er ganz allein, weil er die Richtige noch nicht gefunden, bisher. Er werde sie mit nach Wien nehmen, dort werde sie seinen Haushalt führen, keine anstrengende Arbeit, bewahre, zum Dank werde er ihr Gesangstunden geben lassen und sie zu einer großen Sängerin machen, sie werde einmal die erste und vor allem schönste Sängerin Wiens sein, die Primadonna, er verfüge über alle Mittel, um dieses Werk in Szene zu setzen.

Sie versuchte zu lächeln, es war nicht ganz auszumachen, ob er es jetzt ernst meinte, manchmal hatte auch sie schon daran gedacht, Prag zu verlassen, Schluß zu machen mit dem ewigen Dienen. Und um Gesangstunden zu nehmen und weiter zu kommen in ihrer Kunst, bedurfte es eines

Gönners, eines Mäzens. In Prag kümmerten sich solche Mäzene nur um die jungen Burschen, man holte sie noch als Kinder vom Land in die Stadt, steckte sie in Schulen und ließ sie ein Instrument lernen, damit sie später in einer Kapelle glänzten. Für Mädchen aber gab man kein Geld aus, man kaufte ihnen einen Rock und ein grobes Hemd und ließ sie in der Küche beginnen, mit Gemüsezerschneiden und Wasserholen.

So hatte auch sie, Johanna, begonnen; erst mit den Jahren war sie aufgestiegen zur Kammerdienerin der jungen Frau Gräfin, und damit kam sie weg von den einfachsten Arbeiten. Niemand hatte ihr das Singen beigebracht, man hatte davon gesprochen, sie habe eine Stimme von natürlicher Schönheit, so jedenfalls hatte Herr Duschek einmal diese Stimme genannt, als sie ihm hatte vorsingen dürfen. Sie verstand sich darauf, die alten Lieder zu singen, Lieder vom Land, die sie als Kind schon gehört hatte. Manchmal war der Herr Graf melancholisch gewesen, dann hatte er diese Lieder hören wollen, begleitet nur von ein paar Instrumenten, zwei Violinen, einer Klarinette, dem Baß. Arien aber, große Stücke und Szenen, hatte sie bisher nie gesungen, man tat so, als seien Arien und große Stücke nichts für eine Stimme von natürlicher Schönheit und erst recht nichts für ein Mädchen vom Land.

Josepha Duschek – die sang solche Arien, denn sie hatte eine zupackende, feste Stimme, die klettern konnte und in der Höhe lange verweilen, das war die Kunst, dieses Klettern und dieses Verweilen. Sie hätte es gern gelernt und auch aus ihrer Stimme eine solche Arien-Stimme gemacht, doch sie hatte nicht einmal gewagt, jemandem von diesem Wunsch zu erzählen, man hätte sie doch nur ausgelacht, das Mädchen vom Land, das sich erdreistete, eine große Sängerin werden zu wollen.

Und jetzt saß Herr da Ponte, Librettist am Kaiserlichen

Hof zu Wien, vor ihr, streichelte ihr über den Nacken und lockte sie mit dem Angebot, ihr Gesangstunden geben zu lassen. Sie versuchte, ihn anzulächeln, und er reagierte sofort, indem er seine Hand um ihre Schultern legte, er zog sie jetzt an sich, sie glaubte zu riechen, wie erregt er doch war. Noch nie hatte ihr jemand einmal ein Geschenk gemacht, nichts, noch nie eine Blume, nie einen Ohrring, nie ein Kleid, die Hohen Herren vergnügten sich mit anderen Frauen, warum sollten sie ausgerechnet ihr etwas zukommen lassen? Der hier aber, der sie jetzt auch mit der anderen Hand packte und sie noch fester zu sich drehte, so daß sie seine Knie spürte zwischen ihren Schenkeln, auf und ab wippende Knie, immer heftiger nachstoßende und ihr zusetzende Knie, der hatte unter den vielen Schönen dieser Stadt ausgerechnet sie ausgewählt, ja, sie, Johanna, eine andere schien für ihn nicht in Frage zu kommen, nur sie, gerade sie.

Hatte Josepha Duschek ihren Aufstieg nicht auch ihrem Lehrer zu verdanken? Hatte sie nicht ebenfalls einen viel Älteren geheiratet, um Erfolg zu haben und Auftritte überall, wo sie nur wollte? Mit der Zeit hatte sie sich einen eigenen Ruhm erworben, und der Ruhm zog die Verehrer an, jüngere Kavaliere mit Geld und vielen Geschenken, die dafür sorgten, daß sie es aushielt an der Seite des viel älteren Mannes, war es nicht so? War es also gar so schlimm, an der Seite eines solchen Mannes zu leben und für vielleicht ein, zwei Jahre seine Zudringlichkeiten zu ertragen, bei leichter Arbeit und stetig wachsendem Ruhm?

Jetzt begann er, den obersten Knopf ihres Hemdes zu öffnen, er zögerte nicht, nein, das doch nicht, sie griff nach seiner Hand und bekam etwas Hartes zu fassen, seinen Ring, den bekam sie zu fassen. Sie hielt seine Hand und schaute auf den Ring, ein Löwenkopf war zu erkennen, ein Löwenkopf, jemand hatte doch von einem solchen Ring erzählt, einem Ring mit Löwenkopf, wer hatte, wer war es gewesen, richtig: die junge Frau Gräfin! Im Traum der Frau Gräfin war dieser Ring aufgetaucht, genau dieser Ring, es war nicht zu glauben, sie schaute auf dieses schlimme Zeichen und erschrak sofort so sehr, daß sie sich mit einem Ruck von da Ponte löste.

Sie knöpfte das Hemd wieder zu, fuhr sich durchs Haar, griff nach ihrem Korb und bedankte sich. Sie stand auf, zog ihr Tuch über und erklärte, sie müsse ihren Einkauf nun beenden, man erwarte sie schon. Ohne seine Antwort abzuwarten, eilte sie rasch hinaus, sie bemerkte noch, wie er händeringend nach dem Kellner rief, um zu bezahlen, natürlich, er wollte ihr folgen, doch sie war schon hinaus.

Nein, sie konnte jetzt nicht zurück ins Palais, sie mußte sich mit der Frau Gräfin besprechen. Sie eilte hinunter zur Moldau, sie lief zwischen den Menschenscharen auf der Karlsbrücke hindurch wie ein kleiner Pfeil, der hinüber zur Kleinseite flog, ein spitzer, in der Luft schwirrender Pfeil, der erst oben, auf der Höhe des Hügels, sein Ziel fand. Atemlos meldete sie sich an der Pforte des Damenstifts, diesmal ließ man sie nicht warten, sondern brachte sie sofort hinauf, Anna Maria stand in der Tür ihres Zimmers und zog sie gleich hinein.

»Aber Johanna! Wie siehst Du aus? Was ist passiert?«

»Es ist wegen Herrn da Ponte, gnädige Frau! Seit Tagen schon verfolgt er mich. Heute hat er mir am Blumenmarkt aufgelauert, ich weiß nicht, wie ich ihn abschütteln soll, er läßt einen nicht los, auch wenn man ihn bittet.«

»Herr da Ponte? Warum hast Du mir nicht früher von ihm erzählt?«

»Weil ich mich schämte und weil ich dachte, es ist bloß eine Laune des Herrn da Ponte, die bald wieder vergeht.«

»Aber was will er von Dir?«

»Er sagt, er möchte mich mitnehmen nach Wien, ich soll bei ihm wohnen, er will mir Stunden geben lassen, damit ich eine große Sängerin werde. Und er hat mir Geschenke versprochen.«

»Daß er sich nicht schämt, Dir so den Kopf zu verdrehen! Hör nicht auf ihn, laß Dir nichts einreden, solche Herren wissen genau, was einem schmeichelt.«

»Aber er hat recht, hier in Prag wird aus mir nie eine Sängerin. Mein Leben lang werde ich nur die alten Lieder singen, die ich als Kind doch schon sang. Ich werde nichts dazulernen, ich werde immer die bleiben, die ich jetzt bin.«

»Wer sagt denn so etwas? Hat Herr da Ponte das gesagt? Er sollte sich um seine Arbeit kümmern, anstatt Dir derartiges einzuflüstern.«

»Aber es stimmt doch, was er sagt.«

»Nichts stimmt, er sagt das nur, um Dich unruhig zu machen und unzufrieden. Er will, daß Du beginnst, Dich nach einem anderen Leben zu sehnen, und wenn Du Dich danach sehnst, wird er diese Sehnsucht ausnutzen und sich aufspielen als Dein Retter. Dabei ist er auf etwas ganz anderes aus, glaube mir.«

»Ich sage ja auch nicht, daß ich ihn mag, nein, ich mag ihn weiß Gott nicht. Herr da Ponte, verzeihen Sie, gnädige Frau, ist ein abscheulicher Mensch, das weiß ich sehr gut. Aber er hat mir versprochen ...«

»Er hat Dir nichts zu versprechen, Johanna! Herr da Ponte ist ein Fremder, ein Mann, den unsere Angelegenheiten nichts angehen! Das hättest Du ihm sagen müssen!«

»Ich weiß, gnädige Frau! Ich hätte es ihm vielleicht auch gesagt, aber ich war zu erschrocken. Denn da ist noch etwas, etwas Seltsames, Unerklärliches.«

»Was ist da, was noch?«

»Bitte, gnädige Frau, nun erschrecken Sie nicht! Dieser furchtbare Traum neulich, der Sie so maßlos erschreckt hatte, daß ich selbst es mit der Angst bekam und um Ihre Gesundheit fürchtete, von dem muß ich jetzt wieder sprechen.«

»Von meinem Traum? Geht es um Euren Signor Giacomo? Was ist passiert?«

»Nein, gnädige Frau. Signor Giacomo ist der herzlichste und gütigste Mensch, den man sich vorstellen kann, er würde Ihnen niemals etwas antun, das ist ganz unmöglich. Mit Paolo hat er inzwischen sogar Freundschaft geschlossen, stellen Sie sich vor, ein so Hoher Herr mit unserem Paolo! Er will ein Fest geben im Palais, ein großes venezianisches Fest, wie es heißt, die Gäste werden maskiert sein, wir freuen uns alle schon auf dieses Fest, auch Herr Mozart wird erscheinen und die Sängerinnen der Oper, Frau Saporiti und Frau Micelli, leider aber auch Herr da Ponte ...«

»Ein Fest? Warum das? Was geht da unten vor? Johanna, verschweige mir nichts!«

»Aber ich will es Ihnen ja sagen, nur erschrecken sollen Sie nicht! Als Herr da Ponte mich begleitete, warf ich durch Zufall einen Blick auf seinen Ring. Und stellen Sie sich vor: Der Ring hat einen Löwenkopf, ganz so wie der Ring, von dem Sie neulich geträumt haben.«

»Einen Löwenkopf? Bist Du sicher, Johanna? Hast Du ihn ganz genau gesehen?«

»Ich habe ihn mit meinen eigenen Augen gesehen, gnädige Frau.«

»Seit mein Vater verreist ist, hat die Welt sich verändert! Es geschehen die seltsamsten Dinge, es ist wie Zauberei, ich verstehe es nicht. Was wird da nur gespielt? Von hier oben ist es nicht zu verstehen, man erkennt nur dunkle Zeichen und kann sie doch nicht durchschauen. Es ist beinahe wie ein drohendes Unheil, als würde bald etwas Furchtbares passieren, etwas ganz und gar Schreckliches! Ich habe Angst, Johanna, ich habe Angst, daß uns etwas zustößt!«

»Sie brauchen keine Angst zu haben, gnädige Frau! Signor Giacomo wird uns alle beschützen, er ist ein kluger Mann, er weiß und durchschaut alles. Paolo sagt, wenn sie zusammen ins Theater zu den Proben der Oper gehen, erahnt er schon im voraus, wie eine Szene auf die andere folgt.«

»Signor Giacomo, Herr da Ponte – immerzu höre ich nur von ihnen und keinen von beiden kenne ich! Das geht so nicht weiter, Johanna! Ich muß hinunter, zu Euch, ins Palais, ich muß versuchen, mir selbst ein Bild davon zu machen, was dort geschieht! Aber wie machen wir das? Ich möchte mich ihnen nicht zeigen, am liebsten würde ich sie zunächst nur beobachten, aus einem Versteck.«

»Ich habe mir auch schon gewünscht, daß Sie zu uns kommen, gnädige Frau, ich habe auch schon daran gedacht! Und ich habe sogar eine Idee, gnädige Frau, wie Sie zu uns kommen könnten, ohne daß Sie jemand erkennt.«

»Ah, Du meinst, ich soll mich wieder verkleiden, so wie neulich, als Du auf mich so lange warten mußtest? Nein, das geht nicht. Auch verkleidet würde mich die Dienerschaft doch sofort erkennen, und selbst wenn man allen einschärfen würde, mich nicht als Frau Gräfin anzureden, würde doch der Moment kommen, in dem mich einer durch einen Zufall verrät. Nein, Johanna, so geht es nicht.«

»Ich dachte auch an etwas anderes, gnädige Frau. Ich dachte daran, daß Sie zu unserem Fest ins Palais kommen, maskiert. Ich werde Ihnen fremde Kleider besorgen, niemand wird Sie erkennen!«

»Maskiert? In fremden Kleidern? Ich verstehe, ja, ich verstehe. Maskiert … in fremden Kleidern, das ist gut, Johanna, wie bist Du darauf gekommen, das ist eine fabelhafte Idee! Genau so machen wir es! Ich werde maskiert erscheinen, natürlich, maskiert wie die anderen, es wird nicht weiter auffallen. Ich werde mich frei bewegen und umsehen können in meinen eigenen Räumen, ja, in meinem eigenen Elternhaus. Ich werde fremd sein dort und doch auch wieder zu Haus, und ich werde mir einen Eindruck verschaffen können, was sich dort tut. Ich werde alle kennenlernen, Signor Giacomo und den abscheulichen Herrn da Ponte und sogar Herrn Mozart, den ich für mein Leben gern kennenlernen würde! Endlich ist die Gelegenheit da, mit ihnen allen zu sprechen! Ja, Johanna, so machen wir es, genau so!«

Anna Maria umarmte Johanna. Sie standen jetzt in der Nähe des Fensters und schauten hinab auf die Stadt, und als hätten sie denselben Gedanken, suchten ihre beiden Blicke das ferne Palais, in dem Signor Giacomo sich gerade in die Küche aufmachte, um mit der Köchin und ihren Gehilfinnen die Speisenfolge seines venezianischen Fests zu besprechen.

22

Warum lief er so schnell, vor wem rannte er bloß davon? Er hielt inne, fuhr sich mit der Rechten durchs Gesicht und versuchte, sich zu beruhigen. Was war denn in ihn gefahren? Schon vier, schon fünf, ich werde erwartet – so hatte er sich früher immer davon gestohlen, doch warum diesmal, warum jetzt?

Josepha hatte es übertrieben, sie war zu aufdringlich geworden, ja, er hatte es nicht mehr ausgehalten. Und nun? Sollte er wieder hinauf spazieren und erklären, alles sei bloß ein Scherz gewesen? Ach nein, er brauchte ihr doch nichts zu erklären, ihr nicht. Wahrscheinlich wußte sie längst, warum er davongeeilt war, und machte sich selbst bittere Vorwürfe.

Er durfte sie nicht zu lange warten lassen, nein, er mußte zurückkehren, bevor ihre Selbstvorwürfe die Oberhand gewannen. Aber nicht gleich, nicht sofort, einige Zeit würde sie eben doch leiden müssen dafür, daß sie sich nicht gedulden konnte, daß sie zu neugierig war und daß sie von ihm meist mehr erwartete als er später erfüllen konnte.

Er war hierhergefahren, um zu komponieren, und sie

tischte ihm ihre Geschichten auf! Sie war eine sehr gute Freundin, sie mochte ihn, vielleicht liebte sie ihn sogar auf ihre eigene, schwärmerische Art – aber sie konnte doch nicht verlangen, daß er die kostbare Zeit vor der Premiere der Oper damit zubrachte, sich mit ihr über diese alten Geschichten zu unterhalten! Und vor allem mußte sie ihn allein lassen bei der Arbeit, ganz allein! Er konnte nicht schreiben, wenn er sich beobachtet fühlte, sie wußte das, und sie wußte, daß er höchstens Constanze in seiner Nähe ertrug, Constanze, die ihm so nah war, daß er sie während des Schreibens nicht einmal bemerkte!

Wo war er denn jetzt angekommen? War das ein Friedhof, richtig, ja, in der gottverlassenen Gegend dieses Tals gab es zwar keine Häuser, dafür aber sehr wohl einen Friedhof, zu sonderbar! Sollte er etwa spazierengehen, zwischen den Gräbern? Warum nicht? Schließlich konnte er sich nicht an den Wegrand setzen und in die Sonne schauen, das wäre zu seltsam gewesen: Herr Mozart, am Wegrand, den Sonnenstand fixierend. Gut also, etwas spazieren zwischen den Gräbern, da fiel er wenigstens nicht auf, in dieser einsamen Gegend, in der jeder Spaziergänger unweigerlich auffiel!

Auch Herrn da Ponte war es eingefallen, Don Juan auf einen Friedhof zu bestellen, zum Opernschluß, es war einer jener Eingebungen gewesen, die man ihm nicht hatte ausreden können. Was suchte einer wie Don Juan auf einem Friedhof und dazu noch des Nachts? Herr da Ponte glaubte, daß Don Juan zu einer so späten Stunde nichts anderes suchte als eine Zuflucht, einen ruhigen Platz, einen Ort, wo man ihn gewiß nicht suchen würde. Schließlich war er gerade wieder einer Schönen zu nahe gerückt, schließlich hatte er allen Grund, sich erneut zu verstecken – warum also nicht auf dem Friedhof, wo er sich ganz sicher glaubte?

Und dort erschien ihm dann der, den er getötet hatte, der Vater Donna Annas, der Herr Komtur, der bemühte sich aus dem Totenreich hinauf, weil er keine Ruhe fand und sein Tod nicht gerächt und gesühnt war, deshalb erschien er Don Juan nun als ein Geist, um ihn zur Sühne, zur Buße anzuhalten, damit er, der Tote, endlich Ruhe finde im Jenseits.

Und Don Juan? Der verlachte so eine Erscheinung, der lud sie zum Abendessen ein auf sein Schloß und trieb sein grausames Spiel weiter, ohne die Ruhe der Toten zu achten. Der Herr Komtur – der war eine jenseitige, höhere Macht, an die wollte einer wie Don Juan nicht glauben, er glaubte eben nur an das Leben, das schöne, vorwärtsdrängende Leben, den nächsten Augenblick. Selbst die vielen Verfolger, die längst hinter ihm her waren, erschreckten ihn nicht, er wußte nur zu genau, daß sie ihn nie fassen würden. Einer wie Don Juan war von keinen Verfolgern zu fassen, ja, zumindest in diesem Punkt hatte da Ponte wohl recht. Erst mußten die Verfolger hinter ihm her sein, weil die Zuschauer so etwas erregte, sie mitfiebern und mitleiden ließ – am Ende aber mußte eine höhere Macht erscheinen, die Macht des Todes und damit des Jenseits, nur eine solche Macht bekam Don Juan wirklich zu packen. Einer wie Don Juan, der wurde nicht von Menschen gefaßt und gestellt, einer wie der war mit dem Teufel im Bunde und wurde am Ende in die Hölle geholt …

Und selbst vor der fürchtete sich Don Juan nicht, nein, im Gegenteil, er verlachte selbst das Jenseits, die Hölle, die armseligen Toten. Wo aber, hatte da Ponte gesagt, könne Don Juan die Toten besser verlachen als auf einem Friedhof?

De … dede … de … – so pochte es aus dem Jenseits, so regte sich der Herr Komtur, der sich in die Spiele der Lebenden mischte. Ja, die Toten lebten wohl fort in den Lebenden und gaben keine Ruhe, bis man ihre Aufträge erfüllt und ihnen Genüge getan hatte. Denn manchmal glaubte auch er, Mozart, daß der Herr Vater sich noch einmischte in die lebendige Welt, jedenfalls glaubte er ihn noch manchmal zu hören, geh an die Arbeit, geh, geh! …, das glaubte er immer wieder zu hören, es war der Befehl gewesen, den er so häufig gehört hatte, daß er ihm schließlich widerspruchslos gefolgt war: Ich gehe schon, Vater, ich geh!

Ja, dieses Pochen, Klopfen und Drängen, das steckte selbst in diesem De … dede … de – einmal hatte er schon geglaubt, den Herrn Vater wirklich zu hören, in einer ruhigen Minute auf der Karlsbrücke, als er hinabgeschaut hatte auf das Wehr und ins Wasser, da hatte die Stimme des Vaters ihn herausgedrängt aus dieser Versunkenheit. Vielleicht hatte er nie an der Erhabenheit der Natur großen Gefallen gefunden, weil der Herr Vater das Betrachten dieser Natur für Müßiggang und für Träumerei gehalten hatte. Auf einer Brücke zu verweilen und ins Wasser zu starren – das hätte der Herr Vater nicht erlaubt und gleich ein böses Wort für die gefunden, die so etwas machten.

Der Herr Vater war ein Meister der spitzen und bösen Worte gewesen, wie viele Menschen hatte er insgeheim mit diesen Worten bedacht und sie dadurch fortgedrängt aus seinem Leben! So hatte er von Josepha behauptet, sie sehe aus wie eine abgedankte Maitresse, dabei hatte er sich zu ihr doch freundlich und beinahe liebenswürdig betragen, weil er gehofft hatte, sein Sohn werde in irgendeiner Zukunft einmal von Josepha nach Prag eingeladen, zum Musizieren. Der Herr Vater hatte die Menschen immer auf solche Zukunftspläne hin betrachtet, er hatte kalkuliert, was die Menschen einem noch nutzen konnten, und entsprechend diesem Kalkül hatte er ihren Wert taxiert.

So einen Blick auf die Menschen hatte er auch seinem Sohn beibringen wollen, aber er hatte genau darin versagt, in dem scharfen Blick auf die Menschen, auf ihre Schwächen und darauf, wie man sie einspannen konnte in die eigenen Pläne. Auf Reisen hatte der Herr Vater die Aufwartungen und Verbeugungen gemacht, er aber, Mozart, war schon als

Kind den anderen immer nur entgegengesprungen. Er mochte jemanden oder er mochte ihn nicht! Und wenn er einen überhaupt nicht mochte, konnte er sich nicht zwingen, ihm freundlich zu begegnen, das war unmöglich, er konnte nicht zwei Sprachen sprechen, die bittere und die gefällige, das fügte sich nicht in seinem Kopf, und genau darüber hatten sie immer wieder gestritten, Vater und Sohn.

Und wenn er ihn jetzt hier sähe, der Herr Vater? Wenn er wie der Herr Komtur herausstiege und emporkäme aus seinem Grab, weil der Herr Sohn ihn nicht zu Grabe getragen, nicht beerdigt, nicht gebührend um ihn getrauert habe? Er würde ihn anherrschen, geh an die Arbeit, geh, geh, und er würde ihm vorwerfen, die Prager Gesellschaft zu sehr vernachlässigt zu haben. Vor einer Premiere machte man einen Besuch nach dem andern, sicherte sich die Gunst der einflußreichen Kreise, verkehrte mit den tonangebenden Künstlern der Stadt, zeigte sich an den bevorzugten Orten, anstatt die Nächte in einem einsam gelegenen Wirtshaus an der Moldau zu verbringen, im Gespräch mit Kammerdienerinnen, die sich verlaufen hatten!

Nein und nochmals nein, er konnte so etwas nicht! Wenn er die höflichen und gezügelten Worte herausbringen sollte, stockte etwas in ihm, das Sprechen verweigerte sich, die Worte zerfielen …, oder sie sprangen übermütig leicht aus seinem Mund und teilten aus, Schlag für Schlag. Er konnte sie nicht zurückhalten, und er konnte sie nicht formen oder zügeln, sie paßten sich seiner Stimmung an und sonst an nichts, und diese trug sie dann frei hinaus, ohne Rücksicht darauf, was sie anrichten würden.

Deshalb, lieber Herr Vater, gehe ich seit Jahren meiner eigenen Wege, auch wenn Ihnen das nicht gepaßt hat und Sie weiter glaubten, ein Auge auf mich werfen und eine Hand auf meine Schultern legen zu müssen, durch die Weisungen in Ihren Briefen. Hier, schauen Sie nur, spaziere ich frei, ohne einen Gedanken daran, die Zeit zu vertun, auf einem Friedhof herum und denke nur nebenher an das Finale und daran, wieviel Mühen es noch kosten wird, es zu schreiben: die Friedhofsszene und das Nachtmahl des Don Juan, die Höllenfahrt und das glückliche Ende, das befreite Lachen aller Beteiligten, ihr letzter Jubel darüber, den Wüstling und Todesverächter, den sie doch nicht hatten fangen können, endlich los zu sein.

Jetzt aber würde er langsam wieder hinaufgehen, sehr langsam, einen Augenblick würde er sich noch ausruhen, hier unter der mächtigen Buche, am Straßenrand, neben dem kleinen Friedhof, den er bestimmt nicht vergessen würde. Seltsam war es doch, daß sich unterhalb von Josephas Landhaus ein Friedhof befand, als sollte ihm dauernd vor Augen gehalten werden, endlich das Finale zu schreiben. Schon gut, ja, er würde sich eilen mit diesem Finale, er würde gleich am Abend damit beginnen, D … A … D …, diese Schläge machten den Anfang, er wußte doch längst, wie es zu bewerkstelligen war.

Er streckte sich ins Gras und legte die Hände unter den Kopf. Er schloß die Augen und glaubte plötzlich, das leise Rauschen des Moldauwehres zu hören, beruhigend gleichmäßig. Es war zu kühl, um länger auf dem Boden zu liegen, er richtete sich auf und sah, daß sich aus der Ferne eine Kutsche näherte. Er nahm sich vor, sie anzuhalten und die Insassen zu bitten, ihn ein Stück des Wegs mit hinaufzunehmen.

Er saß still. De … dede … de, es ging ihm nicht mehr aus dem Kopf.

23

Sie hatte den Morgen in ihrem Zimmer verbracht, der Arzt war gekommen und hatte nichts feststellen können, keine Verschlechterung ihres Zustandes, nein, nichts. Die Besuche waren an diesem Morgen ausgeblieben, sie hatte sich gelangweilt, aus dem Fenster geschaut und versucht, einen Brief zu schreiben, doch dann hatte sie die Stunden, die Viertelstunden und die Minuten gezählt. Das dunkle Ticken der Standuhr. Die Choräle der Turmbläser am Mittag. Das leiser werdende Marktschreien der Händler vor den Fenstern da draußen. Der Wind, der um die Ecken des Gasthauses fuhr, eilig, nur flüchtig rüttelnd an den Spalieren. Eine Mandoline, zwei Violinen, die sich durchs Markttreiben quälten …

Der Wirt hatte das Essen gebracht, mit der überflüssigen Frage, ob es ihr allein wohl schmecken werde. Sie hatte begonnen zu essen, und natürlich hatte es ihr nicht geschmeckt, so allein, zum ersten Mal hier in Prag, ohne ihn. Sie hatte das Essen fortgeschüttet, keinen Bissen hatte sie herunterbekommen, vielmehr hatte sie, in Gedanken versunken, nahe am Fenster gesessen und sich vorzustellen versucht, was er wohl machte, da draußen, in Josephas Landhaus, gerade jetzt.

Sie hatte den Brief zerrissen und sich hingelegt, aber sie hatte auch nicht einschlafen können, weil er ihr gefehlt hatte, an ihrer Seite. Sie hatte sich sehr nach ihm gesehnt, so stark wie lange nicht mehr, ja, sie hatte die Sehnsucht gespürt wie ein inneres Zehren, dabei war es vielleicht nur der Hunger gewesen, der nicht zu stillende, aber eben doch aufbegehrende Hunger.

Sie hatte mit sich gekämpft, mehrere Stunden, dann hatte sie es nicht mehr ausgehalten und gebeten, eine Kutsche vorfahren zu lassen. Der Wirt hatte ihr eigenhändig geholfen, einige Sachen in den Reisekoffer zu packen, man hatte das Gepäck hinten auf die Kutsche geladen. Am späten Nachmittag war sie aufgebrochen, glücklich über diesen Entschluß und willens, alle Vorwürfe und die bösesten Blicke zu ertragen. Alles war besser als dieses Alleinsein, die Ungewißheit und der Schmerz, von ihm getrennt die Zeit verstreichen zu lassen.

Sie saß ruhig und gefaßt in der Kutsche, die Hände auf dem Bauch, sie schaute nicht hinaus, bis die Kutsche anhielt. Da sah sie ihn stehen, am Wegrand, es war ein so plötzlich eintretendes Bild, daß ihr Herz schneller schlug, als begegnete sie gerade ihrem Geliebten. Er kletterte zu ihr in die Kutsche und erzählte ihr, als wunderte ihr Kommen ihn nicht im geringsten, daß er begonnen habe zu arbeiten; um einen Spaziergang zu machen, habe er sich eine Pause gegönnt. Sie ahnte sofort, daß etwas nicht stimmte, er ging nie spazieren und erst recht nicht allein. Sie fragte ihn aber nicht, sondern nahm seine Hand, und so rollte er zum zweiten Mal an diesem Tag in einer Kutsche in den beinahe ovalen Innenhof, wo sie von Josepha und den Dienern empfangen wurden, als habe man die ganze Zeit auf dieses Paar gewartet.

Auch Josepha tat nicht überrascht, sondern erfreut, sie nahm Constanze gleich am Arm und führte sie hinauf in die nun bereits von Kerzen erleuchteten Räume. Die Frauen sprachen zusammen, man ließ Schokolade kommen, Sorbet und Kaffee, dann gingen sie langsam durch die Räume, weiter miteinander plaudernd, wie zwei gute Freundinnen, die sich lange nicht mehr gesehen hatten.

Nach dem ersten Glas Wein wurde Constanze vollends ruhig. Dann nahm Josepha sie wieder zur Seite, und man ging in das untere Stockwerk, in die Haushaltsräume und in die Küche. Sie ließen ihn eine Weile allein, Constanze wünschte sich für ihn Radieschen und etwas Schinken, dazu eine

Karaffe mit Wein. Sie brachte es ihm dann selbst hinauf, doch als sie sein Arbeitszimmer betrat, hörte sie, daß er begonnen hatte, weiter an der Oper zu schreiben.

Sie stellte das Tablett auf einen ovalen Tisch, ließ die Tür geöffnet und suchte sich einen bequemen Sessel nebenan, nahe am Fenster. Sie holte sich einen Schemel, stellte ihn vor den Sessel und legte die ermüdeten Füße darauf. Endlich die Augen schließen, endlich zur Ruhe kommen, und dazu das leise Kratzen seiner Feder auf dem Notenpapier. Ein Scharren, als flögen die Noten nun wie ein Vogelschwarm über die Linien, setzten sich nieder und rauschten wieder empor in den Himmel, ihre stolzen Kreise ziehend.

Liebenswürdig war Josepha zu ihr gewesen. Sie hatte sie sogar gebeten, ihr beim Umkleiden zu helfen. Ohne sich von ihm zu verabschieden, nein, sie wollte ihn nun bei der Arbeit nicht stören, hatte sie die Kutsche bestiegen, um zurück in die Stadt zu fahren, zu ihrem Franz. »Ich fahre zu meinem Franz, der braucht mich jetzt«, hatte sie lächelnd gesagt, das war ihr, Constanze, sonderbar vorgekommen, denn Josepha hatte noch nie so freundlich von ihrem Mann gesprochen. Vielleicht hatte ihre, Constanzes, Ankunft Josephas plötzliche Milde bewirkt, vielleicht hatte auch sie sich danach gesehnt, mit ihrem Franz zusammenzusein, obwohl man sich eine solche Nähe nicht vorstellen konnte.

Nun war sie fort, nachdem sie ihr gut zugeredet hatte, die Nacht hierzubleiben. Sie hatte der Dienerschaft eingeschärft, die Gäste aufs Beste zu bewirten und ihr, Constanze, in allem zur Seite zu stehen. Und nun lag sie hier, in diesem Sessel, nicht wie ein Gast, sondern wie die Hausherrin, die fein horchte, wie der Gemahl nebenan weiterkam und jede Note sich ummünzte in klingende Dukaten.

Was vorgefallen war, war nicht mehr zu ergründen, niemand würde mit ihr darüber sprechen. Gut also, daß sie sich entschlossen hatte, herauszufahren, ihr feiner Instinkt hatte sie gewarnt und ihr geholfen. Der Herr Schwiegervater hatte schon vor Jahren einige scharfe Bemerkungen über Josepha und ihren Wolfgang gemacht, die hatte sie sich gemerkt und sich vorgenommen, ein Auge auf die beiden zu werfen. Manchmal wußte er nicht recht, was er tat, dann spielte seine träumerische Abwesenheit ihm einen Streich, sie kannte das gut, man konnte ihm nicht bös sein deswegen. Der Herr Schwiegervater hatte ihn dieser Traumwandeleien wegen gescholten, er hatte darauf bestanden, daß ein rechter Mann sich in der Gewalt haben müsse. Sie aber glaubte besser zu wissen, was ihn so träumen und die Umgebung oft nicht beachten ließ. Manchmal lebte er einfach zu sehr in seinen Gedanken, dann wurden die Gedanken so mächtig, daß er die Welt nur als lästig empfand. Er zeigte aber nie, als wie aufdringlich er sie erlebte, er übersah und überhörte sie einfach, es war, als spielte eine innere Musik laute Lieder in ihm. Oft begann er dann sogar, in sich hineinzubrummen, während er gleichzeitig von etwas anderem sprach, von ganz Alltäglichem, einem Mittagessen oder einem Gespräch. Es brummte und fidelte anscheinend ganz unbarmherzig in ihm, es kochte, brodelte, daß er noch während des Essens zu singen begann, bruchstückhaft, leise, manchmal aber auch so laut, daß etwa die anderen Gäste in einem Speisesaal erschraken und sich umschauten nach ihm. Sie hatte sich angewöhnt, ihn in einem solchen Fall mit der Hand auf die trommelnden Finger der Rechten zu schlagen, ganz kurz, wie eine Warnung. Dieser eingeübte und doch unerwartete Schlag hatte ihn noch immer zu Besinnung gebracht, er hatte sich das Brummen und Singen untersagt und war zurückgekehrt zur Vernunft.

Dann überfiel sie die Müdigkeit, sie streckte sich aus und spürte die wohltuende Wärme, die vom Kamin her kam. Ein Diener klopfte kurz und fragte sie nach ihren Wünschen. Sie ließ sich einen Likör kommen und noch mehr von dem köstlichen Sorbet, das sie fürs Leben gern aß. Dann fiel sie schwer zurück in den Sessel, ließ den Kopf nach hinten fallen und schlief langsam ein. Im Einschlafen hörte sie weiter sein Schreiben, die Vögel kreisten und zwitscherten, balancierten auf den Linien, zupften und tupften, so würde es die ganze Nacht weitergehen, die ganze Nacht …

Sie sah die rollenden Räder der Kutsche, er saß darin allein, und auch er schlief, in sich zusammengekauert wie ein frierendes Kind. Er hatte das Gesicht leicht verzogen, als träumte er übel, dann begannen seine Zähne plötzlich zu mahlen, und das mahlende Knirschen vereinigte sich mit dem Knirschen der Räder. Die Fahrt war unruhig, am Himmel flackerten Noten, und zwischen den Wolken spazierten Menschen umher, als werde dort Markttag gehalten. Manchmal standen sie still und schauten auf ihn herab, dann kam es ihr so vor, als wäre das Dach seiner Kutsche geöffnet und als führe er durch eine blühende Landschaft, ahnungslos, weiter das frierende Kind.

Es schüttelte ihn durch, langsam glitt sein Körper hinab und streckte sich aus auf dem Boden der Kutsche. Der Kutscher hielt, und einige Gestalten eilten herbei, um seinen leblos wirkenden Körper herauszutragen. Sie legten ihn unter einen Baum, und plötzlich war Josepha Duschek zur Stelle, um ihm Kaffee einzuflößen. Er kam wieder zur Kräften, erhob sich aber, ohne sie zu beachten, sehr rasch und wanderte auf und davon. Jetzt war sein Singen zu hören, dieses Rumoren, und jetzt hielten die Figuren in den Wolken wieder inne, um ihn zum zweiten Mal zu betrachten. Sie schauten und lachten, sie konnten sich beinahe nicht mehr beherrschen, so bogen sich ihre Körper vor Lachen.

Inmitten dieser lachenden Scharen aber hatte sie, Constanze, sich Platz verschafft. Sie stand jetzt da und winkte ihm zu, und als habe er gerade auf diese Geste gewartet, schaute er auch hinauf und war mit einem Satz oben bei ihnen, in der großen Gesellschaft. Er begrüßte seinen Vater, verneigte sich vor der Schwester und umarmte sie, Constanze, wie zum Dank, daß sie ihm den Weg gezeigt hatte, rechtzeitig …

Sie stieß mit der Hand gegen die Lehne des Sessels und erwachte. Wie spät es schon war, weit nach Mitternacht! Sie stand langsam auf und ging hinüber ins Schlafzimmer. Die Diener hatten die Betten gerichtet. Sie zog sich aus und legte sich vorsichtigst ins Bett, als dürfte sie keine Geräusche machen, um ihn nicht zu stören.

Dann überlegte sie es sich noch einmal und schlich ein letztes Mal hinüber, zur Tür seines Zimmers. Sie horchte, dann überzeugte sie sich. Sein Oberkörper lag auf den zwei Manualen des Cembalos, die Hände hingen wie schlaffe Flügel an der Seite herab. Sie ging hin und streichelte ihm über den Rücken. Er regte sich erst nach einiger Zeit, dann schüttelte er den Kopf, fuhr sich durchs Gesicht und bat sie nach einem Kuß, sich schlafen zu legen.

Sie nickte nur, dann ließ sie ihn endgültig allein.

Vierter Teil

24

Den Tag vor dem großen Fest verbrachte Casanova im Pachtaschen Palais und kümmerte sich um jede Kleinigkeit der Vorbereitungen selbst. Er überwachte die Dekoration der Räume, das Aufstellen der Blumensträuße und Buketts in den Fluren und Zimmern, das Drapieren der Tische und Möbel mit seidenen Stoffen und Decken aus schwerem Damast, das Anbringen von Kerzen, Kandelabern und Leuchtern an den Wänden. Am liebsten hätte er die kleineren Räume neu streichen lassen, in hellen, freundlichen Tönen, dem leuchtenden Wolkenblau seiner Heimatstadt oder dem weichen Grün der Wiesen Venetiens, doch dafür war keine Zeit. Mit eigenen Augen überprüfte er die Lieferungen von Fleisch, Fisch, Gemüse und Obst, die Flaschen mit Wein, Likör und Champagner lagen schon seit einigen Tagen, zu kleinen, zierlichen Kathedralen zusammengestellt, in den Kellern.

Immer wieder ging er in Gedanken den Verlauf des Abends durch, der Erfolg hing ab von seiner meisterhaften Regie, die aus dem Fest eine Inszenierung machen würde, an die man sich noch lange erinnerte. Es sollte das schönste Fest werden, zu dem er jemals eingeladen hatte, ein Fest einzig nach seinem Geschmack, wie er ihn verfeinert hatte auf seinen weiten Reisen durch ganz Europa. Vor allem aber wollte er es gegen da Pontes Fest setzen, denn was sich dieser Halunke für seinen Don Juan ausgedacht hatte, war ja im Grunde kein Fest, sondern ein zügelloses, wildes und erbärmliches Treiben mit von der Straße herbei geladenen Gästen, mit der Landbevölkerung und willkürlich erscheinenden Damen und Herren des Adels, eine Durchmischung der Stände, die nur Ausdruck einer Verachtung der Eingeladenen war und keinen von ihnen befriedigen konnte.

Er aber, Giacomo Casanova, wollte nicht das Chaos eines solchen Gelages, er wollte die erotische Komposition, das Fest als Theaterstück in mehreren Akten, mit wechselnden Hauptdarstellern. Dazu aber gehörte, daß man die Festgesellschaft auf geschickte Weise zwang, sich immer neu zu gruppieren, in kleinen Gruppen, am besten aber zu zweit. Die schönsten Soupers hatte er selbst jedenfalls in dieser Form erlebt, zusammen mit einer begehrenswerten und möglichst geistreichen Frau in einem am besten runden oder ovalen Raum, einem Eßtisch, einem zweiten, länglichen Tisch mit den bereitgestellten Speisen und versteckt, aber doch deutlich sichtbar, einem breiten Bett, einem Lager, das auf den Endzweck allen Feierns hindeutete: die kunstvoll hinausgezögerte Vereinigung der Körper, die höchste Lust.

Es war schwer, die Prager an solche Festideen zu gewöhnen, offen darüber zu sprechen, verbot sich sowieso, man hätte ihn ja doch nicht verstanden. Nur Paolo, den mußte er zumindest in einige Vorhaben und Absichten einweihen, schließlich war Paolo so etwas wie sein Zeremonienmeister. Aber auch ihm würde man jede Einzelheit erklären müssen, wie sollte ein Bursche vom Land wie er denn begreifen, was hinter diesem Fest steckte, wieviel Erfahrung und Wissen, die Summe all seiner Erlebnisse und weiten Reisen. Das aber wollte er nicht einmal erwähnen, er mußte es ihm auf andere, schlichte Weise erläutern, so klar, daß ihm seine Regieideen vollkommen einleuchteten und er sie umsetzte in das durchtriebene Spiel.

Am besten war es, einige Abläufe heute mit den Dienerinnen und Dienern zu proben, zum Glück wußte die Köchin inzwischen, was er wollte. Mit Köchinnen kam er viel leichter zurecht als mit Köchen, das war ein Leben lang so gewesen. Die Franzosen hatten sich meist der Köche bedient, in Italien dagegen hatte man Köchinnen bevorzugt, dabei waren Köchinnen den Köchen bei weitem überlegen, weil sie – anders als die Köche – mit dem Verstand kochten, das Ursprüngliche der Speisen bewahrten und sich nicht aufschwingen wollten zur Koch-Kunst. Die Koch-Kunst war nämlich ein falsches und fatales Programm, es war das Programm des Pariser Hofes, ein Programm für gelangweilte Seelen, die den einfachen und natürlichen Geschmack der Speisen nicht mehr zu schätzen wußten und ihn statt dessen verdarben mit lauter Zutaten, Saucen und abgeschmackt künstlichen Aromen.

Die wahre Küche war deshalb die Küche Italiens, und unter allen italienischen Küchen war die Venedigs die beste. Viel Fisch, viel Gemüse, kaum Fleisch, und wenn, dann nur das helle, also Kalbfleisch oder Poularden, dazu auch Reis oder Polenta, alles hell, beinahe ganz weiß, leuchtend wie die weißen venezianischen Spitzen, die er so liebte, weil sie ihn an feines Meeresgetier erinnerten, an Seespinnen und enthäutete Tintenfische. Einmal hatte er versucht, seinen Gästen besonders weißes Fleisch zu servieren, er hatte einige Hühner ins Dunkel gesperrt und sie tagelang nur mit Reis ernährt, das Ergebnis konnte sich sehen lassen, feinstes, makelloses Fleisch, von einer unübertrefflichen Zartheit!

Natürlich konnte er hier mit solchen Feinheiten nicht aufwarten. Aber er hatte doch einige Überraschungen geplant. Ein Fest wie das seine würde noch keiner von seinen Gästen erlebt haben, da war er ganz sicher. Ahnungslos würden sie herbeiströmen, in dem Glauben, gleich Platz zu nehmen an einer großen Tafel, unterhalten von guter Musik! Genau eine solche Tafel mit allen Gästen aber war für ihn ein Graus, sie führte zu hohlem Geschwätz und verlangte von allen, Stunden neben einem vielleicht wenig geschätzten Nachbarn zu verbringen. In Prag war man freilich nichts anderes gewohnt als ein solches Sitzen im Kreis, er hatte es oft genug erlebt, was man sich hier unter einer Abendgesellschaft vorstellte: das stundenlange Kauen auf wenigen, abscheulichen Bissen, das gelangweilte Drehen der Gläser in einer Hand, die schwere Ermüdung, die von den ungesunden Speisen herrührte, von den pöbelhaften Kartoffeln und verbranntem Fleisch! Wie aber sollte das Fest statt dessen ablaufen? Es war Zeit, Paolo zu rufen, um es mit ihm zu besprechen.

Casanova läutete mit der kleinen, gläsernen Tischglocke, an die er sich gewöhnt hatte. Kurz darauf erschien Paolo, lächelnd und freundlich, wie einer, der schon auf diesen Auftritt gewartet hatte. Casanova deutete auf einen Stuhl, Paolo nahm Platz, ja, inzwischen hatte er sogar das Platznehmen gelernt, er traute sich sogar, im Sitzen ein Bein über das andre zu schlagen, wie ein hoher Herr.

»Du weißt, warum ich Dich habe kommen lassen, Paolo. Wir müssen den morgigen Abend besprechen. Nichts darf danebengehen, keine Kleinigkeit. Ich wünsche, daß dieses Fest allen Ehre macht, die dieses Palais bewohnen.«

»Wir freuen uns auf das Fest, Signor Giacomo, und wir danken Ihnen für Ihre Großzügigkeit. In den letzten Tagen haben Sie selbst die Kutscher von den besten Speisen kosten lassen, das wird Ihnen niemand vergessen.«

»Sie sollen geschmeckt haben, was wir unseren Gästen servieren, das wollte ich so. Niemand hier soll mit Neid auf all das schauen, was wir unseren Gästen anbieten. Sag Ihnen, daß sie alles, was übrigbleibt, in der Küche verspeisen dürfen, wenn das Fest dann vorbei ist und ich es erlaube.«

»Sie werden die ganze Nacht aufbleiben, in Erwartung dieses schönen Moments.«

»Gut also, jetzt höre mir zu, ganz genau. Überlegen wir zunächst noch einmal: Wer wird erscheinen und in welcher Begleitung? Sag es mir, ich will wissen, ob Du die Gesellschaft genau im Kopf hast.«

»Herr Mozart an erster Stelle, Signor Giacomo, seine Frau wird nicht erscheinen, sie will sich schonen und sich weiter draußen aufhalten, in Frau Duscheks Landhaus. Dann, um sie gleich zu erwähnen, Frau Josepha Duschek und ihr Mann Franz. Dann, natürlich, Herr da Ponte, allein. Die drei Sängerinnen: Frau Saporiti, Frau Micelli und Frau Bondini, Frau Bondini mit ihrem Gemahl, Frau Micelli mit ihrer Mutter und Frau Saporiti allein. Schließlich die Sänger: Herr Luigi Bassi, der Sänger des Don Juan, Herr Felice Ponziani, der Sänger von Don Juans Diener, Herr Giuseppe Lolli, der den Masetto und den Komtur singt, und Herr Antonio Baglioni, der spielt Donna Annas Verlobten. Bleibt noch Herr Guardasoni, der Regisseur.«

»Ausgezeichnet!«

»Noch einen Gast freilich habe ich vergessen.«

»Noch einen? Wer? Wer ist es?«

»Signor Giacomo, ich möchte Sie bitten, einer schönen Unbekannten den Zutritt zu Ihrem Fest nicht zu verweigern. Es ist eine Dame aus besten Kreisen, die Herrn Mozart seit langem kennt und ihn überraschen möchte.«

»Eine Unbekannte? Aber was soll das? Warum nennt ihr nicht ihren Namen? Ich muß doch wissen, wer alles bei mir zu Gast ist.«

»Wir wollen es Ihnen aber verschweigen, Signor Giacomo. Auch Sie sollen nicht alles wissen, auch für Sie soll das Fest noch eine Überraschung bereithalten.«

»Paolo, das ist allerhand! Wie Du lernst! Wie Du beginnst, selbst mich zu übertrumpfen. An eine schöne Unbekannte hätte ich selbst denken müssen, dieser Einfall ist meiner würdig!«

»Ich danke Ihnen, Signor Giacomo, und ich bin sicher, der Einfall wird allen viel Freude bereiten.«

»Nun gut, wir werden sehen. Zählen wir doch einmal zusammen. Insgesamt, mich, den Gastgeber eingerechnet, sind wir also sechzehn Personen.«

»Exakt, Signor Giacomo.«

»Sie werden am frühen Abend erscheinen, einzeln und maskiert, wie ich es gewünscht habe, ich selbst werde als Gastgeber unmaskiert bleiben. Unsere Gäste werden zunächst in den großen Salon gebeten, die Kapelle wird spielen, im Hintergrund, unaufdringlich, wir werden Champagner servieren, ausschließlich Champagner. Wenn alle eingetroffen sind, werde ich die Gästeschar willkommen heißen. Darauf aber werde ich sie einladen zu einem Spiel, ich werde acht von ihnen bitten, ein Los zu ziehen. Auf dem Los wird der Name der Person stehen, mit der sie den ersten Gang des Soupers verbringen werden. Das Paar wird sich zurückziehen, in eines der vielen Zimmer. Die Türen werden geöffnet bleiben, damit die Musik weiter zu hören sein wird. Speisen und Getränke werden dann auf die Zimmer serviert, nach dem ersten Gang wird man sich im Salon wieder begegnen, und das Spiel wird von neuem beginnen. Insgesamt wird es vier Gänge geben, jeder Gang mit acht Gerichten, das macht insgesamt zweiunddreißig Gerichte, also die doppelte Zahl unserer Gäste. Ich habe alles bedacht, bis ins Kleinste.«

»Wunderbar, Signor Giacomo, ganz wunderbar. Nur die Zusammensetzung der Paare werden wir dem Zufall überlassen, alles andere liegt in unserer Hand.«

»Aber nein, Paolo, wir werden dem Zufall nichts überlassen, ein guter Spieler überläßt nichts dem Zufall. Natürlich werden wir dem Losglück etwas nachhelfen, ich selbst werde insgeheim nach jedem Gang neu entscheiden, welche

Gäste den nächsten Akt miteinander verbringen. Laß mich nur machen, ich werde Dir später erklären, wie man den Zufall für sich arbeiten läßt. Du aber spielst in diesem Stück eine wichtige Rolle, denn Du wirst von Zimmer zu Zimmer schleichen, um zu erfahren, wie sich unsere Paare verstehen, worüber sie sprechen, was sie sich erhoffen, so daß ich dann rasch entscheiden kann, wen wir nach der Pause miteinander verkuppeln.«

»Ich verstehe, Signor Giacomo, mir wird nichts entgehen.«

»Eine weitere Hauptrolle ist schließlich Johanna zugedacht. Hast Du schon mit ihr gesprochen?«

»Ich habe ihr gesagt, was wir von ihr erwarten.«

»Sehr gut, auch sie werde ich später noch einmal genau instruieren. Wir werden dafür sorgen, daß sie den ganzen Abend genau da auftaucht, wo sich gerade Signor da Ponte befindet. Sie wird ein Kleid der jungen Frau Gräfin tragen, ein festliches, herrliches Kleid, es wird Signor da Ponte zu schaffen machen, dieses herrliche Kleid. Sie wird sich zu ihm liebenswert und freundlich verhalten, er wird denken, daß sie sich entschieden hat, auf seine Avancen einzugehen. Wenn seine Lust auf dem Höhepunkt ist, wird sie sich auffällig entfernen. Er wird ihr nachschleichen, er wird versuchen, sich ihr zu nähern und bei ihr zum Zuge zu kommen, endlich, nach so langem Werben. Du wirst ihm natürlich folgen, und im entscheidenden Moment wirst Du zupacken, fest, kräftig, schade, daß ich es nicht mit eigenen Augen zu sehen bekomme. Johanna aber wird schreien, daß ihre Stimme das ganze Palais durchdringt, zum Glück hat sie einen starken Sopran. Sie wird herbeieilen, schlimm zugerichtet, das festliche Kleid derangiert, und wenig später wirst Du der Festgesellschaft Signor da Ponte präsentieren, so daß jeder sofort verstehen wird, was vorgefallen ist.«

»Ich habe diesen Schrei schon mit Johanna geprobt, Signor Giacomo, sie schreit jetzt ganz vortrefflich, es fährt einem durch Mark und Bein.«

»Sehr gut, lieber Paolo. Denk immer daran, sie ist auf der Flucht, es ist eine gepeinigte Stimme …«

»Man wird sie noch auf der Straße hören.«

»So ist es recht. Es wird die Stimme des Gerichts sein, die Stimme der Vertreibung, denn nach diesem Vorfall werde ich dafür sorgen, daß Signor da Ponte aus Prag verschwindet.«

»Daß er verschwindet? Aber er wird bis zur Premiere der Oper gebraucht! Wer soll das Textbuch fertigstellen, wer mit den Sängerinnen proben? Ach, Signor Giacomo, so gut Sie es auch meinen, so wird es nicht gehen.«

»Es wird, Paolo, es wird. Übermorgen wird Lorenzo da Ponte Prag für immer verlassen. Und übermorgen werde ich seinen Nachfolger präsentieren.«

»Seinen Nachfolger? Aber wer sollte das sein?«

»Paolo, denk nach! Es gibt nur einen einzigen Menschen auf dieser Erde, der an seine Stelle treten könnte.«

»Einen einzigen? Ah, Signor Giacomo, o Gott, ich verstehe, jetzt verstehe ich, ja! Sie werden Signor da Ponte vertreten, natürlich, Sie werden es sein, wer denn sonst?«

»Sehr gut, lieber Paolo. Ich werde seine Stelle einnehmen, aber ich werde ihn gewiß nicht vertreten. Ich werde seine Ideen auslöschen, ich werde die Oper von neuem erschaffen, besser und treffender, als es Lorenzo da Ponte je vermocht hätte.«

Paolo rührte sich nicht mehr. Das alles ging zu schnell, all diese Vorhaben und Pläne machten ihn beinahe schwindlig. Das Fest, die Vertreibung Lorenzo da Pontes – nie hätte er es gewagt, sich so etwas auszudenken! Er starrte Casanova an, ja, von Anfang an hatte er geahnt, daß er in ihm seinen Meister finden würde. Signor Giacomo war allen hier überlegen, niemand hatte einen solch scharfen Verstand! Es war ein Verstand, der einem Angst machen konnte, doch nein, gerade er, Paolo, brauchte sich vor Signor Giacomo nicht zu fürchten! Rechtzeitig hatte er sich auf seine Seite geschlagen, jetzt war er so etwas wie sein Komplize, sein Helfershelfer, sein erster und wichtigster Diener! Die ganz großen Herren kamen ohne solche Diener nicht aus, in gewissem Sinn waren sie sogar angewiesen auf solche Diener und Mitwisser. Mitwisser begleiteten die Hohen Herren, so war das, Mitwisser wurden sie so leicht nicht mehr los, und wenn, dann nur gegen gute Belohnung.

Casanova lächelte. »Was schaust Du so, Paolo? Was geht Dir durch den Kopf?«

»Ich staune, Signor Giacomo, ich komme aus dem Staunen nicht heraus.«

»Ich bitte Dich, wollen wir unsere Zeit mit Staunen vertun? Also geh jetzt und probe unser Spiel mit den anderen, damit uns morgen kein Fehler unterläuft.«

Paolo erhob sich langsam, verbeugte sich und ging, noch immer etwas verhalten, zur Tür. Kurz bevor er das Zimmer verließ, rief Casanova ihn noch einmal zurück.

»Ach, Paolo, ein Letztes! Im dritten Akt wirst Du das Horn blasen, Du weißt ja, Melodien aus der Oper. Das wird eine außerordentliche Wirkung tun, ganz. unverhofft, wie Zauberei! Herr Mozart wird es nicht fassen, daß es uns sogar gelungen ist, seine Töne bis hierher zu entführen! Ich werde Dich ihm vorstellen, und ich werde dafür sorgen, daß Dein Talent nicht in Prag verkümmert! Du siehst, ich denke an Paolo Punto.«

»Ich danke Ihnen, Signor Giacomo. Ich sehe, Sie haben wahrhaftig an alles gedacht, ja, an alles ...«

Als Paolo verschwunden war, schloß Casanova für einen Moment die Augen. Natürlich hatte er an alles gedacht, diese Inszenierung war so gut, daß sie einem Theaterstück alle Ehre gemacht hätte! Später würde er die Proben überwachen und am Abend mit Paolo und Johanna das ganze Spiel noch einmal durchgehen. Er hörte schon ihren Schrei, es war ein Schrei, der seinem Leben noch einmal eine Wende geben würde, die letzte vielleicht, die letzte, die den nicht mehr fernen Tod noch etwas aufhalten konnte.

25

Am Abend des Festes traf Lorenzo da Ponte als einer der letzten Gäste ein. Kurz vor Betreten des Pachtaschen Grundstücks setzte er sich die Maske auf, er haßte dieses Versteckspiel, und erst recht haßte er solche Masken, die den Blick verengten und einen zwangen, durch zwei elende Schlitze die Schönheiten der Welt zu beäugen. Wie die Sängerinnen und Sänger hatte er sein Exemplar dem Theaterfundus entnommen, er hatte es den anderen zuliebe getan, gegen seinen Willen, denn natürlich hatte den anderen die Maskenidee gleich gefallen. Sie waren neugierig auf Giacomo Casanova, einige hatten sogar schon von ihm gehört, von seinem Abenteurertum und seiner Klugheit, sie wollten ihn kennenlernen und mit ihm plaudern, bereits die bloße Idee eines venezianischen Festes hielten sie wahrhaftig für originell.

Er aber, Lorenzo da Ponte, fand so etwas nicht originell. In Prag ein venezianisches Fest zu feiern, war nichts anderes als lächerlich, ja es war sogar Blasphemie, von einer Provinzstadt wie Prag den Zauber Venedigs zu erwarten. Aber was half es? Er würde schweigen und versuchen, den Abend zu überstehen. Dabei würde er Casanova nicht aus dem Auge verlieren, er war imstande, die Sängerinnen und Sänger zu beschwatzen und sie gegen ihn einzunehmen, bei Casanova war so etwas möglich. Wie kein anderer liebte er die Intrige und das frivole Spielen mit ihr, einige behaupteten, er beherrsche es wie kein zweiter, andererseits war er immer wieder, in vielen Ländern der Erde, den Behörden ins Netz gelaufen, trotz all seiner angeblichen Kunst.

Das einzige, was ihn an diesem Fest lockte, war die Nähe Johannas. Er würde versuchen, sie in einer ruhigen Minute zu sprechen, um zu erfahren, ob sie inzwischen zugänglicher für seine Vorschläge war. Insgeheim vermutete er, daß sie sich ihre Gedanken gemacht hatte, schließlich wußte sie nur zu genau, wie ihr Leben in Prag aussehen würde, wenn niemand sich um sie kümmerte.

Hunderte kleiner Fackeln erhellten den Weg, alles sah noch weitaus prächtiger aus als er es von seinem ersten Besuch in Erinnerung hatte. Das ganze Palais strahlte in der Dunkelheit wie ein Juwel, man hörte bereits das gedämpfte Murmeln der Gäste und die Musik der Kapelle, was spielten sie denn, ein Menuett, ja, das war ein Menuett, etwas Harmloses, in Venedig hätte man mit einer solchen Musik einen Hühnerhof unterhalten.

Im Foyer des Gebäudes wurde da Ponte von Paolo begrüßt. Er wollte ihm den schweren, schwarzen Mantel abnehmen, doch da Ponte erklärte ihm, daß der Mantel mit zur Kostümierung gehöre. Natürlich gehörte der Mantel zur Kostümierung, ebenso wie die langen Handschuhe und die Reitstiefel, er schaute aus wie ein spanischer Grande, aber davon hatte dieser Bauernjunge, den sie in eine Livree gesteckt hatten, bestimmt keine Ahnung. Ob er ahnte, wer sich hinter der Maske befand, nein, so ein genaues Auge hatte er nicht, so einer verstand nichts von Mimik und Gestik, auf so etwas hatte dieser Knabe in seinem ganzen Leben noch niemals geachtet.

Also hinauf, die Treppe hinauf, die Festgesellschaft befand sich schon im Salon. Wahrhaftig, sie waren alle maskiert und kostümiert, und das nicht einmal schlecht. Sie trugen fremde, pittoreske Kostüme, sie hatten sich etwas einfallen lassen, Theaterrollen, kleine Anspielungen auf bekannte Stükke, man hätte glauben können, sich auf einer Bühne zu befinden. Wie ähnlich sich die Menschen doch wurden, wenn man ihr Äußeres in fremde Kleider steckte! Jetzt wußte selbst er, Lorenzo da Ponte, auf den ersten Blick nicht einmal zu sagen, wer unter welcher Maske und welchem Kostüm steckte. Ob sich vielleicht sogar Frauen als Männer oder am Ende gar Männer als Frauen verkleidet hatten?

Diese Korpulente zum Beispiel, die durch den Salon schwankte wie ein den Wellen trotzendes Schiff – war das nun Josepha Duschek oder nicht doch eher Caterina Micelli? Sie waren in etwa gleich groß, und wenn man es sich recht überlegte, ähnelten sich auch ihre Bewegungen. Beide hatten einen Hang zum Dramatischen, und beide übertrieben das Spiel oft so sehr, daß sich die Zuschauer vor Lachen schüttelten.

Und wer war diese Schöne mit dem kostbaren Schmuck, die allein durch den Salon ging und jetzt stehenblieb in der Nähe der Fenster? War das etwa Teresa, war das Teresa Saporiti? Aber nein, das war doch unmöglich, Teresa hatte ein viel kleineres, weicheres Kinn, während diese unbekannte Schöne ein spitz zulaufendes Kinn hatte, ein Kinn für eine schmale, schmiegsame Hand, die daran ihr Gefallen gefunden hätte! Wie vornehm sie ausschritt, wie nachdenklich, er hätte sich jetzt gern mit ihr unterhalten.

Es war aber zu lächerlich, die wenigsten unterhielten sich, statt dessen taten sie so, als spielten sie eine Pantomime, das war eine kindische Art, sich Maske und Kostüm zu unterwerfen. Psst, psst ... – so zischten sie sich zu und lachten darüber, als wäre ihnen etwas Besonderes eingefallen. Und dazu dieses Flüstern und Wispern, die meisten benahmen sich ja wie eine Horde von Kindern!

Wo steckte Casanova? Hatte er sich so sein venezianisches Fest vorgestellt? Jetzt spielte die Musik immer lauter, und in sie hinein mischten sich die albernen Laute, so etwas war ja nicht zu ertragen. Ein Glas Champagner, er brauchte dringend ein Glas Champagner, und richtig …, dort, ja, sie war es, zum Glück war sie unmaskiert, wenn man auch ihr Kleid, ihr wundervoll, in einem dunklen Rot aufschimmerndes Kleid, ein Kleid aus Seide mit schwarzen Rändern aus Samt …, wenn man auch dieses Kleid nicht anders nennen konnte als ein Kostüm.

Er ging auf sie zu und beugte sich zu ihr herab. Ein Duft von Rosenwasser und feinem Puder! Er griff nach einem Glas, das sie auf dem Tablett servierte, sie schien nicht zu begreifen, wen sie vor sich hatte, mein Gott, war er denn nicht zu erkennen, begriff Johanna denn nicht, daß Lorenzo da Ponte, ihr Liebster, nur einen Schritt vor ihr stand?

Er hätte vor Erregung beinahe zu lachen begonnen, doch in dem Moment, in dem er das Glas zum Mund führte, um das Lachen noch gerade rechtzeitig zu ersticken, unterbrach sich die Kapelle mitten im Stück und spielte etwas Schweres, Gravitätisches. Die Flügeltüren öffneten sich, und Giacomo Casanova erschien, strahlend, anscheinend in bester Laune, wie der Fürst dieses Abends!

Er hatte sich an die Regeln gehalten, als Gastgeber war er nicht maskiert, und er trug auch kein fremdes Kostüm, sondern einen langen, bequemen Gehrock in dunkel getönten venezianischen Farben, dazu eine schwarze Hose, nur bis zu den Knien. Die Beine steckten in weißen, glatten Strümpfen, unweigerlich mußte man hinschauen, denn sie ähnelten den Beinen einer Frau, so elegant traten sie aus dem Dunkel der Hose hervor!

Wie er sich verbeugte und alle begrüßte, als durchschaute er als einziger dieses Larvengehabe! Noch immer wagten die meisten es nicht, sich durch ihr Sprechen zu erkennen zu geben. Sie murmelten, trällerten, als wollten sie ihre Erscheinung durch diesen Lärm unkenntlich machen. Wo steckte Johanna? Dort, in der andren Ecke des Salons! Nein, er konnte nicht die ganze Zeit hinter ihr hereilen, das mußte auffallen, der richtige Moment, sie anzusprechen, würde sich schon noch ergeben!

Jetzt bat Giacomo seine Gäste nach nebenan. Warum dorthin, was hatte er ausgeheckt? Die Flügeltüren wurden jetzt weit geöffnet, mit einem Mal blickte man in die lange Flucht der erleuchteten Zimmer. Hier, neben dem Salon, war der erste Gang des Büfetts schon gedeckt, die Speisen wurden in kleinen Becken mit heißem Wasser warm gehalten, aha, das war die französische Methode, Giacomo hatte so etwas in Frankreich gelernt!

Aber was erzählte er jetzt? Daß der erste Gang aus acht Vorspeisen bestehe ..., und daß die Dienerinnen angewiesen seien, diese acht Speisen in den acht erleuchteten Kabinetten zu servieren, die nun vor einem lagen ... und daß jeweils zwei Personen, möglichst verschiedenen Geschlechts, sich in eines der Kabinette zu begeben hätten ... und daß man die Zusammenstellung der Paare dem Los überlasse ...

Natürlich, die Gesellschaft jauchzte und klatschte, so etwas machte Eindruck und entzückte, so etwas hatte man noch nicht erlebt! Acht Vorspeisen, der erste Gang, zu zweit genossen in einem von acht Zimmern ..., das hörte sich ja an wie ein schwieriges Rechenexempel! Giacomo hatte es also nicht lassen können, von Jugend an hatte er ein Faible für Zahlen und ihre geheimen Kombinationen gehabt, hatte er nicht sogar in Frankreich im Auftrag des Königs eine Lotterie organisiert und schwierigste Finanzgeschäfte erledigt?

Wieso verstand er so viel von diesen Dingen? Und was fesselte ihn derart an Zahlen? Früher hatte man sich sogar erzählt, er verfüge über geheimes Wissen und kenne sich aus in kabbalistischen Bräuchen. Dieses Spiel hier bewies jedenfalls, daß er noch immer nicht abgelassen hatte von solchem Unsinn. Wenn er am Ende das gute Essen nicht noch durch sein Philosophieren verdarb! Er brachte es fertig, die besten

Speisen durchzuphilosophieren, so daß sie einem auf dem Teller in ihre Bestandteile zerfielen! Dieser Pilz, konnte er sagen, besteht aus nichts anderem als Quecksilber und einer gewissen schwammähnlichen Verdickung ähnlich der, wie sie sich an den Spitzen der Kuheuter befindet, ja, doch, er, da Ponte, hatte so etwas schon einmal von ihm zu hören bekommen. Dann konnte man glauben, Casanova hielte das Universum für ein magisches Kabinett, das durch ein wenig Zauberei leicht zu beherrschen war. Sicher war es auch kein Zufall, daß er gerade sechzehn Personen eingeladen hatte, denn sechzehn, das war doppelt soviel wie acht, und aus unerfindlichen Gründen sollte heute nacht in diesem Palais die Acht triumphieren! Acht Vorspeisen, acht Zimmer – nein, das war Hokuspokus aus Casanovas magischem Kabinett!

Paolo trat nun herbei und führte ihn hinüber zu einem kleinen Tisch, wo die Auslosung stattfinden sollte. Jetzt übertrieben sie aber den Spaß! Man verband ihm die Augen und ließ seine Hand in einen Lederbeutel greifen. Das Los, was stand also auf seinem Los? »Die Blaue ist Dein ...« – was sollte das heißen? Ah, richtig, die Blaue, die Dame in Blau, die sollte er also in eines der acht Kabinette begleiten!

Gut also, in Gottes Namen! Einziger Vorteil: In diesen Zimmern blieben die Geheimnisse nicht lange gewahrt. Bald würde er zumindest erfahren haben, wer die Gestalt im blauen Reifrock war, dieses Blau konnte man sogar anziehend nennen, es war gewiß nicht das schlechteste Blau, also hinein in eines der Zimmer, nur hinein, in Begleitung des Blau, um acht Vorspeisen zu kosten und einige weitere Gläser zu leeren!

Da Ponte verbeugte sich, reichte der Zugelosten die Hand, dann verschwanden sie im dämmrigen Licht des Kabinetts.

26

Anna Maria nahm Platz, jetzt befand sie sich in einem Zimmer des Hauses, in dem sie ihr ganzes bisheriges Leben verbracht hatte, und erkannte doch kaum etwas wieder. Alles war verändert, jedes Detail! Die bleichen Wände waren durch große Tücher mit kleinen Blumenaufdrucken verhängt, die Tische sorgfältig mit feinen Damastdecken drapiert, die Teller waren aus Meißner Porzellan und die Gläser aus böhmischem, schwerem Kristall. Gleich würde er kommen, Giacomo Casanova, ja, ausgerechnet ihm war sie zugelost worden!

Sie rückte die Kerzen auf dem kleinen Eßtisch zurecht und wollte noch einmal aufstehen, um die Gläser ein wenig näher an die bereitgestellten Teller zu schieben, als sie bemerkte, daß solche Handgriffe sie hätten verraten können. Mit keiner Geste durfte sie so tun, als kenne sie sich aus in diesem Palais! Sie war eine Fremde, eine schöne Unbekannte, das mußte sie sich immer wieder vorsagen, sonst würde sie nichts von dem entdecken, wonach sie suchte.

Gleich Casanovas erster Anblick hatte sie jedoch seltsam beruhigt. Nein, er hatte keine Ähnlichkeit mit der furchtbaren Gestalt, die sie im Traum gesehen hatte, höchstens die Statur war dieselbe, sonst aber hätte man sich kaum einen größeren Unterschied vorstellen können. Die Traumgestalt hatte sich heftig, kraftvoll und entschieden bewegt, während dieser Venezianer über das Parkett tänzelte, hin und her geweht wie eine leichte Feder. Außerdem war er so höflich, daß es beinahe schon übertrieben wirkte. Er verbeugte sich, küßte den Damen gleich mehrmals die Hand, lief von einer zur anderen und improvisierte für jede eine eigene Begrüßung, die auf Maske und Kostüm anspielte.

Er wirkte so freundlich, so sicher, man konnte sich leicht

vorstellen, daß er der Mittelpunkt jeder großen Tafel war. Wenn er sich zu einer Gruppe gesellte, zog er die Konversation sofort an sich, er verstand es ganz leicht, sein Gegenüber mit einem unerwarteten Thema zu unterhalten. Man fühlte sich aufgehoben in seiner Nähe, ja, seltsam, so war es, dieser Mann hatte eine ausgleichende und doch anregende Wirkung, wie ein guter Geist, der über das Wohlergehen einer Gesellschaft wachte und sie gleichzeitig dazu brachte, sich aller falschen Hemmungen zu entledigen.

Doch Vorsicht, aufgepaßt, jetzt kam er herein, ein Schwarm von Dienerinnen folgte ihm auf dem Fuß. Sie erkannte jede von ihnen, doch keine schien zu ahnen, daß sie sich in der Nähe der jungen Frau Gräfin befand. Also war die Kostümierung gelungen, vielleicht tat auch der Schmuck seine Wirkung, sie hatte ihn ausgeliehen von einer Freundin.

Die Vorspeisen wurden hereingetragen, ja, richtig, acht Vorspeisen sollten es sein, und schon reichte er ihr die Hand und zog sie hinüber zu dem kleinen Tisch, auf dem die silbernen Schalen und Schüsseln aufgebaut wurden.

»Schönste, schauen Sie nur, ich werde Ihnen zu beschreiben versuchen, was Sie dort vor sich haben. Und Sie werden mir sagen, was ich Ihnen dann eigenhändig servieren darf, dort drüben, an unserem Eßtisch. Aber zunächst stoßen wir an, mit einem Glas leichten, weißen Burgunders, es lebe Mozart, es lebe die Oper!«

Er sprach so begeistert, sie fragte sich, ob er es ganz ernst damit meinte, doch sein Mienenspiel ließ kaum einen Zweifel daran. Die etwas eingefallenen Wangen waren leicht gerötet, und die großen Augen ruhten jetzt auf den sich begegnenden Gläsern, als seien sie Zeugen einer besonders seltenen, schönen Szene. Ganz leicht hatte sein Glas jetzt das ihre berührt, auch dem Klang hatte er nachgehorcht, es war, als wollte er die Zeit anhalten, für einen Moment war es ganz still.

»Das hier sind Gnocchi, Gnädigste, in nicht mehr als guter Butter geschwenkt und mit ein wenig Parmesan bestreut; hier ein Risotto, mit frischen Pilzen, statt der Brühe haben wir Champagner verwendet; dann gefüllte Zucchini, fleischlos, die Farce besteht aus Trüffeln; eine Gemüsesuppe mit acht verschiedenen Sorten Gemüse, die Brühe ist vom Kalb, versetzt mit etwas Wein aus meiner venezianischen Heimat; Sardellen, eingelegt in eine Essigsauce; eine Fasanensülze; süße, sehr süße, aber ungezuckerte Möhren, kandiert und … Sie werden sich wundern: hartgekochte Eier mit einer Sauce aus acht frischen Kräutern. Soweit die Landkarte, jetzt darf ich Sie bitten zu reisen!«

»Ich reise natürlich in Ihre Heimat, Signor Giacomo, geben Sie mir also zuerst von den Gnocchi, vom Risotto und von der Suppe, aber übertreiben Sie es bitte nicht, eine Probe jeweils genügt.«

»Ah, ich verstehe, und ich werde Ihnen gleich sagen, was ich verstehe. Da Sie mit den Speisen aus meiner Heimat beginnen, stammen Sie entweder selbst aus Italien oder Sie wünschen sich, dorthin zu gelangen. In beiden Fällen wäre der tiefste Grund Ihrer Wahl eine Art Sehnsucht, im ersten Fall nach der entfernten Heimat, im zweiten nach der Fremde. Sie sehen, Sie haben es perfekt verstanden, mich keinen Schritt weiterzubringen. Ich ahne nicht, wen ich vor mir habe.«

»Und das soll auch so bleiben, Signor Giacomo. Aber sicher haben Sie unter diesen acht Vergnügungen eine, die Ihnen selbst die liebste ist.«

»Raten Sie?«

»Ich denke die letzte, Eier mit frischen Kräutern.«

»Richtig, in der Tat! Aber das ist ja erstaunlich. Wie kamen Sie darauf?«

»Sie sprachen nicht nur von Eiern, sondern von hartgekochten Eiern, und Sie glaubten sich beinahe entschuldigen zu müssen für die Einfachheit dieses Gerichts.«

»Wie genau Sie beobachten, ich werde mich vorsehen müssen. Wäre ich maskiert, hätten Sie längst erraten, wer sich hinter der Maske verbirgt.«

»Da haben Sie recht. Einer wie Sie kann sich nicht verbergen, das ist unmöglich, ich wette.«

Aber was redete sie da? Sie machte ihm ja ganz offen Komplimente! Er tat so, als habe er es überhört, er hob nur zum zweiten Mal das Glas und stieß erneut mit ihr an, als wollte er ihren ersten, kleinen Erfolg anerkennen. Wie gelang es ihm nur, sie zu einem solchen Reden zu bringen? Wenn er begann, geriet irgend etwas in ihr in Bewegung, als sei sie aufgefordert, seine Worte rasch zu ergänzen, zu verbessern oder zu übertrumpfen. Sie suchte nach einer Art Gleichklang, wie in einem Duett, sie bemühte sich, auf seine Vorgaben zu erwidern, ohne eigenen Willen, ja, beinahe willenlos, als habe er sie auf seine Fährte gelockt.

»Sie wetten, Sie wollen wetten! Diese Wette nehme ich natürlich an, eine Wette habe ich noch nie ausgeschlagen! Doch wir werden sie uns aufheben müssen, diese Wette, für einen späteren Anlaß. Ich habe gewonnen, wenn wir uns einmal begegnen und Sie mich doch nicht erkennen!«

»Niemals, Signor Giacomo, das wird niemals geschehen!«

»Wir wetten um Ihren Schmuck! Ich erhalte ihn, wenn ich gewinne. Sollten Sie aber gewinnen, werde ich mich bemühen müssen, diese Kostbarkeiten durch andere zu überbieten!«

»Um den Schmuck? Warum das? Warum denn ausgerechnet um den Schmuck? Ich denke, wir könnten etwas anderes finden.«

»Sie sind sich schon nicht mehr sicher, sehen Sie, ich ahnte es doch.«

»Ich bin mir vollkommen sicher. Also gut: Wir wetten um diesen Schmuck!«

»Um Ihren Schmuck!«

Jetzt hatte sie ihr Glas schon geleert, und erneut schenkte er ein. Verführte sie etwa der Wein, war es das? Sie hörte die Musik jetzt lauter als noch zuvor, auch die Stimmen aus den anderen Zimmern drangen deutlicher zu ihnen herüber, helles Lachen, ein immer stärker anschwellendes Sprechen, wie ein Chor, dessen Stimmen sich langsam vereinigten zum großen Gesang. Aber sie durfte nicht darauf hören, Sie mußte jetzt selbst versuchen, das Thema vorzugeben.

»Aber sprechen wir doch von der Oper. Wie gefällt sie Ihnen denn? Sie haben doch sicher schon einen Eindruck vom Ganzen, nachdem sie bei den Proben zugegen waren.«

»Vom Ganzen leider noch nicht, Gnädigste. Ich hörte einzelne Arien, ich verfolgte diese Partie und jene. Sagen wir es so: Die Musik ergreift mich auf eine Weise, daß ich die Worte am liebsten vergesse.«

»Auf welche Weise?«

»Das Seltsame ist, Sie erinnert mich an Szenen des eigenen Lebens. Manchmal sitze ich da, die Gedanken schweifen ab, und ich sehe mich als jungen Mann in Padua, in Venedig oder in Rom. Stellen Sie sich vor, ich glaube sogar, den Geruch von früher zu riechen, es ist wie eine Verwandlung.«

»Das ist seltsam, wahrhaftig. Und worauf führen Sie das zurück? Was ist so einzigartig an dieser Musik?«

»Sie wissen es nicht?«

»Ich soll es wissen? Sie fragen mich?«

»Aber ja, oder haben Sie noch nie etwas von Mozart gesungen?«

»Ich etwas gesungen?«

»Oh, Ihr Fragen sagt mir, daß ich richtig geahnt hatte. Sie sind keine Sängerin, Sie haben noch nie ein Stück unseres Maestros vorgetragen.«

»Natürlich nicht, natürlich bin ich keine Sängerin. Warum heben Sie es so deutlich hervor?«

»Weil alle am heutigen Abend eingeladenen Damen Sängerinnen sind! Es gibt nur zwei Ausnahmen: Die Mutter unserer Caterina Micelli und eine schöne Unbekannte, die auch unbekannt bleiben will! Da Sie nun aber so gar keine Ähnlichkeit mit der Mutter unserer Caterina haben, Gnädigste, liege ich wohl richtig, wenn ich vermute, daß Sie die schöne Unbekannte sind, eine Freundin unseres Maestros, wie ich hörte.«

Herrgott! Daran hatte sie in all der Eile nicht eine Sekunde gedacht, natürlich, alle eingeladenen Damen waren Sängerinnen! Jetzt hatte sie sich leicht überführen lassen, arglos hatte sie auf seine Fragen geantwortet, nicht ahnend, daß er die Schlinge immer enger legte. Aber nun gut, jetzt war es heraus! Was machte es schon, daß er sie für eine schöne Unbekannte hielt? Letztlich brachte es ihn keinen Schritt weiter.

»Ich habe es Ihnen sehr einfach gemacht, das müssen Sie zugeben.«

»Ich gebe es zu, Sie waren gnädig mit mir. Aber ich würde mich dennoch freuen, wenn Sie meinen erfolgreichen Scharfsinn nun auch belohnten.«

»Ich sollte Sie auch noch belohnen? Nun gut, was erwarten Sie, was schlagen Sie vor?«

»Daß Sie mich Ihr wahres Gesicht sehen lassen. Ich sehne mich, seit wir hier zusammensitzen, danach, in dieses Gesicht zu schauen. Ich bitte Sie, gönnen Sie mir dieses Vergnügen, schließlich betrachte auch ich Sie nicht durch ein Theaterrequisit.«

Das hatte sie nicht erwartet. Er schaute sie wahrhaftig so an, als warte er geradezu darauf, daß sie sich der Maske entledigte. Und wenn? Brachte sie sich damit in Gefahr? Erkennen würde er sie nicht, nein, das nicht, aber die Dienerschaft würde sie erkennen, sie liefen ja immerzu an der geöffneten Tür vorbei, manchmal war sogar Johanna zu erkennen, Johanna, die treue, die bei ihrem Anblick vielleicht erschrekken würde! Sie mußte erst alles in Ruhe bedenken, sie brauchte Zeit, am besten, sie wandte sich endlich den Speisen zu.

»Dieser Risotto ist ganz vorzüglich, Signor Giacomo. Ich habe dergleichen noch nie gegessen.«

»Ah, dann waren Sie wirklich noch nie in Italien?«

»Wie kommen Sie auf Italien?«

»In Italien ißt man ihn so.«

»Man nimmt in Italien statt Brühe Champagner?«

»Ja, man verwendet Champagner.«

»Ich würde vermuten, so kocht man eher in Frankreich.«

»Aber nein, die Franzosen machen sich nichts aus Risotto.«

»Machen Sie nicht?«

»Nein, und jetzt machen Sie mich sogar glauben, daß Sie auch Frankreich nicht kennen.«

»Sie schließen zu schnell, Sie haben es darauf angelegt, mich zu verwirren!«

»Wenn Sie es so empfinden, entschuldige ich mich. Aber ich sehe, Sie weichen aus, meine Bitte wird nicht erhört.«

Sollte sie ihn denn erhören, sollte sie? Im Grunde war es doch auch ihr lieber, diese Maske zumindest für kurze Zeit ablegen zu dürfen. Was würde er sagen, wenn er sie anschaute? Was würde ihm alles einfallen, wenn er ihr wahres Gesicht zu sehen bekäme? Der Gedanke daran, ihn davon sprechen zu hören, war zu verlockend.

»Sie vermuten schon wieder zu schnell, Signor Giacomo, und diesmal vermuten Sie falsch. Ich werde Ihre Bitte erhören. Aber schließen Sie bitte die Tür.«

Er nickte, als habe er schon mit dieser Bitte gerechnet, dann sprang er auf und tat, worum sie gebeten hatte. Sie streifte die Maske ab, während er ruhig stehenblieb, für einige Sekunden stumm, in ihren Anblick vertieft.

»Ich bitte Sie, nun schauen Sie mich doch nicht so an.«

»Aber ich muß Sie anschauen, Gnädigste. Ich gratuliere Ihrem Herrn Vater zu dieser Tochter. Diese feinen, unvergleichlichen Züge, das schwarze Haar, die warmen, ruhigen Augen …«

»Signor Giacomo, Sie übertreiben, Sie lassen sich hinreißen, ich hatte von Ihnen statt dieses Gefühlsausbruchs mehr Klarheit erwartet.«

»Auch die kann ich bieten, schöne Frau Gräfin.«

»Was sagen Sie da?«

»Die Ähnlichkeit ist zu verblüffend. Sie ähneln Ihrer schönen, Ihrer einzigartigen Mutter. Die Augen, das Haar, ja selbst das Kinn …«

»Von wem sprechen Sie? Was reden Sie denn?«

»Ich habe Ihre Mutter gut gekannt, liebe Anna Maria, und ich habe Ihren Herrn Vater, mit dem mich eine lange Freundschaft verbindet, um seine Frau sehr beneidet. Aber er hat sie verdient, ihr guter Herr Vater.«

»Signor Giacomo, das ist allerhand! Jetzt beschämen Sie mich! Also hat doch jemand geplaudert, war es Johanna oder etwa Paolo, nur die beiden wissen von meinem Geheimnis.«

»Seien Sie ganz ruhig, Anna Maria. Es war keiner von beiden. Als Paolo von einer schönen Unbekannten sprach, habe ich mir meine Gedanken gemacht. Es bedurfte nicht einmal viel Nachdenkens, um zu vermuten, daß Sie an diesem Fest, das ich in Ihrem Elternhaus ausrichte, gern teilnehmen würden. Natürlich hatte ich längst daran gedacht, Sie einzuladen, aber daß Sie sich gleichsam selbst einluden, war mir noch lieber. Das zeigte mir, wie einverstanden Sie waren mit meinen Plänen.«

»Ich gebe mich geschlagen, Signor Giacomo. Ich hoffe, Sie nehmen mir meine kleine List nicht allzu übel.«

»Aber nein, und ich versichere Ihnen, ich werde schweigen, niemand wird von mir erfahren, wer sich hinter der Maske der schönen Unbekannten verbirgt.«

Jetzt kniete er nieder vor ihr, o Gott, das war ihr nicht recht. Er nahm ihre Hand und küßte sie mehrmals und dabei schaute er sie an, als seien sie sich in allem sehr einig. Sehr einig? Als er von ihren Eltern gesprochen hatte, war es ihr so vorgekommen, als gehörte er zur Familie, ja, sie fühlte sich in seiner Nähe sehr wohl, noch wohler als in der Nähe ihres eigenen Vaters. Jetzt war sie nach Hause zurückgekommen, und der Platz dieses Vaters war nicht mehr verwaist. Der Fremde, der längst kein Fremder mehr war, hatte ihn einfach besetzt.

Wie machte er das, wie gelang es ihm, sie so für sich einzunehmen? Vielleicht lag es daran, daß sie zum ersten Mal, seit sie den furchtbaren Traum gehabt hatte, keine Angst mehr verspürte. Es war, als habe Signor Giacomo Gewalt über diesen Traum. Wie schön war es doch, so an seiner Seite zu sitzen, hier im elterlichen Palais, das ihr endlich einmal wie ein Zuhause erschien!

Er stand auf und zog sie zu sich empor. »Lassen Sie uns tanzen, Anna Maria, machen Sie mir diese Freude!«

Sie nickte, streifte die Maske erneut über, dann gingen sie beide in den Salon. Alles tanzte, die Paare waren aus den kleinen Kabinetten zurückgekehrt. Er nahm sie fest und doch behutsam an einer Hand, dann begannen auch sie, langsam zu tanzen. Sie hielt jetzt die Hand ihres Vaters, und ihr Vater führte die schöne Mutter.

27

Er hatte ja gleich geahnt, daß dieses Fest ihm nicht gefallen würde, und wie erwartet hatte es nun mit einer ganz und gar lächerlichen Szene begonnen. Die Dame in Blau – er hatte sie in das Kabinett geführt, und sie hatte sich gleich auf einen Stuhl fallen lassen, laut ächzend und schon mit dem ersten

Griff die Maske abstreifend. Ein größeres Lospech hätte er nicht haben können: Die Dame in Blau war niemand anderes als die Mutter Caterina Micellis …

Sie hatte ihn nur müde angeschaut, natürlich, was hatten sie beide einander denn schon zu sagen, jeden Tag traf man sich im Theater und tauschte Höflichkeiten aus, wobei er es immer vermieden hatte, ein längeres Gespräch mit ihr zu führen. Diese Frau war eine Qual, sie interessierte sich für nichts anderes als das Fortkommen ihrer Tochter, sie überwachte die Garderobe, die Post, ja wahrscheinlich war sie sogar noch hinter ihr her, wenn sie die Notdurft verrichtete.

Natürlich hatte sie sich nicht die geringste Mühe gegeben, von der Kunst der Konversation hatte so eine noch nicht einmal gehört. Statt dessen hatte sie die Sache selbst in die Hand genommen und die Dienerinnen herbeigewinkt. Diese verfluchten acht Vorspeisen! Von allen wollte sie kosten, ach was kosten, von allen nahm sie so viel, daß er keine Lust mehr hatte, auch nur einen Bissen davon zu probieren.

Diese faden, braungelben Gnocchi und die schon leicht zerlaufene Fasanensülze! Der klebrige Reis des Risotto und die versalzenen Sardellen – im stillen hatte er sich bloß geschüttelt, während das Muttertier all diese Speisen in immer neuer Reihenfolge in sein Maul gestopft hatte, mit den Fingern nachhelfend und mit dem Handrücken die zitternden Lippen wischend, die dann doch am Rand eines böhmisches Glases einen dreckig-feuchten Abdruck hinterlassen hatten.

Er hatte nicht einmal wegsehen können, nein, er hatte sogar hinschauen müssen, es war ein so widerliches Bild menschlicher Gier gewesen, daß er es sich aufheben wollte für eines seiner nächsten Libretti! Diese feisten, mahlenden Backen, dieses Gurgeln im Hals, dieses Nachschütten des weißen Burgunders – und dazu das wollüstige Stöhnen, als gebe sie sich wer weiß welchen Freuden hin, sinnlichen Freuden und Ausschweifungen!

Es war ihm peinlich gewesen, sie so stöhnen zu hören, er hatte versucht, mit der Konversation zu beginnen, doch sie hatte ihm das Wort abgeschnitten und ihn gefragt, wie ihm die Auftritte ihrer Tochter gefielen und wie viele Auftritte sie noch erwarten dürften. Er hatte gelogen, er hatte von einem letzten großen Auftritt im Finale gesprochen, und er hatte diesen Auftritt sogar auszumalen begonnen, unsicher, ob sie überhaupt wußte, wovon er sprach. Doch er hatte weitergesprochen, ununterbrochen, denn dieses Sprechen hatte ihr Stöhnen wahrhaftig zum Verstummen gebracht. Und so hatte er, redend, hungernd, voller Ekel, mit ansehen müssen, wie sie die Suppe über das blaue Kleid verschüttet und kleine wabblige Stücke der Sülze auf dem Boden verteilt hatte, und es war ihm so vorgekommen, als habe das ganze Kabinett begonnen zu stinken.

Er selbst aber hatte weitergeredet und in den kurzen, sehr kurzen Pausen getrunken, nach Kräften, ja, in diesen kurzen Pausen hatte er sein Glas jeweils geleert, sonst hätte er diese Szene nicht mehr ertragen. Und nebenan ..., nebenan hatte Giacomo Casanova gesessen, mit dem funkelnden Stern dieser Abendgesellschaft, mit dieser glanzvoll geschmückten Schönen, die anscheinend niemand hier kannte. Wer zum Teufel mochte es sein, wahrscheinlich war es eine seiner geheimen Eroberungen, von denen niemand etwas Genaues erfahren sollte, ja, das sah ihm ähnlich, er weidete sich daran, wie alle sie anstarrten, wie sie diesen halben Männerportionen den Kopf verdrehte und sie zum Glühen brachte!

Er aber, da Ponte, er hatte versucht, an der Wand zu lauschen, doch nebenan war es beinahe unschicklich still gewesen. Von überall her hatte man Stimmen, Lachen und Brokken der Konversation gehört, doch nebenan, da war es zugegangen wie in einem Kloster, so ruhig und andächtig. Schließlich hatten sie sogar die Türe geschlossen, die ... Türe ...: geschlossen!, er hatte das feine Einhaken des

Schlosses genau gehört, ausgerechnet dieses Geräusch war ja nicht zu überhören gewesen!

Wie gern wäre er hineingestürmt in diese fromme Zweisamkeit, wie gern hätte er sie auseinandergerissen, denn sie hatten sich natürlich in dieser Zelle vergnügt, so still, so heimlich, daß wahrscheinlich alle, die diese Heimlichkeiten mitbekommen hatten, begonnen hatten zu lauschen. Giacomo liebte es, seine Triumphe in Gesellschaft zu begehen und auch noch zu feiern, selbst die geheimsten Dinge trieb er am liebsten vor großem Publikum, als befriedigte erst die Gegenwart vieler seine unersättliche Geltungssucht.

Er jedoch, da Ponte, hatte seine Dame in Blau sitzen lassen vor ihren Näpfen und Tellern, es hatte ihr noch nicht einmal etwas ausgemacht, sie hatte sich unverdrossen weiter gemästet und nur kurz genickt, als er mit seinem Glas nach draußen verschwunden war. Kurz darauf hatten Giacomo und der funkelnde Stern dieses Abends ihr Kabinett verlassen, er hatte ihr noch die etwas schräg sitzende Maske gerichtet, mit einem kurzen, nachlässigen Handgriff, mit dem er allen zu verstehen gegeben hatte, daß sie sich nicht nur dieser Maske entledigt hatte, hinter verschlossenen Türen!

Und nun tanzten sie und schauten einander an, als hätten sie den Himmel auf Erden gefunden! Und er, Lorenzo da Ponte? Er durfte zuschauen, ein Glas nach dem anderen leeren und sich nach Johanna umschauen, die er am liebsten mit in eines der Kabinette genommen hätte, sofort, ohne Widerrede! Wie lästig, daß sie noch immer mit ihrem Tablett durch den Salon lief, wie überflüssig, daß man eine solche Schönheit, die Giacomos Eroberung doch in nichts nachstand, mit solchen Aufgaben betraute!

Er ging direkt auf sie zu, sie bediente die Gäste in der Nähe der Fenster. Jetzt stand er neben ihr, langsam versuchte er, die Finger seiner Rechten an ihren Unterarm zu führen, doch sie entzog sich ihm.

»Mein Täubchen, erkennst Du mich nicht?«

»Ah, Sie sind es, Signor da Ponte.«

»Ich bin es, mein Täubchen. Willst Du mir nicht Gesellschaft leisten, gleich, nach dem Tanz? Ich könnte versuchen, dem Glück etwas nachzuhelfen, ich könnte Dich mitnehmen in eines der Kabinette.«

»Das würde jeder bemerken, Signor da Ponte, dafür ist es zu früh. Später, vielleicht später. Lassen mich erst meinen Dienst tun!«

Sie entfernte sich sofort wieder von ihm, ihr Wortwechsel hatte nur Sekunden gedauert, und doch fühlte er sich plötzlich so glücklich wie seit Wochen nicht mehr. Später, vielleicht später – zum ersten Mal hatte sie eine Zusammenkunft zumindest nicht ausgeschlossen, zum ersten Mal hatte sie zugestimmt. Anscheinend hatte sie es sich also doch überlegt, sie war nicht mehr abgeneigt, sich ihm hinzugeben, ja, sie wartete vielleicht längst auf ein endgültiges Zeichen.

Dieser Abend würde schon noch eine Gelegenheit bieten, da war er sicher. Er durfte sich nur nicht aufregen, er durfte überhaupt keine Gedanken an diese Gesellschaft verschwenden, die sich solch kindischen Spielen widmete. Warum nahm er sich das alles denn nur so zu Herzen? Wenn es so weiterging, sprach kein Mensch von der Oper, und das konnte ihm schließlich nur recht sein. Auf ihn warteten noch ganz andere Freuden als die der Konversation und die eines verhuschten und hastigen Glücks in einem der Kabinette. Er würde diese Nacht zusammen mit Johanna genießen, die ganze Nacht, bis zum Morgengrauen!

Er biß sich kurz auf die Lippen, dann suchte er nach der Dame in Blau. Sie war zu dieser rosaroten Puppe geschlichen, zu dieser duftigen, lieblichen Erscheinung, die sich immer wieder die Nase puderte! Caterina, armselige Caterina Micelli! Er versuchte, all seinen Ekel und all seinen Spott zu bezwingen, ja, er wollte sich selbst beweisen, wie sehr er die Kunst des Wartens und des Hinauszögerns beherrschte!

Er ging langsam zu der Rosaroten hinüber, er strich ihr sanft über den Unterarm, der weiche Haarflaum war etwas feucht, und jetzt roch er auch den Schweiß, diesen sich ihm plötzlich und freudig zuwendenden Tochterschweiß, dessen Duft sich nun, beim Tanzen, über ihn, den Librettisten des Kaiserlichen Hofes zu Wien, ergoß.

Doch er lächelte nur. Er hielt Caterina Micelli fest an der Hand, sie drehte sich auf der Stelle, während er in die Ferne blickte, durch all diese Gestalten hindurch. Es machte ihm nichts mehr aus, so zu tanzen, er genoß es sogar, ja, er würde es lustvoll genießen, sich noch einige Zeit zu demütigen und seine wahren Leidenschaften aufzuheben für die schönen Stunden nach diesem Spiel.

28

Anna Maria fühlte sich leicht betäubt, der Wein, die Musik, das Stimmengewirr hatten ihre Wirkung getan. Menschen und Dinge verloren allmählich ihre Konturen und verwandelten sich in farbige, schwebende Schleier. Doch es störte sie nicht, nein, sie war glücklich. Zum zweiten Mal hatte sie Platz genommen in einem der Kabinette, und schon wurden die acht Fleischspeisen aufgetragen, darunter viel Wild und Geflügel, so verlockend, daß sie heimlich den Finger in eine der dunklen Saucen tauchte, um den würzigen Geschmack auf der Zunge zergehen zu lassen.

Wenn sie die Augen schloß, hörte sie das Schmatzen, Schlecken und Kosten, die begeisterten Rufe der Gäste schienen durch den Flur zu hüpfen, durch den die Dienerinnen weiter wie kleine Vögel hin und her flogen. Das Klappern der Teller, das Klirren der Gläser, das ungeduldige Scharren von Messern und Gabeln – diese gleichmäßige Kulisse übertönte allmählich das Sprechen. Es war wie im Traum, ja, sie bewegte sich jetzt in einem leichten, luftigen Traum, der nie vorübergehen sollte.

Dann erkannte sie Josepha Duschek, die sich durch die geöffnete Tür in das Kabinett bewegte, langsam und anscheinend bereits etwas müde. Sie betrachtete das Angebot der Speisen, lächelte und begann gleich, sich kleine Portionen auf die bereitgestellten Teller zu legen.

»Was möchtest Du, Kindchen? Darf ich auch Dir etwas auflegen?«

»Vielen Dank, vielleicht später.«

»Keinen Appetit, Kindchen? Du mußt Dich stärken, nach so einem Ansturm der schönen Gefühle.«

»Ich verstehe Sie nicht. Wovon sprechen Sie?«

»Du brauchst mir nichts vorzumachen, Kindchen, ich habe Dich gleich erkannt. Niemand sonst scheint bemerkt zu haben, daß die junge Frau Gräfin für ein paar Stunden heimgekehrt ist. Wie ist denn das Leben oben im Stift? Du hältst es nicht aus, habe ich recht?«

»Oh wie schade, Sie haben mich also erkannt! Ich hätte es ahnen können. Aber auch ich weiß, wer Sie sind. Sie sind Josepha Duschek, die Sängerin. Stimmt es? Es stimmt, also sind wir nun quitt. Doch sagen Sie noch, haben Sie mit jemandem hier über mich gesprochen? Weiß jemand andres, wer sich hinter dieser Maske versteckt?«

»Ach was, ich habe mit niemandem darüber gesprochen, auch nicht mit unserem Maestro. Bist Du wirklich seinetwegen hier? Man sagt, Du willst ihn überraschen, Du kennst ihn von früher, aber wann und wo bist Du ihm denn schon einmal begegnet?«

»Ich bin ihm noch nie begegnet, ich kenne ihn gar nicht.«

»Aber war er nicht schon einmal bei Euch zu Besuch.«

»Da war ich in Wien, bei meinen Brüdern.«

»Ich verstehe. Du bist also neugierig, Du kannst es kaum noch erwarten, vor ihm zu stehen.«

»Sie kennen ihn gut, nicht wahr, man sagt, Sie seien seit vielen Jahren mit ihm befreundet.«

»Was man nicht alles sagt ... Hast Du ihn denn am Ende noch nicht bemerkt?«

»Nein, habe ich nicht. Wer ist es, ach sagen Sie es mir!«

»Es ist der Kleine, Verhuschte, der beim Tanzen die Tempi nicht einhält.«

»Der?! Der oft so lauthals lacht? Der soll Mozart sein?«

»Er ist es, mein Kindchen. Nun sei nicht enttäuscht, vom Äußeren macht er nicht eben viel her. Aber er ist gescheit, munter und meist sogar bester Laune, weiß Gott, wer ihm diese Laune vererbt hat, sein griesgrämiger Vater war es jedenfalls nicht! Den hättest Du sehen sollen, das war ein strenger, harter und mißgünstiger Mensch, das Gegenteil von seinem Sohn, dem es nicht leicht und amüsant genug zugehen kann. Vor vielen Jahren habe ich sie mit meinem Franz in Salzburg besucht. Sie waren am Ende, ja, das waren sie. Aus dem jungen Wolfgang war wider Erwarten rein gar nichts geworden. Er verdiente keinen Kreuzer, lief tagelang durch Salzburg, spielte Billard oder Karten und kam manchmal sogar auf den Gedanken, mit seinen Gästen Verstecken zu spielen. Er war einundzwanzig, mal war er das übermütige Kind, dann wieder sprach er von seiner Zukunft wie ein alter, nachdenklicher Mann. Und so ist es noch heute. Aus so einem wird man nicht schlau ... Und Du – was willst Du von ihm?«

»Ihn kennenlernen, mich mit ihm unterhalten.«

»Kennenlernen! Was heißt das? So einen lernt man nicht kennen. Und die Unterhaltung mit ihm macht auch nur Vergnügen, wenn er einen sehr guten Tag hat.«

»Ach lassen Sie doch. Ich denke nicht weiter darüber nach, es wird sich ganz einfach ergeben.«

»Vielleicht, vielleicht aber auch nicht. Es hängt von unserem Gönner und Gastgeber ab.«

»Sie meinen Signor Giacomo?«

»Den meine ich. An diesem Abend hat er überall seine Hände im Spiel. So einen Mann gibt es in Prag nicht noch einmal, so einen, der alles durchdenkt und der imstande ist, uns alle zum Narren zu halten.«

»Was reden Sie da? Kennen Sie etwa auch ihn schon seit langer Zeit?«

»Nein, ich kannte ihn bisher nicht, ich bereue es beinah. Hätte ich ihn früher kennengelernt, wer weiß, was alles geschehen wäre.«

»Was hätte geschehen sollen?«

»Das male ich mir jetzt nicht mehr aus, dafür ist es zu spät. Doch ich habe mich schon dabei ertappt, darüber nachzudenken, ob ich ihn wirklich erst seit heute kenne. Es kommt mir nämlich so vor, als gehörte er hierher, an diesen Platz! Endlich wird in Prag wieder gefeiert und endlich so, daß wir uns nicht schämen müssen vor unseren Nachbarn im Ausland. Bitte, nun koste endlich einmal, so etwas bekommst Du in Jahren nicht mehr zu essen! Die Köchin hat mir gesagt, Signor Giacomo habe sie genau unterwiesen. Er hat sich um die Küche gekümmert, dann um die Musik, dann um das Dekor, er weiß in allen Dingen Bescheid, und er ist ein so stattlicher und so gewinnender Mann, daß wir uns glücklich schätzen müssen, ihn in unserer Mitte zu haben.«

»Er macht einen so glücklichen Eindruck.«

»Na, kein Wunder, nach dem, was geschehen ist.«

»Was meinen Sie? Was ist geschehen?«

»Da fragst Du mich noch? Alle hier wissen es, es war ja nicht zu übersehen. Er hat Dich verführt!«

»Ich bitte Sie, das hat er nicht.«

»Kindchen, Du machst mir nichts vor, Du nicht! Ich wußte gleich, daß er es auf Dich abgesehen hatte. Bei der

Auslosung hat er dann nachgeholfen, er wollte unbedingt mit Dir in ein Kabinett. Meinst Du, ausgerechnet Josepha Duschek bleiben solche geheimen Spiele verborgen?«

»Aber was reden Sie denn? Das ist ja alles nicht wahr. Wenn er jede Begegnung geplant hat, warum hat er dann uns beide hier zusammengeführt, wissen Sie das etwa auch?«

»Weil Du Dich ausruhen sollst, an meiner Seite. Ruhe Dich also aus und erzähl mir. Hat es Dich nicht geschaudert?«

»Was wollen Sie hören? Ich habe nichts zu erzählen.«

»Oh, der schöne Moment, in dem er aufstand, um die Tür zu verriegeln! Hast Du Dich gewehrt, bist auch Du aufgesprungen, um ihn daran zu hindern?«

»Was reden Sie nur? Es war doch ganz anders.«

»Du bist nicht aufgesprungen, natürlich nicht, Ihr jungen Dinger springt in solchen Fällen nicht auf. Was versteht Ihr schon von der Lust und von der Liebe? Du hättest aufspringen müssen, mein Kindchen, Du hättest so tun müssen, als wehrtest Du Dich mit aller Macht. Die Gegenwehr erhöht nämlich die Lust, erst die Gegenwehr weckt in jedem Paar die volle Begierde.«

»Seien Sie still, ich will davon nichts wissen.«

»Du solltest zuhören, anstatt die feine Dame zu spielen! Was nützt Dir Dein Feintun, wenn Du dadurch das wahre Lieben verpaßt? Also sag: Wie hat er es angestellt? Hat er Dich langsam entkleidet, Stück für Stück? Aber nein, das hat er bestimmt nicht, es war wenig Zeit, also hast Du Dein Kleid angehoben, hast Du, Du hast nur Dein Kleid ein wenig angehoben?«

»Sie sind scheußlich, Sie wollen mich demütigen, und Sie wissen es ganz genau.«

»Du hast Dein Kleid ein wenig gehoben … Und er? Was war mit ihm? Er ist schließlich auch nicht mehr der Jüngste, nein, das ist er wahrhaftig nicht. Doch er weiß viel, ja, er weiß alles, so einer hat keine Minute seines Lebens versäumt, da könnte ich wetten. Wie viele Frauen werden ihm nachgelaufen sein, so einen wollen sie haben, einen, der alles weiß und alle Künste, am besten aber die Künste der Liebe beherrscht! Die meisten konnten nur lernen von ihm, auch Du kannst von ihm nur lernen. Was weißt Du denn schon? Und Du magst doch ältere Männer, habe ich recht? Ich habe Dich angeschaut, und ich dachte mir gleich, die treibt sich nicht mit jungen Kerlen herum, die fühlt sich über ihr eigenes Alter erhaben. Also sucht sie sich ältere Männer, Männer mit einem noch frischen, raschen Verstand, Männer wie Signor Giacomo! Gib es nur zu! Gib zu, daß Du nicht Mozarts wegen hierhergekommen bist, sondern seinetwegen! Dein Vater wird froh sein, wenn er seine verbannte Tochter heimholen kann, ältere Männer sind die richtigen Ehemänner, glaube mir, ich weiß, wovon ich rede!«

Sie lachte so laut, daß sie wegen der Tränen die Maske abnehmen mußte. Anna Maria stand auf, längst war es ihr zu eng und zu heiß geworden in diesem Raum. Sie mußte nach draußen, fort von dieser Frau, die sich ein Vergnügen daraus machte, sie zu quälen. Was hatte sie nur? War sie eifersüchtig, rächte sie sich an ihr, weil sich Signor Giacomo nicht für sie interessierte? Ja, das war es, insgeheim wartete sie nur darauf, daß Casanova sie ansprach, daß er ihr schmeichelte und auch mit ihr in einem der Kabinette verschwand. Danach sehnte sie sich, und dieses heftige, brennende Sehnen machte sie beinahe rasend.

Anna Maria eilte zum großen Büffet, nahm sich dort einen Teller, legte einige kleine Brocken Fleisch darauf und setzte sich an ein Fenster, als ob sie vorhätte, dort in Ruhe zu speisen. Bloß nicht auffallen, an etwas anderes denken! Sie atmete schwer, doch sie versuchte, sich zu beruhigen. Johanna kam gerade vorbei. Sie blieb stehen, stellte ihr ein Glas Champagner neben den Teller und flüsterte ihr etwas zu.

»Geht es Ihnen nicht gut, gnädige Frau?«

»Johanna, Du weißt doch genau, daß Du mich nicht ansprechen sollst.«

»Sie sehen gar nicht gut aus. Soll ich Ihnen etwas Wasser holen?«

Anna Maria schwieg. Sie nahm das Glas und setzte es an die Lippen. Dann trank sie es in einem Zug leer. Sie griff nach der Gabel und bemühte sich, sie festzuhalten und das Stück weißer Poularde langsam in den Mund zu führen. Sie schaute aus dem Fenster, draußen brannten die Fackeln wie ein unruhiges, glitzerndes Meer.

Sie spürte, daß jemand dicht neben ihr stand. Sie wollte nicht zur Seite schauen, nein, sie hatte jetzt nicht die geringste Lust, sich mit jemandem zu unterhalten.

»Sie haben nichts zu trinken, Schönste. Soll ich mich darum kümmern?«

Was unterstand sich dieser Mensch! Konnte man sie nicht wenigstens essen lassen, in Ruhe? Sie blickte zu ihm auf, als sie seinen Ring gewahr wurde. Er schien etwas größer als der Ring, den sie im Traum gesehen hatte, doch sonst war es zweifellos derselbe Ring. Der Löwenkopf, im Profil, die prächtige Mähne! Plötzlich durchfuhr sie die Erinnerung und ließ sie erschauern. Sie versuchte, sich zu beherrschen.

»Was haben Sie da für einen Ring, Signor da Ponte?«

»Ach, schon wieder hat mich jemand erkannt! Heute habe ich wahrhaftig kein Glück mit meinem Kostüm! Jeder scheint mich auf den ersten Blick zu erkennen, ausgerechnet mich, während ich mich in jedermann zu irren scheine. Wissen Sie, mit wem mich das Losglück gerade zusammengeführt hat? Mit Guardasoni, unserer heiligen Einfalt von Regisseur. Er sitzt da, kostet die Pilze, und ich denke, das ist unser Masetto, natürlich, das muß er sein! Doch er spricht nichts, unser Masetto, er würdigt mich keines Blicks, und da begreife ich endlich, Masetto kann es nicht sein, der benimmt sich nicht so gegen den Mann, der ihn mit Worten versorgt. Ein Stummer – das kann nur der Regisseur sein, nur der, den meine Worte sprachlos gemacht haben.«

»Ich fragte Sie, was haben Sie da für einen Ring?«

»Sie fragen nach diesem Ring?«

»Ich frage zum zweiten Mal!«

»Mein Gott, was soll damit sein? Es ist ein einfaches, billiges Stück, ich trage ihn zur Erinnerung an meine Heimatstadt Venedig. Immer wenn ich darauf schaue, denke ich an das Meer, an die Weite, ich glaube Venedig zu sehen. Solche Stücke bekommt man überall, die Fremden nehmen sie als Andenken mit.«

»Würden Sie sich von ihm trennen?«

»Trennen?! Warum?! Ich verstehe Sie nicht. Wollen Sie …, Sie wollen ihn haben, ist es das? Aber haben Sie mich denn nicht verstanden? Es ist ein wertloses Stück.«

»Ich bezahle Sie gut. Ich zahle das Doppelte von dem, was Sie ausgegeben haben für ihn. Ich will ihn haben.«

»Aber was ist denn? Was haben Sie denn? Sie scheinen ja ganz vernarrt in diesen Ring! Doch sehen Sie nur: Ich habe ihn blank poliert, das Goldrelief hat alle Schönheit verloren. Was will eine so schöne Frau mit einem so armseligen Stück?«

»Ich zahle gut, das dürfte genügen. Schlagen Sie mir meinen Wunsch nicht ab. Ich bitte Sie!«

»Sie bitten …, ja, ich verstehe. Oh, jetzt verstehe ich gut. Sie bekommen den Ring, gleich, sofort, auf der Stelle, wenn Sie mir, wie soll ich sagen …, wenn Sie mir beim dritten Gang, sicher dem Höhepunkt unseres Soupers, denn auf nichts versteht Casanova sich mehr als auf Fisch …, wenn Sie mir also beim dritten Gang Gesellschaft leisten …«

Sie schaute ihn an. Er hatte seine Maske abgenommen und den Kopf tief zu ihr heruntergebeugt. Ein kleiner Speichelfaden hing von seiner Lippe, wie der Faden einer Spinne, die damit begonnen hatte, ihr Netz zu bauen. Wieder war dieser Hitzeschwall da, und ihr Herz klopfte so stark, als habe sie mehrere Runden getanzt. Tanzen? Sollte sie lieber in den Salon eilen, um dort zu tanzen? Da Ponte würde es mißverstehen, er würde ihr folgen.

Sie stand auf und spürte plötzlich ihr Schwanken. Sie stützte sich mit den Händen auf die Kante des Tischs, als sie Johanna sah, die da Ponte etwas zuflüsterte.

»Signor da Ponte, ich habe den Schlüssel.«

Er wandte sich von ihr ab, Gott sei Dank, er schien nur noch auf Johanna zu achten.

»Was ist, mein Täubchen?«

»Kommen Sie einige Schritte beiseite. Ich erkläre es Ihnen.«

»Ich komme, mein Täubchen.«

»Endlich…, endlich kann ich Ihnen den Schlüssel geben.«

»Den Schlüssel?«

»Zu meiner Kammer.«

»Zu Deiner Kammer…«

»Sie wissen doch, welche es ist?«

»Aber ja, inzwischen weiß ich es ganz genau.«

»Wenn alles vorbei ist, werden Sie kommen?«

»Du fragst noch? Schon bald werde ich kommen.«

Sie drückte ihm den Schlüssel in die Hand, dann verschwand sie sofort. Er zog den weißen Handschuh aus seiner Tasche, schnupperte daran und wickelte den Schlüssel hinein. Rosenwasser und etwas Puder!

Dann wandte er sich um und suchte nach der unbekannten Schönen. Er lief hinüber in den Salon, er streifte an den Kabinetten entlang, in denen noch immer eifrig gegessen wurde. Wo war sie? Anscheinend war sie vor ihm geflohen. War er zu weit gegangen? Hätte er vorsichtiger vorgehen müssen?

Ungeduldig schüttelte er den Kopf. Er durfte jetzt nicht an sie denken, er hatte ein anderes Ziel. Und um das nicht zu verfehlen, mußte er sich noch etwas beherrschen, ja, sich beherrschen! Für kurze Zeit mußte sein Verstand noch einen Riegel schieben vor seine Lust.

29

Anna Maria lief durch die kalten, abseits gelegenen Flure des Palais und versuchte, die Gedanken zu ordnen. Was hatte Josepha Duschek über Signor Giacomo gesagt? Daß die Frauen so einem nachliefen, daß sie ihn bewunderten, daß er ein Meister sei in der Kunst der Verführung? Und wenn schon – das war schließlich nichts Schlechtes! Ihr gegenüber hatte er sich jedenfalls sehr aufrichtig und taktvoll benommen, ganz anders als Signor da Ponte, der es liebte, die Frauen in die Enge zu treiben, und der sich einen Spaß daraus machte, sie zu verfolgen!

Wie aber paßten diese beiden zusammen? Waren sie wirklich Freunde, wie man sich doch erzählte? Hätte man sie, Anna Maria, gefragt, so hätte sie geantwortet, daß es kaum zwei Menschen gebe, die verschiedener waren. Signor Giacomo war ein galanter, liebenswürdiger Mensch, während da Ponte sich nicht einmal darum bemühte, liebenswürdig zu sein. In jedem seiner Worte lauerte schon eine Falle, er war nur darauf aus, einen hineinzuziehen in seine dunklen Pläne und Machenschaften.

Doch was war, wenn sie sich jetzt irrte, wenn beide Männer gemeinsame Sache machten und sich insgeheim darüber verständigten, wie der eine arbeiten und intrigieren konnte im Dienste des anderen? Redete man nicht so von den Fremden aus dem Süden, behauptete man nicht gerade von Italienern immer wieder, sie planten so manche Intrige zusammen, ohne doch wahre Freunde zu sein? Ja, sie erinnerte sich, ihr Vater hatte sogar einmal gesagt, das Intrigieren liege den Italienern im Blut, sie hielten zusammen, und zwar erst recht, wenn sie in ein und derselben Stadt geboren waren.

Venedig, natürlich, das ferne Venedig! Sie hatte es noch niemals gesehen, sie konnte sich seine fremden Wunder nicht einmal vorstellen. Sie würde Signor Giacomo danach fragen, sie mußte herauszubekommen versuchen, was ihn mit Signor da Ponte verband. Auch den Hut mit dem Federbusch mußte sie sehen, sie mußte all diesen Zeichen noch genauer und geduldiger folgen, denn irgend etwas hatte ihr Traum zu bedeuten, davon war sie nach all diesen Erlebnissen mehr denn je überzeugt.

Und wem gehörte das dritte Stück, wem gehörte der Degen mit den sich aufbäumenden Schlangen? Inzwischen vermutete sie, daß er weder Signor Giacomo noch Signor da Ponte gehörte, es gab anscheinend noch einen Dritten im Bunde. Aber welcher Bund war das? Was verband diese drei Männer? Was hatten sie vor? Und warum war ihr gemeinsames Traumbild ausgerechnet ihr, Anna Maria, erschienen?

Oh, das alles war noch nicht zu verstehen, noch nicht. Aber sie würde es ergründen, Schritt für Schritt. Am liebsten hätte sie einen wie Signor Giacomo nach der Lösung des Rätsels gefragt, doch das war ja nicht möglich. Nur Johanna und vielleicht noch Paolo, die würden ihr beistehen und helfen, obwohl sie doch eher bescheidene Helfer waren. Besser war, sie würde sich auf sich selbst verlassen, ihr eigener, junger und wacher Verstand war gefragt, zum ersten Mal in ihrem Leben hatte sie eine Aufgabe zu lösen, die ihr niemand abnahm.

Jetzt war sie davongelaufen, ja, sie hatte sich von der Festgesellschaft entfernt, um dieses Palais zu verlassen. Doch so einfach durfte sie es sich nicht machen. Was war schon geschehen? Niemand hatte ihr etwas getan, schließlich hatten

Josepha Duschek und Signor da Ponte sie nur mit Worten bedrängt. So etwas mußte sie eben ertragen, ja, doch, sie mußte solche Gemeinheiten ertragen, sonst kam sie in ihren Nachforschungen nicht weiter.

In einem Punkt hatte Josepha Duschek jedenfalls Recht. Sie, Anna Maria, machte sich nichts aus jungen Kavalieren, die meisten kamen ihr sogar lächerlich vor. Sie hatte ihre Komplimente und Gedichte früher eher amüsiert und gelangweilt ertragen, schließlich kannte sie all ihre Redensarten und ihr Benehmen ja von den eigenen Brüdern. Sie konnte aber niemanden lieben, der sich gerade so benahm wie einer der Brüder, nein, sie hatte diese Kavaliere eher wie kleine Buben behandelt, und deshalb hatte man ihr vorgeworfen, überheblich zu sein. Auch der Vater hatte sie deswegen getadelt, im Grunde hatte er sich längst gewünscht, sie verheiratet zu sehen, doch sie hatte ihm trotz aller Vorbehalte deutlich gemacht, daß sie von all diesen Gecken und albernen Kälbern keinen heiraten werde, es sei denn, er verlange es von ihr, auch gegen ihren eigenen Willen.

So etwas aber, so etwas hatte ihr Vater trotz aller Kälte, die er nur für sie hatte aufbringen können, dann doch nicht von ihr verlangt, bisher jedenfalls nicht. Doch weil er die Nachfragen nach einer möglichen Heirat leid geworden war und fürs erste selbst keinen Ausweg gewußt hatte, hatte er sie eben abgeschoben in das hoch gelegene Damenstift, wo sie fern genug von ihm war, so daß ihn nichts mehr an ihre noch offene Zukunft erinnerte.

Was also nun? Sie mußte zurück, zurück zu den Feiernden, sie hatte sich schon lange genug in diesen Gängen aufgehalten. Jetzt roch es wahrhaftig nach Fisch, Signor da Ponte hatte recht behalten. Wie gern wäre sie kurz in die Küche geschlüpft, um sich einen Moment an einen Tisch dort zu setzen und mit der Köchin zu plaudern! Sollte sie? Aber dann mußte sie sich ja verstellen. Und wenn sie sich nicht verstellte, wenn sie alle begrüßte, schaut her, ich bin's, Anna Maria?

Nein, wenn sie das machte, war sie umsonst gekommen, dann fand sie nichts mehr über die dunklen Traumzeichen heraus. Also langsam zurück, ruhigen Schritts, hoffentlich hatte man sie nicht schon vermißt.

Als sie in der Nähe des Salons angekommen war, kam ihr Casanova entgegen, zum Glück war er allein.

»Oh, ich vermutete schon, Sie hätten uns verlassen.«

»Aber nein, wie kommen Sie darauf? Offen gestanden hatte ich Lust, mich wenigstens für einige Minuten in meinem Elternhaus umzusehen. Doch das bleibt unter uns, Signor Giacomo!«

»Natürlich bleibt es unter uns. Ich freue mich jedenfalls, Sie wiederzusehen, schöne Gräfin, und ich hoffe nur, Sie erfreuen sich weiter an diesem Fest. Schließlich steht der Höhepunkt ja noch bevor. Fisch, es wird Fisch geben, und ich wage zu sagen, daß es Fisch geben wird von einer Art, wie man ihn in Prag noch niemals gegessen hat. Aber was rede ich? Sie werden vermißt, Sie werden gesucht, ahnen Sie etwa von wem?«

»Lassen Sie mich nachdenken!«

»Das Losglück war ihnen gewogen, es hat sie für die weitere Folge unsres Soupers zusammengebracht mit ..., aber das können Sie ja nun selbst in der nächsten schönen Stunde erraten.«

Er nahm sie an der Hand und führte sie in den Salon, sie überflog rasch die Runde, wer war es, wer konnte es sein? Da erkannte sie ihn, und zum dritten Mal in dieser Nacht durchfuhr sie ein heißer Stich.

Er lachte, er kam schon auf sie zu, ja, er machte eine tiefe Verbeugung. Ahnte er, wer sie war? Er trug einen grünen, recht schlichten Rock, dessen Ränder schon etwas blaß waren. Freute sie sich? Aber ja, sie freute sich doch auf diese

Begegnung, mußte sie sich das selbst etwa noch einmal bestätigen?

Jetzt ließ Signor Giacomo sie los und reichte sie an ihn weiter, beinahe wie ein Geschenk. Wahrhaftig, er war fast zwei Kopf kleiner als Casanova, er nahm ihre Hand, hielt sie aber viel fester.

»Sie sind es also, das Los hat uns beide endlich zusammengeführt, ich hatte es den ganzen Abend gehofft.«

Er hatte eine hohe, sehr helle Stimme, irgendwo hatte sie eine ähnliche Stimme vor kurzem gehört, doch sie wußte nicht, wo. Er sprach so schnell, daß man aufmerken mußte, um kein Wort zu verpassen. Was hatte er gesagt? Er hatte gehofft, ja, gehofft, den ganzen Abend hatte er also gehofft, was hatte das nun wieder zu bedeuten?

»Sie haben gehofft, mit mir speisen zu dürfen?«

»Ja natürlich, die ganze Zeit.«

»Aber warum? Warum wollen Sie ausgerechnet mit mir speisen?«

»Warum? Weil Sie die einzige sind, die ich noch nicht kenne.«

»Die einzige?«

»Natürlich, die einzige. Die anderen habe ich meist schon nach kurzem Hinschauen erkannt. Sie aber kenne ich nicht, ich habe nicht einmal eine Ahnung, wer Sie sein könnten. Und außerdem sind Sie die Schönste hier in der Runde, ja, verzeihen Sie, daß ich es sage, aber es ist so, und deshalb muß ich es sagen, einfach, damit es gleich und sofort gesagt ist, dann ist es vorbei und heraus, sonst ersticke ich und kann ihn nicht kosten, diesen Dings, diesen na was, diesen Fisch, von dem er die ganze Zeit redet.«

»Meinen Sie Signor Giacomo?«

»Ja, genau den. Eine halbe Stunde hat er diese Fischmelangen erklärt, verstehen Sie so etwas, verstehen Sie, wie es einem Vergnügen machen kann, die Speisen immer von neuem zu beschreiben, als rührte er mit den Worten den Schneebesen und als streute er mit jeder Silbe Salz in die Suppe? So viele Worte, und wir stehen da und sperren die Mäuler auf, und die Fische winden sich vor unseren geöffneten Mäulern, weil niemand sie kostet! Soll ich Ihnen etwas gestehen? Ich mag gar keinen Fisch, nein, er kann mir gestohlen bleiben mit seinen Tintenfischen, Barben und Seeteufelchen, ich mag etwas anderes, ich mag Fasan, und davon habe ich eben so viel gegessen, daß es ganz unmöglich ist, jetzt von diesen tieftraurigen, zu Tode geredeten Fischen zu kosten. Aber nun gut, wir werden sehen. Das hier ist unsere Zuflucht, aber nein, sagte ich Zuflucht? Ich rede etwas zu rasch, ja ich weiß, das macht der Champagner. Nach drei Gläsern Champagner rede ich in Triolen, Sie werden sich daran gewöhnen müssen. Also hinein, in diesem Zimmer sollen wir den Fischen begegnen.«

Sie betraten das Kabinett, und er hörte nicht auf zu reden. Sie verstand nicht mehr, was er sagte, es ging einfach zu schnell, und außerdem wurde ihr langsam schwindlig von seinem Tempo. An wen erinnerte er sie nur? Die ganze Zeit wurde sie das Gefühl nicht los, daß sie diesen Tonfall und diese Gebärden schon kannte. Sie mußte ihn unterbrechen, sie mußte versuchen, sich mit ihm zu unterhalten, doch durfte sie mit keinem Wort verraten, daß sie längst wußte, wer ihr da gegenüber saß.

»Sie sind mit Signor Giacomo befreundet?«

»Nein, noch bin ich es nicht, aber ich gebe zu, ich wäre es gerne. Übrigens habe ich heute abend noch keinen getroffen, der es nicht gerne wäre. Einige wünschen sich bloß, mit ihm spazierenzugehen, andere wollen seine Meinungen und seine Gedanken erforschen, er hat es wahrhaftig fertiggebracht, die ganze Gesellschaft für sich einzunehmen. Und Sie, kennen Sie ihn bereits länger? Man sagt, Sie seien seine Vertraute.«

»Seine Vertraute? Was für ein Unfug! Auch ich kenne ihn kaum, ich kenne ihn höchstens ein wenig.«

»Und was haben Sie dann so vertraulich zu tuscheln?«

»Zu tuscheln? Nun ja, das bleibt unser Geheimnis, manchmal bedarf eben auch ein Mann wie Signor Giacomo noch eines Rats.«

»Ich verstehe, und ich schließe jetzt nach Art der alten Logiker weiter …, also was schließe ich denn? Sagen wir: daß Sie diese Stadt sehr gut kennen!«

»Richtig, ich bin hier geboren.«

»Aha, und schon sehe ich eine Fährte.«

»Machen Sie weiter!«

»Sie sind eine Freundin von Josepha Duschek?«

»Nein, das kann man nicht sagen. Ich schätze sie, ich verehre sie als Sängerin, aber mit ihr befreundet bin ich nicht.«

»Kennen Sie auch Franz, ihren Mann?«

»Ich kenne ihn flüchtig, sehr flüchtig.«

»So, nur sehr flüchtig, dann habe ich falsch geschlossen.«

»Was hatten Sie denn vermutet?«

»Daß Sie eine Freundin Josephas seien und eine Schülerin ihres Mannes. Ich habe Sie für eine Sängerin gehalten.«

»Sie haben mich zusammen mit Josepha gesehen, so kamen Sie auf diese Vermutung, habe ich recht?«

»Sie haben recht. Aber nun helfen Sie mir, bevor ich verzweifle. Ich koste von diesem Fisch, und prompt bringt mich das auf falsche Fährten. Als ich noch Fasan aß, habe ich ganz zielsicher geschlossen.«

Sie wollte ihm antworten, als er mitten im Essen innehielt. Er hob den Kopf und rutschte auf die Vorderkante des Stuhls. Was hatte er, was ging nun in ihm vor? Er starrte gegen die Decke, auch sie schaute hinauf, doch dort war nichts zu entdecken.

»Was haben Sie?«

»Still, ich bitte Sie, seien Sie still!«

Jetzt stand er auf, er rieb sich mit der Rechten den Kopf, als wollte er etwas daraus vertreiben. Sie wagte nicht, sich zu bewegen, denn er stand jetzt ganz unbeweglich da, als lauschte er wie gebannt.

»Irgendwo bläst jemand das Horn. Hören Sie es nicht?«

Sie schloß die Augen, nein, sie hörte nichts.

»Irgendwo spielt jemand ganz ausgezeichnet das Horn. Und er spielt etwas, das ich sehr gut kenne. Hören Sie noch immer nichts?«

Er nahm sie jetzt an der Hand und zog sie empor. Sie standen ganz starr, sie hatte die Schultern angezogen, dieses Horchen war beinahe schmerzhaft.

Aber ja, jetzt hörte sie es, jetzt hatte sie es geschafft, auf die Musik der Kapelle nicht mehr zu achten und durch sie gleichsam hindurch zu lauschen.

»Das ist Paolo! So schön kann nur Paolo spielen!«

»Paolo? Wer ist Paolo?«

»Er ist …, er ist der Leibdiener Signor Giacomos.«

»Der hübsche Bursche, der ihn manchmal in das Theater begleitet?«

»Der ist es.«

»Hören Sie, was er spielt?«

Sie horchte noch einmal angestrengt. Nein, sie kannte dieses Stück nicht, sie hatte es noch nie gehört. Es war wie ein langsames, geduldiges Schreiten, doch so schön, als berührte da einer mit seinen Füßen nur noch ganz sanft die Erde.

»Es ist schön, dieses Stück, wie schön es doch ist!«

»Schön? Sie finden es schön? Das ehrt mich, ja, es ehrt mich sogar sehr. Denn …, ach entschuldigen Sie, ich kann es nun nicht länger verheimlichen …«

Er streifte die Maske ab und verbeugte sich. Sie schaute ihn an und begriff nicht, wer vor ihr stand.

Mozart, das sollte Mozart sein? Aber es war doch nicht Mozart, nein, es war …, genau, es war Trautmann, der

Mann, mit dem sie in der Weinschenke an der Moldau zusammengesessen hatte.

Sie sagte nichts, sie war zu erschrocken. War dieser Mann hier etwa auch ein Teil des dunklen Spiels dieser Nacht? Hatte Signor Giacomo ihn eingeladen oder gar Signor da Ponte? Aber Josepha Duschek war doch ganz sicher gewesen, daß sich hinter der Maske dieses kleinen und unauffälligen Menschen niemand andres als Mozart verbarg.

»Mein Herr, ich erkenne Sie noch immer nicht. Sie müssen sich schon genauer erklären.«

»Das werde ich, gleich, ja, sofort. Doch hören Sie nur, hören Sie, lassen Sie uns den Tönen folgen, ja, kommen Sie, den Tönen nach, diesen Paolo muß ich sehen und sprechen.«

Sie verließen das Kabinett, erst jetzt bemerkte sie, daß die Kapelle aufgehört hatte zu spielen. Auch die anderen Gäste waren aus ihren Zimmern gekommen und standen, still lauschend, beinahe unbeweglich, im Gang. Nur Signor Giacomo dirigierte mit der Rechten, ja, es war, als dirigierte er zu den fernen Klängen.

»Aber das ist ja Là ci darem …«, hörte sie Signor da Ponte flüstern, der aber sofort verstummte, als ihn einige kopfschüttelnd anschauten.

Là ci darem …? Was meinte er? Wie Spielfiguren standen sie jetzt alle da, wie kostbar gekleidete Puppen, die man vergessen hatte aufzuziehen. Durch all das Blau und Rosa ihrer Kleidung schien plötzlich ein kaltes, immer stechender und heller werdendes Weiß zu schimmern, ein Weiß, das einen gelblichen Ton annahm, eine Art Altweiß, etwas, das sie erschreckte …

Trautmann bewegte sich jetzt als einziger von der Stelle. Er hielt ihre Hand, er ging, wie auf Zehenspitzen, den Klängen nach, und, ja, sie folgte ihm, ebenfalls leise, sehr leise, während die warmen, dunklen Horntöne nun das ganze Palais immer lauter ausfüllten.

Sie ließen die erstarrte Festgesellschaft zurück, bogen um eine Ecke, huschten eine Treppe hinauf, das Spiel wurde lauter, sie brauchte ihn nicht zu führen, nein, er schien genau zu wissen, wo sich Paolo befand, im entferntesten Teil des Palais, in den Gesindestuben.

Als er dann doch einen Augenblick zögerte, übernahm sie die Führung. Er folgte ihr, sie stolperten jetzt Hand in Hand den Tönen entgegen, sie liefen geradewegs hinein in diese Musik, als wären diese Töne weiche, nachgiebige Leiber, mit denen man hätte tanzen können.

Noch um eine Ecke, und sie standen vor Paolo. Er spielte das Stück zu Ende, dann hörte man aus der Ferne den Jubel.

Auch Trautmann klatschte, er schien so begeistert, als habe man gerade ihm mit diesem Spiel eine besondere Freude gemacht. Paolo setzte das Horn ab, er schien verlegen, doch Trautmann umarmte ihn, als wären sie Freunde.

»Du heißt Paolo, nicht wahr? Ich danke Dir, Paolo, die Überraschung ist Dir geglückt. Du hast das Stück während der Proben gehört, habe ich recht? Und Du hast es Dir gleich gemerkt? Das spricht für das Stück, das läßt mich hoffen, den Pragern möge es genauso zu Herzen gehen wie Dir.«

»Das wird es, Herr Mozart. Es ist das schönste Stück, was ich jemals auf diesem Horn geblasen habe.«

Sie hatte wohl nicht richtig gehört. Was hatte Paolo gesagt? Hielt etwa auch er diesen Kopisten für Mozart? Anna Maria trat vor und ergriff Paolos Hand.

»Paolo? Ich werde Dich jetzt etwas fragen, und Du wirst mir die Wahrheit sagen, so gut Du sie weißt. Sag mir, wer ist dieser Mann?«

»Was fragen Sie, gnädige Frau? Jeder in Prag kennt ihn, jeder hat ihn in den letzten Tagen einmal gesehen. Es ist Herr Mozart, natürlich ist es Herr Mozart.«

Sie schaute Trautmann an. Er legte den Kopf etwas schräg, dann trat er zu ihr.

»Schönste, ich bin entdeckt, da ist nichts mehr zu machen. Paolo hat recht, ich bin Mozart, leider erkennt mich in Prag jetzt fast jedes Kind.«

Sie wies seine ausgestreckte Hand zurück und griff nach ihrer Maske. Sie zog sie herunter, und sie sah, wie er die Augen zusammenkniff, als begegnete er einem unscharfen Trugbild.

»Darf ich Sie einladen, lieber Freund?« fragte sie. »Ich lade Sie ein zu etwas Schinken und … na, ich glaube, Sie wissen, was fehlt?«

»Etwas Schinken? Mein Gott, Schinken, ja, und ein Bund Radieschen …, richtig, wir kennen uns! Sie sind Anna Maria, Sie sind die Kammerdienerin, na, helfen Sie mir, in welchem Hause dienen Sie?«

»Sie irren, Herr Mozart«, sagte Paolo. »Sie stehen nicht vor einer Dienerin, Sie stehen vor der jungen Frau Gräfin. Sie ist hier zu Haus.«

»Ich stehe vor wem? Aber Sie sind doch Anna Maria!«

»Ich bin Anna Maria Gräfin Pachta. Lieber Maestro, ich heiße Sie im Haus meines Vaters willkommen!«

Er stand da mit leicht geöffnetem Mund, er schien noch immer nicht richtig zu verstehen. Dann schlug er sich mit der Faust gegen die Stirn.

»Mein Gott, so ist das! Sie haben mir etwas vorgespielt!«

»Und Sie mir!«

»Anna Maria, die ängstliche Dienerin!«

»Herr Trautmann, der fleißige Notenkopist!«

»Was für ein Spiel!«

»Wahrhaftig, was für eine Szene!«

»Und wer von uns hat Regie geführt?«

»Keiner von uns.«

»Keiner? Am Ende war es vielleicht die Musik.«

»Die Musik? Ja, sagen wir: Es war die Musik!«

Paolo stand neben den beiden. Er verstand nicht mehr,

was sie da sprachen. Es mußte sich um ein Spiel handeln, um irgendeine Albernheit, vielleicht war es ein Pfänderspiel, das die hohen Herrschaften eben gespielt hatten.

Jetzt legte der Maestro der Frau Gräfin sogar die Hand um die Schultern, und jetzt, jetzt gingen sie langsam zurück zu ihren seltsamen Spielen. Sie lachten und schwatzten, sie fielen sich ununterbrochen ins Wort, wie zwei, die versuchten, sich gemeinsam an etwas zu erinnern. Es hatte zu tun mit der Musik, ja, es mußte zu tun haben mit der Musik.

30

Die Kapelle spielte wieder, doch die Kabinette waren jetzt leer. Durch Paolos Spiel angeregt, unterhielten sich die Gäste plötzlich über die Oper. Sie standen im Salon in Gruppen beisammen, die meisten hatten ihre Masken längst abgelegt.

Lorenzo da Ponte aber wollte sich nicht weiter unterhalten, und erst recht nicht über die Oper. Vom Fisch hatte er reichlich gegessen, und noch mehr hatte er Champagner und Burgunder getrunken, von Stunde zu Stunde war seine Unruhe gewachsen, jetzt aber hatte er sie kaum noch in der Gewalt.

Das Hornspiel hatte die meisten verwirrt, es war ihnen anzusehen, wie sie nach Worten suchten, um diesen Einfall des Gastgebers zu würdigen. Die fernen Töne hatten sie an ihr eigenes Spiel und an ihre Rollen erinnert, nun begannen sie, das Stück durchzukauen, ja, sie wiederholten Szenen des Stücks, trällerten sogar einige Noten daraus und erregten sich dabei so sehr, als kennten sie den Text und die Musik erst seit kurzer Zeit.

Er konnte sich ihre Aufregung nicht erklären, sie führten sich auf wie ausgelassene Kinder, denen man erlaubt hatte, etwas sonst Verbotenes endlich zu spielen. Einige stolzierten sogar allein durch den Salon und sangen sich selbst etwas vor, andere fielen sich mit ihren Auftritten gegenseitig ins Wort, die Hauskapelle hatte alle Mühe, gegen dieses Chaos der Töne noch zu bestehen.

Wie ihn das alles anwiderte! Sie hatten sich verführen lassen von einem kleinen, harmlosen Stück, das doch nichts war ohne die rechten Worte! Là ci darem ... – ohne diese Silben war das eine lächerliche, geradezu kindliche Nummer, etwas, das man sofort wieder vergaß! Sie aber summten es hier immer wieder, als sei es ihnen zu Kopf gestiegen oder als wanderten diese braven und schlichten Töne ihnen durchs Blut! Er wandte sich von ihnen ab und schlich hinaus. Daß es überhaupt Sängerinnen und Sänger geben mußte, um so etwas Kostbares wie seine Worte auf die Bühne zu bringen! Jahre später hatten sie diese Worte bestimmt vergessen, ja, sie würden die Musik summen wie altersschwache Greise, die sich an keine Silbe mehr erinnerten!

Wo steckte Johanna? Er vermißte sie, schon seit mehr als einer Stunde hatte er sie nicht mehr gesehen. Vielleicht wartete sie längst auf ihn, ja, er wollte die allgemeine Verwirrung nutzen, um sich nach ihr umzusehen. Langsam ging er durch die Flure, an den offenstehenden Kabinetten vorbei, die Dienerinnen räumten gerade die Tische ab und brachten bereits das Dessert. Leise, leise, dicht an den Wänden entlang, die Treppe hinauf. Er nahm den Handschuh aus seiner Tasche und wickelte den Schlüssel heraus. Der Pudergeruch umhüllte ihn jetzt wie eine duftende Wolke, es war, als spazierte er, getragen von dieser Wolke, direkt zu ihr.

Er erreichte die Tür und drückte vorsichtig die Klinke. Die Tür öffnete sich, sie öffnete sich ja ganz leicht, und, richtig, sie wartete anscheinend auf ihn, jedenfalls stand sie in der Nähe des Fensters und lächelte ihm zu, als er den Raum betrat und die Tür hinter sich schloß.

»Johanna, wie schön, Du hast auf mich gewartet?«

»Seien Sie leise, Signor da Ponte, man darf uns nicht hören.«

»Psst, psst, ja, ganz leise, niemand hat mich gesehen, ich komme zu Dir geschlichen wie eine Katze. Endlich bin ich bei Dir, endlich sind wir allein. Komm, komm zu mir, lindre den Schmerz eines Mannes, der sich so lange schon nach Dir sehnt, der die Nächte mit unruhigen Träumen verbringt, der sich nichts sehnlicher wünscht, als Dich zu berühren.«

»Aber Signor da Ponte, sagen Sie so etwas nicht.«

»Komm, mein Täubchen, komm, gib mir einen Kuß, ich möchte diesen honigsüßen Mund endlich spüren ...«

»Signor da Ponte!«

»Diese feinen Lippen, so schön geschwungen, ich möchte sie küssen ...«

»Signor!«

»Laß mich, so laß mich!«

Er ging einige Schritte auf sie zu und versuchte, sie zu umarmen. Sie widersetzte sich noch, sie bog ihren Körper nach hinten, das machte sie gut, er mußte fester zupacken, sie halten, sie an sich ziehen und diesen Körper eng an den seinen pressen, dann weiter, versuchen, das Kleid ein wenig zu öffnen, die Hand glitt schon unter die feinen Spitzen, nun spürte er ihre Haut, seine Finger tasteten sich langsam vor, eine Schulter war bereits frei, er küßte sie, seine Lippen spürten der Rundung des Nackens nach, bald würde das Kleid fallen, ja, er schloß die Augen und glaubte, sie nackt vor sich zu sehen, die Brust, die nackten Hüften, er konnte sich nicht mehr beherrschen, nein, dazu war es jetzt viel zu spät, nur weiter dem Drang folgen, diesen warmen, sich windenden, erröteten Leib endlich besitzen ...

Er riß ihr Kleid auf, mit einer einzigen, starken Bewegung hatte er es geöffnet, während er begann, sich selbst zu entkleiden, die schweren Stiefel abzustreifen, dieses lächerliche

Kostüm, das ihm jetzt so hinderlich war. Sie zitterte, wie schön sie doch zitterte, so etwas hatte sie noch nicht erlebt, es erregte sie, ja, er spürte ihre Erregung auflodern unter seinen immer zudringlicher werdenden Händen, die jetzt hastig wurden, rasch, schnell, fort mit diesem Plunder, all diesen lästigen Teilen, noch ein Hemd, die Strümpfe, fort ..., was war denn, was hatte sie denn, was wollte sie ...?

Sie schrie, plötzlich schrie sie aus Leibeskräften, er hielt sofort inne und erstarrte, so einen Schrei hatte er noch nie von einer Frau gehört. Es war ein hoher, in der Höhe überkippender Schrei, ein langes, nicht aufhörendes Jammern, so schrecklich, daß er sich nicht einmal traute, ihr den Mund zuzuhalten. Immer wieder setzte sie an, sie stemmte sich mit beiden Händen auf den Tisch, es war beinahe, als habe sie dieses Kreischen geprobt und als sei das hier ihr Auftritt, sie schrie mit geschlossenen Augen ..., und, natürlich, jetzt schlug jemand gegen die Tür, Paolo kam herein, der dumme Bursche, was hatte dieser Flegel denn hier zu suchen?

Paolo zögerte nicht, er packte ihn und schleuderte ihn mit einem einzigen Griff auf den Boden. Dann fiel er über ihn her, Himmel, welche Schläge, dieser Diener war wahnsinnig geworden! Er schlug seinen Kopf auf den Boden, rammte ihm die Faust in den Magen, zerrte an seiner Kleidung, dieser Mensch wollte ihn anscheinend töten, ja, der würde nicht zögern, ihn umzubringen, hier, in diesem Palais. Da begann auch er, laut zu schreien, aber es war ein ganz anderes Schreien, ein Wimmern, ein kraftloses, in der Tiefe bleibendes, ersticktes Wimmern! Kam ihm denn niemand zu Hilfe?

Jetzt sprang dieser Wilde auf und packte ihn am Genick. Der Kerl schleifte ihn aus dem Zimmer, nach draußen, in den Flur, dort ließ er ihn liegen, wie ein hilfloses Tier, über das die bissigen Hunde hergefallen waren. Diese Schmerzen, überall spürte er die Hiebe und Schläge, er blutete aus der Nase, und dazu dieses Dröhnen in seinen Ohren, das wollte nicht aufhören, wie Paukenschläge, als schlüge jemand seinen Kopf ununterbrochen weiter auf den harten Steinboden.

Giacomo! Nur Giacomo konnte ihm helfen, endlich, da tauchte er auf, am Ende des Flurs, in Begleitung von ganzen Scharen von Schaulustigen. Herrgott, mußten sie das denn alle mit ansehen? Fort, geht fort, zurück zu Eurem Dessert, laßt mich, so laßt mich in Ruhe! Er sah, wie Paolo Johanna aus dem Zimmer führte, wie sah sie denn aus, was war denn mit ihr? Sie stand im Unterhemd da, aber das Hemd war zerrissen, sie hatte die Haare geöffnet, sie hingen in matten Strähnen in dem von Tränen verklebten Gesicht, aber nein, das war nicht seine Schuld, er hatte sie so doch nicht zugerichtet, er nicht, da hatte sie selbst nachgeholfen.

Wie still sie alle da standen, die ganze Gesellschaft betrachtete jetzt diese furchtbare, abstoßende Szene, und alle würden vermuten, er, Lorenzo da Ponte, habe sich an diesem gerissenen Wesen vergangen, die es wahrscheinlich auf etwas anderes abgesehen hatte, auf sein Geld, auf Schweigegeld, ja, etwas in der Art würde es sein. Er wollte aufstehen, doch seine Glieder schmerzten, wie hatte dieser Kerl ihn bloß zugerichtet, er konnte sich ja ohne fremde Hilfe nicht einmal erheben!

Giacomo! Warum half er ihm denn nicht auf? Was stand er da wie die anderen, als gebe es ein interessantes Bild zu betrachten? Endlich, jetzt kam er näher, jetzt befahl er Paolo, Johanna in die Küche zu bringen, um sie dort zu versorgen. Was denn versorgen, was denn? Er hatte ihr nichts getan, man würde einem so durchtriebenen Wesen doch nicht etwa glauben?

Nun führte Paolo sie ab, sie verbarg das Gesicht in den Händen, sie weinte erbärmlich und tat, als habe er versucht, ihr Gewalt anzutun. Und er? Wie er dalag, fast nackt, auf dem steinkalten Boden! Herrgott, seine Füße waren ganz kalt, und die Hose war so zerrissen, daß er sie beim Aufstehen mit beiden Händen würde halten müssen. Wie war das geschehen? Wahrhaftig, er hatte zuviel getrunken, um sich noch an alle Einzelheiten zu erinnern. Die letzten Minuten erschienen ihm wie Szenen eines grausamen Stücks, er hatte sich in dieses Stück gegen seinen Willen verlaufen, irgendwer hatte ihm diese Rolle aufgedrängt, und nun stand das Publikum da und klatschte nicht einmal.

Casanova ging auf die Gaffer zu, er bat sie, wieder zurückzukehren in den Salon, man solle kein Aufhebens machen von diesem Vorfall und Stillschweigen bewahren, er werde sich um da Ponte kümmern, ja, er selbst, sein bester Freund, werde mit ihm ins Gericht gehen. Und sie drehten sich um, sie wandten sich entsetzt und verekelt ab von diesen Szenen, sie gingen flüsternd und bereits wieder kichernd zurück zu ihren Desserts. Jetzt hatten sie ein Thema gefunden, jetzt konnten sie sich den Mund zerreißen über den Fall des Signor da Ponte, der sich über eine Dienerin hergemacht hatte!

Giacomo gab ihm die Hand und zog ihn empor. Er stützte ihn, dann gingen sie langsam in Johannas Zimmer zurück. Er mußte sich hinlegen, er war zu schwach, um sich auf einen Stuhl zu setzen.

»Lorenzo! Was ist passiert? Bist Du noch bei Sinnen?«

»Das Biest! Sie ist ein Biest, Giacomo! Sie hat mir ihren Schlüssel gegeben und mich hierhergelockt, die Verführerin! Schön hat sie getan, mir Hoffnungen gemacht, gelockt, geworben, daß ich nicht mehr widerstehen konnte und mich auf den Weg machte zu ihr.«

»Um sie zu überfallen? Um sie derart zuzurichten?«

»Aber nein, ich habe ihr nichts getan, ich wollte nur einen Kuß, einen lächerlichen, unbedeutenden Kuß, eine Umarmung, eine Zärtlichkeit.«

»Du hast ihr die Kleider vom Leib gerissen, trotz ihrer Gegenwehr. Du hast nichts darauf gegeben, nein, Du nicht, Lorenzo da Ponte hat versucht, sie auch gegen ihren Willen zu erobern. Das ist schändlich, Lorenzo, es ist das Schändlichste, was ein Mann nur tun kann.«

»Aber Giacomo, was redest Du denn? Du weißt selbst, wie so etwas ist, man rauft sich zusammen, manche Frauen wollen es so, sie wollte es ja, im Grunde hatte sie es darauf angelegt, glaube mir doch!«

»Schämst Du Dich nicht? Du tust so, als könnte ich so etwas verstehen? Ich, ausgerechnet ich? Meinst Du, ich hätte mich je eines solchen Verbrechens bedient, um zum Zuge zu kommen? Nie, niemals, war ich in Versuchung, so etwas zu tun. Und ich hatte es auch niemals nötig, niemals. Ich habe die Frauen geliebt, verstehst Du, geliebt, ich habe ihnen gedient und sie geliebt, das ist etwas anderes, als über sie herzufallen! Aber es paßt ja zu Dir, es paßt ganz genau, es paßt zu Deinem Don Juan, es paßt dazu, wie Du ihn seine Eroberungen machen läßt, mit Gewalt, kunstlos, Du hast Dich benommen wie Deine Gestalt!«

Da Ponte richtete sich auf. Wie ihn Giacomo anschaute! Oh, er hatte sich in diesem Menschen getäuscht, dieser Mensch haßte ihn. Ja, er sah es jetzt in seinen Augen, wie dieser Mensch ihn doch haßte!

»Giacomo, ich bitte Dich, schau doch nicht so, ich brauche jetzt Deine Hilfe!«

»Die kannst Du haben, Lorenzo. Ich werde Dir helfen, Deine Koffer zu packen, ich werde einige meiner Diener hinüberschicken in Dein Hotel, damit sie Dir helfen. Morgen früh wirst Du abreisen, nach Wien, Du wirst Dir eine Ausrede einfallen lassen, etwas Unverdächtiges, Harmloses. Sag, der Kaiser habe Dich zurückbeordert nach Wien, sag so etwas, das macht Eindruck und enthebt Dich aller Verpflichtungen.«

»Aber das geht doch nicht, Giacomo, es geht einfach nicht! Die Arbeit hier ist noch nicht beendet. Wer soll sie machen, wer soll das Textbuch fertigstellen, wer die Proben leiten? Glaubst Du etwa, daß Guardasoni so etwas kann? Oder Bondini? Nein, die können das nicht, die doch nicht, die können ein wenig gestikulieren, mehr können die nicht.«

»Laß nur, Lorenzo, laß mich nur machen. Ich weiß jemanden, der Dich vertritt.«

»Und wer? Wer könnte das sein?«

»Ich, Lorenzo, ich werde es sein, niemand andres als ich.«

Da Ponte starrte ihn an, ja, jetzt verstand er, sofort! Plötzlich entwirrten sich alle Fäden! Natürlich, Giacomo Casanova hatte es abgesehen auf seine Stelle, auf seinen Platz! Er wollte eingreifen in die Oper, er wollte sie nach seinen Ideen neu gestalten, davon hatte er ja schon einmal wie im Scherz gesprochen!

Aber das hier war kein Scherz mehr! Was sich anschaute wie eine Komödie, war längst bitterer Ernst, Casanova machte ihm seinen Platz streitig! Darauf hatte er es also angelegt, all die Zeit! Wahrscheinlich hatte er schon seit Tagen diese Pläne geschmiedet, natürlich, vielleicht veranstaltete er sogar dieses Fest nur, um sie zu verwirklichen. Und Johanna? Die hatte als Köder gedient, die hatte mitgespielt in diesem Stück!

Er zog sich im Bett hoch und versuchte, die Füße auf den Boden zu setzen. Er saß an der Bettkante wie ein Geschlagener, dem man alles genommen hatte.

»So ist das. Das hast Du perfekt geplant, Giacomo, der Neid muß es Dir lassen. Du hast Johanna nur vorgeschickt, habe ich recht, Du hast ihr aufgetragen, mich in ihr Zimmer zu locken?«

»Lorenzo, was redest Du noch? Ein schönes und vor allem erfolgreiches Stück nimmt man nicht auseinander. Man schaut zu, man genießt, klatscht, steht auf und widmet sich dem Dessert und einem Glas guten Champagners.«

»Schon gut, ja, schon gut. Das Stück ist zu Ende, ich habe

verloren, ich gebe es zu. Auf diesen Augenblick hast Du wohl gewartet.«

»*Dieses* Stück ist zu Ende, Lorenzo, nur *dieses* Stück. Ich glaubte es der Oper schuldig zu sein. Ich will sie befreien von einigen Grobheiten, von schlechtem Stil, denn ich will sie vollenden, glaube mir, durch mich wird diese unnachahmliche Musik, die Du nicht einmal zu hören verstehst, ihre Vollendung erfahren. Leb wohl, Lorenzo, gute Reise, pfleg Deine Wunden und sei mir nicht gram. Diesen Sieg habe ich redlich verdient.«

Casanova lächelte, dann verließ er das Zimmer, einen Fuß nach dem andern rückwärts setzend, als wollte er Lorenzos Anblick möglichst lange genießen. Als er draußen war, kamen zwei Diener herein. Sie nahmen Lorenzo da Ponte, den Librettisten des Kaiserlichen Hofes zu Wien, in die Mitte und trugen ihn durch einen Nebenausgang hinaus.

31

Mitten in der Nacht stand sie auf, eine plötzliche Unruhe ließ sie nicht weiterschlafen. Sie ging durch die dunklen, stillen Räume und zündete in seinem Arbeitszimmer eine Kerze an. Sie wünschte sich, daß er jetzt da wäre, er sollte am Cembalo sitzen und arbeiten, und sie würde nebenan liegen und auf die angeschlagenen Akkorde lauschen.

Wenn sie in seiner Nähe war, schrieb er am besten, nah mußte sie sein, spürbar nah, aber nicht zu nah, eben nebenan, bei geöffneter Tür. Dann schrieb er geduldig seine Noten, ohne zwischendurch einmal aufzuspringen. Vor der Arbeit jedoch, da lief er oft hin und her, suchte nach Zerstreuung und klammerte sich an jeden Salzstreuer, um nicht arbeiten zu müssen. Er lenkte sich ab, trank Kaffee, spielte den Albernen, lud sie zu einem Kartenspiel ein, pfiff wie ein

Vogel und wußte doch selbst, daß er den Anfang hinauszögerte.

Wenn er aber begonnen hatte, meist ging das sehr plötzlich, hörte er nicht mehr auf. Er schrieb so schnell, wie es sich niemand vorstellen konnte, aber er konnte so schnell doch nur schreiben, weil er alles schon vorher in seinem Kopf durchgegangen war. Wenn er schrieb, stand er nicht einmal auf, um etwas zu essen oder zu trinken. Anfangs hatte sie sich Sorgen gemacht und ihn während des Schreibens mit Likör und kandierten Früchten gefüttert, doch dann hatte sie begriffen, daß er das alles nicht brauchte, daß es ihm nur hinderlich war und sein Schreiben unnötig verlangsamte, so daß er bald ärgerlich wurde …

In dieser Nacht würde er nicht mehr zurückkehren, um zu schreiben, er würde im Gasthof schlafen und sehr spät zu Bett gehen. Denn irgendwann würde er das Fest heimlich verlassen, so machte er es oft, er lief allen davon, dann suchten sie ihn und riefen überall seinen Namen, während er irgendwo, wo niemand ihn fand, allein saß, meist ganz allein, bei einem Glas Wein. Ohne dieses Alleinsein konnte er später nicht schlafen, es war eins seiner Geheimnisse, dieses Alleinsein, nur sie wußte davon, er hatte es ihr einmal erklärt, wie das Alleinsein ihn beruhigte und alles vergessen ließ, was er gehört hatte, wie er sich in diesem Alleinsein einnistete, bis es so ruhig um ihn wurde, daß die Schläfrigkeit ihn übermannte.

Vielleicht dachte er in solchen Momenten auch an seine Arbeit, das mochte sein, doch er sprach von so etwas nicht. Im Grunde konnte sie selbst nicht sagen, wann er nachdachte über die Arbeit, er hatte doch überhaupt nichts Versonnenes, nein, er ließ es sich einfach nicht anmerken, er war eben ein Mensch, der sich wenig anmerken ließ, nur seine Liebe, die ja, die ließ er sich anmerken, die merkte man ihm an, doch, das schon.

Sie ging nach nebenan und legte sich hin, auf das Sofa, als käme er doch noch zurück. Sie schaute hinüber, zum flakkernden Licht der Kerze, die das Cembalo jetzt erhellte. Stu, stri ..., jetzt flog noch ein Kuß durch das Dunkel, ein letzter, ein Liebeskuß. Stu, stri ..., jetzt wurde sie müde.

Sie schloß die Augen. Noch im Einschlafen glaubte sie, den Kuß fliegen zu sehen, und im ersten Träumen sah sie eine Kerze, die ein Atemhauch löschte.

Fünfter Teil

32

Am späten Morgen des darauffolgenden Tages fuhr Josepha Duschek hinaus in ihr Landhaus, um Constanze etwas Gesellschaft zu leisten. Sie tranken zusammen eine Schokolade, dann machten sie einen kleinen Spaziergang den Hügel hinauf, zum Pavillon. Josepha hatte sich noch immer nicht beruhigt, sie brauchte jetzt eine geduldige Zuhörerin, eine, der sie die Ereignisse der vergangenen Nacht in allen Einzelheiten erzählen konnte.

»Und …, stell Dir vor, Lorenzo da Ponte hatte es wahrhaftig darauf angelegt, die kleine Johanna zu verführen. Heimlich, ohne daß wir etwas bemerkten, hat er sich zu ihr geschlichen. Wie muß das arme Kind gelitten haben, welche Ängste hat es wohl ausgestanden! Ganz unter uns, ich hatte nie Vertrauen in diesen Signor da Ponte, ich mochte ihn einfach nicht. Er hat etwas Durchtriebenes, Finsteres, man sieht ihm an, daß er an nichts anderes denkt als an sich selbst. Ein Wunder, daß Dein Mann sich so gut mit ihm verstand, aber Dein Mann ist ja die Güte selbst, nie würde es ihm einfallen, sich über einen Menschen wie Lorenzo da Ponte zu beklagen. Doch jetzt ist für den alles vorbei, jetzt hilft ihm selbst Wolfgangs Geduld nicht mehr. Er mußte fort, natürlich mußte er fort, in Prag konnte er nicht länger bleiben.«

»Das ist leicht gesagt. Aber wer kümmert sich nun um das

Libretto, und wer studiert mit den Sängerinnen die Szenen?«

»Zunächst der erste Schritt, liebe Constanze, dann folgt der zweite. Heute morgen ist da Ponte abgereist, angeblich hat er einen Brief aus Wien erhalten, der ihn zurückbeordert, um nun dort ein Libretto fertigzustellen. Er ist ins Theater gelaufen, er hat von allen Abschied genommen, Tränen flossen, er machte aus seinem Abschied ein peinliches Rührstück. Wofür hält er sich? Meint er etwa im Ernst, ohne ihn werde die Oper kein Erfolg? Da bin ich ganz anderer Meinung. Denn es gibt für ihn in Prag einen Ersatz, der viel mehr ist als nur ein Ersatz. Signor Giacomo wird das Textbuch beenden, und auch die Proben werden von ihm geleitet.«

»Und Du glaubst, er ist dazu imstande?«

»Dazu imstande? Noch nie, liebe Constanze, habe ich einen Mann gesehen, der besser zu so etwas imstande wäre. Wenn auch Du an seinem Fest teilgenommen hättest, würdest Du meine Begeisterung sofort verstehen. Er ist ein Mann des Theaters, ein Mann der Musik, ein Mann des galanten Gesprächs, und er hat ein unbestechliches Auge, dem nichts entgeht. Wie er es versteht, die Menschen um sich zu scharen! Welche Heiterkeit er nur durch sein Dasein verbreitet! Er wird der Oper genau das verleihen, was ihr vielleicht bisher fehlte: Glanz, Farbe, Temperament!«

»Woher willst Du wissen, daß ihr das fehlte? Hast Du die Proben besucht?«

»Nein, das doch nicht. Ich möchte die Proben nicht sehen, ich möchte mir das Vergnügen aufheben für die Premiere. Aber ich ahne, daß Signor Giacomo diese Oper verwandeln wird. Noch heute wird er sich mit Deinem Mann besprechen. Der war nach dem schlimmen Vorfall gestern übrigens plötzlich verschwunden. Wir haben ihn gesucht, aber er hatte sich anscheinend aus dem Staub gemacht, vielleicht wollte er sich nicht mehr anhören, was man sich von da

Ponte erzählte. Da war er nicht der einzige, auch die junge Gräfin erschien nach dieser abstoßenden Szene nicht wieder. Habe ich Dir schon von ihr erzählt? Sie ist die jüngste Tochter des Grafen Pachta, eine wahrhaftig liebenswürdige und dazu noch schöne Person. Ihr Vater hat sie abgeschoben, ins Damenstift auf dem Hradschin, aber gestern erschien sie auf dem Fest, zum Glück ist der Vater in Wien. Ich habe sie gleich erkannt, obwohl sie maskiert war, ihr schönes Wesen durchdringt jede Maskerade. Ich glaube, sie hat auch Deinem Mann gefallen, sie waren so vertraut miteinander, als kennten sie sich von früher.«

»Sie kennen sich nicht von früher. Sie war bei ihren Brüdern in Wien, als wir ihren Vater Anfang dieses Jahres besuchten.«

»Was Du nicht sagst! Ich hätte schwören können, die beiden kennen sich seit langer Zeit. Sie schwatzten, lachten und tuschelten immerzu miteinander. Nun ja, Anna Maria ist wie ein strahlendes Bild schöner Jugend, sie sehnt sich nach Leben und Abwechslung, das Dasein im Stift ist nichts für sie.«

»Was willst Du sagen, Josepha? Willst Du andeuten, die beiden könnten zusammen verschwunden sein, gestern nacht?«

»Aber nein, liebe Constanze, das doch nicht. Einige flüsterten zwar so etwas, doch niemand hatte dafür einen Beweis. Du weißt ja, es wird viel geredet in solch einer Nacht, und meist dreht sich das Gerede um Deinen Mann.«

»Vielleicht ist er ja mit dieser Gräfin verschwunden, vielleicht. Vielleicht wollte er sich mit ihr allein unterhalten, in Ruhe, ungestört, warum auch nicht? Er braucht etwas Zerstreuung, die Arbeit erdrückt ihn ja fast.«

»Da hast Du recht, meine Liebe. Er hat es nicht leicht. Die Oper und die vielen anderen Sorgen! Ist es nicht allerhand, daß er sogar Dich mit nach Prag genommen hat? Er trägt

Dich auf Händen, sicher freut Ihr Euch auf die Geburt. Und doch ist es für ihn nicht einfach, schließlich könnte es ihm lästig sein, und allein wäre alles einfacher für ihn.«

»Da kennst Du ihn schlecht, liebe Josepha. Allein kommt er nicht zurecht, allein ist er hilflos. Seit frühster Kindheit ist er daran gewöhnt, daß man sich um ihn kümmert, ihn versorgt, ihn begleitet. Auch das Komponieren fällt ihm leichter, wenn ich dabei bin. Er will, daß ich mich zu ihm setze, das verschafft ihm die rechte Ruhe.«

»Du setzt Dich zu ihm, während er schreibt?«

»Ich setze mich nach nebenan. Er muß mich hören, dann ist er zufrieden.«

»Dich hören? Aber was will er hören?«

»Mein Herz, liebe Josepha, er will mein Herz schlagen hören, nichts sonst. Es ist das einzige Herz, das ihn beruhigt, er hat kein anderes mehr auf der Welt, seit sein Vater nun tot ist.«

»Er hat seine Schwester.«

»Seine Schwester, ja, die gab es. Aber wann hat er sie zum letzten Mal gesehen? Er hat keine Zeit, sie zu besuchen, und auch sie hat ihre Pflichten … Aber wohin gehen wir? Wollen wir wirklich so weit hinauf, bis zum Pavillon?«

»Strengt es Dich zu sehr an, meine Liebe? Ich möchte ihn Dir so gern zeigen, denn es gibt zu diesem Pavillon eine schöne Geschichte. Wenn es Dir aber zu schwerfällt, gehen wir den Weg ein anderes Mal.«

Constanze blieb einen Augenblick stehen und legte die Hand auf den Bauch. Eigentlich hatte sie ihn in der Frühe zurückerwartet. Sie hatte ein Frühstück vorbereiten lassen, im kleinen Salon, sie hatte sich auf seine Geschichten gefreut. Er konnte so gut Menschen nachahmen, ihre Gebärden, den Tonfall, die Sprache, manchmal spielte er ihr den Verlauf einer langen Gesellschaft so täuschend vor, als hätte er das alles im Theater gesehen.

Statt dessen war Josepha gekommen! Josepha, die alles zerlegte und immer wieder erzählte und sich ein Vergnügen daraus machte, ihr Geplapper mit feinen Spitzen zu würzen. Was ging sie das alles an? Sie drängte sich auf, sie wollte gefragt und beachtet werden, später würde sie lauter Gerüchte ausstreuen, über die Tage hier oder über seine einsamen Stunden, nachts, in der Stadt.

»Es ist nicht mehr weit, gute Josepha, ich schaffe es schon. Schließlich bin ich gespannt auf Deine Geschichte.«

Sie gingen, ohne noch ein weiteres Wort zu wechseln, langsam hinauf. Oben öffnete Josepha die kleine Tür des Pavillons und ließ Constanze eintreten.

»Schau nur, meine Liebe. Gibt es einen schöneren Blick in die weite Natur?«

War es das? Hatte Josepha vor, ihr diesen Blick zu zeigen? Wolfgang mochte so etwas nicht leiden, und auch sie, Constanze, hatte es gar nicht gern, wenn man ihr die Natur erklärte.

»Der Blick ist herrlich, Josepha. Ich habe Wolfgang schon mehrmals gebeten, mit mir hier hinaufzugehen, um diesen herrlichen Blick zu genießen. Aber er will nicht, statt dessen läuft er lieber ins Tal. Niemand bekommt mich dort hinauf, hat er gesagt. Die weite Natur langweilt ihn, das ist es wohl. Er gibt es nicht zu, aber ich habe es schon mehrmals bemerkt. Ich sage es Dir nur im geheimen, Du verstehst, ich möchte nicht, daß es jemand erfährt. Wer würde denn schon begreifen, daß ein Mensch wie er sich kaum etwas aus der Natur macht?«

Josepha starrte stumm in die Weite. Was hatte sie nur? Hatte es wirklich irgend etwas mit diesem Ausblick zu tun?

»Mein Gott«, sagte sie. »Ich glaube, ich habe einen Fehler gemacht. Ich habe Deinen Mann hierhergeführt, denn dieser Pavillon ist mein ganzer Stolz. Ich habe ihn bauen lassen, damit er hier schreibt, mit dem Blick in die Weite. Und nun macht er sich gar nichts daraus, nun sitzt er im dunkelsten Winkel dort unten und lauscht auf Dein Herz.«

»Aber Josepha! Wie konnte ich so etwas ahnen? Du hast diesen Pavillon nur für ihn bauen lassen? Das muß ihn doch freuen, es muß! Und ich weiß auch einen Weg, wie wir ihn hier hinaufbekommen!«

»Nein, Constanze, ich will so etwas nicht. Ich will Deinen Mann nicht zu seinem Glück zwingen. Sonst heißt es später, Josepha Duschek hat ihn gezwungen, für sie etwas zu schreiben.«

»Er soll etwas schreiben für Dich?«

»Das war mein Traum, daß er hier etwas schreibt, wenn die Premiere vorbei ist, daß er ein kleines Stück für mich schreibt, eine Arie, mehr nicht.«

»Er wird es tun, liebe Josepha, laß mich nur machen. Mit diesem Stück wird er sich bei Dir bedanken, für Eure Gastfreundschaft und für Deine Liebe. Wenn wir hier nicht mehr so allein wären wie jetzt, fiele es ihm leichter, so etwas zu schreiben. Man muß ihn in Ruhe arbeiten lassen, das schon, man darf ihn nicht stören, aber in seiner Umgebung darf es ruhig laut hergehen. Er liebt laute Umgebungen, und am meisten liebt er die lachenden, scherzenden Stimmen einer Gesellschaft.«

»Aber dann sollten wir dafür sorgen, daß er hier draußen Gäste hat.«

»Ein paar Gäste wären nicht schlecht, auch nicht für mich.

Die junge Gräfin zum Beispiel wäre nicht schlecht, und Signor Giacomo wäre nicht schlecht. Warum sollten sie nicht hinauskommen, zu einem Kaffee, einer Schokolade, zu etwas Tee?«

»Liebe Constanze, wie klug und verständnisvoll Du doch bist. Da habe ich also noch einen Fehler begangen! Ich dachte, er sollte allein sein, nur mit Dir, und nun sagst Du mir, wie es wohl besser wäre. Anscheinend mache ich alles falsch, Ihr werdet schon lästern über Josepha Duschek.«

»Das tun wir nicht, liebe Josepha. Und nun komm, gehen wir wieder hinunter, trinken wir zusammen einen guten Likör. Und dann singen wir etwas Kleines zusammen, das soll ihn herbeilocken, das soll ihn herzaubern in unsere Gesellschaft.«

Sie gingen langsam den Hügel hinunter, Constanze hatte sich bei Josepha eingehängt. Es war besser, sie zur Freundin zu haben, ja, unbedingt, eine Josepha Duschek machte man sich nicht zur Feindin. Sie war fähig, mit einem Schlag alles zu verderben, den ganzen Aufenthalt, die Oper, einfach alles! Solche Frauen legten es geradezu darauf an. In ihnen kochte und brodelte es, es ließ ihnen keine Ruhe, und sie wußten selbst nicht, was es denn war. Sie warteten einfach ab, stichelten hier etwas und dort, und plötzlich, ganz unerwartet, sprühten sie Feuer, sie konnten einfach nicht anders! Wehe dem, der ihnen zu nahe kam, von ihm ließen sie nichts mehr übrig. Im Grunde litten sie an ihren Gefühlen, die waren zu heftig und wurden immer heftiger, je mehr man sie enttäuschte.

Vor der Salontür des Landhauses blieb Constanze stehen. »Was hat da Ponte zuletzt gesagt, liebe Josepha? Was waren die letzten Worte? Erzähl es mir doch noch einmal genauer, ich höre Dir so gern zu.«

Sie gingen hinein, schon in der Tür begann Josepha die Geschichte von neuem. Das tat ihr gut, man sah genau, wie gut es ihr tat. Lorenzo da Ponte war ein erstes Opfer, und Josepha hatte ein stilles Gefallen daran, als gehörte es sich, für ein großes Werk auch große Opfer zu bringen.

33

Den ganzen Vormittag saß er still im Salon und genoß seinen Triumph. Er hatte gewonnen, da Ponte war verschwunden, die ganzen Mühen der letzten Tage hatten sich gelohnt!

Er schloß die Augen und lauschte auf die Stimmen der Dienerinnen, die noch immer dabei waren, die Kabinette zu säubern und aufzuräumen. Der Kerzendunst kauerte noch schwer in den Räumen, es roch nach erloschenen Feuern wie nach einem Teufelsgestank. Und wahrhaftig, der Teufel, er war endlich vertrieben! Paolo hatte ihn nicht mehr aus den Augen gelassen, er hatte ihn in das Hotel gebracht und ihn bewacht, vor seiner Tür hatte er gestanden, damit er nicht mehr entkommen konnte.

Am frühen Morgen hatte er ihn ins Theater begleitet, da Ponte hatte Tränen geweint und Luigi angefleht, sein Bestes für die Oper zu geben. Luigi, das hagere, schmächtige Bürschchen, war der letzte Mensch gewesen, an den er sich noch geklammert hatte, am Ende hatte er ihm seinen goldenen Ring hinterlassen, den Löwenring, als hätte der Ring magische Kräfte und könnte Luigi in seinem, Lorenzo da Pontes Sinn, beeinflussen.

Die Sängerinnen aber, Teresa Saporiti und Caterina Micelli, sie hatten sich nicht erweichen lassen, sie hatten ihm nachgeschrien, daß er ein Ekel sei, der sich nicht an Vereinbarungen halte, daß er ihnen das Singen zur Hölle gemacht habe und daß er verschwinden solle für immer. Sie hatten in den Fenstern gestanden, als er das Theater verlassen hatte, sie hatten mit ansehen wollen, wie er die Kutsche bestieg, Paolo den Verschlag schloß, der Kutscher die Peitsche schwang und niemand da war, Herrn da Ponte zu verabschieden oder ihm nachzuwinken. Fort mit ihm, ab nach Wien, höchstens dort sollte er sein Ganovenleben noch fortsetzen!

Und nun hielt er, Giacomo Casanova, das Textbuch in Händen! Da Ponte hatte es anscheinend längst zu Ende gebracht, auch das Finale war schon geschrieben, Don Juans Höllenfahrt, und am Ende kamen all seine Verfolger aus ihren Löchern und jubelten über sein Ende! Und Luigis Ständchen? Hatte er das etwa auch noch geschrieben? Ja hier, er hatte es eingefügt in den Text, es waren nur einige Zeilen, was hatte er sich denn einfallen lassen? Komm ans Fenster, mein Schatz, lindre meine Schmerzen ... Du mit dem honigsüßen Mündchen, Du mit dem zuckersüßen Herzen ... mein Gott, wie peinlich so etwas doch war! Hatte Mozart sich etwa daran gemacht, das zu vertonen?

Er würde ihn später fragen, wenn er seine Aufwartung machte, denn ja, der Maestro hatte ihm, Giacomo Casanova, nun seine Aufwartung zu machen und sich mit ihm über die Oper ins Benehmen zu setzen. Wahrscheinlich arbeitete er noch am Finale, daran war also noch etwas zu drehen und zu ändern, während der übrige Text höchstens noch einige neue Nuancen vertrug, hier ein Wort, dort eine Silbe, kleine Pointen, auf die es jedoch ankam ...

Casanova reckte sich. Das Fest gestern nacht war sein Meisterstück geworden, seine vollkommenste Inszenierung, ein galantes Drama mit effektvollem Schluß! Wenn er es sich recht überlegte, war er dabei seinen ältesten Lebensregeln gefolgt, er hatte sie noch einmal zur Anwendung gebracht, auf subtile, von niemandem sonst auch nur geahnte Weise! Diese Lebensregeln hatten mit den drei zentralen Bedürfnissen der Menschen zu tun, mit der Ernährung, der Vermehrung und dem Drang, sich durchzusetzen gegen Rivalen und Feinde. Jedes dieser Bedürfnisse konnte sich erniedrigen auf tierische, triebhafte Art, jedes konnte sich, geleitet von einem klugen Verstand, aber auch erheben zur Lebensmaxime delikater Verfeinerung. Die Ernährung war dann ein hoher Genuß, die Vermehrung ein erotisches Spiel und das

Ausschalten der Feinde eine mit aller Finesse organisierte Intrige.

Alle drei Bedürfnisse auf höchstem Niveau zusammenzubringen, das jedoch war noch kaum jemand geglückt. Gestern nacht war es ihm selbst zum ersten Mal in seinem Leben gelungen, und zwar auf so vollkommene Weise, daß der Genuß der Speisen das erotische Spiel in Bewegung versetzt und angeheizt hatte, so vehement und so stark, daß es seinen Feind am Ende dazu gebracht hatte, sich zu vergessen. Er, Giacomo Casanova, hatte diesen Feind nicht einmal offen bekämpft, er hatte keinen Finger gekrümmt, keine Hand gerührt, keinen Degen gezogen, kein Wort gesagt …, nein, er hatte gewartet, bis da Ponte seinen Fehler aus eigener Schwäche beging. Er war in die Falle gegangen, sein schwacher Charakter hatte nicht widerstanden, man hatte nur noch die Aufmerksamkeit auf seinen tiefen Fall lenken müssen!

Aber ganz ohne Helfershelfer war es nicht gegangen. Johanna, natürlich, ohne sie wäre das Spiel nicht gelungen! Sie hatte ihren Part vorzüglich gespielt. Er hatte ihr noch in der Nacht gedankt und sie auf ihr Zimmer bringen lassen, damit sie sich von den bösen Szenen erholte. Der Arzt war gekommen und hatte ein leichtes Fieber festgestellt, Prellungen am Arm und an der Hüfte, Johanna würde einige Zeit das Bett hüten, das war am besten, auch weil man sie auf diese Weise den Fragen der Neugierigen entzog. Er würde sie später einmal besuchen, man mußte jetzt viel mit ihr sprechen, denn wer konnte schon ahnen, was ihr durch den Kopf ging? Alleinsein tat niemandem gut, außerdem mußte er ihr eine Belohnung in Aussicht stellen, Menschen wie sie wollten belohnt werden, schließlich riskierten sie ihre Seele nicht für die Katz.

Und zuletzt war da noch Paolo, ja, auch der, auch der hatte ihm geholfen, ohne ihn wäre das Spiel nicht so glatt verlaufen. Er würde sich beim Grafen Pachta dafür verwenden, Paolo nach Dresden zu schicken, zu den besten Hornvirtuosen, auf Puntos Spuren. Er würde Johanna nicht mitnehmen, nein, so einer wie Paolo band sich nicht an ein Mädchen. Er hatte sich vor sie gestellt, weil seine erste, junge Liebe und die damit verbundene Eitelkeit durch da Ponte verletzt worden war, nun aber, nach all diesen Turbulenzen, konnte diese Liebe an Gewalt und Kraft nur verlieren. Armer Paolo, er ahnte noch nicht, wie ihm die Liebe von Woche zu Woche abhanden kommen würde. Er würde nach Dresden aufbrechen und sich unter Tränen losreißen von seiner Johanna, doch schon auf der Hälfte der Strecke würde er bemerken, wie erleichtert er war, sie nicht mehr zu sehen.

Die Liebe ... – keiner verstand mehr davon als er, Giacomo Casanova, er kannte dieses mahlende, unbarmherzige Gefühl bis in die letzten Nuancen, er hatte nichts anderes sein Leben lang studiert, in Hunderten, Tausenden von Fällen, und er hätte nicht sagen können, daß irgendeiner dem andern gleich gewesen wäre. Immer wieder begann es von vorne, mochte man sich auch noch so verständig vorkommen, es half nichts. Jedes Mal erschien die Liebe einem neu, unverbraucht, frisch, sie verwandelte einem die Welt. Aber war sie wirklich jedes Mal etwas Neues? Nicht im geringsten, die Liebe blieb immer dieselbe. Man genoß sie, und nach dem Genuß hatte man allen Grund, sich betrogen zu fühlen, hereingelegt, von einem alten Zauber getäuscht. War es denn so? Aber nein, man liebte die Illusion, nichts konnte einem die Lust verderben, diese Illusion wachsen zu sehen, sie anzuschüren und sie erneut auszukosten, im Glauben, diesmal für immer glücklich zu sein.

Und es war ja auch ein Glück, ja, das war es. Es gab kein größeres Glück als die Liebe, sie war die Vervollkommnung aller menschlichen Regungen. Wenn er geliebt hatte, war er froh gewesen, wenn er geliebt worden war, sogar glücklich, er hatte es sich selbst immer wieder gesagt und dieses Glück auch bekannt, und er hatte gelacht über die faden Moralisten, die behaupteten, es gebe kein wahres Glück auf dieser Erde. Auf dieser Erde! Als ob man es noch anderswo suchen könnte!

Mit zunehmendem Alter hatte er immer häufiger nachgedacht über die Liebe, er hatte nie zugeben wollen, daß sie etwas Unwichtiges sei oder etwas Eitles. Sie war eine Art Wahnsinn, über den der Verstand keine Macht hatte, sie war eine Krankheit, gegen die nichts half als der Selbstbetrug, und jetzt, in seinem Alter, war sie die höchste Gefahr, denn nun war sie unheilbar. Er hatte sich schon seit langem gehütet, sich noch einmal zu verlieben, er durfte sich nicht mehr darauf einlassen, denn schon mit den ersten Regungen würde das fatale Spiel von neuem beginnen, ein Spiel, das er nur noch verlieren konnte.

Gestern nacht aber, ja, da hatte er die Gefahr noch einmal gespürt, insgeheim war er die magische Runde der sieben Frauen durchgegangen, sieben Frauen zusammen mit ihm, dem Achten, mit Giacomo Casanova, dem beneidenswerten Galan. Auch diesen tieferen Sinn hatten die acht Speisen gehabt, auch diesen, nein, vor allem diesen, sie waren das geheime Spiegelbild der sieben Frauen des Abends gewesen, die sich scharten um den einen Erwählten, um ihn! Früher hatte er solche Spiele leidenschaftlich gespielt, er hatte mehreren Frauen nacheinander und zugleich Komplimente gemacht und zugeschaut, wohin die Liebe dann ausschlug.

Die junge Gräfin, Anna Maria! Wäre er noch jünger gewesen, hätte er sie gewählt! Wie hatte er sich hüten müssen, sie zu berühren! Und wie hatte die Illusion begonnen, ihr Gift wirken zu lassen, als er die Tür geschlossen hatte, um sie von nahem zu sehen! Schöner, unschuldiger Moment, und die anderen mochten angenommen haben, er habe die Frucht wahrhaftig gepflückt! Er hatte die Unruhe in ihren

Augen gesehen, die Erwartung, das heimliche Glimmen, und er hatte begriffen, wie sehr sie sich danach sehnte, ihr eigenes Verlangen zu stillen. Sie wußte es nicht, sie ahnte es nicht einmal, doch ihm hatten einige kurze Blicke genügt, das zu erkennen.

Später war sie verschwunden, wahrscheinlich mit Mozart, darauf würde er wetten! Aber Mozart war nicht der Mann, sie zu verstehen. Er machte seine Scherze, er sorgte dafür, daß er ihr gefiel, weiter brachte er es aber nicht. Menschen wie er waren verschwenderisch mit ihren Gefühlen, doch im Leben waren sie nicht fähig, diese Gefühle zu führen und zu gestalten, so etwas gelang ihnen nur in der Kunst, da aber auf die vollkommenste Weise. Là ci darem ... – dieses Stück war vollkommen, es enthielt alles, was die Liebe ausmachte, das anwachsende Begehren, die süchtigmachende Illusion, den Gleichklang der Empfindungen! Schrieb einer wie Mozart so ein Stück, ohne das selbst zu begreifen? War so etwas möglich, waren Leben und Kunst wirklich so völlig verschiedene Dinge?

Es klopfte, das war er, er kam wie erwartet, um sich seiner Mitarbeit zu versichern. Paolo trat herein und meldete den Gast, nun begann also der letzte Akt.

»Signor Giacomo, guten Morgen, wissen Sie schon, was passiert ist?«

»Maestro, wie schön, Sie zu sehen! Auch ich wünsche einen guten Morgen, trinken Sie mit mir einen Kaffee! Haben Sie das Fest gut überstanden?«

»Ich ja, Signor Giacomo, ich habe dieses herrliche Fest gut überstanden, doch unserem gemeinsamen Freund Lorenzo da Ponte ist es sehr schlecht bekommen. Reden wir nicht von dem unliebsamen Vorfall, dessen Zeugen wir alle waren, schlimmer ist noch, daß man Herrn da Ponte nach Wien zurückbeordert hat. Er ist abgereist, heute morgen, nun stehen wir ohne einen Textdichter da! Mit Bondini und Guardasoni habe ich bereits vereinbart, die Premiere noch einmal um wenige Tage zu verschieben, wir haben die Erkrankung einer Sängerin vorgeschoben. Doch was wird jetzt aus dem Libretto, und wer wird den Platz da Pontes in den Proben einnehmen? Ich komme zu Ihnen, und ich schaue Sie, wie Sie sehen, ganz flehentlich an. Darf ich Sie bitten, darf ich von Ihnen verlangen, mir diesen Gefallen zu tun?«

»Verehrter Maestro, offen gestanden wußte ich schon, daß Sie mich fragen würden. Man brachte mir bereits in der Früh diese Nachricht, so daß ich Zeit hatte, die Sache genau zu durchdenken. Es wird mir eine Ehre sein, Ihnen zu helfen, wenn Sie mir erlauben, meine eigenen Ideen und Gedanken ins Spiel zu bringen. Vielleicht erinnern Sie sich, wir haben ja schon einmal über die Oper gesprochen, und ich war so offen, Ihnen meine ehrliche Meinung zu sagen. Noch ist das Stück nicht vollkommen, noch fehlen ihm einige Kunstgriffe, die es vollenden.«

»Natürlich erinnere ich mich an unser Gespräch, und ich erinnere mich auch, daß ich Ihnen in vielem zustimmte. Zeigte ich mich nicht gelehrig und war ich nicht neugierig darauf, wie man das Stück noch verbessern könnte?«

»Gerade das, lieber Maestro, läßt mich ja hoffen, daß ich Ihnen auch wirklich helfen kann. Deshalb erbitte ich mir alle Freiheiten, bevor wir mit der gemeinsamen Arbeit beginnen. Wenn Sie zustimmen und mir freie Hand geben, werde ich für Sie da sein, wann immer Sie meiner bedürfen.«

»Lassen Sie den Kaffee kommen, Signor Giacomo, und dazu ein Glas von dem köstlichen Punsch, den man gestern servierte, und nehmen Sie die Erneuerung meiner Bitte als Zeichen des Beginns unserer Zusammenarbeit.«

Casanova winkte Paolo, der an der Tür gewartet hatte, herbei und flüsterte ihm etwas zu. Dann griff er nach dem Textbuch und blätterte es, den Kopf hin und her wiegend, durch.

»Mein Freund da Ponte hat mir das Libretto zukommen lassen, so daß ich vorbereitet bin. Ich nehme an, alle Szenen sind längst vertont?«

»Alle, bis auf das Finale.«

»Auch das Ständchen?«

»Auch das Ständchen. Warum fragen Sie?«

»Sie haben diesen einfallslosen Text wirklich vertont?«

»Es war nicht schwer, ihn zu vertonen, gerade weil er so einfallslos ist.«

»Das honigsüße Mündchen, das zuckersüße Herzchen hat Sie so etwas denn nicht gestört?«

»Es ist sehr einfach und kindisch, natürlich hat mich so etwas gestört.«

»Kindisch, das ist es. Und man fragt sich, warum da Pontes schlimmem Don Juan nichts anderes einfällt als dieses alberne Lallen. Was machen wir also? Da wir da Pontes Text nicht mehr ändern können, müssen wir Luigi dazu bringen, ihn anders zu singen, als er gemeint war. Wir werden so tun, als verfinge sich Don Juan in seinen Gefühlen und geriete darüber ins Stammeln.«

»Dann wäre das Ständchen ja beinahe rührend ...«

»Es wäre rührend und auch etwas komisch, beides zusammen. Und gerade darauf kommt es mir an. Das Ständchen ist ein gutes Beispiel dafür, wie wir das Stück verwandeln müssen. Lorenzo hat es an den entscheidenden Stellen verdorben, er hat zu einfach, direkt und geradlinig gedacht. Don Juan ..., ach nennen wir ihn ab jetzt doch lieber Don Giovanni ..., Don Giovanni muß mehr sein als ein finsterer, haltloser Bösewicht. Wer will nur einen Unhold sehen, der den Frauen Gewalt antut? Solch eine Figur ist unerträglich und abstoßend, sie wird das Publikum nicht fesseln. Don Giovanni muß die Zuschauer auch glauben machen, daß die Frauen ihn lieben. Er muß ihnen schmeicheln, er muß um sie werben, seine starke Anziehungskraft muß so fühlbar werden, daß man sich fragt, ob nicht auch seine Verfolgerinnen sich immer noch nach ihm sehnen. Donna Elvira zum Beispiel – sie träumt, auch wenn sie hinter ihm her ist, von nichts anderem, als bald wieder in seinen Armen zu liegen.«

»Ah, sehr gut, ich verstehe.«

»Und Zerlina! Man muß spüren, daß Masetto ihr nicht genügt, daß sie ihn letztlich doch für einen einfältigen Kerl hält, den man heiratet, aber nicht liebt.«

»Sie meinen, insgeheim liebt sie Don Juan?«

»Sie liebt Don Giovanni!«

»Entschuldigen Sie, Don Giovanni. Sie liebt ihn und weiß es doch selbst nicht genau ...«

»Sie liebt die Illusion, die er ihr bereitet, den Rausch, die Begierde, das Fest, sie liebt es, von ihm umworben zu werden.«

»Oh, ich verstehe. Aber dann liebt sie doch nicht diesen Kerl, nicht diesen einzelnen Mann, sie liebt ..., nun was liebt sie denn eigentlich? Sie liebt viel mehr als diesen Menschen ...«

»Maestro, jetzt befinden wir uns auf der richtigen Spur.«

»Ah, jetzt ahne ich, woran Sie denken und was Sie vorhaben. Aber was können wir tun, um aus Don Juan jenen Don Giovanni zu machen, den wir uns wünschen?«

»Lassen wir ihn zunächst essen und trinken, lieber Maestro, lassen wir ihn das Leben genießen, denn einer, der das Leben in vollen Zügen genießt, wird dem Publikum schon mehr gefallen. Was hat Herr da Ponte in das Libretto geschrieben? Don Juan ißt, Don Juan trinkt, mehr nicht. Wir aber werden Don Giovanni einen Marzemino servieren und essen soll er ...«

»Einen Fasan, ach lassen wir ihn doch einen Fasan verspeisen, Signor Giacomo.«

»Bitte sehr, Don Giovanni ißt einen Fasan und außerdem ...«

»Etwas Schinken …«

»Sagten Sie Schinken?«

»Machen Sie mir doch die Freude: Don Giovanni bestellt Schinken, für sich und für seine Gäste.«

»Ich notiere: Don Giovanni bestellt cioccolatta, caffe, vini … und, eigens für Sie … auch prosciutti.«

»Den Schinken zuletzt? Die Reihenfolge ist ungewöhnlich.«

»Und das soll sie sein!«

»Soll sie sein. Aber ja, warum soll sie es nicht sein? Ein ungewöhnlicher Mann bestellt seine Speisen in ungewöhnlicher Folge.«

»Es bringt die Zuschauer zum Lachen.«

»Richtig, außerdem bringt es sie auch noch zum Lachen. Signor Giacomo, das gefällt mir, ich kann Ihnen gar nicht sagen, wie mir das gefällt. Schreiben Sie das alles rasch in das Textbuch hinein, damit ich die Musik noch auf die Ergänzungen abstimmen kann. Don Giovanni genießt, nur ein Genießender liebt, sie haben ganz recht. Ich bin erstaunt, wie sich das bisher an so vielen Stellen einfältige Stück unter ihren Händen verwandelt. Nur das Finale macht mir noch Sorgen …«

»Was macht Ihnen da Sorgen?«

»Die letzte Szene. Don Giovanni hat den steinernen Gast zum Abendessen geladen, er erwartet ihn in seinem Schloß. Und da läßt da Ponte ihn denn auch warten, und was wir zu hören bekommen, sind einige Dialoge mit dem ängstlichen Diener. Die Szene dehnt sich, sie ist zu fad, welche Musik könnte dieses lästige Warten schon überbrücken?«

»Sie haben ganz recht, ich teile ganz Ihre Meinung. Und deswegen habe ich mir auch längst überlegt, wie dieser großen Schwäche abzuhelfen sei.«

»Sie haben bereits eine Lösung?«

»Eine vollkommene, Sie werden staunen.«

»Reden Sie, bitte, spannen Sie mich nicht auf die Folter!«

Casanova lächelte, als Paolo den Salon mit den Getränken betrat. Er stellte das Tablett auf den Rundtisch und wollte sich rasch wieder entfernen, als Casanova ihn festhielt.

»Ach, Maestro, werfen Sie doch noch einmal einen Blick auf Paolo, unseren Hornvirtuosen. Machte sein Spiel gestern nacht nicht eine verblüffende Wirkung?«

»Es war vorzüglich, ich war bereits voll des Lobes, der Effekt gefiel allgemein, was soll ich noch sagen, wir schweifen ab ...«

»Aber nein, wir schweifen nicht ab. Paolos unsichtbares Spiel werden wir uns zum Vorbild nehmen für das Finale.«

»Zum Vorbild? Wie das?«

»Don Giovanni sitzt im Speisesaal seines Schlosses und erwartet den steinernen Gast. Wir lassen ihn nicht nur sitzen, wir lassen ihn ... na, folgen Sie mir?«

»Wir lassen ihn trinken und speisen ...«

»Ein Glas Marzemino und den Fasan. Damit beginnt das unheimliche Fest. Aber noch fehlt ja etwas, damit es ein wirkliches Fest ist ...«

»Es fehlt die Musik ...«

»Die Tafelmusik fehlt. Sie wird aus dem Hintergrund tönen, zur Überraschung des Publikums. Wäre es nicht möglich, die Prager dadurch zu ehren, daß sie Prager Musikanten zu hören bekämen, Bläser also, eine Bläsergruppe wie die, die man täglich auf Prags Straßen antrifft?«

»Aber ja, die Idee ist vorzüglich.«

»Und diese Bläser könnten die Anfänge einiger Stücke intonieren, die die Prager längst kennen ...«

»Noch besser, das ist noch besser. Ich könnte etwas Bekanntes zitieren, etwas, das alle Welt pfeift ...«

»Dann dürfen Sie Ihren eigenen Figaro nicht vergessen, auch von dem muß die Tafelmusik etwas spielen ...«

»Wunderbar, Signor Giacomo, das wird die ganze Szene

verwandeln, es wird ihr den steifen Ernst nehmen, und es wird die Wartezeit überbrücken!«

»Genau so dachte ich es. Aber noch nicht genug. Don Giovanni trinkt, Don Giovanni speist, man hört die unterhaltende Tafelmusik, der Diener macht seine Späße, da platzt in all diese gehobene, noch sehr leichte Stimmung die verzweifelte Donna Elvira. Sie fleht ihn an, Reue zu zeigen, ein letztes Mal will sie ihm ihre Liebe gestehen ...«

»Und was macht er?«

»Er verspottet sie, er lädt sie ein, mit ihm zu trinken, er trinkt auf die Frauen und auf den Wein. Da erst gibt sie auf, sie überläßt ihn seinem Schicksal, entsetzt wendet sie sich ab und ...«

»Und was? ... Mein Gott, machen Sie es doch nicht so spannend!«

»Sie wendet sich ab und stößt beim Hinausgehen mit dem steinernen Gast zusammen. Ihr furchtbarer Schrei leitet den Schluß ein.«

Mozart stand auf, unruhig ging er im Salon auf und ab, schlug Paolo auf den Rücken, umkreiste den Tisch, nippte am Punsch und rieb sich begeistert die Hände.

»Wir haben den richtigen Schluß, ja, jetzt haben wir ihn. Das einsame Fest, die Tafelmusik, Donna Elviras letzter Auftritt, der steinerne Gast, die Höllenfahrt ... – so wird es gelingen! Signor Giacomo, fast könnte man sagen, es ist ein Glück, daß uns Herr da Ponte verlassen hat. Dieses gestrige Fest war ein einziges Glück.«

»Es war ein Glück, ja, das war es, lieber Maestro. Aber ich glaube, Sie werden erst nach den weiteren Proben ganz begreifen, welch ein Glück es wirklich war.«

»Davon bin ich schon jetzt überzeugt. Ich gehe, Signor Giacomo, ich lasse Sie nun allein, damit Sie das Finale ausarbeiten können. Eilen Sie sich, ich warte auf Ihre Worte, noch nie hat ein Komponist so brennend gewartet!«

Noch im Stehen trank er sein Glas leer und stürzte den Kaffee hinterher. Er verbeugte sich lachend und umarmte Paolo, der ihm regungslos nachschaute, als er den Salon verließ.

»Setz Dich«, sagte Casanova zu ihm. »Ich will Dir erklären, was ich gerade mit Mozart besprochen habe.«

Paolo setzte sich. »Ich habe alles verstanden, Signor Giacomo. Ich wußte von Anfang an, daß Sie mehr von der Oper verstehen als Herr da Ponte.«

»Hoffen wir es, lieber Paolo. Doch es ist noch viel zu tun. Kann ich mich weiter auf Deine Hilfe verlassen?«

»Haben Sie da noch Zweifel, Signor Giacomo?«

»Ich werde Mozart um ein Empfehlungsschreiben für Dich bitten, und ich werde meinen Freund, den Grafen Pachta, bitten, daß Du nach Dresden gehen darfst, um dort den besten Unterricht zu erhalten. Das wollte ich Dir noch sagen. Und jetzt geh, mach Dich auf den Weg ins Theater und höre Dich um, was die Sängerinnen sich so erzählen. Ich will rechtzeitig wissen, was sie von dem neuen Librettisten erwarten!«

Paolo stand auf, dann beugte er sich zu Casanova herunter und küßte ihm auf die Hand. Dieser Mann war sein Glück, dieser Mann war nach Prag gekommen, um ihn, Paolo, glücklich zu machen!

Er wollte den Salon verlassen, als Casanova ihm noch etwas zurief.

»Ach Paolo, noch eine Bitte! Erzähle Johanna nichts von Dresden, erzähle Ihr überhaupt nichts von dem, was wir gerade besprachen.«

»Natürlich nicht, Signor Giacomo.«

»Natürlich nicht, gut, ich sehe, inzwischen verstehen wir uns beinahe blind.«

Einen Augenblick starrte Paolo ihn noch an, dann schloß er hinter sich leise die Tür. Casanova stand auf, um sich Papier und Feder zu holen. Sein Meisterwerk bedurfte nun der Vollendung, Giacomo Casanova war dabei, aus Don Juan einen Don Giovanni zu machen.

34

Johanna lag still in ihrem Zimmer. Man hatte eine Vase mit frischen Blumen neben ihr Bett gestellt und eine Schale mit Walderdbeeren, deren starker Duft sich beinahe betäubend ausbreitete. Immerzu mußte sie auf diese Erdbeeren schauen, das helle, leuchtende Rot beruhigte sie und lenkte sie ab von ihren Gedanken.

Der Arzt hatte angeordnet, daß sie liegen sollte, aber sie fragte sich, ob das wirklich nötig war. Es war so dunkel in diesem Zimmer, und kaum ein Geräusch war zu hören. Wäre es nicht besser gewesen, sie hätte sich in der Küche nützlich gemacht oder sie hätte den anderen geholfen, die jetzt dabei waren, im Palais wieder Ordnung zu schaffen?

Aber nein, das hatte man ihr nicht erlaubt. Der Arzt hatte darauf gedrungen, daß sie Ruhe halten sollte, immer wieder hatte er diesen Satz wiederholt, sie sollte Ruhe halten, Ruhe. Ja, wenn das so einfach wäre! Die Bilder der vergangenen Nacht ließen sie schließlich nicht los, sie kreisten unaufhörlich in ihrem Kopf und erneuerten sich ununterbrochen, daß sie am liebsten geschrien hätte, um sie loszuwerden.

Fast eine Stunde hatte sie gestern nacht auf Signor da Ponte gewartet, genau so, wie Signor Giacomo es ihr aufgetragen hatte. Das Warten war ihr lang geworden, sehr lang, sie hatte sich auf ihr Bett gelegt, war ins Träumen geraten, hatte versucht, die Müdigkeit zu bekämpfen und war doch allmählich in einen leichten Schlummer gefallen. Erst Paolos Spiel hatte sie geweckt, diese weichen Töne, die ganz aus der Nähe an ihr Ohr gedrungen waren, wie geheime Weckrufe oder wie das ruhige Spiel der abendlichen Bläser auf Prags Türmen.

Sie war aufgestanden, eine plötzliche Angst hatte sie befallen und sie war hin und her gelaufen in ihrem Zimmer, voller Erwartung, daß Signor da Ponte sich endlich auf den Weg zu ihr machte. Sie hatte auf ihn gewartet, ja, vielleicht hatte sie sich sogar ein wenig nach ihm gesehnt. Gesehnt? War es das? Hatte sie sich wirklich nach ihm gesehnt? Ja, sie hatte sich gewünscht, er solle doch endlich kommen, komm doch, o komm, hatte sie heimlich geflüstert, nichts hatte sie mehr herbeigesehnt, als daß er sie von ihrem langen Warten erlöste …

Doch als er noch immer nicht kam, hatte sie begonnen, darüber nachzudenken, warum alle ihn für einen schlechten Menschen hielten, alle, ohne Ausnahme, sagten das ja, alle schreckten sie vor ihm zurück oder verabscheuten ihn sogar ganz, wie etwa Signor Giacomo, der kein gutes Haar an ihm ließ. Warum war er also ein so schlechter Mensch, worin bestand seine Schlechtigkeit? Zu ihr, Johanna, war er nicht schlecht gewesen, schlecht nicht, höchstens aufdringlich und sehr direkt, er hatte kein Blatt vor den Mund genommen und keine Umwege gemacht, er hatte ihr eindeutig genug zu verstehen gegeben, daß er sie ausgewählt hatte unter allen Frauen Prags. Ein Mann wie Signor da Ponte hätte viele Frauen haben können, viele hätten sich durch seine Avancen geschmeichelt gefühlt, doch er hatte nichts auf die anderen Prager Frauen gegeben, sondern nur auf sie, die junge Johanna, eine Kammerdienerin, auf die andere hohe Herren nicht einmal achteten!

Konnte man Signor da Ponte auch vieler Dinge wegen anklagen, so mußte man doch zugeben, daß er etwas davon verstand, um eine Frau zu werben. Die meisten Männer verstanden nämlich davon überhaupt nichts, sie schauten verlegen, standen entgeistert herum und wußten nicht, was sie sagen sollten. Auch Paolo gehörte zu diesen Männern, obwohl er sie doch seit einiger Zeit fast jede Nacht heimlich in ihrem Zimmer aufsuchte. Dann öffnete sich die Tür, er schlich leise hinein und legte sich zu ihr ... – wenig später aber verschwand er schon wieder, ebenso lautlos, ohne ein einziges Wort mit ihr gewechselt zu haben.

Wenn sie sich am Tage begegneten, sprach er sie niemals darauf an, es war beinahe so, als kennten sie sich nicht, jedenfalls sprachen sie nur das Nötigste miteinander, kaum ein privates, intimes Wort ... Signor da Ponte aber hätte sich anders betragen, er hätte sie besucht, ihr Geschenke gemacht, sie eingeladen, er hätte nicht aufgehört, um sie zu werben, mit jenen wunderbaren Worten, die ihm einfielen für seinen Don Juan. Was war es noch gewesen, was hatte sie gehört? Vom honigsüßen Mündchen hatte er geflüstert, vom zuckersüßen Herzen ... – das waren Worte von einer Schönheit, die Paolo ganz fremd war.

Kurz vor seiner Abreise hatte Signor da Ponte ihr diesen Blumenstrauß schicken lassen und dazu etwas Geld, und er hatte ihr in einem kurzen Billet versichert, daß er sie liebe und ihr nichts habe antun wollen. Die Flammen der Liebe, hatte er geschrieben, habe er nicht zu löschen verstanden, er bitte sie, das zu verstehen. Und ja, ja doch, sie verstand es! Vielleicht hatte Signor da Ponte diese Flammen der Liebe lange nicht mehr empfunden, vielleicht war er durch seine Arbeit am Libretto zu nahe an das lodernde Feuer geraten, vielleicht hatte dieses Feuer auch seine Liebe entfacht! Die hohen Herren waren schließlich nicht aus Stein wie der steinerne Gast, der den bösen Don Juan am Ende hinabriß in die Hölle.

Paolo hatte ihr von diesem Ende der Oper erzählt, aber sie mochte ein so furchtbares Ende nicht, und erst recht mochte sie nicht den steinernen Gast, auch wenn er Donna Annas toter Vater war. Der alte Mann hatte schließlich in diesem

Duell verloren, damit hätte er sich abfinden müssen, dem Stärkeren, Gewandteren hatte er Platz gemacht, ein Toter, der nur noch an Rache dachte und die Ehre seiner Tochter wiederherstellen wollte.

Wenn sie, Johanna, hätte entscheiden dürfen, hätte der steinerne Gast keine Gewalt über Don Juan bekommen, nein, es hätte keine Höllenfahrt gegeben und kein schlimmes Ende, man hätte Don Juan vielmehr eine Frau an die Seite gegeben, eine einzige, ihn wahrhaftig liebende Frau, nicht eine von diesen furchtsamen, ängstlichen Weibern, die vor ihm flohen und ihn später verfolgten, sondern eine mutige, lebenszugewandte Frau, die ihm seine Wünsche erfüllt hätte.

Als sie Signor da Pontes Schritte auf dem Flur gehört hatte, hatte sie für einen Moment auch daran gedacht, nicht zu schreien. Ja, sie mußte es zugeben, sie mußte so ehrlich zu sich sein. Erst als er vor ihr gestanden und sie so fest an sich gepreßt hatte, war die Angst aufgeflammt, doch es war nicht nur ihre eigene Angst gewesen, sondern mehr noch die Erinnerung an den Traum der jungen Frau Gräfin. Diese Erinnerung hatte sie plötzlich eingeholt …, ihre Erzählung von der grausamen Nacht …, in der sie den Mann im dunklen Mantel hatte eintreten sehen in ihr Gemach.

Nur deshalb war ihr, Johanna, das hohe Schreien gelungen, ein dreimaliges hohes F, makellos, die Töne waren in ihrem erkaltenden Kopf angeschwollen, sie hatte einen immer stärker werdenden Druck in den Ohren gespürt, aber sie hatte das alles ertragen, dreimal, fehlerfrei, so daß man ihr im Theater lauten Applaus gespendet hätte.

Gestern nacht aber hatte ihr niemand dieser Töne wegen Komplimente gemacht. Paolo war zur Stelle gewesen und hatte ihr Kleid zerrissen und ihr Haar gelöst, und sie selbst hatte sich eigenhändig einige feste Schläge versetzt. Mit einem Mal hatte sie aus lauter Erleichterung darüber, daß ihr diese Töne zum ersten Mal so gut gelungen waren, zu weinen begonnen, es war ein erleichtertes Weinen, beinahe ein Glücksweinen gewesen, doch alle hatten es anders verstanden, als ein Weinen aus Angst und aus Schmerz, selbst Paolo hatte das so verstanden und ihr nicht einmal einen Kuß gegeben.

Was aber würden die nächsten Tage bringen? Die Frau Gräfin konnte sie jetzt erst einmal nicht mehr besuchen, Paolo würde das bestimmt übernehmen. Und sie, die junge Johanna, konnte weiter an das dreimalige hohe F denken, sie lauschte ihm nach, ununterbrochen, und sie dachte dabei an Wien, an das ferne Wien, wo bald Signor da Ponte eintreffen würde, um sich der Arbeit an einer anderen Oper zu widmen.

35

Kurz bevor Casanova das Palais am frühen Nachmittag verlassen und sich auf den Weg ins Theater machen wollte, hörte er Josepha Duscheks laute, in den weiten Fluren des Gebäudes nachhallende Stimme. Es war die einzige Stimme, die man aus jedem Stimmengewirr leicht heraushörte, ein hohes, von vielen Seufzern begleitetes Tönen, das meist etwas Dringliches, Gejagtes hatte. Casanova stand auf und ging ihr entgegen, jetzt kam es darauf an, auch noch das Vertrauen dieser einflußreichen, aber schwierigen Frau zu gewinnen, die sich vielleicht ein Bild machen wollte vom weiteren Fortgang des Opernprojekts.

Er öffnete die Tür und breitete die Arme aus, als habe er sie längst erwartet.

»Signora Duschek, welch ein Vergnügen! Noch vor wenigen Minuten habe ich an Sie gedacht. Kommen Sie herein, nehmen Sie Platz, ich freue mich, mit Ihnen endlich sprechen zu können.«

»Danke, Signor Giacomo, vielen Dank! Ich hoffe, ich störe Sie nicht. Aber die Ereignisse haben sich seit gestern nacht so überschlagen, daß ich glaubte, mich mit Ihnen besprechen zu müssen. Ich habe Sorge, daß alle hier den Kopf verlieren und das große Vorhaben am Ende noch scheitert. Deswegen möchte ich mit Ihnen reden, Sie sind die Besonnenheit selbst, zu Ihnen habe ich volles Vertrauen. Jetzt, nachdem Sie eingewilligt haben, Signor da Pontes Bemühungen fortzusetzen, könnten Ihnen einige Auskünfte und Einblicke von meiner Seite vielleicht nützen. Und damit wir uns gleich von Beginn an gut verstehen, lassen Sie die förmliche ›Signora‹ beiseite und nennen Sie mich wie meine Freunde ›Josepha‹.«

»Wie freundlich und herzlich Sie sind, liebe Josepha! Womit darf ich Sie erfreuen? Eine Schokolade, einen Kaffee, etwas Tee?«

»Haben Sie noch etwas Punsch von der gestrigen Nacht? Die Mixtur müssen Sie mir einmal verraten.«

»Aber gern, sehen Sie, die Karaffen mit Punsch stehen noch dort auf dem Tisch, auch unser Maestro wünschte sich davon, als wir heute morgen am Operntext feilten.«

Er stand auf und füllte nahe am Fenster zwei Gläser. Er versuchte, sich vorzustellen, was sie ihm erzählen würde, aber sie hatte schon zu reden begonnen und ließ ihm zum Nachdenken keine Zeit. Er trug die Gläser zurück an ihren Tisch, sie verfolgte ihn ununterbrochen mit einem so aufmerksamen Blick, als müßte sie sich noch immer erst einen Eindruck von ihm verschaffen.

»Unser Maestro, ja, wie schön Sie das sagen, Signor Giacomo! Im Augenblick gehört er ja wirklich ein wenig uns, vielleicht sogar vor allem uns beiden, zum Wohl! Wir dürfen ihn jetzt nicht im Stich lassen, er bedarf unserer Hilfe. Sie kennen ihn noch nicht lange genug, Sie wissen vielleicht nicht recht, wem Sie so freigebig helfen, deswegen möchte ich Ihnen ein wenig von ihm erzählen, ich kenne ihn schon seit vielen Jahren, und ich glaube, genau zu wissen, wie es jetzt um ihn steht.«

»Sprechen Sie, liebe Josepha, wir sind unter uns.«

»Also gut, Giacomo, ich werde ganz offen sprechen wie zu keinem anderen in dieser Stadt, denn das bin ich unserem Maestro wohl schuldig. Die Prager lieben ihn, sie beteuern ihre besondere Zuneigung schließlich oft genug, andererseits erwarten sie auch sehr viel für diese Liebe. Wenn er sie enttäuscht, wird sein Niedergang nicht mehr aufzuhalten sein, nicht nur hier in Prag, sondern vor allem in Wien, von wo man in diesen Tagen mit eifersüchtiger Neugierde zu uns herüberschaut. Vor etwas mehr als einem Jahr habe ich ihn dort noch besucht, er wohnte in einer prächtigen Wohnung mit vielen Zimmern und einigen Kabinetten ganz in der Nähe des Doms. Sie hätten ihn sehen sollen, wie er einen empfing, in bester Laune, ein fürstlicher Gastgeber, der mit den schönen Göttinnen der Stuckreliefs seiner hellen Zimmer zum Spaß Konversation trieb. Er berichtete, daß sein Vater ihn ebenfalls in dieser Wohnung besucht hatte, ›mein lieber Herr Vater ist endlich aus Salzburg her zu uns gekommen, um Frieden mit uns zu schließen‹, so hat er gesagt, ganz erleichtert, als hätte dieses dunkle Kapitel endlich ein gutes Ende gefunden, zum Wohl! Ach Giacomo, ahnen Sie, welch ein umsorgtes Kind er einmal war? Seine Eltern haben ein Leben lang nichts andres getan, als sich um ihn zu kümmern, die Mutter mit Hingabe, der Vater mit großer Strenge, aber ohne etwas für sich zu beanspruchen. Die ganze Familie hing mit all ihrem Elan an der Erschaffung des größten Musikus, den die Erde beherbergen sollte, der Tageslauf war auf ihn abgestimmt, die Speisen, die Unterhaltung, sie unterwarfen sich dem Gebot, seine guten Anlagen zu fördern, auf eine Weise, die manche Beobachter, wie etwa die Salzburger Nachbarn, schon beinahe abstoßend fanden. War es klug oder vernünftig, alles auf diese eine Karte zu setzen, alles auf diesen verspielten, unruhigen, aber doch auch zweifellos begabten Knaben, der früh etwas von einem Stolz hatte, den nicht alle schon gern an einem Kind sehen mochten? Sein Vater Leopold war klug und vernünftig, Sie hätten sehen sollen, wie er das Geld beisammen hielt, jeden Dukaten drehte, sich überall sehen ließ, um für den Jungen zu werben. Und doch bekamen seine Klugheit und all seine Vernunft etwas beinahe Verschrobenes, ja Unvernünftiges, wenn sie derart sklavisch im Dienst des einzigen Sohnes haushalten mußten. Es war ..., ja wie soll ich es sagen, es war, als hätte Leopolds Gescheitheit durch die Liebe zu seinem Sohn einen Stich bekommen, einen blinden Fleck, eine verwundbare Stelle. Leopold dachte so zielstrebig wie kein anderer, und doch verlief diese Zielstrebigkeit, je stärker er sich anstrengte, um so mehr ins Leere. Irgend etwas nämlich kämpfte gegen diese Zielstrebigkeit an, etwas Unduldsames, Schlenderndes, die Lust des Sohnes, sich nicht führen und leiten zu lassen, sondern den großen Herrn zu spielen, den Freien, absolut Freien. Die anderen sollten ihn feiern, bewundern, sie sollten seiner Musik applaudieren, er selbst aber wollte dafür frei sein und unter niemandes Herrschaft zu leiden haben! Sein Vater ahnte das, er wußte früh, was dem Sohn bevorstand, doch nur selten brachen die Warnungen aus ihm heraus, vielleicht hatte er insgeheim auch längst aufgegeben und den Kampf gegen die Freiheitsliebe des Sohnes verloren. Die beiden haben bei ihren kleinen und dann immer schlimmer werdenden Kämpfen gegeneinander nicht nachgegeben, keiner dem anderm nur einen Deut, und doch war von vornherein klar, daß nur der Sohn diese Kämpfe gewinnen konnte, natürlich, nur der Jüngere konnte diesen schlimmen Kampf wohl gewinnen, indem er dem Vater Schritt für Schritt etwas von seinem Terrain nahm und sich erklärte zum Souverän. Er hat Reißaus genommen von Salzburg und ist auf eigene Faust nach Wien gegangen, er hat seine vom Vater gehaßte und beschimpfte Constanze geheiratet, und er hat sich entschieden, ein sündhaft teueres Leben ohne feste Anstellung zu führen, als könnte es gelingen, seinen großen Lebensstil durch einige Opern, ein paar Konzerte und einige Reisen zu befreundeten Fürsten und Königen zu finanzieren. Als Leopold ihn nach Jahren des Widerstandes dann doch endlich in Wien besuchte und der verhaßten Schwiegertochter die Hand gab, da schien Wolfgang Recht behalten und Erfolg gehabt zu haben, da schien der Vater geschlagen und Wien dem Sohn zu Füßen zu liegen. Die feinen Damen von Adel schickten ihre Töchter in seinen Unterricht oder kamen selber, um sich erklären zu lassen, wie viele Notenlinien es gibt. Sie amüsierten sich und hätschelten ihn, in der ersten und zweiten Saison war er ein Wiener Ereignis. Als ich selbst ihn im vergangenen Jahr dann besuchte, hielt dieser Triumph gerade noch an, ja, zunächst ließ auch ich mich wohl täuschen, denn auch ich sank vor ihm in die Knie, als müßte ich Abbitte leisten für meine früheren Zweifel, zum Wohl!«

Casanova nickte ihr zu, er saß starr, als könnte er sich nicht mehr bewegen. Alles, was sie ihm erzählte, erschien ihm wie eine Art Beichte, wie ein eindringlicher, schmerzhafter Gesang, ja, so hätte Donna Elvira, die Betrogene gesungen, wenn Donna Elvira nicht eine Erfindung da Pontes gewesen wäre, eine keifende, gekränkte Frau, die auf ein paar alte Versprechungen pochte. Diese Elvira hier aber, Josepha Duschek aus Prag, war keine Figur aus dem Nummerntheater des Herrn da Ponte, sie war eine Liebende, ohne noch hoffen zu können, diese Liebe einmal erwidert zu sehen. Was war in den letzten Tagen und Stunden geschehen? Hatte sie Mozart etwa ihre Gefühle gestanden? Er, Casanova, mochte daran noch nicht glauben, er schob diesen Gedanken weit von sich und nahm sich vor, noch aufmerksamer hinzuhören, auf jede Nuance.

»Aber Giacomo, ich langweile Sie, habe ich recht? Sie sitzen da und starren mich an, dabei sind Sie in Gedanken woanders. Entschuldigen Sie, ich komme Ihnen mit meinen Geschichten, und Sie denken natürlich jetzt an die Ihren, an das Libretto, an Ihre Arbeit.«

Oh, wie gewitzt und gescheit sie doch war! Jetzt erriet sie schon seine Gedanken, ohne sie doch bis auf den Grund zu verstehen! Er mußte sich vorsehen, das alles konnte vielleicht auch ein Spiel sein, um ihn auf die falsche Bahn zu locken … Ein Spiel, das alles ein Spiel? Wenn sie ihm hier etwas vorspielte, hatte er sich wie noch nie in einem Menschen getäuscht.

»Liebe Josepha, Sie kennen mich erst seit kurzer Zeit, und doch hoffe ich, daß Sie mir glauben, wenn ich Ihnen versichere, seit vielen Tagen noch keinem Menschen so zugehört zu haben wie jetzt gerade Ihnen.«

»Ist das Ihr Ernst?«

»Ich bitte Sie, sprechen Sie weiter. Sie ahnen nicht, wie wichtig es für mich ist, was Sie sagen. Es weitet und öffnet mein Bild von den Ereignissen hier, und es hilft mir auch noch in einem anderen Sinn.«

»In einem anderen Sinn? Ich verstehe Sie nicht.«

»Bitte, liebe Josepha, lassen wir meine Gedanken eine Weile beiseite. Erzählen Sie weiter, und reden Sie auch weiter so offen, ich danke es Ihnen, glauben Sie mir, ich werde es Ihnen zu danken wissen.«

»Giacomo, Sie meinen es ja wahrhaftig ernst, nun, das freut mich, zum Wohl! Also erzähle ich weiter, von meinen Wiener Tagen und meinem damals nur langsam wachsenden Verdacht, daß es um Mozarts Hausstand nicht so blendend stand, wie er es uns und sich selbst vormachte. Constanze war es, die in einem Gespräch nur flüchtig die Planungen zu einer Englandreise erwähnte, sie klagte darüber, daß man, wenn es so weit käme, die Kinder anderswo unterbringen müsse. Da erst begann ich zu ahnen, daß sie sich von England ein anderes Leben erhofften, und ich sprach Mozart auf diesen Verdacht hin an. Er arbeitete damals am ›Figaro‹, und er bestätigte mir, daß er vom Erfolg dieser Oper sein Bleiben in Wien abhängig mache. Heute, Giacomo, wissen wir beide, der ›Figaro‹ wurde in Wien kein Erfolg. Als ich davon erfuhr, setzte ich sofort alles daran, damit er nach Prag eingeladen würde, hier in Prag würde eine Oper wie ›Figaros Hochzeit‹, aus der er mir vorgespielt hatte, besser aufgenommen werden. Ich beschwor ihn, nicht nach England zu reisen, und Anfang dieses Jahres gab er meinem inständigen Drängen auch nach und kam mit seiner Constanze hierher, um den Triumph des ›Figaro‹ selbst zu erleben. Noch nie war ich ihm so nahe wie in diesen Tagen, noch nie! Er war so dankbar, so glücklich, ja er erschien beinahe sorgenlos! Er trieb sich auf allen Bällen herum, machte Streifzüge durch die Wirtshäuser, man sah ihn beim Kegeln, beim Billard, er war so ausgelassen wie früher als junger Salzburger Bursche, als er sich weigerte, an die Zukunft zu denken. Pasquale Bondini bot ihm einen Vertrag für eine neue Oper an, und er willigte ein, begeistert schon allein von der Vorstellung, daß ihre Premiere nicht in Wien, sondern in Prag stattfinden würde. Damals, ach damals ahnte er noch nicht, was ihm in Wien dann bevorstand! Die Wiener interessierten sich überhaupt nicht mehr für ihn, sie wandten sich anderen Tonkünstlern zu. Von Monat zu Monat wurde es ruhiger um ihn, und als quälten ihn nicht genug Sorgen, starb auch noch sein Vater, als hätte er in der Salzburger Ferne geahnt, wie es um den Sohn stand und sich vor Gram entschlossen, die Augen zu schließen. Zu diesem Zeitpunkt hatten Constanze und er die teure Wohnung in der Nähe des Doms längst eingetauscht gegen eine billigere weit draußen, er schrieb mir, daß er fleißig sei und an der Oper für Prag arbeite, doch der ernste und müde Ton seiner Briefe verriet mir, wie es wahrhaftig um ihn stand. Er zögerte die Arbeit hinaus, er wurde krank, er hatte mit dem Tod des Vaters und einer beängstigenden Zukunft zu kämpfen. Plötzlich fühlte er sich allein, plötzlich war niemand mehr da, dem er beweisen mußte, daß er sein Leben aus eigener Kraft meistern werde. Nur Constanze, die sorgte weiter für ihn, nur sie war noch übriggeblieben, denn die Verbindung zu seiner Schwester war mit den Jahren erkaltet. Constanze und er … Lieber Giacomo, die Ehe der beiden ist ein großes Geheimnis, glauben Sie mir, ja, so ist es …, zum Wohl!«

Sie hielt ihr Punschglas in beiden Händen und schaute hinein, als sähe sie auf dem Grund dieses Glases eine ferne Erscheinung. Mit einem Mal war ihr Reden versiegt, und es lag an ihm, Casanova, sie wieder zum Sprechen zu bewegen.

»Liebe Josepha, erlauben Sie mir eine Frage, doch sagen Sie mir, wenn Sie darauf nicht antworten wollen. Constanze und er … Ist Mozart ihr treu?«

Sie schaute auf, als habe sie auf diese Frage gewartet. Sie hielt das Glas nur noch mit der Linken und griff nach seiner Hand, als brauchte sie diese Hilfe, um weitersprechen zu können.

»Ach Giacomo, sie sind das seltsamste Paar auf der Welt. In Wien bekam ich zu hören, daß er anderen Frauen nachlaufe, und auch von ihr erzählte man sich, daß sie sich ohne ihn gut zu vergnügen wisse. Man sprach von ihnen, als wären sie ein zerstrittenes Paar, doch wenn man sie zusammen erlebte, konnte man daran keine Minute glauben. Er küßte sie so oft, als hätten sie sich gerade kennengelernt, und sie tat dermaßen verliebt, daß die vielen Gäste oft wegschauten, weil es ihnen peinlich war, ihre Vertraulichkeiten mitzubekommen. Nein, ich konnte an seine Untreue nicht glauben, obwohl …, obwohl ich vielleicht selbst Gründe gehabt hätte, an seiner Treue zu zweifeln. In Wien war ich nämlich oft mit ihm allein, ja, er sorgte geradezu dafür, daß wir allein waren. Er überhäufte mich auch mit Komplimenten, er war so herzlich zu mir, aber ..., wie soll ich sagen, diese Herzlichkeit ... führte zu nichts. Kennen Sie solche Männer, Giacomo, kennen Sie Männer, die werben und bei denen das Werben doch zu nichts führt? Es ist schlimm, ja, schlimm und verwirrend, die Frau, der man so etwas antut, kennt sich in ihrem eigenen Herzen bald nicht mehr aus. Sie spürt ein Verlangen, und doch ...«

»Ich verstehe Sie, liebe Josepha. Es war schwer für Sie, zu begehren und doch enttäuscht zu werden. Sie haben ihn geliebt, ich begreife es jetzt, Sie haben ihn wohl leidenschaftlich geliebt ...«

»Und ich liebe ihn noch, Giacomo, noch immer liebe ich ihn, wenn auch anders als früher. Denn inzwischen habe auch ich ein wenig begriffen, daß er sich verändert hat und nicht mehr der freiheitstrunkene Mensch ist, den ich in den Salzburger Tagen noch unschuldig küßte. Jetzt, nach des Vaters Tod, ist etwas Fremdes in ihm, etwas Ernstes, Verschrecktes, das spüre ich wohl, und ich glaube, daß dieses Fremde ihn immer mehr dazu treibt, seine Constanze zu lieben. Ja, ich denke, sie lieben sich sehr, durch diesen Tod sind sie mehr denn je miteinander verbunden ... Wenn man aber mit einem von ihnen spricht, spürt man die große, die schreckliche Angst, die jeder um den anderen hat, man spürt es auch unausgesprochen, sie klammern sich aneinander, als könnten sie zusammen allen Gefahren trotzen. Was glauben Sie, warum er sie in ihrem Zustand mit nach Prag gebracht hat? Und was glauben Sie, warum sie sich in eine Kutsche gesetzt hat, um zu meinem Landhaus zu fahren? Sie wissen beide um die Gefahr, und sie glauben, daß diese Oper über ihr weiteres Leben entscheidet. Deshalb, nur deshalb, Giacomo, bin ich hier. Ich bitte Sie, ihm mit allen Ihren Kräften zu helfen. Denken Sie vor allem an ihn, und stellen Sie Ihre eigenen Belange zurück. Und kommen Sie hinaus zu uns ins

Landhaus, ich werde Sie gut versorgen, obwohl ich gegen das Raffinement Ihrer Küche nicht ankommen werde.«

Sie holte ein Taschentuch hervor und schneuzte mehrmals kräftig hinein, ihre eigene Erzählung hatte sie beinahe zu Tränen gerührt. Sie hatte alle Bedenken fallengelassen und sich ihm anvertraut, ach, sie war eine stolze und herrliche Frau, und ihre Erzählung hatte sie ihm noch liebenswerter gemacht. Fast bewunderte er ihre Selbstlosigkeit und ihre Treue, doch er wollte ihr gegenüber nicht davon sprechen. Sie stopfte das Taschentuch in ihren kleinen Beutel, dann griff sie erneut nach seiner Rechten. Er beugte sich stumm herab zu ihrer Hand und küßte sie.

»Wären wir uns früher einmal begegnet, lieber Giacomo, wir hätten uns, denke ich, sehr gut verstanden. Denn Männer wie Sie, vermute ich, wissen zu werben, und sie wissen sogar ganz genau, wohin dieses Werben dann führt.«

Er küßte sie noch ein zweites Mal auf die Hand, dann stand er lächelnd auf und ging hinüber zu dem kleinen Tisch mit den Karaffen, um ihr noch einmal Punsch nachzuschenken.

36

Anna Maria hatte Johanna am frühen Abend erwartet, um so überraschter war sie, als ihr Paolos Erscheinen gemeldet wurde. Sie überlegte kurz, was der Grund seines Besuches sein mochte, dann ließ sie ihn kommen. Sie stand in der Nähe des Fensters, als er das Zimmer betrat.

»Guten Abend, Frau Gräfin. Ich komme an Johannas Statt, sie fühlt sich nicht wohl und hütet derzeit das Bett.«

»Sie hütet das Bett? Aber was ist denn mit ihr?«

»Sie hat die gestrigen Ereignisse nicht gut überstanden. Der Arzt hatte ihr noch in der Nacht Bettruhe verordnet.

Seit sie aber zu Bett liegt, steigt von Stunde zu Stunde das Fieber. Sie hat sich eingeschlossen, sie will mit niemandem sprechen, nur der Köchin erlaubt sie, ihr eine Suppe und Getränke zu bringen.«

»Die arme Johanna! Dieser nächtliche Spuk war zuviel für sie, man hätte Herrn da Ponte bestrafen müssen, anstatt ihn lediglich aus der Stadt zu jagen.«

»Sie wissen bereits, daß er abgereist ist? Ich wollte Ihnen davon berichten.«

»Ich weiß es schon seit heute mittag, der Vorfall ist sogar Gesprächsstoff hier oben im Stift. Die Frau Äbtissin hat mir Vorhaltungen darüber gemacht, daß ich an einem Fest teilgenommen habe, wo so gegen die guten Sitten verstoßen wurde. Einige Tage darf ich das Stift nicht verlassen, wir beten hier um die Reinheit unserer Seelen, aber hinter der Hand erzählen sich alle immer neue furchtbare Geschichten. Nun sag schon, was ist denn dran an diesem Gemunkel, hat da Ponte Johanna wirklich so grausam behandelt?«

»Nein, Frau Gräfin, ganz ehrlich und offen gesagt, das hat er nicht. Ich war ja noch rechtzeitig zur Stelle und konnte verhindern, daß es zu Schlimmerem kam. Er hatte ihr wohl heftig zugesetzt und sie, wie dann zu erfahren war, seit Tagen bedrängt, aber zum Letzten ist es Gott sei Dank nicht gekommen.«

Es fiel Anna Maria nicht leicht, Paolo anzuschauen. Sie kannte ihn seit langer Zeit, doch hier, in dieser engen Klause, erschien er ihr älter und reifer, wie ein besonnener Abgesandter, der gekommen war, einen schwierigen Fall zu verhandeln. Und auch er schien sie aufmerksamer als sonst zu betrachten. Gut, ja, sie hatten sich einige Zeit nicht gesehen, und doch kam es ihr beinahe so vor, als wären inzwischen Monate und Jahre vergangen. Nun ja, auch von ihrer früheren Munterkeit war nicht viel übriggeblieben. Ihr schwarzes Kleid mochte auch ihm jetzt sonderbar erscheinen, so wie er ihr Gesicht nun betrachtete, das sich als einziges wiederzuerkennendes Zeichen von der einförmigen Schlichtheit ihrer Kleidung gerade noch abhob. Jetzt rührte er sich ein wenig, vielleicht wartete er darauf, sich setzen zu dürfen.

»Bleib bitte dort stehen, Paolo. Ich kann Dir keinen Platz anbieten, das erlauben die strengen Regeln hier nicht.«

Während sie so redete, spürte sie eine noch schwache, aber doch deutlich spürbare Hitze. Es wäre ihr durchaus möglich gewesen, ihn Platz nehmen zu lassen, eine Unterhaltung zwischen Herrschaft und Diener, zwischen guten und alten Bekannten erlaubte eine solche Ausnahme schon. Als sie merkte, daß sie vor lauter Hitze rot zu werden drohte, drehte sie sich zum Fenster. Gestern nacht hatte sie das Fest in Mozarts Begleitung verlassen, sie waren in die Weinschenke an der Moldau geflohen und hatten sich dort wie schon einmal mit ihren erfundenen Namen angeredet. Sie, die Dienerin, und er, der Kopist, hatten sich von ihrer Herrschaft erzählt, erst tief in der Nacht hatte er sie heraufgebracht bis ans Stiftstor und sich mit einer tiefen, gespielten Verbeugung von ihr verabschiedet. Für einen Moment hatte sie einen Kuß von ihm erwartet, doch es war nicht dazu gekommen, nein, er hatte ihr nur immerfort zugewinkt, noch aus dem Dunkel heraus hatte er gewinkt und ihr eine Kußhand nach der andern zugeworfen …

Warum dachte sie jetzt an diese Geschichte? Weil sie Paolo am liebsten davon erzählt hätte! Johanna hätte sie von diesem nächtlichen Sitzen und Gehen nämlich sofort erzählt, sie wäre die Richtige gewesen, um davon zu erfahren, schließlich konnte sie, Anna Maria, ihre Geschichten nicht immerzu alle für sich behalten. Eine dunkle Geschichte zu erzählen, das hatte ihr früher schon einmal geholfen, auch diesmal hatte sie ein brennendes Bedürfnis, alles gleich loszuwerden, obwohl die Geschichte doch harmlos war und nicht mehr als eine kleine Begebenheit.

Doch es war ausgeschlossen, Paolo ins Vertrauen zu ziehen, nein, das gehörte sich nicht. Daß er jetzt so still hinter ihr stand, beunruhigte sie, sie mußte so tun, als schaute sie aus dem Fenster, während da draußen doch nichts anderes zu sehen war als das tiefste Dunkel. Sollte sie sich wieder herumdrehen, zu ihm?

Sie drehte sich entschlossen um und schaute ihm direkt ins Gesicht, senkte aber sofort wieder den Blick, als sie bemerkte, wie unbeweglich er sie seinerseits anschaute.

»Was schaust Du? Was ist?«

»Entschuldigen Sie, Frau Gräfin. Ich habe Sie lange nicht mehr gesehen.«

»Das weiß ich. Ist das ein Grund, mich anzustarren wie eine Erscheinung?«

»Entschuldigen Sie bitte, Frau Gräfin. Es kommt daher, daß ich Sie kaum wiedererkenne.«

»Was redest Du denn? Ich habe mich doch nicht verändert.«

»Sie haben sich sehr verändert, Frau Gräfin. Ich kann nicht genau sagen, wie, aber es ist, entschuldigen Sie, unübersehbar.«

»Ah, Du willst sagen, ich bin häßlich geworden, eine fade Stiftsdame im Nonnengewand, ist es das? Nur heraus mit der Wahrheit, Lieber Paolo, ich will die ganze Wahrheit hören, die ganze Wahrheit.«

»Die ganze Wahrheit, Frau Gräfin?«

»Sprich, Paolo, sag nur, was Du denkst!«

»Sie sind …, Frau Gräfin, Sie sind noch sehr viel schöner als früher.«

»Paolo, Du sollst nicht lügen!«

»Entschuldigen Sie, Frau Gräfin, Sie zwingen mich, so zu sprechen, wie ich als Diener nie sprechen dürfte.«

»Sprich weiter, ich will alles hören!«

»Sie sind von einer so großen Schönheit, Frau Gräfin, daß

es eine Schande ist, Sie hier oben einzusperren. Alle sollten Sie sehen dürfen, ganz Prag, und ganz Prag würde sich wundern und herbeilaufen, um …«

»Aber Paolo! Willst Du die Anordnungen meines Vaters kritisieren?«

»Frau Gräfin baten mich, die volle Wahrheit zu sagen. Die Wahrheit kennt keine Grenzen, auch nicht solche des Standes.«

»Auch nicht solche des Standes, aha! Wer hat Dich denn so etwas gelehrt? Sicher war es Dein kluger Meister, Signor Giacomo, ja, solche Sätze lassen einen vermuten, Du seist bei ihm allzu lange in die Schule gegangen!«

»Die Frau Gräfin traut mir so etwas nicht zu? Ich verstehe. Ein hergelaufener Diener, ein Waisenknabe vom Land, sollte sich selbst keine eigene Meinung bilden, da haben Sie recht.«

»Paolo! Was redest Du denn?«

Sein immer heftiger werdendes Sprechen hatte sie plötzlich erschreckt. Er stand jetzt nicht mehr da wie ein Diener, sondern wie ein junger Mann, der um seine Ehre und seinen Rang kämpfte. Warum hatte sie es so weit kommen lassen? Irgend etwas an seiner Erscheinung hatte sie wohl gereizt, eine Kleinigkeit nur, vielleicht nur eine Geste. Jetzt hatte sie das Gespräch so aufgeregt, daß sie sogar ein wenig zitterte.

»Ich entschuldige mich noch einmal, Frau Gräfin. Ich werde gehen und mich nicht wieder blicken lassen.«

»Das wirst Du nicht, hörst Du, das wirst Du nicht! Setz Dich, nimm Platz!«

»Das Stehen macht mir nichts aus!«

»Ich bitte Dich, Platz zu nehmen!«

»Sie hatten es mir noch eben verboten!«

»Aber nun befehle ich Dir …«

Nein, so ging es nicht weiter! Sie machten sich gegenseitig ja beinahe Angst! Sie löste sich vom Fenster und ging auf ihn zu. Sie nahm seine Rechte und zog ihn zum Tisch. Erleichtert sah sie, daß er nun endlich Platz nahm, als hätte es ihrer Annäherung wirklich bedurft.

»Dieses Gespräch …, Paolo, wir wollen es beide sehr rasch vergessen. Ich bin lange Zeit am Tag in dieser Klause allein, da wird man unduldsam und wohl auch etwas streng. Ich bitte Dich, mich auch in den nächsten Tagen hier oben zu besuchen. Die Abwechslung hilft mir, die Einsamkeit besser zu ertragen.«

»Ich werde kommen, Frau Gräfin, wann immer Sie es wünschen.«

»Ich danke Dir, Paolo! Aber nun sag, was macht Signor Giacomo? Ich hörte, er hat sich in den Kopf gesetzt, Herrn da Ponte zu vertreten?«

»Er hat den ganzen Tag am Libretto gefeilt, Frau Gräfin. Es ist jetzt fertig, vollendet, so, wie er es sich schon lange gewünscht hatte. Seit seiner Ankunft hatte er sich ja bereits Notizen gemacht, so gelang die Arbeit in wenigen Stunden. Nur Frau Duschek hat ihn ein wenig gestört, am Nachmittag, beinah eine Stunde.«

»Frau Duschek, die Sängerin? Was wollte sie denn?«

»Ich weiß es nicht, gnädige Frau!«

»Du wirst aber doch wohl etwas vermuten?«

»Nein, gnädige Frau, ich vermute nicht einmal etwas.«

»Du sagst die Wahrheit?«

»Die Wahrheit, gnädige Frau, wie immer.«

Sie schaute ihn an und lächelte. Er hatte sich auch sehr verändert, er war viel stolzer und bestimmter geworden, bis in die Züge seines Gesichts hinein hatte er an Klarheit gewonnen. Sie durfte sich nicht mehr länger mit ihm unterhalten, vielleicht fragten sich die anderen Stiftsdamen schon, was sie mit einem so schönen Burschen zu besprechen hatte. Mit einem so schönen Burschen …, was ging ihr denn da durch den Kopf?

Sie faßte sich an die Schläfe, und er schaute sie fragend an.

»Was ist, gnädige Frau? Fühlen Sie sich nicht wohl?«

»Ich denke darüber nach, was Frau Duschek von Signor Giacomo wollte. Ich würde es gern wissen, lieber Paolo.«

»Dann werde ich mich bemühen, es zu erfahren, Frau Gräfin.«

»Wir sehen uns morgen?«

»Morgen, zur selben Zeit, gnädige Frau.«

Sie strich ihm zum Abschied kurz übers Haar, dann stand sie auf und ging zum Nachttisch, um das Brevier hervorzuholen und darin zu blättern. Sie hatte bereits einige Tage nicht mehr darin gelesen, ja, sie erinnerte sich, das letzte Mal hatte sie es in der furchtbaren Nacht in die Hand genommen, in der Nacht des erschreckenden Traums. Ihr Herz klopfte, plötzlich war die Unruhe von damals wieder da, ja, sie war größer denn je. Der Mann, den sie suchte, befand sich noch immer irgendwo dort unten, in diesem Dunkel. Signor da Ponte kam nicht mehr in Frage, Signor Giacomo konnte es wohl auch nicht sein, aber der unheimliche Fremde des Traums stand mit ihnen in irgendeiner geheimen Verbindung. Eben hatte sie seine Nähe wieder gespürt, als stünde er vor ihr, ganz gegenwärtig. Er war kein Traumgespenst, nein, das war er nicht. Er war der Mann, der sich ihr noch entzog, als habe er inzwischen die Flucht angetreten, um sie noch mehr herausfordern zu können als bei ihrer ersten Begegnung.

37

Als Casanova tief in der Nacht von den Proben ins Palais zurückkam, fiel ihm ein, daß er noch nicht mit Johanna gesprochen hatte. Er ging zu ihrem Zimmer und klopfte an die Tür.

Niemand antwortete. Er versuchte, die Tür zu öffnen, doch sie war verschlossen. Erst als er mehrmals seinen Namen nannte, hörte man im Zimmer ein Rumoren. Dann sperrte jemand die Tür auf, und er schlüpfte durch den schmalen offenen Spalt hinein.

Sie hatte sich gleich wieder ins Bett gelegt, ihr roter Kopf lugte unter einer schweren Decke hervor. Er nahm sich einen Stuhl und setzte sich zu ihr.

»Ich wollte den ganzen Tag schon nach Dir sehen, aber ich hatte sehr viel zu tun.«

»Ich weiß, Signor Giacomo, ich weiß. Ich danke Ihnen, daß Sie so spät noch an mich denken und sich Zeit nehmen für mich.«

»Du hast Fieber, nicht wahr? Der Arzt hat Dir Bettruhe verordnet. Kümmert man sich um Dich? Hast Du alles, was Du brauchst?«

»Die Köchin hat mir eine Suppe und etwas zu trinken gebracht.«

»Das ist gut, dann ist also für den Körper gesorgt. Und Unterhaltung hast Du auch genug?«

»Unterhaltung? Woran denken Sie?«

»Zum Beispiel an Paolo, er wird Dich doch sicher besucht haben.«

»Er hat mehrmals geklopft, ja, das hat er.«

»Was soll das heißen, er hat geklopft? Hast Du ihm etwa nicht geöffnet?«

»Nein, das habe ich nicht.«

»Ah so, ich verstehe. Ihr habt Euch gestritten?«

»Nein, gestritten haben wir nicht.«

»Habt ihr nicht? Aber was denn? Was ist denn passiert?«

»Nichts ist passiert. Ich möchte ihn eine Weile nicht sehen.«

Sie sprach leise, als strenge sie jedes Wort an. Ihre Augen glänzten vom Fieber, und sie lag so unbeweglich da, als hätte sie den ganzen Tag an die Decke gestarrt. Etwas war vorgefallen zwischen Paolo und ihr, etwas Dunkles, Geheimes. Anscheinend suchte sie selbst nach Klarheit darüber, was es genau war. Er mußte versuchen, ihr auf die richtige Fährte zu helfen.

»Paolo hat Dich enttäuscht, ist es das?«

»Ja, Signor Giacomo, das hat er, er hat mich enttäuscht, ich will es Ihnen erzählen. Er kommt jede Nacht her zu mir, in dieses Zimmer, doch tagsüber ist es so, als habe er vergessen, daß es mich gibt.«

»Wie lange ..., wie lange bleibt er des Nachts?«

»Eine Stunde, selten mehr.«

»Nur eine Stunde? Das ist allerhand. Da tust Du ganz recht, ihn eine Weile vor Deiner Tür warten zu lassen. Er ist jung, er versteht noch nichts von der Liebe, da kommt es auf Dich an.«

»Auf mich? Warum auf mich?«

»Gib ihm nicht nach, halte ihn hin, Du mußt seine Neugierde wecken.«

»Aber dann wird er mich nur kokett nennen.«

»Kokett? Aber ja, warum denn nicht kokett! Du bist schlau, und Du bist schön; diese Paarung verlangt nach Koketterie! Sie ist das einzige Mittel, Paolos Interesse noch mehr zu erregen. Mach ihn verliebt, zeige Dich mehrmals am Tag ganz in seiner Nähe, aber entziehe Dich ihm immer wieder rechtzeitig ...«

»Ich denke, er ist schon verliebt?«

»Verliebt? Paolo verliebt? Aber Kind, was denkst Du denn nur? Nur weil er jede Nacht zu Dir ins Bett kriecht, ist er noch lange nicht in Dich verliebt. Was ihn treibt, ist das Verlangen, die schöne Begierde. All das macht ihn mutig, vor den großen Gefühlen aber schreckt er noch zurück. Deshalb schweigt er und geht Dir am Tag aus dem Weg.«

Jetzt dachte sie nach, man spürte beinahe, wie sie sich anstrengte, einen bestimmten Gedanken zu Ende zu denken. Hatten seine offenen und direkten Worte sie zu sehr beunruhigt?

»Signor Giacomo, ich möchte Sie etwas fragen, bitte seien Sie ehrlich zu mir. Hat Signor da Ponte mich auch nicht geliebt?«

Signor da Ponte?! Wie konnte sie noch daran glauben, daß dieser Wüstling für sie so etwas wie Liebe empfunden hatte? Vielleicht hatte sie sein Werben geblendet, ja, das mußte es sein. Ein Mädchen wie Johanna vermochte noch nicht zu unterscheiden, was Liebe war und was nicht. Und wenn sie ihn, Giacomo, danach gefragt hätte, wie man den Unterschied herausfand? Was hätte er denn gesagt?

»Signor da Ponte hat Dich nicht geliebt, das weiß ich ganz sicher, Johanna. Ich kenne diesen Menschen seit sehr vielen Jahren, er ist ein Verführer, einer, der sich den Frauen nähert, um sie ins Unglück zu stürzen. Wenn er bei einer Frau Erfolg gehabt hat, macht er sich aus dem Staub und wirbt um die nächste. So ein Scheusal ist Signor da Ponte.«

»Aber warum tut er das? Warum bleibt er nicht bei einer Frau, die ihm gefällt, Signor Giacomo?«

»Weil er nicht lieben kann, weil er gar nicht weiß, was das ist.«

Sie richtete sich auf und schaute ihn beinahe entsetzt an. Irgend etwas in ihr klammerte sich noch an da Ponte, eine nicht eingestandene, schwach gebliebene Neigung. Sie kämpfte mit diesem Gefühl, vielleicht ohne es selbst auch nur zu ahnen.

»Das glauben Sie, Sie glauben wirklich, Signor da Ponte habe noch nie eine Frau wirklich geliebt?«

»Ich glaube es nicht nur, ich weiß es. Signor da Ponte ist ein Mann, der die Liebe nicht kennt.«

»Aber dann ist er ja krank.«

»So könnte man sagen.«

»Und wer hilft ihm? Wer kümmert sich um ihn?«

»Signor da Ponte ist nicht mehr zu helfen, Johanna.«

»Sie meinen, ich hätte ihm nicht helfen können?«

»Du?! Du ihm helfen?!«

»Er wollte, daß ich ganz bei ihm bleibe. Er wollte, daß ich mit ihm nach Wien gehe, damit ich dort seinen Haushalt führen könnte.«

»Das hat er gesagt?«

»Er hat es mit sehr schönen Worten gesagt, ich muß immerzu daran denken.«

»Er hat es nur gesagt, um bei Dir zum Zuge zu kommen, Du verstehst? Er hat Dir etwas vorgemacht. Die schönen Worte sollten Dir schmeicheln. Wärest Du ihm zu Willen gewesen, hätte er sich sofort von Dir entfernt und so getan, als erinnerte er sich an kein einziges Wort.«

»Er hätte mich gar nicht nach Wien mitgenommen?«

»Nein, Johanna, niemals.«

»Dann hat er es darauf angelegt, mich zu täuschen?«

»Das hat er.«

Sie sank langsam wieder zurück in die Kissen. Jetzt war ihr Traum zu Ende, er erkannte es an ihren müden Zügen. Sie hatte den Mund ein wenig geöffnet, als hätten diese Offenbarungen sie sprachlos gemacht. Wie konnte er ihr noch helfen? Sie rührte ihn so sehr, daß beinahe er selbst begonnen hätte, sich zu schneuzen.

»Signor Giacomo?«

»Was ist, Johanna?«

»Es ist gut, daß Sie hier sind, bei uns. Sie sind wie ein Vater, wie der beste Vater, den man sich vorstellen kann. Allen helfen Sie, allen tun Sie nur Gutes, ohne an sich selbst zu denken. Auch mir haben Sie jetzt sehr geholfen, denn ich hatte mir, offen gestanden, bereits Vorwürfe gemacht.«

»Vorwürfe? Aber was könntest Du Dir vorzuwerfen haben?«

»Daß ich schuld bin an Signor da Pontes Abreise, daß ich ihn aus dieser Stadt vertrieben habe.«

»Ah, ich verstehe, das also hat Dich beschäftigt. Aber sei unbesorgt, Dich trifft keine Schuld. Wenn Signor da Ponte sich Dir nicht genähert hätte, hätte er es bei einer anderen versucht.«

»Bei einer anderen? Aber bei wem?«

»Das ist nicht von Bedeutung, für Signor da Ponte ist das ganz und gar ohne Bedeutung. Er versucht es mal bei dieser und mal bei jener. Erst hat er es bei Teresa Saporiti versucht, und als diese Hürde zu hoch war, versuchte er es bei Dir.«

»Er hatte es schon bei Signora Saporiti versucht?«

»Immer wieder.«

»Und danach dann bei mir?«

»Nicht danach, sondern zugleich. Während er um Signora Saporiti warb, schaute er sich schon nach Dir um.«

Er starrte auf ihre trockenen Lippen, die kleinen Risse und Sprünge wirkten wie Zeichen ihres Entsetzens. Er nahm ein Glas Wasser von dem kleinen Tisch neben dem Bett und reichte es ihr. Sie lächelte kurz, als holte sie dieses Glas in das wirkliche Leben zurück. Dann trank sie es mit einem Schluck leer.

»Jetzt habe ich verstanden, Signor Giacomo. Herr da Ponte hat zwar um mich geworben, aber es hätte genausogut auch eine andere treffen können. Er hat also gar nicht mich gemeint, mich, die kleine Johanna, sondern …, na was …, wie soll man es nennen?«

»Er hat nicht Dich gemeint, sondern ein hübsches Wesen, manchmal mit Schürze, manchmal in schönen Kleidern, das ihm zu ihrem Unglück immer wieder in den Weg lief.«

Sie lachte, endlich lachte sie.

»Ja, das haben Sie gut gesagt, Signor Giacomo. Ich bin ihm in den Weg gelaufen, das bin ich.«

»Das bist Du, ich weiß. Du bist ihm über den Weg gelaufen, ohne Dir etwas zu denken, und sein Auge hat Dich erfaßt und zu leuchten begonnen, wie das Auge Don Juans, als er Zerlina bemerkte. Don Juan und Zerlina, das ist eine Straßenszene in Mozarts Oper, wir haben sie heute geprobt.«

»Und was tut Zerlina in dieser Szene?«

»Sie folgt Don Juan auf sein Schloß, um an seinem Fest teilzunehmen.«

»Und was passiert auf dem Fest?«

»Er bedrängt sie, er nähert sich ihr mit Gewalt.«

»Und sie?«

»Sie schreit, sie schreit furchtbar ... Leider kann Signora Bondini, die die Zerlina singt, nicht sehr gut schreien. Heute kam es deswegen zu einem Streit.«

»Zu einem Streit?«

»Ja, Johanna, und Du warst der Anlaß.«

»Ich? Wieso ich?«

»Unser Maestro ist auf die Bühne gesprungen und hat Signora Bondini angeherrscht, daß sie lauter und kräftiger schreien müsse, laut, kräftig, aber klar, selbst in der Höhe. Er hat ihr gesagt, sie solle schreien wie Du, Dein hoher Schrei sei das Vorbild für ihren Schrei. Mozart kam es sehr darauf an, daß dieser Schrei durch Mark und Bein ging.«

»Ich habe das hohe F dreimal getroffen, Signor Giacomo.«

»Das hohe F?«

»Als mich Signor da Ponte berührte, habe ich dreimal geschrien und dreimal das hohe F getroffen, ganz genau.«

»Das hohe F; ah, jetzt verstehe ich es ... Aber dann hast Du diesen Abgang ja gespielt ..., Du hast Dich gegen Signor da Ponte mit makellosen Tönen gewehrt, habe ich recht?«

»Ja, Signor Giacomo, das habe ich, aber niemand, außer Herrn Mozart, hat es bemerkt.«

»Nein, natürlich hat es nur Mozart bemerkt, der hat auf nichts anderes gelauscht als auf das hohe F. Und jetzt ist Dein F berühmt! Ich gratuliere, Johanna.«

Sie setzte sich auf und umarmte ihn. Er hatte ihr, ohne es darauf angelegt zu haben, die beste Medizin eingeflößt.

»Würde es Dir gefallen, einige Proben der Oper zu verfolgen, Johanna?«

»Ich wäre glücklich, wenn das möglich wäre, Signor Giacomo.«

»Sobald Du gesund bist, nehme ich Dich mit ins Theater. Glaubst Du, es wird noch lange dauern?«

»Kaum mehr als einen Tag, Signor Giacomo.«

»Dann wirst Du mich bald begleiten, Johanna, und viel lernen können für Deinen weiteren Weg. Schließlich bist Du eine Sängerin und keine Dienerin, die irgendein Herr, wenn es ihm eben paßt, so vom Weg pflückt.«

Er stand auf und wollte sich von ihr verabschieden. Da sah er den Blumenstrauß und die Schale mit Walderdbeeren.

»Wer hat Dir die schönen Beeren gebracht?«

»Die Köchin hat sie gebracht. Aber so schön sie auch sind, ich kann sie nicht essen.«

»Oh, das ist schade. Wenn sie noch länger hier liegen, werden sie schlecht. Ich nehme sie mit, ich habe den ganzen Abend noch nichts gegessen. Und die Blumen, die sind von Paolo?«

»Nein, die sind … von ihm.«

»Ah, ich verstehe. Gut, dann nehme ich auch diesen Strauß mit hinaus.«

Er nahm Vase und Schale, nickte ihr zu und ging vorsichtig, um keine der kostbaren Früchte auf den Boden zu werfen, hinaus. Er mochte Walderdbeeren, er mochte sie über alles. Die Köchin war vielleicht noch wach. Er würde sie bitten, ihm noch eine Schaumspeise zu machen, sechs Eigelb, sechs Eiweiß …, oder besser noch zwölf, zwölf Eigelb, zwölf Eiweiß, etwas Zucker, auch Marsala, eine Köstlichkeit, ja …

38

Paolo war unruhig, schlafen konnte er nicht, er sehnte sich nach Johanna, aber sie hatte ihm trotz seines wiederholten Klopfens nicht geöffnet. Da er nicht zu ihr konnte, eilte er noch tief in der Nacht allein hinaus, das Horn unter dem Arm. Er lief durch die leeren Gassen und Straßen, nur der Wind war zu hören, selbst in den wenigen noch geöffneten Wirtsstuben klirrte es hell, als wäre ein Windhauch auch hier zwischen die Gläser gefegt.

Er eilte hinunter zur Moldau, setzte das Horn an und versuchte zu spielen. Là ci darem … – er hatte es bereits so oft geblasen, daß er glaubte, es spiele ein Fremder. Er blies vorsichtig, als sollten die Töne auf dem Wasser ins Tanzen geraten, doch sie schienen nur im Wind zu verwehen.

Weiter, nur weiter, schnell auf die Brücke, war es möglich, die Brücke zum Klingen zu bringen? Er postierte sich auf ihrer Mitte, hob das Horn und versuchte es ein zweites Mal, doch auch diesmal blieb das Stück matt, als verschwänden die Töne im Wehr, als stauten sie sich zwischen den schweren Pfeilern der Brücke oder als stürzten sie sich gleich in die Tiefe. Vielleicht war das Wasser einfach zu mächtig, ja, das war möglich, gegen das Wasser kam er nicht an.

Er lauschte, ohne sich zu rühren, und schon hörte er das feine, untergründige Rauschen, es war, als hätten Wind und Wasser sich hier nahe der Brücke zu einem einzigen Summen verbündet. Er lief weiter, hinüber zur Kleinseite, er kannte den trokkenen Klang, den die geblasenen Melodien auf den geschlossenen Plätzen annahmen, es war ein gestopfter, beengter, meist erstickt wirkender Klang, unerträglich, nie würde er sich dazu hergeben, auf diesen Plätzen zu spielen! Früher hatte er einmal die Turmbläser in der Höhe besucht, das war etwas anderes gewesen, ein rauschender

Schwall von Trompeten, Posaunen, doch nichts für ein Horn, das sich nur aus einem Versteck heraus gut präsentierte, unerwartet, unsichtbar, wie eine Ahnung.

Also weiter, den Berg hinauf zum Kloster, zwischen Obstwiesen und Feldern, erhitzt, in großen Sprüngen, als wäre der Teufel hinter ihm her. Heute hatte man im Theater die Festszene geprobt, die Szene, in der Don Juan Zerlina bedrängt, und plötzlich hatten alle davon gesprochen, auf welch wunderbare Weise diese Szene die vergangene Nacht wiederholte, so als wäre die Oper ein Abbild des Lebens oder das Leben ein Abbild der Oper, es war kaum noch zu verstehen. Das Spiel auf der Bühne hatte alle verwirrt, sie hatten Signor Giacomo immer wieder um Hilfe gebeten, als hätten sie plötzlich ihre Rollen verlernt. Signor Giacomo hatte ihnen empfohlen, an das nächtliche Fest im Palais zu denken, und so hatten die meisten versucht, dieses Fest nachzuspielen, so echt, daß Guardasoni schließlich aufgegeben hatte, sich noch länger einzumischen.

Là ci darem …, Signor Giacomo hatte auch dieses Duett proben lassen, und Luigi hatte erhebliche Fortschritte gemacht in der Kunst, sich zu bewegen, während Signora Bondini in der Rolle der kleinen Zerlina nicht heranreichte an Johanna, jedenfalls hatten alle das so empfunden und später darüber geflüstert, wie Johanna sich in dieser Rolle wohl machen würde.

Er stand jetzt weit oben und schaute über die Stadt, er erkannte den Moldauknick und wie die Stadt sich eingenistet hatte in diesen Knick. Er wollte die Häuser und Menschen, ja den ganzen nächtlichen Schlaf dieser Stadt mit seinem Hornspiel verzaubern, und so setzte er wieder das Horn an die Lippen und spielte. Die Töne sollten weit fliegen und wie gläserne Perlen hüpfen von Turm zu Turm, hinüber zur Altstadt und wieder zurück, die Stadt sollte sich kauern unter dieses fein gesponnene Netz.

Doch wieder versackte der Klang, die Melodie schwebte und tanzte nicht, schon wollte er aufgeben. Denn die Musik, ja, sie war ein einziger, mächtiger Zauber, der mächtigste überhaupt, in seiner Kraft höchstens mit der Liebe vergleichbar. Beide, die Musik und die Liebe, waren aber im Grunde nicht zu begreifen, und weil man sich bereits schwertat, sie zu beschreiben, lockten sie immer wieder neue Jünger an, die gerade das unaufhörlich versuchten. Er selbst, Paolo, konnte sich vielleicht nur mit dem Horn ganz verständlich machen, mit Worten konnte er es jedenfalls nicht. Die Worte gehörten nicht zur Musik, oder sie mußten selbst Musik werden, là ci darem … zum Beispiel, das war nur ein einziges Summen, die Worte paßten sich den Tönen an, und am Ende verschwanden sie in ihrem Schweben.

Er wollte es noch dort drüben, unterhalb des Hradschin, versuchen. Er lief so schnell, daß er den kühlen Schweiß am Rücken spürte, jetzt zog der Wind schon durch seine Kleider und unten, in der Tiefe, rauschte zum Hohn noch die Moldau. Wie leer es hier oben war, kein Mensch war zu sehen!

Er kauerte sich auf eine Treppe und atmete schwer durch, dann hob er zum letzten Mal das Horn. Jetzt, ja, jetzt schien es endlich zu gelingen! Die Töne rankten sich langsam hinauf in die Nacht, bildeten eine lange, unendliche Reihe und umtanzten das langgestreckte Gebäude gerade über ihm, in dem noch wenige Lichter brannten.

Es war das Damenstift auf dem Hradschin, in dem jetzt, tief in der Nacht, die junge Anna Maria Gräfin Pachta auf dem kalten Boden ihrer Klause kniete, um zu beten. Sie betete aber nicht weiter, sie lauschte den Tönen, und als die Melodie immer wieder von vorne begann und immer drängender, heftiger wurde, als wollte sie Besitz ergreifen von allem ringsum, schloß sie die Augen und wünschte sich, es möge endlich geschehen …

Sechster Teil

39

Da die Zeit drängte, eilte Casanova an den darauffolgenden Tagen schon frühmorgens ins Theater. Er betrat meist sofort die Bühne, legte den Hut mit dem weißen Federbusch zur Seite, streifte den weiten Mantel ab, rieb sich die Hände und begann, sich um alles zu kümmern. Von diesem Moment an verließ er das Theater kaum noch, er wollte die Bühne nicht aus dem Auge lassen und immer bereit sein, wenn über Einzelheiten der Aufführung gesprochen wurde.

So ließ er gegen neun Uhr das Frühstück aus dem nahe gelegenen Palais ins Theater bringen, und da er nicht allein frühstücken wollte, servierten die Diener des Grafen Pachta im Theater schließlich dem ganzen Ensemble das Frühstück. Paolo wurde die Rolle eines Hofmeisters übertragen, der schon bald auch für weitere Dienste zuständig war, denn das gemeinsame Frühstück hatte Casanova auf den Gedanken gebracht, schließlich alle Mahlzeiten im Theater servieren zu lassen, damit die Mitglieder des Ensembles den ganzen Tag in seiner Nähe blieben und sich nie allzu lange aus dem Theater entfernten.

Nichts sollte sein und bleiben wie bisher, Casanova wartete mit immer neuen Ideen auf, die sich aus der von allen gelobten schönen Geselligkeit bei den Mahlzeiten beinahe wie von selbst ergaben. So ließ er auch die alten Dekorationen erweitern, verändern oder ganz abreißen, denn er wollte die Bühne mit Prager Gassen und Plätzen beleben. Statt der ländlichen Szenen entstanden städtische Bilder, und an Stelle der von da Ponte noch vorgesehenen Landbevölkerung zogen nun Prager Milchweiber und Bürstenbinder, Rauchfangkehrer und Ziegeldecker durch die Straßen. In kleinen Läden zu beiden Seiten der Gassen arbeiteten Perükken- und Handschuhmacher, und auf den weiten Plätzen bauten Scherenschleifer und Töpfer ihre Stände auf.

Auch Don Giovannis Schloß fand nicht Casanovas Gefallen. Aus dem Pachtaschen Palais ließ er Spiegel, Leuchter und Sessel kommen, er ordnete selbst an, wie die Räume zu schmücken waren und ließ allen Zierat beseitigen. Die schweren, dunklen Möbel wurden hinausgeschafft, die Wände mit hellen, leuchtenden Farben bemalt und die Dekken mit Bildern von sich liebenden Paaren in allerhand gerade noch schicklichen Posen geschmückt.

Während des Festes sollten die Sänger aus besten böhmischen Gläsern trinken, das Besteck sollte von Silber sein und das Porzellan aus Meißen stammen. Da das Theater nicht mit solchem Prunk aufwarten konnte, wanderten auch diese Requisiten aus dem Palais ins Theater, so daß sich mit der Zeit ein unermüdlicher, fleißiger Ameisenzug hin und her bewegte, der von Paolo wie von einem Zeremonienmeister überwacht und gelenkt wurde.

Casanova sprach mit den Sängerinnen und Sängern. Er flanierte mit ihnen durch das ganze Theater und setzte sich immer wieder mit ihnen zu zweit in eine Loge, als wollte er sie ganz für sich haben und mit ihnen nur unter vier Augen reden. Die meisten ahnten, daß er ihnen allen etwas Schmeichelhaftes sagte, aber sie unterwarfen sich doch diesem Ritual, als wären ihnen diese Schmeicheleien, die sie von Lorenzo da Ponte nicht kannten, sehr willkommen.

Am längsten sprach er mit Luigi Bassi. Er erklärte ihm, daß der Erfolg der Oper vor allem von ihm abhänge, er lobte seine Stimme und erläuterte ihm, wie er sich Zerlina oder Donna Elvira zu nähern habe. Auf der Bühne stand er oft dicht neben ihm, verbesserte seine Haltung, führte ihm einige Bewegungen vor und zeigte ihm, wie man nebenbei, auffällig-unauffällig, den Rocksaum einer Angebeteten so streifte, daß sie leise erschrak.

Mit Teresa Saporiti tafelte er. Er schmeichelte ihrer Schönheit und ihrem Stolz ganz unverhohlen, nannte ihren frühen Auftritt gleich zu Beginn der Oper die Schlüsselszene des Stücks und beschrieb die Rolle der Donna Anna als die einer unbeugsamen, leidenschaftlichen und vor allem furchtlosen Frau, die den anderen auftretenden Frauen bei weitem überlegen sei.

So brachte er es dazu, daß Teresa Saporiti ihre frühere Zurückhaltung noch verstärkte. Sie forderte keine weiteren Arien mehr, sondern betonte bei jeder Gelegenheit, daß Donna Anna eine Frau des großen, inneren Schmerzes sei, eine erhabene, von allen anderen Gestalten durch eine Mauer der Kälte getrennte Gestalt, der man nicht zumuten dürfe, ihre Gefühle offen zu zeigen.

Caterina Micelli dagegen war Casanova sofort dankbar, als sie davon erfuhr, daß er für ihre Donna Elvira noch einen Auftritt im Finale eingeplant hatte. Sie bedankte sich bei ihm in Begleitung ihrer Mutter, beide küßten ihm wie einem Fürsten die Hand, und er ging mit ihnen, jede an einer Seite, wie ein triumphaler Sieger durchs Parkett, damit alle sehen konnten, daß er sogar dieses schwierige Paar endlich gezähmt hatte.

Blieb noch die Gattin des Impresarios, Caterina Bondini. Ihr brauchte er nur zu sagen, daß Mozart für die Rolle der Zerlina die schönsten Stücke der ganzen Oper verfaßt hatte, sie glaubte ihm solche Schmeicheleien aufs Wort, denn alle Mitglieder des Ensembles dachten insgeheim auch so. Casanova sorgte dafür, daß man Signora Bondini neu einkleidete, er ließ ihr einfache, aber kostbare Kleider aus bestem Leinen anpassen und hielt ihr eigenhändig einen Spiegel vor, damit sie selbst sehen konnte, wie er sie verjüngt hatte.

Die Stimmung im Theater verbesserte sich, und die gute Laune des Ensembles färbte auch auf Mozart ab, der befreiter wirkte als früher. Er hatte das Finale draußen im Landhaus zu Ende geschrieben, schon bei der ersten Probe machte die Tafelmusik einen ungeheuren Effekt, und man ertappte kurz darauf viele Musiker des Orchesters dabei, wie sie die bekannten, kunstvoll zitierten Stücke nachsangen. Selbst in den Pausen hörte das Singen und Spielen nicht auf, so daß das ganze Theater immer mehr einem summenden Bienenkorb glich, in dem Violinisten und Posaunisten die Treppen zur Galerie hinauf und hinab stiegen, sich gegenseitig Melodiebrocken der Oper zuwarfen und mit ihnen improvisierten.

Das Werk war nun beinahe vollendet, nur die Ouvertüre war noch nicht geschrieben. Man sprach Mozart darauf an, doch er wich aus und antwortete nicht. Casanova beobachtete ihn unruhig und bemerkte genau, daß er manchmal für wenige Stunden verschwand und, wenn man später nach ihm suchte, nirgends zu finden war. Dieses Verschwinden ließ ihn an Josephas Erzählungen denken, anscheinend vergrub sich Mozart tatsächlich in einem Versteck, wo niemand ihn vermutete.

Doch er hütete sich, ihn darauf anzusprechen, obwohl der Tag der Generalprobe näher rückte und in Prag schon Gerüchte kursierten, Mozart sei krank. Um allem bösartigen Geschwätz entgegen zu wirken, ließ Casanova die Eingänge des Theaters schließen und vor jeder Tür einen Diener postieren. Kein Fremder durfte hinein, und niemand konnte noch etwas von dem erfahren, was im Innern vor sich ging. Die Proben dauerten nun von der Früh bis in die Nacht, nur in den Pausen traten die Sängerinnen manchmal hinaus auf den schmalen Balkon mit den schmiedeeisernen Gittern, voller Verachtung und mit gespieltem Desinteresse die immer größer werdende Menge übergehend, die unten, in der Umgebung des Theaters, auf Neuigkeiten wartete.

Seit Casanova die Proben übernommen hatte, hatte sich das Stück von Tag zu Tag mehr verwandelt, am Ende war es beinahe nicht wiederzuerkennen. Die Sängerinnen standen nicht mehr auf der Bühne wie ernste Puppen, die nur ihre Arien im Kopf hatten, und auch die Sänger hatten etwas Leichtes, oft Komödiantisches bekommen, das dem Stück mehr Natürlichkeit verlieh. Vor allem aber war die Inszenierung zu einem Spiegelbild Prags geworden, von der ersten Szene an war die Stadt zu erkennen, und die böhmischen Musikanten, die sich während des Stücks mehrmals im Hintergrund zeigten, waren schließlich dieselben, die die Tafelmusik des Finales in Don Giovannis Schloß intonierten.

So wirkte die Oper schließlich fast wie ein Reigen, ein Auftauchen und Verschwinden, ein schwereloses In-sich-Kreisen, das selbst die Haß- und Wutausbrüche der drei Verfolgerinnen Don Giovannis zurückführte in den unheimlichen und unermüdlichen Kreislauf, den die Hauptfigur in Bewegung hielt. Daß dies alles auf so leichte und unmerkliche Weise gelang, verdankte sich am Ende Luigi Bassis Darstellungskunst. Jeder im Theater hatte bald begriffen, wie sehr er hineingefunden hatte in seine Rolle, wie er sie zerlegte in viele Gestalten und den großen Verschwender ebenso gut spielte wie den Schwärmer oder den gottlosen Verächter des Todes.

Niemand hatte genau verfolgt, wie es zu dieser Verwandlung gekommen war, nur Casanova vermutete im stillen, daß es mit einer Person zu tun haben mußte, die er eher zufällig auf die Bühne geholt hatte. Es war Johanna, die kleine und schöne Johanna, die ihn nach ihrer Genesung jeden Tag ins

Theater begleitet hatte. Neugierig hatte sie anfangs die Szenen noch von der Galerie aus verfolgt, dann hatte sie sich hinab ins Parkett getraut, wo sie ihm während einer Probe wieder aufgefallen war, stumm zur Bühne blickend, allein.

Er hatte sie, um ihr eine Freude zu machen, im Chor untergebracht, und er hatte beobachtet, wie sie stolz und sicher mitgewirkt hatte, viel mehr als ein Chormädchen, das sich lediglich einreihte in die Bewegungen der anderen. Daher hatte er sie schließlich herausgehoben aus der Schar der Feiernden und in ihre erste Reihe geholt. Kurz darauf aber, beinahe von einem Tag auf den andern, hatte er bemerken können, wie Luigi Bassis früher so weicher und oft zerstreuter Blick einen Halt bekommen hatte, der mit der Zeit zurückstrahlte auf sein ganzes Verhalten.

Luigi wurde entschiedener und männlicher, und er bewegte sich dabei doch so galant, daß ihm viele fragend hinterherschauten und darüber nachdachten, an wen sie dieser heitere, immer geschmeidiger und entschlossener werdende Mann nur erinnerte. Man sprach darüber, doch man kam nicht dahinter.

Nur Giacomo Casanova ahnte den Grund für Luigi Bassis Veränderungen, und er bemerkte voller Verblüffung, daß der schmächtige Sänger aus dem unbedeutenden Pesaro in seinen Bewegungen dazu übergegangen war, ihn, Signor Giacomo Casanova aus dem vornehmen Venedig, zu imitieren.

40

Johanna stand auf dem schmalen Theaterbalkon und schaute hinunter. Seit der Frühe wurde die Menge der Schaulustigen immer größer, jeden Tag ging das jetzt so. Von überall her strömten die Menschen zusammen und standen dann in kleinen Gruppen rings um das Theater, selbst hier oben, auf dem Balkon, war zu spüren, wie stark die Neugierde und die Anspannung der Wartenden inzwischen war. Seit Wochen sprach man in Prag von kaum etwas anderem als der Oper, jetzt war es bald soweit, die Premiere war seit langer Zeit ausverkauft, längst wurde mit den Karten ein verbotener Handel getrieben.

Vom Auflauf der Neugierigen angezogen, hatten allerhand Händler ihre Stände aufgebaut, und Garküchen hatten sich breitgemacht, so daß die Luft voll war von Wolken des verbrannten Fetts, die aus den Buden der Wurstverkäufer in den Himmel stiegen. In den Arkaden der nah gelegenen Häuser wurden Brezel, Bier und Wein angeboten, die Tabakhändler gingen herum, und die Milchfrauen riefen ihre Ware aus.

Einige Schaulustige winkten von unten zu ihr hinauf, vielleicht vermuteten sie, daß sie eine bedeutende Sängerin sei. Aber soweit war es noch nicht, obwohl sie inzwischen ein Teil des Ensembles und damit auch ein Teil des Geheimnisses war, das diese Oper umgab.

Wie hatte sie sich darüber gefreut, daß Signor Giacomo sie im Chor untergebracht hatte! Sie hatte ihren Part in kürzester Zeit gelernt und gehörte schon bald zu der kleinen Festgesellschaft, die von Don Giovanni im ersten Akt des Stücks auf sein Schloß eingeladen wurde. Don Giovanni – das war Signor Luigi, seine strahlende Erscheinung war der Mittelpunkt dieses Festes, immerzu hatte sie ihn anschauen müssen, wie leicht er sich drehte und wie sicher er sich auf der Bühne bewegte, ganz so, als spielte er das alles nur für sich selbst und als gäbe es kein Publikum, das jeden seiner Schritte verfolgte.

Später hatte er auch ein Ständchen gesungen, dabei hatte er einen langen Rock und kleine Stulpenstiefel getragen, und als er mit der rechten Hand täuschend echt die Mandoline gezupft hatte, hatte sie plötzlich Signor da Pontes Ring entdeckt, den Ring mit dem Löwen, an der Hand Signor Luigis. Er hatte sich unter ein Fenster gestellt und mit dem Ständchen begonnen, doch sie hatte ununterbrochen auf den Ring starren müssen, und es war ihr so vorgekommen, als wäre Signor da Ponte zurückgekehrt, um sich unsichtbar, aber doch gegenwärtig unter die Spielenden zu mischen.

Nicht nur der Ring aber hatte sie erstarren lassen, sondern viel mehr noch waren es die Worte gewesen, die Signor Luigi zu den Klängen der Mandoline gesungen hatte, denn diese Worte waren ja auch die Worte Signor da Pontes gewesen, diese schönen, werbenden Worte vom honigsüßen Mündchen und dem zuckersüßen Herzen, die er ihr, Johanna, einmal zugeflüstert hatte. Jetzt aber hatten diese Worte sie so unerwartet überfallen, daß ihr heiß geworden war, denn sie hatten sie mit noch größerer Gewalt als der blinkende, nicht zu übersehende Ring an Signor da Ponte erinnert. Am liebsten hätte sie die Bühne verlassen und wäre hinausgestürzt ins Freie, um sich Luft zu verschaffen, doch sie hatte sich beherrscht und versucht, diese bedrohlichen Erinnerungen zu verdrängen.

Nach dem Ständchen aber war Signor Giacomo auf die Bühne gekommen und hatte erklärt, irgendeine Kleinigkeit fehle noch an Luigis Kostüm, dieses Kostüm wirke zu vornehm, zu ernst, darin war man sich einig gewesen, doch man hatte noch eine Weile gerätselt, was denn wohl fehlte an diesem Kostüm. Irgend jemand hatte dann Signor Giacomos Hut mit dem großen weißen Federbusch zur Hand gehabt, Luigi hatte ihn zunächst nur im Spaß ausprobiert, doch dann hatten alle begeistert geklatscht und ihn beschworen, genau diesen Hut zu dem langen Rock und den Stulpenstiefeln zu tragen, genau diesen Hut. Und als er in Hut, Rock und Stiefeln zu den Klängen der Mandoline erneut das Ständchen gesungen hatte, hatte er ein wenig an Signor Giacomo erinnert, nur daß seine Worte ja die Worte Signor da Pontes gewesen waren, Worte also, die Signor Giacomo nie benutzt hätte, nie, nie, niemals. Vielleicht hatten diese Worte vom honigsüßen Mündchen und dem zuckersüßen Herzen nicht einmal zu Signor da Ponte gepaßt, jedenfalls hatte sie, Johanna, sie immer als zwar schön, aber doch etwas künstlich empfunden. Hier aber, hier auf dem Theater, paßten sie plötzlich, und sie paßten, gerade weil sie etwas übertrieben und altmodisch wirkten, genau zu dem übertriebenen und altmodischen Hut und dem leichten Stammeln Signor Luigis, das ein wenig zum Lachen war und so wirkte, als wäre sich Signor Luigi dieser Worte nicht sicher und als benutzte er sie nur, weil ihm eben keine besseren einfielen und es rasch gehen mußte mit dem Werben unterhalb des Fensters der schönen Frau.

Diese vielen Verwandlungen Signor Luigis aber hatten sie, Johanna, nur immer mehr verwirrt. Mit einem Mal hatte sie kaum noch sagen können, ob sie Signor Luigi singen hörte oder ob es nicht eher doch Signor Giacomo war, der sich verkleidet hatte als Signor Luigi, oder ob es am Ende sogar drei Gestalten waren, die sich wie drei Geister eingenistet hatten in einer Bühnenfigur mit einem Hut, langem Rock und Stulpenstiefeln.

Kurz nach diesem Auftritt hatten die Diener im großen Salon, der gleich an die Garderoben der Sängerinnen und Sänger angrenzte, das Mittagessen serviert. Sie hatte sich zu den anderen Mitgliedern des Chores gesetzt und eine italienische Suppe gelöffelt, eine Brühe mit vielen Sorten Gemüse, etwas sehr Buntes und Kräftiges. Da Signor Giacomo aus Italien stammte und die ganze Theatergesellschaft nur aus Italienern bestand, gab es mittags und abends nur italienisches Essen, eine Brühe, viel Gekochtes, leichte Saucen, reichlich Fisch und vor allem Nudeln, gedrehte, gestreckte, in den seltsamsten Formen. Auch an diesem Tag hatte es nach der Brühe Nudeln gegeben, und sie hatte sich schwergetan, davon zu essen, denn sie beherrschte das rasche Drehen der Gabel und das Daruntersetzen des Löffels nicht gut.

Während sie es aber noch versucht hatte, war plötzlich Signor Luigi neben ihr aufgetaucht, um ihr zu helfen, er hatte ihre Hände in die seinen genommen und sie so geführt, wie es sich anscheinend gehörte, langsam, wie bei einem Kind, das diese Bewegungen noch lernen mußte. Sie hatte lachen müssen über ihre eigenen Gesten, aber da hatte auch Signor Luigi plötzlich gelacht, und er hatte sie aufgefordert, mit in seine Garderobe zu kommen, wo er sie einladen wolle zu einem Glas Wein.

Sie war ihm sofort in seine Garderobe gefolgt, wo er den langen Rock, den Hut und die Stulpenstiefel abgelegt und sich zu ihr an einen Tisch gesetzt hatte, doch da hatte er sie, so unerwartet entkleidet und von aller Maskerade befreit, mit einem Mal an Paolo erinnert, denn er hatte wie Paolo schwarzes Haar und ein schmales Gesicht. Sie hatten zusammen getafelt, ja, so konnte man sagen, und Signor Luigi hatte eigenhändig die Speisen aus dem großen Salon geholt, ihren Wünschen folgend, den Wünschen der kleinen Johanna. Er hatte ihr die italienischen Namen der Speisen genannt, und sie hatte versucht, sie nachzusprechen, so wie Signor Luigi versucht hatte, Deutsch zu sprechen, aber er sprach nur ein sehr komisches Deutsch, in dem die deutschen Worte beinahe noch so klangen als wären es italienische Worte.

Warum hatte Signor Luigi sie herausgeholt aus der Menge der Chorsängerinnen, warum ausgerechnet sie? Seit sie mit ihm getafelt hatte, mußte sie sich das fragen, denn er war von nun an immer wieder zu ihr gekommen, hatte sie eingeladen, sich mit ihr unterhalten und sie beinahe so behandelt, als wäre sie eine große Sängerin, eine Teresa Saporiti oder eine Caterina Micelli. Es war doch unmöglich, daß Signor

Luigi sie liebte, wahrscheinlich war er für die Liebe noch viel zu jung, so wie Paolo ja auch noch zu jung war für die Liebe. Signor Luigi sprach auch nicht davon, er unterhielt sich mit ihr über ganz andere Dinge, über italienische Speisen, seine Familie, die italienische Oper und über Italien, meist sprach er viel von Italien und oft sogar Italienisch, als könnte sie es verstehen. Es störte sie aber nicht, nein, sie hörte ihm gerne zu, wenn er so wortreich und schön zu reden begann, vielleicht hatte er nur darauf gewartet, all diese Geschichten jemandem erzählen zu können, denn so hörte es sich beinahe an, so, als habe er es lange niemandem erzählt.

Mit der Zeit hatte auch sie, Johanna, zu erzählen begonnen, vom alten Grafen Pachta, von Böhmen und wie sie vom Land nach Prag gekommen war, sie hatte es Signor Luigi einfach erzählt, ohne zu wissen, ob es ihm auch gefiel, aber er hatte zugehört, immer wieder genickt und, als setzte er ihre Erzählungen fort, wieder von Italien erzählt.

Als sie noch fiebernd im Bett gelegen hatte, hatte Signor Giacomo ihr geraten, einem jungen Mann nicht gleich nachzugeben, sondern zuerst seine Neugierde zu wecken. Deshalb hatte sie sich überlegt, wie sie so etwas mit Luigis Neugierde hätte anstellen können, doch sie war nach einigem Nachdenken zu dem Ergebnis gekommen, daß Luigi von Anfang an sehr neugierig gewesen war und sie sich gar nicht vorstellen konnte, daß noch mehr Neugierde da war, die sie hätte wecken können. Luigi hatte sich eben ganz anders benommen als Paolo, deshalb hatte er sie auch schon bald nicht mehr an ihn erinnert, und er hatte auch nicht so um sie geworben wie Signor da Ponte, nein, im Grunde hatte er überhaupt nicht um sie geworben, sondern war nur herzlich und freundlich gewesen, als kennten sie sich seit langer Zeit und hätten es nicht nötig, sich fremd zu stellen und auf galante Manieren zu achten.

Und sie selbst? Liebte sie ihn, oder was war es, was sie zu

ihm hinzog? Die Freundschaft mit Paolo hatte sie vorsichtig gemacht, und die Annäherung Signor da Pontes mißtrauisch. Wenn sie mit Luigi zusammen war, schien es aber nur lächerlich, vorsichtig oder mißtrauisch zu sein, sie brauchte überhaupt nicht an so etwas zu denken, sondern konnte sich so bewegen, wie sie sich auch sonst bewegte, nur daß jetzt jemand an ihrer Seite war, der mit ihr sprach und ihr sogar zuhörte. Deshalb dachte sie jetzt manchmal, daß es vielleicht gar nicht ankomme auf so große Worte wie ›Liebe‹ und ›Glück‹ und daß man den Dingen auch ihren freien Lauf lassen könne, ohne sie in Worte zu kleiden.

Wenn Luigi sich aber auf der Bühne zurückverwandelte in Don Giovanni und zwischen den anderen umherstolzierte wie ein großer Herr und ein Mann, der sie alle verwirrte, dann mußte sie zugeben, selbst verwirrt zu sein und Luigi nicht mehr zu erkennen. Sie ertappte sich dabei, auf seinen Ring zu starren, sie musterte seinen Hut, und sie lauschte seinen plötzlich so entschieden wirkenden Worten, deren Gewalt sich niemand entziehen konnte. Als Don Giovanni war Luigi für sie ein Fremder, daher war sie immer ein wenig erleichtert, wenn er sie später an der Hand faßte und mitnahm in seine Garderobe, zu einer Schokolade oder einem Glas Wein. Er zog die Maskerade aus, der Spuk war vorüber, und die fremden Geister entwichen, als hätte es nie einen Signor da Ponte oder einen Signor Giacomo gegeben …

Es war kühl geworden, sie wollte wieder hinein ins Theater. Unten, in der Menge, winkten sie wieder zu ihr hinauf. Sie beugte sich über das Geländer und hob ganz leicht die Hand. Für einen Moment spielte sie die Primadonna, die gleich wieder zurückkehren würde in eine andere Welt. Nach dieser Welt sehnten sich all diese Menschen dort unten, nach der fremden, erregenden Welt, der Zauberwelt der Bühne und der Maskeraden, der Welt der heimlichen Entdeckungen und der bösen Träume.

Sie, die kleine Johanna, verstand jetzt etwas von dieser Welt, ja, sie hatte begonnen, etwas von dieser Welt zu begreifen. Fröstelnd drehte sie sich um und ging, die Melodie des Là ci darem summend, zurück in den Salon.

41

Anna Maria hatte sich lange geduldet, am Tag der Generalprobe aber hatte sie das Warten beinahe nicht mehr ertragen. Paolo hatte kaum noch Zeit gefunden, sie zu besuchen, und auch Johanna hatte wegen ihrer Teilnahme an den Proben nur selten hinaufkommen können, um ihr die letzten Neuigkeiten zu erzählen. So war sie auf Gerüchte angewiesen gewesen, lächerliche Geschichten, die auch hier oben im Damenstift kursierten, Geschichten von Posaunisten, die wegen ihrer schwierigen Stimmen mit Mozart gestritten hatten, Geschichten von einem dunkelroten, mit Hermelinkragen besetzten Mantel des Impresarios Bondini oder Geschichten von einer rätselhaften Erkrankung Mozarts, die ihn angeblich immer wieder sein Bett im Gasthaus »Zu den drei Löwen« aufsuchen ließ.

All diese Gerüchte hatten sie von Tag zu Tag nur noch unruhiger gemacht. Sie hatte aber nicht allein unter dieser Unruhe gelitten, nein, beinahe alle Damen des Stifts waren davon befallen, so daß die Äbtissin verboten hatte, noch weiter von der Oper zu sprechen. Die alte Frau hatte das Stück wegen des darin behandelten Stoffs schon immer verachtet, je näher aber die Premiere rückte, um so maßloser und unberechenbarer war ihr Zorn geworden, ja sie hatte mit aller Macht versucht, die ihr anvertrauten Frauen zu jenem ruhigen und von allen äußeren Einflüssen ungestörten Leben zurückzuführen, das die Stiftsregeln vorsahen.

So hatte Anna Maria auch heute, am Tag der Generalprobe, im Stift bleiben müssen, erst für den späten Nachmittag war ihr der Ausgang erlaubt worden. Stundenlang hatte sie in ihrem Zimmer auf Johanna gewartet, noch nie war ihr die Zeit so lang geworden, und erst als sie endlich Johannas Stimme auf dem Flur gehört hatte, hatte sie eine schwache Erleichterung verspürt, die einhergegangen war mit der Hoffnung, noch heute das elterliche Palais wiedersehen zu können.

Mit einem lauten Seufzer war sie schließlich aufgestanden und hatte Johanna die Tür geöffnet.

»Endlich, Johanna, ich habe den ganzen Tag auf Dich gewartet! Sag schnell, wie es war, ist die Probe gelungen, waren alle zufrieden?«

»Aber ja, Frau Gräfin, alle waren zufrieden, Sie können beruhigt sein. Als es vorbei war, haben alle Herrn Mozart applaudiert und immer wieder ›Bravo, Maestro!‹ gerufen, so lange, bis er nicht mehr zu sehen war. Signor Giacomo versuchte noch, ihn aufzuhalten, aber er war schon verschwunden. Und jetzt stehen alle da und fragen sich, wo er bloß steckt. Signor Giacomo ist ganz verzweifelt.«

»Verzweifelt? Aber warum ist er verzweifelt?«

»Weil Herr Mozart die Oper noch nicht zu Ende gebracht hat.«

»Noch nicht zu Ende? Was soll das heißen?«

»Es fehlt noch etwas, die Ouvertüre fehlt!«

»Ihr habt das Stück ohne eine Ouvertüre geprobt?«

»Ja, wir haben sofort mit der ersten Szene begonnen, ohne Ouvertüre.«

»Aber das ist ja unglaublich! Hat niemand Mozart nach der Ouvertüre gefragt? Hat etwa niemand davon gesprochen?«

»Natürlich hat man gefragt.«

»Und was hat er gesagt?«

»Nichts hat er gesagt. Wir beginnen mit der ersten Szene,

hat er gesagt, und als noch einmal nach der Ouvertüre gefragt wurde, hat er gesagt, die Ouvertüre müsse sich erst noch selbst schreiben.«

»Was soll das heißen?«

»Ich weiß es auch nicht, Frau Gräfin. Wir haben die ganze Oper ohne Ouvertüre geprobt, wir haben Herrn Mozart minutenlang applaudiert und dann ist er verschwunden. Die Nachricht von seinem Verschwinden und der fehlenden Ouvertüre machte sofort die Runde, und Signor Giacomo befahl, Mozart in der ganzen Stadt zu suchen. Man hat an allen nur denkbaren Orten nach ihm gesucht, ihn aber nirgends gefunden.«

»Er wird hinausgefahren sein, zum Landhaus der Duscheks.«

»Auch dort ist er nicht. Man sucht mit nun bereits seit vielen Stunden, und Signor Giacomo hat gesagt, er befürchte das Schlimmste. Das ganze Ensemble ist sehr verzweifelt, die meisten Sängerinnen sind im Theater geblieben, um dort die neusten Nachrichten zu erfahren.«

»Und Signor Giacomo? Wo hält er sich jetzt auf?«

»Er sitzt allein im Palais, nur Paolo ist in seiner Nähe. Ich glaube, Signor Giacomo weiß zum ersten Mal nicht, was zu tun ist.«

»Dann begleitest Du mich jetzt, Johanna. Wir gehen sofort zu ihm hinunter, ich muß ihn sprechen!«

»Sie wollen Signor Giacomo sprechen, Frau Gräfin? Ich weiß nicht, ob das klug ist. Signor Giacomo hat nämlich gesagt, er sei für niemanden zu sprechen, höchstens für den, der wisse, wo sich Mozart befinde.«

»Das hat er gesagt? Dann wird er froh sein, mich zu sehen, Johanna.«

»Froh? Aber warum sollte er froh sein?«

»Weil ich weiß, wo sich Mozart befindet.«

»Sie, Frau Gräfin?! Sie wissen es?!«

»Ich weiß es genau.«

»Aber woher sollten gerade Sie es denn wissen? Niemand weiß es, ganz Prag weiß es nicht.«

»Komm, Johanna, gehen wir, ich werde Signor Giacomo sagen, wo sich Mozart befindet, das wird ihn beruhigen. Und dann werde ich mich auf den Weg machen, Mozart zu holen.«

»Und wird er kommen?«

»Ich glaube genau zu wissen, wo er ist, Johanna, aber ich weiß nicht, ob er kommen wird. Doch jetzt laß uns gehen, um diese dunkle Geschichte zu klären!«

Sie warf sich rasch einen Mantel über und machte sich mit Johanna auf den Weg. Schon bald kamen ihnen Menschen entgegen, die von der Oper und dem entlaufenen Maestro erzählten. Einige waren sogar unterwegs, um in den Gasthäusern nach Mozart zu suchen. Anna Maria jedoch fühlte sich mit einem Mal viel ruhiger. Die Stadt, die sie einige Zeit nur aus der Höhe zu sehen bekommen hatte, erschien ihr jetzt beinahe festlich, als lasse das bevorstehende große Ereignis sie erstrahlen. Aus vielen Fenstern lehnten sich Menschen, und auf den weiten Plätzen spielten Musikanten wie zur Einstimmung auf den morgigen Abend, an dem die Premiere stattfinden sollte. Rings um das Theater stand noch immer eine ansehnliche Menge, angeblich hatte man den Sängerinnen Blumen hineinschicken lassen, um sie zu beruhigen und sie anzuspornen für den kommenden Tag.

Das Palais aber lag dunkel da, und als Anna Maria und Johanna die Eingangshalle betraten, kam ihnen Paolo entgegen, der sie bat, Signor Giacomo jetzt nicht zu stören. Anna Maria erklärte ihm kurz, daß sie ihn unbedingt sprechen müsse, dann ging sie, ohne Paolos Antwort abzuwarten, hinüber in den Salon. Es war beinahe beängstigend still, Signor Giacomo saß unbeweglich im Dunkel, und als sie die graue Silhouette seiner Gestalt sah, dachte sie für einen Moment, dort sitze ihr Vater. Es schauderte sie, dann ging sie langsam auf Casanova zu.

Als er ihre Schritte hörte, drehte er sich um. Er erkannte sie, stand auf und ging ihr langsam entgegen. Trotz des Dunkels bemerkte sie die große Erschöpfung in seinen Bewegungen, und wieder dachte sie, vor ihr stehe ein alter, längst müde gewordener Mann, der alte Graf Pachta.

»Ach, mein Kind, wie schön, daß Du kommst!«

Sie zuckte zusammen, als sie seine Worte hörte, und als müßte sie sich aus einer Verlegenheit befreien, rief sie nach Johanna. Sie bat, Licht zu machen und den Raum zu erhellen, dann deutete sie auf den Stuhl, in dem Casanova gesessen hatte.

»Setzen Sie sich wieder, Signor Giacomo, Sie werden sehr müde sein. Lassen Sie Paolo eine Flasche Champagner bringen. Johanna hat mir erzählt, was passiert ist und was alle bedrückt. Trinken Sie ein Glas und heben Sie etwas für den Maestro und mich auf, ich werde gehen, ihn zu holen.«

Casanova schaute sie an, er schaute ganz ruhig, als habe er aufgehört, sich über etwas zu wundern.

»Sie wissen, wo er ist, Anna Maria?«

»Ich weiß es genau, Signor Giacomo.«

»Ah, ich verstehe. Ich hätte mir beinahe denken können, daß Sie es wissen, warum bin ich nicht selbst auf den Gedanken gekommen, Sie danach zu fragen?«

»Sie können nicht an alles denken, Signor Giacomo, schließlich sind wir auch noch da, um Ihnen, wenn es denn sein muß, zu helfen.«

»Ich danke Ihnen, Anna Maria. Ich habe mir große Sorgen gemacht. Die Probe war glänzend. Die Oper ist Mozarts Meisterwerk, ganz zweifellos, und die Aufführung ist von einer Vollkommenheit, wie man sie noch nie erlebt hat. Warum aber mußte er nach dem letzten Ton nur verschwinden, was geht in ihm vor, können Sie mir etwa auch das verraten?«

»Ich habe einen Verdacht, Signor Giacomo, aber ich möchte noch nicht darüber sprechen.«

»Hat es mit der Ouvertüre zu tun? Warum schreibt er sie nicht, zum Teufel noch mal? Es kann ihm doch nicht Schwerfallen, diese Ouvertüre zu schreiben, das kann es nicht sein. Irgend etwas hält ihn davon ab, diese Oper zu Ende zu bringen.«

»Ich gehe jetzt, Signor Giacomo. Vielleicht finde ich sogar das heraus.«

Sie küßte ihn auf die Stirn, dann wandte sie sich ab und verließ eilig den Salon. Es kam ihr so vor, als müsse sie diesem alten Mann einen Dienst erweisen. Lieber Herr Vater, ich erweise Ihnen einen Dienst, ohne mich kommen Sie eben doch nicht ans Ziel. Lieber Herr Vater, Sie haben nicht an mich gedacht, und jetzt bin ich die einzige, die Ihnen noch helfen kann.

Sie lieh sich Johannas Mantel, dann eilte sie aus dem Palais. Jetzt standen die Neugierigen auch bereits hier, vor dem Eingang. Sie drängte sich durch die wartende Menge und machte sich auf den Weg hinunter zur Moldau. Mozart und Trautmann, mit diesem Spiel hatte sein Verschwinden zu tun. Manchmal wollte Mozart nicht mehr der von allen umschwärmte Komponist sein, sondern ein einfacher, stiller Kopist, der sich Zeit nehmen konnte. Er setzte sich in einen Winkel und schaute ruhig aus dem Fenster, vielleicht kritzelte er auch etwas vor sich hin, auf ein Blatt Papier, einige, wenige Noten. Niemand sollte ihn beobachten, niemand mit ihm von Musik sprechen. Er legte Karten, kritzelte, spielte Billard, trank ein Glas Wein …

Als sie die Schenke erreichte, schaute sie sofort durch das Fenster. Ja, wie erwartet, dort saß er, allein, genauso hatte sie es sich gedacht. Nun mußte sie mit aller Vorsicht versuchen, ihn herauszuholen aus dieser Zuflucht.

Sie betrat das Lokal, und er blickte auf, als habe er auf

einen Gast gewartet. Sie ging zu ihm an den Tisch, legte den Mantel ab und setzte sich.

»Endlich sind Sie gekommen, Anna Maria.«

»Ja, endlich. Man ließ mich den ganzen Tag nicht gehen, oben im Stift.«

»Wird man Ihnen morgen erlauben, sich die Oper anzuschauen?«

»Nein, das wird man nicht. Die Frau Äbtissin hat uns ausdrücklich verboten, morgen abend das Stift zu verlassen.«

»Schade, sehr schade. Ich habe in der Oper eine Überraschung versteckt, eigens für Sie.«

»Eine Überraschung? Für mich?«

»Eine Erinnerung an unsere einsamen Treffen, etwas Eßbares, Köstliches.«

»Doch nicht etwa ...«

»Schinken, aber ja doch, im ersten Akt bestellt Don Giovanni für die Festgesellschaft Schinken. Am liebsten hätte ich die Radieschen auch noch untergebracht, aber dann hätte mich Signor Giacomo für närrisch gehalten.«

Sie lachten beide, für einen Moment lehnte er sich an ihre rechte Seite.

»Wie war die Probe? Wie hat Sie Ihnen gefallen?«

»Vorzüglich, das Orchester und das glänzende Ensemble – so etwas findet man kein zweites Mal auf der Welt.«

»Man sagt, Sie hätten ihnen die Ouvertüre noch vorenthalten.«

»Sagt man das? Da sagt man recht.«

»Und was ist mit der Ouvertüre? Warum lassen Sie ein so gutes Orchester noch länger warten?«

»Die Ouvertüre ist hier, schauen Sie, das hier ist die Ouvertüre.«

Er griff in die Seitentasche seines Rocks und holte drei kleine Blätter heraus. Sie erkannte einige wenige Noten, nichts als ein ungefähres Gekritzel.

»Aber das sind ja nicht mehr als einige Takte!«

»Nicht mehr und nicht weniger. Es sind genau die Takte, die ich brauche, um die Ouvertüre zu schreiben.«

»Das heißt, Sie haben sie noch nicht geschrieben?«

»Ich habe das Wichtigste bereits geschrieben, Sie sehen es vor sich. Jetzt braucht es nur noch etwas Fleiß, drei, vier Stunden vielleicht, dann ist sie fertig.«

»Und wann wollen Sie fleißig sein?«

Er schaute sie plötzlich an und packte sie an der Hand.

»Jetzt fragen Sie mich so, wie meine Schwester mich immer gefragt hat. Vor langer Zeit, früher in Salzburg, holte meine Schwester mich im Auftrag meines Vaters aus den Gasthäusern und redete mir gut zu, fleißig zu sein.«

»Und? Waren Sie fleißig, wenn Ihre Schwester Sie darum bat?«

»Aber ja. Ich tat meiner Schwester beinahe jeden Gefallen, ich war sogar fleißig für sie. Es ist etwas anderes, ob man fleißig ist für die Schwester oder fleißig für den Vater, verstehen Sie mich?«

»Ja, ich verstehe Sie ganz genau, so genau, daß ich jetzt denke, Sie haben hier auf mich gewartet.«

»Richtig, ja, ich habe hier auf Sie gewartet, genau hier.«

»Damit ich Sie hole.«

»Damit Sie mich holen.«

»Dann werden Sie mich jetzt begleiten?«

»Das werde ich, auf der Stelle.«

»Und wohin werden wir gehen?«

»Zunächst ins Palais, zu Signor Giacomo, und dann begleiten Sie mich beide hinaus.«

»Ins Landhaus?«

»Ins Landhaus.«

»Wo Sie die Ouvertüre schreiben werden?«

»Wo ich fleißig sein werde, für Sie.«

Er stand auf und ging zum Wirt, um zu bezahlen. Er fuhr

sich mit einer Hand durchs Gesicht, als wollte er seine Müdigkeit so vertreiben. In der Tür schaute er sich nach ihr um und winkte. Sie erhob sich, es kam ihr vor, als befände sie sich in einem Traum. Als sie sich noch einmal umschaute, als müßte sie sich diese Stube einprägen für immer, sah sie die drei Blätter, die noch auf dem Tisch lagen. Er hatte sie vergessen, er hatte selbst diese Blätter vergessen. Sie ging zurück zum Tisch, steckte sie ein und machte sich mit ihm auf den Weg, zurück ins Palais.

42

Als sie am frühen Abend zu dritt das Landhaus der Duscheks draußen in Smichov erreichten, wurden sie von Josepha herzlich empfangen. Sie führte Anna Maria und Mozart hinauf in den Gartensaal und gab Casanova heimlich ein Zeichen, daß er unten, vor der großen Freitreppe, auf sie warten solle. Dann erteilte sie den Dienern die nötigen Anweisungen, sorgte dafür, daß es niemandem an etwas fehlte, eilte kurz in die Küche und kam schließlich wieder hinaus.

Casanova war schon ein wenig einen der schmalen Pfade den Hügel hinaufgegangen, er rief ihr etwas zu, als sie sich nach ihm umschaute. Sie winkte kurz und beeilte sich, ihn einzuholen.

»Giacomo, Sie müssen mir dringend erzählen, was vorgefallen ist! Seit heute mittag bin ich in heller Aufregung, denn heute mittag waren einige von Bondinis Theaterleuten hier draußen, um, stellen Sie sich vor, um hier nach Mozart zu suchen. Sie vermuteten, er sei nach der Probe hierhergefahren, und sie waren entsetzt, als er auch hier nicht aufzufinden war. Wir haben es vor Constanze verheimlicht, zum Glück schlief sie gerade und bekam von all der plötzlich aufflammenden Unruhe nichts mit. Bondinis Leute haben kehrtgemacht und sind zurück in die Stadt gefahren, hiergelassen aber haben sie uns einen ganzen Trupp von Kopisten, die jetzt unten, neben der Küche sitzen, aufgebracht und tatenlos. Dauernd sprechen sie davon, die Arbeit sei nicht mehr zu schaffen, ganz unmöglich, Herr Mozart halte sie wohl zum Narren. Constanze ist später zu ihnen gegangen und hat versucht, sie zu beruhigen, sie hat sie um Geduld gebeten, ein Glas mit ihnen getrunken, ein paar Scherze gemacht und ihnen erklärt, auch sie selbst habe viel Geduld aufbringen müssen, um mit diesem Mann zu leben. Jetzt aber sitzen sie seit mehreren Stunden dort unten, wir haben ihnen keinen Wein mehr gegeben, sondern Kaffee, Kuchen und Tee, aber lange werden sie sich nicht mehr hinhalten lassen. Eben habe ich Mozart nach der Ouvertüre gefragt, und was meinen Sie, was er mir geantwortet hat?«

»Daß sie sich erst noch selbst schreiben müsse ...«

»Daß sie sich erst noch selbst schreiben müsse ..., genau. Ich bitte Sie, will er uns alle ins Unglück stürzen? Will er es darauf ankommen lassen, daß man mit dem Finger auf uns zeigt? Er kann sich nicht noch einmal erlauben, die Premiere der Oper zu verschieben. Zweimal hat man sie nun schon verschoben, es reicht! Morgen wird Bondini sie auf die Bühne bringen, mit oder ohne Ouvertüre!«

»Beruhigen Sie sich, liebe Josepha, tun Sie es mir nach, denn ich habe heute ebenfalls den halben Tag in großer Aufregung verbracht. Sie ahnen nicht, wieviel Arbeit ich mir gemacht habe, das Werk zu vollenden und alles bis zu einer Perfektion zu bringen, die man nicht mehr wird überbieten können. Und nun das! Mozart verschwindet, er verabschiedet sich, ohne noch ein weiteres Wort zu sagen. Und wir sitzen da und haben das Nachsehen!«

»Aber was ist denn mit ihm geschehen? Und wer hat ihn am Ende gefunden?«

Sollte er es ihr wirklich sagen? Sollte er ihr von Anna

Maria erzählen? Es war möglich, daß er dadurch ihre Eifersucht weckte. Und wenn dem so war? Er, Giacomo Casanova, hatte an diesem Mittag seine Arbeit getan, mehr zu leisten war er nicht mehr imstande. Die Aufführung würde ein großer Erfolg werden, da war er ganz sicher. Warum sollte er sich jetzt, nach getaner Arbeit, noch weitere Gedanken machen, über Josephas Eifersucht oder Mozarts Schlendrian? Es machte keinen Sinn mehr, etwas für sich zu behalten, nein, die Zeit der Heimlichkeiten war wohl vorbei.

»Anna Maria, die junge Gräfin, hat ihn gefunden.«

»Anna Maria?! Das kann nicht wahr sein! Wie sollte ausgerechnet Anna Maria ihn denn gefunden haben? Sie war oben im Stift, sie wußte nicht das Geringste von ihm.«

»Liebe Josepha, darin haben wir uns alle geirrt. Nach dem großen Fest, das ich zu Mozarts Ehren gab, sind sie zusammen verschwunden, soviel hatten wir wohl schon vermutet. Die Wahrheit aber ist, Anna Maria hat sie mir übrigens erst eben, im Palais, unter vier Augen gestanden, daß sie sich mehrmals getroffen haben, heimlich, in einer Weinschenke an der Moldau.«

»Giacomo! Er hat sich mit ihr heimlich getroffen?«

»Heimlich, mehrmals.«

»Er hat Constanze im Gasthaus oder hier draußen allein sitzen lassen und sich statt dessen mit dieser jungen Schönheit getroffen?«

»Er hat.«

»Oh, das ist grausam. Ich habe gedacht, ich kenne mich aus in diesem Menschen, aber ich weiß nichts, gar nichts von ihm. Er ist ein Heimlichtuer, das ist er. Aber sagen Sie, wie haben sich die beiden kennengelernt? Wo sind sie zum ersten Mal einander begegnet?«

»Da fragen Sie mich zuviel, Josepha. In der Kürze der Zeit konnte ich es nicht von ihr erfahren. Sie flüsterte mir all das nur zu, Mozart sollte es wohl nicht hören.«

»Natürlich, sie hält es geheim, sie macht daraus eine Geschichte, sie triumphiert! Ich habe Mozart nach Prag eingeladen, ich habe ihm Pavillons bauen und Landhäuser einrichten lassen, doch statt sich mit mir und meinen Freunden an diesen Lustorten zu vergnügen, setzt er sich in eine Weinschenke an der Moldau, um mit diesem Kindchen zu turteln.«

»Sie ist über das Kindchenalter hinaus, Josepha.«

»Ach gehen Sie mir, sie weiß nichts. Sie wird rot, wenn man sie am Rocksaum berührt. Ins Damenstift gehört sie, da hatte ihr alter Vater wohl recht.«

»Nun richten Sie doch nicht so hart, liebe Josepha. Und vor allem: Wir dürfen Constanze gegenüber nichts von dieser Geschichte erwähnen. Anna Maria und ich sind mit ihm hierhergekommen, weil Constanze es sich so brennend wünschte. Sie wollte Gesellschaft, nicht wahr, Mozart hat es jedenfalls so behauptet.«

»So, hat er? Wenigstens in diesem Punkt sagt er einmal die Wahrheit. Sonst aber werde ich mich hüten, ihm noch einmal zu glauben.«

»Josepha, betrachten Sie die Sache doch einmal von einer anderen Seite. Er ist Anna Maria begegnet, ich vermute zufällig. Anna Maria ist keine Sängerin, sie weiß fast nichts von der Oper, sie ist die einzige von uns allen, die nur wenig von der Musik versteht und die das Stück gar nicht kennt. In ihrer Gegenwart muß er sich wohl gefühlt haben, sie hat ihn vielleicht einfach in Ruhe gelassen, ohne ihn anzusprechen auf das Stück, die Musik, all diese Dinge. Das hat ihm gefallen, so etwas hat ihm sicher gefallen. Und nicht zuletzt: Sie ist schön, das müssen Sie anerkennen, die junge Gräfin ist eine ganz reizende Schönheit.«

»Ich bitte Sie, Giacomo, ersparen Sie mir diese Hymnen, das muß wirklich nicht sein. Lieber will ich mir Mühe geben, Mozart zu verstehen, so, wie Sie sagen. Dann erklären Sie mir aber noch: Worüber haben die beiden die ganze Zeit miteinander gesprochen? Glauben Sie etwa, sie haben sich über das Wetter in Prag unterhalten?«

»Ich habe die junge Frau Gräfin eben im Palais auch danach gefragt.«

»Und – was hat sie gesagt? Etwas Schnippisches, Knappes – ich wette!«

»Die Wette haben Sie schon verloren. Sie hat etwas so Seltsames gesagt, daß ich es am liebsten für mich behalten würde.«

»Das geht zu weit, Giacomo. So spannt man eine Josepha Duschek nicht auf die Folter, nicht nach alldem, was ich Ihnen von unserem Maestro, auch unter vier Augen, erzählte!«

»Es ist etwas Vertrauliches, beinahe Intimes, liebe Josepha. Ich habe eine gewisse Scheu, es Ihnen zu sagen. Ich bitte Sie sehr, es für sich zu behalten. Wir werden es beide für uns behalten, darum bitte ich sehr, niemand soll davon wissen, es ist eine Art Geheimnis, ein unerhörtes Geheimnis.«

»Aber Signor Giacomo, so ernst habe ich Sie ja noch niemals erlebt.«

»Ja, liebe Josepha, am Ende, da wird es eben doch ernst. Auch Don Giovanni tanzt lange genug vor dem Höllenschlund, aber dann wird es ernst.«

»Bitte, nun lenken Sie doch nicht ab. Was haben die beiden miteinander getrieben, ich werde es nicht verraten.«

»Sie haben … ihre eigenen Spiele gespielt, zu zweit, beinah wie die Kinder.«

»Was haben sie? Ich verstehe kein Wort.«

»Sie haben Bruder und Schwester gespielt, wie im Märchen, nach dem, was ich so verstand. Sie spielten, sie seien Bruder und Schwester und hätten durch ein schlimmes Geschick die Eltern verloren. Zu ihrem Unglück hatte man sie auch noch getrennt. Und so machten sie sich vom Land, wo sie lebten, auf den Weg in die Stadt, jeder für sich, um den andren zu suchen. Sie fanden einander aber nicht, und so nahmen sie eine Brotarbeit an, er als Notenschreiber, sie als Dienerin, und es kam, wie es eben kommt in solch einem Märchen: Irgendwann begegneten sie sich, zufällig, sie fanden einander wieder, und dann waren sie glücklich.«

»Ist das Ihr Ernst, Giacomo?«

»Anna Maria hat es mir so erzählt.«

»Aber das ist ja … Was ist es? Mein Gott, es ist kindisch.«

»Ist es das? Kindisch? Anna Maria hat behauptet, Mozart habe darauf bestanden, dieses Spiel immer wieder zu spielen. Sie sind aber anscheinend gemeinsam darauf gekommen, es war ihr gemeinsames Spiel.«

»Giacomo, ich verstehe so etwas nicht mehr, und ich habe keine Lust, mir darüber Gedanken zu machen. Lieber trinke ich einen Punsch oder einen Champagner mit Ihnen. Haben Sie Lust? Gehen Sie mit mir hinunter, damit wir unseren mir immer unheimlicher werdenden Maestro aufheitern und ihn flehentlich bitten, mit der Komposition der Ouvertüre endlich zu beginnen.«

»Gern komme ich mit Ihnen, Josepha. Aber sagen Sie mir: Ist das dort oben der Pavillon, von dem Sie sprachen?«

»Das ist er, Giacomo, leer und verwaist.«

»Steht er offen?«

»Der Pavillon?«

»Ja, steht er offen?«

»Nein, aber ich trage den Schlüssel bei mir.«

»Geben Sie ihn mir? Und lassen Sie mich für kurze Zeit dort oben allein? Ich würde es genießen, glauben Sie mir, ich würde es nach all der getanen Arbeit sehr genießen.«

»Hier, hier ist der Schlüssel, gehen Sie nur hinauf. Hüten auch Sie, Giacomo, ihr Geheimnis, meinetwegen dort oben! Ich lasse Ihnen eine Flasche hinaufbringen, und ich freue mich, wenn Sie dann später zu uns stoßen, um unsere merkwürdigen Spiele mit uns weiter zu spielen.«

»Ich werde kommen, Josepha, schon bald. Ich werde mich einreihen in die Schar Ihrer Gäste, endlich kein Gastgeber mehr und endlich keiner mehr, von dem man verlangt, diese Spiele zu durchschauen.«

Sie überreichte ihm den Schlüssel, dann machte er sich in der Dunkelheit auf den Weg, den schmalen Pfad hinauf zur Höhe.

43

Diese Stille, endlich war es ganz still, keine Musik, keine Josepha, keine Intrigen und Prag in der Ferne! Er setzte sich und spürte zum ersten Mal seit einiger Zeit eine innere Ruhe, ja, eine Balance. Keine Planungen mehr, nichts! Diesen stillen Moment des Alleinseins hatte er sich redlich verdient, dieser Moment war der pure Genuß!

Morgen würde sich zeigen, ob die Arbeit so vieler Tage gelungen war. Diesmal würde er die Aufführung als Zuschauer genießen, mit kühler Miene, ihre Feinheiten studierend wie ein unbeteiligter Kenner. Er würde sich fragen, ob der entstandene Eindruck ihn befriedigte oder ihn sogar glücklich machte, er würde darauf achten, ob das Ganze, bereits fremd geworden, von ihm entrückt sei und sich vor seinen kritischen Augen behaupten könne.

Darauf war er nun am Ende gespannt, jetzt, wo er nichts mehr dazu tun konnte, wo alles nur noch auf das Ensemble ankam, das Orchester und die gewiß hohe Kunst eines Dirigenten, der zum Glück sein eigenes Stück dirigierte. Wenn Mozart vor dieses Orchester trat, hatte er bereits gewonnen, es himmelte ihn an, es tat alles, um sich der Aufgabe als würdig zu erweisen, notfalls würde es die Ouvertüre auch vom

Blatt spielen, ohne Probe, so ein Parforceritt würde die Musiker erst so recht animieren. Und wer weiß, vielleicht hatte er es ja genau darauf angelegt, vielleicht wartete er mit der Komposition der Ouvertüre bis zum letzten Moment, weil er die Spannung ins Unerträgliche steigern wollte, so daß sie vom ersten Takt an so aufmerksam spielten wie noch nie.

Zuzutrauen war es ihm jedenfalls, er, Giacomo Casanova, traute Mozart so etwas zu. Josepha dagegen, die wäre nie auf einen solchen Gedanken gekommen, darauf, daß Mozart mit der Komposition der Ouvertüre ein raffiniertes und vielleicht sogar durchtriebenes Spiel verfolgte. Sie hielt ihn für impulsiv und manchmal sogar für kindisch, aber die Seele dieses Menschen ließ sich nicht so einfach entschlüsseln. In den letzten Tagen war er viel mit ihm zusammengewesen, er hatte Zeit gehabt, ihn zu studieren, doch noch immer kannte er sich in diesem Menschen nicht aus.

Das Impulsive und das Kindische – ja, beides zeigte er gern, er spielte damit, um seine Umgebung zum Lachen zu bringen, um sie erstaunen zu lassen oder um einfach ein paar Attitüden vorweisen zu können. Er war aufgewachsen unter Sängerinnen und Sängern, Hofschauspielern und Kleinvirtuosen, er wußte, daß es darauf ankam, seine Attitüden so einzusetzen, daß das Publikum sich an einen erinnerte. Einen Langweiler behielt kein Mensch im Gedächtnis, aber einen, der in einer Mischung aus Französisch, Italienisch und Englisch aus dem Stegreif so zu schimpfen verstand, daß man trotzdem noch das Salzburger Kind heraushörte, den vergaß man ein Leben lang nicht.

Am meisten aber hatte ihn, Giacomo Casanova, verwundert, wie schnell Mozart seine Ideen aufgegriffen und beinahe mühelos, ohne ein Wort zu verlieren, fortgeführt hatte. Sie hatten einander auf beinahe unheimliche Weise ergänzt und sich gegenseitig, vor den Augen des immer schweigsamer werdenden Ensembles, in einen Rausch des Probierens,

Verfeinerns und Entdeckens gesteigert, als wären sie ein Paar sehr guter, seit Jahren aufeinander eingespielter Köche, das alles daran setzte, ein perfektes Menu zu kreieren.

Zunächst hatte er, Casanova, sich um die Sängerinnen gekümmert. Da Ponte hatte den Fehler begangen, ihre Rollen gleich zu behandeln, er hatte die Drei immer nur als ein Trio verstanden, als Trio dreier verhetzter und gedemütigter Frauen, die sich wie eine Meute auf die Spur ihres Opfers machten. Er, Casanova, aber hatte sogar an die Schuhe der Drei seine Gedanken verschwendet und für Donna Anna Schuhe mit recht hohen Absätzen gewählt, so daß sie sich vorsichtig bewegte, beinahe unsicher, die Brust heraus- und den Rücken durchgedrückt, eine Dame von Adel. Donna Elvira aber hatte flache Schuhe erhalten, das hatte sie schneller und beweglicher gemacht, während er Zerlina sogar einmal mit nackten Füßen hatte tanzen lassen, wie eine Bacchantin, die sich aller unnützen Dinge entledigte.

Die Drei hatten sich lange nicht auf die kleinen Zeichen und Wunder verstanden, die bei einem aufmerksamen Publikum doch so große Wirkungen hinterließen. In Venedig oder Paris hatte er solche Wirkungen früher studiert, das rasche Hochheben eines Kleides, das scheinbar unabsichtliche Zeigen eines Strumpfbandes, das kokette Spiel mit dem Fächer, die kurze Entblößung einer Brust. Hier in Prag aber hatte noch nicht einmal eine der Drei genau gewußt, wie man einen Schuh präsentierte, eine Schleife lockerte oder sich mit der schmalen, zarten Hand verführerisch durch das Haar fuhr.

Zerlina hatte er sogar beibringen müssen zu küssen, ›so küß Deinen Masetto‹, hatte er zu ihr gesagt und mit anschauen müssen, wie sie ihn flüchtig auf die Wange geküßt hatte, auf die Wange, sehr flüchtig. Er hatte sie gelehrt, mit weit geöffneten, eine weiche Rundung formenden Lippen zu küssen, mit stark befeuchteten, beinahe nassen und vor Feuchtigkeit glänzenden Lippen, und mit diesen Lippen hatte sie ihren steifen und ihr im Grunde doch nur lästigen Verlobten auf den Mund geküßt, lange, nicht flüchtig. Dieser Kuß hatte Masetto so erschreckt, daß er sich mit der Hand über den Mund gefahren war, als versuchte er, den Abdruck ihrer Lippen abzuwischen, der tölpelhafte Geselle! Genau diese bäurische Geste aber hatte er, Casanova, an ihm sehen wollen, dieses Erschrecken, dieses Zurückweichen, diese Angst vor dem sinnlichen Feuer!

Und dann noch Luigi! Luigi Bassi, dieses schmächtige Kerlchen, das sich unter da Pontes Leitung am Ende überhaupt nichts mehr zugetraut hatte, aus Angst, lauter Fehler zu begehen und zu versagen. Der Junge hatte gedacht, es genüge, sich hinzustellen und seine Rolle zu singen, wie er sie aber hatte spielen sollen, davon hatte er nicht die geringste Ahnung gehabt. Auf jedes kleine Detail hatte er, Casanova, geachtet, auf die Haltung der Hände, die Stellung der Beine, die Tempi der Bewegung, er hatte aus Luigi Bassi einen Sänger und Tänzer, einen großzügigen Gastgeber und Edelmann, einen gerissenen Lügner und Verräter, ja sogar einen wollüstigen Betrüger gemacht.

In diesem fortgeschrittenen Stadium der Proben hatte Mozart längst an seinen Ideen großen Gefallen gefunden und sie sich mit spielerischer Lust angeeignet, und es hatte nur noch eines kleinen Anstoßes bedurft, um allen Beteiligten das Ausmaß ihrer guten Zusammenarbeit vor Augen zu führen. Es war bei den Proben zu Luigis Ständchen gewesen …, da hatten sich ihre Gedanken gekreuzt.

Dieses Ständchen hatte ihn, Casanova, lange Zeit nicht befriedigt, erst als Luigi den Hut mit dem weißen Federbusch aufgesetzt hatte, war er beinahe zufrieden gewesen. Mozart aber war noch in die Garderobe gelaufen und hatte seinen eigenen Degen geholt, den kleinen, unscheinbaren Degen mit den zwei sich aufbäumenden Schlangen am

Knauf, und er hatte Luigi gebeten, auch diesen Degen noch zu tragen. In dem Moment aber, als Luigi Bassi den kleinen Degen Mozarts angelegt hatte, war das ganze Ensemble Zeuge eines kleinen Wunders geworden, des Wunders der Verwandlung eines kleinen Sängers in einen fremden Menschen. ›Voilá, er ist komplett!‹ hatte Mozart gerufen, und es war etwas Naives und doch Wollüstiges in seinem Ruf gewesen, als spräche er von einer Marionettenfigur, der man Leben eingehaucht hatte.

Diese Naivität aber war, so vermutete er, Casanova, vielleicht nur die Kehrseite einer geistigen Raffinesse, die die Menschen musterte und mit sezierenden Blicken durchdrang.

Nirgends verriet sich diese Raffinesse schließlich mehr als in der Musik. Erst in den letzten Tagen hatte er gelernt, sie richtig zu hören. Jetzt aber bildete er sich ein, sie auf eine bisher nicht für möglich gehaltene Weise zu verstehen. Merkwürdig jedoch war, daß er nicht genau hätte sagen können, wie Mozart mit seiner Musik diese Charaktere beschrieb, er malte sie so eindringlich und vor allem vielfältig, daß kein Wort dieses Schweben zu bezeichnen vermochte. Und so war es ihm, Giacomo Casanova, oft passiert, daß er aufgegeben hatte, sich diese Musik verständlich zu machen, er hatte sich …, ja er hatte sich ihr am Ende ausgeliefert und ergeben, wie ein Geschlagener, der sich voller Einsicht dem Überlegenen unterwarf.

Aber zu welch seltsamen Spekulationen hatten ihn seine Gedanken geführt? Dort unten, in Josephas Landhaus, mußte es sich bald ereignen. Mozart würde zur Feder greifen, um das Werk zu vollenden. Er, Giacomo Casanova, wollte dabeisein, ja, er wollte sehen, wie das Ungeheure geschah.

Er stand auf und verließ den Pavillon. Auf dem Weg hinunter zum Landhaus kam ihm ein Diener mit einer Flasche

Champagner entgegen. »Nimm die Flasche und verstecke sie gut, sie gehört Dir«, sagte er, »und hebe sie auf für Deine Enkel! Sie werden sich dafür einmal ein Haus kaufen können!«

Der Diener stand regungslos da, als begreife er nicht. Casanova aber ging an ihm vorbei, ohne ihn weiter zu beachten. Die Proben waren beendet, er hatte keine Lust mehr, einem Statisten noch etwas zu erklären.

44

Casanova hatte sich geirrt, Mozart machte keinerlei Anstalten, mit der Niederschrift der Ouvertüre gleich zu beginnen. Statt dessen setzte er sich in die Runde von Josephas Gästen, trank viel, unterhielt sich lebhaft und erwähnte die Oper mit keinem Wort. Niemand wagte es, ihn nun seinerseits auf das leidige Thema anzusprechen, so daß man sich hinter vorgehaltener Hand darauf verständigte, Constanze diese Aufgabe zu überlassen.

Doch auch Constanze schien gar nicht daran zu denken, ihn noch an irgend etwas erinnern zu wollen, vielmehr trank sie selbst reichlich, blühte mit den Stunden immer mehr auf und wurde durch die willkommene Anwesenheit so vieler Menschen munterer denn je. Nach einiger Zeit hätte man daher meinen können, im Gartensaal Josepha Duscheks träfen sich an diesem Abend liebe Freunde endlich wieder, um sich alle nur erdenkliche Zeit zu nehmen, dieses Wiedersehen zu feiern. Als Josepha ein nächtliches, kleines Souper servieren ließ, schienen alle die Oper endgültig vergessen zu haben.

Erst spät in der Nacht machten sich Anna Maria und Casanova auf den Rückweg nach Prag, die Kopisten hatten sich schlafen gelegt. Beim Abschied herrschte eine gewisse Verlegenheit, doch noch immer wagte niemand, das unterdrückte Thema des Abends mit irgendeiner Äußerung zu berühren. Man umarmte sich, vereinbarte ein baldiges weiteres Treffen im Landhaus für den Tag nach der Premiere und trennte sich in bester Laune.

Kurz vor Mitternacht verabschiedete sich auch Josepha Duschek von Constanze und Mozart und erklärte, daß sie sich im unteren Stock zu Bett legen werde. Man küßte sich, die Gastgeberin ging, eine Melodie vor sich hin summend, die Freitreppe hinunter, als sie ein schallendes Gelächter hörte, das ihren Rückzug begleitete. Sie blieb stehen und lauschte: Die beiden lachten, und wie sie lachten! Es hörte sich an, als stießen sie immer wieder mit ihren Gläsern an, um sie zu leeren und gleich wieder zu füllen!

Josepha Duschek wurde es unheimlich. Sie verstand diesen Menschen nicht mehr, nein, sie verstand einen erwachsenen Mann nicht, der mit einer wildfremden Frau gleich mehrmals Bruder und Schwester spielte, als finde er an einem derartigen Spiel wahrhaftig Gefallen. Und so schüttelte sie nur noch einmal den Kopf, griff mit der Rechten nach dem Geländer und überließ die beiden Feiernden endgültig sich selbst.

Sie leerten zusammen noch die letzte geöffnete Flasche, dann legte Constanze sich hin, wie gewohnt. Sie ließen die Tür zwischen den beiden Zimmern geöffnet, dann nahm er am Cembalo Platz. Als er die kleine Feder in die Hand nahm, hörte er bereits ihre gleichmäßigen, tiefen Atemzüge, nun konnte er endlich beginnen.

De … DeDe … De. Es war nicht leicht, Abschied zu nehmen, doch jetzt war der Augenblick unweigerlich da. Er hatte sich all die Tage vor diesem Augenblick so sehr gefürchtet, daß er, um die Furcht endlich zu bannen, keinen anderen Ausweg gewußt hatte, als ein paar lächerliche Skizzen auf ein Papier zu bringen.

In die Nacht horchen, still sitzen, und die heiß aufsteigende Trauer mit den ersten Klängen bezwingen, sie bezwingen. Jetzt mußte er ihn denken, den Tod.

Es begann mit schweren, dunklen Schlägen, doch wie von selbst mischten sich in diese Schläge die unheimlichen Töne eines aus der Tiefe aufsteigenden Kreisens. Schwere und Auflösung, Schwere und Leichtigkeit, Schwere und Spott – diesen Kampf galt es jetzt auszutragen und alles hineinzuweben, das bacchantische Fest, das Entsetzen der betrogenen Frauen und die spöttischen Widerrufe Don Giovannis.

Er beugte sich übers Papier, er rückte die Kerze zurecht, dann begann die Feder zu fliegen, ganz leicht, und er saß still, als dürfte er sich bis zum Ende nicht rühren.

Constanze und er – sie hatten sich einen Spaß daraus gemacht, die Gesellschaft an der Nase herumzuführen, sie hatten sich die Themen zugespielt und dafür gesorgt, daß die Oper nicht mehr erwähnt wurde. Nur kurz hatten sie Zeit gehabt, diesen Scherz zu verabreden, doch es hatte zwischen ihnen ja noch nie vieler Worte bedurft. Sie wußten genau, was der andere sagte und wie er sich verhielt, darauf konnten sie sich blind verlassen. Es bedurfte nur einiger Stichworte, um das Gespräch in Gang zu bringen und es auf Umwege zu führen, das war ihnen nach kurzer Zeit schon gelungen.

Er hatte Constanze warten lassen, ja doch, ja, um so erleichterter war er gewesen, daß sie ihn ohne einen Vorwurf empfangen hatte, beglückt von der Vorstellung, diesen Abend nun doch noch mit ihm zu verbringen, wie ein Paar, das sich Gäste eingeladen hatte ins Haus. Mit jeder Stunde hatte sie immer mehr den Eindruck gemacht, als wäre sie selbst die Gastgeberin und hätte es darauf angelegt, Josepha Duschek nicht einmal diese Rolle zu gönnen. Die arme Josepha! Sie hatte an diesem Abend beinahe etwas abwesend gewirkt, vielleicht hatte die unerwartete Ankunft von Gästen sie überrascht.

Auch Giacomo Casanova hatte sich ruhiger verhalten als sonst, obwohl Constanze ihn doch mehrmals angesprochen hatte auf seine weiten Reisen durch ganze Europa. ›Erzählen Sie uns doch von diesen Reisen, erzählen Sie nur‹, hatte sie ihn gebeten, aber er hatte sich so geziert, als seien all diese Reisen, von denen man sich Wunderdinge erzählte, vielleicht nur eine Erfindung. Und wenn sie das am Ende auch wirklich waren, eine Erfindung, nichts als eine Erfindung?

Giacomo Casanova waren solche Erfindungen zuzutrauen, obwohl die Arbeit, die er am Theater geleistet hatte, eher dafür sprach, daß er wirklich ein weitgereister Mann war. Nur ein Weitgereister verstand so viel von den Nuancen der Aufführung, nur einer, der viele große Bühnen der Welt gesehen hatte, besaß einen so unfehlbaren, sicheren Geschmack im Blick auf die Details.

Und Anna Maria? Die hatte sich, wie er erwartet hatte, sehr gut mit Constanze verstanden, sehr gut. Es war ja auch nicht zu begreifen, wie sich ein munterer, der Welt zugewandter und dazu noch vernünftiger Mensch nicht mit Constanze verstehen konnte, das war eben nicht zu begreifen. Der Herr Vater allerdings hatte sich nicht mit Constanze verstanden, selbst bei seinem letzten Besuch in Wien, als er ihr die Hand gegeben hatte und sich so rühmend ausgelassen über den prächtigen Hausstand und den Wiener Erfolg, selbst da hatte er sich nicht mit Constanze verstanden. Er hatte nicht nachgeben wollen, der Herr Vater, obwohl es doch darauf nach all den Jahren längst nicht mehr angekommen war und das Kämpfen, Siegen und Recht-Behalten nur noch etwas Elendes an sich gehabt hatte, einen Rest von Starrsinn, einen uralten Rest aus den Kindertagen, den kleinsten Schneerest, den Schmutzrest. Um diesen Schmutzrest hatte der Vater noch Sprünge gemacht, bis zuletzt, er hatte sich vernarrt in die ältesten Schmutzrestgeschichten, doch sie waren dem Herrn Vater nicht mehr auszutreiben gewesen, bis hin zu seinem Tod nicht.

Nicht mehr horchen, nur noch still sitzen, die Kerze näher heran, schreiben! Wenn es begonnen hatte, setzte es sich aus eigener Kraft fort und warf sich so hin, bis zum Ende. Nicht horchen, still sitzen. Wenn es ihm nur gelänge, an nichts mehr zu denken und sich mit den Noten so eng zu verbünden, daß sie eine Wehr bildeten gegen alles Feindliche draußen! Aber die Töne hatten nichts Freundliches, Bequemes, sie waren Stachel, eine Tortur, eine dunkle Meute von kleinen Rasenden, die ihre eigenen Wege verfolgten. Beute machen, sie fangen – das war ja vergebens, er hatte es immer wieder erlebt, den Blick auf ihre fremden, abweisenden Leiber, auf den schwarzen Teufelstanz, den sie vor den Augen des Schreibenden aufführten.

Er schrieb jetzt, er schrieb … – er schrieb seinen Abschied in Noten, ja, er nahm seinen Abschied, unwiderruflich, lauter Totengesten, und dieses Kreisen, es erinnerte vielleicht an das Rauschen des Moldauwehrs, das hatte er viele Nächte gehört, allein, in der Schenke. Nichts mehr davon, es war ja vorbei, mit dieser Schrift, diesen Schlägen, dem Kreisen und den lockenden Gegenstimmen, den Ge-gen-stim-men: Da verbeugte er sich ein letztes Mal, habe die Ehre, um Abschied zu nehmen von seinem Vater.

Siebenter Teil

45

Am Nachmittag des folgenden Tages wartete Anna Maria auf Paolo. Es hatte leicht zu regnen begonnen, graue Wolkenschleier senkten sich von den Hügeln langsam auf die dunkelroten Dächer der Stadt. Vor kaum einer Stunde war die Äbtissin erschienen, sie wollte noch einmal nach dem Rechten sehen und das Verbot eines abendlichen Ausgangs in Erinnerung rufen. Früher als sonst hatten sich die anderen Stiftsdamen in ihre Zellen zurückgezogen. Eine unheimliche Stille herrschte, als hätten sich alle versteckt, um einem drohenden Unheil zu entgehen.

Ob Paolo wirklich noch einmal kam? Vielleicht wurde er im Palais aufgehalten, vielleicht hatte Signor Giacomo noch einige wichtige Aufträge für ihn, so kurz vor der Aufführung. Sie hätte zu gerne gewußt, ob Mozart die Ouvertüre noch in der Nacht fertiggestellt hatte. Während der nächtlichen Heimfahrt hatte sie mit Signor Giacomo über dieses Thema gesprochen. Er hatte behauptet, Mozart habe den ganzen Abend lang absichtlich nicht davon gesprochen, wahrscheinlich wolle er auch nicht bei der Arbeit beobachtet werden und erlaube höchstens Constanze, seiner Frau, Zeugin seines geheimen Schreibens zu sein. Was dieses Schreiben betreffe, sei Mozart eben verschlossen, eigen und stolz, so sehr er auch sonst immer zu haben sei für einen Scherz. Sie hatte als Antwort aus ihrer Tasche die drei Blätter gezogen und ihm das Notenpapier hingehalten:

»Schauen Sie, Signor Giacomo«, hatte sie gesagt, »es gibt noch jemanden außer Constanze, dem er Einblick gewährt hat und der etwas weiß von der Ouvertüre.«

Signor Giacomo hatte nicht glauben können, daß Mozart ihr diese drei Blätter geschenkt hatte, Mozart hatte sie ihr ja auch nicht geschenkt, er hatte sie liegenlassen, ihr hinterlassen, als Erinnerung, inzwischen hatte sie sich die Sache so zurechtgelegt. Von derart feinen Unterschieden hatte sie jedoch nicht gesprochen, sondern lieber Signor Giacomos Durchatmen und Seufzen genossen, mit dem er seinen Irrtum zugegeben hatte.

»Wissen Sie«, hatte er nur noch gesagt, »wissen Sie, ich habe noch nie einen Menschen kennengelernt, der mich in kurzer Zeit immer wieder so überrascht hat, immer wieder von neuem, als steckten tausend Kerle in ihm, die kaum etwas voneinander wissen und sich fast nie begegnen.«

Signor Giacomo hatte das Notenpapier in die Hände genommen und die Kritzeleien studiert, doch dann hatte er plötzlich behauptet, sie seien nichts wert, denn auf ihnen befände sich nur immer wieder der Ton De, De ... Dede ... De, eine regelrechte Parade trotziger, sich behauptender Des, als habe ein Wahnsinniger immer wieder dieselbe Note gemalt. Auch das andere tauge nicht viel, es handle sich um Tonleitern, meist um nur einen einzigen Ton versetzt, die Treppe hinauf und hinab, ein An- und Abschwellen, als ahmte einer damit Mühlräder nach. Sie hatte ihn gebeten, das alles für sie zu summen, doch er hatte nur eine Art Pfeifen herausgebracht, ein dürftiges Blasen auf trockenen Lippen, das sich angehört hatte wie Windesrauschen.

Er hatte gewettet, das alles habe nichts mit der Ouvertüre zu tun, doch sie hatte darauf bestanden, daß es sich bei diesen Skizzen um so etwas wie das Gerüst der Ouvertüre handle.

»Dann besteht die Ouvertüre eben aus De ... Dede ...

De«, hatte sie selbstbewußt und entschieden erklärt, »dann besteht sie aus tausenderlei Des und Windesrauschen, ich traue Mozart zu, daraus eine Ouvertüre zu machen.«

Signor Giacomo hatte sie auf den heutigen Abend vertröstet, da werde man ja hören, wer recht habe mit seiner Prophezeiung, sie oder er, doch ihr war erst viel zu spät, hier im Stift, eingefallen, daß es für sie ja gar nicht möglich war, in den Genuß der Aufführung zu kommen und daß sie daher auch auf das Hören der Ouvertüre würde verzichten oder es zumindest hinausschieben müssen.

Den ganzen bisherigen Tag hatte sie darüber nachgedacht, wie es doch möglich sei, das Verbot zu umgehen, doch trotz des langen Nachdenkens hatte sie sich schließlich nur an eine einzige Idee geklammert, an einen tollkühnen Plan, dessen Ausführung sie sich, wenn sie ehrlich gegenüber sich selbst war, nicht zutraute. Dazu brauchte sie Paolo. Wenn er es wirklich noch schaffte, sie zu besuchen, würde sie ihn in ihren Plan einweihen, dann entschied sich, ob er ihr helfen würde.

Jetzt wurde der Regen sogar stärker! Wenn das Paolo bloß nicht davon abhielt zu kommen! Wie gern hätte sie jetzt unten im Palais gesessen und sich mit Signor Giacomo über die bevorstehende Aufführung unterhalten! Was er jetzt wohl machte? Sicher hatte er etwas länger geschlafen als sonst, vielleicht hatte er sogar den ganzen Morgen geschlafen, nach all der anstrengenden Arbeit. Jetzt aber, so kurz vor der Premiere, würde auch ihn wohl die Erregung befallen haben, ein leichtes, immer brennenderes Fieber, das selbst sie, Anna Maria, jetzt spürte.

Die Ereignisse der letzten Zeit hatten diese Erregung wach gehalten, geschürt und beinahe unerträglich gesteigert, so daß es ihr nun beinahe so vorkam, als trommelten selbst die Regentropfen den Takt zu einem sich immer rascher drehenden Reigen. Der Regen, das Wasser, ja, seltsam, sie war durstig, wie sagte man, wie hieß es doch gleich, ja, sie lechzte, so sagte man, sie lechzte nach Wasser …

Doch halt, jetzt hörte sie ihn. Das war Paolo, mein Gott, er hatte es tatsächlich geschafft und kam zu ihr. Wie würde sie es ihm einmal danken! In der Stille des Stifts wirkten seine Sprünge die breite Treppe hinauf wie die Sprünge eines schweren, aber doch schnellen Tiers, das niemand zu sehen bekommen sollte. Niemand sollte ihn sehen, nein, niemand würde ihn sehen!

Sie öffnete rasch die Tür, zog ihn hinein und schloß hinter ihm ab, obwohl sie wußte, daß ein solches Abschließen verboten war.

»Was ist, Paolo, was ist, komm, nun sag schon! Hast Du von der Ouvertüre gehört?«

Paolo atmete noch rasch, er nahm seine dunkle Kappe ab und schlug den hohen Mantelkragen herunter. Sein Gesicht war naß vom Regen, seine Haare lagen in dichten Strähnen an seinem Kopf.

»Die Ouvertüre ist fertig, aber die Kopisten sind noch immer dabei, die Stimmen abzuschreiben. Sie werden bis zur letzten Minute arbeiten müssen.«

»Sie werden es schaffen, Paolo, ich weiß es! Und wie geht es Signor Giacomo, was macht er?«

»Er bewegt sich nicht aus dem Palais, er sitzt den ganzen Tag im Salon und liest.«

»Aber was liest er?«

»Er liest immer wieder das Textbuch.«

»Das Textbuch? Aber warum? Er kennt es doch auswendig.«

»Das Textbuch kam heute morgen frisch aus der Druckerei. Gleich auf der ersten Seite ist vermerkt, daß Signor da Ponte den Text zu der Oper geschrieben hat.«

»Signor da Ponte …, ja, ich verstehe. Aber was will man machen? Will man ihn etwa nicht mehr erwähnen? Schließlich hat er doch wirklich den Text zu der Oper geschrieben.«

»Er hat den größten, den überwiegenden Teil dieses Librettos geschrieben, gnädige Frau, aber er hat doch eben nicht alles geschrieben. Das Textbuch vermerkt nicht, daß Signor Giacomo ebenfalls daran beteiligt war.«

»Ah, und jetzt fühlt sich Signor Giacomo durch diese Unterlassung gekränkt, habe ich recht?«

»Nein, das nicht. Signor Giacomo sagt, er lese das Libretto, um schlau zu werden, welch merkwürdige Seelen sich zu diesem Ergebnis zusammengetan hätten.«

»Merkwürdige Seelen?«

»Ja, so hat Signor Giacomo mehrmals gesagt. Ich glaube, gnädige Frau, Signor Giacomo wird nicht mehr schlau aus dem Libretto. Er weiß nicht mehr genau, was er selbst geschrieben hat und was Signor da Ponte.«

»Der Arme, jetzt gerät er so spät noch ins Grübeln. Aber nun sag, wo ist Mozart? Ist er schon wieder in der Stadt?«

»Er ist gegen Mittag mit seiner Frau und Signora Duschek im Gasthaus ›Zu den drei Löwen‹ eingetroffen.«

»Constanze ist auch mitgekommen, sie wird sich die Aufführung ebenfalls anschauen?«

»Herr Mozart hat darauf bestanden, daß sie sich die Aufführung anschaut. Sie wird in der Hauptloge sitzen, neben dem Impresario Bondini, Signor Giacomo und den Duscheks.«

»In der Hauptloge, ja, da wird sie gut sitzen ... Alle werden dort ihren Platz finden, unsere ganze Gesellschaft wird sich dort versammeln ...«

»So ist es, Frau Gräfin.«

»Nur ich, Anna Maria, Gräfin Pachta, nur ich werde die Oper nicht sehen dürfen, ich werde meinen heißen Kopf hier oben ans Fenster drücken, um durch die Regenwolken hindurch ein paar Töne zu erahnen ... Aber was rede ich? Es ist entsetzlich!«

»Frau Gräfin, ich weiß nicht, wie ich Ihnen helfen kann, ich würde alles tun, damit Sie die Aufführung sehen können, alles würde ich tun.«

Sie schaute ihn sekundenlang an, ja, er meinte es ernst, er würde alles tun, um ihr zu helfen. Seine Lippen zitterten ein wenig, die Regentropfen liefen seinen Hals hinunter und sammelten sich an der Kehle wie zu einem schmalen Reif. Sie trat einen Schritt vor und öffnete ihm langsam den Mantel, Knopf für Knopf, dann nahm sie ihm die Kappe aus der Hand und half ihm dabei, den Mantel ganz abzulegen. Sie warf Mantel und Kappe aufs Bett, nahm ihn an der Hand und führte ihn zu einem Stuhl. Als er Platz genommen hatte, holte sie ein Tuch und begann, ihm sehr langsam den Kopf abzutrocknen.

»Du kannst mir helfen, Paolo, nur Du, Du kannst mir verhelfen zu meinem Glück! Ich habe es mir heute morgen genau überlegt. Es ist ganz einfach, aber wir müssen zusammenhalten, und wir dürfen mit niemandem darüber sprechen.«

»Sagen Sie, was ich tun soll, Frau Gräfin, und ich werde es tun.«

»Du wirst hierbleiben, Paolo, in dieser Zelle, Du wirst Dich in mein Bett legen, ganz still. Ich werde Deine Sachen anziehen und heimlich, ohne daß mich jemand erkennt, ins Theater schleichen. Wenn die Aufführung vorbei ist, werde ich zurückkommen, und wir werden die Kleider wieder tauschen.«

»Der Pförtner wird Sie erkennen, gnädige Frau.«

»Ich werde ihm Geld geben, laß mich nur machen.«

»Und im Theater? Wollen Sie sich dort auch verstecken?«

»Ich werde Kappe und Mantel nicht ablegen, ich werde mir das Stück von der Galerie aus anschauen.«

»Von der Galerie aus? Von einem so unbequemen Platz aus?«

»Es ist unbequem dort, ja, aber ich werde dabeisein. Es gibt keine andere Lösung.«

»Dann werden wir es so machen, gnädige Frau.«

»Du bist einverstanden, Paolo?«

»Ja, gnädige Frau. Ich bin froh, Ihnen helfen zu können.«

Er stand sofort auf und zog langsam die Hose aus. Er legte sie auf den Stuhl und schlüpfte ins Bett, dann schloß er die Augen. Anna Maria legte ihr Kleid ab und begann, sich umzuziehen. Zum Schluß hüllte sie sich in den weiten Mantel, stellte den Kragen hoch und kämmte ihre Haare so, daß die Kappe sie beinahe ganz verdeckte. Dann trat sie noch einmal ans Bett.

»Paolo, ich gehe jetzt. Rühre Dich nicht, tu so, als würdest Du schlafen.«

»Ich träume bereits, gnädige Frau.«

»Ja, Paolo, träum nur, träum von der Oper. Ich werde bald wieder da sein.«

Sie öffnete die Tür einen Spalt und schaute hinaus auf den Flur. Dann machte sie sich auf den Weg zum Theater.

46

Obwohl sie in Eile war und sich beinahe getrieben fühlte, versuchte sie, langsam und behäbig zu gehen, wie ein Mann. Paolos Schuhe waren ihr etwas zu groß, sie scheuerten an den Fersen, und so mußte sie immer wieder stehenbleiben, um den Füßen etwas Erholung zu gönnen. Sie wurde erst ruhiger, als sie bemerkte, daß niemand sich um sie kümmerte. Nach einer Weile spürte sie, wie sie langsam mutiger wurde. Dieses freie und ungestörte Gehen durch die Straßen der Stadt war ein ganz ungewohnter Genuß, früher hatte sie sich genau danach gesehnt!

Auf der Karlsbrücke blieb sie einige Zeit stehen und

schaute hinauf zum Stift. Wenn man Paolo entdeckte, würde ihr Vater kein Wort mehr mit ihr sprechen und sie würde für alle Zeit dort oben bleiben müssen. Ihr fröstelte, und so zog sie sich die Kappe noch tiefer ins Gesicht.

Je mehr sie ins Stadtinnere vordrang, um so größer wurde die Unruhe. Die Menschen strömten in Scharen herbei und zogen singend und sich übertrieben laut unterhaltend zum Theater, so daß der große freie Platz, auf dessen Mitte es sich befand, eingerahmt wurde von Scharen Schaulustiger, die die Auffahrt der Kutschen und den immer stärker werdenden Andrang des Fußvolks bewunderten. Als sie sich zwischen den Massen hindurch einen Weg zu den Eingängen bahnte, glaubte sie, ihr Herz vor Glück und Vorfreude klopfen zu hören.

In einem unbeobachteten Moment schlüpfte sie an einem Kartenabreißer vorbei und lief sofort eine der steilen Treppen hinauf, die zur Galerie führte. Eine laute Stimme rief ihr noch einen Fluch hinterher, doch da hatte sie längst mehrere Stufen auf einmal genommen. Wie schnell und geschickt man sich in solchen Hosen bewegen konnte, am liebsten wäre sie die Treppe hinunter und gleich noch einmal hinauf gelaufen. Die freie Bewegung verführte zur Unaufmerksamkeit, davor mußte sie sich in acht nehmen. Der Ausflug begann, ihr Vergnügen zu machen, sie hatte gar nicht geahnt, wie interessant ein Wechsel in männliche Kleider doch sein konnte.

Auf der Galerie herrschte bereits großes Gedränge. Verkäufer bahnten sich einen Weg durch die dicht beieinanderstehenden Menschengruppen und boten Bier, Brezel und Wein an. Einige Besucher hatten anscheinend schon längst zu trinken begonnen und begannen immer wieder, Melodien vor sich hin zu summen, worauf die anderen einfielen, als müßte man sich einstimmen auf das große Ereignis. Sie kämpfte sich an die Brüstung vor und hielt sich an einer Eisenstange fest. Auch die Logen waren bereits gut besetzt, während unten im Parkett die eitlen Gecken und Stutzer auf und ab gingen, um sich vor den Augen der Logendamen zu präsentieren. In der großen Mittelloge erkannte sie Bondini, den Theaterdirektor, der sich mit Constanze unterhielt. Signor Giacomo stand dicht neben ihnen und hörte Josepha Duschek zu, die gerade zur Decke hinauf deutete. Den Kopf zurück, damit sie niemand erkannte!

Aber nein, sie brauchte sich nicht zu fürchten, niemand würde sie entdecken, ihre Verkleidung machte sie unsichtbar. Sogar die Verkäufer näherten sich ihr, als wäre sie wahrhaftig ein Mann. Ob sie einen Krug Bier bestellen sollte und eine Brezel mit einem einzigen Ruck mittendurch teilen? Nein, sie durfte nicht übermütig werden, das nicht, obwohl sie diese männlichen Gesten gern ausprobiert hätte.

Jetzt hörte man unten im Parkett ein lauter werdendes Raunen. Sie beugte sich vor, die Theaterdiener verteilten die anscheinend gerade erst fertig gewordenen Notenblätter auf die Pulte. Sie wirkten wie ein Schwarm kleiner Geister, die losgeschickt worden waren, als sollte das Stück mit ihrem Auftritt beginnen. Im Parkett erhoben sich die Besucher von den Plätzen und begannen zu klatschen.

Das Klatschen breitete sich rasch hinauf bis zu den Rängen hin aus und erfaßte schließlich auch die Galerie, wo einige der leicht angetrunkenen Besucher zu rufen und jubeln begannen. Erst als die Bläser begannen, ihre Instrumente zu stimmen, hörte der Lärm allmählich auf.

Alles wartete, eine starke Erregung hatte jetzt das Publikum erfaßt, eine Spannung, in die hinein das Orchester noch immer das Stimmen der Instrumente setzte, länger als üblich, bis einer den Kammerton angab, und die ganze Erwartung, heiß, dicht, kaum noch zu stillen, sich in dieses hingehaltene, schmelzende A verkroch.

Dann betrat Mozart unerwartet rasch den Orchestergraben. Es war, als wollte er diesen Spielereien ohne viel Federlesens ein Ende bereiten. Als man jedoch seine kleine, geduckte Gestalt gewahr wurde, begann der Jubel von neuem, stärker noch als zuvor. Von der Galerie wurden bereits Blumen hinuntergeworfen, einige Besucher erschienen so ausgelassen, daß sie von den Nebenstehenden zur Ruhe ermahnt werden mußten.

Sie hatte ihn auf den ersten Blick nicht wiedererkannt, so fremd wirkte er jetzt. Er verbeugte sich viel tiefer als nötig, er schien diesen herzlichen Empfang sehr zu genießen. Sein dunkelroter Rock mit den goldenen Bordüren machte ihn ernst und vornehm, er sah nicht aus wie ein Komponist, sondern eher wie ein vermögender Graf, der sich ein Liebhaberorchester leistete. Noch einmal verbeugte er sich ganz tief, dann drehte er sich abrupt um, die Rechte mit dem Taktstock fuhr hoch und schlug so heftig zu, daß das Gemurmel mit diesem einen Schlag sofort zusammenbrach.

De … Dede … Es war wie ein Hieb, wie ein in die Erde fahrender Blitz, der die Toten weckte und sie dazu bewegte, langsam ans Licht zu kommen, ein Blitz, der die Erregung in allen Rängen sofort beendete. Plötzlich war es beinahe vollständig still, und man hörte nur noch das leise Zuschlagen einer Tür, durch die ein zu spät Gekommener hineingeschlichen war.

Alles lauschte und hörte im nun ansteigenden Kreisen der Violinen, dieser immer heftiger und dringlicher werdenden Unruhe des Herzens, für einen Moment die Antwort des weich summenden Regens, die verebbenden Stimmen der Maronenverkäufer draußen, Geräusche von davonrollenden Kutschen, Rufe umhereilender Kinder, lauter Stimmen, die sich langsam zerstreuten im Piano und vertrieben wurden von den wieder einsetzenden Hieben, De … Dede …, dem Weckruf der Toten.

Sie hatte zu Beginn etwas Heiteres, Leichtes erwartet, dieser Anfang ließ sie jedoch erschrecken. Sie hielt sich an der Stange fest, es schwindelte ihr, sie spürte eine ziehende Trokkenheit auf der Zunge und dazu eine fast panische Angst. Dann hörte sie die Tonleitern, ja, das mußten sie sein, jeweils um einen Ton versetzt, das An- und Abschwellen, das Mozart auf seinen drei Blättern notiert hatte. Sie schaute zu Casanova hinunter, er saß gerade und aufmerksam da, die Brauen hochgezogen, als sei er erstaunt über das, was er jetzt zu hören bekam.

Der Vorhang öffnete sich, sie wollte fortschauen, nicht hinsehen, die Augen schließen, sich nur noch der Musik widmen, aber sie starrte, immer unbeweglicher und ängstlicher werdend, auf das Bühnengeschehen. All das, was sie jetzt erkannte, war ihr zu nahe, als handelte es sich beinahe um Szenen ihres eigenen Lebens. Donna Anna, ihr Vater, Don Giovanni – diese Drei bewegten sich so, als stellten sie Standbilder ihrer eigenen, längst vergessen geglaubten Träume. Ähnelte Donna Annas Furcht nicht ihrer eigenen Furcht nach dem dunklen Traum? Und hatte sie, Anna Maria, nicht genau von diesem Eindringling geträumt, der jetzt seinen Degen zog, um sich mit Donna Annas Vater, dem für einen solchen Kampf viel zu alten Herrn Komtur, zu duellieren? Und dieser Degen, was war das für ein Degen? Befanden sich an dem kleinen Knauf nicht zwei winzige, voreinander aufragende Gestalten?

Es war zuviel, sie wollte nicht mehr genau hinschauen, längst hatte sie auch den Ring an Don Giovannis Rechter bemerkt, ja, es war der Löwenring Lorenzo da Pontes. Sie schloß die Augen, mein Gott, diese Oper führte sie zurück zu dem Fremden! Es gab ihn also doch, wie sie vermutet hatte, ja, es gab ihn, wenn auch nur auf einer Bühne!

Jetzt durfte sie nicht die Nerven verlieren, nein, das nicht! Sie mußte sich ruhig zureden und weiter ihre Rolle spielen, die Rolle eines jungen, an der Musik interessierten Mannes, der sich jetzt über die Brüstung beugte, um auch einen Blick auf das Publikum zu werfen. Sie mußte sich dem Spiel auf der Bühne entziehen und sich nur der Musik hingeben. Wie vorbildlich still Constanze sich alles anschaute, als habe sie mit dem Stück nicht das Geringste zu tun! Und wie gelang es Josepha Duschek nur, die ganze Zeit so zu lächeln, als werde eine Komödie aufgeführt?

Rache, Zorn, Verachtung … – darum ging es schließlich dort unten! Wenn sie zur Bühne schaute, schrumpfte das ganze Bild langsam zusammen, und schließlich blieb nichts anderes übrig als die wendige Gestalt eines jungen, verführerischen Mannes, der den Degen funkeln ließ, die Frauen umarmte und mit der Rechten jetzt feurig und beinahe außer sich vor Lust durch die Luft fuhr, daß der Löwenring blinkte. Komm, sang er, so komm doch, schöne Geliebte, gehen wir, gehen wir … -, und als die Schöne ihre Gegenwehr langsam aufgab und schwach wurde, erschien es Anna Maria, als sänge diese ferne Bühnengestalt von niemand anderem als ihr, der Gräfin Pachta, die sich noch standhaft gegen diese Verführung wehrte und sich bemühte, ein junger Mann zu sein …

47

Die Rolle der Donna Anna gefiel Josepha Duschek am besten, es war eine noble und vor allem empfindsame Rolle, die sie auch gern gespielt hätte. Teresa Saporiti stand der gelbe Reifrock nicht schlecht, sie trug ihn mit einer gewissen Würde, obwohl sie die Langsamkeit der Bewegungen ein wenig übertrieb. Jedenfalls war sie den anderen Frauen des Ensembles an Reife und Schönheit überlegen, sie hatte etwas Aristokratisches, Feines, und wenn man durch den Operngucker genau hinschaute, sah man die manchmal leicht errötende Blässe ihres Gesichts, die genau zu der vornehmen Ruhe ihrer Schritte paßte.

Aber was sollte das Ganze nun sein? »Dramma giocoso« stand auf dem Textbuch, also doch wohl etwas Heiteres, Lustiges, eine Komödie. Seltsam nur, daß nichts daran erinnerte, die Musik begann eher, als wollte sie finstere Gewalten beschwören, und auch die erste Szene mit dem grausam endenden Duell zwischen Don Giovanni und dem Herrn Komtur hatte gewiß nichts Komödiantisches. Im Theater war es daher auch still geworden, die rasche Folge der Szenen hatte etwas Heftiges, Stürmisches und paßte sich ganz den eiligen Bewegungen Don Giovannis an, den Luigi Bassi vorzüglich spielte, vorzüglich.

Was hatte Casanova aus diesem schmalen und zärtelnden Burschen gemacht! Jetzt konnte er sogar mit einem Degen umgehen, er sprang Treppen hinab, drehte sich schnell im Kreis, tanzte elegant und doch schwungvoll und hatte seine Augen stets bei den Frauen. Am Ende würde man ihm zujubeln, und draußen, vor dem Eingang, würden später die Stubenmädchen auf ihn warten, um ihn aus der Nähe zu sehen.

Ganz Prag war versammelt, von diesem Tag würde man noch lange sprechen! Bereits jetzt, nach wenigen Szenen des ersten Aktes, war zu ahnen, welch großer Erfolg diese Oper zu werden versprach. Man würde sie immer wieder aufführen, ihr Ruhm würde von Jahr zu Jahr wachsen. Auch auf sie, Josepha Duschek, würde etwas abfallen von diesem Ruhm, denn sie war es schließlich gewesen, die Mozart nach Prag gelockt hatte. Im Landhaus würde sie alles so lassen wie jetzt, kein Stuhl, kein Tisch sollte dort verrückt werden, und wenn Besuch eintraf, würde sie ihn durch die Räume führen und mit gespielter Ruhe erklären: ›Hier schrieb Mozart seinen Don Giovanni, an diesem Tisch, an diesem Cembalo.‹

Jetzt kam es nur noch darauf an, daß er ihr auch den letzten Wunsch noch erfüllte, die Arie, das kleine Konzertstück, eigens für sie! Sie würde ihn noch dazu bringen, es im Pavillon zu schreiben, sonst hatte sich der Aufwand seines Baus auf dem höchsten Punkt des Geländes nicht gelohnt. Gerade von diesem Kleinod jedoch erhoffte sie sich die schönsten Geschichten und viele anzügliche Legenden, Geschichten etwa von einer geheimen Liebe zwischen ihr und dem Maestro, Geschichten von nächtlichen Verstecken und leidenschaftlichen Offenbarungen, die sich vor allem um den Pavillon ranken würden, um dieses helle Glashaus der Lust.

Giacomo Casanova hatte es gleich hingezogen zu diesem Versteck, etwas in diesem undurchschaubaren Mann witterte die schöne Gelegenheit, sich dort zu vergnügen. Leider waren sie beide zu alt, um noch aneinander Gefallen zu finden, dabei hätte sie wetten können, daß dieser Mann sie in jüngeren Jahren bezaubert hätte, ja, früher hätte sie alles daran gesetzt, auch ihn für sich zu gewinnen. Jetzt aber war es dafür zu spät, großen Gefallen fand sie im Grunde nur noch an sehr jungen Burschen, denen man noch etwas beibringen konnte und die noch nicht über das entsprechende Wissen verfügten, naive und kräftige Burschen wie etwa Luigi Bassi, dem sie mit all ihren Erfahrungen hätte nützlich sein können.

Und Casanova? Er hatte hier sehr versteckt gelebt, ganz für sich, und niemand war hinter seine Geheimnisse gekommen, die es doch geben mußte. Hatte Anna Maria, die junge Gräfin, damit zu tun? Hatte er es etwa auf sie abgesehen? Nein, sie entsprach nicht seinem verfeinerten, reifen Geschmack, der jungen Frauen, die Vaters strenge Gebote noch gutgläubig befolgten, wenig abgewinnen konnte. Und das junge Ding, die kleine Johanna? Sie war nicht zu übersehen, dort vorn, auf der Bühne, mitten im Chor, in vorderster Reihe. Man hatte sie lange nicht zu sehen bekommen, es hatte geheißen, sie sei krank, jetzt war davon nichts mehr zu merken, anscheinend hatte sie die Nachstellungen da Pontes gut überstanden. Sie strahlte richtiggehend, sie tanzte und sang auf wie befreit, ja, etwas war mit ihr geschehen. Sicher hatte Casanova sich um sie gekümmert, des Nachts hatte er Zeit genug gehabt, zu ihr zu schleichen. Und? Hatte er es etwa gewagt? Hatte er versucht, sich ihr zu nähern? Das kleine Ding hatte etwas Reizendes, das auf ältere Männer einen starken Reiz ausüben mochte, aber es erschien ihr, Josepha Duschek, doch nicht sehr wahrscheinlich, daß Giacomo Casanova solchen Reizen erlegen war. Nein, dieser Mann hatte seine Leidenschaft und seine Gedanken für etwas anderes aufgehoben, von dem sie alle keine Ahnung hatten, noch nicht.

Während des Festes, das er für die Operngesellschaft arrangiert hatte, war diese Leidenschaft aufgeblitzt, sie hatte ihn um Jahre verjüngt, und wie ein Verjüngter hatte er mit Anna Maria getanzt. Jetzt aber erschien dieses Fest nur noch wie eine Probe zu der Aufführung hier, ja, man hätte darauf verfallen können, beides miteinander zu verwechseln, so sehr ähnelten sich ja die Szenen, bis hin zur Dekoration des großen Festsaales, in dem Don Giovanni gerade Zerlina verfolgte.

Solche Szenen gefielen dem Publikum, bei solchen Szenen jauchzte es auf und fieberte mit. Wie Don Giovanni hinter ihr herschlich, wie er stolperte und sich in seiner eigenen Kleidung verfing, wie er den Degen zur Seite warf, um leichter voraneilen zu können! In jedem Moment merkte man der Aufführung die ordnende und gestaltende Hand Casanovas an, denn Guardasoni, der Regisseur, hatte für solche Feinheiten keinen Blick.

Sie würde Mozart bereden, noch eine Weile in Prag zu bleiben, vielleicht ließ sich sogar noch ein neuer Opernvertrag aushandeln. Viel Hoffnung, daß Constanze und er bleiben würden, hatte sie allerdings nicht, es zog die beiden nach Wien zurück, wegen der bevorstehenden Geburt ihres Kindes und wegen der auch für Wien vorgesehenen Aufführung dieses Stückes. Wien und die Wiener! Ob denen die Oper gefiel? Ach was, die würden so etwas nur schwer goutieren, denn die Oper schmeichelte dem Publikum nicht, sie war ganz und gar nicht gefällig und auch nicht rührend, eher stolz, beinahe kalt. Es gab nur wenige zarte, empfindsame Momente, sie verflüchtigten sich immer wieder, denn in diesem Stück gab niemand andres den Ton an als Don Giovanni.

Schade, daß es solche Männer nicht mehr gab, Männer, die etwas riskierten und nichts verstanden von Schöngeisterei! Sie hätte mit einem solchen Mann gern geplaudert, so ein Kerl von einem Mann hätte sie nur entzückt, und sie hätte Gelegenheiten genug befunden, sich mit ihm zu treffen. Donna Anna? Nun gut, die hatte er allzu heftig bedrängt, das gehörte sich nicht. Aber Donna Elvira die übertrieb ihren Eifer, indem sie ihn durchs halbe Land verfolgte, mit so einer hätte er sich nicht einlassen dürfen! Caterina Micelli kam mit der Rolle besser zurecht als erwartet, sie wirkte zierlicher als sonst, so daß man sie beinahe noch für eine junge Frau hätte halten können.

Jetzt kam die Pause, der erste Akt war gleich vorbei. Am schönsten waren die stillen Szenen zu zweit, das Duett Là ci darem, und die Szene, in der Donna Anna ihrem Verlobten vom Überfall Don Giovannis erzählte … Aber nein, sie würde sich hüten, so etwas laut zu sagen. Vor allem Constanze gegenüber mußte sie jetzt auf der Hut sein. »Meine Liebe, ich gratuliere schon jetzt! Dein Mann hat sich selbst übertroffen«, so würde sie sich hören lassen und Casanova als zweitem die Ehre erweisen. Dann würde sie sich um die Kritiker kümmern und dem Schreiber der Oberpostamtszeitung unauffällig in die Feder diktieren, wie sie das Stück aufgenommen hatte. »Kenner und Tonkünstler sagen, daß zu Prag dergleichen noch nicht aufgeführt worden …« – dieser

Satz und kein anderer mußte hinein in die Kritik, dafür würde sie sorgen. Und damit die Wiener zumindest begriffen, was ihnen entgangen war, mußte man so etwas auch gleich dorthin melden.

Applaus, Applaus! Ja, dieses Finale des ersten Aktes hatte Schwung und machte neugierig auf die Fortsetzung. Auf der Galerie kam so etwas an, dort war der Jubel besonders groß. Wie sich die Menschen dort drängten! Vor der Aufführung hatte sie beim Hinaufschauen für einen Moment geglaubt, dort oben die junge Gräfin zu sehen. Sie hatte sich aber getäuscht, denn es war ein junger Bursche gewesen, recht hübsch übrigens, mit weichen, sehr schönen Zügen. Schade, daß es jetzt unmöglich war, sich nach ihm umzusehen, doch später, beim Verlassen des Theaters, würde sie nach ihm Ausschau halten. Die schönsten Burschen traf man oben auf der Galerie, das wußte sie aus Erfahrung. In vielen ihrer Konzerte hatte sie ihre Blicke die Galerie entlangwandern lassen. Die meisten Zuschauer glaubten dann, sie schließe die Augen, um die Wonnen der Musik zu genießen. So war es, ja, sie genoß diese Wonnen, doch durch den Spalt ihrer Lider äugte sie in solchen Momenten nach mehr, nach Genüssen, die diesen Wonnen oft folgten, in den Stunden nach der Aufführung, wenn der erschöpfte Leib eine Auffrischung brauchte.

Josepha Duschek stand auf und drückte den Rücken durch, wie sie es eben bei Teresa Saporiti gesehen hatte. Dann glättete sie mit der Rechten ihr Kleid, gab Constanze einen Kuß, legte Casanova die Hand auf den Arm und bedeutete beiden, daß man hinaus in den Salon gehen wolle, miteinander ein Glas Champagner zu trinken.

48

Constanze hatte gerade an die gestrige Nacht und ihr Gespräch mit der jungen Gräfin gedacht. Anna Maria hatte ihr nicht schlecht gefallen, vor allem aber gefiel eine wie sie ihrem Wolfgang, das wußte sie sehr genau. Nach den Proben war er nur selten gleich zu ihr gekommen, beinahe die ganze Probenzeit über hatte er sich immer wieder versäumt, oft bis tief in die Nacht. Sie ahnte, daß er ihr etwas verheimlichte, und sie hatte ihn darauf angesprochen, doch er hatte nur von nächtlichen Zusammenkünften mit Prager Musikanten berichtet, von ausgelassenen Trinkrunden und dem geliebten Billardspiel. Sie glaubte ihm aber nicht, denn im Grunde haßte er doch solche Musikantengespräche, die sich nur um Namen, Stücke und Aufführungen drehten. Nein, er hatte sich gewiß nicht jeden Abend mit solchen Leuten getroffen, sondern mit einer bestimmten Person, einer Frau, Gespräche mit Männern langweilten ihn meist schon nach kurzer Zeit. Seit sie Anna Maria kennengelernt hatte, war sie sicher, daß sie es gewesen war, aber sie hatte nicht gewagt, die junge Gräfin danach zu fragen, obwohl es sie sehr gelockt hatte, eine solche Frage zu stellen.

In den Tagen nach der Premiere würde sie darauf beharren, Prag schnell zu verlassen, sehr schnell. Sie würde ihr Unwohlsein ins Spiel bringen, eine Übelkeit nach der andern, das Kind sollte schließlich in Wien geboren werden und nicht hier in Prag. Noch drei oder vier Aufführungen würde man hier erleben, das dürfte noch zwei Wochen dauern, zwei gefährliche Wochen, in denen er sich herumtreiben würde, endlich befreit von der anstrengenden Arbeit. Jetzt, wo er nichts mehr zu tun hatte, würden sie erst recht hinter ihm her sein, sie würden ihn einladen und anbetteln, ein Lied, eine Arie, ein Stück auf der Orgel von ihm verlangen.

Er war gutmütig, er hatte ihrer Dreistigkeit nichts entgegenzusetzen, daher ließ er sich meist nicht lange bitten, schließlich schmeichelten ihm solche Auftritte auch, eine Improvisation auf dem Klavier, ein kleines Konzert, das versetzte ihn zurück in seine Kindheit, wo er mit solchen Kunststücken geglänzt und alle in seinen Bann geschlagen hatte.

Auf diese Weise verlor man aber letztlich nur Zeit, kostbare Zeit, man verbrachte die Tage, ohne einen einzigen Dukaten dazuzuverdienen. Sie würde ihm die Rechnung bald präsentieren, und sie würde ihm vorhalten, daß er sich in Wien sehen lassen mußte, sehr bald, denn Wien, nur Wien war die Stadt, wo er sich bewähren mußte, und nicht Prag, wo alle so herzlich zu ihm waren und er beinahe keine Neider hatte. Leider hatte er nur wenig Geschick darin, auf sich aufmerksam zu machen, in Wien wurde er grob und ausfallend, wenn sie seine Stücke nicht mochten, auch an dieser Oper würden sie etwas auszusetzen haben, ganz gewiß, sie mußte ihn darauf vorbereiten, damit er sich nicht alle Chancen auf ein Amt bei Hofe verdarb.

Und die Oper? Gefiel ihr, Constanze, das Stück? Auf sie wirkte es neu, fremd, manchmal glaubte sie seine Musik nicht wiederzuerkennen. Sie hatte jetzt einen dunklen, drohenden Beiklang, etwas Raunendes, als wühlte sie sich aus schlechten Träumen hervor. Außerdem war das Stück schwer, sehr schwer, in Wien würden sich die Sänger mit so etwas plagen und nicht einsehen, warum sie sich solche Koloraturen zumuten sollten. Zu guter Letzt aber hatte die Oper noch den entscheidenden Nachteil, daß die Frauenrollen nicht auf den ersten Blick gefielen. Die munteren Frauen des »Figaro«, eine Susanna oder auch eine Gräfin, die fehlten, und genau das würde sie Wolfgang in einem ruhigen Moment auch sagen. »Dieser Oper fehlt eine empfindsame und doch zu Scherzen aufgelegte Gräfin«, würde sie sagen und ihn bei diesen Worten genau im Auge behalten. Irgendeine Verbindung gab es zwischen ihm und Anna Maria, irgendein dunkles Geheimnis, spätestens in Wien würde sie es noch erfahren …

Gestern nacht, da hatte er sich sehr seltsam benommen. Sie hatten vereinbart, die Gesellschaft zum Narren zu halten, und es war ihnen auch wahrhaftig gelungen, das Gespräch immer wieder auf ein neues Thema zu bringen, ohne daß einer die Ouvertüre erwähnte. Mit der Zeit hatte sie selbst sich etwas Sorgen gemacht, doch nachdem alle verschwunden waren, hatte er noch darauf bestanden, die halb leer herumstehenden Flaschen zu leeren, eine nach der andern. Er war so ausgelassen gewesen wie noch nie in diesen Prager Tagen, zum ersten Mal hatten sie hier miteinander getanzt, als gebe es bereits einen Grund, etwas zu feiern. Später war sie eingeschlafen auf dem kleinen Sofa im Zimmer nebenan, und als sie am frühen Morgen erwacht war, hatte er angezogen und mit seinen Schnallenschuhen neben ihr gelegen, wie während der Mittagsstunden im Gasthaus »Zu den drei Löwen«. Sie hatte ihn dann geweckt, und er hatte sich bloß etwas geschüttelt, dann war er hinunter, zu den Kopisten, gelaufen, um sie an die Arbeit zu treiben.

Jetzt war der erste Akt also zu Ende, der »Figaro« hatte ihr besser gefallen, viel besser. Josepha, ja, die gab ihr gleich einen Kuß, als wäre sie ihre beste, verständnisvolle Freundin. Draußen im Salon würde sie gleich mit ihrem überschwenglichen Reden beginnen, sie, Constanze, vertrug so etwas schwer, obwohl dieses Reden ihren Wolfgang doch nur in einem feierte. Sie konnte aber die Übertreibungen nicht ausstehen, sie erwartete vielmehr ein klares und vielsagendes Urteil. Sie würde Signor Giacomo danach fragen, der hielt gewiß nicht mit seiner eigenen Meinung zurück. Was machte diesen Mann nur so geheimnisvoll, daß alle sich um ihn scharten? Er wirkte so, als gehörte er gar nicht mehr in ihre Mitte, als betrachtete er sie alle aus einer gewissen

Ferne. Man wollte wissen, was ihm durch den Kopf ging, ja, oft hätte man es zu gerne gewußt, doch man sah ihm an, daß er nicht bereit war, über seine geheimsten Gedanken zu plaudern.

»Constanze, meine Liebe, ich gratuliere schon jetzt! Dein Mann hat sich selbst übertroffen!«

»Ich danke Dir, liebe Josepha. Doch was meinen Sie, Signor Giacomo, wie fanden denn Sie es?«

»Wenn ich ehrlich bin, liebe Constanze, fällt es mir schwer, dieser Aufführung ganz nüchtern beizuwohnen. Gewiß, ich kenne sie wie vielleicht kein anderer hier, ich weiß um jede Geste und jeden Schritt. Aber es ist nicht das, was mich beschäftigt, es ist etwas ganz anderes.«

»Was, Signor Giacomo, was ist es?«

»Es ist die Erinnerung, liebe Constanze. Jetzt, wo ich das Stück aus weiter Entfernung betrachte, als sähe ich es wie ein Fremder zum ersten Mal, will es mir nicht recht gelingen, ihm zu folgen. Es erinnert mich so sehr an meine Jugend, daß ich … wie soll ich sagen …«

»Sie finden dafür keine Worte, Signor Giacomo, gerade Ihnen gehen die Worte aus?«

»Liebe Constanze, seien Sie nachsichtig mit mir. Mir ist nämlich so, als müßte ich das Stück, nun lachen Sie nicht, als müßte ich es neu schreiben.«

»Neu? Das ganze Stück neu?«

»Ja, neu, aber anders, wie soll ich sagen, ich müßte von vorne beginnen und weit ausholen, da, wo eine andere Geschichte beginnt, meine eigene, lange Geschichte.«

»Ihre Geschichte, Signor Giacomo? Aber wo beginnt denn Ihre Geschichte?«

»Sie beginnt in Venedig, liebe Constanze, nahe dem Theater San Samuele, und sie beginnt, als ich acht Jahre und vier Monate alt war. Vor dieser Zeit lebte ich nämlich nicht, als kleines Kind dämmerte ich nur dahin, man hielt mich für stumpfsinnig und blöde. Ich habe nicht die geringste Erinnerung mehr an diese Zeit vor meinem geistigen und sinnlichen Erwachen, ich lebte in einer dumpfen, geschlossenen Welt, in einem Kokon, in dem ich mein Leben lang geblieben wäre, hätten sich nicht einige wenige Menschen meiner angenommen und mich aus dieser traurigen Existenz befreit.«

»Aber Signor Giacomo, ist das wahr? Ich kann es kaum glauben. Ich kenne kaum einen so beredten und galanten Menschen wie Sie …«

»Ich danke Ihnen, Constanze. Diese Beredtheit, ja mein gesamtes geistiges Aufblühen verdanke ich einem jungen Priester in Padua, Dottore Gozzi. Meine Großmutter, die sich mehr als meine leiblichen Eltern um mich kümmerte, brachte mich zu ihm, er unterrichtete eine Schule von Knaben, die es einmal zu etwas bringen sollten. Man setzte mich zu den Fünfjährigen, die mich, den viel Älteren, aber geistig so sehr Zurückgebliebenen, mit Spott und Hohn überzogen. Was soll ich sagen? Schon bald wurde ich Dottore Gozzis bester und schließlich sogar sein einziger Schüler. Er unterrichtete mich in der Religion, der Philosophie, der Astronomie, er brachte mir sogar das Geigenspiel bei. Nach einiger Zeit vollbrachte ich kleine Wunderdinge, so daß ich im Alter von elf Jahren bereits eine Gesellschaft mit meinen eigenen lateinischen Versen verblüffte.«

»Diese Geschichte ist wahrhaftig kurios, Signor Giacomo. Warum schreiben Sie so etwas nicht auf und lassen es uns lesen? Ja, wirklich, es ist eine interessante und ermutigende Geschichte, und ich wäre schon jetzt auf eine Fortsetzung gespannt. Nur verstehe ich, ehrlich gesagt, nicht, was sie mit der Oper zu tun hat.«

»Mit der Oper? Ach ja, richtig, was hat sie damit zu tun? Sie ist der Anfang meiner eigenen, langen Geschichte, Constanze, und diese Geschichte ist ein Drama mit vielen, sehr vielen Stationen. Auch dieses Drama ist ein Dramma giocoso, eine große Komödie mit einer unüberschaubaren Anzahl von Darstellern, und auch in seiner Mitte gibt es eine bestimmende, zentrale Figur, die unserem Don Giovanni in vielen Momenten sogar gleicht, sich in den entscheidenden allerdings auch von ihm unterscheidet, es ist schwer zu erklären, denn ...«

»Signor Giacomo, glauben Sie mir, wenn ich Ihnen sage, daß ich so etwas geahnt habe, daß ich nach all den Geschichten, die ich über Sie hörte, vermutete, Sie hätten an dieser Oper ein besonderes, tiefer gehendes Interesse?«

»Sie sind eine gescheite Frau, liebe Constanze, und Sie hatten Zeit, uns zu durchschauen, während wir uns darum balgten, eine Oper auf die Bühne zu bringen.«

»Danke, Signor Giacomo, Sie haben Recht, ich hatte viel Zeit, mir meine Gedanken zu machen.«

»Und zu welchem Ergebnis sind Sie gekommen?«

»Daß Wolfgang und ich möglichst bald nach Wien aufbrechen sollten.«

»Ah ja, ich verstehe.«

»Daß er den Wienern seinen Don Giovanni präsentieren sollte.«

»Ja, das sollte er.«

»Daß er sich hier in Prag nicht mehr länger als nötig aufhalten sollte.«

»Sie denken bewundernswert praktisch, liebe Constanze. Und insgeheim reden Sie auch mir ins Gewissen. Ja, Sie ahnen gar nicht, wie Sie mir jetzt ins Gewissen geredet haben!«

»Habe ich das? Inwiefern?«

»Sie haben mich darum gebeten, meine Geschichte aufzuzeichnen, Sie haben mich gebeten, endlich ernst zu machen mit meinem Schreiben.«

»Tun Sie es, Signor Giacomo! Sie sind es all denen schuldig, mit denen Sie in Ihrem Leben zusammenwaren. Vielen von ihnen waren Sie vielleicht ein Rätsel, viele von ihnen wüßten wohl zu gern, was im Kopf des Signor Giacomo vorgegangen ist.«

»Auch die anderen Körperteile beanspruchen ein gewisses Interesse, liebe Constanze.«

»Tun Sie das? Nun gut, wie auch immer – Sie sollten meinem Rat folgen und bald mit der Niederschrift Ihrer langen Geschichte beginnen.«

»Ich werde Jahre dafür brauchen, Constanze.«

»Sie haben Zeit, Signor Giacomo, jetzt haben Sie Zeit.«

»Ich habe Zeit, ja, liebe Constanze, jetzt habe ich Zeit … Kommen Sie, trinken Sie ein Glas Champagner mit mir, und machen Sie sich, was die Oper betrifft, nicht allzu viele Sorgen. Glauben Sie mir, Giacomo Casanova aus dem schönen Venedig: Von diesem Don Giovanni wird man sich noch in zweihundert Jahren erzählen.«

»Ich glaube Ihnen, Signor Giacomo. Nur daß wir in zweihundert Jahren nicht mehr dasein werden, um uns entlohnen zu lassen. Und das beunruhigt mich etwas.«

»Machen wir uns also schnell auf den Weg, liebe Constanze, Sie nach Wien, ich nach Dux, in mein einsames Alterszuhause.«

»Zum Wohl, Signor Giacomo! Wir werden einander nie vergessen.«

»Nein, das werden wir nicht.«

Sie stießen mit ihren Gläsern an, Casanova spürte, daß seine Rechte leicht zitterte. Diese Frau war erstaunlich, sie hatte ihn auf die richtige, die einzig richtige Bahn gebracht. Er durfte nicht länger warten, er mußte mit dem Schreiben beginnen, es war höchste Zeit, ja, es war an der Zeit …

49

In Padua, im Haushalt des Dottore Gozzi, hatte es angefangen. Der Dottore hatte eine dreizehnjährige Schwester gehabt, mit der er, Giacomo Casanova, viel Zeit verbracht hatte. Zunächst hatten sie nur die üblichen Kinderspiele miteinander gespielt, unschuldige Spiele wie Verstecken, Nachlaufen und dergleichen, doch mit der Zeit hatte das junge Mädchen ihm gegenüber die Rolle eines älteren und schon erfahreneren Mädchens eingenommen. Sie war die erste gewesen, die sich ihm mit Hintergedanken genähert hatte, sie hatte ihn, zunächst nur wie im Scherz, entkleidet, gewaschen und umgezogen und im Verlauf dieser harmlos erscheinenden Spiele Erregungen auflodern lassen, die er noch hatte verbergen und vor ihr im Zaum halten können.

Unbewußt aber hatte er sie zu lieben begonnen, und als sie sich wenig später mit einem der älteren Schüler des Dottore, einem gewissen Candiani, zusammengetan hatte, hatte er zum ersten Mal Eifersucht empfunden, ein leidenschaftliches, böses Verlangen, es diesem Candiam heimzuzahlen und seiner jungen Freundin gleich mit …

Für einen jungen Mann war es am besten, von einer älteren, erfahreneren Frau mit solchen Gefühlen bekannt gemacht zu werden, er selbst hatte so etwas wie Liebe, Eifersucht, Haß schon in frühen Jahren in sich gespürt, zu einem Zeitpunkt, als er noch hilflos gewesen war gegenüber der Heftigkeit all dieser Empfindungen und darauf keine Antwort gewußt hatte.

Antworten lernte man nur in der rechten Gesellschaft, und die hatte ihn nach seiner Rückkehr aus Padua in Venedig empfangen! Denn in Venedig hatte er erfahren, wie man es anstellte, nicht nur einer, sondern gleich mehreren Frauen zu gefallen. Er war der junge Günstling eines Senators geworden, und er hatte an seinen Abendgesellschaften teilnehmen dürfen, so daß er Erfahrungen darin gesammelt hatte, wie man sich anziehend kleidete und sich auf vorteilhafte Weise benahm. Die älteren Damen hatten begonnen, sich nach seiner Umarmung zu sehnen, und er hatte gelernt, sich kunstreich zu frisieren und das Haar mit Hilfe von Pomade in eine interessante Façon zu bringen.

In Padua und Venedig hatte die lange und abenteuerliche Geschichte seiner unersättlichen, nie zur Ruhe gekommenen Liebe zu den Frauen begonnen. Er war …, ja, er war für das andere Geschlecht geboren worden, für nichts anderes als dafür, den Frauen zu gefallen und ihnen Vergnügen zu bereiten, so, wie kein anderer Mann es je vermocht hatte. Sein ganzes bisheriges Leben hatte er damit zugebracht, die Frauen zu lieben und ihre Liebe zu gewinnen. Was war dagegen schon ein Don Giovanni?

Er hatte sich in den letzten Wochen bemüht, ihm etwas von seinem, Giacomo Casanovas, Leben einzuhauchen, er hatte ihm seine Launen, seine Manieren und vielleicht etwas von einer in einem langen Leben erworbenen Eleganz eingeimpft. Trotz all dieser Bemühungen war Don Giovanni aber doch nur eine Theaterfigur geblieben, eine merkwürdige Kreuzung aus vielerlei Phantasien und sehr verschiedenen Träumen. Gleich würde er sein Ständchen zum Besten geben, und die Prager würden gebannt lauschen, entzückt, hingerissen wegen des Schmelzes und der leichten Spur von Ironie, die Luigi Bassi diesem Schmelz beizumengen gelernt hatte.

Er würde unter einem Fenster stehen und sich zur Mandoline hören lassen, mit Mozarts Degen, da Pontes Ring und Giacomo Casanovas Hut mit weißem Federbusch – eine recht schöne, anziehende Figur mit dem gewinnenden Lächeln und den hübschen Zügen eines gewissen Luigi Bassi. Das war Theater, es war Zauberei, und diese wunderbare

Zauberei vermochte durchaus, die Menschen zu begeistern und sich festzusetzen in ihren Gedanken und Träumen. Wie viele Menschen mochten träumen, ja, träumen von dieser Figur, von Don Giovanni, dieser dämonischen, nie greifbaren Erscheinung, die man selbst in der Hölle würde bewachen müssen, damit er die schönen Teufelinnen nicht auch noch verführte!

Zauberei, ja, das war es, er liebte diese Zauberei seit seiner Kindheit, Zauberei, die alten Spiele seiner Eltern, die Schauspieler gewesen waren und ihn allein zurückgelassen hatten, in der Obhut der Großmutter, ein stummes, verschlossenes Kind, dem man nicht mehr zugetraut hatte, viele Jahre zu leben. Als er erwacht war, war er acht Jahre und vier Monate alt gewesen, er erinnerte sich genau an diese Zeit, doch eben hatte er zum ersten Mal davon erzählt, zum ersten Mal.

Gestern nacht hatte Constanze ihn nach seinen Reisen und Abenteuern gefragt, aber es war nicht die richtige Stunde gewesen, davon zu sprechen, und außerdem fragte er sich, ob das Erzählen denn die rechte Form für all diese Geschichten war, das bloße, sich verflüchtigende Erzählen, das er so gut beherrschte … – nein, das war es noch nicht. Constanze hatte ihn erst auf die richtige Idee bringen müssen, ja, sie hatte ihn darauf gebracht, daß er seine Geschichte aufschreiben mußte, aufschreiben …

Denn all diese Zaubereien hier auf der Bühne, sie reichten nicht heran an die wahre und erlebte Geschichte eines anderen Don Giovanni, eines Mannes aus Venedig, der sich in frühstem Alter auf den Weg gemacht hatte, die Frauen dieser Welt glücklich zu machen.

Was hatte er hier noch zu suchen? Er hatte zu tun, er hatte zu schreiben …

»Signor Giacomo, so in Gedanken? Der zweite Akt wird gleich beginnen, kommen Sie, so kommen Sie doch!«

»Liebe Constanze, gestatten Sie mir bitte, noch ein wenig hier draußen, im Salon, zu verweilen. Ich kenne die Aufführung vielleicht zu genau, um noch viel Freude an ihr zu haben. Aber ich möchte der Musik lauschen, ohne daß mich die Bilder, die Kostüme und die Handlung ablenken.«

»Sie wollen allein bleiben?«

»Nur kurz, liebe Constanze. Kurz vor dem Ende werde ich zu Ihnen kommen, um die Höllenfahrt nicht zu verpassen.«

»Mit der Höllenfahrt geht alles zu Ende?«

»Nicht ganz. Don Giovanni, ja, der fährt zur Hölle, doch zum Schluß dürfen seine Verfolger noch triumphieren.«

»Und was tun sie nach ihrem Triumph?«

»Donna Elvira geht ins Kloster, Masetto und Zerlina gehen essen, und Don Giovannis Diener sucht sich einen neuen Herrn.«

»Etwas langweilige Aussichten, finden Sie nicht, Signor Giacomo?«

»Aussichten der Vernunft, liebe Constanze.«

»Bis gleich, Signor Giacomo.«

»Bis später, Constanze.«

Als das Publikum wieder Platz genommen hatte und die Musik begann, stand Giacomo Casanova, Chevalier de Seingalt, an einem Fenster des großen Salons. Er schaute hinaus auf den weiten, schönen Platz, auf dem sich noch immer die Menschen drängten, die versuchten, etwas von der Musik mitzubekommen. Da warteten sie, sie lauschten, der ganze weite Platz lauschte, selbst die Verkäufer hatten aufgehört, sich hin und her zu bewegen.

Und von hier drinnen drangen nun die Klänge dieser einzigartigen, beschwörenden Musik hinaus in die Welt, die schöne Verführung setzte sich fort, die schönste, der er selbst je erlegen war, hilflos wie ein Kind.

Er fuhr sich über die Augen, dann begann er, die Fenster des Salons weit zu öffnen.

50

Während der Pause hatte sich Anna Maria nicht von der Stelle gerührt. Sie stand eingezwängt zwischen den Menschentrauben der Galerie, die sich über die Oper unterhielten, als handelte es sich lediglich um ein schönes Schauspiel. Niemand aber ahnte, was sie gesehen hatte: Bilder und Szenen ihres eigenen Lebens, furchtbare und bedrohliche Bilder, die ihr in den letzten Wochen immer wieder durch den Kopf gegangen waren.

In diesen Wochen hatte sie versucht, gegen sie anzukämpfen, und allmählich war es ihr sogar gelungen, sie zu vergessen oder wenigstens für einige Zeit zu verdrängen. Doch die Unruhe, die war geblieben, deshalb hatte sie es im Stift immer weniger ausgehalten. Der grausame Traum hatte sie hinausgelockt, hinaus in die Stadt, auf die Spur des unheimlichen Fremden …

Jetzt hatte der zweite Akt schon begonnen, doch sie wußte nicht, ob sie ihn noch bis zum Ende durchstehen würde. Sie versuchte, die Augen zu schließen und nur der Musik zu lauschen, diesen brennenden, sich in ihr Inneres einbrennenden Klängen, die sie nie mehr vergessen würde, nie mehr.

Da sprang, tanzte und sang er, geradeso, als spielte und bewegte er sich eigens für sie, nur für sie. Mit jeder Geste schien er sich ihr noch mehr zu nähern, mit jedem höhnischen Lachen beunruhigte er sie von neuem.

Jetzt, jetzt war er sogar allein auf der Bühne, er stand unterhalb eines Fensters, die Mandoline in der Hand, und er trug zu Degen und Ring nun auch noch den Hut! Es war zuviel, sie konnte es nicht mehr ertragen, ihr Herz pochte stark, ihr Atem ging schneller, sie hielt sich mit immer mehr erkaltenden Fingern an der Stange fest, als wäre das ihr letzter Halt.

Sie wollte hinaus, ja, ihr Kopf wollte hinaus, aber ihr Körper war eingesperrt und steckte fest zwischen diesen jubilierenden Menschen, denen das Ständchen über die Maßen gefiel. Sie feierten Luigi Bassi, sie gebärdeten sich beinahe wie toll, einige fingen schon an, die Melodie nachzusingen, als fänden sie einen besonderen Spaß daran, sie, Anna Maria, zu quälen.

Gut, daß es die Verfolgerinnen gab, Donna Elvira, Donna Anna, die beruhigten sie ein wenig mit ihrem Eifer. Unbarmherzig waren sie hinter ihm her und ließen von ihm nicht ab, bis sie ihn gestellt hatten. Doch er wehrte sich, er gab keinen Schritt nach, ja, er zuckte nicht einmal zusammen, als Donna Elvira einen letzten Versuch unternahm, ihn zu bekehren. Laut lachend stieß er sie von sich, und mit demselben, grausamen Lachen forderte er das Standbild des toten Komturs heraus, als hätte er vor nichts Angst, nicht einmal vor der Hölle.

Wie ein gewaltiger, `drohender Donner dröhnte die Stimme des steinernen Gastes jetzt aus der Tiefe – dann schlug ein Flammenmeer hinauf bis zum Himmel, das Ende war gekommen, ja, die Flammen machten sich über den Wüstling her, und die Glut zog ihn hinab.

Mit einem Mal war alles vorbei, von allen Seiten kamen die Verfolger auf die Bühne, um einen letzten Blick in das weite, schwarze Erdloch zu wagen. Er war wirklich verschwunden, ja doch, die Musik triumphierte, die Gesellschaft begann sich wieder zu regen, wie erlöst, die letzten Klänge … – dann brandete der Beifallssturm auf, ein gewaltiges Klatschen und Bravorufen, daß sie erwachte und sich sofort von der Brüstung löste.

Fort, bloß fort, man durfte sie nicht erkennen, sie wollte vor den anderen das Theater verlassen! Mit energischen Stößen bahnte sie sich einen Weg durch die Menge, die Treppe hinunter war zum Glück leer, hier im Treppenhaus rauschte und wogte der Beifall wie ein Orkan, und auch von draußen hörte man jetzt dieses Klatschen und Toben, als hätte die Musik die Menschen entfesselt.

Er war verschwunden, die Flammen hatten ihn endlich verschlungen! Wie befreit hatte sie dieses Ende verfolgt, als hätte sie ihm selbst den letzten Todesstoß hinab in die Hölle versetzt! Mit eigenen Augen hatte sie ihn stürzen und sich auflösen sehen in der alles verzehrenden Glut, ein für allemal, ja, sie würde ihm nie wieder begegnen!

Die tiefen Todesrufe des alten Komturs hatte sie noch im Ohr Don Gio-van-ni …, als sie hinunter zur Karlsbrücke lief. Es hatte aufgehört zu regnen, die Luft war jetzt regenweich und beinahe matt. Sie versuchte, tief durchzuatmen, doch ihr Herz raste noch immer. Don Gio-van-ni …, mein Gott, warum wurde sie dieses Rufen nicht los, er hatte sich doch aufgelöst in Feuer und Rauch, sie wollte sein Bild vergessen, nur die Musik, die sollte in ihrem Kopf noch lange Zeit bleiben.

Sie überquerte die Brücke, sie lief jetzt so schnell wie noch nie. Der dunkle Mantel wirbelte um ihre hastigen Füße, sie flog wie ein junger Mann durch die Straßen. Es war, als verliehe ihr die Musik diesen Schwung, noch immer hörte sie ja diese Klänge, seinen Trotz, sein Aufbäumen, den Donner der Höllenfahrt und den verhaltenen Jubel derer, die ihn in der Hölle wähnten.

In großen Sprüngen rannte sie die Stiege zum Hradschin hinauf. Wie schön es war, sich so zu bewegen, so frei, unbeobachtet, eine nächtliche, schnelle Gestalt, eine Spukgestalt, die niemand mehr einholen konnte. Bald würde sie es geschafft haben, bald war sie zurück, in ihrem Zimmer, bei dem, der noch auf sie wartete …

Paolo hatte die Augen lange geschlossen gehalten, als könnte er so unsichtbar bleiben. Er hatte nicht gewagt, das Bett zu verlassen, ja, er hatte sich kaum ein wenig bewegt, so steif hatte er sich unter der Decke versteckt. Am liebsten wäre er einmal zum Fenster gegangen, um hinabzuschauen auf die schimmernde Stadt, vielleicht hätte er sogar das Theater erkennen können, doch selbst davor war er zurückgeschreckt.

Er hatte sich die Aufführung vorgestellt, alle Szenen, nacheinander, er hatte die Musik in sich hinein gesummt und sich dazu die Bewegungen der Darsteller ausgemalt. Da hatte er plötzlich bemerkt, daß er die Oper auswendig kannte, jede Note, so oft hatte er die Musik in den letzten Wochen gehört.

Diese Entdeckung aber hatte ihn glücklich gemacht, und dieses Glücksgefühl hatte die leise Traurigkeit darüber, daß er der Premiere nicht beiwohnen konnte, langsam verdrängt. Die Zuschauer dort unten, sie erlebten die Oper in wenigen Stunden, sie klatschten, unterhielten sich und gingen wieder ihrer gewohnten Wege. Mit ihm jedoch war es anders, er hatte diese Oper im Kopf, ja, sein ganzer Körper war voll von dieser Musik, er konnte sie jederzeit und an jedem Ort nachspielen.

Nur schade, daß er Signor Giacomo jetzt nicht beobachten konnte und daß er die Gespräche hinterher nicht mitbekam. Zu gern hätte er doch gewußt, was man zu alledem sagte, und zu gern wäre er dabeigewesen, wenn die draußen, auf dem weiten Platz ums Theater versammelten Massen den Maestro gefeiert hätten und bei seinem Eintreffen in Jubelrufe ausgebrochen wären, so heftig und laut, daß man es selbst hier oben noch würde hören können.

Konnte man es etwa hören? Paolo lauschte. Nein, hier oben herrschte eine beklemmende Stille. Nichts war zu hören, nur …, jetzt, ein leises, verstecktes Huschen, als haste-te jemand mit leichten Sprüngen die Treppe hinauf.

Wer war es? War es die Gräfin? Sein Herz klopfte jetzt rascher, was war, wenn man ihn hier entdecken würde, die Schritte kamen bedrohlich näher!

Er lag ganz still, er wagte nicht einmal mehr zu atmen. Jetzt öffnete sich wahrhaftig die Tür! Und während es in seinem Kopf vor Aufregung und Unruhe zu brennen begann, glaubte er die Züge einer jungen, kräftigen Gestalt zu sehen, die aus dem Dunkel hereinkam, ganz dicht an sein Bett.

Sie warf die Kappe beim Hineinkommen in die Richtung der Tür, und sie streifte den Mantel mit einer einzigen, entschiedenen Handbewegung beiseite. Sie beugte sich über sein Bett, er spürte ihren festen, zupackenden Griff. Sie hielt ihn jetzt, sie hielt ihn umschlungen, und während Paolo ihren Liebkosungen nachgab, glaubte er plötzlich, die ferne, gedämpfte Musik, auf die er so lange in seinem Innern gehorcht hatte, befreit aufspielen zu hören, laut, immer lauter und schließlich sogar triumphal, als wollte sie dem heimlichen Paar einen nicht enden wollenden Jubel entlocken.

Zwei Wochen nach der Premiere machten Constanze und Mozart sich auf den Heimweg nach Wien. Mozart verabschiedete sich von Josepha Duschek mit der eigens für sie komponierten Arie »Bella mia fiamma, addio…« Kaum einen Monat später gebar Constanze in Wien ein Mädchen. Es wurde auf die Namen Theresia Constanzia Adelheid Friederike Maria Anna getauft.

Giacomo Casanova hielt sich zu dieser Zeit längst wieder in Dux auf, wo er mit der Niederschrift seiner vieltausendseitigen Memoiren begann.

Paolo wurde nach der Rückkehr des alten Grafen Pachta nach Dresden geschickt. Er wurde einer der besten Hornvirtuosen seiner Zeit. Während der Französischen Revolution spielte er in Paris im Orchester seines langjährigen Lehrers und Meisters Giovanni Punto die Hymnen der Freiheit.